ハンフリー親方の時計

御伽英国史

チャールズ・ディケンズ作

田辺洋子訳

凡例

本訳書『ハンフリー親方の時計／御伽英国史』は Charles Dickens, *Master Humphrey's Clock and A Child's History of England* (Oxford UP, 1958) を原典とする。『ハンフリー親方の時計』第一巻序訳出と注作成に当たってはエヴリマン・ディケンズ版を参照。注は本文中に＊で示し、巻末にまとめるが、比較的短いものは割注とする。なお、『ハンフリー親方の時計』第二章「時計ケース」訳出に際しては小池滋訳ディケンズ『エドウィン・ドルードの謎ほか6篇』（講談社、一九七七）所収「チャールズ二世の時代に獄中で発見された告白書」（三一一—一九頁）を参照。

挿絵はG・キャタモール、H・K・ブラウン（『ハンフリー親方の時計』）、F・W・トパム、M・ストーン（『御伽英国史』）による。

目次

ハンフリー親方の時計

第一巻序

著者は本篇に筆を執るに当たり、三つの目的を自らに課した。

第一に、定期刊行物を創刊すること。さらば執筆を計画している小説を別箇の相異なる出版物としてではなく、とある包括的な項目の下《もと》に呈示出来よう。

第二に、これら「物語」を週刊の形で世に出すこと。さらば著者自身と読者との間の意思疎通の合間は狭まり、これまで四十か月の間*保って来た愉快な関係をより緊密に結べよう。

第三に、この週極の任務を果たす上で、逼迫した要件の許す限り、総体としての各作品に配慮すること。これは、いつの日か拙著を本来の機構とは別箇に出版する可能性を念頭に置いてのことである。

ハンフリー親方と三人の馴染みという登場人物と、時計なるささやかな着想は以上三点の考慮の賜物である。ハンフリー親方は、語り、読み、耳を傾ける友人に読者の興味を掻き立てるべく、ピクウィック氏と氏の約しき馴染み達を復活させるが、それは既に底を突き、打ち捨てられた鉱脈を再び掘り起こそうとの意図の下《もと》にてではなく、ただ彼らをそのお気に入りたりし諸兄の想念においてハンフリー親方の長閑な愉悦と結びつけたかったからにすぎぬ。

『ハンフリー親方の時計』の面々を彼らが審らかにすることになっている物語の生身の登場人物にすることは固より著者の意図ではなかった。自らの請け負いに乗り出す上で、一旦これら物静かな面々に興味を覚え、彼らが古めかしい集いの間《ま》で著者の語らんとする全てに一心に耳を傾ける様を思い描き果したからには、著者は——世の著者の御多分に洩れず——著者自身の情動を幾許かなり読者の胸に掻き立てたいと望んだ。ハンフリー親方が炉隅にて夜な夜な物語を――例えば、『骨董屋』のような――仕切り直し、胸中、聴き手の様々な感懐を思い描き――如何にジャック・レッドバーンは哀れ、キットに同情を寄せ、ひょっとしてリチャード・スウィヴェラー氏の若気の至りにすらやたら親身になる*やも知れぬことか――如何に耳の遠い御仁には当人のお気に入りが、マイルズ氏には当人のお気に入りが、いることか――如何にこれら心優しき面々は皆、物語の波瀾万丈の展開に自らの過去の人生の仄かな投影を跡づけようことか――惟みている様を思い描く内、著者はつい我知らず、彼らが著者にとってと同様読者の心眼にも顕現しているものと思い込み、さながら幻影に煩わされる者よろしく、ほんの空間しかない所に明るい人影を喚び起こしているのやもしれぬということを忘れている始末だ。

当巻の冒頭に見出されよう短篇は、固より『時計』がしっかりネジを巻かれ、調子好く時を刻み始めるまで如何なる延々たる興味の物語も緒に就くこと能はぬとあって、出版形式と各号の限られた紙幅には不可欠であった。

著者としては、よもやその隠遁なるハンフリー親方と馴染みの邪魔をしようとなさる方は――その欠如こそが互いの信頼の礎たるかの内輪話を互いに交わすべく、目下の愉悦を蔑ろにさせようとなさる方は――さしていまいと願いたい。というのもその営みの失せ（『オセロ』Ⅲ、3とは）、彼らの物語に幕の下りた挙句、個人的な来歴のみが残れば、炉隅はひんやりと冷え、時計は永久に止まろうから。

もう一言、私事を付け加えさせて頂き、著者はその小世界が以下の頁の内に存すくだんの架空の人物のために口を利くというより愉快な仕事に戻ろう。

最後の作品の完結と本作の開始の合間に著者が夥しく発狂したとの風聞をでっち上げ賜ふた親身な紳士淑女は、風聞は能う限り広く遍く触れ回られ、軽々ならざる論議の的となったと知ればさぞや安堵なされよう。とは申せ『悪口学校』におけるサー・ピーター・ティーズルとチャールズ・サーフィスとの間の果たし合い*ほどにも揺るがし難く太鼓判を捺されている事実がらみで、というよりむしろ、お気の毒な狂人の拘禁所に関し。何故ならさる当事者は断固瘋癲院《ベドラム》を申し立て、また別の当事者は聖ルカ病院に軍配を挙げ、第三の当事者はハンウェル（北西教区《ロンドン》）精神病院なる一つ思いに凝り固まり、片や各人が各様に己《おの》が主張をかのピストルの一弾がらみでサー・ベンジャミン・バックバイト*によりて向けつけられたと同じ卓越した手合いの情況証拠によって裏づけにかかったからだ。因みにくだんの一発、暖炉の上なるシェイクスピアの小さなブロンズ像をかすめ、窓から直角で飛び出し、折しもノーサンプトンシャーからの料金二倍手紙《ダブル・レター》を携えて玄関先までやって来ていた郵便配達夫に見事命中した訳だが。

もしや以下なる旨お知りになれば、くだんの紳士淑女は大いに心を傷められよう――して著者は何人《なんぴと》にであれ苦痛を与えるに然に吝かとあって、断じて当該状況をヒソとも漏らしてはいまい、もしや我が馴染みの内、わざわざ馬鹿げた風聞に腹を立ててくれた連中にある種義理を感じてでもいなければ――即ち、諸兄のでっち上げのお蔭で我が家はいつになく浮かれ返り、夥しき量の軽口や冗談が飛び交い、かくて一件がらみで著者は後はただ奇特なウェイクフィールドの牧師の文言にて言い添えれば事足りようと。「みんないつも以上に機智に富んでいたか否かはいざ知らず、いつも以上に腹を抱えたことだけは確かだ*」

ヨーク・ゲート、デヴォンシャー・テラスにて

一八四〇年九月

第一章　ハンフリー親方、炉隅なる時計側《がわ》より

（一八四〇年四月四日付第一号）

読者諸兄はわたしがどこに住んでいるか突き止めようとなさってはならぬ。目下の所、なるほど、わたしの住まいは何《なん》人《びと》にとってもほとんど、と言おうか全く肝要ならざる問題かもしれぬ。が、晴れて、胸中願っている通り、読者の心を捉え、諸兄との間に、わたしの命運や思索といささかなり関係のある事柄に幾許かの興味を添えよう約しき情愛と崇敬の念が芽生えた暁には、わたしの苫屋ですらいつの日か読者にとってある種魅力を有すやもしれぬ。との奇しき星の巡り合わせを念頭に置きつつ、まずもって読者諸兄にはくれぐれもわたしの住まいを突き止めようとなさってはならぬ旨諒解されたい。

わたしはしみったれの老人ではない。馴染みにアブれることもない。というのも同胞《はらから》は皆身内にして、我が大いなる一族の誰とも仲違いしてはいないからだ。が幾年も独りきり、孤独な人生を送っている——そもそも、如何なる傷を癒そうとして、如何なる悲しみを忘れようとしてか、今となっては問題でない。隠遁は習い性となり、かくも長らく我が家と我が心に長閑な感化の光を降り注いで来た呪《まじな》いを解く気になれぬまでのことだ。

わたしはロンドンの神さびた郊外の古屋敷に住んでいる。屋敷はいつぞや、とうの昔に幽明境を異にした陽気な浮かれ騒ぎ屋や世にも稀なる御婦人方の名立たる溜まり場だった。そこは静かな蔭深い界隈で、石畳の中庭はそれは谺で溢れ返っているものだから、時にふと、昔日の物音へのかすかな反響が今にそこにてグズグズとためらい、これら音の亡霊がそこを行きつ戻りつするわたしの足音に付き纏っているのではないかという気のすることもある。当該思い込みにいよよ凝り固まっているのは、近年わたしの歩みに付き添う谺が一頃ほど大きく、はっきりしなくなり、谺の中に絹の金襴の衣擦れや誰か愛らしい少女の軽やかな足音を想像する方が、連中の変化を来した調べに老いぼれの覚束無い足取りを思い知らされるより遙かにゴキゲンだからだ。

キラびやかな部屋や豪勢な家具に纏わる条《くだり》を読むのがお好きな向きはわたしの飾りっ気のない住まいの事細かな描写にはほとんど感興を催されまい。古屋敷はくだんの向きがさして高く買うまい同じ謂れ故に、わたしにとっては愛おしい。

虫の食った扉や、無骨な梁の渡った低い天井は――羽目張りの壁や、仄暗い階段や、こっぽり口を空けた納戸は――曲がりくねった廊下やせせこましい上り段伝《づて》互いに出入りできる小さな続きの間《ま》は――隅戸棚ほどの大きさしかない幾多の奥まりは――正しく塵埃と懶さにしてからが――全てわたしにとっては愛おしい。蛾と蜘蛛は昔ながらの借家人だ。というのも屋敷の中では前者が長き眠りを貪り、後者が忙しなき械《はた》を誰にも邪魔されることなくひたぶるせっせと織っているからだ。夏の日など、如何ほど数知れぬ蝶が初めて、この古壁のどこか薄暗い隅から明るい日射しの中へと飛び立って来たことか、と思えば喜びを禁じ得ぬ。

　最初に――とは幾年も前のことだが――ここへ越して来た際、近所の連中は皆、一体わたしは何者で、どこからやって来て、何故《なにゆえ》かくも独りきり暮らしているものかネ掘りハ掘りやろうとした。時が経つにつれ、というに、くだんの点がらみで正体が一向つかめぬとあって、わたしはグルリ半マイル、とある方角では優に一マイルもに及ぶ喧しい波紋の核となった。口さがない色取り取りの噂が飛び交った。あいつは間諜だ、異端者だ、霊媒だ、子供攫いだ、亡命者だ、司祭だ、人非人だと。母親は、わたしが通りすがると幼子を抱き上げ、家の中へ駆け込んだ。男はジロリと小意地の悪げに睨め据え、脅しや悪態を吐いた。わたしは猜疑と不審の――ああ、ばかりか全き嫌悪の――的だった。

　だが、やがてわたしは何ら禍のタネを蒔くどころか、不当な扱いにもかかわらず、自分達に親しみを持っていると気づくと、近所の連中はお手柔らかになり始めた。わたしの足取りは、以前はしょっちゅうそうだったものを、最早、依怙地でなくなり、女子供はわたしが戸口を通りすがろうと、最早屋敷へ引っ込む代わりじっと、こちらを見つめて立っていたものだ。ならば幸先好さそうだと、辛抱強く、なお風向きが好くなるのを待ち続けた。徐々にこれら約しき連中の中にも馴染みが出来、なるほど連中、依然として口を利くには大いに吝かだったものの、こちらからは「やあ、ごきげんよう」と声をかけ、そのなり通り過ぎて行ったものだ。ところする内、こんな具合に声をかけていた連中は、いつもの刻限になると必ずや戸口や窓辺に姿を見せ、わたし宛コクリと頷いたり会釈したりするようになった。子供達も手の届く所までおづおづ近づき、頭を撫でてやりながら学校でおイタをするんじゃないぞと言うと、おっかなびっくり駆け去った。これらチビ助はほどなくいよよ懐き始めた。より年長の隣人とは、単に時候の挨拶を交わしていたのから、次第に連中の友人兼顧問に、悩みや悲しみの相談相手に、時には恐らく、わたし

なりささやかなやり口で困窮の救済者になった。して今では表を歩けば必ずや、ほがらかな会釈やにこやかな面《おもて》がハンフリー親方に傅く。

ほんのわたし自身の気紛れに、恐らくは一石二鳥で、近所の連中の興味を掻き立て、わたしに眉にツバしてかかったある種シッペ返しをしてやろうというので——だから、ほんのわたし自身の気紛れに、この界隈に初めて引っ越した際、わたしはただハンフリーとしか名乗ろうとしなかった。後ろ指を差す連中にあって、わたしはハンフリー爺《じじい》だった。連中を馴染みに宗旨替えさすにつれ、呼び名はハンフリーさんやハンフリー爺《じい》さんに変わった。とうとう、呼び名は種も仕掛けもないハンフリー親方に落ち着き、この耳にわけてもしっくり来る肩書きとして諒解されている。してそれはどこからどこまで自然の成り行きと相成ったため、時に朝方、小さな中庭を散歩していると、贔屓の床屋が——わたしに一目も二目も置いているとあって、断じて、我が名誉称号を省略しようとはしなかったから——壁の向こうで滔々と「ハンフリー親方」の体調がらみでまくし立て、どこぞの馴染みに御当人、つい今しがた片をつけたばかりのヒゲ剃りの間《かん》、ハンフリー親方と如何様なネタに花を咲かせたかかいつまんでいるのを洩れ聞くこともある。

まやかしの申し立ての下《もと》読者諸兄の御高誼に与らぬよう、と言おうか向後、読者諸兄にまずもって知っておくが肝要だった如何なるネタであれわたしの方から差し控えて来たと不平を鳴らす謂れを与えぬよう、ここにて断っておけば——して然に打ち明けるだに胸の痛んでいたろう時もあったと思えば我ながら心悲しい笑みを禁じ得ぬが——わたしは不恰好なせむしの老人である。

かと言ってわたしはついぞ世を拗ねたためしはない。ついぞ侮辱に胸を痛めたためしも、歪《いびつ》な姿形への当てこすりに傷ついたためしもない。子供の時分は塞ぎがちで引っ込み思案だったが、それはわたしの不幸に払われる優しい思いやりがそんな幼かりし日々にすら魂の奥深く沈み、かくて悲しい気分になったからにすぎぬ。物心つくかつかぬかで母を亡くしたが、それでいて、しょっちゅう母の首にすがりつくと、なおしょっちゅう母の目の前で部屋中あちこち戯れていると、母がよくひしと抱き締めては、ワッと涙に掻き暮れながら、ありとあらゆる濃やかな愛し名でわたしを慰めていたのを覚えている。わたしは、神のみぞ知る、当時幸せな子供だった——母の胸にすっくり身を寄せられるとは幸せな——母が泣けばつられて泣けるとは幸せな——何故《なにゆえ》かこれきり知らぬ上で幸せな、子供だった。

こうした折々はそれはまざまざと記憶に刻みつけられているものだから、まるで幾歳《いくとせ》にも及んでいたかのようだ。ほんの、ほんの、指折り数えられさえせぬ内に、そいつら永久《とは》に失せてしまったが、その意味だけは幼心にも呑み込めていた。

果たして子供は皆、生まれながらにして子供っぽい艶やかさや麗しさを逸早く気取り、生半ならず愛でるものかはいざ知らず、わたしは生まれながらにしてそうだった。わたし自身かようの優美を持ち併せているか否か、記憶する限り、定かでなかったが、そうしたものに名状し難いほど強い憧憬を抱いてはいた。小さな一連みの遊び友達が——今に瞼に浮かぶようとあって、さぞや愛らしかったに違いないが——ある日のこと、母の片膝の周りにもぐれつき、うっとり、母の手にした、幼《おさな》天使の群れを描いた絵を覗き込んでいた。その絵が誰のもので、わたしにとって見馴れたそれだったか否か、どうしてまた子供達は皆そこに集まっていたのか、今となっては忘れてしまった。何やら朧げながら、わたしの誕生日だったような気もするが、記憶の糸を手繰れば、我々は皆庭で戯れ、夏の日和だった——のが確かなのは、小さな女の子の内一人が飾り帯にバラを数本あしらっていたからだ。この絵には愛らしい天使が幾人も描かれ、わたしはふと、そのどれが各々そこに集うた子供達の為り変わりか指差したいムラッ気を起こし、遊び友達をそっくり復習《さら》った所ではったと、では一体どいつがわたしにいっとうそっくりか首を捻る側《そば》から二の足を踏んだのを記憶している。のみならず、子供達が互いに顔を見合わせ、わたしが真っ紅に頰を染めると皆してワッとグルリを取り囲み、それでも君のこと大好きさと言いながらキスをしてくれたのも。その時のことである——いつぞやの悲しそうな表情が愛しい母親の穏やかな優しい眼差しに紛れるに及び——初めて真実に思い当たり、わたしのぎごちない不様な戯れを見守りながら、母が何と哀れ、片端の息子を不憫に思っていたことか察しがついたのは。

後々、しょっちゅうそんな出来事の夢を見たものである。して今やくだんの少年が何と幾々度となくハッと、何か妖精じみた様変わりから相変わらずのそいつ自身の見てくれへと目を覚まし、またもやいつしかシクシク泣き寝入りをしたことか思い起こすにつけ、まるでわたしと来ては少年とは縁もゆかりもないかのようにこの胸は少年への労しさで疼く。

やれ、やれ——こうした悲しみは今となっては跡形もなく消え失せた。とは言え、ちらと振り返ったとて詮なくもない証拠、かくて何故《なにゆえ》わたしが終生、部屋に設えられた血の通わぬ代物に愛着を覚えて来たのか、如何にそれらを少々金を叩《はた》けば好き勝手にすげ替えられるほんの椅子やテーブルというよりむしろ昔ながらの律儀な馴染みの観点から眺めるようになったのか、幾許か察して頂けるのではあるまいか。

これら全ての設いの内、頭《かしら》にして要《かなめ》は何と言っても時計だ——陽気な、人付きのいい古時計だ。この古時計に何と幾歳《いくとせ》となく慰め癒されて来たことか、如何に言葉を尽くせば分かってもらえよう！

時計は最も幼かりし記憶と結びつく。そいつは我が家の（と依然、つい我知らず呼んでいるが）階段におよそ六十年前に据えられた。それ故気に入っているのは否めぬが、わたしにとってかほどにかけがえがないのはそのせいでも、そいつが奇抜で豪勢な彫刻の施された、どデカいオークのケースに収まった風変わりなヤツだからでもない。わたしは古時計に、まるでそいつには血が通い、わたしの慈しみを呑み込めばこそ、そんな気持ちに応えてくれてでもいるかのように愛着を覚える。

一体、血の通わぬ他の如何なる代物がこの古時計のようにわたしを励ませられよう？　一体、血の通わぬ他の如何なる代物が（血の通う如何ほどわずかの代物が、とまで言うつもりはないが）同じ辛抱強く、律儀な、倦むことを知らぬ馴染みたり得よう？　何と幾度となく長き冬の夕な夕な炉端に座り、そいつのコオロギめいた声に然に馴染みの温もりを感じるものだから、本からつと目を上げ、ヤツの方をありがたそうに見やれば、赤々と燃え盛る炉火の火照りで紅らんだ面《おもて》が持ち前のしかつべらしげな表情を綻ばせ、わたしの方を懇ろに見つめるやに思われて来たことか！　何と幾度となく夏の夕まぐれ、想念がついフラフラと、憂はしき過去へと立ち返れば、ヤツの規則正しい囁きがそいつらを穏やかにして長閑な現在へと連れ戻して来たことか！　何と幾度となくひっそり静まり返った夜の黙《しじま》にヤツの鐘が気の滅入るような静寂を破り、古時計は相変わらずわたしの寝室の戸口で律儀に不寝《ねず》の番をしている旨太鼓判を捺しているやに思われて来たことか！　安楽椅子、机、古めかしい家具調度、外ならぬ蔵書――わたしはくだんの最後の連中ですら、古時計ほど愛おしむ気にはなれぬ。

古時計は炉端とわたしの寝室に通ず迫持造りの扉とのおよそ中ほどに立っている。その令名と来ては界隈の至る所、広く遍く知れ渡っているお蔭で、しょっちゅう、誇らしきかな、居酒屋の亭主や、パン屋や、時には教会書記ですら、うちの家政婦に（彼女のことは追い追いどっさり審らかにするつもりだが）何卒ハンフリー親方の時計でかっきり今何時かお教え頂けぬものかと頭を下げているのを耳にする。前述の床屋に至っては日輪よりいっそヤツをこそ信じよう。たかがそれしきの箔しか古時計は頂戴していない訳ではない。ヤツは、ありがたいことに、また別の誉れをも授かり、かくてわたしの愉悦や思索ばかりか外《ほか》の連中の愉悦や思索とも切っても切れぬ仲にある。以下、審らかにする如く。

わたしはここに長らく、馴染みも知人もないまま独りきり暮らしていた。夜となく昼となく、いつ何時であれ、季節を問わず、忙しない都大路や静かな田舎をさ迷う内、一つならざる面《おもて》と親しくなり、もしや連中がそれぞれ、お定まりの場所に姿を見せねば、何と生憎なことよとガックリ肩を落としたものだ。が連中しか馴染みを知らず、連中を措いて馴染みはいなかった。

たまたま、ところが、こんな具合に長らくやって行く内、ひょんなことから耳の遠い御仁と知り合い、いつしか気の置けぬ、ツーカーの仲となった。今の今に至るまで、御仁の名は存じ上げぬ。名を伏せるのは御仁の酔狂かもしれぬし、名を伏せる謂れと目的があるのかもしれぬ。いずれにせよ、御仁には御仁なり、自ら寄せてくれている信頼の報いを要求する筋合いはあろう。して先方がついぞわたしの秘密を探ろうとしたためしがないからには、わたしもついぞ御仁の秘密を穿鑿しようとしたためしはない。この互いに対す暗黙の信頼にはどことなく我々二人共にとってまんざらでもない、ゴキゲンな所があり、それもあって恐らく、仰《のっ》けに我々の友情にはおまけの乙が添えられたに違いない。とまれ、我々は兄弟のように気心が知れ、それでいてわたしは先方のことを耳の遠い御仁としてしか存じ上げぬ。

　上述の通り、隠遁はわたしにあっては習い性となった。とは言え、耳の遠い御仁とわたしにはもう二人、馴染みがあると言い添えようとて、くだんの申し立てと齟齬は来すまい。わたしは一日の大半を孤独の内に過ごし、今のその三人以外馴染みはいない、と言おうか馴染みを変えず、彼らとも一定の間《ま》を置いてしか顔を合わさぬ。かくて、我々の付き合いの正しく質《たち》と目的故にこそ、引き籠もった気っ風だと思われている。

　我々は往時の命運に少なからず暗雲の垂れ籠めた、世捨て人めいた習いの男達だが、にもかかわらず、根っからの熱き血潮は齢《よはい》と共に冷めるには至らず、持ち前の伝奇魂《でんきだましい》も未だ揉み消されるどころか、世智辛い現実にまたもや目を覚ますくらいならいっそ心地好い夢の中でフラフラと世の中を流離いたいと願っている。我々は塵と燃え殻から永久《とこしへ》の若さなる精髄を抽出し、御当人の井の底から幾多の妖精じみた上っ調子な形《なり》なるはにかみ屋の「真理」を誘《おび》き寄せ、我々の坩堝を潜《くぐ》る如何ほどありきたりにして取るに足らぬ物質においてすら一欠片の快楽なり一粒の善なり見出そうとする錬金術師だ。過ぎ去りし日々の亡霊、空想の生き物、当今の人々は皆同様に我々の求めて已まぬ代物にして、大方の哲学者にあってのお目当てと似て非なることに、連中に好き放題、お越し願える。

　耳の遠い御仁とわたしが仰《のっ》けに日中、こうした空想で気を紛らしては夜分、退屈凌ぎにそいつらを互いに打ち明け始めた。我々は今では四人だ。がわたしの部屋には古ぼけた椅子が六脚あり、互いの間では二脚の空席はもしやおメガネに適う御仁が二人見つかれば、その数だけは仲間を増やせるとの覚えに、皆して顔を合わす際には必ずやテーブルに据えておこうという諒解が成立している。たとい我々の内一人が死んでも、当人の椅子はいつもお定まりの場所に据えられるが、二度と誰にも座らせまい。ばかりかわたしは遺書に、我々が皆死ねば、屋敷はぴっちり閉《た》て切り、空っぽの椅子は依然、いつもの場所に据えておくよう盛り込ませてもいる。惟みるだに愉快ではなかろうか、その期に及んでなお我々の霊魂が多分、昔日さながら集い、幽霊じみた四方山話に花を咲かせているやもしれぬとは。

　一週間に一晩、時計が十時を打つと、わたし達は顔を合わせ、午前二時かっきりに、わたしは独りきりになる。

　ではそろそろ、我が老僕は如何様に我々に時を告げ、我々の手続き全般にチクタクと陽気なハッパをかけるのみならず、その時間厳守の習いとわたしの愛故に「ハンフリー親方の時計」なる洗礼名を授けられし我らが一座にその名を附与することと相成ったのか申し上げようか？　ではそろそろ、ヤツをこさえた男の鼓動は如何様にとうの昔にひたと止まったきり、二度と再び打つまいと、几帳面な振り子がドクドクと、健やかに脈打ち鼓動する、古びた仄暗い奥まりの底には、我らが悦楽を我が古馴染みと結びつけ、「時」そのものの心の臓より「時」を紛らす手立てを引き出せるよう、常に我々の手づからそこに仕舞われる埃まみれの書付けの山があることか申し上げようか？　果たしてわたしは何たる密かな誇りをもって、我々が夜分集う度、当該玉手箱を開け、がそれでいて我が愛しき古時計には新たな愉悦の貯えがあるのを目に留めることか申し上げようか、と言おうか申し上げられようか？

　我が孤独の馴染みにして相方よ！　わたしの愛は独り善がりなそれではない。汝《な》の功徳を独り占めするのではなく、汝《な》の心象との愉快な連想を幾許かなり世界中にバラ蒔こうではないか。世の人々に汝《な》の名を陽気で健やかな想念と結びつけて頂こうではないか。如何に汝《な》が真実にして正直な時を刻み続けていることか信じて頂こうではないか。して我ながら、如何に世の人々が何か屈強な母語の書き物を見て取っていると分かれば慶ばしかろうことか――ハンフリー親方の時計の中に！

時計ケース

絶えず炉隅より読者諸兄に話しかけるのがわたしの本意であり、願はくは、わたし達の来歴と手続きや、わたし達の穏やかな思索、もしくはより忙しない冒険から諸兄に審らかにするような手合いの逸話がソッポを向かれぬよう。とは言え、しかしながら、わたしがこの、主たる生き甲斐に抱いている熱き想いをかの、自ら訴えかけている諸兄が同上に感じて然るべきよりちっぽけな度合いの興味と混同し、かくてやたらクダクダしく我らがささやかな集いに触れることでまずもって冗長にならぬよう、ここにて諸兄もお気づきの通り、打ち切るに如くはなかろう。

が、にもかかわらず、古馴染みには拘泥《こだわ》りがあり、当然のことながらその功徳を余す所なく知って頂きたいと思えばこそ（なるほど、正直認めざるを得ぬことに、変則にして我らが典《のり》には反するが）、時計ケースを開ける誘惑には打ち勝ち難い。まずもって手をかける巻き物は耳の遠い御仁の筆跡になる。御仁については、わたし自身の次の書き物において審らかにせねばなるまいが、くだんの慶ばしき仕事に手をつけるに御仁の手づから我が正直者の時計の保管に委ねられた当人のペンの賜物もて前置きをするほどまっとうなやり口がまたとあろうか？

草稿を繙けば、以下の如し——

巨人年代記序

昔々、とはつまり、この我々の時代に——正確な年月日はどうぞお構いのう——ロンドン・シティーに花も実もある市民が住んでいた。というのもこの男は御身一つに青果卸し商と、市参事会員と、市会議員と、映えある木靴製造組合員の威厳を兼ね具え、これらとびきりの箔にかてて加えて州長官なる肝要な地位と称号をも担い、とうとう掉尾《ちょうび》を飾るに、次期ロンドン市長閣下なる誉れ高き高位に就くことになっていたからだ。

男は全くもって実に花も実もある市民だった。顔は霧に包まれた満月そっくりにして、小さな二つの穴が、目たるべく刳《く》り貫《ぬ》かれ、熟れに熟れた梨が鼻たるべくくっつき、だだっ広い裂け目が口の役をこなしていた。チョッキの腹帯は男の仕立て屋の店に世にも稀なる珍品としてイニシャル入りにて吊る下げられた。高鼾よろしく息を吐《つ》き、声は、いざ口を利く段ともなれば、羽根布団に押し潰された上から揉み消されてでもいるかのようにくぐもってお出ましになった。象さながらのっしのっし地べたを踏み締め、呑み食いする様はまるで——まるで、正しく御当人収まっておいでの市参事会員を惜いて何人《なんぴと》たりやってのけられなかったろう。

この奇特な市民はちっぽけな取っかかりから大いなる高位へと昇り詰めていた。いつぞやは骨と皮に痩せこけた、皺くちゃのいじけた小僧で、骨にそんなにずっしり肉がつくとも、懐にそんなにずっしり金が入るとも夢にも思っていなかった。してパン屋の戸口で晩メシを掻っ込み、ポンプで紅茶が呑めれば万々歳だった。がとうの昔にそんなあんなをそっくり忘れ——とは、青果卸し商にして、市参事会員にして、市会議員にして、映えある木靴製造組合員にして、元州長官にして、次期ロンドン市長閣下にあっては宜なるかな——ロンドン市庁における大正餐会の前日に当たる、大いなる黄金の市長席への選任の年の十一月八日におけるほど生まれてこの方、コロリと忘れたためしもなかった。

たまたま、くだんの夕べ、会計事務所に独りきり腰を下ろしたなり、ほんの退屈凌ぎの御愛嬌、翌日の献立表にざっと目を通し、丸々太えた雄ウサギを五十羽《ごじっぱ》からげで、海亀スープを百クォートからげで、照合していると——だから、たまたま、これら愉快な計算に独りきり耽っていると、見知らぬ男がフラリと入って来るなり、景気はどうかと声をかけながら言い添えた。「たといおれがほんのおぬしの半ばも変わっていようと、おぬし、よもやおれとは思うまい」

見知らぬ男はやたら身形が好すぎる訳でも、その語の如何なる意味においてもおよそ肥えているとか裕福そうに見える訳でもなかった。がそれでいて何がなし控え目ながら得々と口を利き、懐の温《ぬく》い男にしか合法的に申し立てられぬようなある種気さくで殿方めいた風情を具えていた。のみならず、男は奇特な市民がちょうど三百七十二羽目の丸々肥えた雄ウサギを数え上げ、お次の欄に繰り越そうとしているその矢先に待ったをかけ、それではまだ癪のタネの蒔きようが足らぬとでもいうかのように、博学のロンドン市裁判所判事はくだんの同じ扉からものの十分前に出て行き、クルリと向き直りざまかく言っていたのではなかったか。「お休みなさい、閣下」然り、判事は「閣下」と言っていた——生まれも好ければ学もある、映えあるミドル・テンプル協会の法廷弁護士たるあの男は——伯父は下院議員にして、伯母はそっくり、とまでは行かずともほとんど、上院の末席を汚しかけていた(というのも腑抜けの華族と連れ添い、御亭主に山の神の意のまま投票させていたから)——然り、この男は、この博学の市裁判所判事は「閣下」と言っていた。「閣下に閣下の称号を与えるに明日まで待てません、市長閣下」と男は深々と頭を下げ、笑みを浮かべて言う。「閣下は法律上《ディ・ジュアリ》ではないにせよ事実上《ディ・ファクト》ロンドン市長閣下であられます。では、お休みなさい、閣下」

当選市長閣下はこいつを思い起こし、他処者の方へ向き直ると、突っけんどんに「私用の会計事務所からとっとと失せる」よう告げながら、三百七十二羽の丸々肥えた雄ウサギを繰り越し、計上を続けた。

「おぬしひょっとして」と相手は一歩しゃしゃり出ながらたずねた——「おぬしひょっとして、チビのジョー・トディーハイを覚えていないか?」

ポート・ワインが束の間、青果商がかくつぶやく間《ま》にもどっとばかり、御当人の鼻から迸り出た。「ジョー・トディーハイだと!　ジョー・トディーハイがどうした?」

「おれがジョー・トディーハイだ」と他処者は声を上げた。「おれをよく見ろ――もっと、もっと、よく見ろ。さあ、分かったか？　チビのジョーに見覚えがあると？　おぬしの一世一代の就任式のぴったり前の晩にまた会えるとは、おれ達二人にとって何と目出度いことか！　おお！　握手だ、ジャック――両手でな、昔のよしみってことで」

「そうキツく握るな。痛いじゃないか」と当選市長閣下はグチっぽく言った。「止してくれ――誰が来ないとも限らん――さあ、トディーハイ殿」

「トディーハイ殿！」と相手はしょんぼり繰り返した。

「おお、構うな」と当選市長閣下はボリボリ頭を掻きながら言った。「いやはや！　ああ、てっきりきさま、あの世なものと思っていたがな。何て奴だ！」

　実の所、こいつはとんだ災難。市長閣下ががっくり肩を落とし、さも苛立たしげに口を利くのも無理なかろう。ジョー・トディーハイは共にハル*で貧しい少年時代を過ごし、彼の飢えを凌いでやろうと、しょっちゅう最後の一ペニーを分かち合い、最後のパンの一欠片を食わせてやっていた。というのもジョーは当時、一文無しの小僧だったにもかかわらず、こと友情にかけては如何なる大立て者にも敵わぬほど律儀で馴染み思いだったから。二人はある日、功成り名を遂げんと、別々の方角へ旅立った。ジョーは船乗りになり、今や左団扇の市民は物を乞いつつロンドンに辿り着いた。二人は、さすが愚かな奴らしく、泣きの涙で別れ、きっといついつまでも無二の親友でいようと、もしも生きていれば直《じき》また連絡を取り合おうと誓い合った。

　遣い走りの小僧たりし時分、して丁稚奉公に上がり立ての日々ですら、市民は幾々度となく、哀れ、チビのジョーから便りは届いていないかとトボトボ郵便局まで歩いて行き、たった一人きりの馴染みから何の便りも届いていないと知らされると、またもや目に一杯涙を浮かべて家路に着いていたものだ。この世は広いもので、待てど暮らせど便りは届かず、いざ届いた時には、差出し人はとうに忘れ去られていた。便りは誰一人として受取り人の現われぬまま郵便局に放ったらかされていたせいですっかり黄ばみ、やがて他の五百通共々ズタズタに引き裂かれた挙句、反故として売り払われた。が今やとうとう、これきり思いも寄らぬ時に、そら、このジョー・トディーハイが、ひょっこり姿を見せ、大いなる公人との旧知を申し立てようとは――翌朝には英国首相と軽口を叩き合い、来《きた》る十二か月の内いつ何時であれほんの一言命《めい》を下せば、テンプル門*を閉じ、国王その人にとってすら「行き止まり」にしてみせられよう大いなる公人との！

「全くもって何と言ったものやら、トディーハイ殿」と選出市長閣下は言った。「げに全くもって。不都合極まりないでは。いっそ二〇ポンドでお払い――ああ、げに不都合極まりないでは」

　市長の脳裏をふと、ひょっとして古馴染みは腹立ち紛れに、何か御自身腹を立てるのもごもっともな謂れたる癪のタネを蒔いてくれるやもしれぬとの思いが過っていた。が然に非ズ。ジョーは彼をじっと、がめっぽう穏やかに、見据えこそすれ、一言たり口を利かなかった

「もちろん借りているものは返そう」と選出市長閣下は椅子の中でジリジリ苛立ちながら言った。「きさまわたしに別れ際――確か一シリングだったか何か――小銭を貸してくれたな。もちろんそいつならたっぷり利子をつけて返そう。今では誰にも借りを作らずに済むし、これまでだって借りを踏み倒した覚えはない。もしや明後日《あさって》――黄昏時にでも――市長公邸に立ち寄り、わたしの個人秘書を呼んでもらえれば、為替手形を用意させておこう。今の所もうこれ以上口を利く暇《いとま》はないが、ただ」――彼はためらった。というのもせめて今度限りは幼馴染みの目の前で一世一代の晴れ姿をひけらかしたいとのムラッ気が頭をもたげている片や、馴染みの見てくれはひょっとして目下の弱々しい明かりでは見分けのつかないほどみすぼらしいやもしれぬとの懸念が脳裏を過ったから――「明日の正餐式に来たければ話は別だ。もしも欲しければ、この券を渡しても構わん。こいつなら、ノドから手が出るほど欲しがる者はごまんといようが」

　幼馴染みはウンともスンとも返さぬままカードを受け取り、直ちに暇を乞うた。幼馴染みの日に焼けた面《おもて》と白髪まじりの頭は束の間、市民の瞼に彷彿としていたが、三百八十一羽目の丸々肥えた雄ウサギに辿り着く頃までにはコロリと、忘れ去られていた。

　ジョー・トディーハイは生まれてこの方ヨーロッパの首都に足を踏み入れたためしがなく、その夜、あちこち通りから通りをさ迷いながら、何と教会やその他公の建物の数知れず立っていることよと、何と店々はキラびやかにして、どこにもかしこにも金銀宝が山と積まれ、キラキラ目映いばかりにひけらかされていることよと、というに何と人々はグルリの驚異にも一見、てんでお構いなしで、セカセカ道を行き交っていることよと呆気に取られていた。が、長い通りや広い中庭のどこを探しても知った顔一つ見当たらず、横丁へ折れ、コツコツと石畳に響く己自身の足音を耳にすると蓋し、ほっと胸を撫で下ろした。それから、旅籠に戻り、ロンドンは何と侘しく寂しい街だことよと惟み、果たして映えある木靴製

造組合全員の中にたった一人だってまっとうな心根の男がいるものやらと首を捻りたくなった。とうとう、床に就き、自分と選出市長閣下がまたもや小僧たりし夢を見た。

翌日、彼は正餐会へ行き、どっと、光と楽の音《ね》が迸り、目映いばかりの飾りつけの真っ直中にして、グルリを燦然たる一座に取り囲まれたなり、昔馴染みが大広間の上座に姿を見せ、割れんばかりの歓声や拍手に迎えられた際には、彼自身、誰よりやんややんやと手を打っては声を上げ、思わず泣き出しそうになった。がお次の瞬間には然に掌を返したように打って変わった独り善がりな男のせいでかくも女々しい真似をするとは我ながら恥じ入り、向かいの見るからに愉快げな御老体のことは御当人、心底得々と木靴造りなりとうそぶくからというのでいっそ憎まんばかりであった。

宴《うたげ》が酣となるにつれ、彼はいよよ、いよよ、金持ちの市民のつれなさを気に病み始めた。とは言え、これきり焼きモチを焼いているから、というのではなく、ただ彼ほどの地位と資産に恵まれた男ならばそれだけ昔馴染みを、たとい如何ほど貧しく梲が上がるまいと、懇ろに迎えても好かろうという気がしたからだ。然に惟みれば惟みるほど、胸中寂しく、悲しくなった。して一座が散り散りなり、舞踏室へ席を移すと、独りきり大広間や廊下をあちこち行きつ戻りつしながら、しょんぼり、かくて食らった肩透かしにつらつら思いを馳せた。

たまたま、くだんの鬱々たる心持ちにてそこいらをウロつき回っていると、仄暗く、急な、せせこましい階段に突き当たり、ほとんど無意識の内に昇り、かくてがらんどうの、人気《ひとけ》ない、小さな音楽回廊に潜り込んだ。大広間がそっくり見はるかせる当該高みの持ち場より、退屈凌ぎの御愛嬌、下方で召使い達が馳走の残飯をノラリクラリ片づけては、ボトルというボトルから、グラスというグラスから、あっぱれ至極なまでにしぶとく酒をすすっているのを眺めていた。

次第に、しかしながら、気も漫ろになり、いつしかぐっすり眠りこけた。

ハッと目を覚ましてみれば、そいつらどこかおかしいに違いない。が御両人をちびとこすってみると、ほどなく、月光は事実、東の窓から射し込み、ランプは一本残らず消され、辺りには人っ子一人いないのが分かった。ひたと聞き耳を立《た》ててみたが、谺催いの廊下の遙かなつぶやき一つ、扉を閉てる物音一つ、死んだような静けさを破るでなかった。手探りしながら階段を下りてみれば、袂の扉には反対側から錠が下りている。とならば今や存外長らく眠りこけていたに違いないと、誰の目にも留まらぬまま、その夜は一先ずそこに閉じ込められてしまったものと観念し始めた。

　仰《のっ》けの感懐は、恐らく、どこからどこまで心地好いそれではなかったろう。というのもそこは暗く、肌寒く、土臭い臭いのする場所で、そんな羽目に陥った男が気楽に構えるにはいささかだだっ広すぎたからだ。とは言え、束の間胆を潰したのから立ち直ると、クヨクヨしても始まるまいと思い直し、またもや階段を昇り、夜が明けるまでせいぜい回廊でくつろぐホゾを固めた。当該目論見を実行に移すべくクルリと向き直ったその拍子、時計が午前三時を打つのが聞こえた。

　死んだような夜の黙《しじま》を、例えば時を告げる遙か彼方の時計の音《ね》に破られてみれば、いざその音《ね》が止む段には、静けさはいよよ身に染み、耐え難くなろう。彼はひょっとしてどいつかはぐれ者の時計が仲間よりグズグズと遅れて、これから時を打つのではなかろうかとピンと耳を欹てた――その間《ま》も終始、眼前の真っ暗闇をグイと、挙句御逸品、彼自身の目玉の数知れぬ反射の鏤められた黒々とした薄絹に織り成されるやに思われるまで覗き込みながら。されどこの一度こっきりに限り、鐘はどいつもこいつもこちとらのクギ差しを撞き果していたと見え、その場を噎び渡る一陣の風は連中の鉄の息でずっしり、冷え冷えと凍てついてでもいるかのようだった。

時と状況は物思いに耽るには打ってつけだった。彼は、なるほど癪ではあったものの、終日《ひねもす》辿っていた脈絡に想念を繋ぎ留め、何と夢見がちな気分で死ぬ前に一度でいいから古馴染みと握手を交わしたいものだと心待ちにしていたことか、というに事実果たした再会と然てもしょっちゅう、然ても長らく思い描いていたそいつとの間には何と大きな酷き隔たりがあることか惟みようと努めた。がそれでいて、かくも唐突な孤独に目覚めているせいで心は千々に乱れ、如何せん、ズブの恐いもの知らずの連中の妙ちきりんな逸話につらつら思いを馳せざるを得なかった。というのも連中、夜分、地下納骨堂か教会か、ともかくその手の陰気臭い場所に閉じ込められるや、何としても外へ這いずり出すべく、目も眩むような高みにまで攀じ登り、ついぞ危険から尻に帆かけたためしのないほどとっとと、静寂から尻に帆かけていたからだ。さらば勢い、窓から射し込んでいた月光が思い浮かび、そいつのことを惟みながら、またもや手探りで捩《よじ》くれた階段を昇って行った――が、まるで足音を聞かれてはマズいとでもいうかのように抜き足差し足。

　またもや回廊に近づくにつれ、建物の中に明かりが射しているせいでギョッと胆を潰した。がそそくさと近づき、辺りをキョロキョロ見回せど、何ら明かりの射して来る種も仕掛

けも目に入らぬせいでいよよ腰を抜かさぬばかりにびっくり仰天した。が当該明かりがまざまざと炙り出した光景を目の当たりに、如何ほどいよよ生きた空もなく胆を消したことか。

ゴグとマゴグ*の二体の巨大な木像が——各々身の丈十四フィートは下らぬ、例の、ロンドン大火の後《のち》に、なお神さび、なお荒らかな巨体の後釜に座り、今日《こんにち》に至るまでロンドン市庁にデンと鎮座坐す御両人が——生身の人間よろしく口を利いては手足を動かしているではないか。これらシティーの守護神は台座から下り、ゆったりとした姿勢で、大きなステンドグラスの窓に寄っかかっていた。二人の間にはワインで一杯と思しき古めかしい樽があった。というのもより若造の方の巨人がポンとその上にどデカい手をかけ、巨大な片脚を放り上げざま、いきなりカンラカラ腹を抱え、哄笑は雷《いかづち》よろしく大広間中に轟き渡ったからだ。

ジョー・トディーハイは我知らず身を屈《ここ》め、この世というよりむしろあの世めいた態にて、髪の毛がツンツン押っ立ち、膝がガクガク震え、冷や汗がどっと額に吹き出すのを感じた。が、この期に及んでなお恐いもの見たさの一心にして、巨人御両人が上機嫌な所へもって、どうやら彼がそこにいるのに気づいていないのにいささか気を強くし、回廊の片隅になるたけちんまり蹲るや、手擢越しに顔を覗かせながら御両人を具に観察した。

してその時のことである、流れるような白髪まじりの口髭を蓄えた、より老いぼれた巨人が物思わしげな目を相方の方へ上げ、しかつべらしくも厳かな声でかく話しかけたのは。

巨人年代記第一夜

（一八四〇年四月十一日付第二号）


いきなりクルリと相方の方へ向き直るや、より老いぼれた巨人はしかつべらしくも厳かな声音で次なる文言を口にした。

「マゴグよ、かようにドンチャン浮かれ騒ぐのはこの神さびた街の巨人番人《ばんにん》につきづきしいことか？　見張りの精霊に相応しい立居振舞いか？　我らが目に清かならざる頭上を幾《いく》歳《とせ》もの月日が流れ、数知れぬ様変わりが空ろな風よろしくかすめ去り――我らが影も形も無き鼻孔にては血と罪や、疫病や、残虐や、恐怖の臭いが死すべき定めの者達にとっての息吹さながら近しく――我らが視界にて「時」の翁は幾世紀もに及ぶ生り物を刈り入れ、人間の倨傲と情愛と希望と悲哀なる幾多の収穫を蓄えて来たというに？　我々の盟約を思い起こさぬか。夜は更け、宴や、浮かれ騒ぎや、楽の音《ね》がそれでなくとも我々のいつもの孤独の幾時間もに食い込み、朝《あした》はほどなく訪れよう。またもや声をひたと黙《もだ》させられぬ内に、我々の盟約を思い起こさぬか」

くだんの締め括りの文言を、見てくれの老齢としかつべらしさとはおよそ相容れぬほど苛立たしげに口にしながら、巨人は（依然片手に握り締めている）長棹を振りかざし、弟分の巨人の頭を強かに打ち据えた。してそいつがまた生半ならず強かにお見舞いされたものだから、後者は樽にあてがっていた唇をやにわに引っ込め、楯と斧槍を引っつかみざま、守勢を取った。奴が熱り立ったのは、ただし、ほんの束の間だった。というのも引っつかんだに劣らずすかさずくだんの武器を脇へ置き、脇へ置く間《ま》にもかく返したからだ。

「ほら、古馴染みのゴグよ、我々は古《いにしへ》のロンドン市民が連中の街の守護精霊に（まんざらお門違いでもなく）割り当てたこれら巨体に宿れば、人類に具わる五感にも幾許か衝き動かされる。よって俺はワインに舌鼓を打てば、殴打は身に応える。前者はありがたく頂戴するが、後者は願い下げだ。故に、ゴグよ、おぬしの腕力《かいなぢから》はおよそお手柔らかどころでないからには、どうかその強かな棹は脇へ置いてくれ。さもなければお互い仲違いするやもしれん。いつまでも仲良くやろう

E. LANDELLS Sc

ではないか！」

「アーメン！」と相手は棹を窓の片隅にもたせながら言った。「だが、たった今どうして腹を抱えた？」

「それは、ほら」と巨人マゴグはポンと樽に手をかけながら答えた。「このワインの持ち主だった奴のことを思い浮かべたからさ。奴はワインを三十年間——御当人曰くの『飲み頃』になるまで——日の光に当たらぬよう後生大事に地下の窖に仕舞っておいた。ワインを屋敷の地下に埋《うづ》めた際には五十歳だった。というにワインが『飲み頃』になった時には自分こそほとんど『飲み頃』でなくなるやもしれぬとは夢にも思わなかった。一体またどうしてその時には『食われ頃』でもなくなっていようと思い当たらなかったものか。とうの昔に肉らしい肉も残っていまいが」

「夜は見る間に更けている」とゴグは憂はしげに言った。

「ああ、分かっている」と相方は答えた。「おぬしが苛々しているのもな。だが、いいか。あの東方の、日の出の曙光が夜の明ける度まずもって我々の巨大な面《おもて》を黄金《こがね》に染めるよう、わざわざ我々の向かいに据えられた窓越しに、日光はどっと石畳の上に降り注ぎ、勢い、俺の空想には、何やら冷たい石を突き抜け、地下の古びた納骨堂にまで射し込むやに思われる。未だ真夜中になったかならぬかで、我々の大いなる預かり物はぐっすり寝入っている」

二人は口ごもり、上方の月を見上げた。御両人の大きな、黒々としたギョロ目を目の当たりに、ジョー・トディーハイは息を吐《つ》くのもままならぬほど怖気を奮い上げた。がそれでいて二人はジョーのことなど歯牙にもかけず、てんで二人きりなものと思い込んでいるようだった。

「我々の盟約とは」とマゴグはしばし口ごもっていたと思うと言った。「もしや俺の勘違いでなければ、侘しき夜な夜な黙りこくったなりここで不寝《ねず》の番をする代わり、互いの気散じにこれまで我が身に降り懸かった出来事の物語を、過去と、現在と、未来のお伽草子を、古き善き時代のロンドンとその屈強な市民の伝説を、語り合おうというものだ。夜毎、真夜中にセント・ポールの鐘が一時を打ち、体を動かし、口を利けるようになる度、我々はかくて昔語りを始め、東方に萌す朧な曙光が我々を押し黙らすまで、かようのネタに花を咲かそうというものだ。というのが我々の契りと、兄弟？」

「ああ、如何にも」と巨人ゴグは言った。「そいつが白昼は霊魂たりて、深夜は血肉も具えて、この街を守る我々の間の盟約にして、未だかつて如何なる古代の祝日にとてその暗渠の、我々が昔語りを滔々と繙こうほど陽気にワインを迸らせたためしはない*。我々はこの時を境に古《いにしへ》の年代記作家となる。今一度ボロボロに朽ちた古壁がグルリを取り囲み、裏門は閉《た》て切られ、跳ね橋は上がり、下方のせせこましい窖を囲い込み、潮は橋脚の水杭相手にブクブク泡《あぶく》を飛ばしては抗う。ジャーキンと六尺棒*がまたもや通りを練り歩き、夜毎、見張りが立ち、叛徒はロンドン塔の土牢で独り寂しく眠りに就こうと努めながらも、我が家と我が子を偲んで涙をこぼす。遙か、門や壁の高みにては国賊の首がギロリと、微睡む街を荒らかに睨め据え、連中の臭気を嗅ぎつけた腹ペコの犬共は、下方の地べたを引っ掻いては陰気臭い遠吠えを上げる。斧や、斬首台や、拷問台はその仄暗い塒にて、つい今しがた狩り出された跡を冴え冴えと留める。テムズ川は、どっと楽の音《ね》や光線の迸る幾列もの長々とした陽気な窓辺を流れ去りながらも、いきなり王宮へと、逆賊門*から潮に乗ってもたらされた最後の真っ紅な染みを運ぶ。が、済まん。夜は更け、というにわたしは取り留めもなく口を利いているようだ」

　とは仰せの通りと、相方の巨人も思し召している証拠、片割れ歩哨の上述の叙事詩《ラプソディー》の間中、ボリボリ、見るからに心穏やかならずもおどけた風情で、と言おうかもしや小人《こびと》か並みの身の丈の男ならばめっぽうおどけていたろう風情で、頭を掻いていた。奴はばかりか、目配せすらした。してこっそり己自身に目配せしたこと一瞬たり疑い得なかったものの、それでいて確かに、巨大な目をクイと、正しく盗み聞き屋が身を潜めている回廊の方へ上げてもいた。のみならず、大口を開けて欠伸をした。して欠伸をされた勢い、ジョーは巨人なるネタに纏わる巷の思い込みと、如何ほどひっそり身を潜めていようと英国人の臭いを嗅ぎつける連中の口碑に名高き底力（『ジャックと豆の木』より）を思い起こして、ゾクリと身を震わせた。

　ジョーの怖気の奮いようたるや然なるものだから、奴は今にも気を失いそうになり、しばらく経って漸う視力や聴力が戻った。人心地ついてみれば、兄貴分の巨人が弟分の巨人に頻りに「年代記」に取りかかるようせっつき、片や後者は夜はとうに更け渡っているからには明くる晩まで待つに如くはなかろうとの謂れをもって御容赦願っている所であった。ならばほどなく昔語りが幕を開けること請け合いと、盗み聞き屋は大童で目を瞠り、耳を欹てた。して一言一句洩らさず、マゴグが以下の如く審らかにするのに耳を傾けた。

　十六世紀、して輝かしき令名のエリザベス女王の御代《みよ》（なるほど女王の黄金時代は流血もて痛ましく錆びついてはいるものの）、ロンドン・シティーに恐いもの知らずの若造徒弟が住まい、若造は親方の娘にぞっこんだった。無論、市壁の内側には当該状況にある徒弟なら掃いて捨てるほどいたが、ここで問題にしているのは内一人の若造にして、若造は名をヒュー・グレアムと言った。

　このヒューという若造はチェイプ区*に住まう正直者の弓師に奉公している徒弟で、親方は金をうなるほど持っているとは専らの噂だった。「噂」は、今日《こんにち》に勝るとも劣らず、当時もまず的を外すことはなかったが、時にはたまたま、当今同様、正鵠を射ることもあった。そいつは老いぼれ弓師に巨万の富をあてがった際、ひょんなことから真実に蹴躓いた。弓師の商いは英国射手隊を殊の外奨励したヘンリー八世王の時代には実入りのいいそいつで、親方はその上、財布の口をきっちり、手堅く、締めていた。という訳で、一人娘のアリス嬢は親父さんの裕福な地区全体の中でもいっとう金持ちの女相続人と相成った。若造のヒューはしょっちゅう棹と棍棒を手に、嬢さんは、ばかりかいっとうべっぴんだと言い張っていた。奴の惚れた弱みでない証拠、アリス嬢は蓋し、とびきりのべっぴんだった。

　もしや当該思い込みを依怙地な連中の石頭に叩き込むことにて愛らしきアリス嬢の心を射止められるものなら、ヒューに何ら恐れる謂れはなかったろう。が、なるほど弓師の娘は彼女のためを思っての奴の勇猛果敢な勲の噂を耳にすると人知れず微笑んではいたものの、小さな腰元は嬢さんの笑み（ばかりかあれやこれや）をどっさりヒューに垂れ込んではいたものの、ヒューはヒューで腰元の律儀に報いるべくキスと小銭を椀飯振舞いしてはいたものの、懸想においては一向捗が行った風になかった。奴は色好い素振りの見えぬ限りアリス嬢さんに胸の内をこれきり明かそうとはせず、御逸品を、アリス譲はこれきり賜らなかった。晩禱の後の夏の夕暮れ時など、奴と近所の従弟達が鈍刀《なまくらがたな》と円楯《まるたて》もて表通りで剣術の真似事をしている片や、戸口に腰を下ろしたアリス嬢がちらとでも黒々とした目を向けようものなら、ヒューの血潮は他の何人《なんぴと》たり太刀打ち出来ぬほど滾っていたろう。が嬢さんは奴に対すにつゆ劣らず懇ろに外の奴らにも秋波を賜り、もしやアリス嬢が脳天をカチ割る奴といい対カチ割られた奴にまで微笑みかけるとしたら、一体そいつらをカチ割ったとて何の甲斐のあったろう?

　が、相も変わらずヒューは想いを懸け続け、いよよ、いよよ嬢さんにクビったけになった。明けても暮れても嬢さんのことばかり考え、夜っぴて嬢さんの夢ばかり見た。嬢さんの言葉や仕種はそっくり、大切に胸に仕舞い、嬢さんの足音が階段で聞こえたり、嬢さんの声が隣の部屋で耳に留まろうものなら、ドキドキ胸が高鳴った。奴にとって、老いぼれ弓師の屋敷には天使が取り憑き、天使の移ろう宙《ちゅう》や空《くう》は呪《まじな》われていた。たとい灯心草の撒かれた床からパッと、愛らしきアリス嬢が踏み締める側《そば》から花が咲き誇ったとて、ヒューには奇跡でも何でもなかったろう。

未だかつてヒューほど心の姫の眼《まなこ》にて男を上げたいと恋い焦がれた徒弟はいなかった。時に、奴は胸中、屋敷が夜分、火の手に巻かれ、己《おのれ》がどいつもこいつも恐々後込みする片や、炎と煙を物ともせずに飛び込みざま、嬢さんを両腕に抱いて焼け跡から救い出すの図を思い描いた。また時に、荒らかな叛徒が蜂起し、シティーに雪崩れ込み、わけても弓師の屋敷に襲いかかれば、嬢さんの身を守るべく無数の傷を負うて戸口でどうど倒れる絵空事をでっち上げることもあった。ほんの何か途轍もなく雄々しき手柄を挙げ、何か命がけの芸当をやってのけ、そいつを焚きつけたのは彼女自身だと、嬢さんに知ってもらえさえすれば、如何ほど命を賭しても惜しくはなかったろう。

時に、弓師と娘は六時なるハイカラな刻限に奇特な市民と共に夕飯を認《したた》めるべく出かけ、かようの折、ヒューはブルーの徒弟マントを世の徒弟の能う限り粋に着込むや、カンテラと頼みの棍棒を手に、父娘を我が家まで連れ帰ったものである。かようの折は人生の最も輝かしきそいつであった。アリス嬢が道を拾うようにして歩く片や明かりをかざせば、崩れた道を越えるのに手を貸すべく嬢さんの手に触れれば、嬢さんに腕に寄りかかられれば――ということにすら、時にはなったから――正しく天にも昇るようだった！

夜空が明るければ、ヒューは親方と目の前を歩く弓師の娘の艶やかな姿にじっと目を釘づけにしたなり殿《しんがり》を務めた。かくて彼らは、今やキーキーと耳障りな看板が通りへ突き出ている古めかしい木造りの家々の迫り出した切妻の下を潜ったり、今やしかめっ面の仄暗い門口から皓々たる月光の直中へと這い出したりしながら、シティーのせせこましいウネくった通りから通りを縫った。かようの折々、それとも喧嘩腰のはぐれ者共の叫《おら》び声が耳に留まれば、弓師の娘はいつもおずおず、もっと近づいて頂だいなとばかり、ヒューの方を振返ったものである。さらば奴の何とむんずと棍棒を握り締めざま、一ダースからの荒くれ相手に組み打たんものと希ったことか、アリス嬢を愛するが故！

老いぼれ弓師は常日頃から宮廷の男伊達に利子をつけて金を貸し、かくて幾多のキラびやかな身繕いの殿方が弓師の店先で馬から下りることと相成った。シティーの如何なる商人の屋敷におけるより、実の所、その数あまたに上る軽やかな羽根飾りや雄々しき駿馬が弓師の屋敷にては見受けられ、刺

繍の施された絹織物やヴェルヴェットが弓師の薄暗い店や、なお薄暗い私室にて燦然と輝いた。当時は、現今に劣らず、どうやら誰より金持ちげな見てくれの騎馬武者に限って誰よりしょっちゅう金が入り用だったと思しい。

　これらキラびやかな顧客の中に一人、いつも決まって独りきりやって来る男がいた。男は見事な馬を駆り、お供を従えていなかったので、弓師と二人きり屋敷の私室に閉じ籠もる段には、ヒューに馬を預けた。さる折、客がヒラリと鞍に跨った際、アリス嬢は二階の窓辺に腰をかけていた。して引っ込み切れぬ内に客は宝石の鏤められた帽子を脱ぎ、投げキッスを送った。ヒューは客が馬を半回転《キャラコール》させながら駆け去るのを見守り、身を焼かれるほど熱り立った。が奴の頬で燃え立つ朱の如何ほど遙かに深かりしことよ、張り出し窓に目を上げれば、アリスもまた見知らぬ男の後ろ姿をじっと見送っているとあらば！

　客はまたもや、してしょっちゅう、やって来た。その都度、いよよ派手やかにめかし込み。して相変わらず、小さな張り出し窓には男を見送るアリス嬢の姿があった。とうとう、鬱陶しいある日のこと、弓師の娘は家から姿を消した。悶々と思い悩んだ末。というのも年老いた父親からの贈り物がそっくり、まるで一つまた一つと訣れを告げ、これら愛の印がいつの日か自分の胸を締めつけよう時が訪れるに違いなかろうと覚悟してでもいるかのように部屋中に散蒔かれていたからだ――が、彼女は姿を消していた。

アリス嬢はヒューに一筆、哀れな父親をよろしくと、ヒューもどうか自分と連れ添っていたなら叶わなかったほど幸せになって欲しいと認《したた》めていた。というのも自分などが与えられるよりずっとまっとうで穢《けが》れない心の愛にこそ相応しいからと。父の許しを（と彼女は綴っていた）乞う勇気はないが、神様の御加護のありますよう――して締め括りに、便箋にポトリと、涙の落ちた跡があった。

当初、親方は怒り心頭に発し、女王陛下の玉座そのものへ苦情を訴えた。が賠償は一切なき旨、宮廷にて報された。というのも娘は国外へ連れ去られていたからだ。これは後ほど真実と判明した。それが証拠、数年後、フランスから娘の筆跡の便りが届いた。手紙は震える手で認《したた》められ、ほとんど読み解けぬほどだった。辛うじて読み取れたのはただ、しょっちゅう我が家と愛しい懐かしの心地好い部屋のことを思い出すと――父親が娘に祝福を与えぬまま身罷った夢を見たと――この胸は今にも張り裂けそうだと――いうことくらいのものだった。

哀れ、老いぼれ弓師は必ずやヒューを目の届く所に置いたまま、グズグズとしばらく生き存えた。というのも今や奴が娘を愛していたことに気づき、それこそが唯一自らをこの世につなぎ留める縁《よすが》だったからだ。が、くだんの絆もとうとう絶たれ、身罷った。昔ながらの徒弟に稼業と財産を全て譲り、臨終に、万が一娘の悲惨をもたらした男が再び人生の行く手に立ち現われるようなら、必ずや娘の仇を討って欲しいと厳粛に言い遺して。

アリスの駆け落ちの時を境に、如何なる馬上槍試合場も、野原も、フェンシング道場も、夏の夕べの気散じも、これきりヒューには見《まみ》えなかった。奴は脱け殻と化した。奴は市民の間で大いなる令名を博し、高位に昇り詰めたが、めったなことでは笑顔を見せず、連中の浮かれ騒ぎにも祭り事にもついぞ加わらなかった。雄々しく、情深く、心おおらかだったから、誰からも慕われた。奴の物語を知る者には憐れを催されてもいた。して連中、それはその数あまたに上るものだから、ヒューが黄昏時に独りきり通りを歩いていると、無骨な市井の人々ですらひょいと帽子を脱ぎ、崇敬の念に、荒っぽい同情の風情を滲ませたものである。

とある五月の晩のこと――それはアリスの誕生日で、彼女が家を飛び出してから二十年の歳月が流れていた――ヒュー・グレアムはアリスのお蔭でガキっぽい日々には後光の射していた部屋に座っていた。奴は依然、男盛りではあったが、早、頭には白いものが交じっていた。懐かしき思い出に幾時間も耽る内、いつしか部屋はすっかり暗くなっていた。が表戸をそっとノックする音でハッと我に返った。

奴はそそくさと階段を駆け下り、表戸を開けてみれば、途中引っつかんでいたランプの明かりで、女の人影が戸口に蹲っているのが見えた。人影はスルリと脇をすり抜け、階段を昇って行った。奴は追手に目を凝らしたが、一人も見当たらなかった。然り、一人も。

てっきり、人影は己自身の想念の描いた幻影だと思う所ではあったろう。が、いきなり真実が朧げながらも脳裏を過った。よって扉に閂を鎖し、狂おしく駆け戻った。如何にも、そこにいるのは彼女だった——そこに、つい今しがた後にしたばかりの部屋に——そこに、彼女の懐かしの無垢で幸せな我が家に、彼を措いて誰一人ほんのかすかな面影も認められぬほど変わり果てて——そこに、跪き——火照り上がった面《おもて》の前で両手をひしと、苦悶と恥辱の内に握り締めているのは。

「おお神様、おお神様！」と彼女は声を上げた。「今こそわたくしの息の根をお止め下さいまし！　この屋根の上に死と恥と悲しみをもたらしたとは言え、おお、どうか哀れと思し召し、我が家で死なせて下さいまし！」

その折、面《おもて》に涙はなかったが、彼女はワナワナ身を震わせながら部屋を見渡した。何もかも昔ながらの所にあった。寝台はまるでその朝、そこを抜けたばかりででもあるかのようだった。如何ほど自分が愛しき記憶に留められていたことか、というに如何なる立ち枯れを自らの上にもたらしたことか示して余りあるこれら懐かしき種々《くさぐさ》は、彼女を我が家へと狩り立てていた女性のより善なる性《さが》の耐えるに余りあった。彼女はさめざめと涙をこぼし、床に頽《くずお》れた。

二、三日もすると、巷では弓師の酷き娘が我が家へ戻り、グレアム親方は屋敷に匿っているらしいと取り沙汰された。のみならず、親方は彼女が喜捨を施せるよう財産を譲り、神かけて孤独にある彼女を守ろうと誓いを立てたが、互いに二度と顔を合わすことはあるまいとも。かようの噂を耳に、同じ教区に住まう貞淑な女房や娘は少なからず業を煮やした。わけてもどうやら噂がネもハもある証拠、グレアム親方はつい目と鼻の先の別の屋敷に引っ越したと判明するに及び。親方は、しかしながら、皆の崇敬の的だったから、一件がらみで穿鑿しようとする者はなかった。して弓師の屋敷はぴっちり閉て切られている上、誰一人、大道の見世物や祝祭が持ち上がっている際にも、或いは公の散歩道を派手やかに漫ろ歩くべく、或いは服地商の露店で流行《はや》りの反物を買い求めるべく、繰り出さぬとあって、嗜み深い女性方は口々に屋敷に女性が住まっているはずはないと囁き合った。

こうした噂が鳴りを潜めたか潜めぬか、善良な男女を問わぬ全市民の驚愕は王室声明にそっくり呑み込まれた。というのもそこにて女王陛下は途轍もない長さのスペイン製細身剣《レピアー》を身に着ける習いを（流血と治安妨害に至る虚仮威しめいた高飛車な習いとして）厳しく譴責し、標記の格別な日に然る堅実な市民を市門に赴かせ、そこにて入市を申し立てる者によりて身に帯びられている、或いは携えられている、細身剣《レピアー》を、たとい四分の一インチであれ長さ三標準フィートを越えるようなら一本残らず公衆の面前でへし折る可しとの命を下していたからだ。

王室声明なるもの、よしんば公衆の驚愕が如何ほど大きかろうと、我が道を行く。所定の日、誉れ高き市民二名が門の左右の持ち場に就き、女王陛下の御意を強行し、畏れ多くも御意に異を唱えようとするやもしれぬ叛徒を（もしやいればば）一人残らず引っ捕らえんとす主力部隊たる市護衛兵、並びに不法な剣《つるぎ》の刃《やいば》を規定の長さに縮めるための基準の道具や物差しを携えた二、三名が脇を固めた。こうした手筈に則り、グレアム親方ともう一名がセント・ポール大聖堂の前の丘のラド・ゲイト＊に配備された。

黒山のような人だかりが、この箇所には出来た。というのもお触れを強行するお付の役人にかてて加えて、様々な階層の色取り取りの野次馬が犇き合い、何かと言えばその時次第で叫《おら》び上げては喚き散らしていたからだ。仰《のっ》けに姿を見せたのは小粋な若造廷臣で、廷臣は磨き上げた鋼の剣《つるぎ》を鞘から抜き——さらばギラリと、日の光を受けて輝いたが——とびきり当世風の流儀で役人に手渡した。役人は剣《つるぎ》がかっきり長さ三フィートなのを確かめると、深々と頭を下げながら持ち主に返した。その途端、男伊達の廷臣は帽子を高々とかざし、「女王陛下万歳」と声を上げながら、群衆の拍手喝采の直中を立ち去った。それからまた別の——なお輪をかけてりゅうとした——廷臣がやって来た。が、ものの長さ二フィートしかない刀身を差していたせいで群衆はゲラゲラ、閣下の面目丸つぶれもいい所、腹を抱えた。それから、三番目にやって来たのは屈強な老将校で、腰に女王陛下のお望みより少なくとも一フィート半は長かろう細身剣《レピアー》を差していた。将校に対し、野次馬は大きな罵声を浴びせ、見物人の大方は（が、わけても武具師や刃物師の連中は）いよいよ刃が折られんものと、腹の底からゲラゲラ笑った。が、とんだ肩透かし。というのも古強者《ふるつはもの》は坦々と剣《つるぎ》を帯から外すと、従者に我が家へ持ち帰るよう命じ、丸腰のなり通り抜けたからだ——見物人が皆して腸を煮えくり返らせたのは言うに及ばず。がいささか溜飲を下げるに、途轍もない武器を携えた居丈高なのっぽの猛者を野次り飛ばしてもって善しとした。というのも猛者は物々しい手筈が目に入るやはったと立ち止まり、しばし思索に暮れていたと思うと、またもや踵を回らせたからだ。がこの間《かん》終始、そろそろ正午になろうかというに、如何なる細身《レピア》剣もへし折られることなく、ありとあらゆる身分や外見の騎士がすんなりセント・ポール大聖堂の教会墓地へと己《おの》が道を行った。

かようの手続きが踏まれている片や、グレアム親方は少し離れた所に立ち、厳密に己に課された本務のみを全うし、それ以外のことにはほとんど注意を払わなかった。が今や、豪勢な出立ちの徒《かち》の殿方が唯一人、従者をお供に、丘を登って来るのが目に入るや、一歩前へ歩み出た。

この人物が近づくにつれ、群衆は喚き散らすのを止め、前屈みにならんばかりにして一心に目を凝らした。グレアム親方は門口に独り立ちはだかり、他処者はゆっくり親方の方へ近づいていたので、二人は、言はば、面と向かい合っているやに映った。貴人は（と、他処者は見えたから）さも傲然と嵩にかかっている所からして、市民のことなど歯牙にもかけていないこと一目瞭然。市民は、片や、少々の虚仮威しや苦虫如きにたじろぐどころか、徳義と勇気を具えた貴顕以外は一向意に介すまい男の決然たる風情を終始崩さなかった。各々の側《がわ》にて、恐らくはかようの感情を相手の内に見て取らばこそ、いよよ近づくにつれ、両者の眼差しにはいよよ険しい表情が浮かんだ。

「細身剣《レピアー》を、貴殿！」

との文言を口にしたその刹那、グレアムはハッと息を呑み、数歩後退りざま、帯に差した短刀に手をかけた。

「きさま、いつもわたしが弓師の店先で馬の頭絡を預かっていた男だな？　ではないか？　さあ、言ってみろ！」

「そこをどけ、このヤクザ犬の徒弟めが！」と相手は言った。

「きさま、ヤツだな！　確かに見覚えがある！」とグレアムは声を上げた。「我々の間に誰一人割って入るな、さもなければその男の息の根をこそ止めてやる」と言うが早いか、短刀を抜き、他処者に襲いかかった。

他処者は、一言も口が利かれぬ内に、武器を検閲のために鞘から抜いていた。して襲撃者に突きかかった。がグレアムが左手に握っていた短刀は当時かようの突きを躱すために用いられる専用の短剣《ダーク》だったので、すかさず鋒をはねのけた。

二人は組み打った。短刀はガシャリと地べたに落ち、グレアムは敵の剣《つるぎ》を捥ぎ取るや、グサリと胸を突いた。して引き抜きざま、剣は真っ二つに折れ、綷切れた男の骸《むくろ》には鋒が残った。

以上全ては瞬く間の出来事だった。よって、野次馬は割って入ることさえままならず、見守っていた。が男が倒れ込むが早いか空《くう》を劈かんばかりのどよめきが沸き起こった。従者はやにわに門から駆け出し、主人たる貴人が、一市民に襲われ、危められた由申し立てた。申し立てはすかさず口から口へと伝わり、セント・ポール大聖堂と、教会墓地の本屋や、一杯飯屋や、喫煙屋台は一軒残らずどっと、騎士とその従者を潮《うしお》よろしく迸らせ、連中は押し合い圧し合いしている人だかりに紛れるや、剣を手に、現場へと我勝ちに駆け出した。

劣らず頭に血を上らせ、大きな喚き声や罵声で互いにハッパをかけ合いながら、市民やその他大勢は連中なり喧嘩を引き受け、グレアム親方を幾々重《え》にも取り囲むや、無理矢理、門から引っ立てた。親方が折れた剣《つるぎ》を頭上に振りかざしながら、彼らの聖なる我が家を守るためならばロンドンのとば口で息絶えたいと訴えようとて詮なかった。一行は親方をズンズン、万が一にも何者か襲いかからぬよう絶えずど真ん中に押し込めたまま、引っ立て続け、とうとうシティーへと押し入った。

凄まじきかな、剣《つるぎ》がけたたましくガチャつき、耳を聾さぬばかりのどよめきが沸き起こり、朦々たる塵と熱気が立ち籠め、人々は押し合い圧し合い犇き、男は足下に踏みつけられ、上方の窓辺の女は人込みに身内か恋人の姿を認める側《そば》から気も狂れんばかりに金切り声を上げ、警鐘が慌しく撞かれ、辺り一面、荒らかな忿怒と激情に包まれた。各々の人込みの外っ縁にいるせいで、武器を強《したた》かに用いられる連中は盲滅法斬りかかり、片や後方の、遣る方なき忿怒で逆上した連中は前方の奴らの頭越しに互いに斬り結んでは仲間を打ち倒した。何処で折れた剣《つるぎ》が人々の頭上に認められようと、その箇所へどっと、騎士は新たに突撃をかけた。然に突撃がかけられる度、男が踏み躙られている証拠、いきなりぽっかり口が空いたが、亀裂の入るに劣らずすかさずどっと、潮《うしお》はその上を流れ去り、群衆は依然、またもやズンズン、ズンズンひた進み続けた。夥しき剣や、棍棒や、棹や、折れた羽根飾りや、キラびやかなマントやダブレット*の端切れや、血まみれの怒《いか》った顔また顔が、どいつもこいつも一緒くたに入り乱れたなり。

人々の腹づもりはグレアム親方を一先ず住まいに匿い、当局が介入出来るまで、と言おうか自分達に和平交渉の時間が稼げるまで、屋敷を守ることにあった。が無案内故か、その折の混乱故か、連中はぴったり閉《た》て切られた親方の古屋敷の前で止まった。一枚ならざる扉を叩き割り、親方を正面まで押しやるのに少々手間取り、その隙に相手方のわけても恐いもの知らずの二十人からの連中が流れに飛び込みざま、親方その人と同時に戸口に辿り着くや、護衛から掻っさらった。

「わたしは断じてかようにまっとうな大義名分の下《もと》背を向けるつもりはない。よって神よ救い賜え！」とグレアムはとうとう紛うことなき声で、して然に口を利く間《ま》にも連中と相対しながら声を上げた。「沢してやきさまらのような男のせいで荒れ果てたこの敷居の上で背を向けるつもりは。容赦を与えぬ代わり、容赦も乞わぬ！　さあ、打ちかかれ！」

しばし、連中は窮地に立たされた。と思いきやズドンと、どうやら向かいの屋敷の一軒に忍び込んでいた何者かによって発砲された、見えざる手からの銃弾が脳に命中し、グレアムは即死で倒れた。低い噎び泣きが風に乗って聞こえ――人込みの幾多の連中はとある霊が、弓師の屋敷の小さな張り出し窓をスルリと過るのが見えたと口々に声を上げた――

辺りはシンと、死んだように静まり返った。ほどなく、血気に逸り、逆上せ上がった人込みの内幾人《いくたり》かが武器を下ろすや、そっと遺体を屋内へ担ぎ込んだ。他の者の中には二、三人の塊になって後退ったり、スゴスゴ立ち去ったりする者もあれば、仲間と連んでヒソヒソ耳打ちし合う者もあった。がほどなく乗りつけた数知れぬ護衛が集合しきれぬ内に、通りからはほとんど人気《ひとけ》が失せた。

グレアム親方を二階のベッドまで担ぎ上げた連中は女が窓の下に両手を堅く握り締めたまま横たわっているのを目の当たりに総毛立った。空しく女の息を吹き返そうとした後《のち》、彼らは女を親方の傍らに横たえた。親方は依然、右手にしかと、その日ラド・ゲイトでへし折られた最初で最後の剣《つるぎ》を握り締めていた。

巨人は上述の締め括りの文言をいきなりアタフタ口にし、その途端、大広間一杯に広がっていた不可思議な光はフッと掻っ消えた。ジョー・トディーハイは思わず東方の窓へ目をやり、さらば最初の蒼ざめた曙光が射していた。してまたもや、巨人共が腰かけていたもう一方の窓の方へ向き直った。が窓はがらんどうだった。ワインの大樽は失せ、巨大な二体の木像が台座の上で微動だにせぬまま、黙りこくっているのが仄見えた。

優に半時間は下らぬ、目をこすっては首を捻っていたと思うと――その間《ま》に朝は紛うことなく足早に忍び寄っていたが

──彼は抗い難き眠気に襲われ、とうとうぐっすり眠りこけた。目を覚ましてみれば、真っ昼間で、建物は開け放たれ、人足がせっせと昨夜《ゆうべ》の宴の残飯を片づけていた。

そっと、足音を忍ばせて小さな階段を降り、たまさか通りから紛れ込んでいた早目のノラクラ者の風を装いながら、彼はそれぞれの台座の足許まで代わる代わる歩み寄り、じっと、そいつに支えられた木像に目を凝らした。いずれの目鼻立ちにもこれきり疑いの余地はない。二人の会話の様々な段階で彼らの浮かべていた表情はしかと記憶に留めていただけに、どの皺一本、輪郭一つ取っても真夜中の巨人たることお見逸れすべくもなかった。そいつは断じて幻ではなく、自らの正気の五感で見たり聞いたりしていたものと得心するや、再びその夕刻、何としても市庁に身を潜めようとホゾを固めて表へ出た。のみならず、これから一日中しっかり眠っておこうとも。さらばまんじりともせず不寝《ねず》の番に就き、わけても二体にいつかっきり血の気が通い、また仲良く元の状態に戻るものか目を光らせていられよう──昨夜《ゆうべ》そいつをやりそくなったのが口惜しくてならなかったから。

寄稿
ハンフリー親方へ

拝啓──貴兄が馴染み方について、又共に顔を合わせた際には何を口にし、為すかこれ以上審らかになさらぬ内に、憚りながら我こそは貴兄のくだんの古びた部屋の空席の一つに選ばれて然るべき人物なりと名乗りを上げさせて頂きたく。軽々に小生を拒まれぬよう。と申すのもさらば後々少なからず悔やまれようから──然り、神かけて。

就いては当書簡に名刺を同封致す次第にて。小生はついぞ我が名を恥じたためしもなければ金輪際恥じることもなかろうかと。仲間内ではめっぽう殿方っぽいヤツだと思われ、我ながらその名を穢してはいますまい。照会が必要とあらば、我々の倶楽部のいずれの会員にであれお問い合わせを。倶楽部へ手紙を認《したた》めに足を運ぶどいつにであれ、小生の会話が如何様なものか、果たして小生の声は貴兄の耳の遠い馴染みに実に打ってつけにして易々、とはもしやズブの聾であられねば、聞き取って頂けるような類《たぐい》の声か否かお尋ね頂きたく。召使い共に小生をどう思うかお尋ね頂きたく。連中の中にゴロツキの一人とて紛れていない証拠、小生の名を耳にするだ

に震え上がりましょう。因みに——貴兄のかの家政婦については余り多くを語られぬよう。そいつは下卑た、やたら下卑た、ネタでは。

就いては、もしや小生をくだんの空席の一つに御推奨賜れば、貴兄方の間に恐らくは瞠目的な殿方流の蘊蓄を如何ほどなり傾けられる仲間を迎えることになろうかと。一人ならざる有爵の貴婦人に纏わる逸話を某か垂れ込んで進ぜましょう。さらばこれぞズブの上流生活では、貴兄——とびきりのネタでは。小生この二十五年間で果たし合いに臨んだ男の名という名を存じているばかりか、同上間《かん》芝や、賭博台や、その他の場所で持ち上がったペテンというペテンの、悶着という悶着の、極秘の詳細にも通じている次第にて。人呼んで「殿方流年代記」とはこのことか。さぞや御自身のことを運のいいヤツと思し召されましょう。誓って、胸中快哉を叫ばれましょう、小生の口から申すのも憚られますが。

何人《なんぴと》にも住所を明かさぬという貴兄の思いつきは実に素晴らしいそれかと。小生、幾度か物は試しにやってみましたが、小生の側《がわ》にどこかしら気づかわしげな所があるために必ずや正体がバレて参りました。貴兄の耳の遠い馴染みも然に名を伏せておいでとは、なかなか隅に置けぬヤツでは。そちら向きも試してみたものの、必ずや不首尾に終わって参りました。御高誼に与れば如何ほど光栄に存ずことか――何卒よろしくその旨お伝え下され。

御幼少時、貴兄はさぞや変わり者で――とんでもない変わり者で――あられたに違いなく。卦体では、貴殿の第一号の絵に纏わる何もかも――散文的で。めっぽう殿方っぽい物腰で語られてはいるものの。かようの場所に小生が罷り入れば生身の乙《おつ》が加わろうかと――とは思われませんかな?

次号では是斐とも、馴染み方は果たして貴兄の屋敷に、貴兄の掛かりで――と小生、踏んではおりますが――住まっておいでか否かお知らせ頂きたく。もしやズボシならば、喜んで貴兄の御高配に与ろう（すこぶるつきの話し相手にしてとびきり愉快な仲間たる）ぶっちぎりのヤツを存じて候。男は数年前、数知れぬプロボクサーの介添えを務め、いつぞやは自らアマの拳闘試合にも出場し、爾来、一台ならざる郵便馬車を駆り、様々な折々オクスフォード・ストリートの右側の街灯という街灯を叩き割り、あちこちの目抜き通りでガス栓を止めるは言うに及ばず、六度《むたび》にわたりブルームズベリ・スクェアのベルの把手を端《はし》から捥ぎ取って回っております。こと殿方らしさにかけて、奴の右に出る者はなく。奴こそ、小生はさておき、ありとあらゆる男《おのこ》の内最も貴兄の意に適う人物かと。

御芳牘をお待ち申し上げる次第にて。

敬具

ハンフリー親方は、生憎ながら、当該御仁と馴染み双方に関し、御仁の申し出には応じかねる由御理解頂かねばならぬ。

第二章　ハンフリー親方、炉隅なる時計側《がわ》より

（一八四〇年四月十八日付第三号）

古馴染みがそろそろ真夜中だと告げる。炉火は紅々と燃え、燃え盛るのが楽しくてならぬかのようにパチパチ、メラメラ陽気な音を立てている。炉端の（我が常客たる）陽気なコオロギとこの真っ紅に火照り上がった炎と、時計と、わたしとでこの世を独り占めにし、我々四人《よったり》しか折しも目を覚ましている者はないかのようだ。風は、つい今しがたまでビュービュー吹き荒んでいたものを、いつしか鳴りを潜め、嗄れっぽくブツブツ寝言をつぶやいている。わたしはどの刻《とき》もどの季節も全て、それなり愛でているし、恐らく、目下のそれが最高だと思いがちだ。が、過ぎ去ったにせよ、これからお越しになるにせよ、この長閑な夜の刻限は必ずや愛でている。というのも長らく埋《うつ》もれていた想念が、闇と黙《しじま》にハッパをかけられ、こっそり墓所から這いずり出すや、今は昔の幸福と希望の光景に取り憑くからだ。

幽霊に纏わる広く遍き信仰にはかようの刻限なる我々の想念の脈絡と相通ず所があり、連中の当然にして必然の帰結のように思われる。というのも何の不思議のあろうか、たとい我々誰しも、肉体から遊離した霊魂がそいつらのいつぞや愛おしく通ったくだんの場所をあちこちさ迷う口碑を信じたとて——男自身、連中に劣らず己《おの》が懐かしの世界とは切っても切れぬ仲にあるだけに、過ぎ去りし情念や昔日の上で永久《とこしへ》にグズグズとためらい、その昔己《おの》が心を温めた場所や人々のグルリを、かつての己の亡霊たりて、ヒラついているというなら？　かくて、このひっそり静まり返った折しも、わたしは生家や、いつも出入りしていた部屋や、幼かりし日々の、少年時代の、青春時代の、光景に取り憑く。かくて、埋《うつ》もれた（金でも銀でもないながら）宝の周囲をウロつき回り、己《おの》が喪失を悼む。かくて、潰えた炎の燃え殻を再び訪い、懐かしき寝台の傍の己《おの》が黙《もだ》した持ち場に就く。たとい肉体が塵に紛れてなお、わたしの霊魂がこの部屋にフラリと舞い戻ろうと、それはただ、老いぼれの生前しょっちゅう辿っていた道筋を辿り直し、ほんのそいつの思索のネタにもう一つ変わり種を添えるにすぎまい。

自らの取り留めのない瞑想において、わたしはこの神さびた屋敷に纏わる色取り取りの口碑に負う所が大きい。というのも連中、界隈中で触れ回られ、何かそれなり陰気臭い言い

伝えを有さぬ戸棚一つ、物蔭一つないほどその数あまたに上るからだ。初めて屋敷に住まうムラッ気を起こした際、てっきりこいつは地下から屋根に至るまでお化けに祟られているものと思い込んでいた。ばかりか、今に、近所の連中がわたしのことを胡散臭がっていたのはそもそも引っ越して来たその晩に八つ裂きの目に会うか、少なくとも恐怖の余り気が狂れなかったせいではないかと踏んでいる。いずれの事態と相成ったにせよ、まず間違いなく、最短距離にて人気の絶頂へと登り詰めてはいたろうが。

因襲から風評からそっくり考慮に入れ、しかしながら、一体どこのどいつが我が親愛なる耳の遠い馴染みほどありとあらゆる空想においてわたしを焚きつけ、己《おの》が想念という想念に調子を合わせてくれよう？　して何としょっちゅう我々二人を引き合わせてくれた日に、宜なるかな、感謝を捧げて来たことか！　一年三百六十五日の内、何とそいつは目出度くも、我々誰しも物心つくかつかぬか、何か気さくで、心暖まる、真心こもった代物と結びつける、クリスマスの日のことだった。

わたしは周りの人々の幸せで我と我が身に陽気なカツを入れてやろうと外出し、通りや屋敷がくだんの日にはそれは数知れず呈す祝祭と歓喜のささやかな印を寿ぐ内に早、数時間も潰していた。今やひたと立ち止まっては、雪を物ともせずに待ち合わせの場所へセカセカ徒《かち》で向かう陽気な一行を眺めたり、今やクルリと踵を回らせては、馬車にワンサと積まれた子供達が歓待の館で無事下ろされるのを確かめたりしながら。然る折には、何と人足風の男がケバケバしい帽子と羽根飾りの赤子を後生大事に抱きかかえ、何と女房が、トボトボ辛抱強く後からついて来ながらも、父親の肩越しにキャッキャと声を上げては笑い転げている我が子と挨拶を交わす上で、派手やかな晴着のことすらお構いなしなことか、うっとり来ずにはいられなかった。また別の折には、何か男伊達の、或いは求愛のたまさかの光景を目の当たりに快哉を叫び、当座、ありがたきかな、貧者の半分方、浮かれていようこと信じて疑わなかった。

日もとっぷりと暮れようかという頃、わたしは依然、通りから通りを漫ろ歩きながら、通りすがりの窓に暖かな反射を投じている明るい炉火に親しみを覚え、至る所に漲っている仲睦まじさや親愛の情に思いを馳す上でわたし自身の孤独をそっくり忘れていた。とうとう、たまたまとある旅籠の前で足を止めたその拍子、ウィンドーの献立表が目に留まり、勢いふと、一体如何なる手合いの連中がクリスマスの日に旅籠で独りきり飯《めし》を食うものか首を傾げることとなった。

　孤独な男というものは、恐らく、無意識の内に孤独を彼ら自身の格別な気っ風と見なす習いにあるようだ。わたし自身、この大いなる祝日が幾度となく巡り来る度、独りきり部屋に閉じ籠もり、ついぞこの日を広く遍き集いと愉悦のそれとして以外、見なしたためしはなかった。うっかり、して我ながらズキリと胸の疼かぬでもなく、幾多の囚人や物乞いを除外していた訳だが、連中はそのため旅籠の扉の開け放たれた輩ではなかろう。果たして事実、客がいるものか、それとも単なる見せかけにすぎぬものか——無論、見せかけに決まっていよう。

　然に思い込もうと努めながら、わたしは立ち去った。が数歩と行かぬ内にひたと足を止め、振り返った。扉の上のランプには小癪な商いの風情が漂い、何とも抗い難かった。存外、客が仰山いるやもしれぬと気が気でなくなった——ひょっとして、世の荒波に揉まれている、この都大路にては全き他処者たる若造達が。連中、馴染みは遙か彼方に住まい、懐もおよそ温《ぬく》いどころでないからには、そこまで旅をしようにも先立つものがないのやもしれぬ。などと思えば、それはその数あまたに上るちっぽけながら痛ましき図が立ち現われたものだから、そいつらを我が家まで連れ帰るより、いっそ現実をこの目で確かめようとホゾを固めた。よってクルリと踵を返すや、中へ入って行った。

　わたしは食堂に客が一人きりしかいないのを目の当たりに、嬉しいような悲しいような気分になった。一人こっきりで、やれやれと。が、そこに独りきりいるとは、如何せん気の毒ではないかと。客はわたしほど老けているようには見えなかったが、わたし同様老いぼれ、髪はほとんど真っ白だった。わたしは相手の注意を惹き、ついでに一年のくだんの時節の古き善きやり口に則り挨拶しようと、殊の外騒々しく食堂へ入り、腰を下ろした。にもかかわらず、客は頭を上げず、そいつを片手にもたせたなり、食べくさしの馳走宛とっくり物思いに耽りながら座っていた。

　わたしは何か食堂に居座る言い抜けを与えてくれそうなものを注文し（家政婦がその夜はどこぞの馴染みの馳走の御相伴に与るからというので、早目に夕食を取っていたので）、邪魔にならぬ限りにおいて相手の様子の見て取れる場所に腰を下ろした。ほどなく客は目を上げた。何者か入って来たのに気づいてはいたが、わたしの姿はほとんど見えなかった。というのもわたしは暗がりに腰を下ろし、客は明るい所に座っていたからだ。見るからに悲しげで、物思わしそうだったので、敢えて話しかけようとはしなかった。

　お蔭で目が離せなくなり、いたく身につまされたのは好奇心より何かまっとうな代物だったと今に信じたい。未だかつてかほどに辛抱強く、心優しそうな顔を目にしたためしはなかった。馴染みに囲まれて然るべきではあったろうが、それでいてここに独りきり、ありとあらゆる連中が馴染みと和気藹々とやっているというに、しょんぼり、座っていた。ハッと、物思いから我に返る度、またもやそいつにトンボ返りしている所からして、瞑想のネタが何であれ、そいつら憂はしい手合いにして、おいそれとは手懐けられて下さらぬこと一目瞭然。

　御仁は孤独に馴れていなかった。のは間違いない。というのもわたし自身の経験からして、もしや馴れていたなら、もっと異なる態度を取り、他人のお越しにいささかなり興味を示していたろうから。お見逸れすべくもなく、御仁はさっぱり食い気に見限られ、空しく箸をつけようと努めながらも、幾度となく皿は押しやられ、その都度元の姿勢に戻っていた。

　御仁の記憶は懐かしのクリスマスの日々の間をさ迷っているやに思われた。その内幾多はもろともパッと、互いの間に長い合間を置いて、というよりむしろ一週間の曜日さながら次から次へと立ち現われた。御仁にとって気がつけば初めて(わたしは事実初めてだと勝手に決めつけていたから)がらんどうの静まり返った部屋に誰一人気がかりな者もなきまま座っているというのは大きな様変わりであった。わたしはつい我知らず、絵空事の中で御仁の後について幾多の愉快な顔また顔の間を潜り抜け、それからくだんの、ヤドリギの大枝がガス灯の下《もと》ゲンナリしなだれ、ヒイラギの小枝が早、熱砂《シムー》嵐《ム》よろしき炙りドリや茹で肉の毒気《どっき》で焦げ上がった懶い場所へと引き返していた。正しく給仕にしてからがとうに帰宅し、代わりの素寒貧の、痩せこけた、腹ペコの男がジャケット姿にてクリスマスを寿いでいた。

　わたしはいよよ我が馴染みに興味津々となった。ディナーが済むと、御仁の前にはワインのデキャンターが運ばれた。デキャンターは長らく手つかずのままだったが、とうとう小刻みに震える手で御仁はグラスになみなみ注ぎ、唇にあてがった。その刹那、何かくだんの日に口にするが常であった優しい願いか、いつもそいつ宛祝杯を挙げていた愛し名が唇の上で震えた。御仁はそそくさとグラスを置き――またもや持ち上げ――またもや下に置き――片手で顔を覆ったと思いきや――涙がポロポロ、蓋し、頬を伝った。

　果たしてまっとうなことを為しているのか否かよく考えもせず、わたしは部屋を過り、傍に腰を下ろすと、そっと腕に手をかけた。

「どうか」とわたしは切り出した。「老いぼれの唇からなり慰めと励ましを受け取っては頂けませんかな。げにわたし自身やっていないことを押しつけようなどめっそうもない。何を悲しんでおいでにせよ、どうか元気をお出し下され――どうか、元気を！」

「お気持ちはありがたく頂戴致しますし」と相手は答えた。御親切なことではありますが――」

わたしはコクリと、御仁がその先何を言いたいか分かっている証拠、頷いた。というのも御仁の面《おもて》に浮かんだある種一心な表情と、わたしが口を利いている間《ま》にわたしを見守る注意深さからして、聴覚が損なわれているのを早、見て取っていたからだ。「ひょっとしてわたし達の間には暗黙の友愛感情《フリーメイソンリー》があるのかもしれませんな」とわたしは何を言わんとしているか説明がてら、御仁から自分自身を指差しながら言った。「たとい我々の白髪頭において、ではないにせよ、少なくとも我々の不遇において。御覧の通り、わたしはほんの哀れな片端者にすぎません」

わたしは己《おの》が負い目を初めて意識し始めてこの方、御仁がにっこり、爾来わたしの人生行路を照らして来た笑みを浮かべてギュッと手を握り締め、かくて二人して肩を並べて腰を下ろした時ほど、くだんの負い目の下《もと》幸せだったためしはなかった。

こうして、わたしと耳の遠い御仁との付き合いは始まった。して、いつ何時、時節に適った親身な一言たるほんの取るに足らぬ気さくな心遣いが、御仁がわたしに示して来たような愛着と献身によって報われたためしのあったろうか！

御仁はくだんの初対面の折、会話が淀みなく弾むよう小さな一綴りの書冊と鉛筆を取り出した。が今に忘れ得ぬことに、何とギクシャクとぎこちなくわたしが自分の会話の受け持ちを書き記す一方、何とすんなりわたしが言いたいことの半ばも書き果すさぬ内に意を汲んでくれたことか。御仁はためらいがちな声で、これまでくだんの日を独りぼっちで過ごす習いにはなかったと――いつもクリスマスは自分にとってささやかな祝い事だったと打ち明け、わたしがちらと、もしや喪服ではとばかり、出立ちに目をやるのを見て取るや、すかさず、いや、そうではないのだと、もしも喪に服しているのならまだしも耐えられように言い添えた。爾来、今日《こんにち》に至るまで、我々は二度とこの話題には触れていない。クリスマスの巡り来る度、共に過ごし、毎年、必ずや夕食後、手に手を取って互いの健康を祝して杯を干し、他愛もなくおしゃべりに花を咲かせては初対面のありとあらゆる状況を蒸し返しはするものの、この一つネタだけはさながらお互いの諒解の下《もと》、避けている。

その間《かん》、我々の友情と敬愛の念はいよよ深まり、互いの間に結ばれた絆は、わたしの心底敬虔に信じている如く、死によって絶たれこそすれ、またもやあの世で結ばれるに違いない。事実互いに心を通わせているように如何で心を通わせられるものかしかとは解《げ》しかねるが、馴染みはとうの昔にわたしにとっては聾でなくなっている。しょっちゅう散歩に付き合ってくれるが、人々でごった返す通りにおいてすら、まるで頭の中までお見通しででもあるかのようにわたしのどんな些細な眼差しや仕種にも応じる。次から次へと眼前で目まぐるしく移ろう数知れぬ事物から、我々はしょっちゅう何か格別な特徴、と言おうか際立ち故に同じ代物を選り出し、かようのささやかな偶然の一致が持ち上がる度、馴染みの何と雀躍りせぬばかりに有頂天になることか、と言おうかその後三十分は下らぬニコニコ相好を崩していようことか、は筆舌に尽くし難い。

馴染みは固より引き籠もりがちなだけに、しこたま思索に耽りに耽り、創造力を膨らますことにかけては人後に落ちぬとあって、奇妙奇天烈な想を得てはそいつをダシにあれこれ花を咲かせ、かくて我らが小さな仲間にとってはかけがえのない存在となり、もう二人の馴染みも目を丸くすること頻りである。この点にかけて放っている異彩に与って余りあるのは、とある大振りなパイプで、御当人に言わせばいつぞやはドイツ人学生の身上たりし曰くつきだそうな。そいつはさておき、御逸品、めっぽう神さびて謎めいた見てくれをしていることに疑いの余地はなく、その容量たるや然なるものだから、とことん吸い切るには三時間半の長きを要す。何でも、つい目と鼻の先の小さなタバコ屋にて毎夕集う金棒曳きの小さな一団の大御所たるわたしの床屋は、当該パイプと、火皿に刻まれた不気味な絵柄がらみで逸話を審らかにし、特ダネを耳に御近所中の愛煙家はあんぐり口を空けたなり立ち尽くしたとか。のみならず、我が家の家政婦に至っては、パイプに心底崇敬の念を抱いてはいるものの、迷信めいた思い込みにも凝り固まっているせいで、日が暮れてからはそいつと二人きり取り残されるを平に御容赦願っている。

如何なる悲しみに我が親愛なる馴染みが見舞われ、如何なる悲嘆が今なおどこか心の密かな片隅でグズグズと蟠っているにせよ、馴染みは今では陽気で、のん気な果報者だ。たとい悲運はかようの男を見舞おうと、畢竟、何か善なる結果をもたらさずにはおかぬ。その痕跡を馴染みの心優しい性《さが》とひたむきな心馳せに認める度、わたしはそれだけ一層わたし自身掻い潜ったやもしれぬ試煉のことはオクビにも出すまいという気がする。ことパイプに関せば、わたしなりの自説があり、パイプは我々が出会うに至った成り行きと何らかの点で関係があるのではないかと踏んでいる。というのも記憶する限り、ずい分長らく経って初めて馴染みはパイプのことを口にし、いざ口にしたらしたで、何やらしょんぼり口数が少なくなり、その後なお長らく経って漸う御逸品を引っぱり出して来たからだ。このネタがらみでは、しかしながら、ネ掘りハ掘りやろうとは思わぬ。というのもお蔭で馴染みの心が安らぎ、慰められているのは一目瞭然。ならば外にパイプを手離しで気に入ってやる謂れがどこにあろう。

といった辺りが、耳の遠い御仁のあらましだろうか。今や、地味なグレーに身を包み、炉隅に腰を下ろしている馴染みの姿が瞼に彷彿とする。プカプカ、お気に入りのパイプから紫煙を吹かしながら、ちらと、わたしの方へ真心と友情に満ち満ちた眼差しを投げ、陽気な笑みを湛えてありとあらゆる手合いの親身で心暖まるネタに花を咲かす。それから、今にも時を告げんとしている時計を上目遣いに見やり、ヤツからちらとわたしを見やるやまたしてもヤツへ目を上げ、どうやら我々二人のどちらに懸想したものか迷っていると思しい。わたし自身はと言えば、もしや馴染みにほんの古時計の声を聞かせてやれるものなら、正直、この哀れな手足のどいつかお払い箱にしたとて惜しくはなかろう。

我々の二人の馴染みの内、最初の男は生まれてこの方、例の、俗に「自分がバカを見るだけのお人好し」と称されるが常ののん気で、気紛れで、ズルケの手合いの端くれで通して来た。ついぞ資格を取るに至らなかった職業に生まれつき、ついぞ譲り受ける定めになかった財産を相続すべく手塩にかけられていただけに、かようの人生の能う限り波瀾万丈のそいつを送って来た。子供時代からずっと二人とも孤児《みなしご》だった男と弟は、金持ちの身内に教育され、身内は兄弟に資産を等分に譲り受けられるものと当てにするよう仕込んだ。がコビを売るには物臭にすぎ、ゴマをするには正直にすぎ、兄は次第に気紛れな老人の寵愛を失い、弟はちゃっかり機に乗じたお蔭で、今や首尾好く厖大な資産を独り占めにしている。首尾好く、とは言え、弟は巨万の富を惨めったらしくも独りぼっち仕舞い込み、恐らく一シリング叩《はた》くごと、全財産そっくりスッてしまったからというので兄きの胸が疼いたためしのないほど大きな心の疼きを覚えているのではあるまいか。

ジャック・レッドバーンは——外《ほか》のどの子も坊ちゃん付けの姓で呼ばれていた、仰《のっ》けに通った小さな学校でもジャック・レッドバーンで通っていたし、生まれてこの方ジャック・レッドバーンで通っている。さなくば今頃はまだしも懐が温《ぬく》かったろうに——かれこれ八年というものわたしの屋敷に同居している。言うなれば、わたしの司書兼、秘書兼、家令兼、首相にして、事務全般の取締役兼、家政の監察長官である。そこそこの楽師にして、そこそこの物書きにして、そこそこの役者にして、そこそこの画家にして、なかなかの大工にして、とびきりの庭師である――何せ生まれてこの方、一文の得にもならぬありとあらゆる学を身につける瞠目的天稟に恵まれて来たとあって。子供が無類に好きで、いざ看病するとなると、かほどに親身で腕の立つ看護人もまずいまい。ありとあらゆる階層の連中と付き合い、どん底の辛酸も嘗めて来た。がかほどに独り善がりでない男には、かほどに心優しい男には、ひたぶるな男には、企みのない男には、めったなことではお目にかかれまい。して恐らくかほどに功徳を施さない男も珍しい代わり、禍のタネを蒔かぬ男も珍しい。如何なる偶然により「自然の女神」がかように突拍子もないごった混ぜを造り賜ふたか、はいざ知らず、こちらは確かに、「女神」は結構しょっちゅうかようの代物を我々の間に遣わし、如何ほどその数あまたに上ろうと、連中の長《おさ》は何と言ってもジャック・レッドバーンその人だ。

　奴の齢《よはい》を言い当てるは至難の業。健康状態はおよそすこぶるつきとは言えず、鉄灰色の髪も蓬々に伸び、かくて顔には何がなし蔭が垂れ籠め、自づと疲れて見える。が、にもかかわらず、我々の間では、いっぱし若造なのではないかと目星をつけられている。してもしや世の荒波に如何ほど揉まれようと生き存えている瑞々しき気っ風がそいつの持ち主に何かともかく若者と見なされる肩書きを授けるとすれば、奴はほんのガキにすぎまい。唯一、無頓着な陽気に水が差されるのは雨降りの日曜と――さらばやたら信心深く、神妙になるから――時たま夕暮れ時くらいの――さらばめっぽう悠長な曲をフルートで吹いているから――ものである。わけてもこれら後者の折々には謎めいたものやそら恐ろしいものへ気がそそられがちで、当該気分における奴の力量が如何ほどのものかお知りになりたければ、読者諸兄には是非とも当該書付けの後に来る、時計ケースからの抜粋にお目を通し願いたい。奴はつい先達ての真夜中に草稿をわたしの所へ持って来ると、主たる出来事は前夜の夢に想を得た由垂れ込んでくれた。

　ジャックの塒は庭に面す陽気な二間《ま》で、生き甲斐の最たるものはこれら二間《ま》の家具を据えては据え直し、ありとあらゆる色取り取りの場所に置くことにある。屋敷に転がり込んで以来、ものの二晩と続けてベッドの頭を同じ場所に据えたなり眠ってはいないはずだ。してそいつを動かしたが最後、二度と同じ場所に据えることはない。家政婦は当初、こうした目まぐるしい模様替えにほとんど気も狂れんばかりだったが、次第にとことん馴れっこになり、今では奴の酔狂にそれはしっくり馴染んでいるものだから、しょっちゅうこれが最後、お次の模様替えがらみでやたらしかつべらしげに額を寄せ合っている。奴が如何様に家具を設えようと、その手筈たるや小ざっぱりしていることこの上もない。ばかりか、あれやこれやの手遊びに纏わるあれやこれやの道具はどいつもこいつもそれなり格別な持ち場に就いている。この二、三年前までジャックはたまさかの（大方すこぶるつきの日和に奴を見舞う）発作に祟られ、その影響の下《もと》、やたら丹念にめかし込んでは、散歩に出かけるとの言い抜けの下《もと》、ぶっ通しで数日姿を晦ましていたものだ。とうとう、当該タタリのぶり返しとぶり返しの合間が次第次第に長くなっていたと思うと、奇矯はすっかり鳴りを潜め、今では夏の夕暮れ時などフラリとそこいらをブラつくのをさておけば、めったなことでは外出しない。果たして依然この点がらみでの己《おの》が節操に信用が置けず、故に外套に袖を通すのが憚られるのか否かはいざ知らず、めったなことでは奴がヨレヨレのあの世じみた化粧着以外の上っ張りを着ている所に出会さぬ。化粧着のやけにどデカいポケットには、因みに、奴が手当たり次第に摘み上げる諸々の風変わりなガラクタがぎっしり詰まってはいる。

我らが馴染みにとってのお気に入りは、何もかも我々にとってのお気に入りでもある。かくて我々の間の第四の仲間は耳の遠い馴染みとわたしが御当人にひょっこり出会さぬ内に——その状況についてはまたの機会に譲るとして——ジャックをめっぽう手篤くもてなしていた、すこぶる奇特な御仁、オーウェン・マイルズ殿と相成る。マイルズ殿は一頃は実に羽振りのいい商人だったが、妻君に先立たれた悲嘆の余り、あっさり商いから足を洗い、約しくひっそり暮らし始めた。どこからどこまで混じりっ気のない気っ風の、とびきりの御仁だが、さして血の巡りが好すぎる訳でも、それなり愉快な思い込みに凝り固まっていない訳でもない。が、そいつら追い追い馬脚を現わそう。我々皆を心底敬虔に崇め奉っているが、ジャック・レッドバーンのことは敢えて馴れ馴れしく近づいても差し支えなかろう、ある種愉快な天才と目しているる。して、未だかつて誰一人ジャックほどその数あまたに上ることをやってのけられる者のいたためしはないと信じているのみならず、未だかつて誰一人然まで物の見事に何一つやってのけられる者のいたためしはないと信じ、故に奴の玄人跣の手続きの何であれわたしの注意を惹けるとなると必ずや同時に肘で小突きながら耳許で囁く。「あいつめ、ほんのこいつでメシを食ってさえいれば——ほんのこいつでメシを食ってさえいれば！」

　二人は正しく切っても切れぬ仲にあり、ひょっとして、マイルズ殿はたまさかにせよ助太刀の点で指一本動かすことはなかろうと、ジャックは相方無しでは何一つやりこなせぬのではないかと勘繰りたくなるほどだ。ジャックが本を読んでいようと、ペンを執っていようと、絵筆を握っていようと、鑿や鉋を揮っていようと、庭の土をいじっていようと、フルートを吹いていようと、何をしていようと、そら、必ずやマイルズ殿が傍らでぴっちり、ブルーの上着のボタンを顎まで留めたなり、天にも昇らんばかりの面持ちで見守っていよう――さながら我が目、我が耳に眉にツバしてかかり、よもや何人《なんぴと》たり夢の中をさておけば、かほどに手際好くやってのけられまいと頬を抓ってでもいるかのように。

　以上がわたしの馴染みであり、これで漸うわたし自身と馴染みを紹介し果したことになる。

時計ケース

チャールズ二世の御代に獄中で発見されし告白

私は陛下の陸軍で中尉に任官し、一六七七年と七八年の会戦では国外で従軍した。ナイメーヘン講和条約＊が締結されると、祖国へ戻り、退役と同時にロンドンの二、三マイル東に当たる小さな地所に引き籠もった。地所はしばらく前に妻の財産として譲り受けていた。

　今宵が私の今生最期の晩だ。よってありのままの真実を、率直に綴ろうと思う。私はついぞ胆の座ったためしがなく、子供の頃からいつも陰に籠もった、不機嫌な、疑り深い性質だった。まるで自分自身のことを早この世にないかのように語っているのは、こうしてペンを執っている間《ま》も私の墓は掘られ、私の名は死刑囚名簿に書き込まれているからだ。

　祖国へ戻って間もなく、一人きりの弟が不死の病を患った。さりとて、さして、と言おうか全く、心を痛めることはなかった。というのも大人になってからというもの、互いにほとんど付き合いがなかったからだ。弟はざっくばらんで気前が好く、私より男前な上、才芸に秀で、誰からも好かれた。海の向こうであれこちらであれ、弟の馴染みだからというので私の知遇を得ようとした連中はめったなことでは私と長らく付き合おうとはせず、概ね初対面の会話で、かほどに兄弟同士、物腰から外見から似ても似つかぬとはと驚きを隠さなかった。この手の印象を敢えて口にさすのが私の習いだった。というのも連中が如何様に我々兄弟を引き比べるか予め読めていただけに、胸中嫉妬の疼いている身としては、そいつを自らに正当化してやりたかったからだ。

　我々は二人姉妹と連れ添った。かくて一見、互いの絆が強まるやに思われようと、ただいよよ疎遠になったにすぎぬ。弟の妻はわたしの胸の内までお見通しだった。義妹が居合わす折に密かな嫉妬、と言おうか煩悶に駆られようものなら必ずや、あの女は私自身に劣らずまざまざとそいつを見て取った。かようの折々目を上げれば必ずや、義妹のそいつらがじっと私に凝らされていた。床に目を伏せるかあらぬ方を見やろうと必ずや、義妹がこちらを見張っているのを肌で感じた。互いに仲違いをしている折は言い知れぬ安堵を覚え、海の向こうで義妹の訃報を受け取った時はなお大きなそいつを覚えた。今となっては、爾来出来したことの恐るべき予兆は既に我々の上に垂れ籠めていたに違いないという気がする。私は義妹に恐れをなしていた。義妹は私に祟っていた。義妹の微動だにせぬ、ひたと凝らされた眼差しが今や、暗澹たる夢の記憶さながら舞い戻り、私の血はひんやり凍てつく。

　義妹は子供を——男の子を——出産して間もなく死んだ。弟は自分自身も回復する見込みが全くないと悟ると、私の妻を枕許に呼び寄せ、この孤児《みなしご》を、四歳の少年を、妻の庇護に委ねた。弟は我が子に全財産を譲り、遺書に、万が一我が子が死んだら全て、我が子を労り、慈しんでくれたせめてもの礼に、義姉に移管されるよう書き残した。私とは、長きにわたる疎遠を嘆きつつ、二言三言兄弟らしい言葉を交わし、精根尽き果てると昏睡に陥り、それきり二度と目を覚まさなかった。

　我々夫婦には子供がいなかった。姉妹同士、非常に仲が良かった上、妻はこの少年にとってほとんど母親同然だったので、妻は甥を我が子のように可愛がった。甥も妻に心底懐いたが、顔といい気性といい、母親そっくりで、いつも私を不信の目で見ていた。

　一体いつそんな感情を初めて抱くようになったのか定かでないが、ほどなく私はこの少年が傍にいると落ち着かなくなり始めた。何か鬱々たる物思いに一頻り耽っていたのから我に返ると必ずや、甥が私の方をじっと、ほんの子供っぽい訝しみを込めて、というよりむしろ然に度々母親の中に認めていた意図と趣意を込めて見つめているのに出会した。それは決して、目鼻立ちと表情がウリ二つ故の、私の思い込みの為せる業ではない。私はついぞ甥を睨み伏せられなかった。甥は私に恐れをなしていたが、それでいて、何か本能的に私を見下しているようでもあった。して私に睨め据えられて後込みする段にさえ——よく、二人きりの折、戸口に近づこうと、やっていた如く——明るい目だけはじっと、相変わらず私に凝らしていたものだ。

恐らく私は私自身から真実を隠しているのかもしれぬが、こんな関係が始まった際、よもや甥に危害を加えようなど思ってもみなかったはずだ。或いは、甥の遺産が転がり込めば、如何ほど好都合だろうと思い、いっそ死んでしまえばと願ったやもしれぬ。がこの手で危めようとは思いも寄らなかった。思いつきそのものですら一時《いちどき》にひらめいたのではなく、ゆっくり、次第に、最初は地震か最後の審判の日を思い描くのにも似て、遙か彼方にぼんやり姿を現わしたにすぎぬ。それから徐々に、徐々に、ひた迫るにつれ、その恐怖と不可能性を某か失い、それから私の日々の想念の眼目と——否、ほとんど骨子と——なり、罪を犯すか思い留まるかの問題ではなく、手段と安全性のそれへと変わって行った。

かようの思惑が胸中、膨らんでいる片や、私は甥に彼を見ているのに気づかれるのには耐えられなかったが、それでいて、見込まれたように、甥の華奢な姿形を眺めては、何とお易い御用でやってのけられようことか惟みるのがある種日課となった。時にはそっと階段を昇り、寝顔に目を凝らすこともあったが、概ね、ちっぽけな宿題を復習《さら》っている部屋の窓辺の庭をウロつき、妻の傍らの低い椅子に掛けている甥の様子を木の蔭からこっそり何時間もぶっ通しで窺っていたものだ。葉がコソと音を立てる度、さすが疚しい人非人ならでは、ギョッと胆を消し、またもやスルリと木蔭に引き返しながら。挙句またもや目を凝らしてはギョッと胆を消すのが落ちではあったが。

我々の田舎家のすぐ側に、とは言え目にも、して（もしやともかく風が立っていれば）耳にも留まらぬ所に、深い池があった。私は数日がかりで小舟の粗削りな模型をポケット・ナイフで作り、とうとう仕上げるや、甥の目につきそうな所に落とした。それから、当該安ぴか物を浮かべるべく甥がこっそり抜け出すようなら過るに違いない秘密の場所に身を潜め、そこで甥を待ち伏せした。甥はその日も翌日も、正午から真夜中まで見張ったが、やって来なかった。甥をまんまと罠に嵌めたものと確信があったのは、甥が片言まじりにオモチャのことを口にし、幼心にもよほど嬉しかったのであろう、ベッドの中でも傍らに置いているのを知っていたからだ。私は一向うんざり来るでも疲れを感じるでもなく、辛抱強く待ち続けた。三日目に、甥は絹のように柔らかな髪を風になびかせ、陽気に駆け去りながら私の前を過った。しかも——神よ、許し賜へ！——歌詞をろくすっぽ発音出来ぬクセをして、陽気な俗謡《バラッド》を口遊みながら。

私はこっそり、その辺りに生い茂っている灌木の下を這うようにして甥の後をつけたが、悪魔以外の何人《なんぴと》たり如何ほど戦々兢々この私、屈強な大の男が、水辺へ近づくあの赤子の跡をつけたことか、は知り得まい。私は甥にひた迫り、片膝を突きざま甥を突き落とすべく片手を振り上げた。するとその途端、甥は流れに映った私の影を目にし、クルリと向き直った。

甥の母親の亡霊が甥の目から私を見据えた。太陽がいきなり雲間から燦然と顔を覗かせ、明るい蒼穹と、輝かしい大地と、澄んだ水と、葉に置いた目映いばかりの雨滴の中で瞬いた。何もかもに目があった。輝ける万有がそこにて、殺人の犯されるのを目にすべく立ち会っていた。甥が何を口にしたかは知らぬ。甥は恐いもの知らずの男らしい血を引き、幼いながらも躊ったり、私に媚び諂おうとはしなかった。私には甥が私を愛そうと努めようと――事実愛していると、ではなく――声を上げるのが聞こえ、それから屋敷の方へ駆け戻るのが見えた。次に私が目にしたのはこの手に握った私自身の抜き身の剣と、足許に縡切れて横たわっている甥の姿だった――あちこち血まみれではあったが、それ以外は眠っている折に目にしていたままに――ばかりか小さな片手に頬をもたせた同じ姿勢で。

私は甥を両腕に抱きかかえ、藪の中に――今や縡切れているとあってたいそうそっと――寝かせた。妻はその日は留守で、明日まで戻って来なかった。屋敷のくだんの側《がわ》の唯一の寝室である我々の閨の窓は地べたからほんの二、三フィートしか離れていなかったから、夜分そこから降り、亡骸を庭に埋めるホゾを固めた。よもや目論見においてしくじっていたとは、水が引かれても何一つ見つかるまいとは、少年は行方不明か神隠しの目に会ったとの考えを焚きつけねばならぬからには、金は今や役立たずのまま放っておかねばならぬとは、思いも寄らなかった。頭の中には唯一、如何に自ら手を下した事を隠蔽せねばならぬかとの凝り固まった思いしかなかった。

連中が甥の行方が知れぬと告げに来た際、自ら捜査の者を四方八方へ送り出した際、何者かに近寄られる度ゼエゼエ喘いではワナワナ身を震わせた際、果たして如何なる思いが胸中過っていたか、如何なる舌も語り得まいし、如何なる悟性も思い描けまい。私はその夜、甥を埋めた。大枝を掻き分け、仄暗い茂みを覗き込むと、殺害された幼子の上でホタルが一匹、目に清かなる神の霊さながら光を放っていた。甥をそこへ横たえながら墓を覗き込んでみれば、ホタルは依然、胸の上で瞬いていた。私の仕業を見守っていた星辰への哀訴の内に天を振り仰ぐ炎の目たりて。

私は妻に会い、不幸な報せを告げ、甥はほどなく見つかるだろうと慰めねばならなかった。以上全てを――恐らくは、実しやかに――やりこなした。というのも私に疑いの目を向ける者は誰一人いなかったからだ。こいつに片がつくと、一日中寝室の窓辺に腰を下ろし、恐るべき秘密の横たわる場所を見守った。

そこは新たに芝を植えるために掘り起こされたばかりの一画で、それもあって、鋤の跡がそれだけ人目を惹くまいと、白羽の矢を立てていたのだった。芝を敷いた職人達はさぞやこの男、気が狂れているのではと思ったに違いない。私はひっきりなし仕事を急げと声をかけ、表へ飛び出しては連中の傍らで鋤を揮い、足で地べたを踏みつけ、気も狂れんばかりに急かし続けた。作業には日が暮れぬ内に片がつき、そこで漸う人心地がついた。

私は眠った――とは言え、爽快で陽気に目覚める者のように、ではなく、追っ手に駆られる朧で漠たる夢から、くだんの芝地から今や手が、今や足が、今や頭そのものが、突き出している幻へと移ろいながらも事実、眠った。かようの折々ハッと目を覚ましては実はそうではないと確かめるべく窓辺へ忍び寄った。然に得心するや、またもや忍び足でベッドへ戻り、かくて一晩に二十度は下らぬ起き上がっては身を横たえながら悶々たる夜を明かし、同じ夢を幾度も幾度も繰り返し見た――まんじりともせず横たわっているよりなおイタダけぬことに。というのも夢はどいつもこいつもそれなり一晩分もの苦しみを引っ連れて来たからだ。一度など、甥はまだ生きていて、ついぞこの手で危めようなど思いも寄らなかった夢を見た。くだんの夢から覚めることこそ、就中恐るべき苦悶ではあったが。

翌日、私はまたもや窓辺に腰を下ろしたが最後、例の場所から一度として目を離さなかった。というのも早、芝で覆われてはいたものの、まざまざと――その形から、大きさから、深さから、歪《いびつ》な縁から何から――さながら白日の下《もと》に晒されてでもいるかのように見て取れたからだ。召使いが過れば、ズブリと沈み込むのではなかろうかと気を揉み、過り果したら果したで、足で縁を掘り返していないか確かめるべく目を凝らした。鳥が舞い降りれば、ひょっとして何か途轍もない霊媒により、発覚に一役買うのではあるまいかと怖気を奮い、風がそよとでも吹けば、そいつは耳許で殺害を告げ口してでもいるかのようだった。景色一つ、物音一つ――如何ほどありきたりだろうと、ちっぽけだろうと、取るに足るまいと――恐怖に満ち満ちていないものはなかった。かくて絶え間ない番に就きながら、三日間やり過ごした。

四日目のこと、共に外国に配属されていた軍人が、見知らぬ仲間の将校を連れて門の所までやって来た。私はくだんの場所の見えない所にいるのに耐えられなかった。夏の夕べのことで、家人にテーブルとワインのフラスコを庭へ持って出るよう命じた。それから墓の上に椅子を据えたなり腰を下ろし、今や誰一人、知らぬ間《ま》に断じてそこを掻き乱すこと能うまいと得心するや、努めてワインをすすっては他愛ない話に花を咲かせようとした。

二人は令室は御機嫌麗しゅうと――寝室に籠もらざるを得ぬのではあるまいがと――よもやびっくりさせてしまったのではと言った。私に行方知れずの甥のことを二人にしどろもどろ告げるより外何《ほか》が出来たというのだろう？　見知らぬ将校は伏し目がちな男で、私が口を利いている間《ま》もずっと地べたに目を伏せていた。それすら私を総毛立たせはしたが。私は男がそこに、何か真実を気取らせるようなものでも見て取っているのではあるまいがと気が気でなくなった。そそくさと、ひょっとして――とたずねようとしたが、思い留まった。「ひょっとして、甥御さんは殺害されたのでは？」と男は穏やかに私の方を見やりながらたずねた。「おお、よも

や！　一体、哀れな子供を殺して何の得があるというのです？」この私ならばかようの真似をして何の得があるものか他の誰より上手く審らかにしてみせられていたろう。が、ひたすら沈黙を守り、ワナワナ、悪寒に見舞われでもしたかのように身を震わせていた。

私が如何なる情動に見舞われているか誤解したものか、二人は懸命に甥御さんはきっと見つかるだろうと言って慰めようとした――とはこの身にとって何たる慰めたることよ！――するといきなり低く野太い吠え声が聞こえ、ほどなく二匹の大型犬がヒラリと壁を飛び越えて来た。して庭に駆け込みざま、獲物を追い詰める際の吠え声を繰り返した。

「ブラッドハウンド犬だ」と客はもろとも声を上げた。

私にそんなことを言う筋合いがどこにあったろう。ついぞその種の犬を目にしたためしはなかったが、一体連中が何者で、何のためにやって来たかくらい察しがついた。私は椅子の肘にしがみつくや、一言口にするは疎か身動ぎ一つ叶はなかった。

「こいつら純血種だ」と外地軍務の時からの馴染みが言った。「散歩に連れ出してもらったはいいが、飼い主の手から離れたらしい」

男も相方も犬の様子を見るべく向き直った。二匹は地べたに鼻をこすりつけんばかりにして忙しなく動き回ってはあちこち、ここかしこ、グルグル、グルグル走りながら、気でも狂れたかのように駆けずり回り、その間《ま》も終始、我々には目もくれぬまま、先に耳にしていた遠吠えを幾度となく繰り返していた。と思いきや、またもや地べたに鼻をこすりつけ、死にもの狂いでここかしこ跡を追い回した。して今やこれまで以上に一心不乱に地べたの臭いを嗅ぎ、依然めっぽう忙しなくはあったものの、最早然に狂おしく弧を描いて獲物を捜し回る代わり、絶えず連中と私との間の距離を狭めて行った。

とうとう二匹は私の座っている大きな椅子の側《そば》まで来ると、今一度、恐るべき遠吠えを上げながら必死でその下の地べたから連中を突っぱねている木の横桟を引っ掻き毟《むし》ろうと躍起になった。傍の二人の顔を見れば、私が如何様な面《つら》を下げているかは一目瞭然。

「何か獲物を嗅ぎつけたらしい」と将校はもろとも声を上げた。

「まさか獲物など！」と私は叫んだ。

「後生だから、そこをどいて下さい！」と旧知の将校が懸命に言った。「さもなければ八つ裂きの目に会ってしまいます」

「たといズタズタに引き裂かれようと、誰がここをどくものか！」と私は声を上げた。「犬ごときに八つ裂きにされてたまるか！　奴らをこそぶった斬って、ズタズタに切り刻んでやれ」

「ここには何か逆しまな謎が隠されているのかもしれん！」と見知らぬ将校が剣を抜きざま言った。「チャールズ王の御名にかけて、この男を救い出すべく手を貸してくれ」

彼らはもろとも私に襲いかかり、力づくで連れ去った。私は狂人さながら踠き、噛みつき、引っつかみはしたが。一時《いっとき》組み打っていたものの、二人は私をおとなしく両脇から抱え、さらば、おお！　目の前で、怒り狂った犬共が大地を引っ掻き、土くれを水さながら空《くう》に放り上げているではないか。

これ以上何を言う必要があるだろう？　私はガックリ膝を突き、ガチガチ歯を鳴らしながら真実を告白し、容赦を乞うた。爾来否定して来たが、今やまたもや犯行を認めよう。一件で審理され、有罪の判定を下され、死罪を宣告された。己自身を待ち受ける命運を出し抜く勇気にも、雄々しくそいつに立ち向かう勇気にも見限られている。憐れみも、慰めも、希望も、馴染みもない。妻は幸い、さなくば私の悲惨にせよ、自らの悲惨にせよ察知しようくだんの機能を当座、失っている。私はこの土牢に悪霊と二人きり閉じ込められ、明日には葬り去られる。

〔『骨董屋』が次号にて始まる。〕

寄稿（一八四〇年四月二十五日付第四号）

ハンフリー親方は光栄にも、香水のふんだんに利いた便箋に綴られ、二羽のめっぽうふっくらとした鳩が嘴を絡ませている絵柄と共に水色の封蠟で閉じられた次なる書簡を受け取った。書簡は通常の文言では始まらず、以下、審らかにされているままに切り出される。

水曜夜、バース*にて

おお、何とわたくしとしたことが、うっかりはしたない真似を致し！　よもやこれらためらいがちな条《くだり》を見ず知らずの方に宛てて認《したた》め、しかもその方は異性であられるとは！――がそれでいて、否応なく深淵へと駆り立てられ、眼前の大きく口を開けた深みより自己拉致《じこらっち》（などという造語を用いる無礼をお許し下さいまし）致す力にすら見限られております。

　ええ、わたくし男の方に一筆認《したた》めています。が、などとは考えさせないで下さいまし。と申すのも考えるだに気も狂れそうなものですから。わたくしの心持ちを御理解頂けましょうかしら？　おお、もちろん、きっと御理解頂けますわね。しかも、そんな心持ちを見下すのではなく、尊んで下さろうと――ではありませんかしら？

　いいえ、気を鎮めなくては。あの――いつぞやわたくしに微笑みかけていたままに微笑みかけている――肖像に、あの――幾々度となく手からブラ下がっている所を目にして参ったままにブラ下がっている――ステッキに、あの、夜毎わたくしの夢をスルスルと過ってはついぞ口を利くべく立ち止まってはくれなかった大御脚に、不実ではありながらどこからどこまで殿方っぽい御当人に――見覚えがないとでも？　おお、よもや、よもや。

　いいえ、もっともっと気を鎮めなくては。棺《ひつぎ》ほどにもひっそり気を鎮めなくては。お宅様は先達て、その似姿の木版印刷されながらもそのお名前の（して何故《なにゆえ》に？）伏せられている方からの投書を載せられました。ではわたくしの口からあの方のお名前を申し上げましょうか！　あちらのお名前は――ですが何故《なにゆえ》お尋ね致さねばなりません、わたくしの心がわたくし自身に紛うことなく事実さようだと申しているというに！

　わたくし裏切られたというのであの方を咎めようとは一切存じません。この上もなく淀みない約言を逆らせ、わたくしからささやかな金銭的融通をお取り付けになった当時のことを思い出して頂きたいとは一切存じません。がそれでいて、あの方にお目にかかりとう存じます――あの方に、とわたくし申しましたかしら――あの方に――ああ！　女の性《さが》たるや然なるもの故。と申すのもかの詩人のいみじくもおっしゃっている通り――ですが何を申し上げたいかはもうお察しですわね。かようの気持ちこそ甘美ではありませんかしら？　おお、ほんとに！

　わたくしがあの方に初めてお会いしたのはこの（追憶に神聖化された）都でのことでございます。して、もしや現し世の幸福の記録がどこかに留められるというなら、でしたらあの、三と六ペンス得点の三回戦勝負《ラバー》は必ずや天上の真鍮書冊に刻まれているはずでございます。あの方はいつも絵札を一枚――たいがいは二枚――持っておいででした。あの忘れ難き宵、わたくし共は八点満点を上げました。あの方は（魅惑的な甘美さにおいて輝かしき）目をわたくしの取り乱した顔へお上げになりました。「果たして？」とあの方はたいそう曰くありげにおっしゃいました。わたくしはあの方の足がそっとわたくしの足にかけられるのを感じ、わたくし共のウオノメはドクドク、互いに重なり合って脈打ちました。「果たして？」とあの方はまたしてもおたずねになります。して表情豊かなお顔の目鼻立ち一つ一つがこう言い添えているようでした。「拒まれようと？」わたくしはつぶやきました。「いえ」してその途端、気を失いました。

皆様は、わたくしが意識を取り戻すと、日和のせいだとおっしゃいました。わたくしはニーガス酒のナツメグのせいだと申しました。何と皆様、真実を気取ってらっしゃらなかったことか！　何と今のそのお尋ねの深く謎めいた意味合いを思い寄ってもらっしゃらなかったことか！　あの方は明くる朝跪いてお越しになりました。とは申せ、事実そんな姿勢で玄関先までおいでになったというのではなく、ただ召使いが下がるやすかさずくだんの関節をお突きになったというだけのことでございます。あの方は帽子に韻詩を忍ばせ、自ら物した作品だとおっしゃいましたが、爾来、ミルトンの詩だということは突き止めております。同様に「アヘン」とラベルの貼られた小瓶も。またピストルと仕込み杖も。して後者を抜くと、前者の栓を抜き、携帯用火器の引き鉄をカチリと鳴らされました。あの方は、御自身のおっしゃるには、口説き落とさん、さなくば死を、という覚悟でお見えになりました。けれど死にはなさいませんでした。わたくしから愛の告白を捥ぎ取ると、軽食をお取りになるお膳立てにズドンと、裏窓からピストルを発砲なさいました。

何と二枚舌の移り気な方よ！　あの方が不可解にも不実に姿を晦まされたのは遠い遠い昔のことのようでございます。姿を晦まされたばかりか、翌週には返すと約束なさったお金を未だ返して下さっていないことを許せましょうか！　ですが、もしや悔い改め、連れ添う心づもりの下《もと》、お近づきになったら、果たしてあの方を足蹴に致せましょうか！　甘言を弄す伊達者は依然わたくしの周りに呪《まじな》いを織り巡らすというのでしょうか、それともわたくしは呪《まじな》いを全て断ち切り、冷ややかにソッポを向かねばならないのでしょうか！　惟みるだに意気地が失せてしまいそうでございます。

クラクラ、またもや目眩が致します。お宅様はあの方の住所や、職業や、暮らし向きを御存じのはず――恐らく、心の奥底までお見通しかもしれません。心優しく思いやり深いお宅様のこと、どうか御存じのことを全て――全て、がわけてもあの方のお住まいの通りと番地を、お教え下さいまし。郵便馬車が出てしまいます。鈴振りが頻りに鈴を振っております。願はくは天よ、其の愛と希望の弔鐘でなきことを

ベリンダにとりて

追而　どうか乱筆と千々に乱れた心のさ迷いをお許し下さいまし。宛先は郵便局にて。鈴振りはわたくしが手間取っているというのでシビレを切らし、廊下で凄まじく鈴を振っております。

追々而　再びこの手紙の封を開き、申し上げねばなりません。鈴振りは早立ち去り、よって次の郵便馬車までお待ち頂かなくてはなりません。ですからどうかお手許に届かずともびっくりなさいませんよう。

ハンフリー親方は当該女性寄稿家にくだんの殿方の住所をお報せするのは憚られるが、ここに、殿方の忠誠と慇懃への公然たる訴えとし、書簡を公表する次第である。

第三章　ハンフリー親方の客人《まろうど》

（一八四〇年五月二日付第五号）


物思わしい気分にある際、わたしはしょっちゅう、我ながらまんまと憂はしい瞑想の流れを逸らしてやるに、グルリを取り囲んでいる代物との数知れぬ気紛れな連想を喚び起こし、そいつらの仄めかす光景や人物につらつら思いを馳す。

当該習いの性となり、いつしか屋敷の部屋という部屋に、部屋壁の古めかしい、睨め据え屋の肖像という肖像に、そいつなり津々たる興味を纏わすに至った。かくて寝室の炉造りの上に掛かっている、慎ましやかにもギクシャクとしゃちこばった、目にするだに由々しき厳めしい御婦人は館の元の奥方なものと決めつけている。下方の中庭には醜怪極まりなき石の顔があり、そいつから如何でか――ある種、焼きモチを焼いているのでもあるまいが――奥方の御亭主との連想を働かせている。書斎の階上《うえ》にはツタが格子窓からひょいと覗き込んでいる小部屋があり、そこから夫妻の娘を、年の頃十八、九の愛らしい少女を、誘い出す。少女はとある一点をさておけば、どこからどこまで孝行娘だが、くだんの珠にキズとは階段の若き殿方にクビったけというもの。片や青年の祖母は（庭の打ちやられた洗濯小屋に貶められているが）昔ながらの一族の諍いを鼻にかけているとあって、若者同士の愛にとっては不倶戴天の敵である。この種のネタでわたしは幾多のささやかなドラマを紡ぎ出し、その就中おススメの点は、意のままに幸福な落ちをつけてやれることだろうか。連中のそれは数知れぬ面々を手がけているものだから、たとい程遠からぬ夕まぐれ、帰宅してみればどいつか二世紀ほど前の無骨な猛者がゆったり、わたしの安楽椅子に腰かけ、一方、片想いの乙女が空しく荒くれの心に訴え、雪白の片腕を外ならぬ我が古時計にもたせているのを目の当たりにしようと、ただ連中が何故《なにゆえ》さまで長らくわたしに待ちぼうけを食わせていたものか、これまでついぞ訪うてくれなかったものか、目を丸くするにすぎまい。

昨日の朝、わたしはかようの心持ちのまま、庭のお気に入りの木蔭に座り、グルリの華やぎと明るさをそっくり愛で、希望と愉悦の感懐という感懐がこの、春という最も美しい季節によって研ぎ澄まされるのを感じていた。すると、馴染みの床屋が散歩道のどん詰まりに不意に姿を見せたせいで物思いに待ったがかかった。床屋は、すぐ様わたしの見て取ったことに、セカセカこちらへひた向かっているとあって、何か格別な要件があるに違いない。

　床屋はいつ何時であれ、めっぽうキビキビとした、忙しない、活きのいい小男だが――何せこれきりいかつくも不恰好にもならずして、どこからどこまで、言はば、ずんぐりむっくりだから――昨日に限ってそのセカつきようがそれは生半ならぬものだから、如何せん胆を潰さざるを得なかった。というのも床屋がこちらへ近づくにつれ、見て取れていなかったとでも――灰色の目がとんでもない具合にキラキラ瞬き、小さな紅鼻が常ならざるほど火照り上がり、明るい丸顔の皺という皺がさもゴキゲンな泡を食っているげに捩《よじ》くれ拗《ねじ》け、御尊顔がそっくり有頂天な余りテラついているのが？　ばかりか、家政婦が、いつもならばやたら坦々と落ち着き払い、気持ちツンとそっくり返っているものを、散歩道のどん詰まりの生垣の向こうからひょいと顔を覗かせ、そのためわざわざ二度となく三度となく肩越し振り返っている床屋とコクリコクリ頷いては、笑みを交わし合っているのを目の当たりに、わたしはいよよ腰を抜かしそうなほどびっくりした。よって、こうした見てくれがお膳立てたる如何なる仰天物《もの》の特ダネも思いつかなかった――もしや二人がその朝、目出度く祝言を挙げたというのでなければ。


わたしは、という訳で、蓋を開けてみれば、ほんの面会を求めている殿方が屋敷にお見えだというにすぎぬと分かっていささか肩透かしを食った。

「で、そちらはどなただね？」とわたしはたずねた。

床屋は、御尊顔をいよよギッチリ捩《よじ》くり上げたなり、殿方は名前を取り次がそうとはせず、ただお目通り願っておいでにすぎぬと返した。わたしはしばし、果たしてこの客人《まろうど》は何者なものやらと首を捻り、床屋はその隙にまたもやコクリと、相変わらず遠見に控えている家政婦と頷き合った。

「はむ！」とわたしは言った。「ではこちらへお越し頂くよう伝えてくれ」

とは願ったり叶ったりとばかり、床屋はやにわにクルリと向き直るや、モロに、駆け出した。

　さて、わたしは遠目が利かないこともあり、殿方が仰《のっ》けに散歩道に姿を見せた際、果たして見知らぬ御仁なものか否かいずれともつきかねた。客は初老の殿方だったが、チョコチョコ、庭の地均しや花壇の際をまたとないほど小器用に避け、植木鉢の間を小走りに縫い、すこぶるつきの上機嫌で相好を崩しながら、とびきり愉快な物腰でやって来た。して散歩道を半ばも近づかぬ内にわたし宛挨拶し始め、そこで初めて何がなし殿方に見覚えがあるような気がして来た。が帽子を手に、禿頭に日射しを受けたなり、明るい眼鏡と鹿毛《かげ》色タイツと、黒ゲートルごと近づいて来るや――さらば、この胸は殿方宛カッと熱くなり、相手がピクウィック氏たることお見逸れすべくもなかった。

「おやおや」とくだんの殿方はわたしが出迎えようと腰を上げると言った。「どうかお掛けを。腰を下ろして。さあ、私のためにわざわざお立ちにならずとも。全くもって、どうか、どうか」かく宣いながら、ピクウィック氏はそっとわたしを元通り椅子に掛けさせ、手に手を取るや、幾度も幾度も全くもって抗い難いほどの心温まる物腰で握り締めた。わたしは氏の姿を目の当たりに如何ほど元気と喜びを喚び覚まされたことか、幾許かなり伝えたいと、心から暖かく迎え、ピクウィック氏を傍らに掛けさせた。氏はその間《ま》も終始、代わる代わるわたしの手を離してはまたもやギュッと握り締め、眼鏡越しにそれまでついぞお目にかかったためしのないほど晴れやかな面《おもて》でわたしをズイと眺め渡した。

「私だとすぐにお分かり頂けるとは！」とピクウィック氏は言った。「私だとすぐにお分かり頂けるとは、何たる幸せ！」

わたしは氏の冒険譚を幾度となく読んで来ただけに、面立ちなら紙面の上での肖像からすっかりお馴染みなのだと打ち明けた。してちょうど好い頃合いかと、様々な似て非なるピクウィック氏が出版されるに至っている状況*にお悔やみを述べた。ピクウィック氏はかぶりを振り、束の間、実に腹立たしげな表情を浮かべた。が、すかさずまたもやにこやかに微笑みながら、恐らく『ドン・キホーテ』続篇におけるセルバンテスの序*は御存じのはず、一件に関する私見はあそこに余す所なく述べられていますと言い添えた。

「ですが、ほれ」とピクウィック氏は言った。「一体如何なる次第で貴殿を見つけ出したか不思議ではあられませんかな？」

「いえ、金輪際不思議にも思わねば、御免蒙って、知りたいとも存ざぬでしょう」とわたしは、今度はわたしの方こそニコニコ微笑みながら言った。「わたしにとってはかように訪うて下さるだけでたくさん。如何なる手立てでかようの光栄に浴しているものかいささかも打ち明けて頂きたいとは存じません」

「御親切忝い」とピクウィック氏はまたもやギュッと手を握り締めながら返した。「貴殿は正しく思い描いていた通りの御仁！　ですが一体如何なる格別な腹づもりで貴殿の住まいを探し当てたとお思いですかな、親愛なる貴殿？　さあ、一体何のためにこうしてやって来たとお思いですかな？」

ピクウィック氏は当該質問をさながらわたしに御当人の訪問の深遠な腹づもりを見抜くなど土台叶はぬ相談にして、およそ人知の及ぶ所ではなかろうとことん得心しきってでもいるかのように提起した。よって、わたしは胸中、氏の腹づもりならばとうにお見通しとほくそ笑んではいたものの、これきり思いも寄らぬかのような風を装い、しばし思案に暮れてから、げにお手上げとばかりかぶりを振った。

「何とおっしゃいますかな」とピクウィック氏は左手の人差し指をわたしの上着の袖にかけ、頭をポンと、後方へ、していささか片方へ仰け反らせたなり、わたしに目を凝らしながらたずねた――「何とおっしゃいますかな、もしや貴殿御自身の小さな一座の話を読んだからには、是非ともくだんの空席の一つに志願させて頂きたくこちらへ参ったと申し上げたら？」

「恐らく」とわたしは返した。「今のその小さな一座がお蔭でなお愛おしくなるとすれば、その状況は、正直な所、ただ一つしかなく、それは一座に我が古馴染みを――と申すのも貴兄のことは古馴染みと呼ばせて頂かねばならぬもので――我が古馴染みを、ピクウィック殿、お迎え致すことでしょうな」

然に答える間《ま》にも、ピクウィック氏は相好を崩しに崩し、満面、悦びの笑みを湛えた。両手を同時にギュッと、思いきり握り締めていたと思うと、氏はポンポン優しくわたしの背を叩き、そこで――何故《なにゆえ》か、は一目瞭然――目まで真っ紅に染めながら、痛くなければ好かったがと、心底懸命にたずねた。

たとい痛かったとしても、そんな風に気づかわれるより、いっそ幾十度となく粗相を繰り返してもらいたかったろう。がこれきりそんなことはなかったので、わたしはお易い御用で話題を変えるに、早二十度は下らぬここまで出かかっていた問いを吹っかけた。

「ところで」とわたしはたずねた。「サム・ウェラー君についてはまだ何もおっしゃっていませんが」

「おお！　サムならば」とピクウイック氏は返した。「お蔭で、相変わらずまっとうで、律儀にやってくれておりますぞ。今さらサムについて何を申し上げることがありましょう、ただこの人生の日々いよよ私の幸福と快楽にとってかけがえがなくなるというのをさておけば？」

「して父上のウェラー殿は？」とわたしはカマをかけた。

「老ウェラー氏は」とピクウィック氏は返した。「如何なる点にかけてもサムとどっこいどっこい変わっていませんな、ほんの以前よりいささか依怙地で、恐らく時折、もっとおしゃべりになっているというのでなければ。今では大方、我々の近所で過ごし、それは生半ならず、私の護衛の端くれを買って出てくれているものですから、もしやサムを時計の宵に貴兄の厨で待たせて頂けるようなら（とは、御友人が皆さん、私が末席を汚すにつきづきしいと思し召しだとしての話）間々、父親も連れて参らねばなるまいかと」

わたしは心から、サムと御尊父には季節を問わず、いつ何時であれ、拙宅に自由に出入りして頂きたいと返し、この点にケリがつくや、我々は長々と四方山話に花を咲かせにかかり、御逸品、いずれの側《がわ》にてもお互い若かりし時分からツーとカーでやって来てでもいたかのようにポンポン弾み、かくて内心、ピクウィック氏の溌溂たる上機嫌は、と言おうか昔ながらの陽気な気っ風のどいつもこいつも、これきり損なわれていないものと得心してほっと胸を撫で下ろした。氏がわたしの馴染みの同意が未だ留保中だという点に触れていたので、わたしは何度も氏の申し出は連中のとびきり慶ばしい是認を得ること間違いなしと太鼓判を捺し、一再ならず、どうかこれきり杓子定規な真似は止しにして（すぐ側《そば》にいる）ジャック・レッドバーンとマイルズ殿に紹介させて頂きたいと申し入れた。

当該申し入れに、しかしながら、さすが慎ましやかなピクウィック氏のこと、自らの適格性は公式に検討される可しとの理由をもって、断じて首を縦に振ろうとはせず、晴れて一件にケリがつくまではこれ以上出しゃばろうなど滅相もないと言い張った。という訳で、わたしが氏から取り付けられたのはせいぜい、晴れて選出と同時に紹介させて頂けるよう、お次の集いの宵に同席してもらう約束だけだった。

ピクウィック氏は散々頬を染めながらわたしの手の中に氏曰くの「資格証明書」たる小さな巻き紙を突っ込み果すや、わたしの馴染みがらみで、がわけてもジャック・レッドバーンがらみで、ネ掘りハ掘りやり出した。ジャックのことを、氏は再三再四にわたって「気のいいヤツ」と呼び、ずい分気に入っておいでのこと火を見るより明らかだった。これら諸々の点にかけて得心して頂くと、わたしは我々の集合場所たる古びた部屋ともお近づきになって頂こうと、階上《うえ》のわたしの部屋まで案内した。

「してこれが」とピクウィック氏はひたと足を止めざま声を上げた。「時計と！　これはこれは！　これがげに、あの古時計と！」

氏はこの調子では古時計からいっかな離れられぬのではないかと思われた。そっと近寄り、まるで古時計のヤツ、血が通ってでもいるかのように恭しくも頻りに口許を綻ばせながら手をかけていたと思うと、ありとあらゆる角度から打ち眺めるべく、今や天辺を見ようと椅子の上に登り、今や底を調べようと跪き、今やケースに眼鏡をこすりつけんばかりにして横っ面を一渡り篤と御覧じ、今やちらとでも背《せな》を拝まして頂かんものと、ヤツと壁との隙間を覗き込みにかかった。それから一、二歩下がり、事実針が進んでいるか否か確かめるべく文字盤を見上げ、それからまたもや側《そば》へ寄っては、チクタク時を刻むのを耳にすべく頭を一方に傾げたなり立っていたものだ。その都度ものの二、三秒の合間合間にわたしの方をちらと見やってはコクリと、わたし如きの筆には余るほど得々たる御満悦の態にて頷きながら。氏の賛嘆は独り時計に留まらず、部屋中の家具調度へと向けられ、蓋し、晴れて一点残らず吟味し、とうとう、座り心地を確かめるべく六脚の椅子に次から次へと一脚残らず座り果すと、テラついた頭の天辺からゲートルの正しく最後のボタンに至るまで、何と絵に画いたような上機嫌と幸福の図をひけらかしたことか、かようの代物にはついぞお目にかかったためしがなかった。

もしや氏に終日お付き合い願えていたなら、わたしとしてもさぞや慶ばしかったろうし、和気藹々とトントン拍子にやっていたろう。が、お気に入りのヤツが時を打つや、氏はハッと我に返り、そろそろお暇せねばと言った。わたしは今一度、氏にはるばるお越し頂いた礼を述べずばおれず、わたし達は階段を下りる道々ずっと握手を交わし合った。

二人して玄関広間に辿り着くと、すかさず家政婦がスルリと（どうやら上っぱりと縁無し帽を着替えた上）、小さな私室からお出ましになり、ピクウイック氏をとびきりの笑顔とお辞儀で迎え、片や床屋はたまたま表へ出る途中、通りすがっているげな風を装いながらペコペコ、ペコペコ、いつ果てるともなく頭を下げた。家政婦が深々とお辞儀をすれば、ピクウィック氏はこの上もなく慇懃に頭を下げ、ピクウィック氏が頭を下げれば、家政婦はまたもや深々とお辞儀をし、家政婦と床屋との間で、ピクウィック氏は優に五十度は下らぬ、クルリと向き直ってはすこぶるにこやかに頭を倒していたものだ。

わたしは氏を戸口まで見送り、乗合馬車が折しも小径の角を曲がりかけていたので、ピクウィック氏は大声で呼び止め、尋常ならざるすばしっこさでチョコチョコ、後を追って駆け出した。がおよそ半ばまで行った所でクルリと向き直り、わたしが依然見送りながら手を振っているのを目にするや、ひたと立ち止まった。見るからに、いっそ引き返してまたもや握手を交わしたものか、そのまま駆け続けたものか踏んぎりがつかぬかのように。乗合馬車の後部の車掌は怒鳴り声を上げ、ピクウィック氏は気持ち、車掌の方へ駆け出した。がクルリとわたしの方へ向き直ると、またもや気持ち、駆け戻った。さらばまたもや怒鳴り声が上がり、今一度クルリと向き直るや、反対方向へ駆け出した。かくて一再ならず駆け出しては駆け戻っていたと思うと、車掌は一件に片からケリからつけて下さるに、ピクウィック氏の腕をむんずと捕らまえざま、御尊体をギュウと馬車の中へ押し込めた。がこの期に及んでなお氏は窓を引き下ろし、わたし宛、馬車の駆け去る間中帽子を振っていた。

わたしは時をかわさず氏が委ねて行った包みを開いた。以下、その中身を審らかにすれば——

ピクウイック氏の物語

今を遡ること幾星霜、老いぼれジョン・ポジャーズという男がウィンザーの町に住んでいた。ジョンはそこで生まれ、時満つと、そこにすっくり、居心地好く埋《うず》められた。申すまでもなく、ジェイムズ一世の御代、ウィンザーはめっぽう妙ちきりんで風変わりな古ぼけた町で、こいつはわたしが請け合っても好かろうが、ジョン・ポジャーズはめっぽう妙ちきりんで風変わりな老いぼれで、よってジョンとウィンザーとはお互い実にしっくりウマが合い、めったなことでは半日と離れ離れになることはなかった。

ジョン・ポジャーズはほてっ腹の、がっしりした、オランダ人もどきの、ずんぐりむっくりの大飯食らいだった。とは、かようの恰幅の男の御多分に洩れず。ばかりか三度のメシほどにも眠るのが好きだったから、暇に飽かせてはこれら二様の気散じに五分五分で耽り、いつも大飯を食らってはぐっすり眠りこけ、ぐっすり眠りこけ果すやまたしても木皿に突撃をかけ、くだんの手立てにて日に日にいよよほてっ腹にしていよよ寝ぼけ眼になって行った。実の所、巷の噂では、ディナーの前に通りの日の燦々と降り注ぐ側《がわ》をブラリブラリ(晴れた日和には必ずややっていた如く)行きつ戻りつしているいる折こそいっとうぐっすり眠り惚けているとのことだった。が少なからざる連中はそいつはウソっぱちだと言い張った。というのも奴は市《いち》の立つ日にはちょくちょくでっぷり肥えた牡牛の面倒を見てやっている様が見受けられ、くだんの光景を前にクツクツ忍び笑いを洩らしながら「生身のビーフでは、生身のビーフでは!」と独り悦に入っているのを、信用から評判からすこぶるつきの連中に洩れ聞かれてすらいたからだ。当該証言に則ってのことである、ウィンザーでいっとう賢しらな連中までも(無論地元の権威を筆頭に)、ジョン・ポジャーズこそは強かにして健やかな感性の持ち主で、御逸品、必ずしも目から鼻に抜けるような、とは言えず、ひょっとしていささか物臭にして卒中性の気味を帯びているやもしれまいと、それでもなお頑丈な五臓六腑を具えた御仁にして、表向きひけらかしたがっているよりなお腹に一モツも二モツも抱えた男なものと目されていた。当該印象にダメを押すに、ジョンにはやたらしかつべらしげにかぶりを振り、同時にゆっさゆさ、二重顎を揺すぶる無くて七クセがあった。詰まる所、ジョンは例の、たといテムズに投げ込まれようと、そいつに、悪あがきもいい所、火をつけようなどムダ骨を折るどころか*、真っ直ぐ川底《みなそこ》までブクブク、やたら勿体らしげに沈み、かくてまっとうな連中皆から崇め奉られよう男の端くれで通っていた。

左団扇の御身分にして、のん気な鰥だったから——何せ底なしの食い気に恵まれているというのは、そいつを満たしてやれるほど懐さえ温ければ、およそ不都合どころか贅沢に外ならぬ上、いつでもどこでも眠り惚けられるというのは、これきり目を覚ましておく筋合いがなければ、とびきり嫉ましい天稟なだけに——御明察通り、ジョン・ポジャーズは天下の果報者だった。が人はしばしば見かけによらぬもの。実は、表向きどこからどこまでテラテラ、ブクブク肥え太ってはいたものの、ジョンは胸中、片時たり穏やかならず、夜となく昼となくひっきりなし取り憑いたタタリに責め苛まれていた。

御存じの通り、当時、世の中には色取り取りの逆しまな老婆がのさばり、連中、「魔女」なる名の下《もと》にて国中の至る所、大いなる禍のタネを撒き散らし、キリスト教徒の男共にあれやこれや陰気臭い拷問を仕掛けるに、御尊体にブスブス、つゆ思いも寄らぬ時にピンや針を刺したり、連中をして、女房子供の生きた空もなく怖気を奮わさずばおかぬことに、逆立ちしたなり空《くう》を歩かせたりしては喜んでいた。というのも女房子供は、宜なるかな、よりによって屋敷の主《あるじ》が不意に帰宅するや踵でドアをノックし、髪を泥落としで梳くとあらば、面食らうこと頻りだったろうから。などというのはほんの序の口。魔女は外にもまだまだどっさり、来る日も来る日も悪巫山戯《わるふざけ》をやってのけ、そのどれ一つとしてまだしも鼻持ちならざるもののなく、内幾多はおまけに猥りがわしかったから、なお輪をかけて鼻持ちならなかった。その結果、ありとあらゆる老婆に対し意趣返しが宣せられ、国王陛下御自身ですら（賜って然るべきだったろう）情も容赦も賜らなかった。というのもとびきり鷹揚な手づから、連中を永久《とこしへ》の怒りに委ねるとびきり鷹揚な論考を物し*、連中の破滅と殺戮のためのとびきり鷹揚な手立てを考案し、そいつを笠に着て、少なくとも一人の魔女が版図のどこぞでとびきり鷹揚に縛り首か、土左衛門か、火炙りの目に会わぬ日はほとんど一日とてなかったからだ。がそれでいて新聞は魔女と、連中の祖国のどこか僻陬における気の毒な贄に纏わる津々浦々からの奇しくも恐るべき特ダネで溢れ返り、庶民の髪はそれはとんでもなく押っ立ったものだから、勢い帽子が頭から吹っ飛び、顔面は恐怖の余り蒼白になった。

　恐らくはお察しの通り、ウィンザーの小さな田舎町にもキンは広く遍くバラ蒔かれた。住民は国王の生誕日に魔女を釜茹でにし、澄ましスープを一瓶、忠誠を誓う律儀な祝辞を添えて宮廷へ届けた。陛下は贈り物に少なからず胆を消し、御逸品をカンタベリー大主教へ敬虔に贈呈すると共に、祝辞にもって礼を返すに、魔女のシッポをつかむための黄金律を授け、魔除けの護符に、がわけても蹄鉄に*、クダクダしき力点を置き賜ふた。すかさず町民は扉という扉に蹄鉄を釘で打ちつけにかかり、それはその数あまたに上る親御が御難に会いたくないばっかりに我が子を蹄鉄工に年季奉公させたものだから、くだんの稼業は全くもって雅やかな生業となり、めっぽう羽振りを利かすことと相成った。

　かくて辺りが喧しく騒ぎ立てているのを後目に、ジョン・ポジャーズは相変わらずたらふく食ってはグースカ眠りこけたが、常にも増してやたらしょっちゅうかぶりを振り、これまでほど牡牛を打ち眺めぬ代わり、老婆をしげしげ打ち眺めている様が見受けられた。して居間に小さな棚を設えさせ、その上にズラリと、当代の妖術文学をひけらかし、文庫の列は毎週毎週長くなる一方だった。のみならず呪《まじな》いや悪魔払いの学をしこたま仕込み、何やら箒の柄に跨った如何わしき女が一人ならず夜空を飛んでいるのが寝室の窓から見えたとか何とか言い出し、ひっきりなし魔女に誑かされるのではあるまいかと気を揉んでいた。とうとうこの一つネタばかりつらつら、つらつらやった挙句——何せ頭の中はそいつのことで一杯とあって御逸品、てんで我が物顔に振舞って下さったから——朝から晩まで魔女に戦々兢々怖気を奮い始めた。して今の今に至るまで夢の何たるかついぞ知らなかったというに、ぐっすり眠りこける度、魔女の幻にうなされ、目を覚ましたら覚ましたで、魔女はひっきりなし想像力に顕現した。という訳で、寝ても覚めても片時たり心の安らぐことはなかった。ばかりか天下の本街道に魔女捕り罠を仕掛け、しょっちゅう、その効験や如何にとばかり、角の向こうで何時間もぶっ通しで待ち伏せしている様が見受けられるようになった。くだんの絡繰は種も仕掛けもなく、概ね十字架の形《なり》に配された二本のワラしべ、もしくは塩を一抓み振った聖書カバーにすぎなかった。が連中、必ずやまんまと獲物を引っ捕らえ、もしや老婆がたまたま蹴躓こうものなら（とは、白羽の矢の立った場所は凸凹で石ころだらけとあって、たまさかならず出来したことに）、ジョンはハッとうたた寝から我に返るや、老婆に襲いかかりざま助っ人がお越しになるまで首にしがみつき、晴れてお越しになるや、老婆はすかさずしょっぴかれてブクブク水に沈められた。ひっきりなし老婦人を誘《おび》き寄せては当該手っ取り早いやり口にて片をつけた甲斐あって、ジョンは大いなる公人の名を恣にし、くだんの営為から

トバッチリを食うといってもただ顔に引っ掻き傷を一つ二つ負うくらいのものだったから、やがて耐「魔女」免疫のおスミ付きまで頂戴した。

ジョン・ポジャーズの天賦の才にいささかなり眉にツバしてかかっている人物はわずか一人こっきりしかいず、そいつはジョン自身の甥っ子たる、齢二十の放蕩癖の腰の座らぬ若造で、若造は伯父貴の屋敷で育てられ、依然、そこに住まっていた——即ち、家にいる限りは、とは願はしいほどしょっちゅうではなかったが。この男、固より呑み込みの速い奴だったから、ジョン・ポジャーズの身銭を切る奇しくも由々しきネタを端から声に出して読むのは専らこの若造で、若造は夕暮れ時など屋敷の正面の小さなポーチでそいつをやってのけていたから、グルリにはいつも身の毛のよだつような特ダネを仕込もうと、近所の連中がワンサと群がったものである——何せ人間、胆を冷やすのに目がなく、ロハで、しかもどいつか他人様の掛かりで、胆を冷やせるとならば、それだけいよよ目がないものと概ね相場は決まっているからだ。

とある晴れた真夏の夕暮れ時のこと、一連みの連中がくだんのポーチに集まり、一心にウィル・マークスの（というのが甥っ子の名だったから）読み聞かせに耳を傾けていた。奴は、縁無し帽をてんで一方に傾げ、片腕をクネリと、傍に座

っている愛らしい娘の腰に狡っこく回し、御尊顔をさも目一杯しかつべらしげにやっておるわとばかり、おどけた具合に捩《よじ》くり上げたなり、声に出して――如何ほどどっさり手前勝手な尾ヒレをつけているか、は神のみぞ知る――妖術に祟られた上から、奴を正しく食いものにして下さっている悪魔に取り憑かれた、ノーサンプトンシャー（英中部内陸州）くんだりの殿方の憂はしき逸話を審らかにしていた。ジョン・ポジャーズはのっぽの尖り帽と寸詰まりのマントの出立ちにて向かいの椅子にどっかと腰を下ろし、目にするだに灼然《いやちこ》なるかな、誇らしげとも怯えているともつかぬ面持ちでズイと聴衆を見はるかし、片や聴き手の面々は頭を突き出し、あんぐり口を開けたなり、ワナワナ身を震わせながらも一心に耳を傾け、まだまだどっさりお越しになるものと固唾を呑んで待ち受けていた。時にウィルはしばし間を置いてはざっと、一心不乱な聴衆を見渡し、そこで初めて、いよいよおどけた表情を浮かべ、居心地好さげに座り直し、と来れば自づとギュッと、前述の若き御婦人を抱き寄せずばおかなかったが、いざ、何か外《ほか》のどいつもこいつものなお上を行く新たな特ダネへと乗り出した。

　沈み行く日輪がこの、目下の営みにかまける余り、夜が近づいているのにも陽が燦然と沈みかけているのにもとんとお構いなしの小さな一座に最後の黄金《こんじき》の光輝を降り注いでいた。するとカッカと、生半ならぬ速歩《トロット》で近づいて来る馬の蹄の音がその刻限の静寂を破り、勢い読み手は朗読に待ったをかけ、聴衆は一体何事かと頭をもたげた。一座の驚きは収まるどころの騒ぎではなかった、騎馬の男がポーチに乗りつけざま、いきなり駿馬の手綱を引くや、ジョン・ポジャーズという御仁はどこにお住まいかとたずねたとあらば。

「ここに！」と一ダースからの声が返し、片や一ダースからの手が、依然小冊子のおどろおどろしき条《くだり》にどっぷり浸っているずんぐりむっくりのジョンを指し示した。

騎手はグルリを取り囲んでいる連中の一人に手綱を預けながら馬から降りると、帽子を手に、とは言えめっぽうセカセカ、ジョンに近づいた。

「どこからお越しなされた？」とジョンはたずねた。

「キングストン*から、御主人」

「して何故《なにゆえ》に？」

「抜き差しならぬ要件で」

「如何なる類《たぐい》の？」

「妖術の」

妖術の！　誰も彼もがびっくり仰天して息を切らした遣いの騎士に目を凝らし、息を切らした遣いの騎士は劣らずびっくり仰天して誰も彼もに目を凝らした――ウィル・マークスをさておけば。というのも奴は、鬼の居ぬ間の何とやら、またもやギュッと若き御婦人を抱き寄せるのみならず、チュッチュと、二度にわたってキスをしたからだ。定めて、奴は物の怪に誑かされていたに違いない。さなくば断じてかようの真似は出来まいから――してお若い御婦人も。さなくば断じて奴にかようの真似はさせなかったろうから。

「妖術の！」とウィルは、いささか大きにすぎた二度目のキスの音を揉み消しながら声を上げた。

騎士は奴の方へクルリと向き直り、眉を顰めてくだんの文言をいよよ神妙に繰り返し、そこで初めて要件を審らかにした。その内容たるや、かいつまめば以下の如し。キングストンの住民はここ数晩というもの、町から一マイルと離れていない絞首人晒し柱の下にて魔女によりて催され、くだんの箇所から呼べば聞こえる所をたまたま通りすがった徒《かち》の旅行者によって宣誓証言の上、物語られている悍しき浮かれ騒ぎのせいで生きた空もなく怖気を奮っている。連中の乱飲乱舞《オルギ》の酒《ア》宴の声音は幾多の者によりて紛うことなく耳にされている。三名の老婆に強い嫌疑がかけられているが、前例が検討され、厳粛な協議が開かれた結果、鬼婆の正体を突き止めるには何者かが独りきりその箇所で見張りに立たねばならぬということになった。くだんの仕事をやってのける勇気のある者は、しかしながら、誰一人見つからず、自分はよって是非ともジョン・ポジャーズに、悪魔の呪《のろ》いを免れた、不死身たること夙に名高き男として、正しくくだんの晩、不寝《ねず》の番を請け負うよう乞いに大至急遣わされたのだと。

ジョンは然に打ち明けられようと一向動じた風もなく、もののニ言三言で返して曰く。かくもお易い御用でキングストンの方々のお役に立てるとは光栄至極に存じていたろうものを、もしやぐっすり眠りこけるというのが己《おの》が不幸な性《さが》でなければ。くだんの珠にキズを目下、自分ほど口惜しがっている者もいまいが、そいつで一件にはケリから片からつこう。にもかかわらず、とジョンの畳みかけるに、げに打ってつけの殿方が御座し（ここにてのっぽの蹄鉄工にしげしげ目を凝らし）、殿方ならば、終生蹄鉄製造に携わって来ているだけに、魔女の力には断じて屈しまいし、無論、当人の武勇と篤実の誉れからして必ずやくだんの任を快く引き受けてくれようと。蹄鉄工は然に高く買って頂いているとはと丁重に礼を返し、くだんの令名を穢さぬよう常々心がけてはいるが、生憎、と言い添えるに、目下の些細な案件に関せば、到底御期待には副えまい。何とならばかようの用向きで出立したが最後、最愛の、とは誰しも御存じの通り、妻が即死すること必定たらんから。さて、当該状況は広く遍く知れ渡っているどころか、どいつもこいつも事情はてんでアベコベではなかろうかと勘繰った。何せこの蹄鉄工と来ては妻想いの御亭主が常々やらかすにはやたら女房に手を上げる習いにあったからだ。その場に居合わす所帯持ちの男は一人残らず、しかしながら、蹄鉄工の固めたホゾをこそあっぱれ至極と褒めそやし、皆一斉に己は我が家に留まり、いざとならば（幸い、いざとはならなかったが）、命を賭してでも人生の伴侶の身を守りたいものだと言った。

血気盛んな啖呵が一頻り切られ果すや、連中は示し合わせたように、ウィル・マークスの方を見やり始めた。ウィルは片や、縁無し帽をいよよ一方に傾げたなり、その場の手続き一切合切をめっぽうすげなく見守りながら座っていた。奴はついぞ大っぴらに魔女への不信の念を露にする所を耳にされたためしはなかったが、しょっちゅう連中をダシにそれとなく軽口を叩き、ちょくちょく、箒の柄は不便な軍馬にして、わけても女性の威厳にはおよそしっくり来ぬそいつではないかと公然とうそぶき、外にも概ね似たり寄ったりの趣旨ののん気な与太を飛ばしては放蕩仲間を大いに愉快がらせていた。

皆はウィルの方を見やる内、ヒソヒソ、ブツブツ囁き始め、とうとある男が声を上げた。「ウィル・マークスに頼んでみなすっちゃ?」

とは誰も彼もが胸中思っていたことだったので、皆は一斉にくだんの文言を引き取り、声を上げた。「ああ！　ウィルに頼んでみなすっちゃ?」

「奴なら構やすまい」と蹄鉄工が言った。

「ああ、奴ならな」と人込みの中のまた別の声が追い撃ちをかけた。

「そもそも、ほれ、これきり信じちゃいないもんで」と黄ばんだ御尊顔と、嘲りがちな鼻と顎の小男が、くだんの身上を目の前に立ちはだかったのっぽの男の脇の下から突き出しながらせせら笑った。

「おまけに」と紅ら顔の殿方が嗄れっぽく言った。「チョンガーと来る」

「そうそう、ってこったぜ！」と蹄鉄工が間の手を入れた。して所帯持ちの連中は一人残らずつぶやいた。ああ！　ってこったぜ、んでせめててめえもチョンガーならよ、だったらお宅に侠気ってのがどんなものかあっと言う間に見せてやれるのにさ。

騎士は拝み入らんばかりにウィル・マークスの方を見やった。

「今晩は雨が降りそうだし、遣いの方、おれの葦毛のやくざ馬は昨日散々駆けずり回らせたせいでくたびれ果ててる――」

ここにてクスクス、皆から忍び笑いが洩れた。

「だが」とウィルはニタリと笑みを浮かべてグルリを見回しながら仕切り直した。「もしも外《ほか》のどいつも町の名誉のために我こそはと名乗りを上げないようなら、一肌脱がせて頂くぜ。たとえ徒《かち》で行かなければならんとしてもな。ものの五分で鞍に跨ってやる。ここに居合わすどいつからも手柄の誉れをふんだくってるというのでなければ。そいつだけは真っ平御免なもので」

然れどここにて二重の難儀が持ち上がった。というのもジョンがありたけの言葉を尽くして――とは言え物の数ではなかったが――甥の固めたホゾに異を唱えるのみならず、若き御婦人までありたけの涙をこぼして――とは蓋し、その数あまたに上る――御逸品に異を唱えたからだ。ウィルは、しかしながら、テコでも動かぬ構えだったから、伯父貴の異議申し立ては軽口で受け流し、若き御婦人は二言三言なだめすかしがちに耳許で囁くことにて首尾好くニコリと微笑ませ果した。ウィルが腹を括りに括り、魔女退治に乗り出そうとしているのは火を見るより明らか。よって、ジョン・ポジャーズはポケットからとびきりの護符を某か渡そうとした。がウィルは受け取るを律儀に断った。片や若き御婦人がキスを賜ると、こちらも丁重にお返ししてはいた。

「ほら、何と連れ添うってのはイカしたことで、何とここにお見えの御亭主方は一人残らず用心深くて、女房思いなことか。誰一人としておれをこの魔女狩りの一件で出し抜けるものなら有頂天にならない奴はいないというのに、それでいて、上さんが気がかりなばっかりに名乗りを上げようとしないとは。このちっぽけな町の宿六方は世の鑑で、それを言うなら上さんだって。さもなければ御自身利かせておいでの睨みの半ばも鼻にかけられはすまいから！」

当該減らず口へのシッペ返しを待つまでもなく、ウィルはピチリと指を弾き、屋敷に引き取り、そこより厩へ駆け込み、片や幾人《いくたり》かはせっせと遣いの騎士の腹を膨らせ、他の幾人《いくたり》かはせっせと騎士の馬に秣を食わせた。約束の五分と経たぬ内に、ウィルは別の道から、腕に大振りなマントを引っかけ、脇に大振りな剣《つるぎ》を差したなり、旅行きに馬飾りをあしらった大振りな馬の手綱を曳きながら姿を見せた。

「さあ」とウィルはヒラリと馬に跨りながら言った。「出かけるぞ。気合いを入れて、馴染みよ、出発だ。いざ、さらば！」

ウィルは娘に投げキッスを送り、コクリと、寝ぼけ眼の伯父貴に頷き、その他大勢には帽子を振り――遣い共々蕎地に駆け出した。さながらイングランド中の魔女という魔女が二人の馬の脚に取り憑いてでもいるかのように。かくて瞬く間に姿を消した。

後に取り残された男達は訝しげにかぶりを振り、顎をさすり、またもやかぶりを振った。蹄鉄工の曰く、なるほどウィル・マークスは手綱捌きが達者だし、俺は、そら、断じてじゃないとは言ってないが、何せ無鉄砲で、やたら無鉄砲で、挙句どんな目に会わんとも限るまい。一体何でまた出かけてったものやら、というのが不思議でならん。危なっかしい目に会わなきゃいいが、ともかく何でまた出かけてったものやら？　皆は同上の文言を繰り返し、またもやかぶりを振り、かぶりを振り果すや、ジョン・ポジャーズにお休みを言い、三々五々家路に着いた。

キングストンの住民が初っ端寝入った時分、ウィル・マークスと案内手《あないて》は町を駆け抜け、しかつべらしい役人が数名、今か今かとかの名にし負うポジャーズのお越しを待ち受けて集うている屋敷の玄関先へ乗りつけた。連中はポジャーズの代わりにヤクザな若造を目の当たりにいささかがっかりした。がせいぜい事に善処すると、若造に如何に晒し柱の蔭に身を潜め、魔女に目を凝らし、耳を澄ませば好いか、如何に是々然々の刻限になったらいきなり飛び出しざま滅多無性に打ちかかれば好いか、重々御指南賜った。さらば容疑者は翌朝、ベッドの中でタラタラ血を流し、とことん泡を食っている所を取り抑えられようから。のみならず、ありがたきお知恵もどっさり授け、腹の足しもたらふく——ウィルにはこちらの方が願ったり叶ったり——賜った。以上の手続きに一から十までケリがつき、そろそろ真夜中になろうかという頃、一行は奴を侘しき不寝《ねず》の番に就くことになっている場所へ案内すべく繰り出した。

辺りはこの時までには真っ暗で、今にも雨が降り出しそうだった。ゴロゴロ、遠くで雷《いかづち》が鳴り、木々の間では風がヒューヒュー吹き荒んでいるとあって、陰気臭いことこの上もなかった。町の大立て者方はそれはひたとウィルにくっついているものだから、ウィルが一歩歩く度に奴の爪先を踏んづけたり、踝に蹴躓いたり、踵を掬い上げたりしそうになった。かくて厄介千万なばかりか、連中の歯と来てはそれはガチャガチャ恐怖の余りガチャつくものだから、何やらカスタネットの挽歌にお供されてでもいるかのようだった。

とうとう一行は人気《ひとけ》ない侘しい場所のとば口で足を止め、少し離れた所にある黒々とした物体を指差しながら、ウィル

にあそこのあいつが見えるかとたずねた。

「ああ」と奴は返した。「それがどうした？」

ぶっきらぼうに、あれが見張りに立つことになっている晒し柱だと御教示賜るや、連中はやたら親身な物腰でお休みを言い、大御足の能う限りとっとと尻に帆かけた。

ウィルは雄々しく晒し柱に近寄り、その下まで来ると、ちらと上方を見上げ、そいつが空っぽで、天辺には何一つ、鉄の鎖がブーラリブーラリ、そよ風に煽られてでもいるかのように憂はしく揺れているのをさておけば吊る下がっていないのを――蓋し、まんざらでもなく――目の当たりにした。して四方八方を丹念に見はるかした挙句、顔を町の方へ向けて持ち場に就くホゾを固めた。一つには、さらば風に背を向けて立てようから。また一つには、もしや何か悪戯か不意討ちが仕掛けられるとすれば、恐らくまずもってくだんの方角からお越しになろうから。かくて予防措置を講じ果すや、剣《つるぎ》の柄《つか》にだけはいつでも手がかけられるようにしてすっぽりマントに身を包み、帽子を以前ほどは一方に傾げぬまま絞首台に寄っかかると、その夜は一先ず見張りの持ち場に就いた。

ピクウィック氏の物語第二章
（一八四〇年五月九日付第六号）


我々はウィル・マークスには後は勝手に町へ面《つら》を向けたなり晒し柱の下に寄っかかり、何者か、或いは一味が、こちらへやって来ようものなら逸早く見咎めんものと暗闇越しに目を爛々と輝かせて遠方を見はるかして頂くこととした。が辺りはシンと、死んだように静まり返り、一陣の風がヒースを吹き渡り、頭上で揺れている鎖がキーキー軋むのをさておけば、夜のむっつりとした黙《しじま》を破る物音一つしなかった。三十分かそこらすると、当該手持ち無沙汰に、ウィルは耳を聾さぬばかりのどよめきによるよりなお居たたまらなくなり、ほんの体を温《ぬく》めるためだけにでも、堂々の果たし合いを演じるどいつか仇敵がお越しにならぬものかと心底敬虔に願はずにはいられなかった。

種を明かせば、風は身を切るように冷たく、つい今しがた猛然と馬を駆って来たせいで、血潮がそれだけ凍てついた突風に敏感になっている男の正に骨の髄まで染みるかのようだった。ウィルは生まれついての恐いもの知らずで、強かな殴打も鋭い鋒もこれきりお構いなしだった。が、いつ何時不意討ちを食らわされぬとも限らなかったから――よって何かを背にしているというのは、たといその何かが絞首台にせよ、まんざらでもなかった訳だが――持ち場を離れたりそこいらをウロつき回る気にはなれなかった。奴は当今の迷信にさして信を置いてはいなかったが、それでいてふと脳裏を過るような手合いのそいつらはおよそ時を紛らせたり、置かれた身の上をいよよ凌ぎ易くしてくれるどころではなかった。かくて如何せん思い起こさざるを得なかった――如何に魔女はくだんの不気味な刻限ともなれば教会墓地や晒し柱や、似たり寄ったりの陰気臭い縄張りに出没し、こちとらの呪《まじな》いのための選りすぐりのネタたる、血をタラタラ流しているマンドレーク*を引っこ抜いたり、死人の骨から肉を刮げ取ったりするものと噂されていることか。如何に、草木も眠る丑三つ時、こっそり人気《ひとけ》ない場所へ忍び込んでは指爪で墓を掘り起こしたり、空を飛ぶお膳立てに釜茹でにしたばかりの幼子の膏《あぶら》でこさえた霊妙な香油を御尊体に擦り込むことか。以上、のみならず、劣らずおよそ好もしからざる手合いにして、どいつもこいつも奴の置かれた状況に何らかの関わりのある人口に膾炙した、その数あまたに上る習いが次から次へとウィル・マークスの脳裏を過り、奴の立場の焚きつけずばおかぬかの不信とおさおさ怠りなき注意に漠たる怯えのダメを押し、押したが最後、御逸品を総じて、めっぽう居心地悪いそいつにして下さった。おまけに、それ見たことか、雨がザアザア降り始め、風に煽られて濛々たる靄が立ち籠め出したせいで、それでなくとも夜闇に包まれて朧にしか見えなかったくだんのほんのわずかな物影まで茫と霞む始末であった。

「ほら！」と甲高い声が上がった。「骸《むくろ》は、おお、いつの間にか落ちて、まるで生き返ったみたいに立っているでは！」

語り手はすぐ背《せな》までひた迫り、声はほとんど耳許で聞こえた。ウィルはマントをかなぐり捨て、剣を抜き、やにわに柱の向こうへ回ると、むんずと女の手首を捕らまえ、さらば女は身の毛もよだつような金切り声を上げながら奴から後込みするや、身を捩《よじ》くらせながら跪いた。もう一方の女は、奴のむんずと手首を捕らまえていた女同様喪服に身を包んでいたが、その場に釘づけになり、かくて二人してそれは爛々と狂おしくも奴の顔を覗き込んだものだから、さすがのウィルも総毛立たずばおれなかった。

「さあ」とウィルはかくて一時《いっとき》互いに睨め据え合っていたと思うと声を上げた。「きさまら何者だ？」

「あなたこそ何者です？」と女は返した。「かように人目を忍ぶ死者の墓所までも荒らし、晒し柱からその映えある荷を引きずり下ろすとは？　骸《むくろ》はどこです？」

奴は訝しんでいるとも怖気を奮っているともつかぬ具合に、かく問い質した女から、二の腕をむんずとつかまえているもう一方の女へと目を移した。

「骸《むくろ》はどこです？」と女はいよよきっぱり繰り返した。「仕着せを着ていない所を見ると、お上の回し者ではなさそうです。とは申せ、わたくし共の馴染みでもありません。さもなければ見覚えがあるはず。と申すのもわたくし共のような者の馴染みは数少ないもので。でしたら一体何者で、何故《なにゆえ》かようの所にいるのです？」

「おれは悲嘆に暮れた寄る辺無い連中の敵どころではない」とウィルは言った。「きさまら連中の端くれか？　どうやら見てくれからしてそのようだが」

「如何にも」というのが返答であった。

「夜闇に紛れて泣いたり喚いたりしているのはきさまらか？」とウィルはたずねた。

「如何にも」と女は冷ややかに返した。然に口を利く間《ま》にももう一方の女を指差しながら。「この女は夫の死を、わたくしは弟の死を、悼んで。死者に意趣を晴らす掟が如何ほど血腥かろうと、それくらい許されるのでは。たとい許されまいと、掟の覚えの埒外にあるわたくし共には同じことかと」


ウィルはちらと二人の女を見やり、奴と口を利いている女は遙かに老いぼれ、もう一方は若く、華奢な形《なり》をしているのが且々見て取れた。二人共死んだように蒼ざめ、衣服はズタズタに擦り切れた上からびしょ濡れで、振り乱した髪は風に嬲られ、女共自身は悲嘆と悲惨に打ち拉がれていた。総じて、またとないほど侘しく、惨めったらしく、寄る辺無いザマを晒していた。てっきり目の当たりにするものと肚を括っていたそれとかくも似ても似つかぬ光景を目の当たりに、ウィルは心底身につまされ、二人の憐れな身の上を措いて如何なるものに纏わる思いもそいつを前に、跡形もなく消え失せた。

「おれは無骨な荒くれの小地主《ヨーマン》で」とウィルは言った。「どうしてここへやって来たかは訳ない話だ。きさまらの声は夜の黙《しじま》に遠くの方まで聞こえ、おれは鬼婆、と言おうか悪霊の見張りを請け負った。少々危ない目に会うのは覚悟でやって来たからには、どんなそいつだろうと掻い潜る覚悟だ。少しでも力になれるか手を貸せることがあれば遠慮なく言ってくれ。口の堅い、信用の置ける男の忠義にかけて、命がけで肩を持たせてもらおう」

「どうして骸《むくろ》はこの晒し柱から消えてしまったのです？」と年上の女がたずねた。

「神かけて」とウィルは返した。「おれはきさまらといい対知らん。がこいつだけは確かだ。おれが一時間かそこら前に来た時、晒し柱は今と変わらんモヌケの殻だった。してかようの問いを吹っかける所からして昨夜《ゆうべ》は空っぽでなかったとすれば、ムクロはこっそり、向こうの町の住民の知らぬ間《ま》に、引きずり下ろされたに違いない。という訳で、きさまらや、掟がその最悪の所業をやってのけた男に馴染みは一人たりいなかろうと、どいつかこの哀れな亡骸を埋葬のために持ち去った者に心当たりはないか考えてみろ」

女は二人して話し込み、フィルは二人が額を寄せ合っている片や、一、二歩後退った。奴には二人がすすり泣いては呻き声を洩らすのが聞こえ、空しくも悶々と手を揉みしだくのが見えた。二人が何を口にしているのかほとんど聞き取れなかったが、時折耳にする言葉の端々から、どうやら奴の憶測は当たらずとも遠からず、二人には遺体を運び去った人物のみならず、運び去られた場所の心当たりすらあるようだった。かくて一頻り額を寄せ合っていたと思うと、二人は今一度クルリと奴の方へ向き直った。今度は若い方の女が口を利いた。

「確か、肩を持って下さるとおっしゃったはず?」

「ああ」

「で神かけて、まだ約言を果たす気がおありと?」

「神かけて。悪企みや謀をそっくり遠ざけておける限りは」

「では、わたくし共についておいでを、馴染みよ」

ウィルは、今やすっかり落ち着きを取り戻していたから、再度説きつけられるまでもなく、片手に抜き身の剣を握り、左腕にそいつの自由な動きを妨げることなくある種楯の役をこなすようマントを引っかけたなり、二人を先に立たせた。泥《どろ》と泥濘《ぬかるみ》を突き、風と雨を物ともせず、彼らは優に一マイルは下らぬ黙々と歩き続けた。とうとう仄暗い小路へ折れると、いきなり男がハッと、雨宿りをしていた木の下から飛び出しざま、鞍をつけた三頭の馬の手綱を曳きながら姿を現わした。して内一頭の(どうやら男自身の馬と思しき)馬を、女達にヒソヒソ耳打ちされるがままウィルに明け渡した。ウィルは、二人が鞍に跨るのを目にするや、右に倣った。それから、一言も口を利かぬまま、三人はお付の者を後方に打っちゃったなり、諸共駆け出した。

＊

彼らはパトニーに着くまで片時たり休みも、速度を落としもしなかった。外《ほか》の屋敷から離れてぽつねんと立つ大きな木造りの屋敷で馬から下り、既に待ち受けている男に馬を預けると、脇扉から中へ入り、キーキー軋みがちなせせこましい階段伝《づて》小さな羽目張りの部屋まで昇り、そこにてウィルは独り置き去りにされた。がさして長らく待たぬ内、扉がそっと開き、こちらへ入って来たのは、真っ黒な覆面をつけた騎馬武者であった。

　ウィルは守勢を取るや、この人影に頭の天辺から爪先まで具に目を凝らした。騎馬武者はかなり老齢ではあったものの、物腰はしっかりとして厳めしかった。出立ちは豪勢で高価な手合いだったが、泥まみれにして乱れているせいで、例の、当代の値の張る趣味と流儀が身分や地位の高い男に纏わすが常の手合いのキラびやかな装いとはほとんど見て取れなかったろう。騎馬武者は長靴の上から拍車をつけ、ウィル自身に劣らず街道の状態のその数あまたに上る証すら身に帯びていた。以上全てを、奴は覆面の向こうの目が奴を劣らず食い入るように見据えている片や、見て取った。かくて互いに相手を一渡り眺め果すや、騎馬武者が沈黙を破った。

「おぬし若くて恐いもの知らずで、目下より金持ちになりたいと?」

「なるほどおれは若くて恐いもの知らずだが」とウィルは返した。「金持ち云々は考えたこともない。がそいつはさておき、金持ちになりたがっているとしよう。だったらどうした?」

「今やその道が前途に開けている」と覆面は答えた。

「その道を案内しろ」

「その前に呑み込んでおいてもらわねばならぬが、おぬしがここへ連れて来られたのは、見張りに立たせた連中におぬしの身に如何様なことが降り懸かったか尚早にバラされてはマズいからだった」

「後を追いながら、それくらいの察しはついていた」とウィルは言った。「だがおれはそこいらの口軽とは訳が違う、おれはな」

「結構」と覆面は返した。「ならばよく聞け。おぬしの睨んでいた通り、今夜取り下ろされた例の骸《むくろ》を埋める手筈になっていた男は、まさかの時になって我々を見捨てた」

　ウィルはコクリと頷き、胸中、もしや覆面が何か善からぬ謀を仕掛けて来るようなら、ダブレット（第一章注（三）参照）の左側の、正面にズラリと並んだボタンから数えて最初の鳩目穴こそグサリとやるに正しく打ってつけの場所たらんと惟みた。

「おぬしはここまで連れて来られ、一刻の猶予もならぬ。今のその男の仕事をおぬしに任せる。亡骸を（目下この屋敷で棺に納めてあるが）これから教える手立てで明晩、ロンドンの聖ダンスタン教会*まで運んで欲しい。金に糸目はつけぬ。一体何者の骸《むくろ》かたずねるところではあろう。が問答無用。好いか、問答無用。重罪犯はどこの荒れ野であれヒースであれ、枷ごと縊られる。外《ほか》の連中の信じている通り、この男もその一人だと信じるが好い。それ以上はたずねるな。国策の殺人は、その贅にせよ仇討ち人にせよ、おぬしのような者には明かさぬに如くはない！」

「請け負いのどこからどこまで謎めいているからには」とウィルは言った。「当然危険が伴うはずだ。見返りは如何ほどだ？」

「金貨一〇〇ユニティー＊」と騎馬武者は答えた。「潰えた名分の馴染みとして正体のバレようはずのない者にとって、危険はさしたるものではないが、それでも危ない橋を渡らねばなるまい。危険と見返りのいずれを取る？」

「もしも断ったら？」とウィルはたずねた。

「神の御名にかけて、おとなしく立ち去れ」と覆面は憂はしげに返した。「して、我々の秘密を断じて口外してはならぬ。おぬしをここへ連れて来た者達は打ち拉がれ、悲嘆に暮れた女共だということを、おぬしに立ち去るよう命じている者達はいざとならばものの一言でおぬしの命など、何人《なんぴと》たり知らぬ間《ま》に奪えていたろうということを、胆に銘じて」

男は当時、当今におけるより破れかぶれの請け負いに乗り出すに吝かでなかった。目下の場合、誘惑は抗い難く、たとい発覚しようと、懲罰はさして重そうになかった。というのもウィルは忠臣の出であり、伯父は誉れ高い上、何故《なにゆえ》遺体を手にするに至ったか、がそれでいて身元までは定かでなかったか、実しやかな作り話ならば難なくでっち上げられそうだったからだ。

騎馬武者はかく説明した、幌付きの荷馬車がそのため用意してあり、出立の刻限は夕暮れ時にロンドン橋に辿り着き、夜の帳が下りてから市内の通りを縫うよう取り計らえる。旅路の果てでは仲間が棺をすかさず地下納骨所に担ぎ込めるよう待っている。通りで役人から尋問を受けたら、ペストで死んだ病人の遺体を埋葬するために運んでいるのだと言えば容易く厄介払い出来よう。詰まる所、首尾好く行く謂れはいくらでもある片や、失敗する謂れは万に一つもなかろうと。ほどなく、もう一人、最初の男同様覆面を被った男が仲間に加わり、既に捺されていた太鼓判に念からダメから押し、そこへもって惨めな女房が連中のより冷静な要請に涙と祈りの追い撃ちをかけ、畢竟、ウィルは、根っから気さくな所へもっていたく身につまされるわ、冒険めいたことに目がないわ、自分が翌日姿を晦ませばキングストンの住民はさぞや怖気を奮い上げようと悪戯心が頭をもたげるわ、して、とどの詰まりは、金をたんまり頂けようとソロバンを弾くわで、とうとう一件に手を打ち、全身全霊を賭して首尾好くやってのけようと肚を括った。

　明くる晩、日もとっぷりと暮れた頃、旧ロンドン橋はウィル・マークスの気がかりのタネたる、凄まじき荷を積んだ荷馬車のガラガラという車輪の音に空ろな谺を返した。人目を惹かぬよう、然るべく身を窶し、ウィルは馬の頭の傍を歩いた。今や請け負いの最も危険な箇所へ差し掛かったと重々心得てはいるものの、勇猛と自信に満ちた男の能う限り何食わぬげに。

　今や八時。九時を過ぎれば通りを歩いたが最後、如何なる身の危険に晒されぬとも限らなかったが、この刻限ですら追い剥ぎや殺人はおよそ稀ならざる事件だった。橋の上の店は一軒残らず閉《た》て切られ*、道に渡された低い木造りの迫持《アーチ》ちはその数だけの真っ黒な落とし穴そっくりで、どいつもこいつもに人相の悪い連中が三、四人連んで身を潜め、中には壁にひたと背をもたせて待ち伏せしている者もあれば、門口をウロつき回ってはボサボサ頭としかめっ面をグイと突き出している者もあれば、道を過ったり過り返したりしながらひっきりなし人馬に諸共突っかかってはケンカを売っている者もあれば、こっそりその場を離れ、グルの連中を呼び寄す合図にそっと口笛を吹いている者もあった。ある折など、くだんの短い通り道においてすら、背後で取っ組み合いや鍔迫り合いの音が聞こえたが、ウィルはシティーとその習いを知らぬでなし、ほとんど振り向きもせぬまま、真っ直ぐ歩き続けた。

　通りはどこもかしこも舗装されていなかったから、昨晩の雨のせいで全き泥沼と化し、そいつを切妻からバシャバシャ水を跳ね散らかす樋口とあちこちの屋敷から投げ捨てられる汚物や残飯が剰え膨れ上がらせていた。これら悍しき代物はむっと息詰まるような外気で腐敗するがまま放ったらかされていたから、耐え難き悪臭が芬々と立ち籠め、そこへもって中庭や通路はどいつもこいつも己《おの》が持ち分を芬々と迸らせていた。目抜き通りですら、幾多の箇所はグイと迫り出した階また階が頭上でグラつき、ほとんど天空を締め出しているとあって、開けた通りというよりむしろどデカい煙突といった態だった。内一つならざる街角では、この所何人かの市民がお蔭で命を落としているとは専らの噂のペストの感染を防ごうとでもいうのか、大きな篝火が焚かれ、かくて辺りが明るいのをいいことにしばし足を止めてグルリを見回す連中のほとんど誰一人として、疫病の存在に眉にツバしてかかったり、その恐るべきタタリに首を捻りたい気になる者はいなかったろう。

　がウィル・マークスが行く手への主たる邪魔物を見出したのは、かようの光景においてでも、深く泥濘《ぬか》った道においてですらなかった。通りでは（シティーの抱える唯一のゴミ浚い屋たる）トビやワタリガラスが餌を漁り、ウィルの運んでいる代物の臭いを嗅ぎつけたが最後、荷馬車の後を追ったり、天辺でバタついては、積み荷の正体なら先刻御承知、とっとと食わせろとばかりカーカー餓《かつ》えた鳴き声を上げた。遠くでは火事もあり、貧相な木や漆喰の荒屋がメラメラと火の手に巻かれ、そちら宛有象無象が我勝ちに駆けつけながら、やれ、ふんだくれ、そら、掻っさらえと喚き散らしたり、手当たり次第の連中をぶちのめしたり、野放しの悪霊よろしく金切り声を上げたりしていた。破落戸の一味から逃げ惑っている孤立無援の男もあり、男は連中に剥き出しの武器で追いかけられ、獣もどきに狩り立てられていた。こちとらの窖から繰り出し、開けた通りをヨロヨロ縫っているへべれけの、破れかぶれの盗人もいたが、誰一人として待ったをかけようとする者はなかった。日中賑わった熊イジメから引き返している流離いの従僕もあり、ツメを立てられ、血をタラタラ流している犬を引っ連れたり、後は勝手に野垂れ死にせよとばかり、路上に放ったらかしにしていた。辺り一面、残虐と、暴力と、騒乱を措いて何一つハバを利かせているものはなかった。

幾度となく、ウィルはこれらはぐれ者から待ったをかけられ、幾度となく危うく難を逃れた。今やどこぞのいかつい虚仮威し屋がデンと荷馬車の上に陣取ったが最後、家《うち》まで乗せて帰れと言って聞かぬかと思えば、今や二、三人のグルが襲いかかり、命が惜しければ中に何を積んでいるか見せろと迫った。それから、巡回区を回っているシティーの夜巡りの一行もあり、道にズラリと立ちはだかるや、奴の説明では一向得心するどころか、ネ掘りハ掘り問い質しては、その夜外《ほか》の連中から受けたこっぴどい仕打ちの鬱憤を晴らすにケチな平手打ちや小突き飛ばしを仕掛けて来た。これら暴徒はどいつもこいつも突っぱねてやらねばならなかった——ある者は穏当な文言にて、ある者は穏当ならざる文言にて、またある者は殴打にて。がウィル・マークスは晴れてここまで分け入ったからにはおいそれと待ったをかけられたり追い返されたりするような男ではなく、遅々として歩みは進まなかったものの、それでもとうとうフリート・ストリートを縫い、くだんの教会に辿り着いた。

奴の到着は予め報せてあったので、何一つ抜かりはなかった。馬車を停めるが早いか、棺は四人の男によって担ぎ出されたが、連中、それはいきなり姿を現わしたものだから、地の底よりお出ましになったかのようだった。五番目の男が荷馬車に飛び乗り、ウィルに奴自身の衣服の内、身を窶す際に

かなぐり捨てていた手合いを詰め込んだ小さな包みをひったくる暇《いとま》すらほとんど与えぬ間《ま》に駆け去った。ウィルは二度と再び荷馬車にも男にも相見えなかったが。

奴は遺体の後から教会へ入って行ったが、すかさず後を追ってもっけの幸い。というのも扉はすぐ様閉《た》て切られたからだ。堂内には、納骨所の際に立った、マント姿の二人の男によってかざされた対《つい》の松明からの明かりを措いて、ロウソク一本たり灯っていなかった。男はそれぞれ女性の人影を支え、皆、押し黙っていた。

この仄暗く厳かな明かりの下《もと》——ウィルはお蔭で光そのものまで縡切れ、そいつの墓所は頭上で苦虫を嚙み潰している侘しいアーチででもあるかのような気がしたが——彼らは脱帽して棺を納骨所に沈め、口を塞いだ。松明をかざしていた二人の内一人が、さらばクルリとウィルの方へ向き直り、手を突き出してみれば、金貨の財布が握られていた。如何でか奴にはすかさずそいつらが覆面の下に見て取っていたと同じ目なものとピンと来た。

「金を受け取り」と騎馬武者は声を潜めて言った。「幸せに暮らすが好い。埋葬は取り急ぎ行なわれ、司祭一人立ち会うでなかったが、男の骨を幼い我が子らの骨の傍らに寝かせてやったからと言って、おぬしに今後災いが降り懸かることはあるまい。我々のために劣らずおぬし自身のために、断じて他言は無用、さらば神の御加護があろう！」

「夫に先立たれた母親の祝福が汝の頭《こうべ》に垂れられんことを、心優しきお友達！」とより若い方の御婦人が涙ながらに声を上げげた。「今やこの墓の中を措いて何一つ希望も安らぎもない者の祝福が！」

ウィルは手に財布を握り締めたまま立ち尽くし、つい我知らずそいつを返しそうな素振りを見せた。というのもお調子者ではあったものの、根は気さくで気前のいい奴だったから。が二人の殿方は、松明の火を消しながら、これ以上グズグズしていたら奴も自分達も危ない目に会おうからとっとと立ち去れと命じ、と思いきや彼らの立ち去る足音が堂内に響き渡った。奴は、それ故、先刻入って来ていた方へ向き直り、遠方のかすかな明かりで、扉がまたもやわずかに開いているのを見て取るや、手探りでそちらへ向かい、かくて表通りへ這い出した。

一方キングストンの地元の権威はその前の晩中、不寝《ねず》の番に就き、再三再四にわたり憂はしい金切り声が風に乗って自分達の方へやって来るような気がし、しょっちゅう互いに目配せを交わしては、孤独な歩哨の無事を祈って杯を干しながらも火の方へいよよひたと寄り添っていた。わけても奴宛、そこに居合わす牧師は上っ調子と若気の至りの謂れをもってこっぴどかった訳だが。一座の内、いささか神学的向きのいっとうしかつべらしげな連中の中には二、三人、牧師に果してかようの放蕩者は悪魔と一騎討ちするには丸腰も同然にして、むしろ牧師自身の方が立ち向かうにより強かな相手だったのではあるまいかとの質問を提起した。が牧師はかようの問題を論じる上での連中の不遜を厳しく咎めるに、きっぱり、ウィルほど打ってつけの闘士に白羽の矢は立てられなかったろう、何とならば単に悪魔の子であるからには御尊父の出現にそれだけ胆を冷やすこともなかろうのみならず、御尊父自身もかようの相手とならばむしろのんき気に構え、その睨みの下《もと》に全き骨抜きの腑抜けに成り下がろう（とは夙に名高き）司祭の目の前にては断じてやらかそうとせぬほど踵を蹴り上げるに二の足は踏むまいからと説きつけた。

明くる朝、しかしながら、日は昇れどウィル・マークスは姿を見せぬとあって、強攻部隊が強攻部隊の真っ昼間に敢えて行なふが常の如く、問題の箇所へ繰り出してみれば、ウィルの影も形もなく、晒し柱はモヌケの殻とあって、事態は蓋し、抜き差しならなくなった。時は刻々と過ぎようと一向音沙汰はなく、夜もまた更けようと無しの飛礫とあって、一件はいよよ由々しき様相を呈し始めた。要するに、界隈はそれはヌクヌクとした神秘と恐怖の血を滾らせたものだから、果たして二日目の朝、ウィル・マークスが戻って来た際、人心はおよそ軽々ならざる肩透かしのそれでなかったか否か、は今に甚だ疑わしい。

　とまれ、ウィルはやたら坦々として落ち着き払った物腰にて姿を見せ、老いぼれジョン・ポジャーズをさておけばどいつのこともさして気にかけている風になかった。というのもポジャーズは、呼びにやられると、町役場にへたり込んだなり、ゆっくり涙をこぼしては合間合間にうたた寝していたからだ。伯父貴を抱き締め、自分の無事を得心させ果すや、ウィルはテーブルに登り、皆に冒険譚を開陳しにかかった。

　して蓋し、もしやウィルの審らかにした物語でいささかなり肩透かしを食っていたとすらば、未だかつて押し合い圧し合い群がったかほどに理不尽な群衆もまたなかったろう。というのも「魔女の乱舞」を大御脚のとびきり濃やかな動きに至るまで微に入り細にわたって説明するのみならず、御逸品をテーブルの上にて身をもってやってのけながら、ウィルは如何に連中が銅の大釜で骸《むくろ》を運び去り、奴自身にはそれはとんでもない呪《まじな》いをかけたものだから、気がついてみれば少なくとも一〇マイルは下らぬ離れた生垣の下に転がされているまでコロリと意識を失い、そこより真っ直ぐ、今しも御覧の通り、引き返して来たことか話して聞かせたからだ。ウィルの冒険譚は皆の割れんばかりの拍手喝采を浴び、お蔭でその後ほどなくロンドンから当代切っての魔女狩り屋、天の生まれのホプキンズ*がアタフタお越しになり、ウィルをあれやこれやの点で具に調べ果すや、これぞ未だかつて人口に膾炙したためしのないほど尋常ならざる所へもって折り紙付きの魔女物語なりと太鼓判を捺し、逸話はくだんの表題の下《もと》、ロンドン橋の「三聖書堂」にて小振りの四折判にて原画を模した銅釜の挿絵と炉端に掛けた例の牧師の肖像画コミで世に出された。

　とある一点にウィルはわけてもこだわり、くだんの一点とは事実目の当たりにした魔女として三人《みたり》の、かようの代物の未だかつてあったためしも金輪際あり得べくもなかろうこの世ならざる老婆を描いてみせることにあった。かくて奴は容疑者のみならず、その他、ホシか否か取り調べられるべく奴の前へ引っ立てられたありとあらゆる老婆の命を救ってやった。

　当該状況はジョン・ポジャーズに大いなる悲哀と悲嘆をもたらした。がとある日のこと、家政婦にたまたま目を留めてみれば、この女、紛うことなくリューマチの気に祟られているとあって、ジョンは正真正銘の魔女として火炙りの刑に処すべく取っ捕まえた。然なるお国への手柄故にジョンはすぐ様ナイト爵に叙せられ、その時を境にサー・ジョン・ポジャーズと相成った。

ウィル・マークスはついぞ自ら一役買った神秘の手がかりを得ることもなければ、その後しばしば訪うたくだんの教会の如何なる銘も、敢えて吹っかける踏んぎりのつく如何なる限られた問いも、これきり謎解きに手を貸してはくれなかった。奴は秘密を誰にもバラさなかったから、金貨は自づとちびりちびり、慎重に叩《はた》かざるを得なかった。とこうする内、前述の若き御婦人と連れ添い、若き御婦人の旧姓は記録に留められていないが、共に豊かで幸せな人生を全うした。当該冒険から幾々歳《とせ》も経ってから、奴は嵐の晩になるとよく、いつぞやはどいつの御身上だったにせよ、くだんの骨が雨晒しの目に会う代わり、静かな墓の中で己《おの》が親類縁者の塵と共に朽ち果てていると思えば何と心安らかなことかと上さんに打ち明けていたものだ。

ハンフリー親方の客人《まろうど》のさらなる詳細

頭の中はピクウィック氏の申し込みで一杯の所へもって、先日賜った表敬訪問に大いに気を好くしていたこともあり、わたしは、御明察通り、次の集いの宵のとうの先から一件を三人《みたり》の馴染みに打ち明け、さらば三人《みたり》は満場一致にて氏の仲間入りに票を投じた。我々は皆、晴れて氏を一座に迎える折を今か今かと首を長くして待ったが、もしやジャック・レッドバーンとわたし自身が仲間内で段トツ、シビレを切らしていなかったとすれば、それこそ勘違いも甚だしいというものだろう。

とうとうくだんの宵がやって来た。十時を数分回った頃、ピクウィック氏のノックがコンと、玄関扉に響いた。氏はまずもって階下の部屋へ通され、わたしはすかさず捌けた杖を引っつかむや、氏が然るべく粛々として晴れがましく紹介の儀に与るよう、上階までお供すべくそちらへ向かった。

「ピクウィック殿」とわたしは部屋に入るや切り出した。「お目にかかれて何より。この度の御訪問はこの先幾々度となく拙宅へお越し頂くほんの取っかかりにすぎぬと――この先いついつまでも続こう長く親密な友情のほんの初っ端にすぎぬと——思えば天にも昇るようでは」

くだんの殿方は御当人につきづきしくもすこぶる気さくにして心から然るべき返答を賜り、ちらと、扉の蔭の二人の人物の方へにこやかに目をやった。御両人、当初は気づかなかったものの、サムエル・ウェラー氏と御尊父たることお見逸れすべくもなかった。

暖かな夕べだったが、老ウェラー氏は、にもかかわらず、とびきり大振りな外套に身を包み、顎はすっぽり、現役の駅馬車御者によって今に纏われるが常の手合いの、どデカい斑《まだら》模様のショールに包《くる》まれていた。見るからにめっぽう血色がいい所へもって、めっぽういかつかった。わけても大御脚の辺りは。何せ御両人、いささか難儀せぬでもなくトップ・ブーツにギュウと捻じ込まれた節があったから。してツバ広の帽子を左の小脇に抱え、右手の人差し指を、初にお目にかかれて光栄とばかり、幾度も幾度も額にあてがった。

「実にお健やかそうで何よりですな、ウェラー殿」とわたしは言った。

「ああ、忝う、御主人」とウェラー氏は返した。「車軸はまだ折れてはおりませんぞ。わしらはほどほどの足並みでやっておりますす——そう派手には飛ばしませんが、そこそこギシギシやりながら——お蔭で何とか駆けって、時間かっきしにやって参るという訳です。——これはうちのサミヴェルで、御主人、刷り物の中でとうに御存じかもしれませんが」とウェラー氏は総領殿を紹介しながら言い添えた。

わたしはサムを心より手篤く迎えたが、サムが一言とて口を利けぬ間《ま》に御尊父はまたもや割って入った。

「サミヴェル・ヴェラーは、御主人」と御老体は言った。「おやじにじっつあまという神さびた肩書きをくれおりましてな。そいつはえろう長いこと寝ぼけ眼のヤマネを決め込み、わしらの一族の中ではほとんどヒン死に絶えたものと思われておりましたが。サミーや、あいつらチビ助共の内一匹の取っておきのネタでもバラして差し上げんか——ほれ、何が、何でもお袋さんに内緒でパイプを吹かすというて聞かん、チビのトニーの今のそのちょっとしたネタでも」

「いい加減おとなしくしねえかい?」とサムは言った。「こんな老いぼれカササギ見たこともねえやな——生まれてこの方!」

「今のそのチビのトニーはぶっちぎりのガキでして」とウェラー氏は当該肘鉄砲などどこ吹く風と続けた。「このわしが生まれてこの方お目にかかったためしのないほど、ぶっちぎりのガキでして! 何でもクロイチゴをしこたま食い上げ

た挙句ムネアカコマドリにくるんでもろうたとかのあいつら＊コミで、これまで聞きカジったことのあるとびきりめんこい幼子が如何ほど仰山いようと、今のそのチビのトニーほどすこぶるつきの奴はまずおりますまいて。あいつはいつだってクォート・ポットごっこをやりおりましての、あのチビは！一目、あいつが戸口にデンと腰を下ろしたと思うと、そいつからグビグビやる真似をして、そっから長々溜め息を吐《っ》き、薪の木切れでプカプカ吹かしながら『ほら、おいら、じいちゃん』――と言うのを拝まして頂けるものなら――あいつがほんの二つで今のそいつをやってのけおるのを拝まして頂けるものなら――これまでぶたれたどんな芝居を拝まして頂くよりケッサクでしょうて。『ほら、おいら、じいちゃん！』あいつはたといそいつをくれてやろうとしてもいっかなパイント（半クォート）・ポットは受け取ろうとしませんで。どうしたってクォート・ポットを引っつかむと、言うてくれおります。『ほら、おいら、じいちゃん！』」

ウェラー氏は当該一幅の絵にそれは生半ならずカンラカラ腹を抱えたものだから、いきなりゴホゴホ凄まじく噎せ返り、かくて定めて致命的な顚末と相成っていたろう、もしやサムが手並みも鮮やかに間髪を入れず、御尊父の顎の真下でむんずとショールを引っ捕らまえるや、御尊体を滅多無性に揺すぶり、同時に背《せな》のど真ん中へ向けてしこたまゲンコをお見舞いしてでもいなければ。当該奇しき手合いの処方の甲斐あって、ウェラー氏はやっとこ持ち直したが、御尊顔は真っ紅に火照り上がり、ゼエゼエ、息も絶え絶えの模様ではあった。

「これで漸うケリがついたか、サム」とピクウィック氏は、御自身少なからず気を揉んではいたものの、言った。

「ああ、これでやっとこ、だんな！」とサムはちらと、非難がましげに親父さんの方を見やりながら声を上げた。「あぁ、いつかその内マジ、ケリをつけなさろうじゃ――マジ、ケリいつけて、いっそケリいつけんじゃなかったってホゾをかもうじゃ。こんな脳ミソの足んねえ老いぼれ見たことも聞いたこともねえ――他人様のめえでゲラゲラひきつけ起こして、床あズシンズシン、まるでこちとらの絨毯引っ提げて来て、どっちが模様に穴ああけんのが早えか金かけてでもいるみてえに踏みつけにかかり出すたあ？　んりゃまた、あっという間にぶり返しやがるぜ。そら――またおっ始めてやがる――だから言わねえこっちゃねえ！」

とは蓋し、仰せの通り。ウェラー氏は、頭の中は依然早生りの孫息子のことで一杯だったと思しく、ゆっさゆさ左右にかぶりを振っている様が見受けられ、片や哄笑は、地震よろしく表面下で蠢きつつも、顔や、胸や、肩にて色取り取りの尋常ならざる様相を呈していた――クスリとも洩れ聞こえぬだけにいよよ剣呑極まりなきことに。これら情動は、しかしながら、次第に鳴りを潜め、一再ならず束の間ぶり返してはいたものの、御老体は上着の袖口で両目を払い、まだしも坦々と辺りを見回した。

「お頭があちらへ行ってしまわれん内に」とウェラー氏は言った。「一つ、サミーがおたづねしたいことがありまして。今のそのしづもんをダシにここでカンカン、ガクガクやっておいでの間《ま》に、おやじはゴ免蒙って、引き下がらせて頂くとしましょうかの」

「けど何でまたトンヅラしなきゃなんねえ？」とサムはむんずと親父さんの上着の燕尾を引っつかみながらたずねた。

「お前みたように親不孝者は見たこともないわ、サミヴェル」とウェラー氏は返した。「神様に誓ったっていいくらいにして約束したんじゃねえのか、今のそのしづもんをおやじのために吹っかけようって？」

「ああ、ガッテン、そいつなら任しときなって」とサムは言った。「けんどもしかそんな具ええにトンヅラ決め込もうってならゴ免こうむるぜ、ってな連中に突き棒で肉屋え押し込められそうになった時にクルリと向き直りざま牛追いにヤンワリ、グチった牡牛の言い種じゃねえがよ。実は、だんな」とサムはわたしに話しかけながら言った。「おやじは今のその、お宅の家政婦さんの御婦人がらみで知りてえことがあるんで」

「ほう、それは何でしょうの?」

「ああ、それが、だんな」とサムはいよよニタつきながら言った。「おやじは今のその御婦人が――」

「早い話が」と老ウェラー氏はどっと玉のような汗を額に滲ませながらもきっぱり口をさしはさんだ。「今のその婆さんは後家さんでしょうかの、それとも、ではあられぬと*」

ピクウィック氏はカンラカラ腹を抱え、わたしもかくきっぱり返しながら右に倣った。「うちの家政婦は行かず後家《スピンスター》ですぞ」

「そら!」とサムは声を上げた。「これでストンと腑に落ちたかよ。あちらあ行かず後家《スピンスター》だとよ」

「な、なんじゃと?」と親父さんはさも見下げ果てたかのように切り返した。

「行かず後家《スピンスター》だとよ」とサムは繰り返した。

ウェラー氏は一、二分もの長きにわたり息子をしげしげ睨め据えていたと思うと、宣った。

「あちらが軽口を叩こうと叩くまいと気にするでない。そいつはどうだって。たんだわしの言うておるのは、今のその女子《おなご》は後家さんかどうかということじゃ」

「あちらが軽口叩こうと叩くまいとってなどういうこっさ?」とサムは御尊父の曖昧模糊たる返答に泡を食わぬでもなくたずねた。

「どうでも好かろう、サミヴェル」とウェラー氏はしかつべらしげに返した。「軽口《パン》がめっぽうケッサクな代物だろうとめっぽうイケ好かぬ代物だろうと。それとも、女子《おなご》がそいつを叩くからというのでそれだけケッサクだろうとイケ好くまいと。そいつは後家さん云々とは縁もゆかりもないもんで」

「ああ、んりゃまた」とサムは辺りを見回しながら言った。「ぶったまげるやねえかい。いい年食ったじじいが行か《スピ》ず後家《ンスター》と軽口叩き《パンスター》を一緒くたにしてやがるたあ」

「そいつらに、ワラしべほどの差もあるまい」とウェラー氏は宣った。「お前のおやじはこの道一筋何年とのうメシを食うて来ておきながら、ことそいつがらみでお国言葉にもついて行けてないとでも、サミー」

御老体の一つ考えに凝り固まった語源学の一件はさておき、ウェラー氏は幾度となく家政婦はついぞ連れ添ったためしのなき旨請け合われた。然に太鼓判を捺されると、氏はほっと胸を撫で下ろし、かようの問いを吹っかけた詫びの入れがてら、実はつい先達て後家さんに大いに怖気を奮い、お蔭で生まれながらの臆病風に拍車がかかったのでと打ち明けた。

「今のそいつは列車の中のことで」とウェラー氏は力コブを入れて言った。「バーミンガムまで列車に揺られておりましたが、生憎、息の詰まりそうな客車に生身の後家さんと二人きり閉じ込められましての。わしら二人きり。後家さんとわしの二人きり。んで今のその後家さんが中途の駅に着かぬとうの先からわしと連れ添わなんだのはたんだわしらげに二人きりで、牧師の影も形もなかったからだけのことでしょうて。あちらの何とまた真っ暗闇の中であいつらトンネルを潜り出すや金切り声を上げ始めたことか――何と気を失ってはギュッとわしにしがみ続けたことか――何とこのわしは扉を突き破ろうとはしたもののそいつめギッチリ錠の下りたきり、いっかな逃げを決め込まして下さらんかったことか――あー！　思い出しても身の毛がよだちそうですぞ、ああ、げに身の毛が！」

ウェラー氏は当該思い出の糸を手繰るだにそれは生半ならず総毛立ったものだから、幾々度となく額の汗を拭い果すまで果たして鉄道輸送なるものに賛成か否かの問いに、ろくすっぽ答えられぬ仕末であった。詰まる所賜った返答から察すに、一件には一家言をお持ちの様子ではあったが。

「わしに言わせば」とウェラー氏は言った。「鉄道はイケンうえに権利のジンガイでは。果たしてその昔わしらの自由の肩を持って、おまけにそいつを勝ち取ってくれた、今のその老いぼれ荷馬車御者《オールド・カーター》＊が――あいつが――何というものやら、もしや今でもこの世にピンシャンしておって、同じ祖国の男《おの》子《こ》が後家さんであれどいつであれ、好きでもないのに二人きり閉じ込められねばならぬと知ったら。老いぼれ荷馬車御者《オールド・カーター》が言うたであろうことを、老いぼれ駅伝馬車御者《オールド・コーチマン》も言わせてもらいますが、ことその点だけを取っても、鉄道はジンガイでは。んでこと居心地がえぇの悪いのに関せば、一体、肘掛け椅子もどきに掛けたなりレンガ壁か泥山ばかり見させられて、ついぞ居酒屋へ着くでも、エール一杯拝まして頂くでも、道銭取っ立て門を潜るでも、馬であれほかの何であれ、どんな手合いの取っ替えにも出会さん代わり、いつだってともかくどこかへ着くとならば、同しお巡りがそこいらに突っ立ち、同しクソ忌々しいおんぼろベルがけたたましゅう鳴り、同しお気の毒な連中が中に入れてもらおうと桟の後ろに突っ立ち、どいつもこいつもさっきの名前と同し大きさの文字を同し色でぬったくられた名前をさておけば同し、さっきのとウリ二つの場所にやって来ねばならんどこが居心地ええというのでしょうの。こと旅をするホマレとモッタイはと言えば、一体どこに、駅伝馬車御者《コーチマン》抜きでそいつらあるというので？　時にそいつで旅をせねばならんような駅伝馬車御者《コーチマン》と車掌にとって、鉄道がツラよごしとムホウ破りでのうて何だというので？　こと飛ばししようがらみで言えば一体如何様な速さでやつがれ、トニー・ヴェラーは駅伝馬車が旅路に出んとうの先から前金で一マイルにつき五〇万ポンド叩かれて馬車の奴を駆ってやれなんだとでも？　こと機関《インジン》はと言えば——今のそのガス虫めがね*の中のイケ好かんカブトムシみたような、緑と金の背《せな》の、テラついた、いつだって息を切らしておる、鼻持ちならん、ゼーゼー、キーキー、ハアハア、ポッポ、ムクムク吹いておる物の怪めが——んじゃから、夜には真っ紅に火照り上がった石炭を吐き出し、真っ昼間には真っ黒けの煙を噴き上げておる機関《インジン》はと言えば、ヤツにまだしも理に適うたことがやってのけられるとすれば、そいつはせいぜい何か行く手に邪魔物があると、まるでこう言うてでもおるかのように今のそのおっかない金切り声を上げるくらいのものでは。『こんりゃまた、二百四十人からの乗客がオダブツ寸前だぜ。ってこって連中の二百四十からの金切り声え一緒くたに上げてやろうじゃねえかい！』」

この時までには、馴染みの連中はさぞやわたしの中座が長びいているせいでシビレを切らしているのではあるまいかと気が気でなくなり始めた。よってピクウィック氏に何卒一緒に階段を昇って頂くよう告げ、片やウェラー父子は家政婦の手に委ねた。くれぐれも手篤くお持て成しするよう念を押した上。

第四章　時計（一八四〇年五月十六日付第七号）

共々階段を昇りながら、ピクウィック氏はそれまで片手に持っていた眼鏡を掛け、ネッカチーフを整えたり、チョッキの皺を伸ばしたり、外《ほか》にもあれこれ、誰しも初めて見知らぬ面々の仲間に加わり、能う限り好もしい印象を与えたがっている折に気づかうが常の手合いのささやかな仕度を整えにかかった。わたしが笑みを浮かべているのを見て取るや、氏もまた笑みを浮かべ、もしも屋敷を出る際に思い寄っていたなら、定めてパンプスと絹の長靴下で紹介の儀に与っていたろうものをと歯噛みした。

「全くもって、親愛なる御主人」と氏は大真面目に言った。「皆さんに敬意を表すに、ゲートルなど打ちやっていたでしょうに」

「いや、むしろ」とわたしは返した。「みんな、お宅がそうでもなさっていた日にはさぞやがっかりしていたでしょう。と申すのもピクウィック殿のゲートルにはげにぞっこんなもので」

「おや、まさか！」とピクウィック氏は満面笑みを湛えて声を上げた。「では、皆さん私のゲートルに御執心であられると？　正直、皆さん、私とゲートルは切っても切れぬ仲にあると思っておいでと？」

「確かに、みんなそう思っておりますぞ」とわたしは返した。

「ですがよもや」とピクウィック氏は言った。「かように願ってもない星の巡り合わせに恵まれようとは！」

わたしは当該ささやかな会話を割愛する所ではあったろう。もしやかくて、それまでついぞ存じ上げなかった、ピクウィック氏の人となりの些細な一端が窺えるというのでなければ。ピクウィック氏は実は、大御脚を心密かに鼻にかけておいでである。然に得々と宣うのみならず、ちらとタイツを見やったその眼差しからして、御両人に生半ならず無垢な己惚れを抱いていること一目瞭然。

「ですがほれ、我々の馴染み方がお待ちかねですぞ」とわたしはパンッとドアを開け放ち、氏の腕を腕に抱え込みながら言った。「連中、後は勝手に口を利いてくれましょう――皆さん、ピクウィック殿がお見えです」

ピクウィック氏とわたしは正しくその折、さぞや似ても似つかなかったに違いない。わたしはいささか心労に疲れた辛抱強い物腰で静かに松葉杖を突き、氏はわたしの腕を抱えたなり、丁重至極ながらもとびきり快活に四方八方へお辞儀をし、そこへもって御尊顔の活きのいい陽気さと気さくさたるや留まる所を知らなかったから。我々の相違は、二人してテーブルに近づき、くだんの愛嬌好しの御仁が浮かれた足取りをわたしの哀れ、弱々しい歩みに合わせながら、濃やかにもわたしの不具にとびきりの思いやりを込めて接すと同時に、固よりかようの思いやりをわたしが必要としているなど知らぬが仏の風を装うに及び、いよよ際立っていたに違いない。

わたしは馴染みにそれぞれ、順繰りに、ピクウィック氏を紹介して行った。まずもって紹介したのは耳の遠い御仁で、氏はたいそう興味深げに打ち眺め、実に気さくにして懇ろに話しかけた。がどうやら当座、馴染みは耳が遠いからには口も利けないものと漠とながら思い込んでいたらしい。それが証拠、後者が然に誉れ高き評判を耳にしている殿方の御高誼に与れるとは如何ほど光栄に存じていることか表明すべく唇を開くや、ピクウィック氏はそれはとんでもなくマゴついたものだから、わたし自ら助太刀に割って入らねばならぬほどだった。

氏とジャック・レッドバーンとの出会いは全くもって目にするだにゴキゲンだった。ピクウィック氏はにこやかに微笑み、手をギュッと握り締め、ジャックを眼鏡越しに、眼鏡の下から、眼鏡の上から、しげしげ覗き込み、御満悦の態でコクリコクリ頷き、それからわたしにもコクリコクリ頷いてみせた。さも、かく言わぬばかりに、「これぞ正しく打ってつけの男では。貴殿もお目が高い」それからクルリとジャックの方へ向き直ると、二言三言心暖まる言葉をかけ、それから先の手続きを一から十まで相変わらずすこぶる快活にまたもややそっくり踏み直した。ジャック自身はと言えば、奴はピクウィック氏にピクウィック氏その人とて奴に有頂天にはなれまいほど有頂天になった。天地創造以来、かほどに心暖まる、と言おうか熱のこもった挨拶を交わし合う御両人が互いに顔を合わせたためしのあったろうか。

当該出会いと、その後《ご》に持ち上がった、ピクウィック氏とマイルズ氏の間のそれとの違いは目にするだに傑作千万ではあった。後者の御仁が我らが新たな仲間をジャック・レッドバーンの情愛におけるある種好敵手と見なしているのは火を見るより明らか。そこへもって御当人のわたしに一再ならずこっそり耳打ちして曰く。なるほどピクウィック氏は実に奇特な御仁やもしらぬが、それでもなお氏の所業にはその齢《よはい》と勿体の御仁につきづきしからざる所があるのでは。これら不信の根拠にかてて加えて、掟なるもの断じて間違ったことは犯すまいと、故にピクウィック氏が寄る辺無い御婦人と交わした堅い契りを反故にした廉で財布と心の平穏双方において灸を据えられた*のはいたくごもっともにして、よって氏には幾許かの不審の念をもって接さざるを得ぬ、というのが古株殿の一家言であった。かくて自づと応待はギクシャクとして冷ややかなそれとなり、ピクウィック氏ももって応ずに、マイルズ氏に負けず劣らず厳めしくもやたら丁重に礼を返していた。実の所、氏がそれは物々しくも今にも挑みかからんばかりの構えを見せているものだから、内心、いきなり何やら粛然たる異を唱える、と言おうか啖呵を切るのではあるまいかと気が気でなくなった。よってそそくさと席に着いて頂くこととした。

　当該機略縦横の術数は物の見事に思うツボに嵌まった。腰を下ろすや否や、ピクウィック氏は我々をズイと、とびきり慈悲深げな面持ちで眺め渡し、実に五分もの長きにわたってにこやかに微笑み続ける発作に見舞われた。我々の儀式に寄す氏の興味たるや甚大であった。典礼は、とは言え、さして仰々しくも込み入ってもいないので、かいつまめば二言三言で事足りよう。我々の手続きは多かれ少なかれ、様々な折々、色取り取りの形《なり》にて、当該頁において審らかにされることにて早、先を越されて来た上、今後も必ずや先を越されざるを得まいから、ここにて敢えて詳細に説明するには及ぶまい。

　我々は一堂に会すと、まずもってグルリの皆と手を握り合い、陽気でにこやかに挨拶を交わす。我々はそもそも互いの幸せの促進のためのみならず、普通株式にも某か上乗せしようとの目論見の下《もと》集うている点に鑑みれば、如何なる仲間における倦怠、と言おうか無頓着の風情も他の面々によりてはある種背信と見なされよう。未だかつてこの点における不履行者はいないが、もしやいれば、こっぴどくとっちめられること請け合いだ。

　挨拶に一通りケリがつくと、我らが名にし負う神さびた骨董品のネジが粛々と巻かれる。くだんの儀式はいつもハンフリー親方その人の手づから執り行なわれ（倶楽部を俎上に上す際、わたしは僭越ながら史的叙法に則り、自らを第三人称で語らせて頂こう）、親方は大きな鍵に身を固めると、そのためわざわざ椅子に攀じ登る。儀式が執り行なわれている間《かん》、ジャック・レッドバーンはマイルズ氏後見の下《もと》、部屋のいっとう離れた隅でじっとしておくよう命ぜられる。というのも奴は古時計がらみでは何やら身の程知らずにして不遜な魂胆を抱き、あろうことか、もしや絡繰を一日二日取り出せるものなら、もっとチクタク調子好く時を刻ませてやれようにとうそぶきさえしたものと諒解されているからだ。我々は奴の善意と、かくて恭しく置かれている距離に免じてくだんの身の程知らずな腹づもりを大目に見てやってはいるが、当該最後の御法度に重々クギが差されているのは、もしや奴が手を加えてやろうとの熱き思い余って我々の崇敬の的のどこか傷つき易い箇所にこっそり善からぬトバッチリでも食わせた日には一同、とことん泡を食った上からオタつこうこと必定だからだ。

　然なる軍規を目の当たりに、ピクウィック氏はまたとないほど愉快がり、お蔭でジャックに対す覚えいよよ、などということがあり得るとすれば、目出度くなるかのようだった。

　次に執り行なわれる儀式たるに、時計ケースが開けられ（その鍵もやはりハンフリー親方が預かっているが）、そこより我々の夕べの気散じに十分見合うだけの書付けが取り出され、同時に、前回集うてこの方捧げられた手合いの新たな貢ぎ物が奥まりに収められる。当該手続きはいつもめっぽう粛々と踏まれる。耳の遠い御仁は、そこで、やおらパイプに煙草を詰め、火をつけ、我々は今一度前述のテーブルのグルリの席に着き、ハンフリー親方が議長を――などと、全員が同等の社交上の立場にある折に呼べるものなら――務め、我らが馴染みのジャックが秘書を務める。かくてお膳立てが万端整うと、我々は思いつくまま四方山話に花を咲かすか、すぐ様朗読に取りかかる。後者の場合、白羽の矢の立った書付けはハンフリー親方に委ねられ、親方はさらば書付けをテーブルの上で丹念に撫でつけ、めくり易いよう、頁の隅を次から次へと折って行く。ジャック・レッドバーンは自ら発明した小さな絡繰でもってランプの芯を切り、かくて概ねそいつの火を掻っ消す。マイルズ氏は、にもかかわらず、宜な宜なと、大いに得心して見守る。耳の遠い御仁はその時次第で書付けか、ハンフリー親方の唇の上の文字を追い易いよう、椅子を引き寄せる。ハンフリー親方自身はすこぶる御満悦の態で辺りを見回し、ちらと古時計を見上げ、いざ書付けを読み上げにかかる。

　氏の物語が読み上げられている間《かん》のピクウィック氏の御尊顔はこの世にまたとないほど魯鈍な男の注意をも惹いていたろう。氏が何とそっと拍子を取りながら、絵空事の句読点もて空《くう》に御叱正賜る間《ま》にも頭と人差し指を得々と揺すったことか――何とおどけた条《くだり》に差し掛かる度満面に笑みを湛え、くだんの条《くだり》の効験や如何にとばかり、こっそり狡っこげに辺りを見回したことか――何とささやかな叙述的描写に突き当たると穏やかな物腰で目を閉じ、耳を傾けたことか――何と会話を自らに演じてみせる段にはコロコロ表情を変えたことか——何と耳の遠い御仁に中身がそっくり何のことか分かってもらおうとヤキモキ気を揉んだことか——何と読み手が草稿の中のとある語でためらったり、お門違いなそいつでもってすげ替えたりするとひたぶる御叱正賜ろうと躍起になったことか——は劣らず一見の価値あったろう。してとうとう、耳の遠い御仁と指文字なる手立てにて意思を通わそうと捩り鉢巻きでかかり、かくて如何なる文明・未開を問わぬ言語においてであれ前代未聞の手合いの文言をこねくり出しながら、石板を手に取るや一行に一語、大活字にて「お気‐に‐召し‐ます‐かな?」なる問いを吹っかけるに及び——以上全てをやってのけ、ばかりかテーブル越しに石板を渡しながら、カッカと頭に血を上らせているせいでほんのいよよ明るく気さくになるが落ちの表情を浮かべて返事を待ち受けるに及び——さすがのマイルズ氏とて口許を綻ばせ、当座ピクウィック氏の方を興味津々、好もしげに見やらずばおれなかった。

「ところでそろそろ」と耳の遠い御仁は黙々とながら御満悦の態でピクウィック氏とその他の面々を見守っていたと思うと、切り出した——「ところでそろそろ」と、唇からパイプを引っこ抜きながら——「我々の唯一空っぽの席に仲間を迎えても好いのでは」

我々の会話は当然の如くくだんの空席をダシに花が咲いていたので、皆は当該発言にいそいそ耳を貸し、馴染みの方を訝しげに見やった。

「恐らくピクウィック殿は」と耳の遠い御仁は言った。「どなたか、我々にとって掘り出し物と呼べるような方を御存じなのでは。我々に打ってつけの方を。という訳で、善は急げ。とっととこの問題に片をつけては。ではありませんかな、ピクウィック殿?」

然に吹っかけられた殿方は今にも口頭で返答しかけた。が馴染みが耳が遠いのを思い起こすと、この手の返答の代わりにコクリコクリ、五十度となく頷いてみせた。それから石板を手に取り、超弩級の文字にて「いかにも」と綴ると、テーブル越しに石板を手渡し、我々の顔をざっと見渡す間《ま》にも揉み手をしながら、自分と耳の遠い御仁とは早、ツーカーの仲のようですなと宣った。

「私の念頭にあり」とピクウィック氏は言った。「もしやかようの機会を与えて頂かなければもうしばらく先まで口にするのが憚られていたろう人物は、実に風変わりな老人です。名をバンバーと言う」

「バンバーですって!」とジャックが声を上げた。「その名には確かに聞き覚えがあります」

「でしたらきっと」とピクウィック氏は返した。「例の私自身の冒険譚の（つまり、我々の今は昔の倶楽部の『遺文録』の）中で覚えておいでなのでは。ほんのたまさか引き合いに出され、しかも、記憶違いでなければ、たった一度しか顔を出しませんが*」

「おお、それそれ」とジャックは言った。「はてっと。そちらはひょっとして古くてカビ臭い貸間と法学院にえらく御執心で、お気に入りのネタがらみであれこれ昔語りや――突飛な怪談を――聞かせて下さる御仁ではありませんか？」

「いっかにも。さて」とピクウィック氏は、ここだけの話とばかり、内緒事めかして声を潜めながら言った。「あれは実に風変わりで奇矯な男で、どこぞの古屋敷に取り憑いて喜んでおる奇妙な生魑魅《いきすだま》みたように暮らして、口を利いて、そんなツラまで下げております。して、今のその一つこっきりのネタばかりに、それこそタタられたみたいにカマけていましてな。私は第一線を退《ひ》くとあの男を訪ね当てましたが、いやはや、会えば会うほど、あの男の風変わりで夢見がちな気っ風にはびっくりさせられます」

「あちらはどこにお住まいなのでしょう？」とわたしはたずねた。

「あの男は」とピクウィック氏は返した。「例の、考え事と昔語りがどいつもこいつもかかずらっている陰気臭い、孤独な、古めかしい部屋の端くれに住んでいます。全くもって独りきり、しょっちゅう何週間もぶっ通しでぴっちり閉じ籠もって。この埃っぽい孤独の間《ま》で、あいつはいつからとはなし耽って来た空想に鬱々と思いを巡らせ、たといグルリの世界へ出て行こうと、グルリの世界のどいつがあの男に会いにやって来ようと、頭の中はそいつらのことで一杯で、相変わらず、そいつら一つこっきり、お気に入りのネタという訳です。どうやらあの男は、こう申しては何ですが、私に一目置いてくれ、私が訪ねて行ってもまんざらでもなさそうです。とならば、一旦我々の仲間に加わる気さえ起こしてくれれば、ハンフリー親方の時計にも似たり寄ったりの粋狂を催すのでは。ただ皆さんに御理解頂きたいのは、あの男はこの世にあって一人孤独に不可思議な夢想に耽るとは言っても、ネタはこの世のものではないということです。して他処のどこでお目にかかった、と言おうか存じ上げたためしのあるどなたとも似ても似つかぬに劣らず、ここにお見えのどなたとも似ても似つきません」

マイルズ氏は我々の相棒候補者の当該逸話に苦ムシを嚙みつぶさぬでもなく耳を傾け、ブツブツ、そちらは少々キ印なのではとか何とかつぶやいていたと思うと、吹っかけた。して金には困っておられぬと?

「その点はついぞたずねたためしがありません」とピクウィック氏は答えた。

「とは言え、それくらい御存じでも好かろうでは」とマイルズ氏は突っけんどんに返した。

「恐らくは、貴殿」とピクウィック氏も負けじとばかり突っけんどんに返した。「ですが、存じません。実の所」と、いつもながらの穏やかな調子に戻りながら言い添えるに――「私には見極めようにも手立てがありません。あの男は約しい暮らしをしていますが、それは単に気っ風としっくり来るまでのこと。あの男が懐具合について何か言うのを耳にしたためしがないばかりか、あの男の懐具合にいささかなり通じた人間とも付き合ったためしがありません。正直な所、皆さんには私の存じている限りを包み隠さずお話し致したからには、もっとお知りになりたいか、もうこれだけ聞けばたくさんとお思いか、は皆さん次第です」

我々は満場一致で、是非とももっと存じ上げたいと返し、ある種、マイルズ氏との折り合いをつけるべく(というのも氏は、口では「如何にも――おお、もちろん――是非ともくだんの殿方とはもっとお近づきになりたいものですし――皆さんの御希望に敢えて異を唱えるなどめっそうもない」云々とは言いながらも、頻りに胡散臭げにかぶりを振っては、あへむ、あへむと一再ならずやたらしかつべらしげに咳《しはぶ》いていたから)、ピクウィック氏がいつか夕暮れ時にでも目下の話し合いのネタ氏の所へ訪う際にわたしを同伴する旨取り決められた。わたしは己《おの》が責任に則り身を処し、自らの判断次第で先方を仲間として迎えるか否か決める可しとの諒解の下《もと》。当該厳粛なネタにケリがつくと、我々は(読者諸兄には早、機先を制せられている)時計ケースへと戻り、ケースの中身と、かくて花が咲くこととなった会話との間で、残りの時間は瞬く間に過ぎ去った。

晴れてお開きと相成るや、ピクウィック氏はわたしを脇へ引っ立て、かほどに愉快で楽しい一時《ひととき》を過ごしたためしはまたとないと宣った。かくてさも他言は無用とばかりこっそり耳打ちしていたと思うと、ジャック・レッドバーンをまた別の隅へ引っ立て、同上を告げ、それから耳の遠い御仁と石板もろともはたまた別の隅に引っ籠もると、くだんの太鼓判を繰り返した。果たして当該内緒話をマイルズ氏にまで打ち明けたものか、それとも氏には勿体らしくもよそよそしい態度を取り続けたものか、ピクウィック氏が胸中何と組み打っていることか、は一見に値した。五、六度は下らぬ、マイルズ氏の背《せな》から気さくげに近寄っていたと思うと、五、六度は下らぬ、一言も言わずにまたもや後退っていた。が、とうとうくだんの殿方の耳許までひた迫るや、今にもこっそり何やらなだめすかしがちにして好もしい耳語を囁こうとしたその矢先、先方がたまたまいきなりクルリと向き直ったお蔭で、すかさずハッと飛び退き、いささか刺々しくなくもなく「では失敬、貴殿――ちょうど、では失敬と申し上げようとしていた所で、貴殿――というだけのことでして」と言ったきり、ペコリと頭を倒すや踵を返した。

「ほれ、サムや」とピクウィック氏は階下《した》へ降りると言った。

「ガッテン、だんな」とウェラー氏は返した。「しっかり踏ん張っといて下せえよ、だんな。仰《のっ》けは右腕――そっから左――んでブルッとしこたま揺すぶって下さりゃ、大外套にすっくりお収まりと、だんな」

ピクウィック氏はこれらお達しに則り身を処し、そこへもってサムにカラーの片側をグイと、ウェラー氏にもう一方をグイと引っ張って頂くや、瞬く間に帰り仕度を整えた。親父のウェラー氏は、さらば、到着した際に少し離れた片隅に丹念に置いていたどデカいズブの厩カンテラを取り出し、ピクウィック氏に「明かりの奴らあ灯しましょうかの」とたずねた。

「いや、今晩は」とピックウィック氏は返した。

「なら、こちらの御婦人の御免蒙って、お次の帰り道のためにここへ置かせて頂きましょうて。今のそのカンテラは、奥さん《マム》」とウェラー氏は御逸品を家政婦に手渡しながら言った。「今では我々皆がいずれは眠るように草葉の蔭で眠っておる、名にし負うビル・ブラインダーの身上でしての。ビルは、奥さん《マム》、ブリストル特急馬車を曳くあいつら二頭の名立たる白黒まだらの先頭馬を預かる馬丁でした。例の、ほれ、南風と曇り空*以外の調べに合わせてでなければビクとも駆けろうとはせなんだ。お蔭でそいつを、あいつら二頭が馬車を曳いておる時にはいつだって、ひっきりなし車掌がパッパラやっておりました。奴はしばらく食い気にさっぱり見限られていたと思うと、ある昼下がりのこと、めっぽう具合が悪うなり、何週間というものガクガク膝が震え出しました。して相方に申します。『なあ、相棒《メイティ》』と奴ですぞ。『オレはどうやらネングの納め時で、片脚棺桶に突っ込んじまってるようだぜ。じゃねえなんざ言ってくれんなよな』との。『ってのも、だってなオレがいっとうよく知ってるもんで。どうか、ってこって待ったあかけねえどくれ』と奴ですぞ。『何せ小金え溜めてるもんで、こっから厩えもぐって一筆、遺言をツラツラやる気のからにゃ』『どいつにも待ったあかけさしゃ

しねえが』と相方は申します。『おめえ、しゃんと頭あもたげて、耳いちびっと揺すぶってみな、すったらもう二十年はピンシャンやってけようぜ』ビル・ブラインダーはウンともスンとも返さぬまま厩へ潜り込み、すぐっと今のその二頭の白黒まだらの奴らの間に身を横たえると、そのなり息を引き取りました――その前に、コムギ櫃の外っ面《つら》に『これなるはウィリアム・ブラインダーの遺言書』と書き残して。連中は、当たり前、こいつには胆をつぶし、散々あちこち敷ワラの中や、上の藁置き場《ロフト》や何やかや探した挙句、コムギ櫃を開けてみました。すると奴は蓋の内っ側に白墨でデカデカ遺書を書きつけておるではありませんか。という訳で蓋は蝶番から取り外され、検認して頂かねばというので、ローマ法博士会まで送り届けられ、今のその証書の下《もと》に、今のそのカンテラがトニー・ウェラーに譲り渡されたという訳ですぞ。と思えば、奥さん《マム》、こいつはわしにとってはかけがえのないヤツなもんで、どうかくれぐれも懇ろに面倒を見てやっては頂けませんかの」

　家政婦は忝くもウェラー氏の後生大事な宝物を能う限り安全な場所に仕舞っておこうと諾い賜い、さらばピクウィック氏は満面笑みを湛えて暇を乞うた。護衛隊は肩を並べて付き従った。親父のウェラー氏は下はブーツから上は喉元までぴっちりボタンを留めた上からすっぽり包《くる》まり、サムは両手をズッポリ、ポケットに突っ込み、帽子をてんで阿弥陀に被ったなり、親父さんに道々、よくもよくもペラペラしゃべりやがってと小言を垂れながら。

わたしは階段を昇ろうとクルリと向き直ってみれば、くだんの深夜に廊下で床屋に出会したせいで少なからず胆を潰した。というのも床屋が伺候するのは概ね朝方の小半時間に限られているからだ。がジャック・レッドバーンが屋敷で持ち上がる一から十まで（どうやら第六感で）嗅ぎつけると思しく、実は先刻、我々自身の集いの右に倣ったとある集いが厨にて「ウェラー氏の懐中時計」なる呼称の下《もと》結成され、床屋もその端くれたる由、有頂天でバラしてくれた。して何とかそいつの先行きの手続きをそっくり仕込んでみせようと誓いを立て、わたしも、ならば是非ともわたし自身のみならず読者諸兄のためにくれぐれも約束を反故にせぬようとクギを差した。

〔『骨董屋』がここから本号の最後まで続く。〕

第五章　ウェラー氏の懐中時計（一八四〇年五月三十日付第九号）

どうやらウェラー父子との初対面の折、三人きりになるや否や家政婦は早、お呼びがかかるのを待ち受けて厨に身を潜めていた床屋のスリザーズ氏を助太刀に呼び入れ、散々にこやかに微笑んでは愛嬌を振り撒きながら、映えある客人《まろうど》御両人を持て成す重責におけるなくてはならぬ助っ人として紹介していたと思しい。

「正直申して」と家政婦は言った。「スリザーズさんがいらっしゃらなければ、わたくしほんとにぎごちない立場に置かれていたことでしょうよ」

「ギゴコちなくなられる要はからきしありませんぞ、奥さ《マ》ん《ム》」とウェラー氏は丁重至極に返した。「全くもってこれきり。よりによって御婦人が」と御老体は論駁の余地なき哲理を確証している者の風情で辺りをキョロキョロ見回しながら言い添えた――「ギゴコちなくならねばならぬなど。『自然の女神』にはまんだどっさり手持ちがあろうでは」

家政婦は頭を倒し、いよいよにこやかに微笑んだ。床屋は、その間《ま》もずっとウェラー氏とサムのグルリをさも御高誼に与りたげにヒラついていたと思うと、揉み手をしながら声を上げた。「謹聴《ヒヤ》、謹聴《ヒヤ》！　いっかにも仰せの通り、御主人」さらばすかさずサムがクルリと向き直り、しばし床屋を黙々と見据えた。

「あっしは生まれてこの方」とサムは真っ紅に火照り上がった床屋に物思わしげに目を凝らしながら言った――「あっしは生まれてこの方、お宅の稼業の人間は一人こっきりしか知んねえが、奴はそこいらの床屋が一ダースから束になってかかっても敵わなかったろうし、マジ、稼業にぞっこんだったんだぜ！」

「そちらの十八番はのん気なヒゲ剃りで」とスリザーズ氏はカマをかけた。「それとも散髪と火熨斗《ひのし》当ての方で？」

「どっちともだぜ」とサムは返した。「のん気なヒゲ剃りの方が性には合ってたんだろうが、チョキチョキ刈っちゃあクルリと火熨斗《ひのし》い当てんのだって鼻高々だった。早え話が稼業が三度のメシより好きだった。お蔭でクマに身上注ぎ込んで、*ばかしかクビが回んなくなったが、あいつら、そら、てめえの身内や馴染みの獣脂が階上《うえ》の店で薬壺ごと売った買ったのやられて、二階の正面のウィンドーにゃあ奴らの頭がズラリと飾られてる片っぽ、日がな一日《いちんち》正面の地下倉庫で唸り上げちゃあギリギリ、悪あがきもいいとこ、歯軋りしまくってやがった。もしか表の石畳じゃ男がいつだって棺桶に片足突っ込んだクマがのたうち回って、その下にデカデカ『昨日またジンキンソンの店でツブされたすこぶるつきのクマ!』ってえやられた立て札引っ提げてウロつき回ってるのお目にしてたら、それこそ踏んだり蹴ったりもいいとこだったろうがよ。けんど、そこに、そら、クマは閉じ込められて、そこで、そら、ジンキンソンは剃刀い当てちゃあ鋏い入れてた。けんどとうとうハラワタかどっかガタが来て、体の自由が利かなくなって、寝たきりんなって、うんとこ長えこと床《とこ》に就いてた。けど、それでもまんだそりゃ稼業に鼻高々なもんで、奴がいつもよかもっと調子が悪くなると、医者はいつだって階下《した》まで下りてって、『ジンキンソンは今朝はまたえらく調子が思わしくないもので、クマ共にカツを入れてやらねばなるまい』ってって、皆して奴らにちびっとカツぅ入れて吠え哮らしてやりゃあ判で捺したみてえに、ジンキンソンはどんなに具ええが悪くたってパッチリ目え開けて、『おお、クマの奴らだわい!』って声え上げたと思やあ、またぞろ息い吹きけえしてたもんだぜ」

「それはまた驚きでは!」と床屋は声を上げた。

「いや、からきし」とサムは返した。「三つ子の魂百までってってよ。ある日のこと医者がたまたま『明日の朝またいつものようにやって来よう』ってえと、ジンキンソンは先生の手えむんずと引っつかめえて言うんだぜ。『先生』ってよ。『一つ願いい聞いて頂けやしょうかい?』『もちろん、ジンキンソン』ってえ先生だ。『なら、先生』ってえジンキンソンだ。『明日あヒゲえそらずにお越しんなって、あしに一つ剃刀い当てさせて下せえやせんかい?』『もちろん』ってえ先生だ。『んりゃかたじけねえ』ってえジンキンソンだ。明くる朝先生はお越しんなって、きっちり、さっぱり剃刀い当ててもらうと言うんだぜ。『ジンキンソン』ってな。『どうやらこいつはお前にすこぶるいいクスリが効くようだ。さて』ってな。『わたしのお抱え御者は剃刀を当てるだけでもお前の血がカッと滾ろうほどの口髭を蓄えているし、従僕は』ってな。『さしたる口髭は生やしておらんが、それでも頬髭相手に一か八かやってみておるもので、ゾリゾリやってやるのは正しく情け心というものだろう。もしも連中が馬車の面倒を代わる代わる、そいつが階下《した》で待っている間《ま》に見てやろうというなら』ってな。『毎日二人に、わたしだけでなし剃刀を当ててやるというのはどうだ? ばかりかお前には子供が六人いよう』ってな。『六人皆の頭を剃って、ずっとツルピカにしておいてやるというのはどうだ？　ばかりか階下《した》の店に手伝いを二人置いていてるな。気の向き次第二人の髪に鋏を入れては鏝を当ててやるというのはどうだ？　騙されたと思ってやってみろ』ってえ先生はおっしゃる。『コロリと持ち直すこと受け合いだ』ジンキンソンはギュウと先生の手え握り締めると、モロその日の内に取っかかり出した。ベッドに七つ道具う揃えて、いつだって具ええが悪くなると、スッテンテンのオランダ・チーズみてえなド頭で家中《うちじゅう》駆けずり回ってやがるガキのどいつか引っつかめえちゃあ、これでもかってえツルピカにしてやった。ある日のこと弁護士のだんなが奴の遺書をこせえにお越しになったが、先生がそいつう書き取ってる間中、ジンキンソンはこっそり大バサミでチョキチョキ頭あ刈ってやった。『何やらチョキチョキ音がするが、一体何の音かね？』ってえ先生はしょっちゅう吹っかけなさる。『まるでどいつか髪を刈られているようだが』『へえ、マジ、どいつか髪い刈られてるようで』ってえジンキンソンは、かええそうに、鋏い隠して、何食わぬ面《つら》あ下げながら言うんだぜ。先生、気がつきなすった時にゃほとんど禿っちょうだったとよ。ジンキンソンはこんな具ええにしぶとく持ちこてえてたが、とうとうある日のことガキい一人ずつ呼び入れて、順繰りに小ざっぱり剃刀い当てて、チュッと、ド頭の天辺に一つずつキスうくれてやった。そっから二人の手伝いも呼び入れて、とびきりハイカラな流儀でチョキチョキ鋏い入れちゃあクルリッと鏝え当ててやったと思うと、いっとう脂ぎったクマの声が聞きてえって言い出すもんで、すぐっと仰せは従われた。するってえと奴あこれでもう思い残すこたあ何もねえ、どうか独りっきりにしてくれねえかってったと思うと、そのなりあの世え行っちまった。たあ言っても、そんめえにてめえの髪いチョキチョキやって、おでこのど真ん中にぺったんこの巻き毛え一つこせえてからよ」

当該逸話はスリザーズ氏のみならず家政婦にも効験いとあらたかであった。というのも後者が然にお相手の御機嫌を麗しゅうさせると同時に自らも麗しゅうなりたき素振りを露にしたものだから、ウェラー氏はいささか胆を冷やさぬでもなく、こっそり息子に我ながらちと「羽目を外しすぎた」かのと耳打ちするほどだったから。

「ったあどういうこって？」とサムは返した。

「今のその御婦人方に限ってギゴコちないなど云々ということでスッたちっぽけなゴマがらみで」と親父さんは返した。

「まさかてめえ、そのせえであちらがてめえにホの字になっちまったとでも思ってんじゃねえだろな、えっ？」とサムは言った。

「これまでももっとありそうもないことが身に降りかかって来たもので、サム」とウェラー氏は嗄れっぽく声を潜めながら返した。「ついうっかりお相手の気を惹くようなことでも言うてしもうたかといっつもビクビクもんでの、サミー。いっそむっつり気難しい手に出るか不機嫌なツラを下げられるものなら、やってやろうものを、サミヴェル、こんな具合にビッきりなしビクついておらねばならんくらいなら！」

　ウェラー氏は当座、しかしながら、脳裏を悶々と過っている懸念にそれ以上クダクダしくかまけている暇《いとま》はなかった。というのも外ならぬ怖気の直接の火種婦人が階下《した》へ先に立って行きながら道々、氏を厨へ案内する無躾に詫びを入れにかかったからだ。とは申せ、と御婦人の宣ふに、わたくしの小部屋へお通しするよりこちらの方が煙草を吹かすのに打ってつけな上、エールの酒蔵もすぐ側《そば》にあるものですから。との申し開きが御座なり言葉でない証拠、準備は早、万端整い、樅テーブルの上ではいかついエールの水差しとグラスがデンと、グルリを御老体と御子息のためのきれいなパイプと夥しき量の煙草に取り囲まれたなり鎮座坐し、片やすぐ脇の調理台にはコールド・ミートやその他馳走がふんだんに並べられていた。これら手筈を目の当たりに、ウェラー氏は当初、待ってましたとばかりドンチャン浮かれ騒いで好いものか、それとも御逸品、既に我知らずのホの字が持ち上がっているその数だけの証と見なさるべきか、戸惑うこと頻りであった。がほどなくいたく当然の衝動に身を委ねるや、愉快極まりなき面《つら》を下げたなりテーブルの席に着いた。

「ですが、ことここなるイかぐわしいタバコを、奥さん《マム》、御婦人の前で吹かすことにかけては」とウェラー氏はパイプを一旦は手にしながらもまたもや下に置きながら言った。「めっそうもない。サミヴェル、ここは一つモクは御法度と行こうでは」

「ですがわたくしでしたら何より目がありませんのよ」と家政婦は言った。

「いや」とウェラー氏はかぶりを振り振り突っ返した。「いや」

「あらま、ほんとに誓って」と家政婦は言った。「スリザーズさんも御存じの通り」

　ウェラー氏はコホンと咳《しはぶ》き、床屋がいくら仰せの通りと相づちを打とうと、またもや「いや」と返した。が先よりいささか弱々しげに。家政婦は紙切れに火をつけ、麗しの手づからパイプの火皿にあてがおうと言い張った。ウェラー氏は突っぱねた。家政婦はさらば、おお、指が火傷しそうですわと声を上げ、さしものウェラー氏も音《ね》を上げた。晴れてパイプに火がつけられると、ウェラー氏はスパーッと、一服長々紫煙をくゆらせた。が、我ながらにっこり家政婦宛微笑んでみせかけていると気づくや、やにわに御尊顔の綻びに待ったをかけ、やたらしかつべらしげにグイとロウソクを睨め据えた。自ら懸想のタネを蒔いて、と言おうか先方にくだんの心づもりを焚きつけているやに勘ぐられてなるものかとばかり。然にテコでも動かぬホゾを固め果した所でハッと、息子の声で我に返った。

「もしか家政婦さんも」とサムは、えらく坦々と落ち着き払い、さも御満悦の態でプカプカ、パイプを吹かしながら言った。「文句がねえようなら、ここのあっしら四人でだんならが階上《うえ》でやってなさるみてえに、あっしらだけの倶楽部うでっち上げて、んでヤツに」とパイプの柄で御尊父の方を指し示しながら。「お頭あやらせても、あんましお門違いって訳でもねえんじゃ」

家政婦はちょうどわたくしもそう思っていたところでございますとにこやかに宣い、床屋も宜な宜なと相づちを打った。ウェラー氏はウンともスンとも宣はらなかったが、霊感の発作に見舞われでもしたか、パイプを下へ置くや、次なる機動演習を御披露賜った。

チョッキのいっとうどん詰まりの三つのボタンを外し、しばし、当該手続きのお蔭でやれやれ、息を吐《つ》くのが楽になったわいとばかり間《ま》を置いていたと思うと、氏はむんずと時計鎖に両手をかけ、やおら、して四苦八苦、超弩級の二重蓋の銀時計を時計入れ《フォブ》より引こずり上げ、さらばポケットの裏打ちまで諸共お出ましになり、それは生半ならずこんぐらかったものだから、ちょっとやそっとでは、して御尊顔を真っ赤に火照り上がらさずば、ほぐれて下さらなかった。が晴れてそっくり引こずり出し果すや、外蓋を外し、相応にドデカい巻き螺子《ねじ》もてネジを巻き、そこでまたもや蓋を被せると、相変わらずチクタク時を刻んでいるか確かめるべくひたと耳にあてがい、かくて得心し果すやガンガン、御逸品にカツを入れてやろうというので五、六度テーブルに力まかせに打ち下ろした。

「こいつが」とウェラー氏は文字盤を上向きにして、銀時計をテーブルの上に載せながら言った。「ここなる我らが集いの肩書きにして紋章ですぞ。サミーや、そこの二脚の床几を空っぽの席の代わりにこっちへ持って来んか。紳士淑女の皆様方、『ウェラー氏の懐中時計』はしっかりネジを巻き果し、今やチクタクすこぶる調子好く時を刻んでおりますぞ。『違法《オーダー》』！」

当該お触れにダメを押すべく、ウェラー氏は懐中時計を議長の木槌の要領で振りかざし、得意満面、こいつは少々のことではビクともせん、と言おうかしこたま落っことしたりぶち当てたりするほど絡繰にカツが入り、緩急針《レギュレーター》の動きも好くなるようだと宣いながら、幾々度となくガンガン、テーブルに打ち下ろし、かくて懇話会が正式に結成された由布告した。

「んでそうニタニタ、お頭相手に歯を剥くでない、サミヴエル」とウェラー氏は息子に言った。「さもなければお前を地下の窖へやって、そうでもした日にはわしらはメリカ人ならば二進も三進も行かんようと呼ばおう、んでエゲレス人ならばトッケンの問題と呼ばおうものにハマってしまおうて」

然なる気さくなクギを差し果すと、議長はやたらふんぞり返ってどっかと腰を下ろし、サムエル氏に何か面白い話でも聞かせろと宣った。

「おいや、そいつならさっきくれてやったじゃねえか」とサムは言った。

「いっかにもの。けど、も一つやらんかい」と議長は返した。

「あしらあさっきのこと、だんな」とサムはクルリとスリザーズの方へ向き直りながら言った。「床屋あダシにしゃべくったな。ってこって今のその花も実もあるネタの続きで、だんな、たぶんだんなも耳にしたことのねえ別クチの床屋がらみのちょっとしたツヤっぺえ話いかいつまんで聞かせてやろうかい」

「サミヴェル！」とウェラー氏はまたもや懐中時計をテーブルに力まかせに打ち下ろしながら声を上げた。「仲間のどいつかに当てつけてじゃのうて、議長に向かって話をせんか！」

「してもしや『違法《オーダー》』への異議に起立して差し支えなければ」と床屋は左手の拳を突いたなり、テーブル越しに身を乗り出す間《ま》にも愛想笑いを浮かべてざっと辺りを見渡しながら猫撫で声で口をさしはさんだ――「もしや『違法《オーダー》』への異議に起立して差し支えなければ、『床屋』というのは必ずしも手前共の心持ちにすんなり馴染むような手合いの言葉ではございません。もしや心得違いならばどうかお教え願いたいものですが、字引には確か理髪師というような言葉があるのでは」

「はむ、けんどそいつはズブの理髪師じゃねえとしたら」とサムはそれとなく突っ返した。

「ああ、なら、国会風にやって、そいつをなおのこと理髪師と呼ぶがええ」と親父さんは返した。「あっちの殿方という殿方がハえあるというなら、こっちの床屋という床屋が理髪師であっても構うまい。新聞の演説を読んで、とある殿方がまた別の殿方のことを『もしやさように呼んで差し支えなければ、ハえある閣下』と言うておるのを目にすれば、そいつは、ほれ、『もしや今のそのどいつもこいつも被っておるケッサクなネコの右に倣うて差し支えなければ』と言うておるのと同じことだろうて」

世に、地位は人を作るとは、歴史と経験によりて裏づけされた通説なり。ウェラー氏が議長に打ってつけたること、それは紛うことなく証してみせたものだから、さしものサムも一時《いっとき》こいつはお見逸れをとばかりニタつく余り、口を利くのもままならず、何やら金縛りにでも会ったかのように目を丸くしていた。が、とうとうヒューッと一本調子の長々とした口笛を吹いた。否、御老体とて御自身、それも生半ならず、びっくり仰天したと思しく、それが証拠、くだんの目から鼻に抜けるような御託を並べ果すや、やたらクックとほくそ笑むこと頻りであった。

「なら、いっちょやるかい」とサムは言った。「昔々青二才の理髪師がいて、めっぽう小粋なちんめえ店え開いた。ウィンダーには四体《よんてえ》の——二人の殿方と二人の御婦人の——蠟の人台《じんでえ》飾って。殿方は口ヒゲってこって青いポチ打って、どデケえ頰ヒゲ生やして、髪いふてぶてしげに伸ばして、目えやたらピカつかせて、どえれえ桜色の鼻の孔あおっ広げてた。御婦人はってえと頭あてんで一方に傾げたなり、右の人差し指を唇にあてがって、すこぶるべっぴんに着飾ってた。ってえ今のそいつがらみじゃ殿方の上手え行ってよ。何せこちらはやたらイジけた肩あすくめてるとけえもって、派手な服地はってえとやたら寸詰まりだったもんで。青二才の理髪師はウィンダーに、ばかしか、ビンに突っ込んだヘアブラシと歯ブラシをどっさり並べて、勘定台にゃあ小ぎれいなガラス・ケース乗っけて、二階にゃ布敷きの理髪室構えて、店の扉のドンピシャ向かいにゃ計量機をデンと据えてた。けんどいっとう人目え引く売りはやっぱ人台《じんでえ》で、今のその青二才の理髪師はひっきりなし表へ飛び出しちゃあ篤と眺めて、ひっきりなしまた駆け込んじゃあ仕上げに手え入れて、ピッカピカに磨き上げてた。早え話が、人台《じんでえ》があんまし鼻高々なもんで、日曜がやって来るたんび、そいつら鎧戸の後ろっ側だと思やあイジけてしょぼくれけえって、だからってんで月曜が待ち遠しくてなんなかった。そいつら人台《じんでえ》の中でも一体《いってえ》に奴はぞっこんで、顔見知りのどいつが——中でも知りええの御婦人方がしょっちゅう吹っかけてたみてえに——何でまた連れ添わねえんだって吹っかけようと、いつだってけえしてたもんだ。『いや、まっぴらさ！　結婚の契りを交わすなんざケッコー毛だらけ』ってな。『あの亜麻色の髪のいっとうべっぴんの人台《じんでえ》そっくりの娘と出会うまでは。だったら、でそこで初めて』ってな。『祭壇え向かってやろうじゃ』はんてえに栗色の髪いした知りええのお若い御婦人方は奴に面と向かって、そいつあバチ当たりで、タカネの花にうっとり来てるだけじゃねえかってったが、人台《じんでえ》とともかく同しような色ええの御婦人方は真っ紅にモミジい散らして、奴のことをめっぽうイカした若造だって思し召しのようだった」

「サミヴェル」とウェラー氏はしかつべらしげに口をさしはさんだ。「ここなる集いの中にはつい今しがたモロにあてつけられた今のその女子《おなご》方の内一人がお見えじゃ。ということでいい加減イチャモンは止さんか」

「どこのどいつがイチャモンつけてるかよ、えっ?」とサムは切り返した。

「違法《オーダー》!」とウェラー氏は刺々しくも勿体らしげに返した。と思いきや、議長ヅラを親父ヅラにすげ替えるに、例の調子で畳みかけた。「サミヴェル、どんどん駆るがええ!」

サムはニコリと、家政婦と目交ぜを交わし、先を続けた。

「青二才の理髪師はいつも口ぐせみてえにこんな啖呵あ切ってて半年もしねえ内にバッタリ、いっとうべっぴんの人台《じんでえ》そっくりのお若え御婦人に出会した。『おお、とうとう』ってえ奴だ。『イッカンの終わりだ。金縛りに会っちまった!』お若い御婦人はいっとうべっぴんの人台《じんでえ》そっくりだってだけじゃなし、やっぱ、青二才の理髪師といい対《てえ》絵空事じみた娘だった。ってこって奴あ言うんだぜ。『おおっ!』ってな。『これこそ気心が知れてるってもんじゃ、ツーカーってもんじゃ!』ってな。『ウマが合うってもんじゃ!』お若い御婦人は当たりきあんましペラペラあしゃべんなかったが、色い返事いけえして、そっからすぐっと互えの馴染みと一緒に奴んとこまで出かけてった。理髪師は娘を出迎えようってんで飛び出してった。けんど娘は人台目《じんでえめ》にした途端、顔色けえてワナワナ身ブルイし出すじゃねえか。『ほら、あれをごらん、君』ってえ理髪師だ。『ぼくのウィンダーの君の生き写しを。でもぼくの心の中のそいつほどウリ二つじゃない!』『わたしにそっくり!』ってえ娘だ。『ああ、君に!』ってえ理髪師だ。『でもあれはどなたの生き写し?』ってえ娘だ、殿方の片割れえ指差しながらよ。『あれはどいつの生き写しでもない』ってえ奴だ。『ほんの絵空事なもんで』『絵空事ですって!』って娘は声を上げる。『あれは似姿よ、きっと似姿よ。あの気高いお顔は軍人さんのお顔に違いないわ!』『何てえこったい!』ってえ奴だ、てめえの巻き毛え揉みクシャにしながらよ。『ヴィリアム・ギブズ』ってえ娘はきっぱりけえす。『このお話はこれきり止しにしましょ。あなたのこと友達としては尊敬できるけど』ってな。『わたしの心はそっくりあの凛々しい額のものよ』『ってこったら』ってえ奴だ。『何もかもオジャンだ。とうとう運命の女神さんのバチが当たっちまったかよ。んじゃさらば《フェアヴェル》』ってったと思うと店ん中え駆け込んで、人台《じんでえ》の鼻あガツンとカール鏝《ごて》でへし折って、そのなり茶の間の炉に焼べて、ドロドロに溶かして、それきり二度たあニコリともしなくなっちまった」

「で、お若い御婦人は、ウェラーさん?」と家政婦がたずねた。

「ああ、奥さん《マーム》」とサムは返した。「どうやら運命の女神さんは自分ばっかか、出会すどいつもこいつも、お気に召さねえようだって気がつくと、娘もやっぱニコリともしなくなっちまった。けんど詩《うた》をしこたま読んで、やつれ果てちまった――ちびりちびり、ってのもまんだこの世なもんで。理髪師の命取りになんのにも詩《うた》がうんとこお入り用だったが、中にゃあ奴がメゲたなとどの詰まりゃあ、っちかってえと水割りジンのせえだって蔭口叩く奴もいる。多分、ちびっとずつどっちとものせえで、詩《うた》と酒《さけ》がガッチンコしてなっちまったんだろうがよ」

床屋はサムに、これまで耳にしたためしのないほど興味深い物語の一つを審らかにして下されたと礼を述べ、家政婦も蓋し、仰せの通りと相づちを打った。

「ところでお宅あ所帯持ちかい、だんな?」とサムはカマをかけた。

床屋の返して曰く、いや、生憎。

「けんど身い固める気がねえ訳じゃねえと?」とサムは畳みかけた。

「はむ」と床屋はニヤニヤ、揉み手をしながら返した。「さあ、さしてその気配もなさそぅですが」

「そいつあヤベえな」とサムは言った。「もしかその内身い固める気だってなら、危なっかしいこともなかったろうによ。んりゃめっぽう危なっかしくていなさるぜ」

「いずれにせよ、手前としてはさして危なっかしいとも思えませんが」と床屋は返した。

「と、このやつがれも、御主人」と親父のウェラー氏が割って入りながら物申した。「そっくりその通り思うておったものですぞ。けど、そっち向き二度もハメられてしまいましての。せえぜえ抜かりのぅ目を光らせておいでることじゃ。さもなければ、まんまとハメられてしまわれましょうて」

とのクギ差しには単にネタと物言いにおけるのみならず、

ウェラー氏が依然じっと知らぬが仏の贄御殿に目を凝らすそのやり口においてもめっぽう由々しい所があったものだから、しばらく誰一人として口を利こうとする者はなかった。してもうしばらく、口を利こうとする者はなかったやもしれぬ、もしや家政婦がたまたま溜め息を吐《つ》き、かくてハッと御老体が我に返り、然なる慇懃至極な問いが吹っかけられてでもいなければ。「今のその小さな胸には何かえろうウヅきがちな悩みでもおありでしょうかの?」

「あらま、ウェラーさんったら!」と家政婦はコロコロ声を立てて笑いながら返した。

「如何にも。ですが何かワナナきがちな悩みでも?」と御老体は続けた。「そやつはいつもエコジで、いつもわしら皆の幸福にタテ突こうというのですかな? えっ? そやつは?」

当該、御自身の赤面と戸惑いにとっての危急存亡の秋、家政婦ははったと、エールがもっとお入り用なのに気づき、そそくさと同上を汲むべく地下倉庫へと引き下がった。どうしてもロウソクをかざそうと言って聞かぬ床屋をお供に。家政婦の後ろ姿を見るからに御満悦げに、して床屋のそいつはさも見下げ果てたかのように、追っていたと思うと、ウェラー氏はやおら厨を見渡し、とこうする内ひたと息子に目を留めた。

「サミーや」とウェラー氏は言った。「どうもあの床屋はクサいわい」

「何でまた?」とサムは返した。「やっこさんがてめえとどういう関係があるってんで? 親父も親父だぜ、あんなに散々怖気え震い上げてる振りいしておいて、ゴマあタラタラすっちゃあ、小さな胸だのウヅくだのゴ託ぅ並べやがるたあよ」

かくて己《おの》が慇懃を当てこすられるや、ウェラー氏はほくそ笑むこと頻りであった。というのも笑いを噛み殺した挙句くぐもった声音にして、目に一杯涙をためたなり返したからだ。

「わしが小さな胸だのウヅくだの口走っておったと——けどわしが、サミーや、えっ?」

「じゃねえとでも? 当たりき、じゃねえかよ」

「あちらにはせえぜえそれくらいしか分かるまいて、サミー、ならばどうということはなかろう——これきりあぶなっかしいことは、サミー。何せあちらはほんの軽口叩《パンスター》きなもんで。けどあれで結構まんざらでもなさげだったでは、えっ? おお、もちろん、まんざらでもなかったはずじゃ、当たり前まんざらでもの、げに当たり前」

「んりゃまた己惚れの強いこって！」とサムは親父さんの上機嫌の御相伴に与りながら声を上げた。「マジ、己惚れの強いこって！」

「シッ！」とウェラー氏は真顔に戻りながら返した。「あいつら戻って来おるようじゃ――小さな胸がお戻りのようじゃや。けんども一度わしの今のその言葉をよう覚えておいて、親父がそう言うたろうと言うたら思い出すがええ。サミヴェル、あの二枚舌の床屋はどうにもクサいわい」

〔『骨董屋』がここから本号の最後まで続く。〕

第六章　ハンフリー親方、炉隅なる時計側《がわ》より

（一八四〇年六月十三日付第十一号）

「ウェラー氏の懐中時計」が晴れて緒に就いてから二、三日経った夕暮れ時のこと、庭を歩いていると、何やらほど遠からぬ所でウェラー氏その人の声が聞こえたような気がした。もっととっくり耳を傾けようと一、二度足を止めてみれば、人声はどうやら屋敷の裏手の家政婦の小さな居間から聞こえて来るようだった。その折はくだんの状況をそれ以上気にも留めなかったが、明くる朝、一件がらみでわたしと馴染みのジャック・レッドバーンとの間であれこれ花が咲くこととなり、お蔭で前日の印象はあながち空耳でもなかったと得心が行った。ジャックは以下なる詳細を審らかにし、審らかにする上ですこぶる悦に入っているように思われたので、わたしは今後はどうか御当人なりのやり口で話して聞かせられるよう、何であれおメガネに適うやもしれぬ手合いの内輪の光景なり出来事なり書き留めて欲しいと申し入れた。然に持ちかけたのは、種を明かせば、彼はしょっちゅうピクウィック氏と行動を共にしているだけに、ひょっとして二人の手続きの幾許か仕込めるやもしれぬと密かな胸算用を弾いたからでもある。

くだんの夕べ、家政婦の部屋は格別丹念に片づけられ、家政婦自身もめっぽう小粋にめかし込んでいた。仕度は、しかしながら、ほんの上辺だけの派手派手しい見てくれに限られていない証拠、紅茶が三人前、小ぢんまりと並べられた砂糖煮や、ジャムや、ケーキ共々用意され、さらば何か常ならざる宴が催されること一目瞭然。ベントン嬢は（というのが家政婦の名だったから）おまけに、ソワソワ腰の座らぬこと夥しく、しょっちゅう玄関扉まで出ては気づかわしげに小径を見はるかし、小間使いの娘に一再ならず、じきお客様が見えるはずだけど、何か事故でもあって遅れてらっしゃらなければいいがと宣っていた。

とうとうチリンと、鈴《りん》が慎ましやかに引かれたせいで、ベントン嬢はほっと胸を撫で下ろし、そそくさと御自身の部屋へ駆け込み、ぴっちり戸を閉てた《た》。丁重に客人《まろうど》を迎えるには然に肝心要たる、かの、さも不意討ちを食らったげな風を装うべく。して客人《まろうど》のお越しをにこやかな面持ちで待ち受けた。

「今晩は、奥さん《マム》」と老ウェラー氏はコンと予めノックを

くれておいてから、戸口からひょいと顔を覗かせながら言った。「少々遅うなってしまいましたかの、奥さん《マム》、ですがうちのチビ駒《ごま》の奴が暴れて駆け出すわ、びっくりして飛びのくわ、曳き革を蹴りのけるわ、そりゃイタヅラばかりしおるもので、すぐっと飼い馴らしてやらんことにはじじいはヤキモキ胆お煎り上げた挙句、心の臓がやぶけて、そうでもした日にはあやつめじっつあまの墓石の銘から綴り方を覚えるためでなければこれきり表へ連れ出してはもらえますまいて」

上記の憂はしき文言を扉の外なる、床からおよそ二フィート六ばかしの代物にあてつけながら、ウェラー氏が連れて入ったのは、めっぽう頑丈な対《つい》の大御脚でしっかと踏んばったテコでも動かぬげな、ちんちくりんのチビ助だった。ウェラー氏の御尊顔そっくりのやたら丸っこい面《つら》を下げ、氏とウリ二つの小さいながらもずっしりとした図体をしているのみならず、この若き殿方は、トップ・ブーツこそはしっくり来でもするかのように小さな大御脚を目一杯大きく広げて立ったなり、あろうことか、家政婦宛幼気な目でパチリと、爺様の見よう見まねで、ウィンクしてみせた。

「これはまたえっと行儀の悪いことで、奥さん《マム》」とウェラー氏はカンラカラ腹を抱えながら言った。「ブ躾にも程があろうに、トニーや。これまでほんの齢《よはい》四と八か月にして初対

面の御婦人にバチクリしてみせるガキがおりましたかの?」

然に当てこすられようと、先刻情にほだされて下さらなかったに劣らずどこ吹く風と、ウェラー坊ちゃんは手に引っ提げた馬車鞭の小さな雛型を高々とかざすや、家政婦に「ヤァアーヒップ!」と甲高く一声上げながら吹っかけた。「この道いお行きで?」物心ついた時から焼きを入れられている教えを然に物の見事に自家薬籠中のものにしているのを目の当たりに、ウェラー氏は最早己《おの》が心持ちに抑えを利かすこと能はず、その場で孫息子に二ペンス賜った。

「身も蓋もない話が、奥さん《マム》」とウェラー氏は言った。「このチビ助と来てはじっつあまのおメガネにドンピシャかのうておって、かほどにケチのつけようのないガキにはこれまでお目にかかったためしもなければ、この先もまずお目にはかかりますまいて。とは言うてもその一方で、奥さん《マム》」とウェラー氏は大のお気に入りをしかつべらしげに見下ろそうと努めながら言い添えた。「こやつめ道々支柱という支柱を飛び越えると言うて聞かんとは利かん気にも程があろうでは。老いぼれたじっつあまにどいつもこいつもあぐらをかいたなり飛び越えさせろと言うて聞かんとはムゴたらしいにも程があろうでは。内一本たり、奥さん《マム》、素通りしてはならんと言うて。んで小径の天辺には〆て四十七本、しかもお互いぴったしくっついたのが、ズラズラ並んでおるとは」

ここにてウェラー氏は、その胸の内たるやひっきりなし孫息子の芸達者に寄す矜恃と、己《おの》が責任感と、孫息子の胆に道徳的真実を重々銘じさせねばとの意識の間で揺れているとあって、いきなりカンラカラ腹を抱えたと思いきや、やにわに己に抑えを利かすに、爺様に支柱という支柱を飛び越えさせろと言うて聞かんチビ助は金輪際天国へは行けんものと覚悟しておけと突っけんどんに小言を垂れた。

この時までには家政婦は紅茶を淹れ果し、チビのトニーは目をほとんどテーブルの天辺と水平にしたなり、家政婦の傍の椅子に掛け、すこぶる御満悦の態にてあれやこれや御馳走をあてがわれ、かくてすこぶる御機嫌麗しゅうあられた。家政婦は(頻りに愛撫してはいたものの、何がなしチビ助に恐れをなしているようだったが)、さらばヤツの頭をポンポン軽く叩きながら、かほどによく出来た坊ちゃまにはお目にかかったためしがございませんわと宣った。

「ああ、奥さん《マム》」とウェラー氏の返して曰く。「この先もかほどによう出来た坊主にはちとお目にかかれますまいて、まこと。ですがせがれのサミヴェルが親父に勝手を許して、奥さん《マム》、せめてこやつに——先を続けてもよかりましょうかの?」

「あら、何でらっしゃいましょう、ウェラーさん?」と家政婦は気持ち、頬を紅らめながらたずねた。

「ペティカットを、奥さん《マム》」とくだんの殿方はポンと、孫息子の御逸品に手をかけながら返した。「履かさんでええと言うてくれるものなら、坊主め、思いも寄らんほどええ男振りになりましょうに」

「けれど坊やに代わりに何を着せたいとおっしゃいますの、ウェラーさん?」と家政婦はたずねた。

「わしは何度も何度も、奥さん《マム》、せがれのサミヴェルに」と御老体は返した。「この身銭を切ってでも、坊主に早うから性根を据えて、ヴェラー一族がこの先もずっとメシを食うて行くはずの今のその稼業の焼きを入れてやるような上下をあてがってやりたいものだとせっついておりましての。トニーや、ほれ、こちらの御婦人にじじいが言うにはお前のおやじはお前にどんなべべを着せにゃならんか教えて差し上げてみろ」

「ちんめえ白帽子にちんめえ小枝もようのチョッキにちんめえひざ丈べっちんにちんめえトップ・ブーツにちんめえ金ぴかボタンとちんめえウェルウェットの襟のついたちんめえ緑の上っぱり」とトニーは、待ってましたとばかり、して息も継がずに、答えた。

「これぞドンピシャ一張羅では、奥さん《マム》」とウェラー氏は得々と家政婦の方を見やりながら言った。「一度《ひとたび》こやつで今のそいつみたようなヒナ型をこさえてみて下され、ならばこれぞ天使とおっしゃいましょうが!」

或いは家政婦は、一度《ひとたび》かようにめかし込めばトニー坊ちゃんはくだんの名の他《た》の何にというよりイズリントンの天使*みたように映ろうと思し召したのやもしれぬ。それとも、天使なるもの一般にはトップ・ブーツと小枝模様のチョッキ姿では描かれぬとあって、頭の中の天使像はほんの早トチリだったかと面食らっていたのやもしれぬ。よってコホンと、さも訝しげに咳払いをした。がウンともスンとも宣はらなかった。

「坊ちゃまには弟さんや妹さんはどれくらいいらっしゃるのかしら、坊っちゃま?」と家政婦はしばし黙りこくっていたと思うとたずねた。

「弟が一人いるけど妹はからきし」とトニーは答えた。「弟はサムってんだ。パパもだけど。おばさん、パパのこと知ってんの?」

「おお、もちろん、存じてますとも」と家政婦は忝くも肯い賜うた。

「パパはおばさんのこと好きって?」とトニーは畳みかけ

た。

「ではありませんかしらね」と家政婦はにこやかに返した。

トニーはしばし思案に暮れていたと思うとたずねた。「じいちゃんはおばさんのこと好きって?」

これは、答えるにいとも容易き問いのように思われたが、すかさず返答する代わり、家政婦はドギマギ微笑み、ほんとにお子達というのはそれはそれは妙なことをおたずになるものですから、下手に話しかけられませんわねとつぶやいた。ウェラー氏がそこで代わりに、ああ、じいちゃんならおばさんのことめっぽう好きだともと返した。が家政婦がどうかそんなこと坊っちゃまの頭の中に吹き込まないで下さいましとたしなめるによって、ウェラー氏は家政婦があらぬ方を見やっている隙に御自身のそいつを振った。ひょっとして懸想が早、持ち上がっているものやらとでも言わぬばかりに。恐らくはそのせいであろう、氏がアタフタ話題を変えたのは。

「チビ助がじっつあまをからかうとは実にけしからん、とはお思いになりませんかの、奥さん《マム》?」とウェラー氏は一頻りおどけてかぶりを振り振りたずねた。が、トニーがこちらを向くや、やにわにとことんしょぼくれて悲しげなツラを下げた。

「おお、ほんとにいけませんこと!」と家政婦は相づちを打った。「けれどまさかおチビさん方がそんなことなさるはずは?」

「いや、それがえろう手に負えんイタヅラ小僧がおりましての、奥さん《マム》」とウェラー氏は言った。「そやつと来てはじっつあまが馴染みの誕生日に少々へべれけになったのを目にしたからというので、これぞじっつあまとばかり、家中ヨロヨロ、フラフラ、千鳥足で歩き回ってくれおりまして」

「おお、それはまた何ておイタだったら!」と家政婦は声を上げた。

「いっかにも、奥さん《マム》」とウェラー氏は返した。「してヨロヨロやり出す前に、わしの申し上げておる今のその裏切り者のガキと来ては、そいつを真っ紅に火照り上がらせようというので小さな鼻をつまみ上げ、それからヒックヒックしゃっくりを上げながら言うではありませんか。『わしゃ大丈夫じゃ』との。『もういっちょ歌を聞かせてくれんかい!』はっ、はっ! 『もういっちょ歌を聞かせてくれんかい!』との。はっ、はっ、はっ、はっ!」

有頂天になる余り、ウェラー氏は御当人の道徳的責めをコロリと忘れていた。が、やがてチビのトニーが大御脚をポンポン蹴り上げ、ケラケラ腹を抱えながら声を上げた。「そいつはオイラだ、そいつはさ」と来ればすかさず爺様は四苦八苦、めっぽう神妙な面《つら》を下げた。

「いや、トニー、お前ではないぞ」とウェラー氏は言った。「まさかお前ではの。そいつはきっと角を曲がった空っぽの歩哨小屋から時折ひょっこりお出ましになる小さなイタヅラ小僧に違いない――ほれ、いつぞや姿見の前のテーブルの上に載っかって、牡蠣ナイフでヒゲを剃る振りをしておるのがめっかったあの、チビ助に」

「あんれ、その坊やケガはなさいませんでしたの?」と家政婦は宣った。

「ああ、これきり、奥さん《マム》」とウェラー氏は得々と返した。「それがまた何と、あやつには蒸気機関車だって任せられるやもしれません、それは目から鼻に抜けるような奴な」――がここにてはったと我に返り、トニーにはそっくりくだんの世辞が呑み込めてもいれば、お蔭で脂下がられてもいると見て取るや、御老体は呻き声もろとも宣った。「とはどこからどこまでめっぽうイタダけんでは――どこからどこまでめっぽう」

「おお、あやつは実にけしからん小僧でしての」とウェラー氏は続けた。「今のその歩哨小屋の小僧と来ては。裏庭で散々騒いではちらかし放題散らかして、あやつは、ばかしか木馬に水をやって、秣の代わりに芝を食わせて、ひっきりなし小さな弟をネコ車からぶちまけてはお袋さんの胆を、いよいよおまけにもう一人遊び友達でもってそやつの幸せの在庫を増やしてくれようかという時に、生きた空もの消してくれおるとは――おお、あやつは実にけしからん小僧でしての! ばかしか親父に作ってもろうたメガネをかけて、手を後ろで組んだなり庭を行ったり来たりしおるとは、これぞピクウィック殿じゃというので――ですが、トニーはさようのことは致しませんぞ、おお、よもや!」

「おお、よもや」とトニーはオウム返しに声を上げた。

「あやつはもっと聞き分けがええもので、ああ、あやつは」とウェラー氏は言った。「もしやそんなイタヅラをしでかした日にはどいつにも可愛がってもらえんということくらい、中でもじいさまは顔を見るのも真っ平じゃということくらい、呑み込めておりましての。という訳でトニーはいつだってええ子ですわ」

「いつだってええ子ですわ」とトニーはまたもやオウム返しに声を上げた。さらば爺様はすかさず奴を片膝に乗せ、同時にコクリコクリ頷いては幾度となく目配せしながら、こっそり親指もてチビ助の頭を指差した。よもや家政婦殿、さなくば、自分(ウェラー氏)が物の見事にしかつべらしい爺様外《ほか》の役所《やくどころ》をこなしているせいでてんで早トチリし、どなたか外（ほか）の若き殿方がダシにされているとは思われまいが——歩哨小屋の小僧とはほんの絵空事のそやつにして、奴に灸を据えて焼きを入れてやるべくでっち上げられたトニー自身の分身に外ならぬ旨重々御理解あれかしとばかり。

単に文言にて孫息子の類稀なる天稟を審らかにするだけではいる。は飽き足らず、ウェラー氏はお茶が済むと、散々ペンスや半ペンスのソデの下を使うことにてトニーに影も形もなきパイプを吹かしたり、本物のポットから似非のビールを呑んだり、好き放題爺様の真似をするよう焚きつけ、わけてもへべれけの図を御披露賜るや御老体は雀躍りせぬばかりに有頂天になり、家政婦は腰を抜かさぬばかりにびっくり仰天した。当該お披露目によってすらウェラー氏の鼻高々はなだめすかされて下さらず、それが証拠、暇《いとま》を乞うや、チビ助をどこぞの世にも稀なる瞠目的神童よろしく、まずは床屋の家へ、それからタバコ屋の家へ連れて行き、いずれの屋敷にてもチビ助は至芸を物の見事に御披露賜り、かくて観客はやんややんやと拍手喝采を浴びせた。ウェラー氏が片方の肩に孫息子を載せて御帰館遊ばす様が身受けられたのは漸う九時を三十分ほど回った時のことで、爾来、巷ではくだんの刻限には幼気なトニーはいささか御酩酊のようであったとの風聞が流れて

〔『骨董屋』がここから完結まで中断なしで続く。〕

〔ハンフリー親方はかくて『骨董屋』が幕を閉じると共に復活するが、それは単に『バーナビ・ラッジ』を導入するためにすぎぬ。〕

ハンフリー親方、炉隅なる時計側《がわ》より

（一八四一年二月六日付第四十五号）

わたしは先達ての晩、然に長らくかかずらっていた人物や出来事につらつら思いを馳せながら、如何で物語の完結を心待ちに出来たものか訝しみ、心待ちにしていたことではまるでつい今しがたお役御免にしたばかりの、して二度とは息を吹き返さすこと能はぬ我が孤独のくだんの道連れ達に何やら酷い真似をしたかのように疚しい気持ちに駆られていた。すると時計が十時を打ち、時間かっきりに、馴染み方は姿を見せた。

最後に顔を合わせた際、我々は読者諸兄が折しも読み終えたばかりの物語にケリをつけていた。我々の会話は馴染み達の到着が水を差すこととなった瞑想と同じ脈絡を辿り、『骨董屋』をダシに専ら我々の話の花は咲いた。

今や読者諸兄には打ち明けても差し支えなかろうが、このささやかな物語との関連で、わたしには胸中、気がかりなことがあった。終始、難儀をしながら伏せてはいたものの、いずれは明かさねばならぬことが。物語が進行している間《ま》は隠しておくのがその興味にとって肝要ではあったが、物語に幕の下りた今や、打ち明けたいと、依然、二の足を踏まぬでもなく、思っていることが。

心を通わせた連中に何であれ隠し事をするのはわたしの性《さが》にはない。固より胸襟を開いた所で口を閉ざすのは根っからお手上げだ。そんな気っ風と、わたし自身の物語においてそいつにある種背信を犯していたとの意識のせいで、わたしはためらいがちになり、おいそれとは心を開けずにいたろう。もしやマイルズ氏が恰も好し、助け船を出してくれてでもいなければ。というのも氏は、いつぞやも紙面でそれとなく申し上げた通り、事務的な習いの、手続き万事においてすこぶる几帳面にして穏当な殿方だから。

「せっかくならば」と馴染みは異を唱えた。「例の独り身の殿方の名をお教え願いたかったものですな。御当人が名を伏せられるというのは如何なものか。お蔭で当初はあちらに眉にツバしてかかり、全くもって、殿方としての性根まで怪しみましたが。今ではあちらが奇特な人物だと得心しきってはいますが、ことこの点にかけては、どうにも実務家らしく振舞われたとは思われません」

「皆さん」とわたしは馴染み方がこの時までにはいつもの席に着いているテーブルに気持ち椅子を引き寄せながら言った。「この物語には我々がこの所それはしょっちゅう耳にして参った題以外にもう一つ、別の題がついていたのを覚えておいででしょうか？」

マイルズ氏はすかさず手帳を取り出し、その中のとある記載に当たりながら返した。「なるほど。『ハンフリー親方の個人的冒険譚』。ほれ、あの折、書き留めておいたもので」

わたしは今にも、皆に打ち明けねばならぬことの先を続けそうになった。すると同じマイルズ氏が、またもや口をさしはさむに、物語はそもそも貴兄の個人的冒険に纏わっていたからには無論、そう呼ばれるのもしごくもっともではと宣った。

お蔭でわたしは直ちに要点に入ることが出来た。

「皆さんどなたもお許し下さるでしょうか」とわたしは返

した。「たとい物語の都合上、して物語を審らかにしやすいよう、くだんの冒険に実はネもハもなかったとしても。わたしは実の所、我々が読み終えた頁においてわたしなり――それもおよそちっぽけでも、取るに足らぬ訳でもない――役所《やくどころ》をこなしていました。がそれは当初装っていた役所《やくどころ》ではありません。ネルの祖父の弟は、独り身の殿方は、このささやかなドラマの名も無き役者は、ただ今皆さんの前に立っています」

馴染み方にこの告白が寝耳に水だったのは一目瞭然。

「如何にも」とわたしは続けた。「今となっては物語におけるわたしの役所《やくどころ》を、まるで誰か外の男に対すような、わたし自身への穏やかな、半ば苦笑気味の憐れみを込めて振り返ることが出来ます。がわたしこそ、実の所、独り身の殿方で、今や我が人生の主たる悲しみは皆さんの悲しみでもあります」

との告白が迎えられた同情と思いやりから、わたしが何たる真の満足を味わったことか、これまで何としょっちゅう今にも真実を打ち明けそうになって来たことか、何と自ら負うた役所《やくどころ》を全うするのは難儀であった――と言おうか、わけてもこの胸の締めつけられ、わけてもこの身に近しく関わるくだんの条《くだり》に差しかかる度、お手上げだったことか、は今さら申すまでもない。ただこう言えば事足りよう――わたしはかくも幾多の試煉を記した書付けを再び時計ケースの中に仕舞い――なるほど心悲しく、とは言え、ほとんど悦びと呼べるまでに和らげられた悲しみを込めて、仕舞い――かくて過去を再び生き直し、くだんの過去に授けられた教えを他者に伝える上で終始、より幸せな男であったと。

我々はわたしの読み上げていた頁に然ても長らくかかずらっていたものだから、書付けを元の塒に戻した時には、頼もしき古時計の針は十二時を差し、さらば真夜中を告げるセント・ポール大聖堂の野太く遙かな声が風に乗ってやって来た。

「これは」とわたしは同じ保管所から折しも手にしていた草稿を携えて引き返しながら言った。「かようの調べに合わせて繙かれるとあらば、ロンドンの深夜の顔が仄見え、何かかようの刻限の営みが朧に映し出される類《たぐい》の物語でなくてはなりますまい。どなたか、その声のつい今がた鳴り止んだあの大いなる時計の撥条《ぜんまい》仕掛けを御覧になったことのある方は？」

ピクウィック氏は、もちろん。マイルズ氏もまた然り。ジャックと耳の遠い馴染みは少数派であった。

わたしはほんの数日前に絡繰を目にしたばかりだったこと

もあり、ついその折脳裏を過った取り留めのない思いを一座に語らずにはいられなくなった。

　わたしは入りしな、堂内に座っている両替え係の一人に二ペンス払うと、その辺りを二、三度行きつ戻りつする内、かようの場所が喚び起こすが理の静かな一連の瞑想に耽り始め、谺催いの石畳を、その現し世たるやそっくり壁の内なるどいつか老いぼれ修道士よろしく漫ろ歩いた。遙か上方の穹やかな丸天井を見上げると、勢い、その天稟がくだんの巨大な伽藍を築き上げた人物*は、最後の小さな材木の楔が挿し込まれ、最後の釘が向後幾世紀もの間己《かんおの》が塒に打ち込まれ、玄翁が揮われる音や、ブンブンと唸るような忙しない人声が止み、幾歳《いくとせ》もの騒音が生むに与した「大いなる静寂」が辺り一面シンと、死んだように席捲するに及び、自らの仕事を、目下わたしが顧みているように顧み、その計り知れぬ規模の直中で自らを見失った際、如何なる思いがその脳裏を過ったろうか訝しまずにはいられなかった。果たして手がけた仕事を打ち眺めれば自らの偉大さを、それとも卑小さを、胆に銘ずることとなったものかいずれともつきかねた。が、如何ほど長き年月を建立に要し、というに如何ほど瞬く間にその最も遠い箇所へまで辿り着けることか、如何ほど束の間しか当人、もしくは当人の名を継ぎたいと望む者の誰であれ、そいつを目にするにせよその存在を知るにせよ生き存えぬことか思い起こすに及び、くだんの人物は定めて誇らしいというよりむしろ憂はしい思いに駆られ、ケリのついた自らの労苦を悔悛を込めて見守ったのではないかと想像を逞しゅうした。かくてつらつら惟みる内、わたしはほとんど我知らず、聖堂の様々な驚異へと通ず階段を昇り始め、気がついてみればお次の受付係の座っている柵の前まで来ていた。男は内どいつを見たいのかと問うた。石造りの展望回廊か、と男の言うに、囁きの丸天井室か、幾何学模様の階段か、雛型展示室か、時計か——時計こそ、おメガネにぴったり適ったので、わたしはそこで男に待ったをかけ、くだんの見物《みもの》に白羽の矢を立てた。

　わたしは手探りで、時計の据えられた「角櫓《ロフト》」へと登って行き、登り詰めてみれば、目の前のある種屋根裏に一見、観音開きの大きな、古めかしい、オークの衣裳ダンスよろしき代物が据えられていた。扉が大きく、お付の係員によって開け放たれると（男は、因みに、出会した際には眠りこけ、まるで「時の翁」とツーカーでやっているせいでヤツのことなどてんでお構いなしになったかのような寝ぼけ眼のやっこさんだったが）、入り組んだ鉄と真鍮のその数あまたに上る滑車と鎖が——巨大な、いかつい、ガタガタと喧しい絡繰が

——どっとお目見得し、ここかあそこに指でも突っ込んだ日にはそいつをボキリと圧《へ》し折りざま、骨を粉微塵に砕いてくれようこと請け合いだった——がこれらが時計とは！　正しくその鼓動にしてからが——などという言葉を使って差し支えなければ、他の如何なる時計とも異なっていた。同じ時を刻むにしても、一瞬一瞬の流れをさながら老いた「時の翁」に歯止めをかけ、その歩みを労しげに引き留めようとでもするかのように優しい秒の刻みで跡づける代わり、こっちはただ秒がワンサとお越しになる端から奴らを粉々に叩き潰し、情け容赦もへったくれもなく最後の審判の日へ通ず道から邪魔物を払い除ければ好いのさとばかり、一本調子な大ハンマーの一振り一振りで時を計っていた。

　わたしは時計の向かいに腰を下ろし、規則正しい、断じて変わらぬ声に——下方の街路の騒音やどよめきの就中際立つかの、とある野太い不変の調べに——耳を傾け、そいつがくだんのざわめきが沸き起ころうと鎮まろうと、続こうと止もうと——夜だろうと昼だろうと、明日だろうと今日だろうと、今年だろうと来年だろうと——お構いなしで、相も変わらず懶くも律儀に己《おの》が本務を全うし、周囲の生活の進行を規制しているのに目を留める内にふと、時計はロンドンの「心臓」にして、万が一にも鼓動を止めた日にはシティーは最早生き存えられまいとの突飛な思いが胸裏を過った。

　今は夜だ。闇が肩を持つ光景の直中にあってなお、穏やかにして坦々と、ロンドンの大いなる心臓はその巨大な胸の内にてドクドクと脈打つ。富裕も赤貧も、悪徳も美徳も、罪悪も無垢も、飽食も凄まじき餓《かつ》えも、どいつもこいつも互いに踵を接し、犇き合いながら周囲に群がり寄る。密集した屋根の上に小さな円を描いてみよ、さらばその輪の中には万事が、その対極と矛盾ごと蠢いていよう。向こうの、いじけた明かりの瞬いている所では、男がつい今しがた息を引き取ったばかりだ。わずか二、三ヤードしか離れていない細蠟燭を見つめているのは今しもこの世宛見開いたばかりの目だ。ものの一、二インチの壁で仕切られた二つの家がある。内一軒では、静かな心が安らい、もう一軒では正しく大気をも掻き乱さぬばかりの良心が目覚めている。さながら己《おの》が秘密をすぐ間際の豪勢な通りから隠そうとしてでもいるかのように屋根また屋根が背《せな》を丸め、共々身を縮こめているあの立て込んだ街角では、耳語にても口にするのが憚られるような悍しき犯罪や、悲惨や恐怖が身を潜めている。くだんの豪勢な通りでは、そこに終生暮らしていながら、かようの事などまるでついぞ存したためしがないかのように、或いは世界の最果てにて持ち上がってでもいるかのように、これきり与り知らぬ人々が——もしやそれとなく当てこすられたら、かぶりを振り、賢しらげな面を下げ、眉を顰め、まさかかようのことがあり得ようなど、そいつら固より「自然」の埒外にあるではと——さながら全ての大都市は然にあらざるかの如く——宣おう人々が、安らかに眠っている。この、何ものも動じさせも、止めも、速めもせぬ——何が為されようと相変わらず進み続けるロンドンの「心臓」は——そいつは、シティの性《さが》を如実に表してはいないだろうか?

夜が明け初め、ほどなく生命のブンブンと唸るようなどよめきや物音が聞こえ始める、夜っぴて戸口の上り段や冷たい石の上で蹲っていた連中は物を乞いに這いずり出し、ベッドの中で眠っていた連中も、連中なりの稼業へと繰り出し、精を出す。睡眠の霧はゆっくり棚引き去り、ロンドンは爽快に輝く。通りは馬車や派手やかに着飾った人々で溢れ返る。監獄も喉元まで一杯なら、救貧院や病院とてさして余分の隙間はない。法廷は犇き合い、居酒屋はこの時までには常連で溢れ返り、市場という市場には黒山のような人だかりが出来ている。かようの場所は各々小世界にして、そいつ自身の住民がいる。お互い他の如何なる小世界とも相異なり、その存在をほとんど意識せぬ。巷の噂では、ロンドンには数知れぬ——確か、何千人もの——男や女が毎朝、夜には一体何処へ頭《こうべ》を寝かせば好いか分からぬまま床を抜けると、街には悲惨と飢餓が常に巣食っている界隈があると——耳にした覚えのある裕福な人々がわずかながら某かいる。彼らは風聞をそっくりとは信じていない——真実があるにはあろうが、もちろん尾ヒレがついているに違いない。かくて、これら無数の世界は己自身にかまけっぱなしで回り続け、やがて夜がまたもや訪れる——仰《の》っけはその照明と娯楽や、陽気な大通り共々。それからその罪悪と暗黒共々。

ロンドンの「心臓」よ、汝《な》の一打ち一打ちには教えが込められている! 戸外の死も、日常の慌ただしさも、悲しみも、喜びも、微塵たり狂わせぬ、汝《な》の不屈の絡繰を見守っていると、内なる声が胸に染みるや、然に告げるのが聞こえるかのようだ——人込みを肘で掻き分けながら進む折にも、脇を行き過ぎる如何ほどみすぼらしい奴にとて某か思いを致し、一箇の人間たるからには、曲がりなりにも人間の形《なり》をした何人《なんぴと》からもさも見下したかのように不遜に顔を背けること勿れと。

わたしは、もしや目の前のテーブルの上に開かれたままの書付けが当該脱線を無言の内にも咎めていなければ、ひょっとして一件がらみでなおクダクダしく御託を並べる誘惑に駆られていたやもしれぬ。よって、ここまで来た所で書付けをまたもや手に取ると、いざ、本腰を入れて朗読しにかかった。

手書きは見馴れぬものだった。というのも草稿はきちんと清書されていたからだ。かようの場合、筆者に探りを入れるのは朗読が締め括られるまで御法度だったので、わたしにはただちらと、何かうっかり筆者をバラしてくれるやもしれぬ表情は浮かんでいないかと、グルリの色取り取りの面《おもて》に目をやることしか叶はなかった。書き手は、誰であれ、こいつに覚悟は出来ていたので、まんまとシッポをつかませてはくれなかったが。

わたしが書付けを手にするや、耳の遠い馴染みがかく水を向けることにて待ったをかけた。

「ふと思いついたのですが」と馴染みは言った。「つい今しがた幕の下りた物語の貴殿の後日談を念頭に置けば、もしや我々の内、御自身の人生がらみで何か審らかにするものをお持ちの方が、そいつを我々の時計への寄稿に織り交ぜられるようなら、それだけ結構なのではありませんかな。かと言って時間にせよ、場所にせよ、出来事にせよ、窮屈な思いをする筋合いはなかりましょう。というのもこの手の如何なる真実の条《くだり》ですら、架空の状況に囲まれ、架空の人物に演じられているやもしれませんので。これを我々の仲間内での契約条項にしては如何でしょう?」

当該名案は満場一致で諾われた。が、一つ難儀な点はここには早、くだんの妙案を思いつかぬ内からとある長篇がお待ちかねだということだ。

「もしや」とわたしは言った。「たまたまこの物語の筆者が事実――ということが起きてもあながち不思議ではなかろうかと。人間、一度《ひとたび》筆を執ればかようの手に出がちなものでで――既に物語に御自身の試煉と体験を綯い交ぜにしていなければ」

誰一人口を利く者はなかったが、わたしは何やらとある向きに、とは蓋し、仰せの通りとの意が汲み取れたような気がした。

「もしや、ではないという確証が持てぬなら」とわたしは、それ故、言い添えた。「やはり事実、著者は既にその手に出ていると、ここなる書付けですら我々の新たな条項に則っているということにさせて頂きましょうかな。皆さん黙っておいでなもので、もしや差し支えなければ、くだんの諒解は早、成立しているものと」

ここにてわたしはまたもや本腰を入れにかかった。するとジャックがこっそり垂れ込むに、実は我々の最後の物語が進

行している間中、「ウェラー氏の懐中時計」は集合場所を厨から移し、いつも我々の扉の外に集うていたからには、恐らく、こうしている今の今もくだんの畏れ多き一座は扉の外に集うているのではあるまいか。これは無論、我々の物語に耳を傾ける便宜を計ってのことなので、一つ、連中を中へ入れ、もっと心地好く拝聴させてやっては如何なりや。

　と来れば我々は満場一致で快諾し、一座は、ジャックの仰せの通り、現場を取り抑えられ、中へ入るよう誘《いざな》われると（シッポをつかまれたというのでやたらドギマギせぬでもなく）姿を見せ、少し離れた所に椅子をあてがわれた。

　それから、ランプの芯が切られ、炉火がしっかり掻き熾されて赤々と燃え盛り、炉端がきれいに掃き清められ、カーテンがぴっちり引かれ、時計のネジがしっかり巻かれ果すや、我々はいざ、我らが新たな物語――『バーナビ・ラッジ』――へと乗り出した。*

ハンフリー親方、炉隅なる時計側《がわ》より
（一八四一年十一月二十七日付第八十八号）

またもや真夜中だ。炉火は陽気に燃え、部屋中、古馴染みのしかつべらしい声が響き渡り、わたしはつい今しがた締め括ったばかりの物語に独り、つらつら思いを馳せている。

かようの折、もしや何者かわたしが白髪頭をガックリ項垂れ、目を赤々と火照り上がった燃え殻に物思わしげに伏せ、松葉杖を——我が寄る辺無さの象徴たる——足許の炉端に横たえたなり安楽椅子に掛けているのを目にしたならば、如何ほど寂しげに映ろうかと思えばつい苦笑を禁じ得ぬ。がそれでいて、なるほどわたしはこの炉隅に独り住まい、子供もなく、老いてはいるが、この刻限に寂しいと感じることはなく、むしろグルリを気心の知れた物言わぬ一座に取り囲まれている。

かくて、老齢と衰弱にもそれなり慰めはある。仮により若く、より活きが好く、より生に未練や執着があれば、かような影も形もなき馴染みはわたしを避けていよう、と言おうかわたしの方から連中を御免蒙ろう。が然にあらざるからには、わたしは連中との付き合いを求め、連中と喜んで交わり、幾時間となく胸中、恐らくは夜毎この部屋に群がり来る影法師を思い描き、一体如何なる手合いの興味を連中、その孤独な住人たるヨボヨボの、腰の曲がった老いぼれに抱くものか嬉々として想像しては過ごす。

これまで失った馴染みを一人残らず、わたしはかようの客人《まろうど》の直中にまたもや見出す。彼らの霊がわたしの周囲でヒラつき、今なお古馴染みへの何かこの世めいた思いやりを抱き、そいつの老いぼれて行く様を見守っていると空想するのが好きだ。「あいつは見る間に弱って、耄碌して、どんどん我々に近づいている。我々の存在に気づくのも時間の問題だろう」こいつに、何を恐れることがある？　ただ励みになり、心強いだけではないか。

などといった思いが今晩の半ばも目眩くどっと脳裏を過ったためしはない。長らく忘れていた顔また顔が今一度、馴染み深くなり、何年も思い出そうと躍起になっていた目鼻立ちが瞬く間に眼前に立ち現われる。わたし以外、何一つ変わったものはない。してわたしですら思いのまま、以前のわたしに戻れる。

つい今しがた古時計の面《おもて》に目を上げてみれば、勢い、何と畏れ多くも、ある種ガキじみた畏怖の念を込めてそいつがチクタク、仄暗い階段の隅で誰の気にも留められぬまま時を刻

むのを腰を下ろして見守っていたことか思い出す。何と、そいつの埃っぽい面《おもて》と出会すや、まるで相手は中にくだんの摩訶不思議な手合いの命を潜め、分不相応な俗っぽい渇望という渇望を免れ、夜となく昼となく屋敷中に警告を発しているからには聖《ひじり》ででもあるかのように、まだしもしゃちこばった、神妙な面《つら》を下げようとしたことか思い起こす。何としょっちゅうそいつが「時」の数珠を弄るのに耳を傾け、何と一途なことよと目を瞠ったことか！　何としょっちゅうそいつがゆっくり文字盤を指差して回るのを見守り、お待ちかねの刻限のお越しにシビレを切らしながらも、ついうっとり、何とホゾの堅く、ありとあらゆる人間の葛藤や、焦燥や、欲望の遙か高みにいることよと賛嘆したことか！

いつぞやは古時計のことを酷いと思っていたものだ。わたしにしてみれば、確か、やたらつれないではないかと。その時ですら、ヤツは昔ながらの召使いだった。わたしは、ならば何かしら悲しみを露にして然るべきではないかと、存外、悲嘆に暮れている我々への憐憫に欠けた懶い、無慈悲な、欲得尽くのヤツだという気がしていた。ああ！　だが何と程なく思い知らされたことか、その不断の進行の中にこそ、何物によっても歯止めを利かされたり待ったをかけられたりせぬことにこそ、ヤツの最も大いなる優しさが、悲しみや傷ついた心の平穏を癒す唯一の香膏が、存すということを。

今宵、今宵、この静謐と平穏が己《おの》が精神に垂れ籠め、記憶が然に幾多の移ろう光景を顕現さすとあらば、掻き消されて久しき幾多の炉端の静かな持ち場に思うがまま就き、グルリに群がる陽気な仲間と睦み合おう。仮にかようの心持ちにあって侘しい思いに駆られ得るとすれば、何とこのわたしは哀れ、いつぞや彼らの若さと麗しさの上にポツンと落ちた染みたりしことよと、が何とそのほとんどが今やわたしを赤面させそうにもこの世に存さぬことよと惟みるだに悲しくなるやもしれぬ。何と連中の内、日々の散歩の途中で時に出会すような手合いはわたしとどっこいどっこいひ弱で、時が経つにつれていずれがいずれともつかなくなり、共に墓場へ向けてヨボヨボ向かう段には区別立てはそっくり褪せて消え失せようことよと惟みるだに侘しくなるやもしれぬ。

だが記憶は固より、よりまっとうな目的のために我々に授けられ、わたしの記憶は苦悶ではなく、愉悦の源に外ならぬ。これまで目の当たりにして来た陽気や若さに思いを馳せれば、今しも出来しているやもしれぬ罪のない浮かれ騒ぎの晴れやかな光景が自づと瞼に彷彿とする。少し離れた所からそいつらを眺めていたものを、わたしはほどなくこれらささやかなドラマの役者となり、己《おの》が空想にハッパをかけながら、そいつの喚び起こす人々の直中に紛れる。

　炉火が紅々、高々と燃え盛り、この神さびた部屋の壁や天井が暖かな赤味を帯びる段ともなれば――古時計がかの、暖かな炉端が大のお気に入りにして、時には善き迷信の為せる業、その慈悲に自らの慎ましき信を寄す一家にとりての幸運と豊饒の先触れと見なされる鈴やかな昆虫の一匹そっくりの愉快な調べを奏す段ともなれば――何もかもが紅味を帯びた穏やかな火照りに染まり、パチパチと爆ぜる炎からは声が聞こえ、その赤々とした明かりには笑みが浮かぶ段ともなれば――他の笑みや他の声がグルリを取り囲み、連中の愉快な調和もてその刻限の静けさを破る。

　というのもさらば、幼気な連中がワンサと炉端に群がり、部屋には浮かれたさんざらめきが谺するから。わたしの孤独な椅子は最早暖炉の前の広々とした場所にデンと陣取る代わり、愉快な炉端のグルリを取り巻く大きな円に席を譲るよう、よりせせこましい片隅へとコロコロ押して行かれる。わたしには息子と、娘と、孫がいる。皆して、何か共通の祝祭の折に集うている。祝い事は、ひょっとして誕生日やもしれぬし、クリスマスやもしれぬ。がいずれにせよ、我々の間には稀な祝日があり、我々は歓喜に満ち満ちている。

　わたし自身の向かいの、炉隅には、わたしの傍らで老いた者が座っている。彼女はもちろん変わった、大いに変わった。がそれでいて、くだんの白髪まじりの髪と皺の寄った額においてすら、少女の面影を留めている。彼女のたっぷりとしたスカートに半ば隠れ、半ば顔を覗かせているにこやかな幼子からちらと目を逸らし――幼子からわたしの程遠からぬ所に然に大人び、然に取り澄まして座っている齢十二の小さなおしゃまさんへと目を移し――おしゃまさんからまたもや、一座の華たる、花も恥じらう美しい少女へと目を移せば(少女は因みに、一再ならず開きかけの扉の方へ目をやり、少女の傍《はた》に、子供達はお互いヒソヒソ囁いてはクスクス忍び笑いを洩らしながら、少女が止して頂だいなと言うのも何のその、何が何でも一つ空っぽの席を残しておこうとするが)――さらば、わたしは彼女の似姿が三度《みたび》繰り返されるのを目の当たりにし、とある姿形と面立ちがそっくり生者の間より、ともかく、消え失すには如何ほど長らくかかるものかと惟みる。かくてつらつら思いを馳せ、幼子から少女へ、少女から成熟した女へ、成熟した女から老女へと次第に移ろう様を跡づけ、彼女は依然として器量好しではないかと、老いぼれなり得々と惟みていると、そっと、華奢な細い手が腕にかけられるのを感じ、見下ろせば、足許に少なからず見覚えのあるびっこの少年が――心優しく、辛抱強い子供が――座っている。少年は小さな松葉杖に寄っかかり――そいつにも見覚えがあるが――わたしの足載せ台に攀じ登る間《ま》にも松葉杖を突きながら耳許で囁く。「ぼくはみんなのこと大好きだけど、おじいちゃん、やっぱ仲間外れだ。みんなとっても優しいけど、それでも、ほら、おじいちゃんは誰よりもっと優しくしてくれるよね」

わたしはチビ助の首にそっと手をかけ、身を屈《こご》めてキスをする、と思いきや時計が時を打ち、椅子はいつもの場所に据えられ、わたしは独りぼっちだ。

かと言ってどうしたというのか？　たといこの炉端がとある弱々しい老人の存在のためをさておけば、住み人知らずだとしても、それがどうしたというのか？　屋敷の天辺から、わたしには百もの家庭が見はるかせ、その一軒一軒において、これら気心の知れた仲間は現実の存在だ。日課の散歩において、わたしは一千もの男に出会うが、連中の心労はそっくり忘れ去られ、労働は軽くなり、日々の何の変哲もない作業の繰り返しですらハッパをかけられ、晴れやかになる――ほんのちらと、我が家なる約しき愉悦を目にするだに。この日々苦闘する街の苦闘の直中にて何たる陽気な犠牲が払われ、何たる労苦が快く耐え忍ばれ、何たる忍耐が示され、不屈の精神が発揮されることか――ほんの我が家とその情愛のために！　ならば何とありがたきかな、炉端にかようの影法師を――グルリに事実、群れなす明るい代物の影法師を――住まわせ、かく言えるとは。「わたしは最早孤独ではない」

わたしはついぞ今宵ほど――と、心より感謝を込めて綴ろう――独りぼっちでなかったためしはない。過去の追憶と現在の幻影が付き合いにやって来る。未だかつて施しを与えたためしのないほどみすぼらしい男が、わたしの手持ちに安らぎと慰めの貧者の一燈を捧ぐべく姿を見せる。わたしの内なる炎がひんやり冷えきり、これきりこの地上におけるわたしの小径を照らさなくなる日がいつ訪れようと、願はくは其の、この刻限のような刻《とき》にして、目下の如くこよなく世界を愛でている折たらんことを。

耳の遠い御仁、御自身の貸間より

我々の親愛なる馴染みは上述の条《くだり》の締め括りで筆を擱き、二度と執る運命《さだめ》にはなかった。小生はよもや馴染みが、小生に委ね、小生が今しもペンを走らせているそれのような務めに小生自身の筆を執ろうとは夢にも思わなかった。

翌朝、馴染みがいつもの刻限に姿を見せぬので、我々はそっと扉をノックした。一向返事が返らぬものだから、扉を静かに押し開けてみれば、馴染みは、何と、小生が一先ず夜分別れる際にはいつも肘先に据えることになっている小さなテーブルを今にも腰を上げ、閾に引き取ろうとの腹づもりの下《もと》、軽く押しのけでもしたかのように少し引き離したなり、暖炉の燃え殻の前に腰かけていた。松葉杖と足載せ台は相変わらず足許にあり、馴染み自身は小生が立ち去る前に身に着けていた部屋着姿だった。いつもの姿勢で、顔を炉の方へ向けたなり椅子の背にもたれ、まるで瞑想に耽ってでもいるかのようだった——と、実の所、我々は当初、淡い期待を抱いていた訳だが。

馴染みは、近づいてみると、綷切れていた。小生はしばしば、実にしばしば、馴染みが寝ている所を——それも必ずや穏やかに——目にして来たが、ついぞかほどに安らかで長閑に映ったためしはなかった。面《おもて》には我々が最後に握手を交わした際に妙に心に深く刻まれていた慈悲深くも坦々たる表情が浮かんでいた。さりとて馴染みは、神様も御存じの通り、それ以外の表情を浮かべたためしがあったから、というのではなく、ただ、何がなし然にこの世ならざる所が——然に、馴染みの頭は白髪まじりで神さびてはいるものの、曰く言い難くも妙に若さと似通った所が——あるせいで、馴染みにあってすら目新しいからというので。勢い、脳裏を過った、そう言えば馴染みは昨夜、ほんのちっぽけな用件にかこつけて小生を呼び戻し、またもやギュッと手を握り締めながらもう一度言っていたのではなかったかと。「神の御加護のありますよう」

鈴《りん》の紐がすぐ手を伸ばせば届く所に下がっていたが、馴染みはそちらへ向き直ってもいなければ、身動ぎ一つ、と我々は言い合ったものだ、してもいなかった。ただ、前述の通り、テーブルを軽く押しのけるためをさておけば。それならばほんの片手をわずかに動かすだけでできていたろうし、恐らく事実、やっていた。馴染みはしばし、それまでつらつら惟みていたままにまたもや思いを巡らせ、それから面《おもて》に物思わしげな笑みを湛えて、息を引き取っていた。

小生は予てより、万が一然なる事態と相成ったならば、我々が皆屋敷に集うのが馴染みの本懐だと知っていた。よって時をかわさず、ピクウィック氏とマイルズ氏を呼びにやらせ、二人共、遣い走りが戻らぬ内に到着した。

ここで、小生自身が同時に立ち会いもすれば分かち合いもした悲しみと濃やかな情動にクダクダしく触れるのは主意ではない。が、より約しき哀悼者に関してはかく述べても差し支えあるまい。律儀な家政婦は悲しみの余り胸が張り裂けんばかりであったと。哀れ、床屋はいっかな慰められて下さろうとしなかったと。して小生は今はの際まで、ウェラー氏と子息の心根の素朴な忠義と温もりを尊び続けようと。

「して気のいい老いぼれ殿は」と父親のウェラー氏はその昼下がり、宣ったものだ。「とうとうトンヅラなされたと。これきり性ワルな所のない、赤子ですら手綱を取れようかというほどカンシャクとは縁もゆかりもないあちらは、とうとう今のその我々誰しものタタられねばならぬヨロけ病の発作にしょうことのう見舞われて、これきりマグサが食えんようになられたとは！　やつがれには」と御老体は紛うことなく目に涙を溜めて宣った。「やつがれには、あちらが、旅に出る毎に、どんどんどんどんヨロけておいでるのが分かっておりました。そこでサミヴェルに申したものです。『おい、お前！　葦毛《グレイ》は膝がガタついておるわい』して今となってはやつがれの八卦はドンピシャ当たってしもうて、如何ほどお仕えしようと、如何ほど気に入っているかお見せしようとまんだ追っつくまいあちらは、自然の女神のどデカい、人皆の行き着く先の質屋の質種にされてしもうたとは」

小生はウェラー氏が如何ほど馴染みの死を悼んでいることか、たとい氏独特の物言いで表《ひょう》したからとて、氏の愛着をおよそそれだけ身に染みて感じぬどころではなかった。実の所、こと氏と子息双方に関せば、心底証を立てられよう――父子の間で交わされる風変わりなやり取りや、互いに相手の物言いを当てこする珍妙な注釈や叱正にもかかわらず、彼らの哀悼の誠意を凌ぐことは到底叶うまいと。幾多のささやかな同情の務めの遂行の先手を打つ上での父子の思いやりと気遣いは如何ほど濃やかな心根の人物にとて面目を施そうと。

我々の馴染みはしょっちゅう、遺書は時計ケースの箱の中に、箱の鍵は書き物机の中に、仕舞ってあると言っていた。のみならず、いつ自分が死のうと、直ちに遺書の封を切って欲しいとも言っていたので、我々はその夜、馴染みの願いを全うすべく集うた。

遺書は告げられていた通りの場所に、封緘紙に包《くる》んで仕舞われ、最近の日付のある遺言補足書にはマイルズ氏とピクウィック氏が遺言執行人として名指されていた――故人の友情と記憶の（二人に遺贈された）気前の好い形見以上に故人の資産から恩恵を蒙る要はなかろうからというので。

亡骸を埋《うづ》めて欲しい場所を指定した後《のち》、彼は「親愛なる古馴染み」であるジャック・レッドバーンと小生に屋敷と、書籍と、家具と――要するに屋敷に設えられた全てを譲るのみならず、遺産を目下の状態に維持する上で、我々の慣《ならい》と齢《よはい》にある人間には到底使い果せぬほどの手立てを与えてくれていた。これら遺贈にかてて加えて、馴染みは我々に常日頃からの——その数あまたに上る——年金受給者や、その他、折々彼の篤志にすがりに現われるやもしれぬ人々に分け与えるよう、生半ならぬ年額も委託していた。して真の慈悲とは幾多の罪悪にも及ぶのみならず、赦しや、寛容な解釈や、他者の落ち度に対す優しさや情けや、我々自身の瑕疵や優位の想起といった幾多の美徳をも含むものだから、どうか貧しき人々の些細な過誤に殊更探りを入れるまでもなく、もしや彼らが事実貧しいと分かれば、まずもって彼らの難儀に救いの手を差し延べ、それから彼らを——機会あらば——更生さすよう努めて欲しいと言い残していた。

　家政婦に故人は生涯何一つ不自由なく安穏に暮らして行くに足るだけの年金を遺していた。彼に幾年となく仕えて来た床屋にも、同様の手立てを講じていた。してこの場を借りて二点ほど私見を述べさせて頂けば、まず第一に、くだんの御両人はまず間違いなく、互いの資産を持ち寄り、いずれは連れ添うことになろう。して第二に、恐らく馴染みも当該顛末を念頭に置いていたに違いない。というのも一再ならず、一《ひと》年《とし》食ってから同等の立場の者同士が連れ添うとかく世間の連中は後ろ指を差したがるが、これは如何なものか。何故なら幾多の事例において、かようの縁《えにし》は必ずや双方にとって賢明にして理に適った幸福の源泉となっているだけに、と言うのを耳にしていたからだ。

　父親のウェラー氏はくだんの先行きの図を眺めようとおよそ焼きモチを焼くどころか、どうやら然に予見するだに大いに胸を撫で下ろし、子息も、小生の誤解でなければ、当該心持ちに与していると思しい。我々は皆、とは言え、御老体の危険は、その抜き差しならぬ時にあってすら、たいそう取るに足らず、氏は単に御当人の気っ風の人間が間々陥りがちにして、御逸品がそっくり鳴りを潜めるまではその都度徐々に徐々にお手柔らかになるかの一過性の泣き所の一つに祟られていたにすぎぬのではなかろうかという点では意見の一致を見ている。定めて御老体は終生、陽気な老いぼれ鰥夫のままであられよう。というのも早小生に、果たして人身保護令状によって遺産を全てチビのトニーに譲れば、断じて撤回される恐れはないか否かたずねるのみならず、この目の前で、子息に涙ながらに、万が一またもや色気を催した日には、どうか持病の発作が収まるまで狂人拘束服に捻じ込み、お相手の女性にはきっぱり、身上はそっくり「譲り渡した」旨告げてくれと拝み入っていたからだ。

　無論、サムはいざとならば、くだんの命《めい》に則り律儀に身を処し、しかもどこからどこまで坦々と落ち着き払って身を処そうが、かようの事態と相成ることはまずあるまい。というのも御老体は子息と、愛らしい嫁さんと、孫達に囲まれてどこからどこまで幸せそうな上、何やら神妙に「ありとあらゆる点で先達の右に倣う」ホゾを広言しているからだ。とは恐らく、今後も独り身の範を垂れて下さること請け合いのピクウィック氏なる手本に鑑みて身を処す所存の謂であろう。

敢えてしばし、そもそも取りかかった本題から逸れたのは、馴染みがわけてもこうした些細な事柄に興味があるのを知っているだけに、当然の如く、馴染みが気がかりにしたり、喜びや愉しみを感じたりしていた如何なる話題がらみであれついクダクダしくやりたくなるからにすぎぬ。馴染みのその他の願いは至って簡潔に綴られている。馴染みは我々に自分をダシにしょっちゅう花を咲かせて欲しいが、断じて鬱々と、と言おうか遠慮がちに、ではなくざっくばらんに、して今なお慈しみ、いずれまた会えるだろうと望みをつないでいる者として、俎上に上せてもらいたいと言っていた。また、古屋敷には如何にも喪に服しているといった態ではなく、陽気で活きのいい面《つら》を下げさせ、我々の食堂に掛かっている自分の肖像は、取り外したり覆いを被せたりする代わり、本人がこれまで仲間だったままに仲間に入れてやって欲しいとも。我々の集いの場である彼自身の部屋は馴染みの希望通り、いつもながらのままにしてあり、我々の椅子は相変わらずテーブルのグルリに据えられ、馴染みの安楽椅子と、机と、松葉杖と、足載せ台はいつもの持ち場に就き、時計はお馴染みの隅に据えられている。我々は決まった刻限に、万事然るべく整っているか確かめ、光と風は締め出されていないか、わけてもこの点にこそ馴染みは御執心だっただけに、気を配るべく部屋へ入って行く。が馴染みはどうか部屋には何人《なんぴと》たり住まわせぬようと、かようの状態に言はば奉り、古馴染みの声は最早誰の耳にも留まらぬようにしておいて欲しいとも但書きをつけていた。

小生自身の来歴はものの二言三言でかいつまめようし、その二言三言ですら読者諸兄からは割愛させて頂く所ではあったろう、もしやいつぞや馴染み自ら小生のことを引き合いに出してでもいなければ。小生はほんの子供を──一人娘を──失ったにすぎぬ。とは言え娘は今なお存命で、ただ、我々の馴染みと初めて出会したものの二、三週間前に親父の屋敷を飛び出したまでのことだ。このことは馴染みにすら打ち明けていなかった、のは今もって娘を愛している上、いずれ娘の悲しみと悔悛についても聞いてもらえる日が訪れるまで娘の過ちについては触れるに忍びなかったからだ。幸い、しばらく前に馴染みには娘の改心を告げることが出来た。してほどなく、神の思し召しあらば、娘は小生の許へ戻り、夫と共に老いぼれた親父の晩年を支えてくれるはずだ。

例のパイプはと言えば、あいつはほんの我が家の昔ながらの名残に、取るに足らぬ代物に、哀れ、お粗末な慰み物にすぎぬ。が小生にとっては娘故にかけがえがない。

かくて我々の尊き友が亡くなってこの方、ジャック・レッドバーンと小生は二人きり古屋敷に住まい、日々、馴染みのお気に入りだった散歩道を一緒に漫ろ歩いている。馴染みのクギ差し通り、我々はとうに馴染みのことは屈託なく、陽気に話題に上せ、本人が咲かせてもらいたいであろうように思い出話に花を咲かせられるようになった。ジャックがついうっかり、若かりし時分、勘当同然に家から追い出されたといった主旨のことを洩らしたせいで、或いは彼の青春時代の幾齣かはチェスター氏と息子＊の物語に仄かに投影されているやもしれぬと臆測を働かせているが、当人がくだんの話題を避けているのは火を見るより明らか。よって敢えて深追いするのは差し控えている。

小生の仕事にはケリがついた。我々が然に幾多の時間を、願はくは、某かの悦びと某かの御利益に与らぬでもなく紛らした部屋は今や打ち捨てられ、我々の幸せな集いの刻《とき》は最早打たれず、炉隅はひんやり冷え切り、「ハンフリー親方の時計」は永久《とは》に止まった。

御伽英国史

本御伽英国史を
我が愛し子達に
捧ぐ

いずれ同様の主題に関す
より優れた、大きな書を興味深く
繙く一助となるよう

一八五一年　クリスマス

Alfred in the Neatherd's Cot
Canute reproving his Courtiers
Edwy and Elgiva
Eleanor and Fair Rosamond

アルフレッド大王以降の系譜

	即位	退位	在位
サクソン人			
アルフレッド大王の治世	八七一	九〇一	三〇年
エドワード長兄王の治世	九〇一	九二五	二四年
アセルスタンの治世	九二五	九四一	一六年
六少年王の治世	九四一	一〇一六	七五年
デーン人と復興サクソン人			
クヌートの治世	一〇一六	一〇三五	一九年
兎足王ハロルドの治世	一〇三五	一〇四〇	五年
ハーディクヌートの治世	一〇四〇	一〇四二	二年
懺悔王エドワードの治世	一〇四二	一〇六六	二四年
ハロルド二世の治世とノルマン征服も 一〇六六年内の出来事			
ノルマン人			
征服王ウィリアム一世の治世	一〇六六	一〇八七	二一年
赤毛王ウィリアム二世の治世	一〇八七	一一〇〇	一三年
博学王ヘンリー一世の治世	一一〇〇	一一三五	三五年
マティルダとスティーヴンの治世	一一三五	一一五四	一九年
プランタジネット朝			
ヘンリー二世の治世	一一五四	一一八九	三五年
獅子心王リチャード一世の治世	一一八九	一一九九	一〇年
欠地王ジョンの治世	一一九九	一二一六	一七年
ヘンリー三世の治世	一二一六	一二七二	五六年
長脛王エドワード一世の治世	一二七二	一三〇七	三五年
エドワード二世の治世	一三〇七	一三二七	二〇年
エドワード三世の治世	一三二七	一三七七	五〇年
リチャード二世の治世	一三七七	一三九九	二二年
ボリンブルク王ヘンリー四世の治世	一三九九	一四一三	一四年
ヘンリー五世の治世	一四一三	一四二二	九年
ヘンリー六世の治世	一四二二	一四六一	三九年
エドワード四世の治世	一四六一	一四八三	二二年
エドワード五世の治世	一四八三	一四八三	数週間
リチャード三世の治世	一四八三	一四八五	二年

チューダー朝

ヘンリー七世の治世	一四八五	一五〇九	二四年
ヘンリー八世の治世	一五〇九	一五四七	三八年
エドワード六世の治世	一五四七	一五五三	六年
メアリー女王の治世	一五五三	一五五八	五年
エリザベス女王の治世	一五五八	一六〇三	四五年

ステュアート朝

ジェイムズ一世の治世	一六〇三	一六二五	二二年
チャールズ一世の治世	一六二五	一六四九	二四年

イギリス共和国

国策会議・議院内閣	一六四九	一六五三	四年
オリヴァー・クロムウェル護国卿政治	一六五三	一六五八	五年
リチャード・クロムウェル護国卿政治	一六五八	一六五九	七月
第二次国策会議・議院内閣	一六五九	一六六〇	一三月

ステュアート朝復興

チャールズ二世の治世	一六六〇	一六五八	二五年
ジェイムズ二世の治世	一六八五	一六八八	三年

イギリス名誉革命——一六八八（最終章に一括）

ウイリアム三世・メアリー二世の治世	一六八九	一六九五	六年
ウイリアム三世の治世		一七〇二	一三年
アン女王の治世	一七〇二	一七一四	一二年
ジョージ一世の治世	一七一四	一七二七	一三年
ジョージ二世の治世	一七二七	一七六〇	三三年
ジョージ三世の治世	一七六〇	一八二〇	六〇年
ジョージ四世の治世	一八二〇	一八三〇	一〇年
ウイリアム四世の治世	一八三〇	一八三七	七年
ヴィクトリア女王の治世	一八三七		

第一章　古代イングランドとローマ人

（紀元前五〇年―西暦四五〇年）

世界地図を広げると、東半球の左手、上方に二つの島が海に浮かんでいるのが見えるだろう。島はイングランドとスコットランドと、アイルランドだ。イングランドとスコットランドが島の大半を占め、アイルランドが次に大きい。周囲の小さな島々は地図の上ではほんの点ほどにしか見えないが、大半はスコットランドの端くれで――多分、幾星霜、荒波に揉まれる内に切り離されたに違いない。

昔々、未だ我らが救い主がこの世に生まれ、飼葉桶でスヤスヤお眠りならないとうの、とうの昔にも、くだんの島々は同じ場所にあり、グルリでは荒らかな海原が、ちょうど今も吠え哮っているように吠え哮っていた。だが海は、当時、世界各地へ往き来する大きな船や勇敢な船乗りで賑わってはいなかった。海はたいそう寂しかった。島々は見渡す限りの大海原にぽつんぽつんと浮かんでいた。逆巻く波は絶壁に打ち寄せ、身を切るような寒風は森を吹き渡った。が、どれほど風が吹き、波が逆巻こうと、冒険家一人、島には流れ着かず、島の未開人はこの世の外《ほか》の人々のことはこれきり知らず、この世の外《ほか》の人々も彼らのことはこれきり知らなかった。

恐らく、フェニキア人が、というのは商い上手で有名な古代民族だが、今のそうした島々へ船で辿り着き、島では錫と鉛がたくさん採れるのを発見した。錫も鉛も、ほら、たいそう重宝な鉱物で、どちらも、今の今に至るまで、沿岸地方で採掘されている訳だが。コーンウォールの最も名高い錫鉱床は今なお、海岸の際にある。内一つなど、わたしはこの目で見たことがあるが、海岸の際の際にあるせいで、海底から抉《えぐ》り出されている。鉱夫の話では、時化の折など、下のそんな深い洞《うろ》で働いていると、波が頭上で轟き渡るのが聞こえるそうだ。という訳で、フェニキア人は、島の周囲を航行する内、難なく、錫と鉛のある場所へ辿り着いたのだろう。

フェニキア人は島の住民に錫と鉛を譲って欲しいと持ちかけ、それと引き替えに何か外《ほか》の重宝な物を与えた。島の住民は、最初は哀れ、ほんの土人にすぎず、その辺りをウロウロ、ほとんど裸か、せいぜい獣のガサガサの皮に身を包んだきり、歩き回り、体中、今でも外《ほか》の土人がやっているように、赤土や樹液まみれにしていた。だがフェニキア人は対岸のフランスとベルギーに漕ぎつけると、そこの人々に言った。「我々は海の向こうの、あの白い、晴れた日和には見える絶壁まで行って来た所だ。そしてあの、ブリテンという名の国から、この錫と鉛を持ち帰った」するとフランス人とベルギー人の中には自分達も海を渡ってみたいと思う者が現われた。彼らは、現在ではケントと呼ばれている、イングランドの南海岸に移り住み、彼ら自身、粗野な連中ではあったものの、未開のブリトン人に有益な技《わざ》を教え、島国のその辺りの蒙を啓いた。恐らく、スペインからは外《ほか》の人々がアイルランドへ渡り、そこに住み着いたはずだ。

こうして、少しずつ、他処者が島の住民と交わり、未開のブリトン人は荒くれた、恐いもの知らずの民族へと成長した。依然、わけても外国からの移住者のめったに足を踏み入れない、海から遠く離れた奥地では、土人同然だったが、勇猛果敢で、屈強な民族へと。

国には至る所、森と沼が広がり、どこもかしこもたいそう霧深く寒かった。その名に値するほどの道も、橋も、通りも、家もなかった。村と言ってもほんの、こんもり生い茂った森の中にひっそり、藁葺《わらぶ》き小屋が寄り集まっているにすぎず、周囲には溝《みぞ》と、泥で作った壁か、互いに積み重ねた木の幹があるきりだった。人々は小麦はほとんど、と言おうか全く植えず、専ら羊や牛の肉を食べて暮らしていた。硬貨は造っていなかったが、お金の代わりに金属の輪を使った。未開人は大方そうしたものだが、彼らも籠造りに長け、目の粗い布のようなものや、実に粗末な土器も作れた。が砦を築くのは遙かに達者だった。

彼らは動物の皮で覆った、柳枝細工の舟を作ったが、たといあったにせよ、めったなことでは岸から遠くまで漕ぎ出そうとはしなかった。彼らは銅に錫を混ぜて剣《つるぎ》を作ったが、この手の剣《つるぎ》は不恰好で、それは柔らかいものだから、激しく打ちかかると容易く曲がった。彼らは軽い楯や、先の尖った短剣や、槍も作った——槍は、敵へ向けて投げた後《のち》、柄《え》に結わえた長い革紐でグイと手繰り寄せられるようになっていた。石突きは敵の馬をびっくりさせるため、ガラガラのような仕掛けになっていた。古代ブリトン人は三十から四十もの種族に分かれ、それぞれ独自の小さな王が司り、未開の部族がよくやるように、互いにひっきりなし戦《いくさ》を起こし、いつも決まって今のそうした武器で戦った。

彼らは馬をたいそう可愛がった。ケントの旗印は白馬だった。彼らは馬を実に見事に飼い馴らし、調教した。実の所、馬は当時（どちらかと言えば小振りながら、実にたくさんいたが）、それは見事に仕込まれていたものだから、爾来、ほとんど改良されたとは言えないかもしれない。人間の方は、ずい分賢くなってはいるが。馬は命令の言葉を全て呑み込み、素直に従い、主人が徒《かち》で戦いに向かっている片や、いくら辺りは戦《いくさ》のどよめきや騒音で溢れ返っていようと、独りきりじっと立ち尽くしていたものだ。ブリトン人はこれら賢く、頼もしい相棒に助けてもらわなければ、その最も特筆すべき技倆において成功することは叶はなかったであろう。とはつまり、史上名高い、チャリオット、と言おうか戦車の製造と制御という。最も優れた類《たぐい》のこうしたチャリオットは各々、正面は胸ほどの高さもなく、後部は無蓋《むがい》だったが、御者が一人と、戦士がもう二、三人乗り込んだ――全員立ち上がったまま。戦車を曳く馬はそれは見事に調教されているものだから、どんな石ころだらけの道だろうと、森の中ですら、驀地《まっしぐら》に駆け、主人の敵を蹄で踏みつぶしたり、そんな酷たらしい目的のためにわざわざ車輪に結わえつけられ、戦車の外まで大きく左右に突き出た剣《つるぎ》の刃《やいば》や大鎌で敵をズタズタに切り裂いていたものだ。どんなに全速力で走っていようと、瞬く間に、御者の命令一つで、馬は止まり、中の戦士は飛び出しざま、剣《つるぎ》で滅多無性に打ちかかり、馬に、轅《ながえ》に、飛び乗り、ともかくチャリオットに跳ね戻った。かくて彼らが無事敵の手を逃れるや否や、馬はまたもやガラガラ驀地《まっしぐら》に駆け出した。

ブリトン人はドルイド教という奇妙で恐ろしい宗教を信仰していた。ドルイド教は実の所、遙か昔、古くはガリアと呼ばれていた、対岸のフランスから伝わり、蛇や、太陽と月への崇拝を異教の男神・女神への崇拝と混ざり合わせたものらしい。儀式の大半は司祭であるドルイド僧によって秘密にされ、彼らは呪い師の風を装い、妖術遣いの杖を突き、各々、当人が無知の人々に触れ回る所によれば、蛇の卵を、黄金の器に入れて首から提げていた。だが確かに、ドルイド教の儀式では人々が贄《にえ》として神に捧げられたり、容疑者が拷問にかけられたり、格別な折には、多くの男と動物が一緒に、巨大な柳枝の檻に入れて火炙りの刑に処せられたりすることすらあった。ドルイド僧はオークの木と、その白い漿果《ベリー》がオークの上で実る際にはヤドリギを――今では、ほら、クリスマスになると家の中に吊るす、あの木だが――崇め奉っていた。彼らは「鎮守の森」と呼ばれる仄暗い木立に集まり、森の中で、彼らの下《もと》へ弟子として集った若者に謎の呪術を伝授し、若者は時に二十年も師と共に修行を積むこともあった。

こうしたドルイド僧は天をも衝かんばかりの巨大な寺院や祭壇を築き、内某かの廃墟は今でも名残を留めている。ウィルトシャー州、ソールズベリ平原のストーンヘンジはその最たる例だ。ケント州、メイドストン近郊のブルーベル・ヒルのキッツ・コティ・ハウスと呼ばれる三つの奇妙な岩もこの類《たぐい》だ。その種の建造物が組み立てられている巨岩を調査した結果、今では、かほどに大きな岩は何か巧妙な絡繰を用いなければ積み上げられなかっただろうと、絡繰は現在ではごくありふれていても、古代ブリトン人は彼ら自身の粗末な棲処を作る上では決して使っていなかったはずだということが明らかになっている。たといドルイド僧と、彼らの下《もと》で二十年も修行を積む弟子達が、他のブリトン人より遙かに智恵が回るとあって、今のそうした建物を築いている間《ま》は人々を視界の外へ遠ざけ、そこで初めて魔術でそれらを築いた風を装ったとしても何ら不思議はなかろう。恐らく彼らは砦にも関わっていたはずだ。いずれにせよ、大きな権力を握り、皆の信仰を集め、その上掟を定め、施し、税金は一切納める要がなかったから、さぞや自分達の稼業が気に入っていたに違いない。ばかりか、人々にはドルイド僧が多ければ多いほど彼らの暮らし向きも好くなろうと信じ込ませていたお蔭で、非常に多くのドルイド僧がいたはずだ。が今の時代にはそんな具合にのさばり、妖術師の杖を突き、蛇の卵を提げている風を装うドルイド僧が一人もいないと思えば、すこぶる愉快ではないかね——そしてもちろん、その手の代物はこの世のどこを探そうと影も形もない訳だが。

古代ブリトン人が紀元前五五年、それほどまでには蒙を啓かれていた時分、ローマ人は、偉大な将軍、カエサル指揮の下《もと》、残る既知の全世界を席捲《せっけん》していた。カエサルは当時ちょうどガリアを征服したばかりで、ガリアで、向こう岸の白い絶壁の島のことを、そこに住む勇猛果敢なブリトン人のことを——中には彼自身との戦においてガリア人に手を貸すよう連れて来られた者もいたから——耳にすると、せっかくそんなに近くまで来ているのなら、その足でブリテン島を攻め落とそうと心に決めた。

という訳で、カエサルは八十艘の船と一万二千兵を率い、このわたし達のブリテン島へと攻め寄せて来た。しかも「そこからがブリテン島へ上陸する最短航路だから」というので、フランス岸のカレーとブローニュの間から。正しくその同じ理由で、わたし達の汽船は今でも毎日、同じ針路を取っている訳だが。カエサルは容易くブリテン島を征服できると思っていたが、それは想像していたほど容易い仕事ではなかった——というのも勇猛果敢なブリトン人は実に雄々しく戦ったからだ。ばかりか、一つには騎兵隊を率いていないやら(というのも時化のせいで引き返さなくてはならなかったから)、また船の中には岸に引き揚げられた後《のち》、高潮によって粉々に打ち砕かれるものもあるやらで、カエサルはあわや完敗を喫しそうになった。しかしながら、勇猛果敢なブリトン人が一度《ひとたび》彼を打ち敗ったのに対し、彼はブリトン人を二度《ふたたび》を打ち敗った。とは言えブリトン人からの講和の申し出を喜んで受け入れ、速やかに立ち去らぬほど強かに、ではなく。

しかし、翌年の春、カエサルは戻って来た。この度は八百艘の船と三万人の兵士を引き連れて。ブリテン部属は、総司令将官とし、あるブリトン人を選び、その人物をローマ人は彼らのラテン語でカッシウェラウヌスと呼んだが、ブリテン流の名はカスワッラウンだったと思われる。恐いもの知らずの将軍で、実に雄々しく、彼と兵士はローマ軍と戦った！それは雄々しく戦ったものだから、くだんのその戦いにおいて、ローマ兵は濛々と立ち籠める砂煙を目にし、猛然と疾駆するブリテン軍のチャリオットの車輪の音を耳にする度、胸中怖気を奮ったものだ。幾多のより小さな戦の外《ほか》にも、戦はケント州、カンタベリーの近くや、サリー州、チャーチーの近くや、ブリテン島のかの、カッシウェラウヌスの傘下にあり、恐らく現在のハートフォドシャー州、セント・オールバンズに当たる場所に間近い地方の首都たる、森の中の小さな泥濘《ぬか》った町の近くでも、繰り広げられた。が、総じて、恐いもの知らずのカッシウェラウヌスは劣勢だった。兵士共々常に獅子さながら雄々しく戦ったにもかかわらず。他のブリテン軍の指揮官はカッシウェラウヌスを嫉《そね》み、絶えず彼と諍いを起こすのみならず、互いに諍いを起こしていたので、とうとうカッシウェラウヌスは白旗を掲げ、和平を申し入れた。カエサルはすんなり和平に応じ、またもや残りの船と兵士を引き連れ、速やかに島を後にした。カエサルは元々ブリテン島で真珠を見つけられるものと当てにしていたし、ひょっとして某かは見つけたかもしれぬ。が、ともかく、美味しい牡蠣と、確かに、負けじ魂のブリトン人は見つけたのではあるまいか――というのも彼らに関し、カエサルは恐らく、千八百年後、偉大なるフランス皇帝ナポレオン・ボナパルトが連中、それは理不尽な輩なもので、いつ戦に敗れたか全く知らぬと言った際にこぼしたと同じ不平をこぼしていたろうから。確かに連中、そいつだけは知らなかったし、この先も断じて知るまい。

百年近く時は流れ、その間《かん》ずっとブリテン島は平和だった。ブリトン人は自分達の町や暮らし方に様々な手を加え、より文明的になり、旅をし、ガリア人やローマ人から多くを学んだ。とうとう、ローマ皇帝クラウディウスがブリテン島を鎮圧しようと、名将軍アウルス・プラウティウスを大軍共々送り出し、ほどなく自ら上陸した。があまり成果は上がらず、別の将軍オストリウス・スカプラがやって来た。ブリテン島酋長の中にはおとなしく白旗を掲げる者もいれば、死ぬまで戦おうとする者もいた。こうした勇敢な男達の中でも最も勇敢だったのはカラクタクス、又の名をカラドックで、彼は北ウェールズの山の中で部下共々、ローマ人に戦いを挑んだ。「今日で」と彼は兵士に向かって言った。「ブリテン島の命運は決まる！　汝の自由、或いは永遠の隷属は、この刻《とき》を境に始まる。偉大なるカエサルを海の向こうへ撃退した、汝の雄々しき先祖を思い起こせよ！」との檄を耳にするや、部下は、大きな雄叫び諸共、ローマ軍に襲いかかった。が頑丈なローマ軍の剣《つるぎ》と鎧兜は接戦になると、より脆弱なブリテン軍の武器の敵う相手ではなかった。ブリテン軍は敗北し、勇敢なカラクタクスの妻と娘は人質に捕られ、兄弟達は降服し、カラクタクス自身も裏切り者の卑劣な継母によってローマ人の手に引き渡された。かくてローマ軍は彼と一族全員を引き連れ、ローマへと凱旋した。

だが偉人とは悲運において偉大であり、囚われの身にあって偉大であり、枷をかけられてなお偉大なものである。カラクタクスの気高い風情と苦難を忍ぶ威厳に満ちた態度は、敵将を一目見ようと街路に群がったローマ人にそれは深い感銘を与えたものだから、彼と一族は再び自由の身となった。果たして彼の偉大な胸は張り裂け、カラクタクスはローマで息絶えたものか、それともともかく最愛の祖国へ戻ったものか、誰一人、知る者はない。イングランドのオークは殻斗果《エイコン》から萌え生で、幾百年も生き存えた後《のち》枯れ果て――他のオークが代わりに芽生え、やはり、幾歳《いくとせ》も経ってから枯れ果てて来た――勇敢なカラクタクスの歴史のその後《ご》がとうに忘れ去られて以来。

が、それでいて、ブリトン人は断じて屈しようとはしなかった。彼らは幾度も幾度も立ち上がっては、幾千人となく、剣《つるぎ》を手に、死んで行った。またもう一人、ローマ将軍スエトニウスが攻め寄せ、神聖なるが故に不可侵の（当時はモナと呼ばれていた）アングルシー島を襲撃し、ドルイド僧を彼ら自身の柳枝檻に閉じ込め、彼ら自身の火で炙り殺した。だが、スエトニウスが依然、勝利軍と共にブリテン島にいる間《ま》にもブリトン人は蹶起した。ノーフォーク州とサフォック州の民族の王の寡婦たるブリテン島の女王ボアディケアは、イングランドに住みついたローマ人によって領土が略奪されるのに抵抗したため、ローマ将校カトゥスの命の下《もと》鞭打たれ、二人の娘は目の前で凌辱され、夫の親族は人質に捕られた。この屈辱の意趣を晴らそうと、ブリトン人は力と怒りの限りを尽くして蹶起し、カトゥスをガリアへ撃退し、ローマの版図を荒廃させ、ローマ人を（当時は商いが盛んながら、ほんの小さな町にすぎなかった）ロンドンから力尽くで立ち退かせ、わずか数日で七万人ものローマ人を縛り首や、火炙りや、磔刑《はりつけ》や、滅多斬りの目に会わせた。スエトニウスは軍隊を増緩し、彼らに戦いを挑むべく進軍した。彼らも軍隊を増緩し、敵の大部隊が配備された戦場で猛然とローマ軍を襲撃した。ブリトン人の最初の突撃が仕掛けられる前に、ボアディケアはチャリオットに乗り込み、金髪を風になびかせ、辱めを受けた二人の娘を足許に横たわらせたなり、部隊の直中を駆け回り、彼らの迫害者、猥りがわしきローマ人に意趣を晴らせよと鼓舞した。ブリトン人は最後まで雄々しく戦ったが、幾多の戦死者を出し、戦に敗れ、不幸な女王は毒を呷って自害した。

が、それでもなお、ブリトン魂は挫けなかった。スエトニウスがブリテン島を離れると、彼らは敵軍に襲いかかり、アングルシー島を奪還した。その後十五年から二十年経ってアグリコラが攻め入り、またしても島を奪還し、七年の歳月をかけてブリテン島を、わけても今ではスコットランドと呼ばれる彼《か》の地を、征圧した。が、彼《か》の地の人々、カレドニア人は、至る所で彼に抵抗した。彼らは敵将相手にこの上もなく血腥い戦を挑み、正しく妻子までも、いっそ人質に捕られるよりはと、自らの手で殺し、それは数知れぬ兵士が命を落としたものだから、スコットランドの丘陵の中には今なお彼らの墓の上に堆く盛られた巨大な石の山だと信じられているものもある。ハドリアヌスがそれから三十年後に攻め入ったが、彼らは依然として抵抗した。セウェルスがおよそ百年後に襲来したが、彼らは彼の大部隊を猟犬さながら苛め抜き、敵兵が幾千人となく沼や沢で息絶えるのを目にして歓喜した。セウェルスの後継者である息子のカラカラは一時《いっとき》彼らを征圧するのに最大限の力を尽くした。が武力によってではなく。彼は如何ほど武力が功を奏さぬものか熟知していた。よって広範な土地をカレドニア人に明け渡し、ブリトン人にローマ人の有していると同じ特権を与えた。以降、七十年の長きにわたり、平和が続いた。

その期に及び、新たな敵が現われた。サクソン人という。サクソン人はライン川の――その岸辺でドイツワインの原料である最高の葡萄の採れるドイツの大きな川の――北方の国々の生まれの、航海を得意とする、荒くれた民族だった。彼らは海賊船でガリアとブリテン島の沿岸に押し寄せ、略奪を始めた。彼らはカラウシウスによって撃退された。カラウシウスはベルギーもしくはブリテン島の生まれで、ローマ人によって指揮官に任ぜられ、彼の指揮の下《もと》ブリトン人は初めて海上で戦をし始めた。が以降、彼らは略奪を再開した。数年後、スコット族と（というのが当時、アイルランド人を指す名だったが）、北方民族のピクト族がブリテン島の南部を度々侵略し始めた。こうした襲撃は全て二百年間、ローマ皇帝や首領が代々指揮を執っている間中、折々繰り返され、その長きにわたり、ブリトン人は幾度となくローマ人に叛旗を翻した。終に、ローマ皇帝ホノリウスの時代に、世界全土におけるローマの権力は急速に翳りを見せ、祖国に全兵士を狩り集めねばならなくなると、ローマ人はブリテン島征服を悉く断念し、島から撤退した。が依然、その期に及んでなお、最初同様、ブリトン人は彼らに対し、昔ながらの雄々しき物腰で蹶起した。というのもその寸前に、彼らはローマ行政長官を撃退し、自ら自由の民《たみ》たることを証してみせていたからだ。

ローマ人が永遠にブリテン島から立ち去ったのは、カエサルが初めてこの島を侵略してから五百年後のことだった。その間《かん》、ローマ人は悲惨な戦闘と流血の種を蒔いてはいたものの、ブリトン人の暮らし向きを改善する上で大きく貢献していた。彼らは大きな軍用道路を敷き、要塞を築き、如何に身繕いを整え、武器を携えれば好いか、ブリトン人がそれまではついぞ思いも寄らなかったほど事細かく教え、ブリトン人の生活様式全般を洗練させた。アグリコラはピクト族とスコット族の侵略を防ぐために、ニューカッスルからカーリスルの向こうまで伸びる七〇マイル以上もの巨大な土壁を築き、ハドリアヌスは塁壁をさらに強化し、セウェルスは大規模な修復を要すと見て取るや、新たに石壁に造り変えた。わけても、キリスト教が初めてブリテン島に伝えられ、ブリテン島の人々が初めて、神の眼《まなこ》にて善くあるためには自らを愛す如く隣人を愛し、己の欲するところを人に施さねばならぬという偉大なる教えを授けられたのは、ローマ時代において、ローマ船を介してである。ドルイド僧はかようの教えを信じるのはたいそう邪だと批判し、事実信じている全ての人々を激しく呪った。が、人々は如何ほどドルイド僧に祝福されようとそれだけ幸福になる訳でも、如何ほどドルイド僧に呪詛されようとそれだけ不幸になる訳でもなく、ドルイド僧に一切お伺いを立てるまでもなく太陽は照り、雨は降ると気づくと、ドルイド僧もただの人間にして、彼らが呪おうと祝おうと物の数ではないと、蓋し、思い始めた。その後、ドルイド僧の弟子の数はめっきり減り、ドルイド僧は他の生業に馴染んで行った。

これで、イングランドにおけるローマ時代は終わりだ。今のその五百年間についてはほとんど知られていないが、今でも名残は某か留められている。しばしば、人足は屋敷や教会の礎を築くために、地べたを掘り起こしていると、その昔ローマ人の使っていた錆だらけの硬貨にひょっこり出会す。彼らが食事を取っていた皿や、酒を飲んでいたゴブレットや、庭師の踏み締めていた石畳の欠片が、鋤に耕される土や、庭師の踏鋤によってボロボロに砕かれる塵に紛れて見つかる。ローマ人の掘った井戸からは今でも水が汲め、ローマ人の敷いた道路はわたし達の街道の端くれを成している。古戦場では、ブリトン人の槍穂とローマ人の甲冑が、激しい鍔迫《さ》り合いの最中《なか》に砕け落ちたままに、一緒くたに朽ちている様が見受けられる場合もある。芝草の生い茂ったローマ軍の野営地や、無数のブリトン人の墓所たる塚の跡は、ほとんど国中の至る所で発見される。ノーサンバーランド州の荒涼たる荒れ野に、苔や芝のむすセウェルスの壁は今なお、屈強な廃墟たりて、伸び、羊飼いや牧羊犬は夏の日和にはその上にウツラウツラ寝そべる。ソールズベリ平原には依然、ストーンヘンジがそそり立つ。ローマ人の名が未だブリテン島では知られず、ドルイド僧が、如何ほど優れた魔法の杖をもってしても、荒らかな岸辺の砂にその名を書き記せなかったろう太古の昔の記念碑たりて。

第二章　初期サクソン人治下の古代イングランド（西暦四五〇年―八七一年）

　ローマ人がブリテン島から立ち去るが早いか、ブリトン人は彼らがついぞ島を去らなければ好かったと思い始めた。というのも、ローマ人が立ち去り、ブリトン人の数が長年にわたる戦争のために激減すると、ピクト族とスコット族がどっと、セウェルスの崩れた無防備の塁壁越しに押し寄せて来たからだ。彼らは最も裕福な町を略奪し、人々を殺害し、さらなる戦利品と殺戮のためにそれは幾度となく舞い戻って来たものだから、哀れ、ブリトン人は心休まる暇《いとま》もなかった。まるでピクト族とスコット族が陸上で嫌というほど狼藉を働いていないとでもいうかのように、サクソン人は海から島民に襲撃を仕掛け、まるで自分達を惨めにするのにまだ何か足らないとでもいうかのように、ブリトン人は互いの間で一体どんなお祈りを、どんな風に唱えるべきかを巡って啀み合った。司祭はこうした問題に関し、互いに腹を立て、互いに口汚く罵り、自ら説得し切れない人々を端《はし》から（古《いにしへ》のドルイド僧そっくりに）呪った。という訳で、総じて、ブリトン人はさぞや悲惨な生活を送っていたに違いない。

　ブリトン人は、要するに、それは抜き差しならぬ窮地に追い込まれたものだから、ローマへ助けを求める――「ブリトン人の呻吟」と称す――手紙を送り、その中で「蛮族が我々を海へと追い立て、海は我々を蛮族へと追い返す。我々には唯、剣《つるぎ》によって命を落とすか、潮《うしお》によって命を落とすかの苛酷な選択しか残されていない」と訴えた。が、ローマ人は、たといその気があっても、手を貸せなかった。というのも彼らは彼らで、当時たいそう獰猛で強力だった彼ら自身の敵に立ち向かうのに精一杯だったからだ。とうとうブリトン人は最早苛酷な状況に耐えきれず、サクソン人と和解し、サクソン人に自分達の国へ上陸し、ピクト族とスコット族を締め出すのに力を貸すよう頼むことにした。

　この決断を下し、ヘンギストとホルサという二人のサクソン指揮官と和平条約を結んだのは、ヴォーティガンという名のブリテン王子だった。ヘンギストとホルサというのはどちらも、古代サクソン語で「馬」を意味する。というのもサクソン人は他の幾多の未開の部族同様、男に好んで「馬」「狼」「熊」「猟犬」といった動物の名を付けたからだ。北アメリカのインディアンは――サクソン人より遙かに劣った民族だが

――今日《こんにち》に至るまで同じ習いにある。

ヘンギストとホルサはピクト族とスコット族を撃退し、ヴォーティガンは彼らの力添えに謝意を表し、現在サネット島と呼ばれる、イングランドの彼《か》の地に彼らが定住するのにも、仲間に加わらすよう同国人をさらに呼び寄せるのにも異を唱えなかった。ところが、ヘンギストにはロウェナという名の美しい娘があり、宴の席で彼女が黄金のゴブレットにワインをなみなみ注ぎ、ヴォーティガンに、「愛しい王様、王様の健康を祝して！」と愛らしい声で言いながらゴブレットを渡すと、王は一目でロウェナに恋をした。わたしとしては、智恵者のヘンギストはサクソン人が王に対しより大きな影響力を持つべく、王が娘に一目惚れするよう仕向け、麗しのロウェナはわざわざそのため、黄金のゴブレットごと、宴にやって来たような気がしてならないが。

いずれにせよ、二人は結ばれ、長らく経ってから、王がサクソン人に腹を立てたり、彼らの侵略を嫉《そね》んだりするといつも、ロウェナは美しい腕を王の首に回し、そっと囁いたものだ。「愛しい王様、あの者共はわたくしの民族でしてよ！　どうかお目こぼし下さいましな。あの、宴の席で王様にワインをなみなみ注いだ黄金のゴブレットを渡したサクソンの娘への愛に免じて！」して、実の所、王にどうやってお目こぼし賜はずにいられたろう。

ああ！　人間は誰しも、死ななくてはならない！　やがて、ヴォーティガンは死に――確かその前に、王位を奪われた上、投獄されてから――ロウェナは死に、幾世代にもわたるサクソン人とブリトン人は死に、かくて長き歳月の内に起こった出来事はすっかり忘れ去られていたろう。もしも宴から宴へと、白い口髭を蓄え、流れ歩いては、先祖の武勲を語り伝える古《いにしへ》の吟唱詩人の口碑や歌がなければ。彼らが歌い、物語る歴史の中に、くだんの古《いにしへ》の時代にブリテン王子だったと思われるアーサー王の勲と徳に纏わる名高いそれがある。が、果たしてそんな人物が実在したのか、それとも複数の人物の歴史がアーサーというとある名の下《もと》に混同されているのか、それとも彼に纏わる逸話は全て絵空事なのか、誰一人として知る者はない。

ではこれから、手短に、こうした吟唱詩人の歌や物語に描かれているままに、初期サクソン時代のわけても興味深い逸話を審らかにするとしよう。

ヴォーティガン王の時代に、してその後も長らく、サクソン人の新たな部族が様々な酋長の下《もと》、ブリテン島に押し寄せて来た。ブリテン島の東部を征服し、そこに定住したとある部族は、自分達の王国をエセックスと呼び、別の部族は西部に定住し、自分達の王国をウェセックスと呼び、北方民族《ノースフォーク》、即ちノーフォーク人はある土地に住み着き、南方民族《サウスフォーク》、即ちサフォック人はまた別の土地に住み着き、こうして次第に七つの王国、或いは七国家がイングランドで次々と生まれ、それらは一まとめにしてサクソン七王国《ヘプターキ》と呼ばれた。哀れ、ブリトン人は、ただ他意なく友人として招いたこれら、数知れぬ戦闘的な部族に気圧され、ウェールズとその近隣の地方へと、デヴォンシャーへと、コーンウォールへと、逃げ延びた。イングランドのこうした地方は長らく征服されないままだった。コーンウォールには今なお――海岸がたいそう憂はしく、険しく、切り立ち――薄暗い冬時《ふゆどき》ともなれば船がしょっちゅう陸《おか》のすぐ間際で坐礁し、乗組員全員が海の藻屑と化して来た――風と波が佗しく吠え哮り、どんな堅牢な岩をもアーチや洞《ほら》に穿って来た彼《か》の地には――人々が「アーサー王城」と呼び習わす、太古の廃墟がある。

　ケントがサクソン七王国の内で最も有名だ。何故ならローマの修道士、アウグスティヌスによってキリスト教がサクソン人に説かれたから――連中、ブリトン人に対して嵩にかかった勢い、彼らが宗教であれ他の何事についてであれ何と言おうとお構いなしだったが。ケントのエセルバート王はほどなく改宗し、王が自分はキリスト教徒だと言った途端、廷臣は一人残らず自分もキリスト教徒だと言い、すると一万もの臣民が自分達もキリスト教徒だと言った。アウグスティヌスは王の宮殿のすぐ側の、今ではカンタベリーの美しい大聖堂の立つ地所に小さな教会を建てた。王の甥セバートはその昔、アポロの神殿の立っていた、ロンドンの近郊の泥濘《ぬか》った沼地に、聖ペテロを奉る教会を建て、それが今ではウェストミンスター大寺院になっている。ばかりか、ロンドンそれ自体においても、ダイアナ神殿の礎の上にまた別の小さな教会を建て、教会は、今のその古代以来、セント・ポール大聖堂へとそそり立つこととなる。

　エセルバートの死後、ノーサンブリア王国の王エドウィンは――たいそう立派な国王だったから、王の治世には女子供が公然と、金貨の財布を平気で提げていたと伝えられるが――我が子に洗礼を施させ、大審議会を開き、自分と臣民は皆キリスト教に改宗す可きか否か話し合った。その結果、皆キリスト教に改宗す可しということになった。かつての宗教を司っていた首席司祭コイフィはその折、大演説をぶった。この説話の中で、彼は人民に古代の神々は詰まる所、ペテン師にすぎなかったと告げた。「その点に疑いの余地はない」と彼は言った。「わたしを見よ！　わたしは終生神々に仕えて来たが、神々は何一つわたしのためにしてくれなかった。

その一方、仮に彼らが真に全能の神々ならば、わたしが彼らのためにあれほどのことを為した報いに、せめて然るべく財産を築かさずにはおかなかったはずだ。が財産を築いてはくれなかった。よって彼らはペテン師だ！」この風変わりな司祭は演説をぶち果すや、すかさず剣《つるぎ》と槍《やり》で身を固め、戦馬に跨り、群衆皆の眼前で猛然と神殿まで駆け出し、槍《やり》を、面汚しに、神殿に投げつけた。その時を境に、キリスト教はサクソン人の間で広まり、彼らの宗教となった。

　次に名立たる王子はエグバートだった。彼はおよそ百五十年後の人物で、ウェセックス王国を治めるもう一人のサクソン王子ベオトリックよりウェセックスの王位に即くに相応しいと主張した。ベオトリックは七王国のまた別の王国の王オーファ*の娘エドブルガを娶《めと》っていた。このエドブルガ妃は眉目麗しき殺人狂で、癇に障ると人々を毒殺していた。ある日のこと、妃は気高い生まれの廷臣の酒杯に毒を盛ったが、夫まで、うっかり酒を呑み、毒死した。その途端、人々は大挙、叛旗を翻し、宮殿に押し寄せ、門に殴りかかりながら声を上げた。「毒を盛る邪悪な女王などくたばってしまえ！」人々は女王を国外へ追放し、女王によって貶められた称号を撤廃した。幾歳《いくとせ》も後《のち》、イタリアから祖国へ戻った旅人の中にはパビーアの町（イタリア北部都市）で、いつぞやは眉目麗しかりしが、今や皺だらけで、腰が曲がり、黄ばんだ、みすぼらしい物乞い女が通りから通りをウロつき回ってはパンを乞うているのを見かけたが、この物乞い女こそは毒殺鬼たるイングランドの女王に違いないと言う者もあった。女は事実、エドブルガで、かくて惨めな頭《こうべ》を横たえる宿もなきまま、この世を去った。

　エグバートは、ウェセックスの王位を申し立てていただけに、イングランドに留まっていては危うかろうと感じ（というのもいつ敵方の王に人質に捕られ、死刑に処されぬとも限らなかったから）、フランク王国の王シャルルマーニュの宮廷に難を逃れた。が、不幸にも誤って毒殺されたベオトリック王の死に伴い、ブリテン島へ戻り、ウェセックスの王位を継承し、七王国の他の君主の内幾人《いくたり》かを征服し、彼らの領土を彼自身の版図に加え、初めて、自ら君臨する祖国をイングランドと名付けた。

　今や、しかしながら、長らくイングランドを大いに苦しめることになる新たな敵が出現する。敵は北欧人――デンマークとノルウェーの民族――で、彼らを英国人はデーン人と呼んだ。彼らは海を本領とする、戦闘的な民族で、キリスト教徒ではなく、たいそう大胆で残虐だった。幾艘もの船で押し寄せ、どこに上陸しようと略奪しては焼き払った。さる折、彼らは戦でエグバートを打ち敗り、さる折、エグバートは彼らを打ち敗った。が、彼らはたとい敗れようと、英国人自身に劣らず一向気にかけなかった。エグバート後継の四人の王——エセルウルフと三人の息子、エセルボールドと、エセルバートと、エセルレッド——の短い治世の間《かん》、デーン人は何度も何度も引き返しては焼き払い、略奪し、イングランドを荒廃させた。エセルレッドの御代、彼らは東イングランド王エドマンドを捕らえ、木に括りつけた。それから、王に改宗を迫ったが、王は信仰に篤いキリスト教徒だったから、頑に拒んだ。すると、王を殴り、卑劣にも、全く無防備だというのに、嬲り者にし、王に向かって矢を射り、とうとう首を刎ねた。果たして次は誰の首を刎ねないともつかなかった、もしやエセルレッド王が彼らとの戦いにおいて受けた傷が元で死に、その跡を未だかつてイングランドに誕生したためしのないほど賢く、気高い王が継いででもいなければ。

第三章　善きサクソン人、アルフレッド大王とエドワード長兄王治下のイングランド

アルフレッド大王は王位に即いた時には弱冠二十三歳の若者だった。幼少時代に二度、ローマに連れて行かれ――そこへはサクソン貴族が霊験あらたかと思われる旅に出かける習いにあったから――一度、パリにしばらく滞在したこともある。勉強は当時、しかしながら、ほとんど重んじられていなかったため、齢十二にして読み書きを教えてもらっていなかった。エセルウルフ王の息子の中でも末っ子の彼は、お気に入りだったにもかかわらず。だがアルフレッドには――いずれ偉大で立派になる人物は大方そうしたものだが――素晴らしい母親がいて、ある日のこと、この妃は、名をオスブルガと言ったが、たまたま、息子達に囲まれて座っている際に、サクソン語の詩の本を読んでいた。印刷術は、その御代の遙か後《のち》になるまで知られていなかったから、手書きのその本は様々な色取りの、明るく美しい文字で所謂《いはゆる》「彩飾」が施されていた。息子達が本にそれはうっとり来たものだから、母親は「だったらあなたたち四人の内、最初に読み書きを覚えた王子にこの本を上げましょう」と言った。アルフレッドは正にその日、個人教師《チューター》を探し出し、懸命に勉強に励み、ほどなく本を勝ち取った。彼は終生、その本を誇りにしていた。

この偉大な王は、治世の最初の年に、デーン人と九度《くど》戦った。彼はデーン人と盟約も交わし、盟約に則り、二枚舌のデーン人はイングランドから撤退しようと誓った。彼らはこの誓いを肌身離さず身に着け、死んだら必ずや一緒に埋めてもらう神聖なブレスレットにかけて立てる上で、極めて厳粛な誓約を交わしたものと考えている風を装った。が実は、そんな誓いなどほとんど歯牙にもかけていなかった。というのも腹づもりに適うと見れば、誓約や盟約を破り、例の調子でまたもや戦い、奪い、焼き払うために引き返して憚らなかったからだ。アルフレッド大王の治世の四年目の、とある致命的な冬のこと、デーン人はイングランド中に数知れずのさばり、大王の兵士をそれは散り散りに追い立てたものだから、大王は独りきり取り残され、已むなくみすぼらしい小百姓に身を窶《やつ》し、大王の顔を知らない牛飼いの一人の小屋に逃げ込まなければならなくなった。

ここにて、アルフレッド大王はある日のこと、デーン人が血眼になって探している片や、牛飼いの女房に炉に載せて行

くケーキを見張るよう独りきり置き去りにされた。が、いつの日か幸先好くなれば二枚舌のデーン人を懲らしめてやろうと、弓矢に手を入れ、心の中ではデーン人に国中、追いかけ回されている哀れ、不幸な家臣のことばかり気にかける余り、コロリと、大王の高貴な心はケーキのことなど忘れ、ケーキは黒焦げになった。「何だって！」と牛飼いの女房は、宜なるかな、戻って来るなり叱り飛ばした。よもや大王を叱り飛ばしているとは夢にも思わず。「もうじき馳走にありつけようかってのに、この物臭め、ちゃんとケーキの面倒も見てやれないってのかい？」

　とうとう、デヴォンシャーの人々は彼らの岸に上陸した新たなデーン人の大群に雄々しく抗い、首領を殺し、軍旗を奪った——連中のような盗人《ぬすびと》めいた部隊には実に打ってつけの鳥たる、ワタリガラスの図柄の縫い取られた。軍旗を奪われ、デーン人は大いに戸惑った。というのも彼らは、とある昼下がりにとある父親の三人の娘によって一気に織られたその軍旗には魔力が潜んでいるものと思い込み、互いの間には、戦で勝利を収めればワタリガラスは翼を広げ、羽搏いているように見えるが、戦に敗れればワタリガラスは力無く項垂れようとの伝説まで生まれていたからだ。ワタリガラスは、今や、力無く項垂れるのも——もしやその半ばも分別臭い真似が出来るというなら——ごもっともだったろう。というのもアルフレッド大王がデヴォンシャー軍に加勢し、彼らと共にサマセットシャーの湿原の直中なる堅牢な一郭に野営を張り、いざ、デーン人に対す復讐と大王自身の虐げられし民《たみ》の釈放のための大いなる機を窺い始めたからだ。

　が、まずもって、これら悪疫じみたデーン人が如何ほど多《た》勢《ぜい》にして、如何様に砦を固めているか知る要があった。よってアルフレッド大王は、音楽が堪能だったこともあり、吟遊《グリー》詩人《マン》、と言おうか吟遊楽人《ミンストレル》に身を窶《やつ》し、竪琴を抱え、デーン軍の野営地へと向かった。大王は外ならぬデーン軍の指揮官、グスラムの天幕の中で竪琴を爪弾きながら歌い、酒を飲んでは浮かれ騒いでいるデーン兵の憂さを晴らしてやった。楽の音《ね》のことしか頭の中にないかのような風を装いながらも、ただし、具に彼らの天幕や、武器や、軍紀や、自ら知りたいと思う何もかもに鋭く目を光らせた。ばかりか時をかわさず、この偉大な王は、連中を異なる調べに合わせて持て成すことと相成った。というのも律儀な部下を全員、所定の場所へ狩り集めると——そこにて彼らは大王を、とうに内多くの者が行方知れずか亡くなったものとして諦めていた君主として、歓声や嬉し涙と共に迎えたが——自ら先頭に立ち、デーン人の野営地へと進軍し、デーン人を大量殺戮の上、打ち敗り、潰走を阻止すべく二週間にわたって包囲したからだ。が、気高く雄々しいばかりか、慈悲深くもあったので、大王は、さらば、彼らを殺す代わり、講和を申し出た。デーン人は一人残らずイングランド西部より立ち去り、東部へ移住し、グスラムは今や彼の征服者、高潔なアルフレッドにかくも度々自分を傷つけて来た敵をも許すことを教えた聖なる宗教に敬意を表し、キリスト教に改宗す可しとの条件の下《もと》。グスラムは事実、キリスト教に改宗し、彼の洗礼式において、アルフレッド大王は教父を務めた。グスラムはかほどの温情に悖らぬあっぱれ至極な指揮官だった。というのも以降ずっと、大王に忠誠を尽くしたからだ。グスラム傘下のデーン人もまた、実に律儀であった。最早、誰一人、略奪や焼き討ちを犯す者はなく、皆正直者らしく精を出すに、土を耕し、種を蒔き、生り物を刈り入れ、善良で正直な英国風の生活を送った。恐らく、これらデーン人の子供は日の燦々と降り注ぐ野原で幾々度となく、サクソン人の子供と戯れ、デーン人の若者はサクソン人の娘と恋に落ち、結ばれ、デーン人の田舎家の戸口で行き暮れた英国人の旅人はしばしば夜が明けるまで夜露を凌がせてもらい、デーン人とサクソン人は赤々と燃え盛る炉端に、友達同士として、腰を下ろし、アルフレッド大王の逸話に花を咲かせたのではあるまいか。

デーン人は皆が皆グスラム傘下のデーン人のようだった訳ではない。というのも幾年か経つと、またもや、昔ながらの略奪と焼き討ちの手口で攻め寄せ――わけてもヘイスティングズという名の荒くれた海賊は、大胆不敵にも、八十艘の船を率いてテムズ川をグレイブゼンドまで上《のぼ》って来たからだ。三年もの長きにわたり、これらデーン人との間で戦が繰り広げられ、ばかりか、国中、飢饉に見舞われ、人間も家畜も疫病に祟られた。がアルフレッド大王は飽くまで意気盛んだったから、にもかかわらず大きな船を造り、海賊を海上で追跡し、自らの雄々しき手本に倣い、岸辺で海賊に勇敢に立ち向かうよう兵士を鼓舞した。かくてとうとう、デーン人を全て追い払い、爾来イングランドには平和が訪れた。

戦時において偉大にして高潔だったに劣らず、平時においても偉大にして高潔だったから、アルフレッド大王は片時も国民の蒙を啓く努力を惜しまなかった。自ら進んで賢者や、外国からの旅人と語らい、彼らから聞いた話を国民にも読んでもらえるよう書き記した。英語を習得すると、ラテン語の研鑽も積んでいた。よって今や国民が中身に興味を持ち、蒙を啓かれるよう、ラテン語の本をアングロ・サクソン語に翻訳することに腐心し始めた。ばかりか、人々がもっと幸せで自由に暮らせるよう、公正な掟を定め、彼らが危害を蒙らぬよう、偏った判事を全て追放し、庶民の財産にそれは細心の注意を払い、盗人《ぬすびと》をそれは厳しく罰したものだから、アルフレッド大王の下《もと》では、たとい黄金の鎖と宝石の花輪が通りから通りに渡されようと、誰一人、指一本触れる者はなかろうとは専らの噂だった。大王は学校を創設し、法廷では自ら言い分を辛抱強く聞いた。大王の大いなる本懐は臣民皆に誠を尽くし、イングランドをあらゆる点において、より優れ、賢く、幸せにすることだった。こうした努力において大王が如何に勤勉だったか、は正しく瞠目的である。一日を所定の時間に分け、その時間毎に所定の営みに励んだ。時間を正確に区切れるよう、一定の間隔毎に刻み目を入れた、全て同じ大きさの蠟の松明、と言おうか蜜蠟蠟燭を作らせ、終始、燃やし続けた。かくて、蠟燭が燃えるにつれ、一日をちょうどわたし達が今では時計の文字盤の上で時間毎に区切っているのにほとんど劣らず正確に刻み目毎に区切った。ところが、蠟燭が初めて発明された時、突風や隙間風が扉や窓から、壁の割れ目から、宮殿に吹き込むと、蠟がタラタラ流れ、燃え方に斑《むら》が生じるのが分かった。これを防ぐため、大王は木と白い角《つの》で作った器に蠟燭を入れさせた。これが、外でもない、イングランドで初めて作られたカンテラである。

この間《かん》終始、大王は恐るべき不治の病を患い、何ものによっても和らげられぬ激痛に度々襲われた。が、人生の苦悩という苦悩に耐えて来たように、雄々しく気高い王らしく、痛みにも耐え、享年《きょうねん》五十三歳、治世三十年目にして身罷った。亡くなったのは九〇一年だが、如何ほど遙か昔とは言え、大王の令名と、臣下が大王に抱いていた愛と感謝は今日《こんにち》に至るまでいささかも色褪せてはいない。

次の治世に、とは会議に諮って後継者に選ばれたエドワード長兄王の治世に、アルフレッド大王の甥が王位剝奪を試み、国中を騒乱に巻き込んだ。イングランド東部のデーン人はこの謀叛人の肩を持ち（恐らくは彼の伯父を心から崇敬していたため、甥のことも伯父故に、崇敬していたからであろう）、激しい戦が繰り広げられた。が王は、妹の援軍を受け、終には勝利を収め、二十四年の長きにわたり平穏に世を治め、次第にイングランド中に勢力を伸ばし、かくて七王国は一つに統合された。

イングランドがこうして単一の王によって支配される単一の王国になった時には、サクソン人は早、この国に四百五十年以上住み着いていた。その間《かん》、国の慣習には大きな変化が来していた。サクソン人は依然として大食漢で大酒呑みで、宴は間々騒々しい、浮かれ騒ぎめいた手合いになりがちだった。が幾多の新しい快楽や典雅な趣向すら、広く世に知られ、見る間に増えて行った。当今では紙を貼って済ませている部屋の壁に掛けるための綴織は、時には鳥や花の刺繡のあしらわれた絹で出来ていたということが知られている。テーブルや椅子は様々な材木を奇抜に刻んで造られ、時に金銀の装飾の施されることもあれば、時に金や銀そのもので造られることすらあった。食卓ではナイフとスプーンが用いられ、黄金の装身具が——絹と布や、金紗《きんしゃ》と刺繡と共に——纏われ、皿は金と銀や、真鍮と象牙で作られた。多種多様な角《つの》の酒杯や、寝台や、楽器もあった。竪琴は、宴の席では、大杯さながら、客から客へと回され、客はそれぞれ番が回って来ると、歌を歌うか、竪琴を弾く習いにあった。サクソン人の武器は造りが頑丈で、中には、一撃の下《もと》に息の根を止められる、史上名高い恐るべき鉄製ハンマーもあった。サクソン人自身は眉目形の麗しい民族だった。男は額で分けた長い金髪と、豊かな口髭と、血色の好い肌と、澄んだ目を誇りにし、サクソン女の美しさはイングランド全土に新たな愉悦と優美をもたらした。

サクソン人に関してはまだ言うべきことがたくさんあるが、ここにて一言断っておかねばならない。というのもアングロ・サクソン魂の最上の点がアルフレッド大王の下《もと》、初めて鼓舞され、大王において初めて顕現したからだ。アングロ・サクソン魂は爾来、全世界の国々の中でも最も優れた気質となっている。サクソン人の末裔は何処へ行こうと、海を渡ろうと、他の方法で、世界の最果へすら赴こうと、飽くまで屈強で、辛抱強く、断じて意気を挫かれることも、一度《ひとたび》意を決した目論見において怯むこともない。ヨーロッパや、アジアや、アフリカや、アメリカや、世界中の至る所で——砂漠や、森の中や、海の上で——灼熱の太陽に焼かれようと、太古の氷に凍てつこうと——サクソン魂は不変だ。かの民《たみ》が何処へ向かおうと、そこには必ずや、掟と、勤勉と、生命及び財産の安全と、弛まざる忍耐の全ての大いなる賜物が悉く芽生えよう。

ここにてつと筆を休め、その唯一の身をもって、サクソン人の美徳を余す所なく体現していた気高い大王のことを賛嘆の念を込めて思い起こすとしよう。不運にも屈さず、繁栄にも傲らず、断じて堅忍不抜の精神の揺らぐことのなかった大王のことを。敗北において希望を失わず、成功において寛大な——正義と、自由と、真実と、知識を重んじた大王のことを。臣民を教導すべく心を砕く上で、恐らくは想像を絶すほど、美しい古期サクソン語を保存するに多くを尽くした——さなくば、こうしてこの物語を話して聞かせている母語はその意味の半ばを欠いていたやもしれぬ大王のことを。さながら大王の精神は今なおわたし達の祖国の最も優れた法律の某かに脈々と受け継がれていると言われる如く、然に、お前達もわたしも大王の精神がせめてかほどには我々英国人の血を滾らすよう祈ろうではないか――即ち、我らが同胞の何人《なんぴと》であれ無学のまま蔑ろにされているのを目にしたならば、彼らが学を身につけられるよう、最善を、命ある限り、尽くす意を決し、片や彼らに教育を授けるのが本務でありながら、本務を全うしていないかの為政者に、彼らは九〇一年以来流れて来た歳月からほとんど何一つ学び取ってはいないと、輝かしき鑑に遙か遅れを取っているではないかと言えるほどには――我らがアルフレッド大王の。

第四章　アセルスタンと六少年王治下のイングランド

エドワード長兄王の息子アセルスタンが王位を継いだ。彼はわずか十五年しか世を治めなかったが、祖父アルフレッド大王の栄光を銘記し、イングランドを平穏に統治した。粗暴なウェールズ人を鎮圧するに、金《かね》や牛《うし》で年貢を納め、最高の鷹と猟犬を送り届けさせた。ばかりか未だ完全にはサクソン人の支配下にないコーンウォール人にも凱歌を挙げた。まっとうながらいつしか用いられなくなっていた類《たぐい》の古い掟を蘇らせ、新たに賢明な法律を制定し、貧しく弱い人々に心を砕いた。彼に対してデーン王子アンラフと、スコット族のコンスタンタイン王と、北ウェールズ人によって結成された強力な連合軍を、アセルスタン王は大量殺戮で長く歴史に留められているとある大きな戦において打ち破った。その後《ご》は安らかに世を治め、かくて側近の領主や貴婦人には典雅で優美に振舞う暇《いとま》が生まれ、外つ国の王子は（爾来、折々渡っている如く）英国宮廷を表敬訪問すべく、喜んで海を渡った。

アセルスタンが四十七歳で亡くなると、弱冠十八歳の弟エドモンドが王位に即いた。エドモンドは、以下、明らかになる通り、六少年王の最初の王だ。

人々はエドモンドのことを偉王と呼んだ。何故なら彼は啓蒙と洗練を解《かい》したからだ。しかしながら、デーン人に包囲され、在位は短く、世は乱れ、王自身、非業の死を遂げた。とある晩のこと、王は大広間で宴を張り、大いに飲み食いした所で、一座の中に、イングランドから追放したはずのレオフという札つきの盗人《ぬすびと》がいるのに気づいた。この男のふてぶしさに激昂し、王は酌人《しゃくにん》の方へ向き直りざま言った。「向こうのテーブルに盗人《ぬすびと》の姿が見える。あの者は数々の罪業故に、祖国を追われた無法者だ——いつ何時であれ、何者にせよ、命を奪って差し支えなき、手負いの狼だ。あの盗人《ぬすびと》を即刻立ち去らせよ！」「誰が立ち去るものか！」とレオフは言った。「何だと？」と王は声を上げた。「ああ、神かけて！」とレオフは返した。その途端、王は席を立ち、盗人《ぬすびと》に猛然と襲いかかり、蓬髪を引っつかみざま、投げ倒そうとした。が盗人《ぬすびと》はマントの下に匕首を忍ばせていたため、互いに揉み合う内に王を刺し殺した。と思いきや、壁に背をもたせ、それは死にもの狂いで抗ったものだから、ほどなく王の兵士に滅多斬りにされ、壁にも石畳の床にも男の鮮血が跳ね散りはしたが、それでも早、幾人もの兵士を殺傷していた。たとい王といえども、自らの正餐の間《ま》で、半ば酩酊したなり、名うての盗人《ぬすびと》と組み打ち、共に馳走に舌鼓を打っていた一座の目の前で刺し殺されねばならぬとは、当時の王がどれほど苛酷な日々を送っていたか察して余りあろう。

それから、エドモンドの跡を継いだのは少年王エドレッドで、彼は体は病弱だったが、精神は強靭だった。王の軍隊は古代スカンジナビア人や、デーン人や、ノルウェー人、即ち所謂《いはゆる》北欧海賊と戦い、当座、勝利を収めた。が、九年後にエドレッドは逝去した。

そこで現われたのが、齢《よはい》十五の少年王エドウィだが、真の実権を握っている真の国王はダンスタンという名の修道士——いささか奇矯な、少なからず尊大で、残忍な、頭の切れる司祭——だった。

ダンスタンは当時、グラストンベリー（英南西部サマセットシャー州古都）大修道院長で、その大聖堂へと、偉王エドモンドの亡骸も埋葬のため、運ばれていた。ダンスタンは幼かりし頃、ある夜（折しも熱に浮かされていたため）ベッドを抜け出し、修復中のグラストンベリー教会をあちこち歩き回り、にもかかわらず、そこに組まれた一つならざる足場から転げ落ちて、首の骨を折らなかったからというので、巷では、天使によって堂内を案内されていたのだと噂された。ダンスタンはまた、独りでに調べを奏でると評判の竪琴も作っていた——とは、さもありなん。風圧で鳴る、今となっては種も仕掛けもないエオリアン・ハープが独りでに音色《ねいろ》を奏でる如く。こうした諸々の驚異故に、ダンスタンはいつぞや、故アセルスタン王の覚え目出度いからというので焼きモチを焼いている敵によって、妖術師として弾劾されたこともあり、待ち伏せをして、手足を括られ、沼地に放り込まれた。が、またもや、如何でか、這い出した——挙句まだまだどっさり禍の種を蒔くべく。

当時は概ね、司祭しか学識のある者がいなかった。君主から賜った未墾の土地に彼ら自身の僧院や修道院を建てなければならなかったから、彼らは腕の立つ農夫にして庭師になる要があった。さなくば、土地は痩せ、生り物らしい生り物も出来なかったろう。祈りを捧げる礼拝堂に装飾を施し、食事を取る部屋を快適に設えるためには、仲間の中に腕の立つ大工や、鍛冶師や、絵師もいなければならない。人里離れた場所に自分達だけで住んでいるとあって、病気や事故の備えを十全としておく要があったから、植物や香草の薬効を学び、切り傷や、火傷や、湯傷や、打ち身の手当のし方のみならず、骨折の添え木の当て方までも習得した。かくて多種多様の有益な技術を独学で学び、互いに教え合い、やがて農業や、医術や、外科や、手工に長けて行った。ばかりか、哀れ、小百姓に悪戯《いたづら》を仕掛けるために何かちょっとした、今では単純そのものながら、当時は摩訶不思議な絡繰を狩り出さねばならなくなると、どうやって絡繰を作れば好いか熟知していたし、事実しょっちゅう、幾度となく、多分、作っていたはずだ。

グラストンベリー大修道院長ダンスタンは、この手の修道士の中でも最も智恵の回る修道士の一人だった。彼は鍛冶が達者で、小さな庵の竈でよく精を出していた。この庵は、いざ床に就こうにも思いきり体を伸ばせられないほど寸詰まりで——まるでそれで誰か何かの御利益に与れでもするかのように！——ダンスタンはいつもそこにわざわざ彼に祟りにやって来るとかの悪魔や怨霊のことではとんでもなく突飛な嘘をついていたものだ。例えば——ある日のこと、彼が竈で精を出していると、悪魔が小さな窓からひょいと中を覗き込み、ノラクラ、愉快な生活を送るよう唆した。がその途端、たまたま真っ紅に火照り上がった鋏《やっとこ》を炉に突っ込んでいたものだから、力まかせに悪魔の鼻を抓《つま》み、するとその抓《つま》みようがまた生半でないものだから、悪魔の呻き声はグルリ何マイル四方にも轟き渡った、とか。中にはこんな戯言《たわごと》をほざくのも、そもそもダンスタンが気が狂れていたからだと（彼の脳ミソは結局、熱病からそっくりとは回復しなかったから）決めつける者もいるが、わたしはそうは思わない。恐らく、お蔭で学のない人々はダンスタンのことを聖《ひじり》として崇め、彼は大きな権力を握るに至ったのではなかろうか。と来れば、思う壺だった訳だ。

凜々しい少年王エドウィの戴冠式の日に、（生まれはデーン人の）カンタベリー大主教オードは、王がこっそり、客が一堂に会しているにもかかわらず、戴冠の宴の席を外すのに気がついた。オードは大いに憤慨し、馴染みのダンスタンに王を見つけ出すよう頼んだ。ダンスタンは王が美しい若妻のエルギヴァとその母、徳高く気立ての優しい貴婦人エセルギヴァと一緒にいる所を見つけると、彼らを口汚く罵るのみならず、若き王を力づくで宴の間《ま》まで連れ戻した。中には、またもや、ダンスタンがそんな真似をしたのは、少年王の麗しき若妻は王自身の従妹で、修道士は人々が彼ら自身の従妹と連れ添うのに反対だったからだと思っている者もいる。がわたし個人としては、ダンスタンがそんな手に出たのは、固より高飛車で、不遜で、つむじ曲がりの司祭で、彼自身、世を拗ねた修道士にならない内は若き御婦人を愛していただけに、今や愛や、愛に纏わる何もかもを憎んでいたからだという気がしてならない。

少年王はこの屈辱を身に染みて感じるほどには長じていた。ダンスタンは先の治世では大蔵卿だったので、王はほどなくダンスタンを先王の金を某か盗んだ廉で告発した。グラストンベリー大修道院長は（すんでに、目を抉り出すよう送り出された追手に捕まりそうになりながらも）ベルギーへ落ち延び――事実抉り出していたならばと、お前達も以下の条《くだり》を読めば思うだろうが――大修道院は所帯持ちの、ダンスタンと絶えず、それ以前も以降も、対立していた司祭達に明け渡された。がダンスタンはすかさず馴染みのデーン人、オードと結託し、エドウィ王の弟エドガーを王位継承者として擁立しようと企て、この意趣返しだけでは飽き足らず、美しい妃のエルギヴァを、未だ十七、八歳のうら若き乙女というに、王宮の一つからこっそり連れ去り、頰に赤熱の焼き鏝で烙印を捺し、アイルランドで婢《はしため》として売り飛ばさせた。アイルランドの人々は、しかしながら、妃に憐れを催し、味方につき、「少女妃を少年王の下《もと》へ返し、若き恋人同士を幸せにして差し上げよう！」と言い、妃の酷い傷を癒し、以前に劣らず麗しいまま祖国へ送り返した。ところが悪漢ダンスタンと、もう一方の悪漢オードは、勇んで夫の下《もと》へ引き返している妃をグロスターで待ち伏せし、剣《つるぎ》で滅多斬りにし、残忍千万にも手足を切断した末、野垂れ死にするがままにさせた。美男王エドウィは（人々はそう、若さと凛々しさ故に呼んだから）妻の非業の死を耳にすると、悲嘆の余り縡切れた。これで哀れ、若き夫妻の痛ましい物語は終わりだ！　ああ！　かの悪しき時代のイングランドの（如何ほど麗しかろうと）王と妃であるより、当今のより善き時代の作男と女房である方がどれだけ増しか知れぬ！

それから弱冠十五歳の少年王エドガー、又の名を泰平王が即位した。ダンスタンは依然、事実上の国王だったから、妻帯者の司祭を一人残らず僧院や大修道院から締め出し、代わりにベネディクト会士と呼ばれる厳格な修道会の、彼自身と同様独身の修道僧を任に就かせた。のみならず、より大いなる栄光に浴すべく、自らカンタベリー大主教に就任し、かくて彼のブリテン王子に対してそれは絶大な権力を揮い、近隣らを国王の周辺に狩り集めたものだから、ある時、国王がチェスターで謁見式を行なうことになり、聖ヨハネ修道院を訪問するためにディー川を上《のぼ》った際、彼の舟の八本のオールは（人々がよく物語や歌の中で審らかにしては愉快がって来た通り）八人の王冠を頂いた王に操られ、舵は英国王その人によって取られたという。エドガーはダンスタンや司祭の言いなりだったから、彼らはエドガーをさもこの世にまたとないほど立派な王のように見せかけようと躍起になった。が、彼は実は放蕩者で、道楽好きで、行状が悪かった。エドガーはある時、ウィルトン（英南部内陸州ウィルトシャーの町）の尼僧院からうら若き尼僧を力づくで連れ去り、ダンスタンは、表向きたいそう遺憾に存ず風を装い、王に以降七年間王冠を被ることを禁じた——とはさしたる懲罰でもなかろう。というのも王冠なるもの、頭に載せるにせいぜい把手のもげたシチュー鍋ほどにも心地好い被り物ではなかろうから。国王のエルフリーダとの再婚は、彼の治世にあっても最悪の出来事の一つに数えられる。この王女の美貌の噂を耳にすると、王は果たして王女が令名通り魅力的か否か確かめるべく、お気に入りの廷臣エセルヴォルドをデヴォンシャーの父王の城まで至急、遣わした。さて、姫はこの世にまたとないほど美しかったので、エセルヴォルドは彼自身、恋に落ち、二人は結ばれた。が彼は王には姫はただ金持ちなだけで——さして美しくはないと伝えた。王は、二人が戻って来ると、真実を気取り、新婚夫婦の下《もと》を訪ねてみようと思い立ち、いきなりエセルヴォルドにすぐ様訪うので、仕度を整えるよう告げた。エセルヴォルドは怖気を奮い、若妻に自分がどんなことを言い、為したか打ち明け、どうか国王の逆鱗に触れずに済むよう、何か醜いドレスか愚かしい立居振舞いで美貌をごまかして欲しいと頼んだ。妻はそうしようと約束した。が、そもそも気位の高い女だったから、一介の廷臣の妻であるより遙かに王妃になりたいと願った。という訳で、最も艶やかなドレスに身を包み、最もキラびやかな宝石をあしらった。王は、ほどなくやって来ると、ペテンを見破った。よって、裏切り者の友人エセルヴォルドを森の中で殺害させ、寡婦たる、この逆しまなエルフリーダを娶った。六、七年後、王は亡くなり、さながら修道士達が実しやかに触れ回っていた通りの賢王でもあったかのようにグラストンベリー大修道院に埋葬された——大修道院を、彼は、と言おうか彼に成り代わったダンスタンは、豪華絢爛たる有数の寺院に仕立て上げていただけに。

イングランドは、この治世のさる時期、オオカミにたいそう悩まされていたため——オオカミは開けた田野から追い立てられると、旅人や動物を襲わない際にはウェールズの山中に身を潜めたから——ウェールズ人に課された年貢は、一年につき三百匹のオオカミの頭を収める可しとの条件の下《もと》、免除された。してウェールズ人は金《かね》を払わずに済ませようと、それは鋭くオオカミに目を光らせたものだから、四年も経つと、オオカミは一匹もいなくなった。

それから少年王エドワード——又の名を、その非業の死故に殉難王——が即位する。エルフリーダにはエセルレッドという名の息子があり、彼をエルフリーダは王位に即かせようとした。がダンスタンは彼に目をかけようとはせず、エドワードを王にした。少年はある日、ドーセットシャーで狩りをしている途中、たまたまエルフリーダとエセルレッドの住むコルフ城の側《そば》までやって来た。二人に一言、声をかけようと、王はお供の者を残し、独り城門まで襲歩《ギャロップ》で飛ばし、黄昏時に到着すると、角笛を吹いた。「まあ、ようこそお越し下さいましたわ、愛しい国王」とエルフリーダはとびきり明るい笑みを浮かべて出迎えながら言った。「どうか馬から下りて、中へお入り下さいましな」「いいえ、親愛なる皇太后《マダーム》」と王は返した。「なかなか戻らないと、お付の者が何か事故にでも会ったかと心配致すでしょう。どうかここで、鞍に跨ったまま、妃と小さな弟の健康を祝して杯を干せるよう、一杯ワインを飲ませて下さい。そうしたら、ここへ乗りつけたに劣らず全力で馬を飛ばして駆け戻ります」エルフリーダはワインを持って来るため城の中へ入ると、お付の一人である武装した召使いに耳打ちし、召使いはこっそり、夕闇の垂れ籠める門口から這い出すと、王の馬の後方へ忍び寄った。王が酒杯を唇にあてがいながら「では、御健康を祝して!」と、にこやかに微笑みかけている邪な女と、女が手を握り締めている、わずか十歳のあどけない弟に向かって言ったその途端、この武装した男はハッと飛びかかりざまグサリと、王の背を刺した。王は杯を落とし、直ちに馬に拍車をかけた。が、ほどなく出血のために気を失い、鞍から落ち、落馬する上で鐙《あぶみ》に片足を絡ませた。胆を潰した馬は猛然と駆け出した――騎手の巻き毛を地べたに引きずり、滑《すべ》らかな若々しい面《おもて》を轍や、小石や、棘《いばら》や、落葉や、泥を突いて引っぱりながら。とうとう狩人達が、王の血を手がかりに馬の跡を追い、見る影もなく変わった遺体を解き外した。

それから少年王の六番目にして最後の王、エセルレッドが王位に即いた。王は殺害された兄が城門から駆け去るのを目の当たりに、叫び声を上げ、するとエルフリーダはお付の者の一人から引ったくった松明で息子を強かにぶった。人々はこの少年を一つには残酷な母親故に、また一つには母親が我が子を王位に即かすために犯した殺人故に、忌み嫌った。よって、ダンスタンは彼を王位には即かさず、代わりに今は亡きエドガー王と、王がウィルトンの尼僧院からこっそり連れ去っていた若き尼僧との間に生まれた娘、エドギタをイングランドの女王に仕立てる所ではあったろう――もしや彼女さえ同意していれば。ところが、エドギタは若き国王達の物語を嫌というほど聞かされていたので、目下長閑に暮らしている尼僧院を断じて離れようとはしなかった。という訳で、ダンスタンは外《ほか》に誰もいないからというので、致し方なくエセルレッドを即位させ、優柔不断王と渾名を付けた——決断力と意志の強さに欠けるとは百も承知だったから。

当初、エルフリーダは若き王に絶大な影響力を持っていたが、王がやがて成人するにつれ、影響力は翳りを見せ始めた。この極悪非道の女は、最早悪事を働く力がなくなると、宮廷から退き、当時の流儀に鑑み、自ら犯した罪を贖うべく教会や修道院を建てた。まるで正しく星辰にまで届こうかという尖塔のそそり立つ教会は、哀れ、あやめられた肢体がズルズルと馬の蹄の後ろから引きずられた少年王の血への真実の悔い改めの証たり得でもするかのように！　まるで自らの邪悪は修道士が住まうために一つまた一つと堆く積まれた世界中の血の通わぬ石の下に埋《うず》められでもするかのように！

この治世の九年目か十年目に、ダンスタンは死んだ。彼は当時めっきり老いてはいたが、相変わらず陰険で狡猾だった。このエセルレッドの御代に、ダンスタンとの関連で出来《しゅったい》した二つの事件は大きな物議を醸した。さる折、彼が教会会合に出席している際に、果たして司祭は結婚を許されるべきか否かという問題が検討された。ダンスタンが一見、思案に暮れているかのように項垂れて座っていると、部屋の中のキリスト磔刑像《たっけいぞう》からとある声が聞こえ、一座の者にダンスタンの意に従うよう告げた。これは、何かダンスタンの仕業で、恐らくは別の声色を使った彼自身の声だったに違いない。が、ダンスタンはほどなく、遙かに逆しまな手管を弄した。というのも、同じ主題に関してまたもや会議が開かれ、ダンスタンと支持者が大きな部屋の一方に座り、反対派がもう一方に座っていると、彼は腰を上げ、「キリスト自身に、判事とし、この一件を委ねよう！」と告げ、その途端、反対派の座っていた床が抜け、中には死亡した者もいれば多くの者が負傷したからだ。とならば、床はダンスタンの命令の下《もと》、亀裂が入れられ、ダンスタンの合図の下《もと》、抜けたに違いない。彼の側《がわ》の床は抜けなかった。よもや、よもや。彼はそんな粗忽を犯すほどへまな業師《わざし》ではない。

ダンスタンが死んだ時、修道士は彼を聖《ひじり》だと主張し、以降、聖ダンスタンと呼んだ。がたとい彼を馬車馬と決めつけ、然に呼んでいたとて一向差し支えなかったろう。

優柔不断王エセルレッドは、恐らく、この穢れなき聖《ひじり》を厄介払いしてさぞやせいせいしたはずだ。が勝手を許されると、彼は哀れ、ほんの能無しの王にすぎず、彼の治世は敗北と恥辱のそれに外ならなかった。腰の座らぬデーン人は、彼の父王と戦い、祖国を追われていたデンマーク王の息子、スウェインに率られ、またもやイングランドを侵略し、毎年のように大きな町を襲撃しては略奪した。これら北欧海賊を懐柔して立ち退かせようと、能無しのエセルレッドは金を払った。が金を払えば払うほど、デーン人は金を要求した。当初、王は彼らに一万ポンド支払い、またもや侵略されると、一万六千ポンド支払い、はたまた侵略されると、二万四千ポンド支払い、この巨額を支払うべく不幸なイングランドの人々は重税を課せられた。しかしながら、デーン人が依然として戻って来てはさらに金を要求するので、王は援軍を寄越してくれる強力な外国の一族から妻を娶るのが得策ではなかろうかと考えた。という訳で一〇〇二年、ノルマンディー公爵リチャードの妹エマに——「ノルマンディーの華」と称えられる貴婦人に——求愛し、結婚した。

して今や、イングランドにおいて、それ以前にも以降にも彼《か》の地にて為されたためしのないほど恐るべき殺戮が行なわれた。十一月十三日、国王によってイングランド中に下《くだ》された極秘の命令に則り、町という町の、市という市の、住民は武器を取り、隣近所に住むデーン人を皆殺しにした。老いも若きも、赤子も兵士も、男も女も、デーン人は一人残らず殺された。確かに、彼らの中には英国人に多大の危害を加え、英国人の屋敷で我が物顔に振舞い、彼らの妻や娘を凌辱する上でその倨傲と不遜が目に余る荒くれ者も数知れずいた。が一方、英国人女性と結婚し、英国人同然に暮らしている温厚なキリスト教徒のデーン人が数知れずいたのもまた確かだ。デーン人は皆殺しの目に会った——然るイングランドの領主の下《もと》に嫁いだ、デンマーク王の妹、グンヒルダに至るまで。グンヒルダはまずもって目の前で夫と我が子を殺された後《のち》、彼女自身も殺された。

北欧海賊の王はこの大量殺戮を耳にすると、血で血を洗う復讐を誓った。して軍を起こし、未だかつてイングランドに渡ったためしのないほど強力な艦隊を組んだ。軍隊中どこを見渡そうと、奴隷や老人は一人もいなかった。兵士は皆、人生の盛りにある自由民や、自由民の息子で、同国人とその妻や、彼らの愛した小さな子供が炎《ほのお》と剣《つるぎ》で殺されたかの、恐るべき十一月十三日の大虐殺に対し、英国人への復讐を誓っていた。かくて、北欧海賊は各々指揮官の旗を掲げた幾多の大きな船でイングランドへ押し寄せた。黄金のワシや、ワタリガラスや、竜や、イルカや、猛獣が、くだんの大きな船が海をズンズン渡って来る間《ま》にも、舳先からイングランドを威嚇し、舷側に下がったギラつく楯に照り返した。北欧海賊の王の旗を掲げた船は大蛇《おろち》さながらに彫刻や彩色が施され、王は忿怒に燃え、自ら信を置く神々に、万が一大蛇《おろち》がイングランドの心臓に毒牙を突き立てぬようなら皆、我《われ》を見捨てよと祈りを捧げた。

　して事実、大蛇《おろち》は毒牙を突き立てた。というのもデーン人の大軍はエクセター付近で大艦隊から上陸すると、進軍を続けながらイングランドを荒廃させ、島国全土を我が物とする証に、行く先々で大地に槍を突き立て、川に槍を投げ込んだからだ。デーン人が皆殺しにされた十一月の暗夜をゆめ忘れじと、侵略兵はどこへ行こうと、サクソン人に大宴会の支度を整えさせ、すっかり馳走を平らげ、浮かれ騒ぎながらイングランドへの呪詛を込めて杯を干し果すと、剣《つるぎ》を抜き、サクソン人の持て成し手を刺し殺し、先へ攻め入った。六年もの長きにわたり、彼らはこの戦を続けるに、収穫物や、百姓家や、納屋や、粉碾場や、穀物倉を焼き払い、畑で農夫を殺し、種を大地に蒔くのに待ったをかけ、飢饉と飢餓をもたらし、富める町を見出せば、後《あと》にただ廃墟と燻る燃え殻の山を残して行った。この悲惨に追い撃ちをかけるかのように、英国将校や兵士は脱営し、優柔不断王エセルレッドの寵臣ですら、寝返りを打ち、幾多の英国船を略奪すると、祖国に対して海賊に転じ、時化に乗ずや、イギリス海軍をほぼ全滅させた。

　この惨澹たる苦境にあって唯一人、祖国と脆弱な国王に律儀な名立たる人物がいた。彼は司祭で――しかも勇敢な司祭で――あった。二十日間、カンタベリー大主教はカンタベリーの町をデーン人の侵攻から守り、終にとある裏切り者が町門を大きく開け放ち、敵軍の侵入を許すと、枷を掛けられながらも、言った。「私は断じて貧困に喘いでいる人々から絞り取らざるを得ぬ金で命を贖おうとは思わぬ。この身ならば好きにするがよい！」幾度も幾度も、大主教は貧しい人々から搾取した金貨で釈放を買い取ることを拒んだ。

　とうとう、デーン人はほとほと手を焼き、浮かれ騒ぎの酒宴で一堂に会すと、大主教を宴の間《ま》に引き立てさせた。

「さあ、大主教」と彼らは言った。「金貨を寄越せ！」

　大主教は周囲の怒《いか》った顔また顔を、すぐ間際のボサボサの口髭から、壁際のボサボサの口髭に至るまで見渡した。というのもそこなる男達は外《ほか》の連中の頭越しに一目、大主教を見ようと、テーブルや長腰掛けに登っていたからだ。さすが大主教も命運尽きたものと観念した。

「金貨はビタ一文ない」と大主教は答えた。

「ならば手に入れろ！」と彼らは一斉に怒鳴り上げた。

「それは、何度も言って来た通り、断る」と大主教は答えた。

　彼らはなおひたと取り囲み、脅しつけたが、大主教は身動ぎ一つせぬまま立ち尽くした。さらば、とある男が、またある男が、殴りかかり、さらばある兵士が悪態を吐きざま、大広間の片隅の、宴の折にぞんざいに放られていた残飯の山から大きな牡牛骨を引っつかみ、大主教の顔目がけて投げつけた。さらばどっと血が吹き出し、さらば外《ほか》の連中まで同じ山に駆け寄り、外《ほか》の骨で大主教に殴りかかり、滅多打ちの目に会わせた。がとうとう大主教が洗礼を施したとある兵士が（恐らくは、気高き司祭の苦しみをこれ以上長引かせまいと、とその兵士の御霊のために願いたいものだが）、戦斧で一思いに大主教の息の根を止めた。

仮にエセルレッドにこの高潔な大主教の勇気の右に倣うだけの意気地があれば、彼はまだ何か手を打っていたやもしれぬ。が王は、どころか、デーン人に四万八千ポンド支払い、かくも卑劣な行為によってほとんど得る所がなかった証拠、その後ほどなくスウェインがイングランド全土を征服すべく海を渡って来た。この時までには早、彼らの無能な王と、自分達を守ることさえ出来ない寄る辺無き祖国に対す英国民の愛着はそれは揺らいでいたものだから、彼らは全国至る所でスウェインを救済者として歓迎した。ロンドンは国王が市壁の内に留まっている限りは律儀に抗い続けたが、国王が密かに逃げ出すと、やはり、くだんのデーン人を歓迎した。それから万事休し、国王はいつぞやは彼《か》の国の「華」と称えられし王妃と子供達を既に匿っている、海の向こうのノルマンディー公爵の下《もと》へと難を逃れた。

依然、英国民は、悲惨な苦悩にもかかわらず、アルフレッド大王とサクソン民族のことをそっくりとは忘れられなかった。よって、スウェインが英国王と宣せられて一月と経たぬ内に急死すると、鷹揚にも、エセルレッドに遣いを送り、「せめて以前よりまっとうに国を治める気さえあれば」再び英国王として迎えようと伝えた。優柔不断王は自ら赴く代わり、息子の一人、エドワードを遣わし、自分に成り代わって約束を交わさせた。とうとう彼は後ほど自ら帰国し、英国民は彼を国王と宣した。デーン人はスウェインの息子、クヌートを国王と宣した。かくて凄絶な戦争がまたもや始まり、三年間続いた。が、優柔不断王がとうとう亡くなった。この王にあって三十八年間に及ぶ治世において、かほどにまっとうなことは何一つしなかったのではあるまいか。

では、今やクヌートが即位するというのか？　否、サクソン人の長《おさ》としては、と彼らは言った。彼らは優柔不断王の息子の一人、その腕力と恰幅故に剛勇王と称されるエドモンドを擁立しようとした。エドモンドとクヌートは、その途端、戦を始め、五度にわたって刃を交えた――おお、不幸なイングランドよ、其の何たる戦場たりしことよ！　それから剛勇王は、大男だったから、小男のクヌートに一騎討ちをしようと持ちかけた。クヌートは、もしや大男だったなら恐らく受けて立っていたろうが、小男だったので、きっぱり断った。彼は、しかしながら、王国を二分し、ドーヴァーからチェスター（英西部チェシャー州首都）に至る古代ローマ軍用道路、所謂ウォトリング街道以北の領土は全てもらうが、街道以南の領土を全て剛勇王に譲るのは一向構わぬと伝えた。ほとんどの人々が長年に及ぶ流血に倦み果てていたので、この提案は諾《うべな》われた。ところがクヌートはほどなく唯一の英国王となる。というのも二か月と経たぬ内に剛勇王が急死したからだ。中には彼は暗殺されたに、しかもクヌートの命の下《もと》暗殺されたに違いないと思っている者もあるが、その点は今に謎に包まれたままだ。

第五章　デーン人クヌート治下のイングランド

クヌートの治世は十八年続いた。彼は当初、非情な王だった。サクソン人の首領の手をひしと、自分を王として認めた礼に誠心誠意、彼らに対して正当にして律儀たらんとの誓いを立てる証に握り締めておきながら、内多くの者を先王の幾多の親族同様、弾劾の上、殺害して憚らなかった。「何者であれ余《よ》の敵の首を持って来る者は」とクヌートは口癖のように言っていたものだ。「余《よ》にとっては兄弟よりも愛しかろう」して事実、敵を追い詰める上でそれは仮借ないものだから、さぞやこれら愛しき兄弟の大家族を抱えていたに違いない。彼は今は亡き剛勇王の息子である二人の少年、エドモンドとエドワードを殺害しようと目論んだが、イングランドで殺害するのは如何せん憚られた。よって、二人を「何卒片をつけて頂きたく」との書状と共にスウェーデン王の下《もと》へ送った。スウェーデン王は、仮に当時の幾多の、幾多の他の人々のようであったならば、二人の無垢な喉を掻っ裂くよう命じていたろう。が、心優しき男だったので、二人を懇ろに育て上げた。

クヌートはノルマンディーのことが気がかりでならなかった。ノルマンディーには、名をエドワードとアルフレッドという、先王の二人の息子がいた。よって二人の叔父である公爵がいつの日か、二人のために王位を申し立てぬとも限らなかった。ところが公爵は今や到底そんな気配を見せるどころか、クヌートに優柔不断王の寡婦たる自分の妹と結婚するよう持ちかけた。先王の妃はほんの派手派手しい「華」にすぎず、再び王妃になるほど御執心なこともなかったので、あっさり我が子らを見捨て、クヌートの下《もと》に嫁いだ。

外国との戦においては英国人の武勇に助けられて成功を収めては凱歌を挙げ、国内においてはさして心を煩わす諍いもなかったから、クヌートの治世は栄え、彼は幾多の改良を行なった。彼は詩と音楽にも秀でていた。歳を取るにつれ、当初自ら流した血を悔い始め、その血を雪ごうと巡礼者の出立ちでローマへ向かった。道中、外つ国の人々に惜しみなく金を恵んだが、それを旅立ちの前に英国人から取り立ててはいた。概して、しかしながら、制圧すべき敵国がなくなると、確かに以前より遥かにまっとうな人間になり、イングランドがここしばらく相見えたためしのないほど偉大な王であった。

古《いにしへ》の年代記作家によれば、クヌートはある日のこと、廷臣のお追従に愛想を尽かした挙句、椅子を浜辺に持ち出させ、打ち寄せる波に、陸《おか》は余のものであるが故、断じて衣の裾を濡らしてはならぬと命じる風を装った。波は、無論、王にお構いなしで打ち寄せ、王は、さらば、お追従者達の方へクルリと向き直りざま、皆をなじった。たかが地上の王の力など、大海原に向かって「ここまでは打ち寄せても構わぬが、それ以上は罷りならぬ！」と命ぜられる造物主の力に比べれば、如何ほど微々たるものかと言いながら。この逸話からも明らかではなかろうか、王にあってはほんのわずかの分別さえあれば大きくモノを言い、廷臣というものは如何に性懲りもなくゴマをすり、王も如何に性懲りもなくゴマをすられたがるものか。もしもクヌートの廷臣がとうの昔に王は媚び諂われるのが大好きだと見抜いていなければ、連中だってそんなにやたらゴマをすってはいなかったろうし、もしも王が今のそんなお叱りを——たといお行儀の好い子供が口にしていたとて、およそ瞠目的ならざる戯言のように思えてならぬが——鼻にかけていると見抜いていなければ、そんなにわざわざ骨を折ってまで繰り返してはいなかったろう。何だか瞼に浮かぶようではないかね、彼らが皆浜辺に勢揃いし、王の椅子が砂の中にズンズンのめずり込み、王はこの御当人の叡智にすこぶる得々となり、片や廷臣は警句に畏れ入っている風を装っている様が！

独り、「ここまでは、がそれ以上は罷りならぬ」と命ぜられるのは大海原だけではない。偉大なる命《めい》は地上の全ての王にまで下される。かくて一〇三五年、クヌートにまで下され、王は終に身罷った。死の床の傍にはノルマン生まれの妻が立っていた。恐らく、今はの際に妃を見やった際、クヌートは遙か昔、あれほど度々ノルマンディーを胡散臭がっていたからには今一度、叔父の宮廷にいる流謫の身の二王子のことを、二人がデーン人のこともサクソン人のことも心好からず思っていようことを、ノルマンディーで沸き起こりつつある叢雲が徐々にイングランドへとひた迫っていようことを、思い浮かべたのではあるまいか。

第六章　兎足王ハロルド、ハーディクヌート、懺悔王エドワード治下のイングランド

　クヌートにはそれぞれ名をスウェイン、ハロルド、ハーディクヌートという三人の息子がいたが、かつての「ノルマンディーの華」たる女妃エマが生んだのはハーディクヌートだけだった。クヌートは版図を三人の息子の間で分け、ハロルドにはイングランドを与えるつもりだった。ところが絶大な権力を誇る（一説には貧しい牧童の出自だったと伝えられる）ゴドウィン伯爵という大資産家の貴族に率いられた南イングランドのサクソン人は、これに異を唱え、代わりにハーディクヌートか、遙かノルマンディーにいる二人の流謫の身の王子の内一人を王位に即かせようとした。とならば、さらなる流血が持ち上がること必定と思われたので、幾多の人々は我が家を見捨て、森や沼地に難を逃れた。幸い、しかしながら、一件を全てオクスフォードにおける大審議会に委ねようということになり、そこにてハロルドにはロンドンを首都とする、テムズ川以北の全土を、ハーディクヌートにはテムズ川以南の全土を、治めさせることが決定された。諍いはかくて調停され、デンマークにいるハーディクヌートは腹を膨らしてはへべれけに酔っ払う以外ほとんど何にも頓着しなかったので、母親とゴドウィン伯爵が代わりに南イングランドを統治した。

　彼らが南イングランドを治め始めるか始めぬか、して身を潜めていた小心者の人々が未だほとんど我が家に戻り切らぬ内に、二人の流謫の身の王子の内、兄のエドワードが、英国の王位継承を申し立てるべく、ノルマンディーからわずかの従者を引き連れてやって来た。母親のエマは、しかしながら、末息子のハーディクヌートしか可愛がっていなかったから、エドワードを彼の当てにしていたように助ける代わり、権力を笠に着てそれは真っ向から挑みかかったものだから、エドワードはすぐ様これ幸いと、ノルマンディーへ無事、引き返した。弟のアルフレッドは兄ほど幸運ではなかった。その後ほどなく母親の名の下《もと》に彼と兄に宛てられた（ただし今となっては本当に母親が与り知っていたか否かは怪しい限りの）、情愛濃やかな手紙を鵜呑みにし、まんまとイングランドへ大軍勢と共に誘《おび》き寄せられた。してケント州岸に上陸し、ゴドウィン伯爵の手篤い出迎えと歓迎の下《もと》、サリー州中部、ギルドフォードまで進軍した。ここにて、アルフレッド

と部下は日が沈むと休息のため駐留した。というのも、依然として同行している伯爵が彼らのために宿泊と馳走の準備を命じていたからだ。ところが、真夜中になり、警戒を解き、長い行軍とあちこちの屋敷でのふんだんな夜食の後で小部隊に分かれて熟睡していると、いきなり国王軍の襲撃を受け、生け捕りにされた。翌朝、彼ら六百人は一人残らず一列に並ばされ、残虐な拷問を受けた末に殺された。十人目毎の兵士は、ただし、奴隷として売り飛ばされたが。惨めなアルフレッド王子はと言えば、彼は全裸にされた上、馬に括りつけられ、イリー島（英東部ケンブリッジシャー州北部の島）へと追放され、そこにて両目を抉り取られ、そこにて数日後に非業の死を遂げた。果たして伯爵が故意にアルフレッドを罠に陥れたか否かは定かでないが、恐らく陥れたに違いない。

　ハロルドが今やイングランド全土を治めることになった。とは言え、カンタベリー大主教が（司祭の大部分はサクソン人で、デーン人に対して好意的でなかったから）彼の戴冠式を執り行なうのに同意したかどうかは甚だ疑わしい。大主教の同意を得てにせよ得ぬにせよ、戴冠されたにせよされなかったにせよ、彼は四年間王として君臨し、短い治世の後《のち》身罷り、埋葬された。終生、狩りをする以外さしたることもしなかったが。ただし、このお気に入りの気散じにおいて飛び抜けて足が速かったため、人々は王のことを兎足王ハロルドと呼んだ。

　ハーディクヌートは当時フランドルのブリュッへで暮らし、（アルフレッド王子惨死の後《のち》そちらへ渡っていた）母親とイングランド侵略を画策していた。デーン人とサクソン人は王が不在とあらば新たな諍いが起こるに違いないと危ぶみ、提携を結び、ハーディクヌートを招いて即位させようと協議した。彼は同意し、ほどなく彼らを散々悩ますこととなる。というのも幾多のデーン人を引き連れていたため、これら強欲な寵臣の私腹を肥やさすべく国民に耐え難いまでに重税を課し、挙句全国至る所で暴動が起こったからだ。わけてもウスター（英西部ウスターシャー州首都）では市民が蹶起し、収税吏を殺し、その報復とし、王は彼らの都を焼き払った。彼は残酷な王で、最初の公務は哀れ、兎足王ハロルドの遺骸を掘り起こし、斬首した後《のち》、川に投げ込ますというものだった。かようの端緒に実に付き付きしい最期を迎えはしたが。天狗のトウドと渾名されるデーン人の旗手の結婚を祝し、ラムベスで開かれた披露宴の席でワインの大杯を手にしたまま酔っ払って倒れたが最後、二度と再び口を利く運命《さだめ》にはなかった。

　いずれ修道士によって懺悔王と呼ばれることになるエドワードが跡を継ぎ、彼はまず手始めに、自分のことを心好からず思っている母親エマを田舎に隠遁させ、そこにて彼女はおよそ十年後に亡くなった。彼こそは弟アルフレッドがかくも卑劣な騙し討ちに会った、流謫の身の王子である。彼は二年間という短い治世の間《あいだ》にハーディクヌートによってノルマンディーから呼び寄せられ、宮廷において手篤い扱いを受けていた。彼の大義は今や権力絶大のゴドウィン伯爵の寵を受け、彼はほどなく即位した。この伯爵はアルフレッド王子の惨死以来人々に不審の目で見られ、先王の御代には王子殺害の容疑で審理にすらかけられた。が結局、無罪の判決を下された。主として、一説には、貪欲な王に純金の船首像の聳ぐ金箔の船と、目も綾に武装した八十名の乗組員を贈呈したからだと伝えられてはいる。仮に新たな王が人民の不信と憎悪に対して自分を守ってくれるようなら、新たな王を自らの権力で守るのは彼の意に適っていた。という訳で、二人は契約を結び、懺悔王エドワードは即位した。伯爵はより絶大な権力と、より広大な領地を手に入れ、娘エディッタは王妃になった。というのも王が彼女を娶るのは契約の一項だったからだ。

ところが、妃は全ての点において愛されて然るべき――心優しく、美しく、賢く、親切な――気高い女性だったにもかかわらず、王は当初から妃を蔑ろにした。妃の父親と六人の傲慢な兄弟はこの冷淡な処遇に憤り、嫌がらせに、王の評判を落とすべく手練手管を弄しにかかった。長らくノルマンディーで暮らしていたため、王はイギリス人よりノルマン人の方が好きだった。ノルマン人を大主教に任じ、ノルマン人達を司教に任じた。高位の役人や寵臣は皆ノルマン人だった。ノルマン流儀やノルマン語を導入し、ノルマンディーの公式の仕来りに鑑み、公文書に歴代のサクソン王がやって来たようにただ×印を書く代わり――とはちょうど、無筆の貧乏人が今に名前の代わりに×印を書くように――国璽を捺した。こうしたこと全てを、権力絶大のゴドウィン伯爵と六人の傲慢な息子は国民にイギリス人に対するあからさまな嫌悪の証として訴え、かくて日々彼ら自身の権力を強める一方、日々国王の権力を弱めて行った。

伯爵と息子達は王の治世八年目に起きたとある出来事によってますます権勢を揮うこととなる。王の妹と結婚していたブローニュのユースタス伯爵が後《のち》イングランドを表敬訪問した。しばらく宮廷に滞在した後、伯爵は夥しいお付の者を従えて帰国の途に着いた。一行はドーヴァーで乗船することになっていた。くだんの長閑な町に鎧兜のなり入って来ると、彼らはわけても豪壮な屋敷を掌中に収め、無料で宿泊し、料理を出すよう騒々しく申し立てた。ドーヴァーの豪胆な男の一人は、これら権柄尽くの他処者に屋敷の中をジャラジャラと、重い剣《つるぎ》や鉄の銅鎧ごと歩き回っては、自分の肉を食べ、自分の火酒を呷られるのに堪忍ならず、入口に立ちはだかると、そこへやって来た最初の武装兵に待ったをかけた。武装兵は剣《つるぎ》を抜き、男を刺した。ドーヴァーの男は武装兵を殴り殺した。男が他処者を殺したとの報せが通りから通りへと広がり、ユースタス伯爵と部下が馬の傍らで、頭絡を手に立っている所まで届くと、彼らはやにわに激昂して鞍に跨り、猛然と男の屋敷へ乗りつけ、屋敷を包囲し、無理矢理押し入り(扉も窓も彼らが駆けつけた時にはぴっちり閉《た》て切られていたので)、ドーヴァーの男を男自身の炉端で殺した。彼らはそれから通りから通りでカッカと馬を駆り、男や女や子供に切りつけては、彼らを轢き倒して回った。これは、もちろん、長くは続かなかった。ドーヴァーの男達は烈火の如く怒り狂って彼らに襲いかかり、他処者の内十九人の息の根を止め、なお多くの者に傷を負わせ、一行が乗船出来ぬよう、港への道を封鎖し、彼らをやって来た道伝《づて》町から追い出した。その途端、ユースタス伯爵はエドワードがノルマン人の僧侶やノルマン人の貴族に囲まれて暮らしているグロスター(英南西部グロスターシャー州首都)まで蔦地に駆けつけた。「ドーヴァーの男共に」と伯爵は叫ぶ。「処断を、我が家臣を殺した廉で!」王はすぐ様、たまたま近くにいた権力絶大のゴドウィン伯爵の下《もと》へ遣いをやり、ドーヴァーは彼の傘下にあることを思い起こさせた上、早速ドーヴァーへ向かい、住民を武力で処罰するよう命じた。「王自ら命《いのち》を守ると誓われた住民を一言の言い分も聞かずに処断するのは」と誇り高き伯爵は答える。「王に相応しからぬお振舞い。御命には従いかねます」

王は、それ故、違反すれば追放、並びに、称号と財産没収に処すとの条件の下《もと》、伯爵をこの背叛の申し開きをするよう法廷へ召喚した。伯爵は出廷を拒んだ。彼と、長男ハロルドと、次男スウェインは急遽、召集し得る限りの戦士を狩り集め、ユースタス伯爵と部下をこそ祖国の司法に明け渡すよう要求した。王は王で、彼らを譲り渡すのを拒み、大軍を起こした。某かの協定と猶予の後《のち》、偉大なる伯爵と息子達の軍勢は離散し始めた。伯爵は家族と厖大な資産の一部を携えてフランドルへ渡り、ハロルドはアイルランドに逃れ、偉大な一族の権力は、当座、イングランドにおいては失墜した。が、人々は彼らのことを忘れはしなかった。

それから、懺悔王エドワードは、卑しい心根の卑しさたる所以《ゆえん》か、かつては権力絶大たりし父親と息子達への意趣を寄る辺無き娘にして妹に——目にする人全てが(とは言え、夫と彼の僧侶はさておき)愛さずにいられない、罪無き妻に

――晴らしにかかった。王は妻の財産と宝石を貪婪に没収し、わずか一人の侍女しか付き添わささぬまま、自分の妹の内一人が――さぞや王自身の御心に適う、鼻持ちならない御婦人だったに違いないが――院長、と言おうか看守を務める陰鬱な尼僧院に幽閉した。

ゴドウィン伯爵と六人の息子を晴れて厄介払いすると、王は以前にも増してノルマン人を優遇した。彼は遙か昔、自分と殺害された弟を受け入れてくれたかの公爵と、公爵が小川で洗濯をしている所を見初め、その美しさ故に恋に落ちた田舎娘――皮鞣し屋の娘――との間に生まれた息子、ノルマンディー公爵ウィリアムをイングランドへ招いた。ウィリアムは駿馬と、犬と、武具に目のない、偉大な戦士だったから、招待に応じ、イングランドのノルマン人は公爵が供奉《ぐぶ》共々到着すると、自分達が以前にも増して多勢になり、宮廷においても未だかつてなかったほど重用されていると見て取るや、国民に対してますます高飛車になり、彼らにますます疎《うと》んぜられた。

ゴドウィン老伯爵は、外国にいたものの、人々が如何様に感じているか熟知していた。というのも持ち去っていた財産の一部で手下の間諜や回し者をイングランド中に忍ばせていたからだ。故に、今やノルマン贔屓の王に対し、大遠征隊の装備を整える潮満ちたものと心得た。かくて遠征隊と共にワイト島へと渡り、そこにて一族の内誰より勇猛果敢な息子ハロルドの加勢を受けた。して父子はサザックまでテムズ川を上《のぼ》り、数知れぬ人々が彼らを歓呼して迎え、ノルマン寵臣に立ち向かう英国人伯爵と英国人ハロルドに歓声を上げた！

王は当初、世の修道士の手玉に取られた国王の御多分に洩れず、理に服さず、片意地だった。が人々がそれは大挙、老伯爵と息子の周りに結集し、老伯爵がそれは屈強に、血を流さずして、彼自身と一族を復権さすよう申し立てたものだから、終に廷臣は恐れをなし始めた。ノルマン人カンタベリー大主教と、ノルマン人ロンドン主教は、家臣の護衛の下《もと》、ロンドンから命からがら、逃げ延び、釣り船でエセックスからフランスへ渡った。他のノルマン寵臣も皆、四方八方へ散った。老伯爵と息子達は（違法の罪を犯していたスウェインを除き）爵位と領地を取り戻した。非情な王の徳高く愛らしき妃、エディッタは牢たる尼僧院から凱旋よろしく、釈放され、今一度女王の座に着いた――彼女の権利を支持する擁護者の一人とていない際には冷酷な夫に剝奪されていた宝石をキラびやかにあしらって。

ゴドウィン老伯爵は回復した財産を長らく享受する運命《さだめ》にはなかった。彼は王の食卓で発作に倒れ、三日後に亡くなった。ハロルドは強大な実権を受け継ぎ、人々の思慕においては父親が占めていたより遙かに高位に就いた。勇猛果敢に、彼は幾多の血で血を流す戦において国王の敵を打ち敗った。スコットランドの叛徒を仮借なく制圧し——これはちょうどマクベスがダンカン王を暗殺した時期に当たり、その事件を素材に、我らが祖国のシェイクスピアは数百年後、偉大な悲劇を物することになるが——叛逆的なウェールズ王グリフィスを殺し、生首をイングランドへ持ち帰った。

ハロルドが嵐によってフランス岸に打ち揚げられた際、一体何をしていたのか、は今もって皆目見当もつかねば、問題でもない。が船は時化によってくだんの岸に押し流され、彼が生け捕りにされたのは確かだ。くだんの野蛮な時代、難破した他処者は皆、生け捕りにされ、身の代金を払わされた。という訳で、ハロルドが被災したポンティエの領主、ガイ伯爵という人物は、本来ならば持て成し心に篤いキリスト教徒の領主らしく彼を釈放して然るべきだったろうに、その代わり、生け捕りにし、多額の身の代金を手に入れようとした。

しかしハロルドはすぐ様この処遇を不服とし、ノルマンディー公爵ウィリアムへ遣いを送った。公爵はその報せを耳にするが早いか、ハロルドを折しも自ら滞在している古都ルーアンまで護送するよう命じ、そこにて彼を貴賓として迎えた。さて、幾人かの歴史家の伝える所によれば、懺悔王エドワードはこの時までには年老い、子供がいなかったため、遺書の中でノルマンディー公爵ウィリアムを後継者として任命し、その旨公爵にも報せてあった。確かに王は後継者に関しては頭を悩ませていた。何故なら海の向こうから剛勇王の息子である無頼王エドワードを呼び寄せてすらいたからだ。エドワードは妻と三人の子供と共にイングランドにやって来た。が王は如何でか、彼がいざやって来ると面会を拒み、エドワードはロンドンで急死し（当時、王子は恐ろしく忽然と命を落としがちだった）、セント・ポール大聖堂に埋葬された。王は或いは事実、そのような遺書を作成していたのやもしれぬし、常々ノルマン人贔屓だっただけに、何か、彼が英宮廷に滞在している際にそれらしきことを告げ、ノルマン公爵ウィリアムに英国王の座への野望を抱かせたのやもしれぬ。が、いずれにせよ、ウィリアムは今や事実、英国王の座への野望を抱き始めた。してハロルドが強力なライバルになろうこと百も承知だったから、貴族の大集会を開き、ハロルドに娘アデルを娶らせようと申し出、自分はエドワード王崩御と共に王位を生得権として主張する所存のため、その時その場で味方につく誓いを立てるよう命じた。ハロルドは公爵の意のままだったから、ミサ典書、つまり祈禱書に手をかけてこの誓いを立てた。このミサ典書がテーブルではなく、桶の上に置かれていたというのは修道士の間で罷り通っている迷信の恰好の例だろう。桶は、ハロルドが誓い終えると蓋を開けられ、いざ開けてみれば、人骨がぎっしり詰まっていた——修道士が実しやかに申し立てる所によらば、聖《ひじり》の骨が。かくてハロルドの宣誓は遙かに感銘深く、拘束力が増すものと思われていた。まるで天地の造物主の偉大な御名はダンスタンの拳骨か、八重歯か、指爪によってそれだけいよよ神聖になりでもするかのように！

ハロルドがイングランドに戻って一、二週間と経たぬ内に、佗しき老懺悔王は今はの際にあった。耄碌しきった老いぼれらしく、一時《いっとき》うわ言を口走っていたと思うと、身罷った。生前我と我が身をそっくり修道士の手に委ねていただけに、彼らは王が亡くなると、口を極めて褒めそやした。彼らは既に、王に自分は奇跡を行なえるものと思い込ます所まで行き、ひどい皮膚病に苦しむ人々をその手で触れ、治してもらおうというので王の下《もと》に連れて来ていた。これが所謂「瘰《るい》癧《れき》のお手付け」で、後に王家の仕来りとなる。お前達は、しかしながら、本当は一体どなたが病める者に触れ、病気を直し賜ふたか、彼《か》の方の聖なる御名はたかが埃っぽい人間の王族の系譜には紛れていないことくらい知っていよう。

第七章　ハロルド二世治下のイングランド。ノルマン人による征服

ハロルドは涙脆い懺悔王の正しく葬儀の日に英国王に任じられた。彼には事を急く然るべき謂れがあった。この報せがルーアンの御料園で狩りをしているノルマン公ウィリアムの下《もと》へ届くと、公爵は弓を投げ捨て、宮殿に取って返し、貴族を会議に召集し、ほどなくハロルドの下《もと》へ大使を遣わし、是非とも誓約を守り、王座を明け渡すよう勧告した。ハロルドは頑として耳を傾けようとはしなかった。フランス貴族はイングランド侵略のためにウィリアム公爵の下《もと》に結集し、ウィリアム公爵は彼らにイングランドの富とイングランドの土地を惜しみなく分け与えようと約束した。ローマ教皇はノルマンディーに聖別旗と、聖ペテロの頭に生えていたと伝えられる毛髪を収めた指輪を送った。教皇は侵略に祝福を、ハロルドに呪詛を垂れ、ノルマン人は「ペテロ献金」――即ち、年一回、各所帯が教皇自身に納める一ペンスの税金――をもしや融通をつけられるようなら、今少し規則正しく払うよう申し渡した。

ハロルド王にはフランドルにノルウェー王、ハロルド・ハーラーダの家臣である、叛逆的な弟がいた。この弟と、このノルウェー王は、ウィリアム公爵の援助の下《もと》、イングランドに対して連合軍を結成し、英国軍が二人の貴族によって指揮されている戦いにおいて勝利を収め、それからヨーク（英北東部ノース・ヨークシャー州首都）を包囲した。ハロルドは国王軍と共にヘイスティングズ（英南東部イースト・サセックス州港市）の岸辺でノルマン軍を待ち受けていたが、即刻戦を挑むべく、ダーウェント川に架かるスタンフォード橋まで進軍した。

ハロルドが到着してみると、敵軍は輝かしい槍でくっきりと、中空円陣を組んでいるのが見て取れた。遠くから一渡り偵察すべく、この円陣の周囲を回っていると、青いマントと明るい兜の雄々しき騎士の姿が見えたが、馬がいきなり躓いたせいで、勇士は落馬した。

「馬から落ちたあの男は何者だ?」とハロルドは指揮官の一人にたずねた。

「ノルウェー王です」と指揮官は答えた。

「実に恰幅のいい、堂々たる王だが」とハロルドは言った。「最期も近かろう」

ハロルドはほどなく、言い添えた。「敵軍の弟の所まで行

き、もしも撤退すれば、ノーサンバーランド伯爵にしてやると伝えて来い。ならばイングランドで何一つ不自由なく暮らし、権勢を恣に出来ようとな」

　指揮官は駆け去り、王の言葉を伝えた。

「して友人のノルウェー王には何を賜ろうと？」と弟はたずねた。

「墓を掘るのに七フィートの土地を」と指揮官は答えた。

「それだけか？」と弟は笑みを浮かべて返した。

「ノルウェー王は上背があるので、恐らくはもう少し」と指揮官は答えた。

「とっとと駆け戻り」と弟は言った。「ハロルド王に戦闘の準備を整えるよう告げるが好い！」

　ハロルド王はほどなく戦闘の準備を整え、のみならず敵軍に対しそれは果敢に采を揮ったものだから、弟も、ノルウェー王も、大軍の名立たる指揮官は一人残らず——王が名誉退去を許したノルウェー王の息子オレヴはさておき——戦死した。凱戦軍はヨークまで進軍した。そこにてハロルド王が一座の直中で宴の席に着いていると、戸口でいきなり、ざわめきが起こり、道なき道をはるばる、驀地に駆け通し駆けて来たせいで泥まみれの伝令達が駆け込みざま、ノルマン軍がイングランドに上陸した由伝えた。

　報せは真実だった。ノルマン軍は逆風に揉まれ、中には難破した船もあった。彼らが潮に押し戻された祖国の岸辺のとある箇所には、ノルマン兵の溺死体があちこち散っていた。が彼らは今一度、令室からの贈り物たる公爵自身のガレー船を先頭に出帆し、その舳先の上にては船首像の黄金の少年がイングランドを指差し、立っていた。日輪の下《もと》、ノルマンディーの三頭の獅子の旗と、多彩色の帆と、金を着せた風見の翼を初め、この豪華絢爛たる軍船の幾多の装飾は、燦然たる水面《みなも》にてキラめき渡り、日が沈めば、光がキラリと、マストの先にて星さながら瞬いた。して今や、指揮官はペヴェンシー（イースト・サセックス州ウィールデン地区村）の旧ローマ城にて横たわり、英国軍は四方八方へ退散し、国土が周囲幾々マイルもに及び焼け焦げ、燻り、焼き討たれ、略奪されている片や、ノルマン全軍はヘイスティングズ近郊にて野営を張った——イングランドの地にて意気揚々として屈強と。

　ハロルド王は宴を中断し、急遽ロンドンへ向かった。一週間と経たぬ内に国王軍は準備万端整っていた。王はノルマン軍の兵力を確かめるべく間諜を送り出した。ウィリアムは彼らを捕らえ、野営中を見て回らせ、そこで釈放した。「ノルマン兵は」とこれら間諜はハロルドに報告した。「我々イギリス兵のように上唇に髭を生やさず、きれいに剃り上げています。彼らは皆、僧侶です」「さぞや今のその僧侶共は」とハロルドは声を立てて笑いながら返した。「勇猛な兵士だろうでは！」

「サクソン人は」と、ハロルド王の軍隊が進軍するにつれて離隔するよう命ぜられていたウィリアム公爵のノルマン兵前哨は報告した。「狂人さながら猛然と連中の略奪された田野を突っ切り、我々に突撃をかけています」

「あいつら好きに向かって来さすがよい！　それもとっとと！」とウィリアム公爵は言った。

和平交渉の申し出が某か成されたが、ほどなく破棄された。一〇六六年十月中旬、ノルマン軍とイギリス軍は真っ向から対峙した。終夜、両軍は当時はセンラック（イースト・サセックス州丘陵）と呼ばれていたが、今では〈戦没者追悼のために〉バトルと呼ばれる一帯で、互いの眼前にて野営を張った。夜が明けるか明けぬか、両軍は起床した。そこにて、仄明かりの中、イギリス軍は森を背に、とある丘陵に隊を組み、真っ直中にては金糸で織られ、宝石の鏤められた戦士の図柄の皇室旗が翻った。皇室旗が風にハタめいている片や、下にはハロルド王が残る二人の弟を傍らに仁王立ちになり、彼らの周囲を死者ほどにも黙々として身動ぎ一つせぬまま全英軍が取り巻いた——兵士は各々楯を携え、手にはかの恐るべきイングランドの戦斧を握り締めたなり。

向かいの丘にて、射手、歩兵、騎兵の三列横隊を組んでいるのはノルマン軍であった。突如、ノルマン布陣から「神よ、我らを救い給え！」との大きな鬨の声が挙がり、イギリス軍は受けて立つに、彼ら自身の鬨の声を挙げた。「神の十字架にかけて！　聖十字架にかけて！」さらばノルマン軍はどっと、イギリス軍を襲撃すべく、丘を雪崩れ降りた。

とある長身のノルマン騎士が、活きのいい駿馬に跨ってノルマン軍の前方へ飛び出すや、重い剣《つるぎ》を放り上げ、またもや手に取ると、同国人の武勇を朗々と歌い上げた。彼と刃を交えるべく英国軍から飛び出したイギリス騎士はこの騎士の手にかかって落馬した。また一人、イギリス騎士が飛び出したが、彼も落馬した。が、さらば、三人目の騎士が飛び出しざま、ノルマン騎士の息の根を止めた。かくて戦の火蓋は切られ、ほどなく至る所で凄絶な戦いが繰り広げられた。

イギリス兵は、大軍勢が一丸となり、雨霰と降りかかるノルマン軍の矢などノルマンディーの驟雨ほどにも物ともしなかった。ノルマン騎兵が突撃して来ると、戦斧で、彼らは人馬諸共、打ち倒した。ノルマン軍は後退した。イギリス軍は前進した。ノルマン軍勢の間でウィリアム公爵が死んだとの叫び声が上がった。ウィリアム公爵は顔がはっきり見えるよう、兜を脱ぎ、兵士の前を、陣形に沿って馬を駆った。かくて兵士の士気は今一度揚がった。またもやイギリス軍に真っ向から挑みかかるべく向き直ると、ノルマン騎兵隊の一部はイギリス軍の追手を他の軍勢から隔離し、かくてイギリス軍のくだんの前進部隊は雄々しく戦いながらも、討ち死にした。本部隊は依然、ノルマン軍の矢など物ともせず屈強に抗戦し、ノルマン騎兵の大軍が押し寄せると、戦斧で若木の森さながら伐り倒した。よって、ウィリアム公爵は撤退する風を装った。血気に逸ったイギリス軍はひた追った。ノルマン軍はまたもや陣を固め、イギリス軍に襲いかかるや、幾多の兵士を薙ぎ倒した。

「がそれでいて」とウィリアム公爵は言った。「幾千もの敵兵が国王の周りを巌さながら屈強に取り囲んでいる。上空へ向けて、ノルマン射手よ、矢を放て――奴らの顔に雨霰と降り注ぐよう！」

日は高々と昇り、沈み、戦は依然、熾烈を極めた。荒らかな十月の終日、激しい鍔迫り合いや怒号が空《くう》に轟き渡った。深紅の日没に、皓々たる月明かりの下《もと》に、死屍累々たる凄まじき光景が辺り一面広がった。ハロルド王は片目を弓で射られ、ほとんど視力を失った。弟二人は既に戦死していた。二十名のノルマン騎士は、その打ち拉《ひさ》がれた鎧兜が終日《ひねもす》日光の下《もと》、黄金《こがね》にギラつき、今や月光の下《もと》、銀白に映ったが、失明した国王の周りを依然律儀に取り囲んでいるイギリス騎士から皇室旗を奪い取るべく一気に、突撃をかけた。王は致命傷を負い、倒れた。英国軍は算を乱し、敗走した。ノルマン軍は再集し、戦は幕を閉じた。

おお、月光と星明かりの下《もと》、何たる光景たりしことよ――凱歌を挙げたウィリアム公爵の天幕がハロルド王の倒れた箇所の近くに張られ――中では侯爵と騎士が浮かれ騒ぎ――外では松明を手にした兵士が堆き死者の山の中からハロルド王の骸《むくろ》を見つけ出そうと徐に行きつ戻りつし――金糸で織られ、宝石の鏤められた「戦士」はズタズタに引き裂かれ、血みどろのままぐったり横たわり、三頭のノルマン獅子が戦場の見張りに立っているとあらば！

第八章　ノルマン征服王ウィリアム一世治下のイングランド

雄々しきハロルドの倒れた地に、ノルマン王ウィリアムは後に大修道院を建て、大修道院は、バトル・アビーの名の下《もと》、騒乱の幾星霜もの間絢爛《かん》たる威容を誇った――今ではほんの蔦の絡まるくすんだ廃墟にすぎぬが。まずもって、しかしながら、ウィリアムはイギリス人を徹底的に征服しなければならず、それは、今ではお前達も知っている通り、誰にとっても並大抵のことではなかった。

ウィリアムは数々の州を荒らし、幾多の町を焼き討ち、略奪し、長閑な田園を幾々十マイルにもわたって荒廃させ、数知れぬ人命を奪った。とうとうカンタベリー大主教スティガンドは司祭や人民の他の代表と共にウィリアムの野営地へ行き、彼に屈服した。剛勇王エドモンドの不肖の息子エドガーを王として申し立てる者もいたが、水泡に帰した。彼は後にスコットランドへ落ち延びた。というのも若く美しい妹がスコットランド王の下《もと》に嫁いでいたからだ。エドガー自身はおよそ物の数ではなかったから、誰一人気に留める者はなかった。

クリスマスの日に、ウィリアムはウェストミンスター大寺院でウィリアム一世の称号の下《もと》、戴冠された。が彼はウィリアム征服王として最もよく知られている。それは、実に奇しき戴冠式だった。儀式を執り行なう主教の一人はノルマン人にフランス語でウィリアム公爵を王として迎えるか否かたずねた。彼らは然りと答えた。別の主教は同じ問いをサクソン人に英語でかけた。彼らも然りと答えた――大喚声もろとも。するとその声を外で警備に当たっているノルマン騎馬護衛隊がイギリス人の側《がわ》における抗議と勘違いし、直ちに近隣の家屋敷に火をつけ、大騒動が持ち上がった。その最中《さなか》、王は二、三名の司祭と共に取り残されると（誰しも皆、凄まじく怯え竦んでいたが）、慌ただしく戴冠された。王冠が頭に被せられるや否や、彼は彼ら自身の歴代最高の君主に劣らずイギリス国民を統治しようと誓った。恐らくお前達も、わたし同様思っているのではなかろうか、アルフレッド大王をさておけば、それもお易い御用だったやもしれぬと。

イギリス貴族の多くは先の凄惨な戦で命を落としていた。彼らの領地と、そこにて彼に抗った貴族皆の財産を、ウィリアム一世は没収し、彼自身のノルマン騎士と貴族に分け与えた。こうして、現代のイギリスの名家の多くはイギリスの領地を獲得し、今なお実に誇らしく思っている。

だが、力づくで手に入れたものは、力づくで守らねばならぬ。これら貴族は新たな財産を守るべく、イングランドの至る所城を築かざるを得ず、王は、如何なる手を打とうと、国民を思い通りになだめすかすことも鎮めることも叶わなかった。王は次第にノルマン語とノルマン流儀を導入した。がそれでいて、長らく、英国民の大半は恨みがましく、不機嫌だった。王が祖国の家臣を訪おうとノルマンディーへ戻るや、イギリス王国を委ねていた異母弟のオードが目に余る迫害を加えたため、英国民は激怒した。ケント州の住民は、ドーヴァーを占拠すべく、ドーヴァーの男が男自身の炉端で殺害された際に乱闘の指揮を採っていたかつての仇敵、ブローニューのユースタス伯爵を招き寄せさえした。ヘレフォードシャー（英南西部同州首都）の住民はウェールズ人の加勢を受け、野生児エドリックの異名を持つ指揮官に率いられ、ノルマン人を領土から追い立てた。土地を没収された人々の内、ある者は北イングランドで、ある者スコットランドで、またある者は鬱蒼たる森や沼地で徒党を組んだ。彼らはいつ何時であれ、ノルマン人に、或いはノルマン人に屈服したイギリス人に、襲いかかれるとみれば、喧嘩を仕掛け、略奪し、殺害した——さすが正真正銘、破れかぶれの無法破りならでは。かつてのデーン人の大量殺戮さながらのノルマン人の大量殺戮の陰謀が着々と進行していた。要するに、英国人は王国の至る所、極めて血腥い状況にあった。

ウィリアム一世は、征服を水泡に帰してはならぬと、取って返し、懸命にロンドン市民を甘言でなだめすかそうと努め、それから田舎の人々を手荒い仕打ちで鎮圧すべく繰り出した。彼が包囲し、住民を無差別に、情容赦なく、老いも若きも、平民も軍人も、殺したり不具にしたりした町の中には、オクスフォードや、ウォリックや、レスターや、ノッティンガムや、ダービーや、リンカンや、ヨークまでも含まれる。これら全ての場所、のみならず他の幾多の場所において、剣《つるぎ》と炎《ほのお》は凄まじき猛威を揮い、辺りは地獄絵と化した。渓流や小川は血で紅く染まり、空は煙で黒々と煤け、畑は燃え殻の荒野と化し、路傍には死者が堆く盛られた。征服と野望の致命的な顚末とは然なるものだから！　ウィリアムは、固より激し易い、苛酷な男ではあったが、イングランドを侵略した際、よもやここまで故意にこの国を凄まじく荒廃させようとは思っていなかったはずだ。が強硬に手に入れたものは強硬に守り抜くしかなく、然に守り抜く上で、イングランドをこれ一つの巨大な墓場たらしめた。

ハロルドの二人の息子、エドモンドとゴドウィンは、ノルマン人に対し、船を数艘率いてアイルランドから侵攻したが、打ち破られた。相前後して、森林地帯の無法者がヨークの町を甚だしく苦しめたため、長官は王に助けを求めた。王は将軍と大軍勢をダラム（英北東部同州首都）の町に派遣した。ダラム主教は都の外で将軍を迎え、危険に巻き込まれようから都には入らぬよう警告した。将軍は警告を無視し、全軍共々都へ入った。その夜、ダラムの視界内の丘という丘では狼煙の燃え盛る様が見受けられた。夜明けと共に、大挙結集していたイギリス人は門を突き破り、町に雪崩れ込み、ノルマン人を皆殺しにした。イギリス人はその後デーン人に援軍を求めた。デーン人は二百四十艘の船を率いて襲来した。無法者の貴族が加勢し、彼らはヨークを占拠し、くだんの都からノルマン人を排撃した。さらば、ウィリアムはデーン人に金を渡して立ち去らせ、イギリス人にそれは仮借なき意趣を返したものだから、以前の炎《ほのお》と剣《つるぎ》など、煙と燃え殻など、死と荒廃など、その比ではなかった。憂はしき歌や、心悲しい物語において百年後にもなお、冬の夕べの炉端では歌い、語り継がれた――何とノルマン人のかの恐るべき日々にはハンバー川からタイン川に至るまで*村人の住む村一つ、鋤を入れられた畑一つ、残っていなかったか――何と見渡す限り、人間と獣が共に死して横たわる陰鬱な荒れ野が広がっていたことか。

無法者には、当時、ケンブリッジシャーの沼沢地帯の直中に彼ら曰くの「避難野営」があった。接近の困難なくだんのぬかるんだ土地に囲まれ、彼らは葦《あし》や藺《い》の間に身を潜め、湿原から立ち昇る霧を隠れ蓑にした。さて、やはり当時、海の向こうのフランドルに、ヘリワードという名の英国人がいた。男は自分のいない間《ま》に父親が亡くなり、財産をノルマン人に明け渡されていた。この不当な仕打ちを（たまたま彼《か》の地を流離《さすら》っていた祖国の亡命者から）耳にすると、男は復讐に燃え、「避難野営」の無法者と手を組み、一味の主導者になった。ばかりか、兵士として擢んでているため、ノルマン兵からは妖術を遣っているものと思い込まれるほどだった。ウィリアムは、わざわざこの想定上の妖術遣いを襲撃すべく、ケンブリッジシャーの沼沢地を横断する、長さ三マイルに及ぶ道を敷いてなお、自称、魔法遣いの老婆を雇い、王家の名分のためにささやかな魔除けの術を用いに来させねばならぬと心得た。この目的のため老婆は木製の櫓に入れて軍勢の先頭に立たされた。がヘリワードはほどなくこの不幸な魔法遣いに片をつけるに、女を櫓ごと灰にした。間近のイリー（ケンブリッジシャー州北部同島都市）の修道院の僧侶が、しかしながら、固より贅沢な生活を好み、一帯が封鎖され、肉や酒の供給が断たれるのを非常に不便に感じていたため、王に「避難野営」を急襲する秘策を授けた。かくてヘリワードは間もなく敗北した。果たして彼が後に静かに息を引き取ったものか、それとも（古詩に歌われている通り）襲いかかって来た敵兵の内十六人を殺した挙句、殺されたものか、は今となっては定かでない。彼が敗北したことで「避難野営」には止めが刺され、その後ほどなく国王はスコットランドとイングランド双方で凱歌を挙げると、最後の叛逆的なイギリス貴族を鎮圧した。彼はそれから周囲をイギリス貴族の財産で豊かになったノルマン領主で固め、イングランド全土を大がかりに測量し、それを新たな所有主の資産として「土地台帳」と呼ばれる記録簿に記載させた。また国民には毎晩、所定の刻限に「晩鐘」と呼ばれる鐘が撞かれると同時に消灯消火を義務づけ、ノルマン流の服装と流儀を導入し、至る所でノルマン人を主人に、イギリス人を従者に任じ、イギリス人主教を排斥し、代わりにノルマン人主教を任命し、蓋し、正しく征服王たることを証してみせた。

　だが、彼自身のノルマン人に関しても、ウィリアムは心穏やかならざる日々を送っていた。彼らは常にイギリス人の財産を汲々と、餓《かつ》えたように求め、王に多くを賜られれば賜られるほど、多くを望んだ。司祭は兵士に劣らず貪欲だった。ノルマン人の内唯一人しか、主人たる国王にきっぱり、自分は律儀な家臣として本務を全うすべくイングランドへ渡ったのであり、他者から力尽くで奪った財産は何の魅力もないと直言した者はいなかった。男は名をギルバートと言い、彼の名は銘記されて然るべきだろう。というのも正直者を記憶に留め、称えるのは好いことだから。

　こうした揉め事にかてて加えて、ウィリアム征服王は息子同士の諍いに手を焼いていた。息子は三人存命していた。脚が短いせいでクールトゥーズ*と呼ばれるロバートと、髪の色からルーファス、即ち赤毛と呼ばれるウィリアムと、勉強が好きなためにノルマン語でボクレール*、つまり博学者と呼ばれるヘンリーの三人が。ロバートは成長すると、子供の時分、名目上、母親のマティルダの下《もと》に所有していたノルマンディーの統治を父王に申し立てた。王が拒絶したため、ロバートは不満に思い、嫉妬深くなり、ある日のこと、たまたまそんな気分でいた折、戸口の前を歩いていると、バルコニーから水をかけて来た弟二人にからかわれ、剣を抜くや二階へ駆け上がり、あわや二人を刺し殺す所ではあったろう、国王その人が割って入ってでもいなければ。その同じ晩、激したロバートは従者を数名引き連れて父親の宮廷を去り、ルーアン城を急襲しようとした。が、これに失敗すると、ノルマンディーの別の城に立て籠もり、国王は城を包囲した。ロバートはある日のこと、相手が誰かも定かならぬまま王を落馬させ、すんでに息の根を止めそうになった。父親だと分かった途端に平伏し、王妃と他の人々の執り成しもあって、二人は和解した。が完全に、ではなく。というのもロバートはほどなく外国へ旅立ち、宮廷から宮廷へと不平をこぼして回ったからだ。彼は陽気で、ぞんざいで、軽はずみな奴で、有り金をそっくり楽師や踊り子に叩いた。が、母親は彼を溺愛していたため、しばしば、国王の命に背いてまで、サムソンという名の使者を介して金を与えた。とうとう怒り心頭に発した国王はサムソンの目を抉り出してやると脅しつけ、さらばサムソンは、我が身を守るには僧侶になるしかないと見て取り、事実、僧侶になり、二度とかようの遣いは果たさず、終生、目を抉り出されずに済んだ。

この間《ま》も終始、奇妙な戴冠式以来、征服王は自ら勝ち得たものを奪われまいと、ほら、能う限り無慙な血腥い手練手管を弄していた。治世を通し、同じ目的を眼前に据えたまま、依然、弄し続けた。厳格で大胆不敵な男だっただけに、飽くまで初志を貫き通したが。

王は金を愛し、食事には殊の外贅を尽くしたが、酔狂には後一つしか耽る暇《いとま》がなく、それは守猟だった。王の血道の上げようたるやそれは生半ならぬものだから、シカ狩りの森を育てるために数々の村や町を丸ごと葬り去るよう命じた。六十八に上る御料林ではまだ飽き足らず、もう一つ、ハンプシャー州にニュー・フォレストという名の森を造るべく広大な土地を荒廃させた。哀れ、幾千人もの小百姓は小さな苫屋を引き倒され、子供共々夜露を凌ぐ屋根一つなきまま荒野に追い立てられてみれば、それでなくとも数知れぬ苦悩を情容赦なく膨れ上がらせたからというので心底王を憎み、治世の二十一年目（畢竟、最後の年）に、王がルーアンに赴いた際、イングランドはさながら全ての御料林の木という木の、葉という葉は、王の頭上に垂れられた呪詛ででもあるかのように征服王に対す憎悪で溢れ返った。ニュー・フォレストで、息子のリチャードは（王には四人息子がいたから）雄ジカに角で突き殺されていた。よって人々はこの、かくも酷たらしく造られた御料林はこの先も王家の他の者にとって命取りになろうと口々に囁き合った。

王はある領地に関し、フランス国王と争っていた。フランス国王との交渉のためにルーアンに滞在している折、病気で床に臥せ、体が異常に腫れて来たため、医師達の勧めで薬を服用した。フランス国王が一件を茶化し、それをダシに冗談を飛ばしたとの噂が耳に入ると、彼は忿怒の余り、今に自ら叩いた軽口でホゾをかませてやろうと毒づいた。彼は軍隊を召集し、問題の領土へと進軍し、葡萄や、穀物や、果物を——いつもの伝で！——焼き払い、マントの町に火を放った。が悪運尽きたか、火照り上がった廃墟で馬を駆っていると、馬が火のついた燃え殻に蹄をかけた拍子、びっくりして王を鞍頭にぶち当て、致命傷を負わせた。六週間というもの、王はルーアンに間近い修道院で瀕死の床に就き、それから遺書を作成し、ウィリアムにイングランドを、ロバートにノルマンディーを、ヘンリーに五千ポンドを譲り渡す旨認《したた》めた。して今や、自ら犯した残虐な行為はずっしり王の胸に伸しかかった。彼は幾多の英国教会や修道院に金を譲るよう命じ、のみならず——これぞ遥かにまっとうな悔い改めたろうが——国事犯を釈放させた。中には二十年間も土牢に閉じ込められている者もあったが。

とある九月の朝《あした》、日が昇っている折しも、王は教会の鐘の音《ね》でうたた寝から覚めた。「あれはどこの鐘だ？」と王は力なくたずねた。お付の者は聖母マリア礼拝堂の鐘だと答えた。「我が魂を」と王は言った。「聖母マリアに委ねよう！」して息を引き取った。

征服王という御名を思い浮かべ、それから如何様に王が死の床に臥していたか考えてもみよ！　王が息を引き取った途端、医師も、司祭も、貴族も、今や玉座を巡って如何なる諍いが起こるか、と言おうかその諍いにおいて如何なることが起こるか知れなかったので、各人各様に我が身と財産のために逃げ出した。宮廷の欲得尽くの従者は金品を盗んだり奪ったりし始め、王の亡骸はさもしき揉み合いの内に寝台から転がり落ち、幾時間も床《ゆか》に独りきり、転がされていた。おお、征服王よ、今では然に幾多の名士が誇りに思えど、当時は然に幾多の名士が歯牙にもかけなかったというなら、いっそイングランドを征服するより、わずか一つのまっとうな心を征服する方がまだ増しだったのではあるまいか！

やがて、司祭達はロウソクを手に、お祈りを唱えながらこっそり戻って来た。ハールインという名の律儀な騎士が（外《ほか》に誰もいなかったから）王の亡骸を征服王がそこに建立していた聖ステパノ教会に埋葬すべく、ノルマンディーのカーン（仏北部カルヴァドス県首都）へ運ぶ役を引き受けた。ところが火の手は、王が生前かくも濫用していたのが祟ったか、死してなお、独りでに王の後を追うかのようだった。町で大火災が、亡骸が教会に安置されるかされぬか、発生し、居合わせた人々が皆炎を消そうと駆け出したため、亡骸は今一度、独りきり置き去りにされた。

遺体は安らかに葬られすらしなかった。亡骸が今にも大群衆の眼前で、聳やかな聖壇の近くの墓に王服のまま、降ろされようとすると、人々の直中から大きな声が上がった。「この土地はわたしのものだ！　ここにわたしの父の屋敷は立っていた。この王はこの教会を建てるためにわたしから土地も屋敷も奪い去った。神の大いなる御名にかけて、わたしはこの場で、王の亡骸がわたしの生得の財産である土で覆われることを禁ず！」列席している司祭も主教も男の申し立てが正当なことを知っていた上、王が度々男の訴えを却下していたのも知っていたので、男に即金で六〇シリング、墓地代として支払った。が、その期に及んでなお、遺体は安らかには葬られなかった。墓が小さすぎたため、人々は無理矢理押し込めようとした。遺骸が崩れ、凄まじい臭気が立ち籠め、人々は表へ飛び出し、これが三度目、遺骸は独りきり置き去りにされた。

　征服王の三人の息子は、父王の埋葬に立ち会わなかったとすれば、一体どこにいたのか？　ロバートはフランスかドイツで吟遊詩人や、踊り子や、博徒《ばくちうち》に囲まれてノラクラ過ごし、ヘンリーはそのためわざわざ作らせていた便利な金櫃に入れて五千ポンドを無事、持ち去り、赤毛のウィリアムは王家の財宝と王冠を手に入れるべく、急遽イングランドへと向かっていた。

第九章　赤毛王ウィリアム二世治下のイングランド

赤毛のウィリアムは大至急、ドーヴァーと、ペヴェンシーと、ヘイスティングズの三大要塞を固め、急遽、王室の財宝の保管されているウィンチェスターへと向かった。財宝物係に鍵を渡されてみれば、財宝は金《きん》と宝石に加え、銀貨にして六万ポンドに上ることが分かった。巨万の富を掌中に収めると、彼は時をかわさずカンタベリー大主教に戴冠式を執り行なうよう命じ、晴れてウィリアム二世英国王となった。

赤毛王は即位するや否や、父王が釈放していた不幸な国事犯を再び投獄するよう命じ、金細工師には父王の墓を金銀でふんだんに飾り立てるよう指示した。もしも今はの際の病める征服王に付き添っていたなら、彼にあってはなお孝行だったろうに。が、イングランドそれ自体もこの、いつぞや祖国を治めた赤毛王同様、間々生前、貧相にしか処遇しなかった死者のために豪勢な墓を築いて来てはいる。

兄のノルマンディーのロバートは、どうやらくだんの国のただの公爵で至って満足していると思しく、弟の博学者も金櫃に収めた五千ポンドですこぶるおとなしくしていたので、王は、恐らく、世を安閑と治められるものと高を括っていたはずだ。が当時、世を安閑と治めるのは至難の業。荒くれ者の主教オードが（ヘイスティングズの戦いでノルマン軍に祝福を垂れていただけに、恐らく、凱歌の栄誉を独り占めにしていたろうから）、ほどなく幾人かのノルマン貴族と結託して、赤毛王を悩ませ始めた。

この主教と仲間は、実は、イングランドとノルマンディー双方に土地を有していたため、両国を唯一の元首に治めさせたがっていたらしく、例えばロバートのような思慮の浅い、お人好しの方が赤毛王より遙かに意に適っていた。というのも赤毛王は如何なる点においてもおよそ人好きのする男どころではなかったが、智恵が回り、侮り難かったからだ。彼らはロバートを擁立する構えを見せ、自分達の城に（くだんの城は歴代の王にとって厄介千万だった訳だが）むっつり引き籠もった。赤毛王はノルマン人がかくて離叛するのを目の当たりに、もって意趣を晴らすに、イギリス人に訴え、様々な、固より果たす気のない言質を与え――わけても苛酷な「林野法」を緩和する約束をした。一方イギリス人は、返礼に、それは勇猛果敢に国王を助けたものだから、オードはロチェスター城で包囲され、挙句城を明け渡し、永遠にイングランドを去らざるを得なくなった。その途端、他の叛逆的なノルマン貴族もほどなく降状し、離散した。

それから、赤毛王はノルマンディーへ渡った。そこにては人々がロバート公爵の杜撰《ずさん》な治世の下《もと》大いに苦しんでいたからだ。王の目的は公爵の領地を没収することにあった。これには、公爵はもちろん、抵抗する覚悟は出来ていた。よって兄弟同士の間では悲惨な戦争が持ち上がること必定と思われた。が両陣営の有力な貴族が、戦争を嫌というほど見て来ているだけに、諍いを阻止すべく割って入った。和平条約が結ばれ、兄弟はそれぞれ自分の要求の某かを放棄し、長く生き存えた方が他方の全領土を譲り受けることに同意した。この睦まじき諒解に達すと、二人は互いに抱き締め合い、弟の博学王子に対して連合軍を結成した。というのも弟は五千ポンドの一部でロバートの領地を某か買い取り、その結果、危険な存在と目されていたからだ。

ノルマンディーの聖ミカエル山は（コーンウォールにももう一つ、これとそっくりの聖ミカエル山があるが）、当時も今同様、潮が差すと、水位が上がり、本土への道の絶たれる、聳やかな巌《いわお》の天辺の堅牢な城だった。この城に、博学王子は兵士と共に立て籠もり、ここにて二人の兄によって厳重に包囲された。ある時、水不足のために窮地に立たされると、気前の好いロバートは兵士に水を与えるのみならず、博学王子に自分自身の食卓からワインを届けさせた。して赤毛王に諫められると言った。「何だと！ 血を分けた弟が喉の渇きのために死んでも構わぬというのか？ あいつが死んだら、どこに代わりが見つけられる?」また別の折、赤毛王は湾の岸辺を独りきり、城を見上げながら馬を駆っていると、博学王子の部下の内二人に捕まり、片割れに今にも殺されそうになった。が、すんでに声を上げた。「待て、ならず者よ！ 我こそは英国王だ！」口碑に曰く、兵士は王を地べたから恭しく、慎ましやかに抱き起こし、王は兵士を部下として召し抱えた。真偽のほどはいざ知らず、とまれ、博学王子は兄の連合軍に長らくは持ち堪えられず、聖ミカエル山を明け渡し、諸国をあちこち——世の学者の御多分に洩れず——貧しく、寄る辺無く、流離《さすら》うこととなった。

スコットランド人は赤毛王の治世に叛乱を起こし、二度にわたって敗北し——二度目にはマルカム王と息子が戦死した。ウェールズ人も叛旗を翻し、彼らに対し、赤毛王は然まで首尾好くは行かなかった。というのも彼らは故国の山の中で戦い、国王軍に大きな傷手を蒙らせたからだ。ばかりかノルマンディーのロバートまで叛乱を起こし、弟たる王は協定の己の側《がわ》の約束を忠実に果たしていないとの不服の下《もと》、武器を取り、仏国王にも援軍を頼んだ。仏国王を、ルーファスは最終的には多額の金で買収しなければならなくなるが。イングランドまでも謀叛を起こした。ノーサンバーランドの豪族、モーブレー卿が国王を廃し、代わりに征服王の近親であるスティーヴンを擁立する一大陰謀を主導した。陰謀は発覚し、主立った謀叛人は捕まった。中には罰金を課される者も、投獄される者も、死刑に処せられる者もいた。ノーサンバーランド伯爵自身はウィンザー城の地下の土牢に幽閉され、そこにて遙か三十年後、老衰のため息を引き取った。イングランドの司祭は他の如何なる階層、と言おうか権威よりもなお叛逆的だった。というのも赤毛王は彼らをそれは邪険に処遇するに、前任者が亡くなっても新しい主教や大主教を任命しようとせず、くだんの役職に属す財産を全て掌中に収めていたからだ。その報復とし、司祭達は王が亡くなると伝記を著し、王を悪しざまに中傷した。わたし個人としては、司祭も赤毛王も大同小異。いずれ劣らず貪欲で腹黒く、互角の勝負という気がしてならないが。

赤毛王は二枚舌で、利己的で、欲が深く、卑劣だった。寵臣に、名をラルフという奇特な聖職者*がいた。ラルフにはフランバード、即ちファイアブランドという渾名がついていたーー荒くれた当時、名立たる人物にはほとんど一人残らず渾名があったから。ある時、王は病気になり、悔い改め、善人の外国人司祭アンセルムをカンタベリー大主教に任じた。ところがまたもや病気から回復した途端、悔い改めたことを悔い、大主教座に属す財産の内幾許かを飽くまで不当に着服すると言って聞かなくなった。よって激しい論争が巻き起こり、火に油を注ぐことに、ローマでは折しも二人のライバル教皇が鎬を削っていた。いずれもが、我こそは過ちを犯かし得ぬ、唯一、正真正銘、不可謬《ふかびゅう》の教皇だと言い張って。終にアンセルムは、赤毛王の性分を知らぬでなし、イングランドに留まっていたのでは命が危ないと察し、王に祖国に戻る許しを求めた。赤毛王は喜んで許しを与えた。というのもアンセルムが失せれば、すぐ様カンタベリー中の金をまたもや自分自身のために貯え始められたからだ。

そんな手立てにて、してありとあらゆる方法で、イギリス国民に重税を課し、彼らを虐げることにて、赤毛王は私腹を肥やしに肥やした。何らかの目的のために金が必要となると、手段を選ばず、自ら犯している不正にも、自ら惹き起こしている悲惨にも、何ら頓着せぬまま、金を調達した。ロバートからノルマンディー全公爵領を五年間買い取る機会を得ると、以前にも増して英国民に重税を課し、正しく修道院にまで買収資金調達のために金銀食器や貴重品を売却させた。ただし、彼は金を掻き集めるに劣らず、反乱を鎮圧する点にかけても迅速かつ高圧的だった。というのもノルマン人の一部が——しごく当然のことながら——かようの方法で売り払われるのに異を唱えると、彼らに対し、父親譲りの速さと精力でもって軍を指揮したからだ。彼は焦燥に駆られる余り、大嵐にもかかわらずノルマンディーへ向けて出航した。船乗り達がかほどの荒天の折に出帆するのは危険だと具申すると、答えた。「帆を掲げて船を出せ！　国王が溺れ死んだなどという話を聞いたことがあるか？」

果たして何故《なにゆえ》ぞんざいなロバートですら自分の領土を売る気になったものかと不思議に思うだろう。裏にはこういう事情があった。ずい分前から、多くのイギリス人は我らが救世主の墓に詣でるためにエルサレムまで「巡礼」と呼ばれる旅に出る習いにあった。エルサレムはトルコ領で、トルコ人はキリスト教を嫌っていたので、こうしたキリスト教徒の旅人はしばしば侮辱や虐待を受けた。巡礼者はしばらくは辛抱強く耐えていたが、終に隠修士ペテロという、非常に熱心で雄弁な傑人が各地でトルコ人を批判する法を説き、くだんの不信心者達を我らが救世主の墓から立ち退かせ、墓を我が物とし、これを守ることこそ善きキリスト教徒の本務なりと宣言し始めた。前代未聞の熱狂が沸き起こった。ありとあらゆる階層や境遇の幾々千もの人々がトルコ人に対して戦を起こすべくエルサレムへ向けて出立した。この戦争は史上、第一次十字軍と呼ばれ、十字軍戦士は皆、右肩に十字形の記章を着けた。

十字軍戦士は必ずしも敬虔なキリスト教徒とは限らなかった。中には当時の腰の座らぬ、物臭な、放蕩癖の、冒険好きな連中も多勢紛れていた。十字軍戦士になったのはただ憂さを晴らしたいからという者もいれば、略奪を目論んでいるからという者もいれば、祖国で何もすることがないからという者もいれば、司祭に教えられたままに行動しているからという者もいれば、外国を見物したいからという者もいれば、男を小突き回すのに目がなく、どうせならキリスト教徒よりトルコ人を小突き回したいからという者もいた。ノルマンディーのロバートはこれら全ての動機に衝き動かされていたのやもしれぬが、おまけに、キリスト教徒の巡礼者が今後、虐待に会わないようにしてやりたいという優しい気持ちもあったろう。彼は数多くの兵士を募り、聖戦に加わりたいと思った。が金がなければ願いは叶わぬ。彼には金がなかった。そこで五年間、領土を弟の赤毛王に売った。こうして手に入れた巨額で己《おの》が十字軍戦士の装備を雄々しく整え、威風堂々エルサレムへと向かった。赤毛王は、手当たり次第のものから金を掻き集めていたから、祖国に留まったまま、せっせとノルマン人とイギリス人から金を搾り取っていた。

三年に及ぶ大いなる艱難辛苦の末――海上における難破、見知らぬ土地での旅、砂漠の熱砂の上での餓《かつ》えと渇《かわ》きと熱病、トルコ人の凶暴といった――勇猛果敢な十字軍戦士は我らが救世主の墓を掌中に収めた。トルコ人は依然として抗い、勇敢に戦ったが、この成功によってますます、ヨーロッパでは聖戦従軍の気運が高まった。もう一人、名家のフランス公爵が金持ちの赤毛王に一定期間、領土を売ろうと申し出た。が、いきなり赤毛王の治世は無慙な終焉を迎えた。

お前達は征服王が造り、お蔭で我が家を打ち壊された惨めな人々がそれは心底憎んでいるニュー・フォレストのことを忘れてはいまい。林野法が余りに苛酷な上、小百姓がそのため苦しみ死んで行くせいで、人々の憎しみはますます募った。貧しい、迫害された田舎の人々はニュー・フォレストは祟られていると信じていた。村人は口々に言い合った、嵐や、暗夜には、悪魔が立ち現われ、陰気臭い木々の大枝の下でウロつき回っていると。恐ろしい物の怪がノルマン人の狩人達に赤毛王にはいずれそこで天罰が下されようと預言したそうだと。して今や、五月の心地好い季節に、赤毛王がほぼ十三年目の治世を迎え、征服王の血を引く二人目の王子が――ロバート公爵の息子たるもう一人のリチャードが――この恐るべき森の中で矢を受けて死ぬと、人々は二度あることは三度あると、必ずや、またもう一人命を落とすに違いないと言い合った。

ニュー・フォレストは人々の心の中では造林のために犯された悪業故に呪われた寂しい森で、王と廷臣と猟犬係以外誰一人さ迷いたがる者はなかった。が、実は、他の如何なる森とも何ら変わる所はなかった。春には青葉が芽吹き、夏には緑々《あおあお》と生い茂り、鬱蒼たる木蔭を成し、冬には萎び、ハラハラ舞い落ち、苔の上にびっしり敷き積もった。中には堂々とし、聳やかにして屈強に育つ木もあれば、独りでに倒れる木もあれば、森番の斧に伐り倒される木もあれば、洞《ほら》が出来、アナウサギが根っこに住みつく木もあれば、わずかながら、落雷に会い、白く剝き出しのまま立っている木もあった。シダがぎっしり生えている山腹では朝露が然にキラキラと美しく輝き、せせらぎではシカが水を飲みに降りて来たり、群れ全体が狩人の弓を逃れてヒラリヒラリ飛び越えたりした。日の燦々と降り注ぐ空地もあれば、カサコソと戦ぐ葉の間からほんのかすかな木洩れ日しか射さぬ厳かな場所もあった。ニュー・フォレストの中の小鳥の囀りは外で戦う男達の叫び声より耳に心地好く、赤毛王と廷臣が人気《ひとけ》ない奥処で狩りをしにやって来て、大きな声で悪態を吐いたり、ジャラジャラと、鐙や頭絡やナイフや短刀をジャラつかせながら猛然と駆け抜ける際ですら、彼らは森の中ではイギリス人やノルマン人の直中におけるより遙かに狼藉を働かず、雄ジカは人間より遙かに易々（生きるに劣らず）死んだ。

八月のとある日、赤毛王は今では弟の博学王子と仲直りしていたが、ニュー・フォレストで狩りをしようと、多くのお供を引き連れてやって来た。博学王子も仲間に加わっていた。彼らは陽気な一行で、森の中の守猟小屋マルウッド・キープで夜を明かし、夕餉でも朝餉でも馳走を平らげてはワインを痛飲していた。一行は、当時の狩人の仕来り通り、四方八方へ散った。王はサー・ウォルター・ティレルという、狩りの達人しか連れていなかったが、その朝騎乗する前に見事な矢を二本与えていた。

王は、健やかな姿が最後に目にされた際、サー・ウォルター・ティレルと共に手綱を取り、猟犬も一緒に獲物を追っていた。

日もとっぷりと暮れた頃、貧しい炭焼き男が荷車を引きながら森を通り抜けていると、胸を矢で射抜かれ、依然として血を流している孤独な男の亡骸に行き当たった。炭焼き男は亡骸を荷車に積んだ。外ならぬ国王のそれではあったが。血糊のべっとりこびりついた赤い口髭を真っ白な石灰まみれにしたなり、グラグラ、ガタゴト揺すぶられながら、遺骸は明くる日、炭焼き男の駆る荷馬車でウィンチェスター大聖堂まで運ばれ、そこにて収容の上、埋葬された。

サー・ウォルター・ティレルはノルマンディーへ逃れ、フランス国王の庇護を求めていたが、フランスにて、赤毛王は一緒に狩りをしていると、いきなり見えざる手から放たれた矢で射られ、自分は国王の殺害者として容疑がかかるのを恐れ、即座に馬に拍車をかけると海岸まで駆け続けた旨誓いを立てた。他の者達の証言によると、王とサー・ウォルター・ティレルは日没の少し前に一緒に狩りをしながら茂みの中で互いに向かい合って立っていると、雄ジカが二人の間を駆け抜け、王は弓を引き、狙いを定めたが、糸が切れ、そこで「射留めろ、ウォルター、悪魔の名にかけて！」と叫び、サー・ウォルターは矢を射たとのことだった。が矢は木をかすめ、雄ジカから逸れ、国王に命中し、王はどうど、縡切れて落馬した。

果たして何者の手によって赤毛王は真実、命を落としたのか、くだんの手は偶然、或いは故意に、王の胸へ矢を射たのか、は神のみぞ知る。中には弟が兄を殺害させたのやもしれ

ぬと思っている者もあるが、赤毛王は司祭や人民双方の間に数知れぬ敵がいたから、然まで人道に悖らぬ殺害者を疑ってかかって然るべきだろう。我々に分かっているのはただ王は窮乏に喘ぐ人々が皇族にとっての呪われの地と見なしていたニュー・フォレストで死んでいる所を発見されたということだけだ。

第十章　博学王ヘンリー一世治下のイングランド

博学王子は赤毛王崩御の報せを耳にすると、皇室財産を手に入れるべく、ルーファスその人が駆けつけていたに劣らず大童で、ウィンチェスターへ駆けつけた。が財宝物係も、たまたまフォレストにおける狩りの一行に加わっていたため、ウィンチェスターへと急遽駆けつけ、ほぼ同時に到着すると、宝物《ほうもつ》を明け渡すのを拒んだ。するとすかさず、博学王子は剣を抜き、息の根を止めてやると脅しつけた。財宝物係は、命で忠義を贖っていても好かったろうものを、王子が彼を国王に擁立しようと意を決している有力な男爵の仲間に支持されていると見て取るや、最早抵抗しても詮なかろうと心得た。財宝物係は、それ故、王室の金《かね》と宝石を明け渡し、赤毛王の死から三日後、たまたま日曜日だったから、博学王子はウェストミンスター大寺院の聳やかな聖壇の前に立ち、兄王の横領していた教会の財産を放棄し、貴族に対しては危害を加えず、臣民には懺悔王エドワードの掟を征服王ウィリアムの改善ごと取り戻させようと誓った。かくてヘンリー一世の治世が始まった。

国民は新たな王に愛着を抱いた。一つには彼が数々の辛酸を嘗めていたから、また一つには生まれながらの英国人で、ノルマン人ではなかったから。国民に対すこの後者の強みに乗ずべく、王はイギリス生まれの王女を娶ろうと望み、妻とするに、スコットランド国王の娘、心優しきマウド姫以外誰一人思い浮かばなかった。この心優しき王女は英国王を愛してはいなかったが、貴族達にノルマン民族とサクソン民族を和睦させ、いずれ両者の間の憎悪や流血を阻止すれば、彼女にあっては如何ほど慈悲深かろうか諄々と説きつけられた挙句、英国王の妃になることに同意した。司祭の間で某か論争が持ち上がりはしたものの。というのも彼らは王女が幼い時分に尼僧院に住まい、尼僧のヴェールを被っていたことがあるため、合法的には結婚できないと申し立てたからだ。これに対し、王女は幼い時分に共に暮らした伯母が確かに、時折自分に黒い布を被せたが、それはただ尼僧のヴェールがノルマンの侵略者が少女や女性において唯一尊重する纏い物だったからにすぎず、決して自分が尼僧の誓いを立てていたからではないと反論した。王女は結局、結婚するに何ら支障はないと宣せられ、ヘンリー一世の妃となった。なるほど素晴らしい妃であった、彼女は――美しく、心優しく、国王よりまっとうな夫にこそ付き付きしい。

　というのもヘンリー一世は意志堅固で聡明ではあったが、狡猾で不謹慎な男だった。王は自分の約言をほとんど意に介さず、目的のためには手段を選ばなかった。以上全てを如実に示すのが、兄ロバートに対す処遇のし方だ――あの、弟が聖ミカエル山の頂上の城に、カラスが下方を舞い、喉の渇きに苦しみながらも立て籠もった際、赤毛王の兄は弟を見殺しにして憚らなかったというに、水を与えて生気を蘇らせ、自らの食卓からワインを届けてやった兄ロバートに対す。

　国王はロバートに相対し始める前にまずもって先王の寵臣を一人残らず――大半は国民に忌み嫌われている卑劣な輩だったから――更迭し、免職した。わけても、先王がダラム主教に任じていたフランバード、又の名をファイアブランドをロンドン塔に幽閉した。ところがファイアブランドは大の剽軽者で、すこぶる愉快な話し相手だったから、看守の間でも人気者になり、彼らはワインの大瓶《フラゴン》の底に忍ばせて牢に届けられた長いロープがらみでは見て見ぬ風を装った。看守はワインを頂戴し、ファイアブランドはロープを頂戴し、それもて、看守がぐっすり眠りこけるやスルスル、夜闇に紛れて窓から下り、まんまと船に乗り、ノルマンディーへと逃げ延びた。

　さて、ロバートは弟の博学王が即位した時にはまだ海の向こうの聖地にいた。ヘンリーは兄がくだんの国の元首に任ぜられた風を装い、ロバートがそれは長らく帰って来なかったこともあり、無知な国民はてっきり然に思い込んだ。が、豈《あに》図《はか》らんや、ヘンリーが英国王になってほどなく、ロバートはノルマンディーに戻った――途中ゆっくりエルサレムからイタリアを抜け、その美しい国にて大いに羽根を伸ばし、国それ自体にも劣らず美しい女性と連れ添った上で！　ノルマンディーに戻ってみれば、ファイアブランドが待ち構え、ヘンリー一世に対し、英国王の座を申し立て、戦線布告するよう焚きつけた。この使嗾に、一頻りノルマン人の馴染みの間で美しいイタリア生まれの妻と共に馳走を食べては踊り明かした挙句、彼はとうとう則り、事を起こした。

　ノルマン人の多くはロバートの味方だったが、英国人は概ねヘンリー一世の肩を持った。が英国水兵は国王を見捨て、英国艦隊の大部分共々ノルマンディーへ渡り、その結果ロバートは祖国に、外国船ではなく、英国船で攻め入った。しかしながらヘンリーが外国から呼び寄せ、カンタベリー大主教に任じていた徳高きアンセルムは飽くまで国王の名分に与し、この名分がそれは見事に支持されたものだから、両軍は戦う代わり、講和条約を結んだ。哀れ、ロバートは、誰彼となく人を易々信用したから、すんなり弟である国王のことも信じ、家臣は全員容赦されるという条件の下《もと》、ノルマンディーへ戻り、イングランドから恩給を受け取ることに同意した。これを国王は心から忠実に約束したが、ロバートが帰国するや否や彼らを厳罰に処し始めた。

家臣の中にはシュルーズベリー伯爵も含まれ、伯爵は四十五件に上る罪状に答弁するよう召喚されると、自分の堅牢な城の一つに逃げ去り、そこに立て籠もるや、小作人や領臣を狩り集め、自由のために戦った。が敗北し、追放された。ロバートは、幾多の落ち度にもかかわらず、飽くまで約言に律儀だったから、初めてこの貴族が弟に対して蹶起したと耳にするや、ノルマンディーにおけるシュルーズベリー伯爵の領地を荒廃させ、かくて王に断じて互いの盟約の侵犯に与さぬ旨身をもって証した。その後詳細を報されるに及び、伯爵の唯一の罪は飽くまで自分に忠誠を尽くしたことにすぎぬと知ると、ロバートは国王に執り成し、家臣を全て許すという厳粛な誓いを思い起こさすべく、例の調子で思いやり深くも無謀に、イングランドへ渡った。

この信頼は、二枚舌の国王を赤面させていても好かったろうものを。彼は、どころか、たいそう気さくな風を装いながら、兄の周囲を間諜や罠で身動きならぬほど包囲し、よってロバートはまんまと手玉に取られた挙句、恩給を放棄し、命からがらノルマンディーへ逃れる外術《ほかすべ》がなかった。ノルマンディーに戻り、今や王の手の内を見破ると、彼は当然のことながら、くだんの国に依然三十もの城を所有している旧友シュルーズベリー伯爵と手を組んだ。とならば正しくヘンリーの思う壺だった。彼はすぐ様ロバートの盟約違反を宣し、翌年、ノルマンディーを侵略した。

ヘンリーは表向き、彼ら自身の要求の下《もと》、ノルマン人を兄の悪政から救う名目でやって来たと申し立てた。確かに、彼の悪政は目に余ると懸念するのも当然ではあった。というのも美しい妻が幼い息子を残して先立ってからというもの、廷臣はまたもやそれはぞんざいで、放埒で、野放図になったものだから、一説によると、彼は時に昼間も——お付の者に一枚残らず盗まれた挙句——身に着けるものが何らないせいでベッドの中で過ごすことすらあったらしい。彼は、とは言え、雄々しき王子にして勇敢な兵士らしく軍を統率した。不運にも、ヘンリー一世により四百名の騎士と兵に人質に捕られはしたが。捕虜の中には哀れ、ロバートをこよなく慕っている罪無きエドガー・アシリングも紛れていた。エドガーは厳罰に処すには余りに取るに足らぬ存在だったので、国王は後ほどささやかな年金を与え、エドガーはそれを糧に終生、イングランドの静かな森と田野に囲まれて暮らした。

してロバートは——幾多の落ち度にもかかわらず、お蔭でもっとまっとうで幸せな男になっていても好かったろう取り柄もあった、哀れ、心優しく、大らかな、金遣いの荒い、お調子者のロバートは——彼の最期は如何様《いかよう》だったのか？　仮に国王が度量の大きな人間で、親身な風情で「兄さん、ここにいる貴族の前で、これからはずっとわたしの律儀な家臣にして友人であり続け、二度とわたしにもわたしの軍隊にも刃向かうまいとおっしゃって下さい！」と言っていたなら、ロバートはまず間違いなく、死ぬまで忠誠を尽くしていたろう。が国王はおよそ度量の大きな男どころではなかった。彼は兄を死ぬまで皇室の城の一つに幽閉した。投獄された当初、ロバートは護衛付きで遠出を許された。がある日のこと、護衛を振り払い、一目散に逃げ出した。生憎、しかしながら、沼に突っ込み、馬が立ち往生したため、再び捕らえられた。国王はその報せを受けると、ロバートの目をつぶすよう命じた——真っ紅に火照り上がった金属性の盥を押し当てることにて。

かくて、暗黒の内にして獄《ひとや》の内にて、幾年もの間《かん》、ロバートは過ぎ去りし日々をそっくり——無駄に潰えた時を、ばら蒔いた宝を、みすみす逃した好機を、棒に振った青春を、蔑ろにした才能を——思い起こした。時に、晴れた秋の朝《あした》など、その昔、自ら先頭に立ち、誰より陽気に繰り出した、自由な森の中における狩猟の一行のことを思い浮かべては座っていたものだ。また時に、静かな夜ともなれば、まんじりともせず、賭博台で脇をそっと過ぎ去った幾多の晩を悼んだり、時に、憂はしい風に乗って、吟遊楽人の古謡が聞こえるような気がしたり、時に、盲目にあってなお、ノルマン宮廷の煌々たる明かりやキラめきを夢見たりしたものだ。幾々度となく、空想の中で、あんなにも雄々しく戦ったエルサレムに手探りしながら立ち返った。或いは勇敢な仲間の先頭に立ち、イタリアで自分を出迎える歓呼に羽根付きの兜を下げたものだ。してまたもや美しい妻と共に日の燦々と降り注ぐ葡萄園の直中や、真っ青な海の渚《みぎわ》を歩いているような気がした。さらば妻の墓と、父無き少年が瞼に彷彿とし、勢い、孤独な両腕を突き出しては涙に掻き暮れたものだ。

とうとう、とある日、瞼の上に看守の目からは包帯で隠されながらも、永遠の天帝は定かに見下ろしている無慙な醜い火傷の痕を残したまま、牢の中で絆切れているのは、疲れ切った齢《よはい》八十の老人だった。いつぞやはノルマンディーのロバートたりしが。おお、その身の上の悲しきかな！

ノルマンディーのロバートが弟によって捕虜にされた時、小さな息子はわずか五歳だった。この少年も捕らえられ、国王の前に、すすり泣いては泣きじゃくりながら、引き立てられた。というのも、幼いながらも、叔父の国王に恐れをなして然るべきだということくらい分かっていたからだ。王は常日頃から掌中に収めた人間に憐れを催す習いにはなかったが、その冷酷な心も当座、少年を不憫に思し召したかのようだった。王は、さながら酷き手に出ぬよう自らに懸命に抑えを利かせている様が見受けられていたと思うと、少年を連れ去るよう命じた。さらば、ロバート公の娘と結婚した（名をヘリー・サン・サーンスという）とある男爵が心優しくも、少年を引き取った。王の温情も、しかしながら、長くは続かなかった。二年と経たぬ内に、彼は少年を捕まえ、連れ去るよう、この男爵の城に使者を送った。男爵はその折不在だったが、召使い達は律儀にも、眠っている少年を連れ去り、身柄を隠した。男爵は帰宅し、国王の仕打ちを耳にすると、少年を国外へ連れ出し、国王から国王へと、宮廷から宮廷へと、手を引きながら流離《さすら》いの旅を続け、如何に少年は英国王位に即く当然の権利を有していることか、というに如何に国王はその権利を知らばこそ、恐らく、こうして逃亡してでもいなければ少年を殺していたろうことか物語った。

愛らしい小さなウィリアム・フィッツ-ロバートは（というのが少年の名だったから）幼く、あどけないせいで、当時から肩を持つ者が少なからずいた。して若者になると、仏国王はアンジュー（仏西部旧公国）とフランドルのフランス伯爵達と連合し、英国王に対してウィリアムの大義を支持し、ノルマンディーにおける英国王の町や城の多くを攻め落とした。だがヘンリー一世は、必ずや狡猾で抜け目なかったから、ウィリアムの味方の内ある者は金で、ある者は約言で、ある者は権力で、抱き込んだ。彼はアンジュー伯爵までも、やはりウィリアムという名の自分の長男と伯爵の娘を連れ添わそうと約束することにて、寝返らせた。実の所、この国王は生涯、この種の契約への信託に明け暮れていたと言っても過言ではなく、彼は心底（幾多の他の国王が爾来思い込んで来てもいれば、つい最近ではさる仏国王が思い込んでいた如く）全ての人の真実と名誉は何らかの値で購えるものと思い込んでいた。にもかかわらず、ウィリアム・フィッツ-ロバートと彼の忠臣をそれは恐れていたものだから、長らく自分の命は危険に晒されていると思い込み、宮殿で護衛に囲まれて眠りに就く時ですら、必ずや寝台の脇に剣《つるぎ》と円楯を置いていた。

実権をさらに強めようと、国王は当時わずか八歳にすぎぬ長女マティルダとドイツ皇帝ヘンリー五世との婚約式を仰々しく催した。してマティルダの持参金を調達すべく英国民に極めて高圧的なやり方で税を課し、それから、彼らの機嫌を回復させようと、一大鹵簿《ろぼ》に招待し、マティルダを未来の夫の祖国で教育を受けるべくドイツ大使達と共に艶やかに威儀を正して送り出した。

　して今や、心優しきマウド王妃は、不幸な最期を迎えた。かの貴婦人にとって、ついぞ愛したためしのない男性と結婚した唯一の目的――ノルマン民族とイギリス国民を和解させるという――が潰えたということは実に悲しい成り行きだった。正しく妃の今はの際に、ノルマンディーとフランス全土はイングランドに対して兵を挙げていた。というのも差し迫った危険が去るや否や、ヘンリー一世は自ら約束し、贈賄し、買収していたフランスの権力者に一人残らず背信を犯したため、彼らは当然の如く、王に対して連合軍を結成していたからだ。しかしながら、しばしの戦いの後《のち》――お蔭で被害を蒙ったのは（何事が起ころうと必ずや被害を蒙らざるを得ぬ）不幸な庶民だけだったが――王はまたもや約束し、贈賄し、買収しにかかり、くだんの手立てと、これ以上の流血を阻止しようと奔走した教皇の力添えと、自ら再三再四にわたり、今度こそは嘘偽りなく真剣にして、飽くまで約言を守ろうと厳粛な誓いを立てた甲斐あって、晴れて講和条約を結ぶに至った。

　この講和の最初の成果の一つとして、国王は息子のウィリアム皇太子をノルマン貴族に自らの後継者として認めさせ、皇太子とアンジュー伯爵の娘との間で予て約束してあった（これもまた王が破っていた数知れぬ約束の一つだが）婚姻の契りを結ぶべく皇太子共々大勢の供奉を引き連れてノルマンディーへ渡った。これら二つの目的は派手派手しくも大いなる祝賀の内に意気揚々と果たされ、一一二〇年十一月二十五日、供奉は皆バルフルール港から帰国の途に就く準備を万端整えた。

　正しくくだんの港にてくだんの日、国王の下《もと》へフィッツ－スティーヴンと名乗る船長がやって来るなり言った。「陛下、わたくしの父は終生、海上にて王の父上にお仕えしていました。父は先王がイングランドを征服するために船出なされた、舳先に黄金の少年を頂く船の舵を操らせて頂きました。何卒わたくしにも同じ映えある務めを賜りますよう。目下この港に五十名の名立たる船員を乗り組ませた『白雪丸』という名の豪華船を碇泊させています。どうか、陛下、陛下の僕《しもべ》に船長として、陛下を『白雪丸』にてイングランドまでお連れする栄誉を任わせて下さい！」

「残念ながら、船長」と王は答えた。「余の船は既に選んであり、それ故、父に仕えた男の息子と共に海を渡る訳には行かぬ。が王子と王子のお付の者ならば皆おぬしと共に、名立たる五十名の船員の乗り組んだ『白雪丸』で海を渡らせても構わぬ」

一、二時間後、王は自ら選んだ船で、他の船共々出帆し、一晩中、穏やかな順風に恵まれ、朝方無事、イングランドの岸辺に着いた。未だ夜の明けぬ内、くだんの船の幾艘かの人々は海の向こうからかすかな狂おしい叫び声が聞こえ、一体何事かと訝しんでいた。

さて、王子は放蕩癖のある自堕落な十八歳の若者で、英国民に何ら愛着を抱かず、即位した暁には彼らを牡牛のように鋤に軛《くびき》で括りつけてやると広言していた。彼は「白雪丸」に彼自身のような百四十名に上る若き貴族と共に乗り込み、中には極めてやんごとない生まれ育ちの貴婦人も十八名含まれていた。この派手やかな一行に従者と五十名の船乗りが加わり、総勢三百名が豪華船「白雪丸」に乗船した。

「ワインを三樽、フィッツ‐スティーヴンよ」と王子は言った。「名立たる五十名の船員に振舞え！　父の国王は早、出帆した。ここでしばらく浮かれ騒ぎ、それでも祖国にほかの連中と同時に着くのに如何ほど暇《いとま》がある？」

「王子様」とフィッツ‐スティーヴンは言った。「真夜中に出帆すれば、我が『白雪丸』と五十名の乗組員は父上の国王のお供のどれほど速い船にであろうと、夜が明けぬ内に追いついてみせましょう！」

そこで、王子は皆に陽気に浮かれ騒ぐよう命じ、船員は三樽のワインを飲み干し、王子とやんごとない生まれ育ちの仲間は誰も彼もが「白雪丸」の甲板の月明かりの下《もと》、ダンスを踊った。

とうとう「白雪丸」がバルフルール港を出帆した際、船上には誰一人として素面の海員はいなかった。が帆は全て張られ、櫂は一本残らず陽気に漕がれた。フィッツ‐スティーヴンは舵を操《と》った。浮かれた青年貴族と美しい貴婦人は、冷たい夜風から身を守るよう色取り取りの明るいマントに包《くる》まったなり、おしゃべりしては、声を立てて笑っては、歌を歌った。王子は五十名の船員に「白雪丸」の名誉のためにも、もっと気合いを入れて漕がんかとハッパをかけた。

ガツン！　三百の心臓から恐るべき叫び声が上がり、これぞ、国王の遙かな船の人々が海上でかすかに耳にした叫び声であった。「白雪丸」は坐礁し――浸水し――沈没し始めた！

フィッツ‐スティーヴンは急いで王子を数名の貴族と共にボートに乗せ、耳打ちした。「さあ、漕ぎ出し下さい。陸まで休まず。そう遠くはありませんし、凪は凪いでいます。後に残ったわたくし共に助かる見込みはありませんが」

ところが、彼らが沈没しかけた船から勢いよく漕ぎ出すと、王子にはペルシュ伯爵夫人たる妹マリーが助けを求める声が聞こえた。王子は生まれてこの方、その折ほど潔く振舞ったためしはなかったろう。彼は狂おしく声を上げた。「何としても漕ぎ戻せ！　妹を見殺しにはできぬ！」

彼らは漕ぎ戻った。王子が妹を受け留めようと両腕を突き出すと、それはたくさんの人々が乗り移ったため、ボートは転覆し、同時に「白雪丸」も沈没した。

海上にはわずか二人の男しか漂っていなかった。二人共、マストから折れ、今や命綱たる船の大檣《たいしょう》にしがみついていた。一人がもう一方にたずねた、どちらで？　男は答えた。「わたしは名をゴドフリーという貴族で、ギルバート・ド・レーグルの息子だ。で君は？」と彼は言った。「あっしはベロルドという、ルーアンのしがない肉屋で」というのが返答だった。それから、二人は共に声を上げた。「我ら二人に神の御加護のありますよう！」して懸命に互いを励まし合おうとした。かの、不幸な十一月の晩、凍てつくような冷たい海を漂いながら。

やがて、もう一人の男が彼らの方へ泳いでやって来た。男は、びしょ濡れの長い髪を払いのけてみれば、フィッツ－スティーヴンその人だった。「王子はどこだ？」と彼はたずねた。「溺れてしまった！　溺れてしまった！」と二人は諸共声を上げた。「王子も、弟も、妹も、国王の姪も、姪御の弟も、雄々しき三百人の内誰一人、貴族も平民も、我々三名を措いて、浮かび上がった者はいない！」フィッツ－スティーヴンは凄まじい形相を浮かべて叫んだ。「おお、何と、何と痛ましきかな！」して海底へと沈んで行った。

後に残った二人はなお数時間、大檣《たいしょう》にしがみついていた。とうとう青年貴族が力無く言った。「わたしはもうだめだ。寒さに悴んで、これ以上持ちこたえられない。さらば、馴染みよ！　達者で！」かくて、手を離し、海底へと消え、艶《あで》やかな一行皆の内、生き残っているのは唯一、哀れ、ルーアンのしがない肉屋だけとなった。朝方、漁師が数名、男が羊皮の上着姿で漂流しているのを見つけ、船に引き揚げた——憂はしき物語の唯一の語り手たりて。

三日間、誰一人として敢えて難破の報せを国王の下《もと》へもたらそうとする者はなかった。とうとう、彼らは御前に小さな少年を遣り、少年はポロポロ涙をこぼし、国王の足許に跪きながら、「白雪丸」が船上の全員諸共沈没した由告げた。王は死者さながら床にくずおれたが最後、それきり二度と、二度と、微笑んでいる所を目にする者はなかった。
ところが彼は例の二枚舌のやり口で、またもや画策し、またもや約束し、またもや贈賄しては買収しにかかった。散々骨を折った挙句、跡を継ぐ息子がいなくなると（「これで王子も金輪際、わたし達を鋤に軛《くびき》で括りつけることはなかろう！」と英国民は言ったが）、ヘンリーは二度目の妻を――教皇の姪に当たる、然る公爵の娘アデレ或いはアリスを――娶《めと》った。最早子供が、しかしながら、生まれなかったため、彼は男爵達に世継ぎとして娘マティルダを認めるよう誓わせた。して娘を、今や寡婦だったから、アンジュー伯爵の長男ジェフリーの下《もと》に嫁がせた。ジェフリーは通称プランタジネットと言ったが、それは帽子に羽根の代わりに（フランス語でジュネと呼ばれる）黄色い花の咲いたエニシダの小枝《プランタ》を挿す習いにあったからだ。一人の嘘つきはその数あまたに上る嘘つきを生み、嘘つきの王は、わけても、嘘つきの宮廷を生むものと概ね相場は決まっているので、男爵達はマティルダ（と彼女の後《のち》には子供達）の継承権については二度にわたって、一切守るつもりのなきまま、誓いを立てた。王にあって今やウィリアム・フィッツ-ロバートに対す恐れは跡形もなく消え失せていた。というのもウィリアムは齢《よはい》二十六にして、フランスのサントメール修道院で、手に受けた矛《ほこ》の傷が原因で死亡したからだ。その上マティルダは三人の息子をもうけたため、王位継承は安泰なものと高を括った。

彼は晩年は――その間《ま》も一族の争いは絶えなかったが――マティルダの側《そば》で暮らすべくノルマンディーで送った。三十五年以上にわたって世を治めていた、六十七歳の時、消化不良と高熱のために逝去した。死因は体調の極めて思わしくない時に、再三再四医師に止められていたヤツメウナギという名の魚を食べたことにある。王の亡骸は埋葬のためレディング（英南部バークシャー州首都）大修道院へ運ばれた。

お前達は恐らく、ヘンリー一世の狡猾と約束違反をある人は「政策」と、またある人は「外交」と、呼ぶのを聞いたことがあるだろう。その実しやかな言葉はいずれも真実の謂《いい》ではない。真実ならざる何一つとしてこの世に善なるものはない。

わたしの知っている彼の最大の長所は、学識を重んじたことだ。その点にすらもっと大きな栄誉を与える所ではあったろう、もしやせめてとある詩人の目を容赦してやるほどには学識への敬意が強かったならば。詩人は、おまけに騎士でもあったが、国王はある時、自分のことを韻詩の中で愚弄したからというので投獄し、目を抉り出すよう命じた。詩人は、激痛の余り、牢獄の壁に頭を打ちつけて死んだ。ヘンリー一世は貪欲で、恨みがましく、それは嘘つきなものだから、恐らく、この世にかほどに信用ならぬ男もいなかったのではあるまいか。

第十一章　マティルダとスティーヴン治下のイングランド

　国王が息を引き取るや否や、彼が然まで長らく腐心し、そのため然まで幾多の虚言を弄した画策や陰謀は全て空ろな砂山さながら崩れ去った。一度として勘繰ったり疑ったりしたためしのないスティーヴンまで王位継承権を申し立てて蹶起《けっき》した。

　スティーヴンというのはブロワ（仏中部ロワール河畔都市）の伯爵の下《もと》に嫁いだ征服王の娘アデラの息子だった。スティーヴンと、弟ヘンリーに対し、先王は鷹揚で、ヘンリーをウィンチェスター主教に任じる一方、スティーヴンには良縁を身繕い、大金持ちにしてやっていた。かと言って、スティーヴンは直ちに偽の証人——先王の召使い——を立て、先王は臨終に自分を世継ぎにすると言っていたと誓わすのにおよそ二の足を踏むどころではなかった。この証言に基づき、カンタベリー大主教は彼に戴冠した。かくも突然即位した新王は、時をかわさず皇室の財宝を手に入れ、玉座を守るべく内某かで外国の傭兵を雇った。

　たとい先王は偽の証人の言っていた通りの遺言を残していたとしても、英国民を彼らの承諾もないまま、その数だけの羊か牡牛のように遺贈する権利はほとんどなかったろう。が彼は実は、領土を全てマティルダに譲っていたので、彼女は、グロスター伯爵ロバートに支持され、ほどなく王位に異を唱え始めた。有力な男爵や司祭の中には彼女の味方につく者もあれば、スティーヴンの味方につく者もあった。が誰しも自分の城を要塞で固め、またもや惨めな英国民は戦争に巻き込まれ、たとい誰が凱歌を挙げようと彼らは断じて利益を蒙ることはなく、当事者は誰しも彼らを略奪と拷問と飢餓と破壊で苦しめた。

　ヘンリー一世の死後五年ほどして——その間《かん》二度、国王デイヴィッドの下《もと》にスコットランド人から激しい侵略を受けたが、結局スコットランド王は全軍と共に敗北した——マティルダは弟ロバートと大軍を引き連れ、正統な継承権を申し立てるべくイングランドに上陸した。リンカンにて、彼女の軍隊とスティーヴン王の軍隊との間で戦いが繰り広げられ、国王は自ら戦斧と剣が折れるまで雄々しく戦ったものの、終に捕虜にされ、グロスターで厳重に監禁された。マティルダはそれから司祭達に我が身を委ね、彼らは彼女をイングランド女王の座に即かせた。

　女王はこの威厳を長らく享受する運命《さだめ》にはなかった。ロンドン市民はスティーヴンに一方ならぬ愛着を抱き、男爵の内多くは女性に統治されるのを屈辱と見なしていた上、女王の気立てがたいそう高慢なせいで、彼女には多くの敵がいた。ロンドン市民は叛旗を翻し、スティーヴンの軍勢と共にウィンチェスターで女王を包囲し、弟ロバートを人質に捕った。女王は自らの最高の兵士にして総司令官として、弟を喜んでスティーヴンその人と交換し、スティーヴンはかくて自由の身となった。それから、長い戦争が新たに始まった。ある時、彼女は雪が深々と降り積もる冬の季節にオクスフォード城でそれは激しい攻撃を受けたものだから、唯一逃げ延びるには、雪の上を逃亡する際にスティーヴンの野営から姿を見られぬよう、白衣に身を包み、同様に白衣に身を包んだわずか三名の律儀な騎士しか付き従えぬまま、こっそり徒《かち》で逃げ出し、凍てついたテムズ川を渡り、延々と歩き続け、そこでいざ、馬に乗って蕎地に駆け去る外なかった。以上全てを、女王は果敢にやってのけた。がその折はほとんど無駄に終わった。というのも弟が、闘争が未だ続いている最中《さなか》に息を引き取ったため、終にノルマンディーへ撤退せざるを得なくなったからだ。

撤退から二、三年後、マティルダの名分は若きプランタジネットたる息子ヘンリーの身をもって、新たにイングランドにて息を吹き返した。ヘンリーは弱冠十八歳にもかかわらず、絶大な権力を誇っていた。のは単に母親からノルマンディー全土を譲り受けていたのみならず、フランス国王に離縁されたエレノアという悪女と結婚し、この女がフランスに厖大な領地を有していたからだ。フランス国王ルイはこの縁組が気に入らず、スティーヴン英国王の息子ユースタスがノルマンディーに攻め入るのに援軍を送った。がヘンリーは連合軍をノルマンディーから撤退させ、それからここイングランドへ、国王が折しもテムズ河畔のウォリングフォード（オクスフォードから約十五K南）で包囲している遊撃兵隊員《パルチザン》を助けるべく取って返した。ここにて二日間、わずかテムズ川を間に、両軍は互いに相対して野営を張り、誰にとっても激戦がまた始まるやに思われたその矢先、アランデル（英南部ウェスト・サセックス州町）伯爵が勇を揮って言った。「二人の皇太子の野望に仕えるために二つの王国の筆舌に尽くし難い悲惨をこれ以上長引かすのは理に適うまい」

　一旦口にされると、他の多くの貴族も伯爵の発言を繰り返しては支持したので、スティーヴンと若きプランタジネットは各々、自分の堤まで下り、川越しに会談し、休戦協定を結んだ。ユースタスの大いにホゾを噛んだことに。というのも彼は数名の従者を従えて傲然と立ち去るや、セント・エドマンズ・ベリー大修道院を略奪し、そこにてほどなく狂死したからだ。休戦協定が結ばれた結果、ウィンチェスターで厳粛な講和会議が開かれ、その席でスティーヴンが公式に、ヘンリーを後継者として宣言するとの条件の下《もと》王位を保持し、王のもう一人の息子ウィリアムは父王の適法の財産を相続し、スティーヴンが明け渡していた皇室の領土は全て返還され、彼が建設を認めていた城は全て取り壊されるよう決定された。かくて、今や十五年もの長きにわたって続き、またもやイングランドを荒廃させていた悲惨な戦争は幕を閉じた。翌年、スティーヴンは十九年に及ぶ騒乱の治世の後《のち》、身罷った。

確かに、スティーヴン英国王は生前、多くの優れた資質を具えた思いやりのある、穏健な人物だったにもかかわらず——彼に関してはせいぜい王位簒奪《さんだつ》ほどの悪事しか知られていないにもかかわらず、それも恐らく彼自身としてはヘンリー一世もまた王位簒奪《さんだつ》者だったとの（全く理由にならぬ）理由をもって自らに辻褄を合わせていたと思われるが——イングランドの人々はこの恐るべき十九年の間に彼らの苦悩の歴史にあってすら、それ以前の如何なる時期におけるより幾多の苦悩に喘いだ。二人の敵対する継承権主張者の間で貴族が分裂し、所謂《いはゆる》封建制度が確立されるにつれ（お蔭で小百姓は男爵の生まれながらの領臣にして単なる奴隷に成り下がったが）、貴族は皆堅牢な城を有し、そこにて近隣の人民皆の残酷な王たりて君臨した。よって、誰憚ることなく残虐な仕打ちを繰り返し、今だかつてくだんの十九年間の惨めなイングランドにおけるほど残虐な行為の犯されたためしはなかった。

当時の著述家はその凄まじい様相を如実に書き残している。彼らによれば、城には人間というより悪魔が住みついていた。小作人は、男も女も、金銀故に土牢に閉じ込められ、火と煙で炙られ、親指で吊り下げられ、頭に大きな重しを括りつけたまま踵で吊り上げられ、ギザギザの鉄器で八つ裂きにされ、餓え死にさせられ、先の尖った石のぎっしり詰まった窮屈な梱の中で砕き潰され、その他数知れぬ極悪非道な方法で殺害された。イングランドには小麦も、肉も、チーズも、バターもなく、耕地も、収穫もなかった。焼き払われた町の廃墟と侘しい荒野しか、旅人は、いくらその辺りを四六時中ウロつき回っている盗人に怖気を奮いながら、日がな一日旅を続けようと、目の当たりにせず、夜明けから日没まで、苫屋一軒にすら出会さなかった。

聖職者も時に略奪に、しかも大いに、苦しんだが、内多くには彼ら自身の城があり、男爵同様、鎧兜に身を固めて戦い、他の戦士と共に分捕り品の分け前に与るべく籤《くじ》を引いた。教皇（即ちローマ主教）はスティーヴン英国王が彼の野望を阻止しにかかると、この治世の一時期、イングランドを聖務停止の下《もと》に置いた。とは即ち、教会で如何なる礼拝を行なうことも、如何なる恋人同士を結婚させることも、如何なる鐘を撞くことも、如何なる遺体を埋葬することも禁じた。こうした行為を拒絶する力を有す者は誰であれ、たとい教皇《ポープ》と呼ばれようと家禽商《ポウルタラ》と呼ばれようと、もちろん、数知れぬ無辜の人々を苦しめる力を有す。スティーヴン英国王の御代の悲惨に何一つ欠けてはならぬとでもいうかのように、教皇は公共の在庫にこの喜捨を投じた――我らが救世主がエルサレムにて宝物櫃《ほうもつびつ》の向かいに腰を下ろし、「寡婦が併せて一ファージングになる、小さな硬貨を二つ投げ入れた（『マルコ』一二：四二－三）」際の貧者の一燈とは恐らく、似て非なることに。

第十二章　ヘンリー二世治下のイングランド

第一部

ヘンリー・プランタジネットは弱冠二十一歳にして、ウィンチェスターで先王と交わされた協定に則り、穏便に英国王の座に即いた。スティーヴンの死から六週間後、彼と王妃エレノアはウィンチェスターで戴冠されたが、くだんの都へと、夫妻は威風堂々、鞍を並べ、大歓声や祝賀や楽の音《ね》や乱れ飛ぶ花の直中を、馬で乗り入れた。

ヘンリー二世の治世は順調に幕を開けた。王には厖大な版図があり、（彼自身の生得権と妃のそれを併すと）フランスの三分の一の領主だった。彼は壮健と、能力と、決断力に恵まれた青年で、直ちに、先王の不幸な治世に出来していた弊害を少しでも撤廃しようと腐心した。彼はまずもって先の闘争の間《あいだ》にいずれの側《がわ》にても早急に作成されていた土地譲渡証書を全て無効にし、数多くの粗暴な兵士をイングランドから立ち退かせ、皇室所属の城全ての返還を要求し、邪悪な貴族にはかくも陰惨な残虐行為が平民に加えられた、一千百にも上る彼ら自身の城を打ち壊すよう命じた。王の弟ジェフリーは、王がくだんの改善に努めている片や、フランスで王に対す叛旗を翻し、そのため王はフランスへ向かわねばならなくなった。そこにて、弟と（その後長らくは生き存えなかったが）制圧の後《のち》に和解したものの、彼自身、領土を拡大しようと野望を抱いたためにルイ仏国王と戦争を起こさざるを得なくなった。仏国王とはつい直前までそれは友好的な間係にあったものだから、当時まだ揺り籠の中の赤子にすぎぬ仏国王の娘に自分の小さな息子の内一人の、わずか五歳の少年を連れ添わすと約束していたにもかかわらず。戦争は、しかしながら、最終的には徒労に終わり、教皇の執り成しにより両国王は和睦した。

さて、聖職者は先の治世の騒乱の隙に、蓋し、横暴を極めていた。中にはありとあらゆる類《たぐい》の罪人が――人殺しや、泥棒や、浮浪者が――紛れていたが、事態をなお悪くすることに、善良な司祭はたとい邪悪な司祭が罪を犯そうと、司法に委ねようとせず、飽くまで匿《かくま》い、庇《かば》おうとした。国王は、こうした事態が罷り通っている限りイングランドに平和も安らぎももたらされ得まいと心得ていた。よって、聖職者の権力を減ず意を固め、即位七年後、カンタベリー大主教が死ぬと、いよいよ英断を実行に移す好機が（と王には思われたのだが）訪れた。「新しい大主教には」と王は考えた。「信用の置ける友人を任命しよう。そうすればこうした反抗的な司祭を手懐け、彼らが悪事を働いた際には他の悪人が処罰されるように処罰させる手助けをしてくれるはずだ」という訳で、王は寵臣を大主教に任命し、この寵臣はそれは傑出した人物で、彼の逸話はそれは興味深いものだから、以下、男について余す所なく審らかにするとしよう。

その昔、ギルバート・ア・ベケットという名のロンドンの奇特な商人が聖地に巡礼に出かけ、サラセン領主に捕虜にされた。この領主は、商人を奴隷のようにではなく、手篤く扱ったが、美しい娘があり、娘は商人と恋に落ちた。娘は商人に自分もキリスト教徒になりたいと、もしもキリスト教徒の国に逃げ延びられるものなら、喜んで結婚しようと言った。商人も娘のことが好きだったが、とうとう逃亡の機会が訪れると、サラセン娘のことは一向気に留めぬまま、自分と一緒に捕虜にされた下男のリチャードと共に逃げ出し、イングランドに無事、到着すると、娘のことなどコロリと忘れてしまった。サラセン娘は商人よりもっとお熱だったと見え、商人の後を追うために変装して父親の屋敷を飛び出し、散々難儀な目に出会いながらも海辺に辿り着いた。商人は娘に英語をわずか二語しか教えていず（というのも恐らく、彼自身、サラセン語を学び、くだんの言葉で求愛していたに違いないから）、内一語は「ロンドン」で、もう一語は彼自身の名「ギルバート」だった。娘は船から船へと歩き回りながら「ロンドン！　ロンドン！」と何度も何度も叫び、終に船乗り達は娘がそこへ連れて行ってくれるイギリス船を見つけたがっているのだということを呑み込んだ。という訳で、娘にイギリス船を指差し、娘は船賃代わりに宝石を某か渡し、港を発った。はむ！　商人はとある日のこと、ロンドンの自分の会計事務所に座っていると、通りから騒々しい音が聞こえ、ほどなくリチャードが目を皿のように大きく瞠り、息せき切って倉庫から駆け込んで来るなり声を上げた。「旦那様、旦那様、ありゃ例のサラセン娘で！」商人はてっきりとうとうリチャードも気が狂れたかと思い込んだ。がリチャードは言った。「いえ、旦那様！　誓って、あのサラセン娘が通りから通りをさ迷いながらギルバート！　ギルバート！　って叫んでおいでで」そこで、リチャードは商人の袖をつかみ、窓の方を指差し、そこにて二人して目にしたのは娘が仄暗く、薄汚れた通りの切妻や竪樋の間を訝しげな人だかりに取り囲まれたなり、サラセン衣裳で、然に寄る辺無くもゆっくり通りすがりながら「ギルバート！　ギルバート！」と叫んでいるの図であった。商人は娘の姿を目の当たりにし、捕虜の身にある際にどれほど優しく尽くしてくれたことか、して何と一途なことか思い起こすに及び、如何せん身につまされ、通りへ駆け下りた。娘は彼がやって来るのを目にすると、大きな叫び声を上げざま彼の腕の中で気を失った。二人は時をかわさず祝言を挙げ、リチャードは（実に感心な奴だったから）、祝言の日には日がな一日浮かれて踊り続け、彼らは三人して以降、幸せに暮らした。

この商人とこのサラセン娘との間にはトーマス・ア・ベケットという一人息子があり、彼こそヘンリー二世のお気に入りになった人物である。

彼は、国王が大主教に任じようと思い立った際には大法官になっていた。智恵が回り、陽気で、学があり、恐いもの知らずだった。フランスで幾度か戦争に加わり、フランス騎士を一騎討ちで敗り、騎士の馬を勝利の証とし、連れ帰ったこともある。豪勢な宮殿に住み、若きヘンリー王子の個人教師《チューター》も務め、百四十名の騎士に傅れ、巨万の富を有していた。王はある時、彼を大使としてフランスへ遣わせたが、フランスの人々は何と荘厳な鹵簿を成して旅をしていることか目の当たりに、通りから通りで声を上げた。「この方がほんの大法官だというなら、英国王は如何ほど目も眩まんばかりにキラびやかに違いないことか！」フランスの人々がトーマス・ア・ベケットの威容に目を瞠るのも宜なるかな。彼がとあるフランスの町に入って来た際、行列の先頭には二百五十名の聖歌隊の少年が、それから番《つがい》の猟犬が、それから各々、五人の御者に手綱を取られた五頭の馬に曳かれた八台の荷馬車が——内二台には人々に振舞うよう度の強いエールが、内四台には彼の金銀食器と正装が、残る二台には数知れぬ召使いの仕着せがどっさり積まれた——立ち並んでいた。それから各々猿を一匹背に乗せた十二頭の馬が、それから盾を携え、目も綾な馬具で飾り立てた艶やかな軍馬を曳いた供奉が、それから手首に鷹を止まらせた鷹匠が、それから数知れぬ騎士と、郷紳と、司祭が、それから太陽に燦然と照り映える豪華絢爛たる衣裳を纏った大法官と、誰も彼もが有頂天で飛び跳ねたり叫び声を上げている群衆が、続いた。

国王は以上全てにすこぶる気を好くした。というのもかくも壮麗な寵臣を抱えているということは、それだけ自分が壮麗に映るにすぎぬと考えたからだ。が時にはその華美な衣装をダシに、大法官を茶化すこともあった。ある時、二人で身を切るように冷たい冬の日和にロンドンの通りから通りを馬で縫っていると、襤褸《ぼろ》を着た老人がブルブル身を震わせているのが目に入った。「あの哀れな老いぼれを見よ！」と王は言った。「あやつに暖かく柔らかなマントを与えるというのは慈悲深い行ないではないか？」「紛れもなく」とトーマス・ア・ベケットは答えた。「して、かようのキリスト教的本務を思い起こされるとは、さすが国王」「そら！」と国王は声を上げた。「ならばあの老人におぬしのマントをやれ！」ベケットのマントは白貂《はくてん》で縁取りをした豪勢な深紅の織物で出来ていた。国王はマントを引き剝がそうとし、大法官はマントを引き剝がさすまいとし、二人は諸共、泥濘《ぬかるみ》の中で今にも鞍から落ちそうになった。がとうとう大法官が屈し、国王はマントを老いぼれた乞食に与えた。大いに乞食の胆を潰しもすれば、お付の廷臣皆の愉快がりもしたことに。というのも、今に廷臣というものは国王が腹を抱えれば腹を抱えるにおよそ吝かどころでないばかりか、わけても寵臣をダシに腹を抱えるのが事実、無類に好きだから。

「余はこの」とヘンリー二世は胸中つぶやいた。「我が大法官トーマス・ア・ベケットをカンタベリー大主教に任じよう。あの男は、ならば教会の長《おさ》となり、余に心酔してもいるので、教会を是正するのに力を貸してくれるはずだ。常日頃から聖職者の権力に対し余の権力を支持し、いつぞやなど幾人かの主教に公然と（確か、記憶違いでなければ）、教会の人間は軍隊の人間同様、国王に忠義を尽くす義務を負うていると言っていたではないか。トーマス・ア・ベケットこそ、イングランドの他の誰より、余の大いなる腹づもりにおいて力になってくれよう人物だ」という訳で、国王はベケットは喧嘩好きな男だとか、贅沢な男だとか、阿《おもね》りがちな男だとか、遊び好きの男だとか、ともかく大主教にだけは相応しくない男だといったありとあらゆる反論にもかかわらず、よって、彼を大主教に任じた。

さて、トーマス・ア・ベケットは自尊心が強く、有名になりたくてたまらなかった。彼は既に贅沢三昧の暮らしや、金銀食器や、荷馬車と馬と供奉では有名だった。最早、その点ではこれ以上上手の打ちようがなく、その種の（所詮、実にお粗末なそれたる）令名にはうんざり来ていたので、自分の名を何か外《ほか》のことで知れ渡らせようとした。ならば己《おのれ》の最大限の権力と能力を国王の最大限の権力と能力に立ち向かわすほど、と彼の胸中惟みるに、世界中に我が名を轟かす術《すべ》はなかろう。よって全身全霊を賭してそうしようと心に決めた。

ベケットは、その上、国王に対して何らかの密かな恨みを抱いていたのかもしれぬ。国王は、或いは、何らかの折々、彼の傲った心証を害していたのかもしれぬ。のも強ち的外れではあるまい。というのも国王や、王子や、他の大立て者が敢えてお気に入りの気持ちを逆撫でしようとするのはよくある話だからだ。深紅のマントの些細な逸話ですら、傲り昂った男にとってはおよそ心地好いそれどころではなかったろう。トーマス・ア・ベケットはイングランド中の誰より国王が自分に何を期待しているか心得ていた。如何ほど金に飽かせた暮らしをしようと、彼は未だかつて国王の期待を裏切れる立場にはなかった。が教会の長《おさ》として、くだんの傲然たる態度の取れる今や、歴史に刻ませようと意を決した――自分が国王を屈服させるか、それとも国王が自分を屈服させるか。

かくて突然、ベケットは暮らし向きをガラリと変えた。派手派手しい従者を全て解雇し、粗食に親しみ、苦い水を飲み、泥とウジ虫だらけの麻布を肌身に着け(というのも当時は不潔であればあるほど信心深いと思われていたから)、我と我が身を懲らしめるべく鞭で背を打ち、四六時中、小さな庵《いおり》で過ごし、毎日十三人の貧乏人の足を洗い、能う限りみすぼらしく身を窶《やつ》した。たとい十二匹の代わり、千二百匹の猿を馬の背に載せ、八台の代わり、八千台の荷馬車と共に練り歩いていたとて、この大いなる様変わりによる半ばも人々をびっくりさせられはしなかったろう。お蔭でほどなく、大法官としてより遙かに度々大主教として口の端《は》にかけられ始めた。

国王は激怒した。が、新たな大主教が本来ならば教会領だとして貴族から様々な領地を没収し、国王その人にすら、同じ謂れをもって、ロチェスター城と、ロチェスター市までも明け渡すよう要求するに及び、なお一層激怒した。これに飽き足らず、ベケットは彼自身以外、如何なる権力者も自分が大主教を務める、イングランドの彼《か》の地の如何なる教会に司祭を任命することも罷りならぬと宣言し、ケントのさる郷紳が彼自らその権利を申し立てている類《たぐい》の任命を行なうと、郷紳を破門に処した。

破門は、前章の最後で述べた聖務停止に次いで、聖職者の大いなる武器だった。破門とは、要するに、破門された人物を教会、並びに全ての宗教的儀式からの追放者として宣言し、その者が立っていようと、横たわっていようと、座っていようと、跪いていようと、歩いていようと、走っていようと、跳ねていようと、飛んでいようと、喘いでいようと、咳《しはぶ》いていようと、嚏《はなひ》っていようと、他の何をしていようと、男を頭の天辺から爪先に至るまで呪うことにあった。この非キリスト教的戯事《たわごと》は呪われた当人には無論、ほとんど大差なかったろう――たとい教会から締め出されようと、祈禱ならば我が家で捧げられたし、裁くことの出来るのは神様しかいなかったから――ただ、周りの人々が怯え、迷信に囚われているせいで、破門された人間を避け、ツマ弾きの目に会うのをさておけば。という訳で、国王は新たな大主教に「このケントの郷紳の破門を解除せよ」と言った。が大主教は「断じて」と突っぱねた。

　諍いは続いた。ウスターシャーの司祭が極めて非道な殺人を犯し、国中を震撼させた。国王はこのならず者を他の如何なる殺人犯とも同様の法廷で同様の方法にて審理すべく明け渡すよう要求した。大主教は拒絶し、男を主教監獄に幽閉し続けた。国王はウェストミンスター会館で厳粛会議を催し、今後は彼らの主教の前で国家の法律に背く罪を犯したと宣せられた者は皆、最早司祭とは見なされず、処断のため国家の法律に委ねられるよう要求した。大主教はまたもや拒絶した。国王は果たして司祭は祖国の旧来の仕来りに従うつもりがあるか否かたずねた。そこに居合わす司祭は全員、わずか一人を除き、トーマス・ア・ベケットの顰に倣い、「我が命《めい》を除いては」と答えた。これは実の所、彼らはただくだんの仕来りが彼ら自身の要求に差し障らぬ限りはそれに従うだろうということを意味していた。よって、国王は怒り心頭に発して会館を後にした。

　聖職者の中には、今や、自分達は度を越しているのではなかろうかと危ぶむ者が出て来た。トーマス・ア・ベケットはその他の点ではウェストミンスター会館ほどにも揺るぎなかったが、彼らは自分達の危惧故に、どうかウッドストック（オクスフォードから約十五Ｋ北）の国王の下《もと》へ行き、我が命《めい》云々については一切口にせぬまま、祖国の旧来の仕来りに従うと約束するよう説きつけた。国王はこの屈従を好意的に受け留め、ソールズベリー近郊のクラレンドン城にて一堂に会すよう聖職者の大審議会を召集した。ところがいざ審議会が催されてみれば、大主教はまたもや「我が命《めい》を除いては」の文言に固執し、いくら領主が懇願し、司祭が目の前で涙をこぼしながら跪き、彼を威嚇すべく国王の武装した兵士で一杯の隣の部屋が大きく開け放たれようと、依然固執し続けた。が、とうとう当座、屈服し、旧来の仕来りは（国王が空しく要求していたそれも含め）文書の形で規定され、司祭の長《おさ》によって署名・調印され、クラレンドン法令と名づけられた。

　諍いは、にもかかわらず、続いた。大主教は国王に面会を求めた。国王は面会を拒んだ。大主教はイングランドから逃れようとした。海岸の船員は大主教を連れ去るわずか一艘の船も出帆させようとはしなかった。そこで、大主教はまたもや国王に抗うに最悪の手に出る意を決し、旧来の仕来りを公然と無視し始めた。

国王は大主教をノーサンプトンにおける大審議会の前へ召喚し、大逆罪の廉で訴え、彼に対し、正当なそれではなかったものの、厖大な額の金を要求した。トーマス・ア・ベケットは孤立無援で、全議会に立ち向かい、正しく主教達までも彼に職務を放棄し、国王との闘争を断念するよう忠告した。彼は心労と動揺の余り、二日間病の床に臥したが、依然として怯まなかった。繰り延べとなっている審議会へ、右手に巨大な十字架を携えて出席し、それを目の前に真っ直ぐ立てたまま着席した。国王は立腹して奥の間《ま》へ引き取り、列席者も全員立腹して退廷し、彼はそこに独り置き去りにされた。が依然、そこに座り続けた。主教達は再び一団となって姿を見せ、彼を国賊として弾該した。彼はただ「なるほど！」と答えると、依然、そこに座り続けた。彼らは再び奥の間《ま》に引き取り、審理は被告なきまま進められた。やがてレスター伯爵が男爵達の先頭に立ち、判決を読み上げるべく姿を見せた。大主教は判決を聞こうとせず、法廷の権力を否定し、自分の言い分はローマ教皇に委ねようと言った。彼が十字架を手に、会館から出て行くと、列席者の中には藺草《いぐさ》を拾い上げ——当時は絨毯代わりに藺草《いぐさ》が床に撒かれていたから——投げつける者もいた。彼は傲然と頭《こうべ》を巡らせ、もしや大主教でなければくだんの卑怯者共をその昔如何様に使えば好いか知っていた剣《つるぎ》もて懲らしめようものをと言った。それから馬に跨り、市井の人々に取り囲まれ、高らかな歓声を受けながら駆け去った。してその晩、彼らに屋敷を開放し、夜食を振舞い、自ら食事を共にした。正しくその同じ晩、彼はこっそり町を去り、かくて、夜分に旅をし、昼間は身を隠し、「ディアマン同志」と名乗りながら、難なく、フランドルへと落ち延びた。

諍いは依然として続いた。憤った国王は大主教座の歳入を占有し、トーマス・ア・ベケットのその数四百名に上る縁者や召使いを追放した。ローマ教皇とフランス国王は共にベケットを庇護し、とある修道院を住居としてあてがった。この後援に意を強くし、トーマス・ア・ベケットはさる大いなる祝祭日に人々の犇き合う大きな教会へ粛然と向かい、説教壇に登ると、クラレンドン法令を支持した全ての人々を公然と呪った上、破門に処し、その弾該において幾多の英国貴族に名指しで言及し、国王その人までもあからさまに揶揄《やゆ》した。

この新たな侮辱の報せが寝室の国王の下《もと》へもたらされると、国王は忿怒の余り夜着を引き裂き、藁と藺の寝台の上で狂人さながらのたうち回った。がすぐ様事を起こした。聖務停止の如何なる手紙も王国に届けられぬようイングランド中の港と海岸を厳重に見張らせ、ローマの教皇の宮殿へ伝令と賄賂を送った。一方トーマス・ア・ベケットは、彼は彼で、ローマで手を拱《こまぬ》いているどころか、絶えず、自らのために、能う限りの手練手管を弄した。かくて反目は続いたが、とうとう（しばらく戦争を起こしていた）フランスとイングランドとの間で講和条約が結ばれ、和睦を祝し、二国の王子と王女が祝言を挙げた。それから、フランス国王はヘンリーと、さても長らく宿敵たりし、かつての寵臣との会談を成立させた。

その期に及んでなお、トーマス・ア・ベケットは国王の御前で跪きながらも、例の、我が命《めい》云々に関しては頑迷で、一歩も譲ろうとはしなかった。フランス国王ルイはトーマス・ア・ベケットや彼のような人物に対す崇敬の念においてはやたら弱腰ではあったものの、これはいささか手に余った。彼はア・ベケットは「聖人よりも偉大に、聖ペテロより立派になりたがっている」と言い残すと、イギリス国王と共に彼から馬で駆け去った。哀れ、フランス国王陛下は、しかしながら、ほどなく、かようの真似をしたことではア・ベケットに詫びを入れ、実に不甲斐ないザマを晒すこととはなった。

とうとう、散々揉め返した挙句、次なる落ちがついた。フランス領土においてまたもやヘンリー二世とトーマス・ア・ベケットとの間で会談が持たれ、トーマス・ア・ベケットは先任の大主教の慣例に則り、カンタベリー大主教に任ぜられ、王は彼にくだんの職位の歳入を占有さす可しと取り決められた。して今度こそ諍いには、蓋し、決着がつき、トーマス・ア・ベケットもおとなしくなったものと思う所ではあったろう。が、いや、それでもまだ。というのもトーマス・ア・ベケットは何らかの手立てにより、ヘンリー二世が王国が聖務停止状態に置かれるやもしれぬと危ぶんだ際に、長男のヘンリー王子を内々に即位させていたと聞き及ぶと、ローマ教皇を説得し、戴冠式を執り行なったヨーク大主教を停職させ、戴冠式に列席した主教を全員破門に処さすのみならず、彼自身の使者を、国王の厳重な海岸警備にもかかわらず、イングランドに送り込み、破門通知書を司教達自身の手に届けさせたからだ。トーマス・ア・ベケットはそこで、七年間の逃亡の後《のち》、自らイングランドへ戻って来た。彼はイングランドへ戻るのは危険だと、レイナルフ・ド・ブロックという名の激し易い騎士が奴にイングランドでパンの塊一つおめおめ食わせてなるものかと息巻いていると密かに警告されていた。が、にもかかわらず、戻って来た。

庶民は彼を暖かく迎え、手当たり次第の錆びた武器に身を固め、軍隊風に彼と共にあちこち練り歩いた。彼はかつての弟子である若き皇太子に面会を求めたが、阻止された。貴族や司祭の間で何かささやかながら支持が得られるかと望んだが、期待は悉く裏切られた。自分に付き従う小百姓を能う限り手篤く持て成し、馳走を振舞い、カンタベリーからハロウ－オン－ザ－ヒル（ロンドン北西部自治区）へと向かい、またもやハロウ－オン－ザ－ヒルからカンタベリーへ引き返し、クリスマスの日にそこなる大聖堂にて法を説き、説話の中で会衆に自分は彼らに囲まれて死ぬためにやって来たと、恐らく暗殺されるだろうと告げた。彼は、しかしながら、何ら恐れをなしてはいなかった――と言おうか、たとい恐れをなしていたとしても、より遥かに依怙地だった。というのもその時その場で敵の内三人を破門に処し、激し易い騎士レイナルフ・ド・ブロックもその一人だったからだ。

　人は概ね、座っていようと歩いていようと、欠伸《あくび》をしていようと嚔《くさめ》をしていようと、ともかく外《ほか》の何をしていようと、呪われるのにさして食指が動かぬだけに、かくも遠慮会釈なく破門にされた人物にあって国王に苦情を訴えるのは至極当然のことであった。国王にあってもまた予てよりこの厄介者の敵を終には封じ込めたいと望んでいただけに、こうした新たな侮辱の噂を耳にするや怒り心頭に発すのもまた劣らず当然のことであった。よってヨーク大主教にトーマス・ア・ベケットの生き存える限り安らぐことは叶うまいと進言されるや、廷臣の前ですかさず声を上げた。「ここには誰一人、余からこの男を厄介払いしてくれる者はいないのか?」さらば、そこに居合わす四人の騎士が、国王の言葉を耳にするや否や、互いに顔を見合わせ、中座した。

　四人の騎士は名をそれぞれ、レジノルド・フィッツトサース、ウィリアム・トレーシー、ヒュー・ド・モーヴィル、リチャード・ブリートと言った。内三人はかつての壮麗の日々にはトーマス・ア・ベケットの供奉の端くれではあったが。四人はたいそう密かな物腰で馬で駆け去ると、クリスマスの日の三日後、カンタベリーから程遠からぬ、レイナルフ・ド・ブロックの一族の所有するソルトウッド・ハウスに到着した。彼らはここで内々に、いざとなった時の用心に部下を数名集め、カンタベリーへ向かうと、突如（四人の騎士と十二名の部下は）彼自身の館にいる大主教の前に午後二時に姿を見せた。彼らは頭を下げも口を利きもせぬまま、黙々と床に腰を下ろし、真っ向から大主教を睨みつけた。

トーマス・ア・ベケットはとうとうたずねた。「何用だ?」

「主教達の」とレジノルド・フィッツトサースは答えた。「破門を解き、国王に対す侮礼の責めを負え」

　トーマス・ア・ベケットは倣然と答えた。「聖職者の権威は国王の権威に勝る。おぬしら如きに怖じ気づいてたまるか。

たといイングランド中の剣《つるぎ》で脅されようと、断じて屈さぬ。

「ならば脅しでは済むまい！」と騎士達は言った。して十二人の部下と表へ出ると、武具を着け、ギラつく剣《つるぎ》を抜き、戻って来た。

彼の召使いはその間《ま》に館の正門を締め、門を鎖《さ》していた。当初、騎士達は戦斧で門を叩き壊そうとしたが、侵入出来そうな窓を差し示されると、門は打ちやり、そちらから登った。彼らが扉に打ちかかっている隙に、トーマス・ア・ベケットのお付の者はどうか大聖堂内に逃げ込むよう訴えた。そこならば聖域、と言おうか神聖な場所とし、よもや騎士達も敢えて狂暴な手には出まいだろうと思ったからだ。彼は彼らに何度も何度も、自分は断じて立ち退かぬと言った。修道士が晩禱を捧げている遙かな声が、しかしながら、聞こえて来ると、今や祈禱に加わるのが自分の本務だと、他の如何なる謂れでもなく、それ故にこそ、大聖堂へ行こうと告げた。

彼の館と大聖堂の間には近道の、今でも目にすることの出来よう美しい古びた回廊があった。彼は大聖堂へと、悠然と、いつものように十字架を前に掲げさせながら入って行った。無事中へ入り果《おお》すと、召使い達は扉に錠を下ろす所ではあったろう。が彼は言った。いや！ここは神の館《やかた》であって砦《とりで》ではない。

彼がそう口を利いている間《ま》にも、レジノルド・フィッツトサースの影が大聖堂の入口に立ちはだかり、薄暗い冬の夕べ、戸外に残るわずかな明かりを遮った。この騎士は決然たる声で言った。「ついて来い、王の律儀な僕共《しもべ》よ！」他の騎士の鎧兜のガチャつく音が、彼らが堂内に押し入って来る間《ま》にも、大聖堂中に谺した。

堂内の聳《そび》やかな身廊や厳かな柱の直中はそれは薄暗く、地下の納骨所や階上のせせこましい通路にもそれは幾多の隠処があったものだから、トーマス・ア・ベケットはその期に及んでなお、その気さえあれば逃げ延びられていたやもしれぬ。が、彼は断じて我が身を守ろうとはしなかった。修道士達にきっぱり、自分は逃げも隠れもせぬと言った。して、彼らが一人残らず散り散りに逃げ出し、側《そば》にはただ律儀な十字架持ちエドワード・グライムしかいなくなってなお、終生揺るぎなかったままに、揺るぎなかった。

騎士達は教会の石畳の上をガシャリガシャリ、凄まじい音を立てながら暗闇を突いて近づいて来た。「国賊はどこだ？」彼らは叫んだ。彼は一言も返さなかった。が彼らが「大主教はどこだ？」とたずねると、誇らかに答えた。「ここだ！」して暗がりから姿を見せると、彼らの前に立った。

騎士達はもしも他の何らかの手立てで王や自分達自身から

彼を厄介払い出来るものなら、殺したいとはつゆ思っていなかった。彼らは彼に立ち去れと、さなくば自分達と一緒に来いと言った。彼はいずれも断ると返し、袖につかみかかったウィリアム・トレーシーを力まかせに突き飛ばし、トレーシーは勢い、ヨロヨロ後退った。彼らを詰《なじ》り、自らはいささかも動じぬせいで、彼らをそれは憤らせ、荒らかな気性を弥が上にも掻き立てたものだから、レジノルド・フィットサースは、悪態を吐かれていたこともあり、「ならば死ね！」と言いながら彼の頭に斬りかかった。ところが律儀なエドワード・グライムが片腕を突き出し、渾身の力を込めて打ち下ろされた刃《やいば》を受け留めたお蔭で、主人はただ出血するに留まった。騎士の間からまたもや別の声が上がり、トーマス・ア・ベケットに立ち去れと命じた。が顔面にタラタラと血を伝わせながら、両手をひしと組み合わせ、項垂れたなり、彼は我が身を神に委ね、仁王立ちになった。終に彼らは聖ベネットの聖壇の傍らで彼を惨殺し、骸《むくろ》はどうど頽《くずお》れ、石畳には血と脳髄が飛び散った。

思い浮かべるだに由々しきことではなかろうか、然に罵詈雑言を浴びせかけていた、あやめられた男の骸《むくろ》が、ここかしこ、わずかなランプが黒々とした夜の帳《とばり》の上にポツリポツリ落ちたほんの赤い染みたりて揺らめく堂内に見るも無慙な姿で横たわり、片や罪深き騎士達が肩越しに仄暗い大聖堂を振り返り、馬で駆け去る間《ま》にも堂内に置き去りにしたものに思いを馳せざるを得ぬとは。

第二部

国王は如何様にトーマス・ア・ベケットがカンタベリー大聖堂内で四人の獰猛な騎士の手にかかって命を落としたか耳にすると、心底狼狽した。中には爾来、王はくだんのせっかちな文言「ここには誰一人、余からこの男を厄介払いしてくれる者はいないのか？」を口にした際、事実ア・ベケットを暗殺するよう願い、本気でそう言ったと考えている者もいる。が、よもやそんなはずはあるまい。というのも、王は生来（たいそう激し易くはあったものの）残酷な男ではない上、聡明だったから、版図中の如何に愚かしい男にも分かっていたろうことを――即ち、かようの暗殺は自分に対し、教皇と教会全体を刃向かわすことになろうということくらい――重々心得ていたに違いないからだ。

王は教皇に恭しい使者を立て、自分に罪は（くだんのせっかちな文言を口にしたのをさておけば）ないと訴え、厳粛にして公然と無実の誓いを立て、時期を逸せず和解しようと努めた。こと四人の罪深い騎士に関せば——彼らはヨークシャーに落ち延び、二度と再び宮廷に姿を見せようとはしなかったが——教皇は破門に処した。彼らはしばらく国中の者から疎まれて惨めな日々を送った末、とうとう、悔い改めの印として慎ましやかにエルサレムとへ旅立ち、彼《か》の地で死に、埋葬された。

　たまたま、教皇の気を鎮めるのに幸いするに、ア・ベケットの暗殺後ほどなく、国王がアイルランドにおける実権を申し立てる好機が訪れ——それは教皇にとっては願ってもない請負いだった。というのも教皇なるものがこの世に存す遙か以前に、とあるパトリシウス（又の名を聖パトリック）という男によってキリスト教に改宗させられていたアイルランド人は、教皇は自分達とは一切、自分達も教皇とは一切、関わりがないと考え、よって教皇にペテロ献金、つまり、どこか先の章（第七章一八八頁参照）で説明したことのある一所帯につき一ペニーの税金を納めるのを拒んでいたからだ。国王の好機は以下の如く訪れた。

　アイルランド人は当時、想像を絶すほど凶暴な国民だった。彼らはひっきりなしに言い争っては、殴り合っては、互いの喉を掻っ裂いては、互いの鼻を殺ぎ落としては、互いの家に火を放っては、互いの女房を連れ去ってはと、ありとあらゆる種類の狼藉を働いていた。国そのものは五つの王国に——デズモンド（南西部）と、ソモンド（中西部）と、コノート（北西部）と、アルスター（北東部）と、レンスター（南東部）に——分かれ、それぞれ別箇の国王によって治められ、国王は皆、我こそは他の四人の長《おさ》なりと申し立てていた。さて、五人の内一人、名をダーモンド・マック・モローという国王が（一つならざる荒々しいやり口で綴られる、荒々しい手合いの名だが）、友人の妻を連れ去り、とある島の沼地に隠した。友人は（そんなことはその国では日常茶飯事だったにもかかわらず）、国王の長《おさ》に苦情を訴え、長《おさ》の力添えの下《もと》、ダーモンド・マック・モローを領土から追放した。ダーモンドは仇を討つべくイングランドへ渡り、仮にヘンリー英国王が自分の王国を奪還するのに手を貸してくれるようなら、英国王の領臣として、くだんの王国を治めさせて頂きたいと申し出た。英国王はこの条件に同意したが、その時はただ所謂《いはゆる》「開封勅許状」——その旨希望する如何なる英国臣民であれ英国王に仕え、英国王の大義に与す権限を与える特許証——で力添えしたにすぎなかった。

　ブリストルにさる、リチャード・ド・クレアという名の伯爵がいた。伯爵はストロングボウ*と渾名され、評判のおよそ芳しからぬ男で、欲が深く、捨て鉢で、懐を肥やす機会を与えてくれそうだと見れば何にでも飛びついた。南ウェールズにもう二人、同じ碌《ろく》でなしの手合いのロバート・フィッツ－スティーヴンと、モリス・フィッツ－ジェラルドという名の騎士くずれがいた。この三人がそれぞれ小さな部下の一味と共にダーモンドの大義に与し、もしもダーモンドの申し立てが首尾好く行くようなら、ストロングボウがダーモンドの娘エヴァを娶り、彼の後継者に宣せられるという合意が成立した。

三人の騎士の手練れの部下は戦術という戦術においてアイルランド人より遙かに優れていたため、数の上での圧倒的優位を物ともせず、彼らを打ち敗った。開戦後間もないある戦いで、彼らは三百の首を刎ね、マック－モローの御前に並べ、さらばモローは首を一つずつ、雀躍りせぬばかりに、両手で引っくり返し、たいそう憎々しく思っていた男の首たりしそれに出会すや、髪と耳をむんずと引っつかみざま、鼻と唇を食いちぎった。ということからも、当時のアイルランド国王が如何なる手合いの殿方だったか察して余りあろう。捕虜は、この戦を通じ、凄まじい虐待を受けた。凱旋部隊は彼らの手足をへし折ることなど何とも思わず、高い岩の天辺から海に突き落として憚らなかった。ウォーターフォード（南部マンスター地方同州首都）陥落に伴う悲惨と残虐の正しく直中に——そこにては死体が通りに堆く積まれ、穢《けが》れた溝には血が滔々と流れたが——ストロングボウはエヴァと祝言を挙げた。くだんの累々たる死屍はさぞや悍しき結婚式の御一行にして、花嫁の父に付き付きしきそれを成していたのではあるまいか。

マック－モローは、ウォーターフォードとダブリンを占拠し、様々な凱歌を挙げた後《のち》に死に、ストロングボウがレンスターの王になった。ここにていよいよヘンリー二世の好機が到来する。ストロングボウの勢力増大を阻止すべく王は自ら、ストロングボウの君主としてダブリンへ赴き、彼から王国を剝奪したが、厖大な資産の所有を正式に承認した。王は、それから、ダブリンで謁見会を催し、ほぼ全てのアイルランド国王や首領の臣従の礼を受け、かくて再び、自らのアイルランド元首としての評判を大きく高めて帰国し、改めて教皇の寵愛を受ける当然の権利を申し立てた。して今や、両者の和解は教皇によって——恐らく、国王が予想していたより容易にして温便に、成立した。

かくて行く手に立ちはだかるものはほとんどなく、前途は洋々と開けているやに思われた治世のこの時期、王室は次々悲惨に巻き込まれ、国王はいつしか誰より不幸な男に成り下がり、大いなる意気は阻喪し、健康は損なわれ、失意のどん底に突き落とされた。

王には四人の息子がいた。今や齢十八の――その密かな戴冠がトーマス・ア・ベケットの逆鱗に然まで触れた――ヘンリーと、十六歳のリチャードと、十五歳のジェフリーと、お気に入りの末っ子ジョンの。ジョンは廷臣の間では、相続不動産がないために「欠地王」と呼ばれていたが、国王はアイルランドの領主権を譲るつもりでいた。これら心得違いの若者は、翻って、国王にとっては親不孝者揃いで、互いにとっては仲の悪い兄弟同士だった。ヘンリー皇太子はフランス国王と性悪の母親エレノア王妃に焚きつけられ、不孝の歴史を刻み始めた。

まずもって、彼はフランス国王の娘である若妻マーガレットを自分と同様、即位させるよう申し立てた。父親の国王は承諾し、戴冠式が執り行なわれた。するとすかさず、父親の生きている内に、版図の一部を譲渡するよう要求した。これが拒絶されると、さすが性悪の性悪たる所以か、恨みがましくも夜間に父親の下《もと》を去り、フランス国王の宮廷に庇護を求めた。一両日中に、弟のリチャードとジェフリーも兄の後を追った。彼らの母親も――男装して――息子達の後を追おうとしたが、ヘンリー二世の兵士につかまり、投獄され、そこに十六年間、宜なるかな、閉じ込められることとなった。毎日、しかしながら、一人ならざる阿漕なイギリス貴族は――王が国民を彼らの強欲と迫害から守るのを心好からず思っているだけに――王を見捨て、王子達と行動を共にした。日々新たに、王は王子達が自分に対して軍隊を募っていると、ヘンリー皇太子はフランス宮廷にて彼自身の大使の目の前で王冠を被り、英国王二世と呼ばれていると、王子は皆フランス男爵の同意と承認が得られねば父親たる王とは断じて和解しない旨誓っていると聞かされた。が、飽くまで意志強固にして意気軒昂たりて、ヘンリー二世はこうした悲惨の衝撃にも決然たる陽気な笑顔で対処した。彼は息子を持つ全ての皇室の父親に自分の大義は彼ら自身のそれであるからには力を貸すよう要請し、己自身の血を彼に対して滾《たぎ》らせている不実なフランス国王と戦うべく、財産から二万兵を徴発し、それは強攻に戦争を続行したものだから、さしものルイもほどなく和平交渉のための会談を申し出た。

会談はとあるフランスの平原の鬱蒼と生い茂る緑々《あおあお》としたニレの古木の下で催された。何ら埒は明かなかったが。戦争は再開され、リチャード王子は自らの戦歴の緒に就くに、父親に対す軍を統率したが、父王は彼を軍隊共々撃退した。幾千名にも上る彼の部下はかように邪悪な名分の下《もと》に戦った日をさぞや悔いていたろう、もしや国王がスコット族によるイングランド侵略の報せを受け、急遽、侵攻を阻止すべく祖国へ戻ってでもいなければ。果たして彼は今や真実、ア・ベケットが暗殺されたがためにかようの難儀に見舞われているのやもしれぬと危惧し始めたものか、或いは今ではア・ベケットを聖者と宣している教皇の覚え目出度くなりたかったものか、或いは内幾多の者がア・ベケットの血の通わぬ墓ですら奇跡を行なうと信じている英国民の覚え目出度くなりたかったものか、はいざ知らず、国王はとまれ、イングランドの港に着くや否や、真っ直ぐカンタベリーへ向かい、遙かな大聖堂が目に入ると、馬から下り、靴を脱ぎ、裸足から血を流しながらア・ベケットの墓まで歩いて行った。そこにて王は幾多の人々の目の前で、嘆き悲しみながら、地べたに平伏し、やがて大聖堂参事会会館《チャプター・ハウス》に入って行くと、背中と肩から服を剝ぎ、八十人の司祭に次から次へと瘤だらけの細縄で（さして強かではなかったろうが）鞭打たせた。王がこの風変わりなこれ見よがしの懺悔を行なった正しくその日、たまたま、スコット族に対す完全な勝鬨《かちどき》が挙げられ、かくて司祭は快哉を叫び、口々に、勝利は王の懺悔の大いなる手本の賜物だと言い合った。というのも司祭は概ね、ア・ベケットが暗殺されてこの方、自分達は、あろうことか、彼を崇拝しているこ とにはったたと気づいていたからだ――生前には心底、快からず思っていたにもかかわらず。

フランドル伯爵は英国王の不孝な息子達と彼らの外国の仲間の卑劣な陰謀の指揮を採っていたが、英国王が祖国でかようの侵攻に関わっているのに乗じ、ノルマンディーの首都ルーアンを包囲した。が英国王もまた、ありとあらゆる行動において極めて迅速かつ果敢だったから、イングランドをおよそ出立できそうもない内に早、ルーアンに到着していた。してそこにて上述のフランドル伯爵を完膚無きまで打ち敗り、かくて陰謀人達は和平を申し出、性根の曲がった息子ヘンリーとジェフリーは白旗を掲げた。リチャードは六週間抵抗を続けたが、城また城から追い立てられると、とうとう、やはり降伏し、父親は彼を許した。

これら不埒な王子を許すことはただ、彼らに新たな親不孝を働くために息を継ぐ暇《いとま》を与えることでしかなかった。彼らはそれは逆しまで、恩知らずで、卑劣なものだから、けちなコソ泥に劣らず信用が置けなかった。正しく翌年、ヘンリー皇太子はまたもや叛旗を翻し、またもや容赦された。さらに八年後、リチャード王子は兄に対して叛旗を翻し、ジェフリー王子は言語道断にも、兄二人は父親に対して結託するのでなければ断じて反りは合うまいとまで言ってのけた。父王によって和解が成立した正しくその翌年、ヘンリー皇太子はまたもや父親に対して叛旗を翻し、またもや今度こそ断じて不実は働かぬと誓いながら降伏し、またもや容赦され、またもやジェフリーと共に叛旗を翻した。

が、とうとうこの二枚舌の王子にも観念する時が来た。王子はフランスのとある町で病に倒れ、我ながらの卑劣に恐ろしく良心が咎めたために父親の国王に使いを立て、どうか会いに来て、これが最後、臨終の床で許しを与えて欲しいと請うた。心大らかな王は、いつも我が子に王らしい、寛容な心で接していたから、自ら足を運ぶ所ではあったろう。がこの王子と来てはそれは不孝な真似ばかりして来たものだから、側近の貴族が裏切りを勘繰り、たとい御自らの長男とは言え、かようの逆賊の言葉を鵜呑みにしたのでは命の保証はなかろうと直言した。それ故王は息子に容赦の印とし、指から指輪を外して送り届けた。王子は悲涙に噎びながら指輪に口づけをし、周囲の者にどれほど自分は悪い、邪な、不孝の息子だったか告白し果すと、お付の司祭達に言った。「おお、どうかわたしの亡骸にロープを結わえ、寝台から引きずり下ろし、燃え殻の床《とこ》に横たえてくれ、せめて懺悔に、神への祈りを捧げながら死ねるよう！」かくて、二十七歳の若さで亡くなった。

三年後、ジェフリー王子は馬上武術試合で落馬し、次から次へと踏み越えて行く馬の蹄に脳髄を躙り潰された。という訳で、後に残ったのはわずかリチャード王子とジョン王子だけとなった――ジョン王子は今や立派に成人し、父親に飽くまで忠誠を尽くそうと厳粛な誓いを立てていたが。リチャードはほどなく、友人のフランス国王、フィリップ二世（今は亡きルイの息子）に焚きつけられてまたもや叛旗を翻し、ほどなく降伏し、またもや容赦され、新約聖書にかけて二度と叛旗を翻さぬと誓いを立て、もう一、二年するとまたもや叛旗を翻し、父親の見ている目の前で、フランス国王の御前に片膝を突き、フランス国王への臣従の礼を致し、彼の援軍の下《もと》、力尽くで、父王のフランス領土を全て掌中に収めてみせようと宣言した。

がそれでいて、このリチャードは自らを我らが救世主の一兵士と呼んだとは！　がそれでいて、このリチャードはフランスとイングランド両国王がその前年、「真理」への愛と名誉にかけて新たな十字軍に身を捧げようと（彼同様）誓いを立てた際、平原の鬱蒼たるニレの古木の下《もと》なる親睦的な会談で諸共手にしていた十字架を身に着けていたとは！

心傷《やぶ》れ、息子達の裏切りに疲れ切り、今にも死の床に就きかけ、かくも長らく確乎と持ち堪えて来た不幸な王は、いよいよ意気阻喪し始めた。が教皇が、あっぱれ至極にも、彼を支持し、フランス国王とリチャードに、たとい戦では勝鬨を上げようと、和平交渉を行なわせた。リチャードは英国王の座に即くことを要求し、ヘンリー二世がイングランドに引き留めているフランス国王の妹である許嫁と結婚したい風を（事実とは裏腹に）装った。ヘンリー二世は片や、フランス国王の妹を唯一人（と王の宣ふに）自分に対して叛旗を翻したためしのない息子、お気に入りのジョン王子と連れ添わす気でいた。とうとうヘンリー二世は貴族に一人また一人と見捨てられ、悲嘆に暮れ、疲れ果て、失意のどん底に突き落とされた挙句、講和条約を結ぶことに同意した。

その期に及んでなお、とある決定的な悲嘆が彼を待ち受けていた。彼らは、国王が重篤の床に就いていると、文書になる、講和協定提案書を持って来た際、併せて、国王に容赦の求められている彼らの忠節からの離脱者の一覧も持って来た。この一覧の筆頭にジョンの名が、最後の最後まで信用していたお気に入りの息子の名が、あった。

「おお、ジョンよ！　我が心の愛し子よ！」と王は悶々と声を上げた。「おお、我が最愛のジョンよ！　おお、ジョンよ、汝のためにこそ余はこうした幾多の苦難を耐え凌いで来たというに！　汝まで余を欺くとは！」それから、ぐったり、深い呻吟もろとも身を横たえると、言った。「後は何もかも、好きにするが好い。余は最早何も望まぬ！」

しばらくすると王はお付の者にフランスの町シノン（ロワール渓谷近郊）に——長年、気に入って来た町に——連れて行くよう命じた。が今やどこの場所も気に入ってはいなかった。可借《あたら》確かに、この世に最早望むものは何もなかった。王はこの世に生を受けた刻《とき》を、後に残して行く子供達を、狂おしく呪い、息絶えた。

恰も百年前に、宮廷の卑屈な追従者が今はの際の征服王を見捨てた如く、然《さ》に、彼らは今や征服王の末裔を見捨てた。王宮寝室の略奪において、正しく遺骸までも身ぐるみ剝がれ、それを埋葬のためにフォントヴローの大修道院教会堂まで運ぶ手立てを見つけることすら儘《まま》ならなかった。

リチャードは後年、お追従とし、獅子の心を持つと言われた。もしや彼が、人間の心を持っていたなら、遙かに好かったろうものを。彼の心は、それが何であれ、当人が——事実やってのけたように——厳かな大修道院に罷り入り、被いの払われた父親の死に顔を見つめた際、胸の中で疚しく脈打って然るべきだったろう。彼の心は、それが何であれ、今は亡き国王とのありとあらゆる駆け引きにおいて腹黒い偽誓の心にして、ほんのわずかな優しさの気味においてすら、森の中の如何なる野獣の心より劣ったそれであった。

この治世にとある、「麗しのロザモンドの物語」と呼ばれる美しい口碑がある。曰く、国王はこの世にまたとないほど愛らしい麗しのロザモンドという娘にクビったけになり、娘のためにウッドストックのとある猟園に美しい庵を建てさせ、庵は迷路の中に立っていたため、絹糸を手がかりにせねば近づけなかった。意地悪な妃のエレノアは、麗しのロザモンドに焼きモチを焼き、とうとう手がかりの秘密をかぎつけると、ある日、彼女の前に匕首と毒盃を手にして現われ、くだんの死のいずれかを選ぶよう迫った。麗しのロザモンドは痛ましいほどポロポロ涙をこぼし、酷たらしい妃に詮なくも幾多の祈りを捧げた末、毒を呷り、美しい庵の直中で縡切れた。彼女の周囲では知らぬが仏の小鳥達が陽気に囀ってはいたが。

　さて、世には事実麗しのロザモンドがいて、彼女は（恐らく）この世にまたとないほど愛らしい娘で、国王は確かに彼女にぞっこんで、意地悪な妃のエレノアは確かに焼きモチを焼いていたに違いない。が残念ながら――いいかね、残念ながら。というのもわたしはこの物語が大好きだから――庵も、迷路も、絹の手がかりも、匕首も、毒杯もなかったのではあるまいか。恐らく、麗しのロザモンドはオクスフォードに間近い尼僧院に引き籠もり、そこで、安らかに死に、仲間の尼僧は彼女の墓に絹の綴織をあしらい、しばしば花を手向けたのではあるまいか――国王自身もまだ若く、前途が洋々と開けていた折に彼の心を虜にした若さと美しさを偲んで。国王の人生は今や暗く、潰えた。色褪せ、失せた。ヘンリー・プランタジネットはイングランドをおよそ三十五年の長きにわたり安泰に治めた後《のち》、齢五十七にして――ついぞ全うする運命《さだめ》にはなかったが――フォントヴローの大修道院教会堂にて永久《とは》の眠りに就いた。

第十三章　獅子心王リチャード一世治下のイングランド

西暦一一八九年、獅子心王リチャードはその父たる心を張り裂けさすに資する所大であったヘンリー二世の跡を継いだ。彼は、前述の通り、少年時代から叛逆的だったが、他の人間がいつ叛旗を翻さぬとも限らぬ王の座に即いた途端、叛逆とは大いなる邪悪たることにはったと気づいた。この敬虔な事実に突き当たった勢い、父に叛旗を翻す上で自分に与した主導者を皆、罰した。かくてかほどに己《おの》が本性を如実に示していたろう、と言おうかお追従者や腰巾着に獅子の心を持つ王子をゆめ信じてはならぬとのかほどに打ってつけのクギを差していたろう、何一つ為し得なかったのではあるまいか。

彼は、ことほど左様に、今は亡き父王の財宝物係に枷をかけ、土牢に閉じ込め、そこより財宝物係は全皇室財産のみならず、彼自身の全財産をも放棄するまで釈放されなかった。という訳で、リチャードは獅子の心を有しているか否かはいざ知らず、なるほど、この惨めな財宝物係の資産の獅子の取り分だけは懐に収めた。

彼はウェストミンスターで実に仰々しく英国王として戴冠された——各々一大領主のかざした四本の槍の鋒に張られた絹の天蓋の下《もと》、大聖堂へと徒《かち》で向かうことにて。戴冠式の当日、ユダヤ人に対す恐るべき殺害事件が出来し、一件は自称キリスト教徒の幾多の獰猛な人々を大いに愉快がらせたと思しい。王はユダヤ人が（イングランド中で最も重宝な商人であるにもかかわらず、皆に疎まれていたから）儀式に参列する禁制を布いていた。ところが彼らは新たな君主への敬意を表すべく貢ぎ物を携えて全国各地からロンドンへ集まり、中には贈り物を手に、敢えてウェストミンスター会館まで足を運んだ者もあり、贈り物は実に快く受け取られさえした。一説によると、何者か人込みに紛れた、実に繊細なキリスト教徒を標榜する、騒々しい男が、これを目の当たりに、哮り声を上げざま、折しも会館の戸口から贈り物を手に中へ入ろうとしていたユダヤ人に殴りかかった。さらば、辺りは騒然となった。既に会館の中へ入っていたユダヤ人は表へ押し出され、野次馬の内幾人《いくたり》かが新王は不信の輩を端《はし》から殺すよう命ぜられたと喚き立てた。その途端、群衆はシティーのせせこましい通りから通りを突っ切りながら、手当たり次第のユダヤ人を殺し始め、最早戸外に誰一人としていなくなったと見るや（というのも皆、我が家へ逃げ帰り、厳重に錠を下ろしたから）、狂ったように駆けずり回ってはユダヤ人の住んでいる屋敷という屋敷に押し入り、中へ駆け込みざま彼らを短刀や槍で突き殺し、時には老人や子供を窓から、そのため下でメラメラと燃え盛らせている炎の中へと突き落としすらした。この凄まじき残虐行為は二十四時間もの長きにわたって続いたが、わずか三人の男しか罰せられなかった。しかも彼らですら死刑に処せられたのは、ユダヤ人の金や命を奪ったからというのではなく、キリスト教徒数名の屋敷に火をつけたためであった。

リチャード一世はいかつい、腰の座らぬ、ぶっきらぼうな男で、頭の中に唯一凝り固まった考えしかなく、御逸品、他人様の頭を叩き割るという厄介千万なそれだったが、聖地へ大軍を率いて十字軍遠征に出かけたくて矢も楯もたまらなくなった。大軍は、たとい行く先が聖地であろうと、大金なくしては募れぬとあって、王は皇室領土や国務大臣職ですら売り払い、無謀にも、英国臣民を治めるのに相応しいからというよりむしろ特権に高額を支払えるからというので、貴族を統治者として任命した。ばかりか、恩赦を高額で売り、様々な強欲と迫害の手管を弄することにて、多額の財貨を掻き集めた。それから、留守中、王国の世話をするよう主教を二人任命し、弟ジョンには、万が一にも寝返りを打たれぬよう、絶大な権力と財産を与えた。ジョンはむしろ英国摂政にして欲しかったが、生まれながらにして狡辛い男で、遠征には好意的だった。恐らくは、かく独りごちながら。「戦を行なえば行なうほど、兄が死ぬ確率は高くなり、事実、死ねば、その時はこのわたしがジョン王だ！」

新たに徴募された軍隊が祖国を発たぬ内に、新兵と一般庶民は不幸なユダヤ人に対す言語道断の残虐行為によって悪名を馳せた。というのも幾多の大きな町で、彼らは幾百となくユダヤ人を凄まじく恐るべき手口で殺戮したからだ。

ヨークでユダヤ人が大挙、内多くの者の妻子が目の前で殺された後《のち》、城主の留守中に城へ逃げ込んだ。ほどなく城主が戻り、中へ入れるよう要求した。「どうしてお入れ致せましょう、城主様！」と壁の上のユダヤ人達は言った。「もしや門をわずか一フィートでも開ければ、あなた様の後ろで吠え哮っている群衆がどっと押し入り、わたくし共を殺すに決まっているというに？」

その途端、邪な城主は立腹し、人々にくだんのユダヤ人を殺して一向差し支えないと告げ、するとある悪戯好きの偏執狂じみた托鉢僧が白尽くめのなり、襲撃の頭《かしら》に立ち、彼らは三日三晩にわたり城を襲撃した。

　さらばユダヤ人の長《おさ》である（ラビ、即ち司祭の）ジョーセンが、外《ほか》の者に言った。「兄弟よ、今しも門や壁に玄翁で打ちかかり、ほどなく雪崩れ込もうキリスト教徒を向こうに回し、我々に助かる望みは一縷もない。我々も妻子もキリスト教徒の手にかかろうと、我々自身の手にかかろうと、死なねばならぬなら、我々自身の手にかかって死のうではないか。ここにある宝石や他の宝に火をつけ、それから城に火をつけ、それから諸共、炎に巻かれよう！」

　わずかながら、自害するに二の足を踏む者もいたが、大半の者は同意した。彼らは貴重品を一山に集め、メラメラと燃え上がらせ、財宝が燃え尽きると、城に火を放った。炎が周囲でゴーゴー、バチバチ燃え盛り、天空へ突き上がりざま、空を深紅に染めている片や、ジョーセンは最愛の妻の喉を掻っ裂き、短刀で自決した。妻子を持つ他の全員も長《おさ》の恐るべき手本に倣い、群衆が押し入ってみれば後にはただ（ワナワナと片隅で身を震わせ、ほどなく連中によって息の根を止められることになる一握りの人間をさておけば）脂ぎった燃え殻しか残っていなかった。そのここかしこ、焦げた木の煤まみれの幹の端くれじみた代物が転がっていたが、それはつい今しがたまで造物主の慈悲深き手によりて、そのあるがまま、象られた人間ではあった。

　この不吉な初まりの後《のち》、リチャードと彼の軍隊は聖十字軍と共に、およそ好もしからざる物腰で進軍した。聖十字軍は英国王と旧友、フランスのフィリップ二世によって共々統率されていた。彼らは緒に就くに、総勢十万に及ぶ軍隊を閲兵し、その後、別箇に次の集合場所として定めてあったシシリー島メッシーナ（北東部州都）へ向けて軍隊を乗船させた。

　リチャード一世の妹はメッシーナの王の下《もと》に嫁いでいたが、王は亡くなり、王の伯父タンクレッドが王位を簒奪《さんだつ》し、寡婦なる妃を幽閉し、妃の財産を横領していた。リチャードは妹の釈放と、領土の回復と、（シシリー島の王室の慣例に鑑み）黄金の椅子と、黄金のテーブルと、二ダースの銀杯と、二ダースの銀皿の所有を強硬に求めた。権力絶大の王に抵抗しても所詮、詮なかろうと、タンクレッドは要求に屈した。するとフランス王が嫉妬に駆られ、英国王はメッシーナ島のみならず、他の何処にても独裁君主たろうとしているのではないかと異を唱えた。リチャードは、しかしながら、かようの異議などほとんど、と言おうか全く、意に介さず、金貨二万枚の返礼とし、当時わずか二歳の、甥の愛らしい小さなアーサーをタンクレッドの娘と連れ添わそうと約束した。愛らしい小さなアーサーのことはまた追って審らかにするつもりだが。

このシシリー島の一件が誰の脳天を叩き割るでもなく（さぞや御当人にとっては肩透かしもいい所）落着すると、リチャード一世は妹のみならず、フランスで恋に落ちていた、ベレンガリアという名の美しい娘を連れ去り——というのもくだんの娘を母たる皇太后（お前達も覚えている通り、然に長らく幽閉されていたものの、息子リチャードによって即位と同時に釈放されていた）エレノアが彼の妃とすべくそこへ連れて来ていたから——彼女らと共にキプロス島へと出帆した。

リチャードはほどなく幸いにも、臣民に海岸で坐礁した英国軍の幾隊かの物資を強奪させたとの謂れをもってキプロス島の王に戦を仕掛ける機に恵まれ、哀れ、くだんの独裁君主を難なく降伏さすと、一人娘をベレンガリア妃の侍女とすべく捕らえ、国王自身には銀の枷を掛けた。彼はそれからまたもや母と、妹と、妻と、囚われの王女共々出帆し、ほどなく、フランス国王が艦隊を率いて海から包囲しているアッカの町（イスラエル北西岸海港）の前方に到着した。フランス国王は、しかしながら、軍隊がサラセン人の刃《やいば》にかかって衰弱しているばかりか、疫病によって疲弊してもいたため、およそ意気揚々たる状況にはなく、片やトルコ人の勇猛果敢な君主《サルタン》サラディンは大軍勢の指揮を執り、折しもアッカの町を上に聳やぐ丘陵から、雄々しく守っている所であった。

聖戦連合軍は、どこへ行こうと極めて猥りがわしいやり口で博奕を打ち、酒を飲み、喧嘩を売る外《ほか》——敵であろうと味方であろうと駐屯地の住民を貶める外《ほか》——平穏な場所に騒乱と破滅をもたらす外《ほか》——ほとんど如何なる点においても互いに折り合わなかった。フランス国王はイギリス国王を嫉《そね》み、イギリス国王はフランス国王を嫉《そね》み、両国の粗暴で荒々しい兵士は互いに嫉《そね》み合い、よって、両国王は当初、アッカに対す連合軍の襲撃の点においてすら合意に達さなかった。が、いざ両国王がくだんの目的のために和解すると、サラセン軍は町を明け渡し、キリスト教徒に聖十字の森を譲り、キリスト教徒の捕虜を全員釈放し、金貨を二十万枚払おうと約束した。以上全ては四十日以内に実行に移される予定であった。が、にもかかわらず実行に移されなかったため、リチャード一世は三千名に垂んとすサラセン人捕虜を野営の正面に引き立て、そこにて彼ら自身の同国人の目の前で惨殺するよう命じた。

フランス国王はこの犯罪に荷担していなかった。というのもその時までには部下の大半と共に祖国への帰途に着いていたからだ。一つにはイギリス国王の横暴な振舞いに心証を害していたから。また一つには、彼自身の領土が気がかりだったから。さらには、くだんの灼熱の砂漠地帯の不健全な外気のために体調を崩していたから。リチャード一世はフランス国王抜きで戦争を続け、一年半近くも東方に留まり、様々な危難に遭遇した。毎晩、軍勢が進軍し、休止する度、伝令は全兵士に彼らの与す大義を想起さすべく三度《みたび》声を上げた。「聖墓を救わん!」さらば兵士は全員跪き、祈りを捧げた。「アーメン!」進軍していようと、露営を張っていようと、軍隊は絶えず、焼けつくような砂漠の熱風や、雄々しきサラディンに鼓舞され指揮されたサラセン兵や、それら双方に、立ち向かい続けねばならなかった。病気と死に、戦と負傷に、彼らは常に晒されていたが、ありとあらゆる艱難を通し、リチャード一世は巨人さながら戦い、一介の人足さながら汗水垂らした。王が安らかに永久《とは》の眠りに就いてからも長らく、長らく、巨大な頭部に二〇英ポンドの英国鋼を頂く、王の恐るべき戦斧はサラセン人の間で語り継がれ、サラセン人とキリスト教徒の無数の兵士が皆幾星霜、塵に帰してなお、サラセンの馬がハッと路傍の物影に飛び退けば、騎手は声を上げげたものである。「何を恐れている、この戯けめ!その蔭にリチャード一世が身を潜めているとでも?」

この国王の勇猛の誉れを、鷹揚で勇敢な敵将たるサラディンその人ほど称賛していた人物はいなかった。リチャードが熱病に倒れると、サラディンは見舞いに、ダマスカスの新鮮な果物と、山頂の雪を送った。両者の間では丁重な伝言や挨拶が度々交わされた――と思いきや、リチャード一世は馬に跨り、能う限り幾多のサラセン人を殺し、サラディンは馬に跨り、能う限り幾多のキリスト教徒を殺したものだ。かくてリチャード一世はアースーフとヤッファ(イスラエル中部旧都市)で心行くまで戦い、アスカロン(同沿岸都部市)にてはただサラセン人によって破壊されていた要塞を自衛のため、再建する外何《ほか》一つ刺激的なことがないと見て取るや、同盟国たるオーストリア君主を尊大にも要塞再建に力を貸そうとせぬからというので足蹴にした。

軍隊は終に聖都エルサレムの見える所まで進軍した。ところが聖都は当時ほんの嫉妬と、喧嘩と、戦闘の巣窟にすぎなかったので、ほどなく撤退し、サラセン人との間に三年三月三日三時間の休戦条約を交わした。それから、イギリス生まれのキリスト教徒は気高いサラディンによってサラセン人の復讐から守られながら、我らが救世主の墓に詣で、それからリチャード一世は小部隊共々、アッカで乗船し、帰国の途に着いた。

ところが王はアドリア海で難破し、偽名の下《もと》、ドイツを横断しなければならなくなった。さて、ドイツには聖都にてかの、足蹴にされし尊大なオーストリア君主に仕えた人々が大勢いた。よって幾名かはリチャード一世ほど名立たる人物を易々見破り、足蹴にされし君主に情報をもたらし、君主は直ちにウィーン近郊の小さな旅籠で王を生け捕りにした。

　オーストリア君主の元首たるドイツ皇帝とフランス国王は然に厄介な専制君主が監禁されたというのでいずれ劣らず快哉を叫んだ。悪事を働く上での共謀関係に基づく友情は決して真の友情ではない。フランス国王はその昔、父王に対す不孝な振舞いにおいて心底友人だったにつゆ劣らず心底、今やリチャード一世の仇敵となった。彼は不埒にも、リチャード一世は東方にて自分を毒殺しようとしたと申し立て、王が実際はそこにて力になってやった男を殺害したと責め、ドイツ皇帝に賄賂を贈り、彼を厳重に監禁させた。挙句、これら両君主の策略により、リチャードは前述の犯罪、のみならず他のそれらを犯した廉でドイツ立法府の前に召喚された。ところが、彼が物の見事に我が身の潔白を証してみせたため、議員の内多くは王の雄弁と熱意に感涙をこぼした。王は結局、以降の幽閉期間はそれまでより王の威厳に相応しい物腰で処遇され、多額の身の代金を払えば釈放されることになった。この身の代金を、英国民は喜んで募った。エレノア女王がはるばるドイツまで携えて行ったものの、身の代金は当初、忌避し、拒絶された。が女王が息子のためにドイツ帝国の王子という王子の徳義に訴え、しかもそれは巧みに訴えたものだから、身の代金はとうとう受け入れられ、王は釈放された。その途端、フランス国王はジョン王子に一筆認めた――「我が身を慮られよ。悪魔が野放しになった！」

　ジョン王子は兄を恐れるだけのことはあった。というのも囚われの身にある兄に対して不義を働いていたからだ。王子は密かにフランス国王と結託し、祖国の貴族や平民に兄王は死んだと誓い、空しくも王位を剝奪しようとしていた。王子は今やエイヴレという名のとあるフランスの町にいた。この世にまたとないほど卑しくさもしい男だけに、彼は兄王に取り入るに実に卑しくさもしい画策を練った。かくて、くだんの町の駐屯部隊のフランス将校を正餐に招待し、一人残らず殺害し、それから要塞を攻め落とした。獅子心君主の厚情への当該推薦状を携え、彼はリチャード一世の下《もと》へ馳せ参じ、王の御前で跪き、エレノア女王の執り成しを得た。「王子を許そう」と王は言った。「叶うことなら王子が定めて余の恩赦を忘れるであろうに劣らず易々、王子から蒙った危害を忘れられるものなら」

　リチャード一世がシシリー島にいる間《かん》祖国の版図では難儀

が持ち上がっていた。祖国の管理を委ねていた主教がもう一方の主教を捕らえ、倨傲と野望昂じて、王自身さながら尊大に振舞っていた。が、国王がこれをメッシーナ（シシリー島北東部同州首都）で耳にし、新たな摂政を任命した時には早、このロンシャンは（というのが男の名だったから）女装してフランスへ落ち延び、そこにてフランス国王によって支持と後援を受けていた。かくて、フィリップに対す忿懣遣る方なく、リチャード一世は祖国で熱狂的な臣民に豪華絢爛たる歓迎を受けるや否や、してウェストミンスターにて改めて戴冠されるや否や、フランス国王に悪魔は事実野放しになった旨思い知らす意を決し、猛然と戦いを挑んだ。

　およそこの時期、祖国では金持ちより遥かに重税を課されているのを不服とする貧乏人が血気盛んな闘士ウィリアム・フィッツ－オズベルト、通称長顎鬚《ロングビアド》統率の下《もと》、新たに叛旗を翻していた。彼は総勢五万人に上る秘密集団の首謀になったが、不意討ちに会い、最初に取り抑えようとした市民を短刀で刺し、教会まで雄々しく戦いながら後退し、そこに四日間立て籠もった。がとうとう火を放たれ、堂内から出て来た所を剣で刺された。がそれでは死なず、瀕死のまま、馬の尻尾に括ってスミスフィールドまで曳かれ、そこにて絞首刑に処せられた。死刑は長らく、庶民の唱道者をおとなしくさせるお気に入りの処方だったが、この英国史を繙く内、恐らく、彼らは、にもかかわらず跡を絶たないと思い知らされるのではあるまいか。

　フランスとの戦争は、時折休戦によって長引いたが、依然続いていた。そんなある折、リモージュ（仏中部都市）のさるヴィドマールという名の領主がたまたま、地所で古代硬貨の財宝を発見した。国王の臣下とし、彼は国王に財宝の半分を収めたが、国王は全てを要求した。して領主が全て明け渡すのを拒むと、領主の城を包囲し、命《めい》に従わねば城を強襲し、籠城する者は一人残らず狭間胸壁《はざまきょうへき》の上にて縛り首に処す旨宣言した。

　フランスの彼《か》の地には古くから、リモージュにてはリチャード一世を射留める矢が作られようといった内容の奇妙な歌があった。或いは、城に立て籠もった兵士の一人、バートランド・ド・ゴードンという名の若者は冬の晩など、度々その歌を口遊んでいた、と言おうか口遊まれるのを耳にしていたせいで、塁壁の持ち場から国王がわずか隊長一人をお供に壁の下を手綱を取りながら城を視察しているのを目の当たりに、くだんの古謡を思い起こしたやもしれぬ。彼は弓矢を頭上一杯に引き、しっかと狙いを定めるや、歯を食いしばって言った。「神よ、見事命中させ給え！」してビュンと放つや、矢は王の左肩に突き刺さった。

傷は当初、さして重傷のようには思われなかったが、王は一先ず天幕に引き取り、自分抜きで襲撃するよう命じなければならぬほどには深傷だった。城は陥落し、立て籠もっていた者は一人残らず、王が予てより誓っていた通り絞首刑に処せられた。がバートランド・ド・ゴードンだけは国王の御意が明らかになるまで助命された。

その時までには未熟な治療故に傷は致命傷となり、王は死を覚悟した。王はバートランドを天幕へ連れて入るよう命じた。若者は手足にずっしり枷をかけられたまま、引き立てられた。リチャードはグイと若者を睨め据え、若者も劣らずグイと国王を睨め据えた。

「ならず者よ!」とリチャード一世は言った。「余はおぬしに命を奪われねばならぬとは、一体おぬしに何をした?」

「国王がわたしに一体何をなされたかと?」と若者は答えた。「御自身の手で父と二人の兄を殺されました。わたし自身も縛り首になさるはずでした。どうか気の済むよう、嬲り殺して下さい。せめてもの慰めは、如何ほど拷問にかけられようと、御自身助かるまいということです。国王も死なねばなりません。しかもこのわたしの手にかかって、あの世へ葬り去りられるとは!」

またもや王はグイと若者を睨め据え、またもや若者もグイと王を睨め据えた。或いは、キリスト教徒でないながら、心大らかな仇敵サラディンのことが瀕死の王の脳裏を過ったのやもしれぬ。

「若者よ!」と王は言った。「おぬしを許そう。さっさと立ち去れ!」

それから、肩に傷を負った際に共に馬を駆っていた隊長の方へ向き直ると、リチャード一世は言った。

「この者の枷を解き、一〇〇シリング与え、釈放せよ」

王は寝椅子にへたり込み、力尽きた眼には、暗黒の霧が然にしばしば安らって来た天幕中に立ち籠めるやに思われた。かくて息を引き取った。享年四十二歳にして治世十年の後《のち》。王の最期の命令は従われなかった。というのも隊長はバーナード・ド・ゴードンの生皮を剝いだ上、絞首刑に処したからだ。

今なお知られている古謡があり——悲しい旋律というものは時に、幾世代もに及ぶ屈強な男達よりなお長らく生き存え、二〇ポンドの鋼を頂く戦斧にさえ敵わぬほど強かに持ち堪えるものだから——正しくこの古謡のお蔭で、リチャード一世は囚われの身にある所を見つけ出されたという。王のお気に入りの吟遊楽人ブロンデルは——口碑に曰く——律儀に君主を探し求めながら、幾多の外つ国の砦や牢の陰鬱な壁の外で古謡を歌って回っていた。するととうとう、土牢の中から歌詞が谺されるのを耳にし、声に聞き覚えがあったため、有頂天で叫んだ。「おお、リチャード様、おお、我が陛下！」という言い伝えを、もしも信じたければ、信じるが好い。もっと悪いことだって信じるのは容易いはずだ。リチャードは彼自身、吟遊楽人にして詩人だった。もしもおまけに君主でなければ、恐らく、もっと善人で、流血や殺戮にまだしも責めを負わずしてこの世を去れていたろうに。

第十四章　欠地王ジョン治下のイングランド

齢《よはい》三十二にして、ジョンは英国王になった。愛らしい小さな甥のアーサーが最も正当な王位継承権を有していたが、ジョンは財産を剝奪し、高位貴顕に実しやかな約束をし、兄リチャードの死後二、三週間も経たぬ内に首尾好くウェストミンスターにて戴冠された。たといイングランド中を限なく探し回ろうと、果たしてより浅ましき卑怯者の、と言おうかより悍しきならず者の頭に王冠が冠《かむ》せられ得たものか否か、は今に疑わしい。

フランス国王フィリップはジョンの新たな威信への権利を認めようとせず、アーサーこそは王となって然るべきだと申し立てた。ただし、彼がわずかなり、父亡き少年に大らかな感情を抱いていたなどと思ってはならぬ。ただ単に、イングランドの国王に刃向かうのが野心的な策略に適っていたにすぎぬ。という訳でジョンとフランス国王とはアーサーを巡り、戦いを始めた。

アーサーは、当時わずか十二歳の、眉目麗しき少年だった。彼は父親のジェフリーが馬上武術試合で脳髄を躙り潰された際には未だ産声を上げていなかった。ついぞ父親の指導と庇護を知らずに育った不運にかてて加えて、（名をコンスタンスという）母親は、三度目の夫と連れ添ったばかりだったが、生憎、実に愚かしい女性だった。母親はアーサーを、ジョンの即位と同時にフランス国王の下《もと》へ連れて行った。国王は表向き、極力アーサーの肩を持つ風を装い、彼をナイト爵に叙し、いずれ王女と連れ添わそうと約束した。ところが、実はアーサーのことなどほとんど歯牙にもかけていなかったから、一時《いっとき》ジョン英国王と和解する方が得策と見て取るや、哀れ、小さな王子はいささかも顧みずして和平を結び、無慈悲にも、王子の利権を全て犠牲にした。

幼いアーサーは、その後二年ほどは平穏に暮らし、その間《かん》、母親が亡くなった。ところが、フランス国王はまたもやジョン英国王と諍いを起こすのが得策と見て取るや、またもやアーサーを口実に仕立て、孤児《みなしご》の少年を宮廷へ招いた。「君は自分の権利を知っているはずだ、王子」とフランス国王は言った。「さぞや王になりたかろう。ではないかね？」「ええ、ほんとに」とアーサー王子は答えた。「王様になれたらどんなにいいでしょう！」「ならば」とフィリップは言った。「君にわたしの騎士より成る二百名の軍勢をつけて上げるから、彼らと一緒に、君の叔父の強欲な英国王が掌中に収めている君の領土を取り返したまえ。わたし自身は、その間《ま》にノルマンディーで、英国王と戦う軍隊を率いるとしよう」哀れ、アーサーはそれはまんまとおだてに乗り、それはありがたい気持ちで一杯になったものだから、すんなり、狡猾な仏国王との盟約に署名し、かくて彼をこそ至高の元首と見なし、仏国王はジョン英国王から奪える限りのものを独自に所有して構わぬ旨諒承した。

さて、ジョン英国王はありとあらゆる点においてそれは邪悪で、フィリップ仏国王はありとあらゆる点においてそれは背信的なものだから、二人に弄ばれるアーサーはキツネとオオカミに弄ばれる仔羊も同然だったろう。が、かくも若いだけに、血気盛んで意気揚々としていた。ばかりか、(彼の生得権たる)ブルターニュの人々がさらに五百名の騎士と五千名の歩兵を送ると、てっきり命運は開けたものと思い込んだ。ブルターニュの人々は誕生した時からアーサーに好意的で、是非ともかの、この書の中でも話して聞かせたことのある伝説的な英国王アーサーに因んで、アーサーと名づけるよう申し立てていた。というのも彼らはアーサー王が彼ら自身の古《いにしへ》の王の勇敢な友人にして相棒だったと信じていたからだ。彼らには彼ら自身の間にマーリン*という名の(同じ古《いにしへ》の)預言者に纏わる口碑があり、マーリンによれば彼ら自身の王が数百年後、彼らの下《もと》に戻って来ることになっていた。よって皆は預言はアーサーにおいて実現されるだろうと、いよいよアーサーがブルターニュの王冠を頂いて自分達を統治し、フランス国王もイギリス国王も自分達に対し何ら権力を有さぬ時が訪れようと信じていた。アーサーは片や、晴れてキラびやかな鎧兜に身を包み、騎士や歩兵の供奉の先頭に立ち、艶やかに盛装した馬の手綱を曳くに及び、彼自身、これを信じ、古《いにしへ》のマーリンは実に優れた預言者だったに違いないと見なし始めた。

アーサーは自分のちっぽけな軍勢など英国王の武力を前にしては無に等しいなど思いも寄らなかった——どうして、かくも無垢で未熟だというに、思いも寄ったろう? 仏国王には無論思い寄っていたが、哀れ、少年の運命など、英国王に難儀や災禍が降り懸かる限りは、物の数ではなかった。という訳で、フィリップ仏国王はノルマンディーへ、アーサー王子はポワティエに間近いフランスの町ミルボーへと、いずれ劣らず揚々と、向かった。

アーサー王子がミルボーの町を襲撃すべく進軍したのは、そこにこの英国史にも度々登場する(していつも彼の母親の敵だった）祖母のエレノアが住み、騎士達が「王子様、もしも皇太后を捕虜にすれば、きっと叔父上である国王とも仲直りできるでしょう！」と言ったからだ。しかし皇太后はそう易々と捕虜になるような女性ではなかった。彼女はこの時までにはかなり老齢に——齢《よはい》八十に——なっていたが、さすが歳を取って腹黒い分だけ、術数にも長けていた。若きアーサーの進軍の報せを受けると、彼女は高い塔に閉じ籠もり、兵士に男なら男らしく塔を守るよう焚きつけた。アーサー王子は小さな軍隊を率いて高い塔を包囲した。ジョン英国王は事の次第を耳にすると、彼の軍隊を率いて救出に乗り出した。という訳で実に珍妙な一族の集いもあったものでは！　少年王子が祖母を包囲し、その少年王子を叔父が包囲しているとは！

　かようの事態が長らく続くはずはない。とある夏の晩、ジョン英国王は、背信を犯し、部下を町に侵入させ、アーサー王子の軍隊を急襲し、二百名の騎士を捕らえ、王子自身も寝台の中で取り抑えた。騎士は重い枷をかけられた上、無蓋の荷牛車であちこちの土牢へ運ばれ、そこにて極めて残虐な拷問に会い、中には餓死する者もいた。アーサー王子はファレーズ（カルヴァドス県コミューン）の城へ送られた。

　ある日のこと、王子は城の牢の中で、こんなにも若くしてこんなにも幾多の揉め事に巻き込まれなくてはならないとは何と妙な話かと惟み、黒々としたぶ厚い壁の中の小さな窓から夏の空と小鳥を眺めていた。すると扉がそっと開き、振り返れば、国王が拱道の暗がりに立ち、苦虫をかみつぶしていた。

「アーサーよ」と国王は邪悪な目を甥に、というよりむしろ石畳の床に凝らしたまま、言った。「お前は甥思いの叔父の優しさや、友情や、正直を信用する気になれぬというのか？」

「ぼくは甥思いの叔父上に」と少年は返した。「もしもぼくを公平に扱って下さったら、そう申し上げましょう。どうかぼくのイングランド王国を返し、それからここへ来て、同じ問いをかけて下さい」

　王は王子を見据え、出て行った。「あの少年を厳重に監禁するよう」と王は城の獄吏長に告げた。

　それから、王は貴族の中でも最も邪な連中と、如何様に王子に片をつければよいか密かに額を寄せ合った。中には「目を刳《く》り貫《ぬ》き、ノルマンディーのロバートのように牢に閉じ込めておかれては」と言う者もあれば、「刺し殺しては」と言う者も、「縛り首にしては」と言う者も、「毒を盛っては」と言う者もあった。

『御伽英国史』第十四章

ジョン王は、後ほど如何様な手が打たれようと、ともかくあの、彼自身の王たるの目が石畳の床宛瞬《しばた》いている片や、然に誇らかに自分に凝らされていた美しい目を焼き潰してしまえばさぞや溜飲が下がろうという気がし、少年の目を赤熱の鏝で潰すようファレーズへ悪党を遣わした。ところがアーサーがそれは痛ましくポロポロ涙をこぼしながら彼らに哀願し、片や、あっぱれ至極な上に心優しく、アーサーのことも心憎からず思っている城の獄吏長ヒューバート・ド・ブール(又はバーグ)にそれは切々と訴えたものだから、ヒューバートは如何せん、情にほだされた。して、彼の永遠の誉れたることに、拷問に待ったをかけ、我が身の危険を顧みず、無法者共を追い返した。

肩透かしを食い、業を煮やした国王は、次は刺殺の提案を思い起こし、例の煮え切らぬ物腰と残忍な面《おもて》で、ウィリアム・ド・ブレイという男に暗殺を持ちかけた。「わたしは郷紳であって執行吏ではありません」とウィリアム・ド・ブレイは返し、さも見下げ果てたかのように御前を辞した。

だが当時、一国の王が殺し屋を雇うのは訳ない話。ジョン王は自分の金で殺し屋を見つけ、ファレーズ城へ送り込んだ。「何用で参った?」とヒューバートは刺客にたずねた。「アーサー王子を暗殺するために」と男は返した。「きさまを遣わした者の所へ戻り」とヒューバートは答えた。「その役はわたしが買おうと伝えろ!」

ジョン王はヒューバートがそんな真似をするはずはなく、ただ雄々しくも、王子を救うため、と言おうか時間を稼ぐためにこんな返答を託したことくらい百も承知だったから、急遽使者を遣わし、若き囚人《めしうど》をルーアン城へ移すよう命じた。

アーサーは間もなく律儀なヒューバートから力尽くで引き離され――彼をその折ほど必要としたためしはなかったろうが――夜闇に紛れて連れ去られ、新たな牢に投獄された。そこにては格子窓越しにセーヌ川の深い流れがひたひたと下方の石壁に打ち寄すのが聞こえた。

とある晩、恐らくは彼の名分故に人知れず苦しみ、死にかけているかの不幸な郷紳達によって救い出される夢を見ながら横たわっていると、アーサーは獄吏に起こされ、塔の袂に通ずる階段を下りるよう命じられた。彼は急いで着替えをすると、命令に従った。二人して螺旋階段の袂まで下り、セーヌ川の夜風が顔に吹きつける所まで来ると、獄吏は松明を足で揉み消した。それからアーサーは、暗がりの中を、孤独な小舟の中へそそくさと引きずり込まれ、引きずり込まれてみれば、中には叔父ともう一人、男が乗っていた。

アーサーは二人の前で跪き、どうか殺さないでくれと訴えた。が彼の訴えには聞く耳持たず、彼らは彼を刺し殺し、死体に重い石を括って川に沈めた。春の夜が明けた際、塔の扉はひたと閉じられ、小舟は失せ、川は常と変わらずキラキラと流れ、哀れ、少年王の痕跡はそれを最後、誰の目にも触れることはなかった。

この凶悪な暗殺の報せがイングランド中に広まると、王に対す憎悪が掻き立てられ（王は既に幾多の悪徳故に、また正妻が存命でありながら、貴族の令嬢を密かに連れ去り、妻としていたために、少なからず反感を買っていたが）、憎悪は彼の治世を通じ、二度と収まることはなかった。ブルターニュにおいて、人民の忿怒は留まる所を知らなかった。アーサー自身の妹のエレノアはジョンの権力の掌中にあり、ブリストルの尼僧院に閉じ込められていたが、異父妹のアリスはブルターニュにいた。人々は彼女と、コンスタンスの現夫である、暗殺された王子の義父を統治者として選び、フィリップ王に激しい苦情を訴えた。フィリップ王はジョン王を（フランスにおける領土の所有者とし）自分の前に出頭し、申し開きをするよう召喚した。ジョン王が出頭を拒むと、フィリップ王はジョン王の背信と、偽誓と、有罪を宣告し、またもや戦争を始めた。間もなく、彼のフランス領土の大半を征服することにより、フィリップ王はジョン王から版図の三分の一を剝奪した。かくて、勃発した戦争を通し、ジョン王は危険が遠退いている折には、大食漢の阿呆よろしく鯨飲馬食するか、危険が差し迫っている折には、尻尾を巻いたヤクザ犬よろしく逃げ惑うかの二つに一つではあった。

ジョン王は、かくて見る間に領土を失い、傘下の貴族ですら国外まで彼の軍旗に付き従うのをあからさまに拒むほど王にも王の大義にもほとんどお構いなしというなら、無論、嫌と言うほど敵がいた。がもう一人、教皇までも敵に回した。以下なる次第で。

カンタベリー大主教が死去すると、彼の地《か》の若年僧は後任を選出する上で老年僧の機先を制すべく、真夜中に集合し、内密に、然るレジノルドという僧を選び、教皇の承認を得るため彼をローマへ送り出した。老年僧と国王はほどなくこれを見破り、たいそう立腹したので、若年僧は屈服し、全修道僧で国王のお気に入りたる、ノリッジ主教を選んだ。教皇は一部始終を聞き果すと、いずれの選出も意に染まぬ故、自分としてはスティーブン・ラングトン*を推すと宣言した。修道僧が皆、教皇の意に服すると、国王は彼らを一人残らず放逐し、謀叛人として追放した。教皇は三名の主教を国王の下《もと》へ遣わし、聖務停示で威嚇した。国王は三名の主教に、万が一我が王国に聖務停示令が敷かれるようなら、手当たり次第の修道士の目を抉り出し、鼻を殺ぎ落とし、くだんのおよそ眉目麗しからざる様にて彼らの主人への貢ぎ物とし、ローマへ届けて進ぜようと告げた。三主教は、にもかかわらず、ほどなく聖務停示を布告し、速やかに逃げ去った。

聖務停止が一年ほど続いた後《のち》、教皇はお次の手に出た。即ち、破門宣告という。ジョン王はお定まりの典礼に則り粛々と破門を宣告された。王はさらば激怒し、己《おの》が男爵の離反と国民の憎悪によって自棄的になった勢い、一説には、スペインのトルコ人の下《もと》へ密かに大使を遣わし、もしや力になってくれるようなら改宗し、彼らの統治を引き受けようとまで持ちかけたと伝えられる。して、大使達はトルコ首長《エミア》の御前へと長々しいムーア人の護衛の列の間を通され、通されてみれば、首長《エミア》は大きな本のページに脇目も振らず、目を凝らしていた。大使達は彼に国王からの申し出の綴られた手紙を渡すと、粛然と御前を辞すよう命ぜられた。ほどなく首長《エミア》は大使の内一人を呼びにやり、キリスト教信仰に誓って、英国王は真実、如何様な人物かと問うた。大使は、かくて問い質されると、英国王は王自身の臣民ですらほどなく叛旗を翻そう、二枚舌の暴君なりと答えた。してこれだけで首長《エミア》には十分であった。

金は、彼の立場にあっては、兵士の次に肝要な代物だったから、ジョン王は手段を選ばず金を手に入れようとした。かくて（極めて彼らしくも）またもや不幸なユダヤ人を責め苛む策に乗り出し、ブリストルに住むとある金持ちのユダヤ人に対す新たな懲罰を考案した。即ち、所定の大金を収めるまで、くだんのユダヤ人を投獄し、毎日、歯を一本ずつ――まずは八重歯から始めて――無理矢理引き抜くという。七日間、拷問にかけられたユダヤ人は日々歯を抜かれながらも日々苦痛に耐えたが、八日目に金を支払った。かくて残忍千万に調達した資金で、王はイギリス貴族が叛乱を起こしているアイルランドへ遠征した。アイルランドは彼が潰走しなかった数少ない場所の一つだが、それは何ら抵抗が試みられなかったからにすぎぬ。彼はウェールズにも遠征を行ない――挙句、そこからは事実潰走した。ただし、ウェールズ人から人質とし、最も良い家柄の若者二十七名を連れ去った末。彼らを翌年、一人残らず惨殺させはしたが。

聖務停止と破門に加え、教皇は今や最後の処罰――廃位――を申し渡した。彼はジョンは最早、王ではないと宣言し、臣民を全員忠節の義務から解除し、スティーブン・ラングトンを他の者と共にフランス国王の下《もと》へ遣わし、仮にイングランドに攻め入る気があれば、犯した罪を全て許そう――と言おうか、少なくとも教皇によっては、もしやそれで用を成すなら、許されよう——と伝えた。

イングランドに攻め入るほどフィリップ王が望んでいたこともまたなかったので、彼はルーアンに大部隊を召集し、彼らを輸送すべく千七百艘の艦隊を用意した。英国民は、しかしながら、如何ほど心底英国王を憎んでいようと、おいそれと侵攻を許すような国民ではない。彼らは英国軍旗のあるドーヴァーに祖国の自衛兵として徴募に応ずべく大挙結集したため、十分な糧食がなく、王は内六万兵しか召し抱えられなかった。が、事ここに至りて、教皇が、ジョン英国王にせよフィリップ仏国王にせよ、余りに権力絶大になるのに異を唱える、彼なりの理由があったから、割って入った。彼はパンドルフという名の遺外使節に、ジョン王を脅《おびや》かすという実にお易い御用を委託した。かくてパンドルフをフランスからイギリス軍野営地まで派遣し、フィリップ王の軍勢の大きさと、それに引き替え英国王自身は英国男爵と英国民の反感において如何ほど脆弱か誇張して伝えさすことにて王に怖気を奮わさせた。パンドルフがこの使命をそれは物の見事に果たしたものだから、ジョン王は惨めったらしくも恐れ戦いた勢い、スティーブン・ラングトンを大主教として認め、自分の王国を「神と、聖ペテロと、聖ポールに」——とは即ち、教皇に——委ね、王国を以降は教皇の許可の下《もと》、年貢を納めることにて統治することに同意した。この恥ずべき盟約に、王はドーヴァーのエルサレム神殿騎士団教会にて公然と誓いを立て、そこにて遺外使節の足許に年貢の一部を捧げた。さらば使節はそれを傲然と踏み躙った。が通説では、これは単に雅やかな外連《けれん》にすぎず、遺外使節は後ほどそれを拾い、ポケットに収める様が見受けられたという。

ピーターという名の不幸な預言者がいた。というのもこの男はジョン王の怖気を剰《あまつさ》え奮わすに、王はキリスト昇天祭*が終らぬ内にナイト爵を剥奪されようと（とは死ぬという意味だろうと王は解釈した訳だが）、預言したからだ。大昇天日はこの屈辱の翌日に当たり、その夜が明けても、王は一晩中ワナワナ総毛立っていたものを、自分が無事、生き存えていると見て取るや、預言者と——息子までも——徒に脅《おびや》かした廉で、馬の尻尾に括って通りから通りを引き廻し、それから縛り首に処すよう命じた。

ジョン英国王が今や屈服すると、教皇はフィリップ仏国王の大いに仰天したことに、英国王を庇護の下《もと》に置き、フィリップ仏国王に最早英国を侵略する許可を与える訳には行かなくなったと告げた。立腹したフィリップは教皇の許可なくして英国侵略を決意した。が百害あって一利なし。というのもソールズベリー伯爵に率いられた英国軍はフランス艦隊が出帆しない内に総勢五百艘でフランス岸へ渡り、敵軍を壊滅させたからだ。

　教皇はそれから三宣告を次から次へと解除し、スティーヴン・ラングトンにジョン王を再度、英国教会の寵愛の下《もと》に公然と受け入れ、正餐に招待する権限を与えた。国王はラングトンを心底――して宜なるかな、というのもラングトンは偉大で善良な男であり、かようの国王がかようの男に共感を抱けようはずもなかったから――憎んでいたが、表向き涙をこぼし、大いに感謝している風を装った。国王が自ら大きな傷手を蒙らせた聖職者に賠償として如何ほど支払うべきかを巡り、些細な悶着が起こったが、結局、上級司祭は多額を手に入れ、下級司祭はほとんど、と言おうか全く手に入れなかった――これもまたジョン国王の治世以来、連綿と受け継がれている伝統のようではあるが。

　これら一切合切に片がつくと、英国王は鬼の首でも捕ったかのように、未だかつてないほど周囲の者皆に獰猛で、二枚舌で、尊大になった。フィリップ仏国王に対す君主同盟が成立し、フランスに軍隊を上陸させる機会が生まれると、彼はとある町を陥落させさえした。が仏国王が大勝利を収めるや否や、無論、潰走し、五年間の休戦協定を結んだ。

　して今や、終に彼にもなお輪をかけて辱められ、何と我ながら卑劣な人間であることか思い知らされる（などということがあり得るならば）時がやって来た。あろうことか、外ならぬスティーヴン・ラングトンが「天」によって彼に刃向かい、制圧するよう喚び覚まされでもしたかのようだった。ジョンが彼らの領主たる男爵が国外で自分に仕えようとしないからというので英国臣民の財産を仮借なく焼き払い、破壊すると、スティーヴン・ラングトンは果敢に国王を譴責し、威嚇した。国王が懺悔王エドワードや、ヘンリー一世の法律を回復すると誓いを立てようと、スティーヴン・ラングトンは王の虚偽を見抜き、ありとあらゆるはぐらかしを通し、王を追及した。男爵達が自ら受けた虐待と王の迫害の数々を協議すべくセント・エドマンズ－ベリー大修道院に集合した際、スティーヴン・ラングトンは彼らの偽誓君主から権利と自由の厳粛な憲章を要求し、一人ずつ、中央聖壇の上で是が非とも憲章を勝ち取り、さなくば国王に対し命がけで戦を挑もうと誓いを立てるよう、苛烈な文言で蹶起を促した。国王がロンドンで男爵達から身を潜め、終に彼らを迎え入れなければならなくなると、彼らは国王に腹蔵なく、スティーヴン・ラングトンが国王が約言を守る保証人にならぬ限り断じて国王の言は信じないと告げた。たとい彼が何らかの箔を帯び、好意的に受け入れられるものに所属すべく十字記章を身に着けようと、スティーヴン・ラングトンは依然として動じなかった。王が終に教皇に訴え、教皇がスティーヴン・ラングトン宛、新たな寵臣に成り代わって一筆認めようと、スティーヴン・ラングトンは教皇その人に対してすら聞く耳持たず、眼前にはただイングランドの繁栄と、イングランド国王の罪過しか見据えていなかった。

復活節*に、男爵達はリンカンシャー州、スタンフォードに誇らかな隊形を整えて結集し、国王のいるオクスフォード近くまで行進すると、スティーヴン・ラングトンともう二名の手に苦情の一覧を委ねた。「してこれらを」と彼らは言った。「国王は正さねばならず、さなくば我々が自ら正そう！」スティーヴン・ラングトンが同上の内容を王に告げ、一覧を読み上げると、国王は気も狂れんばかりに激怒した。かと言って一向埒は明かなかった。その後、男爵達の気を鎮めるべく虚言を弄そうとしたに劣らず。彼らは自分達と支持者を「神と聖教会軍」と名づけた。国中至る所で（ただし攻城に失敗したノーサンプトンはさておき）国民に群がり寄られながら進軍し、彼らはとうとうロンドンそれ自体に意気揚々と軍旗を掲げた。というのもロンドンへと、暴君に倦んだ国中の人々が彼らに加勢すべく押しかけているやに思われたからだ。イングランド中の勲爵士の内わずか七名しか王の下《もと》に留まらず、王はかくて進退谷まると、終にペンブローク（ウェールズ南西部旧州首都）伯爵を男爵達の下《もと》へ遣わし、自分は何一つ異議はなく、彼らの望む折に憲章に署名すべく会談しようと伝えさせた。「ならば」と男爵達は答えた。「六月十五日、場所はラニー‐ミード*にて」

一二一四年六月十五日月曜日、国王はウィンザー城を、男爵達はステインズの町を、発ち、共にラニー‐ミードで落ち合った。ラニー‐ミードは今にテムズ河畔の心地好い牧場《まきば》で、蛇行する川の澄んだ水では藺《い》が生い茂り、堤には緑々《あおあお》とした芝や木が生えている。男爵の側《がわ》では彼らの軍隊の将軍ロバート・フィッツ‐ウォルターと、イングランドの貴族が大挙やって来た。国王と共にやって来たのは、総勢およそ二十四名の、何らかの高位の人物で、大半は国王を軽蔑し、単に形式上、顧問を務めているにすぎなかった。くだんの大いなる日に、くだんの大いなる人々の前で、国王はマグナ・カルタに——英国大憲章に——署名し、教会を本来の状態に維持し、男爵を国王の家臣としての迫害的な責務から解放し——片や男爵は男爵で、彼らの家臣国民を同様の責務から解放することを誓ったが——ロンドンと他の全ての都市と自治区の自由を尊重し、イングランドを訪れる外国商人を庇護し、公平な審理をせずして如何なる者も投獄せず、何人《なんぴと》に対しても正義を売ったり、延ばしたり、否んだりしないと誓った。男爵は国王の背信を熟知していたので、さらに担保とし、国王は王国から全ての外国人部隊を撤退させ、二か月間は自分達がロンドン・シティーを、スティーヴン・ラングトンがロンドン塔を、管轄し、彼ら自身によって選出された、仲間の内二十五名が大憲章の遵守を監視し、万が一国王が違反すれば、国王に対し戦を起こす権限を委ねられた組織を構成することを要求した。

以上全てに国王は屈服せざるを得なかった。彼は大憲章に笑みを浮かべて署名し、壮麗な集会からも、もしや叶うことなら、にこやかに立ち去る所ではあったろう。ウィンザー宮殿に戻ると、国王は遣り場のない忿怒の余り正しく狂人と化し、かくてその後ほどなく憲章の誓いを破った。

国王は国外から外国兵を徴募し、教皇に助けを求め、男爵達が――そこにて大憲章を祝し、催そうと合意していた――スタンフォードで一大馬上武術試合を催しているはずの隙に、ロンドンを急襲しようと画策した。男爵達は、しかしながら、王の画策を見破り、武術試合を延期した。それから、彼らが国王に面会を求め、背信を追及しようと望むと、彼は散々約束をしておきながら、どれ一つ守らず、転々と居場所を変え、あちこち、ひっきりなしに逃げ回り続けた。が終に、その幾多の者が俸給目当てに手先となった外国兵と合流すべくドーヴァーに姿を見せ、彼らと共に、男爵達の騎士や兵士の占拠しているロチェスター城を包囲した。して勢い、彼らを一人残らず縛り首にしていたろう。もしや外国兵の指揮官が、後ほど英国民が彼に加えよう危害を恐れ、騎士を救うべく割って入ってでもいなければ。よって国王は已むなく平民の皆殺しをもって意趣を晴らす外なくなった。それから、ソールズベリー伯爵を自軍の一部と共に、版図の東部を略奪すべく派遣し、自らは北部に火災と殺戮をもたらすに、人々を拷問にかけ、略奪し、殺害し、彼らにありとあらゆる残虐を加え、夜が明ける度に部下に自らありがたき範を垂れるべく、昨夜床に就いた屋敷に極悪非道の手づから火を放った。のみならず、教皇が奇特な馴染みの助太刀に乗り出すに、人民が男爵の側についたからというので、またもや王国を聖務停止状態に置いた。が、ほとんど詮なかった。というのも人民は今や停止令にそれは馴れ切ってしまったものだから、くだんの令など無視するに至っていたからだ。彼らは――して恐らくスティーヴン・ラングトンも――たとい教皇の許可が得られずとも、得られたにつゆ劣らず、教会を開放し、鐘を撞くことは可能だろうということに思い当たった。という訳で、物は試しにやってみた所――案の定、すこぶる首尾好く行った。

　今や残虐の荒野としての祖国に耐えられず、と言おうか最早、偽証の無法者よろしき国王と折り合いをつけること能はず、男爵達はフランス君主の息子ルイに英国の王冠を捧げるため遣いを立てた。仮にその申し出を受け入れたならば破門に処すとの教皇の宣告を、恐らく、父王が彼の罪過に対す教皇の恩赦を意に介したやもしれぬに劣らずほとんど意に介さず、ルイはサンドイッチ（ケント州東部港市）に上陸し（ジョン王は直ちに、たまたま滞在中のドーヴァーから潰走したが）、ロンドンへと進軍した。北部の英国領主の多くがその下《もと》に庇護を求めていたスコットランド国王や、数知れぬ外国兵や、数知れぬ男爵や、数知れぬ庶民が日々、彼の下《もと》へ馳せ参じ――ジョン王はその間《ま》もひたすら、四方八方へと逃げ惑うていた。ルイの擁立には、しかしながら、然るフランス領主の臨終の申し立てに基づき、晴れて王国が征服された暁には彼が男爵達を叛徒として追放し、彼らの領地を仏貴族の幾人《いくたり》かに分け与える誓いを立てているのではなかろうかと男爵達が邪推したため、待ったがかかった。追放の上、財産没収の目に会うよりむしろ、男爵の中にはためらう者も現われ、ジョン王の側《がわ》へ寝返りを打つ者さえ出た。

　これはジョン王の命運の分かれ目かと思われた。というのも、野蛮にして殺戮的な生涯において、彼は今や数箇所の町を攻め落とし、少なからず成功を収めていたからだ。が、イングランドと人類にとって幸い、死期が迫っていた。ウィズビーチからほど遠からぬウォッシュ湾（英中部東岸入江）と呼ばれる危険な流砂床《りゅうさしょう》を過る際、潮が押し寄せ、軍隊はあわや水没しそうになった。彼と兵士は逃げ延びたが、難を逃れた岸から振り返ってみれば、目の前で怒濤が逆巻き、財宝を積んでいた荷馬車を、馬と人足諸共転覆させ、荒れ狂う渦巻きに呑み込んだが最後、何一つ救出されたものはなかった。

　呪い、毒づき、指に齧りつきながらも、彼はスウィンステッド（リンカンシャー州南ケスティーヴァン地区村）大修道院に辿り着き、そこにて修道士は王の前に夥しい量の梨と、桃と、搾り立ての林檎酒を並べ――中には毒も、と言う者もいるが、そう想定する謂れはほとんどない――王は、獣さながら貪るように呑み食いした。かくて一晩中、高熱を出し、悪夢にうなされた。翌朝、彼らは王を馬の担い駕籠に載せ、スリーフォード（北ケスティーヴァン地区村）城まで運び、そこにて王はもう一晩、苦痛と恐怖の夜を過ごした。翌日、彼らは前日よりなお苦心惨憺、王をニューアーク・アポン・トレント（ノッティンガムシャー州町）城まで運び、そこにて十月十八日、享年四十九歳、悪辣な在位十七年目にして、この惨めな獣は息を引き取った。

Alfred in the Neatherd's Cot
Edwy and Elgiva

第十五章　ヘンリー三世、又の名をウィンチェスターのハリー治下のイングランド

たとい英国男爵の何者か、暗殺されたアーサーの妹、ブリストルの尼僧院に閉じ込められている、ブルターニュの麗しの乙女エレノアのことを覚えていたとしても、内誰一人として今や彼女のことを口にする者も、彼女の王位継承権を申し立てる者もなかった。名をヘンリーと言う、今は亡き王位簒奪者の長男は英国陸軍元帥たるペンブローク伯爵にグロスター市まで連れて行かれ、そこにてわずか十歳にして急遽、戴冠された。王冠それ自体は、王の財宝諸共、怒濤に呑まれ、新たに王冠を作る暇《いとま》がなかったため、ヘンリーの頭上には、代わりに、簡素な黄金の輪が載せられた。「我々はこの少年の父親とは敵対関係にあり」とペンブローク卿は高潔で真摯な殿方だったから、臨席している数少ない領主に言った。「彼は我々が怨恨を抱くのも当然だった。がこの少年自身に罪はなく、彼の若齢は我々の友情と庇護を要求しよう」くだんの領主達は幼い我が子を思い起こし、小さな少年に憐れを催すと、深々とお辞儀をしながら声を合わせた。「ヘンリー三世、万歳！」

次いで、ブリストルで大審議会が開かれ、マグナ・カルタが改正され、ペンブローク卿が、国王は独りで統治するには幼すぎるというので、イングランドの摂政、と言おうか護国卿に任命された。次に為すべきことは仏君主ルイを放逐し、依然、彼の国旗の下《もと》に結集しているかの英国男爵達を味方に引き入れることだった。ルイはイングランド各地、のみならずロンドンそれ自体においても優勢で、わけてもレスターシャー州の然るマウント・ソレル城という名の城を占拠していた。この要塞を、軽戦や休戦の末、ペンブローク卿は攻囲した。ルイは要塞救援のために六百名の騎士と二万名の兵士より成る軍隊を派遣した。ペンブローク卿はかほどの軍勢には太刀打ち出来ぬと見て取るや、全兵と共に撤退し、仏君主の軍隊は、そこまで放火と略奪で進軍していたままに、放火と略奪で立ち去り、高飛車な傲然たる物腰でリンカンまでやって来た。町それ自体は降伏したが、名をニコラ・ド・キャンヴィルという（その城主たる）勇敢な未亡人によって守られた城がそれは屈強に抵抗したため、仏君主の軍隊を指揮する仏伯爵はこの城を攻囲せざるを得なくなった。伯爵がかくて攻城している片や、彼の下《もと》へペンブローク卿が四百名の騎士

と、弩《おおゆみ》を携えた二百五十名の兵士と、騎兵・歩兵双方より成る強力部隊共々、進軍しているとの伝令がもたらされた。「何を構うことがある?」と仏伯爵は返した。「よもやその英国人は城壁を巡らした町の中で我輩と我が大軍勢に攻撃を仕掛けるほど気が狂れてはいまい!」ところがその英国人は、にもかかわらず、攻撃を仕掛け、しかも気が狂れたように、ではなくそれは賢しらに仕掛けて来たものだから、大軍勢をリンカンのせせこましい、舗装の悪い小径や脇道に誘《おび》き寄せ、そこにて騎兵は大部隊では乗り入れられず、そこにて彼は騎兵を大混乱に陥れ、かくて敵軍は白旗を掲げ、一人残らず生け捕りになった。ただし伯爵は、断じて如何なる英国の謀叛人によっても生け捕りにされるを潔しとせず、故に殺された。この凱旋の結果――凱旋を英国人は冗談めかして、リンカン縁日と呼んだが――当時の戦の定石通り、兵卒は仮借なく殺戮され、騎士や郷紳は身の代金を払って帰国した。

ルイの妻、麗しのブランシュ・オブ・カスティーユは、律儀にも八十艘の良船より成る艦隊を艤装し、夫を援助すべくフランスから送り出した。四十艘のイギリス艦隊は、良船も悪船もあったが、敵の艦隊をテムズ河口近くで雄々しく迎え撃ち、わずか一戦で六十五艘を拿捕、又は沈没させた。この完敗はルイの野望を悉く打ち砕いた。ランベスで平和協定が結ばれ、それに基づき、仏君主の大義に与していた英国男爵は自分達の忠誠に戻り、双方の側《がわ》にて、ルイは全軍共々おとなしく祖国へ撤退すべしと取り決められた。なるほど、退き時ではあった。というのも戦争によってそれは疲弊していたため、彼は帰国費用を捻出すべく、ロンドン市民から金を借りねばならぬほどだったからだ。

ペンブローク卿はその後、祖国を公正に治め、邪悪なジョン王の時代に庶民の間で持ち上がっていた諍いや揉め事を調定することに専念した。彼はマグナ・カルタを一層改善し、林野法も最早小作人が王室御料林で雄ジカを殺すと死刑に処せられるのではなく、ただ投獄されるだけに改めた。もしもかほどに高潔な摂政がなお幾年も生き存えていたなら、英国にとっては幸いだったろうに、生憎、然なる運命《さだめ》にはなかった。少年王の戴冠から三年と経たぬ内にペンブローク卿は死に、卿の墓は今日、ロンドンの旧テンプル教会にて目にされよう。

摂政職は今や分担された。ジョン王がウィンチェスター主教に任じていたピーター・ド・ロッシュが若き君主の身の回りの世話を任され、王室権限の執行はヒューバート・ド・バーグ伯爵に委ねられた。これら両名は当初から互いにソリが合わず、ほどなく犬猿の仲になった。若き王が成年に達すと、ピーター・ド・ロッシュはヒューバートが権力と寵愛においで勝り始めたと見て取り、不承不承、引退し、祖国を去った。その後約十年間、ヒューバートは独り権勢を恣にした。

だが十年は、国王の寵愛を受け続けるには長い歳月である。この国王もまた、長ずるにつれ、脆弱と、変節と、優柔不断において父王との強い似通いを示し始めた。せめてもの取り柄と言えば、新王は残虐でなかったということくらいのものであろうか。ド・ロッシュが十年後、またもや帰国すると、目新しさも手伝って、国王は彼を寵愛し、ヒューバートを冷遇し始めた。ばかりか、彼自身は金に事欠く一方、ヒューバートの懐を肥やしていたため、ヒューバートを憎々しく思い始めた。とうとう王はヒューバートが皇室財産の某かを濫用していたと信じ込まされ、と言おうか信じている風を装い、彼に施政において為した万事の清算書を提出するよう命じた。のみならず、ヒューバートは妖術を弄し、自ら国王に取り入ったとの愚にもつかぬ言いがかりをつけられた。彼はかようの戯言《たわこと》を向こうに回しては身の証を立てる術《すべ》はなかろうと、昔ながらの仇敵は自分を破滅さす気でかかっているに違いなかろうと、観念し、咎め立てに応ず代わり、マートン(ロンドン南西部自治区)大修道院へ難を逃れた。すると国王は激怒し、ロンドン市長に遣いを立て、市長に命じた。「市民二万人を狩り出し、くだんの修道院から奴を引っ立て、余の下《もと》へ連れて参れ」市長は仰せに従うべく急いで立ち去った。が(ヒューバートと親しい)ダブリン大主教が修道院は聖所にして、万が一にもそこで暴力を揮えば、英国教会に対しその責めを負わねばなるまいと忠言すると、国王は前言を翻し、市長を呼び戻し、ヒューバートには答弁のため四か月の猶予を与え、その間《かん》は自由と安全を保障するよう申し渡した。

ヒューバートは恐らく王の言葉を鵜呑みにするには世故長けていたろうが、一先ず王の宣言を信頼し、くだんの条件の下《もと》、マートン大修道院から出て来た。して、折しもセント・エドマンズ-ベリー大修道院にいる、スコットランド王女たる妻に会うため出立した。

彼が聖所を後にするや否や、ヒューバートの敵は意志薄弱な国王に、とあるサー・ゴドフリー・ド・クランカムという、「暗黒団」と称される三百名のならず者を指揮している男をヒューバート逮捕の指令と共に送り出すよう説きつけた。一味はヒューバートにエセックス州のブレントウッドという名の小さな町で追いついた。就寝中のヒューバートはやにわにベッドから飛び起き、屋敷から駆け出し、教会へ逃げ込むと、聖壇まで駆け寄り、十字架に手をかけた。サー・ゴドフリーと「暗黒団」は教会も、聖壇も、十字架も何ら意に介さなかったから、彼の首の回りに抜き身の剣《つるぎ》をギラつかせたなり、ヒューバートを教会の戸口まで引き立て、彼に枷を鋲で留めるべく鍛冶屋を呼びにやった。鍛冶屋は（せめて彼の名なり知っていれば！）竈の煙で黒々として煤まみれのなり、ゼエゼエ、大童で駆けつけたせいで息を切らしながら引っ立てられた。が「暗黒団」が囚人《めしうど》をひけらかすべく、脇へ寄りながら「枷を重くしろ！　枷を頑丈にしろ！」と大声を上げるや、ガックリ片膝を突き——とは言え、「暗黒団」にではなく——言った。「こちらはドーヴァー城で戦い、フランス艦隊を打ち敗り、祖国に多大な貢献をなされた雄々しきヒューバート・ド・バーグ伯では。どうか、やつがれならば、お気の済むよう殺して下され。ですがヒューバート・ド・バーグ伯の枷を鍛えるなど滅相もない！」

「暗黒団」はついぞ赤面したためしがなかった。さなくば、男の忠義を前に、赤面していたやもしれぬ。彼らは鍛冶屋を互いの間で小突き回しては奴宛悪態を吐き、伯爵を寝間着姿ではあったものの、馬の背に括りつけると、ロンドン塔まで連れ去った。主教達が、しかしながら、教会の聖所が侵害されたというのでそれは憤慨したものだから、怖気を奮った国王はほどなく「暗黒団」に彼をまたもや連れ戻すよう命じ、同時に、エセックス州長官には彼がブレントウッド教会から逃げ出さぬよう重々監視せよと命じた。はむ！　州長官は教会の周囲に深い塹壕を掘り、高い柵を築き、夜となく昼となく教会を見張り、「暗黒団」と頭《かしら》も、三百と一匹の黒オオカミよろしく、教会を見張った。三十九日間、ヒューバート・ド・バーグは中に立て籠もった。がとうとう、四十日目に、飢えと寒さに耐えかね、「暗黒団」に身柄を預け、「暗黒団」はこれが二度目、ロンドン塔へと連れ去った。審理が始まっても、彼は答弁を拒絶した。が終に、贈与されていた皇室の領地を全て明け渡し、デヴィズ城の「自由監房」と呼ばれる牢に四名の領主によって任命された四名の騎士の監視の下《もと》、幽閉されることになった。そこに、彼はおよそ一年監禁されていたが、かつての仇敵たる主教の家臣が城の看守に任ぜられたと聞くに及び、背信によって暗殺されぬとも限らぬと思い、とある暗夜、欄干に攀じ登り、高い城壁の天辺から濠に飛び込み、無事、岸に辿り着くと、別の教会に避難した。この教会から、幾人かの貴族によって彼を救出すべく派遣されていた騎兵隊によって救い出された。というのも貴族達はこの時までには早、国王に対して叛旗を翻し、ウェールズに結集していたからだ。ヒューバートは結局、容赦され、領地へ連れ戻されたが、以降は密かに暮らし、二度と王国の高位に就こうとは、と言おうか国王の覚え目出度くなろうとは、望まなかった。かくて、ヒューバート・ド・バーグ伯爵の冒険譚は――世の王の幾多の寵臣の物語より幸福に――幕を閉じた。

貴族がそもそも謀叛を起こしたのは、ウィンチェスター主教の横暴な振舞いに駆り立てられてのことであった。というのも主教は、国王が父王の無理強いされていた大憲章を心密かに忌み嫌っていると見て取るや、くだんの嫌悪を一層募らせ、ばかりか、国王がイングランド中の外国人に示している寵愛に拍車をかけようと画策したからだ。のみならず、主教がイングランドの男爵はフランスの男爵より劣ると公言すらしたため、イギリス領主は激しく苦情を訴えた。よって、さしもの国王も、彼らの後ろには聖職者がついているのを知らぬでなし、王位が脅かされてはと、主教と彼の外つ国の仲間を全員追放した。しかしながら、プロヴァンス伯爵の娘であるフランス令嬢、エレノアと結婚した途端、またもや誰憚ることなく外国人を引き立て、女王の縁者の内それは幾多の者が海を渡り、宮廷でそれは盛大な一族の集いを催し、それは数知れぬ贅沢品を手に入れ、それは多額の金を横領し、金を横領されたイギリス人にそれは高飛車な態度を取ったものだから、より大胆なイギリス男爵は常軌を逸した寵臣の追放を規定した、大憲章の条項に関して公然と異を唱えた。が、仏貴族はただださも見下したように腹を抱えながら言うだけだった。「きさまらの英国法が我々にとって何だというのか?」

フィリップ仏王は死に、その跡を継いだルイ王子もわずか三年の短い治世の後身罷《のち》り、その後、同名の息子が即位していた。新王はそれは穏当で公平な男なものだから、この世の国王の能う限り、国王らしくなかった。英皇太后イザベラは（何らかの怨恨故に）イングランドが是非ともこの仏国王に対し戦を仕掛けるよう望んでいた。ヘンリー三世は、如何に彼の意志薄弱を手玉に取れば好いか心得ている何者の掌中にあってもほんの操り人形にすぎなかったから、イザベラは難なく息子相手に我を通した。ところが国会が、かようの戦争のためには国王に一切金を渡さぬことを可決した。故に、国会に挑むべく、国王は大樽三十箇に銀を詰め――如何様にそれだけの大金を掻き集めたものやら。恐らく、惨めなユダヤ人から搾り取ったに違いないが――船に積み、自らフランスに戦争を仕掛けるべく、海を渡った。母親と、コーンウォール伯爵たる、金持ちで頭もキレる弟リチャード共々。挙句、強かに敗北を喫し、祖国へ逃げ帰るが落ちではあったが。

国会の機嫌は、たかがこれしきのことでは直らなかった。国会は貪欲な外国人の私腹を肥やさすために公金を濫費した廉で国王を追及し、国王相手にそれは強硬な態度を取り、能うことなら無駄金は一切持たさぬ決定を下したものだから、国王は金策の目処が立たなくなった。して、困り果てた挙句、それは恥知らずにも、臣民から口実によってにせよ、力尽くにせよ、せしめられる限りの金をせしめようとしたものだから、国民はいつもヘンリー三世こそはイングランド中で最も性懲りのない物乞いなりと揶揄したものだ。国王はくだんの手立てによって某か金を手に入れられようと、十字軍の記章を着けたが、断じて聖戦には加わるまいと誰しも見抜いていたから、ビタ一文手には入らなかった。この闘争を通し、ロンドン市民はわけても国王に激しく反発し、国王は国王で、彼らを忌み嫌った。憎もうと愛そうと、しかしながら、大同小異。彼はおよそ九年から十年間の長きにわたり同じ状態のままだった。がとうとう男爵達は改めて彼らの自由を厳粛に批准する気があるなら、国会は多額の金を国王に議決しようと言った。

国王が唯々諾々と応じたため、五月のとある清しき日、ウエストミンスター会館で大集会が開かれ、聖職者は全員、法衣を纏い、一人一人片手に火の灯ったロウソクをかざしながら起立している片や(男爵も皆列席していたが)、カンタベリー大主教は以降、如何なる点においても英王国大憲章を侵害する何者であれ、全ての者を破門に処す旨宣告した。大主教が宣告文を読み上げ果すと、彼らは全員ロウソクの火を吹き消し、くだんの処罰に相当しよう何者にせよ、全ての者の魂への呪詛を唱えた。国王は締め括りに「余《よ》が人であり、キリスト教徒であり、騎士であり、国王である限り」憲章を遵守しようと誓いを立てた。

誓いは、立てるのも容易い代わり、破るのも容易かった。国王は父王の顰みに倣い、難なく両者をやってのけ、金をあてがわれるとまたもや昔ながらの奢侈に流れ、ほどなく、それまで彼を真実信頼していたほんの一握りの人間の目まで覚ましてやった。金が底を突き、今一度、さすが生まれながらにさもしい男だけあって、至る所で金を借りては物を乞うている最中《さなか》、彼はシチリアの王位を巡り、教皇共々難儀に陥った。くだんの王位を、教皇は自分が譲る権利を有しているので、次男エドモンド王子のためにヘンリー王へ与えようと申し出た。が、もしもお前達かわたしが、実際には所有していない、誰か外の人間の身上を譲るとなると、それを与えられた人物は、受け取る上でいささか難儀するのではあるまいか。この場合が、正しくそうだった。シチリア島の王冠は、若きエドモンドの頭上に載せようと思えば、まずもって武力で勝ち取られねばならず、王冠は、金なくしては勝ち取られ得なかった。教皇は聖職者に金を調達するよう命じたが、彼らはいつもほど教皇に対し従順でなかった。というのも彼らはしばらく前から祖国におけるイタリア人司祭の不当な優先に関して教皇と論争を起こし、果たして彼が七百に上る教会で説教することに対す報酬を許可している国王の礼拝堂付牧師《チャプレン》は、如何ほど教皇の覚え目出度かろうと、同時に七百箇所に姿を見せられるものか否か疑義を質し始めていたからだ。「教皇と国王は二人がかりで」とロンドン主教は言った。「私の頭《こうべ》から司教冠《ミトラ》を剥ぎ取るやもしれぬが、もしや剥ぎ取れば、私は兵士の兜を被ろう。いずれにせよ金はビタ一文払えぬ」ウスター主教もロンドン主教に劣らず大胆不敵で、やはりビタ一文払おうとはしなかった。聖職者の内より小心な、と言おうかより寄る辺無い連中が事実調達した手合いの金は徒に濫費され、結局国王にとって一文の得になる訳でも、シチリアの王冠がエドモンド王子の頭に一インチ近づく訳でもなかった。詰まる所、教皇は王冠を（独力でそれを勝ち取った）フランス国王の弟に授け、イングランド国王には王冠を勝ち取れなかった出費に対す十万ポンドの請求書を送り付けた。

国王は今やそれは進退谷まったものだから、我々としても仮に然までみすぼらしく、馬鹿げた国王に憐れを催せるものなら、いっそ憐れを催す所ではあったろう。頭のキレる弟リチャードは、ドイツ国民からローマ王の称号を買い取り、最早、忠言で力添えすべく国王の側《そば》にはいなかった。聖職者は、教皇その人にさえ楯突いているとあって、男爵と同盟関係にあった。男爵の指揮を執っているのはヘンリー三世の妹を娶ったレスター伯、シモン・ド・モンフォールで、彼は彼自身外国人であるにもかかわらず、外国人の寵臣を向こうに回し、イングランドで最も人気のある男だった。国王が次に国会と相対した際、この伯爵に先導された男爵は国王の前に一分の隙もなく武装し、鎧兜に身を固めて姿を見せた。次に国会が一か月後、オクスフォードで開かれた際、この伯爵は彼らの陣頭に立ち、国王は宣誓の上、男爵によって選ばれた十二名と彼自身によって選ばれた十二名より成る二十四名の委員によって構成される政府委員会と呼ばれる組織に同意せざるを得なかった。

が恰も好し、弟リチャードが戻って来た。リチャードが最初にやったのは（さなくば、男爵がイングランド入国を認めようとしなかったから）政府委員会に忠誠を尽くす旨誓いを立てることだった――無論すかさず、彼は全身全霊を賭して委員会に刃向かい始めたが。それから、男爵が仲間同士で諍いを起こし、わけても誇り高きグロスター伯爵と軋轢を起こしたレスター伯爵は嫌気が差して海の向こうへ渡った。それから国民も、男爵が自分達のために十分力を尽くさぬからというので彼らに反感を抱き始めた。形勢が終にまたもや好転したやに思われたため、国王は勇を揮い――と言おうか弟なるトラの威を借り――政府委員会に対し、委員会を廃止し――こと誓約に関せば、そんなものなど構うなと、教皇が宣った！――造幣局の金を全て没収し、ロンドン塔に立て籠もろうと告げた。ここにて長男エドワード皇太子が父王に加勢し、ロンドン塔より、彼は実に四十五年の長きにわたり素晴らしい、公平な国王だったと伝える、全世界に宛てた教皇の手紙を公開した。

誰しも国王はおよそかようの国王ではなかったと知っているだけに、誰一人この書簡をさして気にかける者はなかった。たまたま、誇り高きグロスター伯爵が死に、息子がその跡を継ぎ、この息子はレスター伯爵と敵対する代わり、(当座) 手を組んだ。かくてこれら両伯爵は連合軍を結成し、能う限り強硬にロンドンへと進軍した。ロンドン市民は、常に国王に異を唱えていたから、有頂天で彼らへの賛同を宣した。国王自身は相変わらず、不様極まりなくも、ロンドン塔に立て籠もり、エドワード皇太子は大童でウィンザー城へと逃げ帰り、母親の王妃も水路で息子の後を追う所ではあったろう。が人々は、妃の艀がテムズ川を上《のぼ》るのを目の当たりに、心底妃を忌み嫌っていただけに、ロンドン橋まで駆けつけ、大量の石と泥を掻き集めると、橋を潜《くぐ》ろうとする艀に向かって飛礫《つぶて》を打ちながら罵声を浴びせた。「魔女を沈めろ！水底《みなそこ》へ沈めろ！」すんでに事実、彼らはそうしかけた。がロンドン市長が老王妃を匿い、市民の憤りのほとぼりが冷めるまで、セント・ポール大聖堂に閉じ込めた。

もしや男爵との諍いを通し、国王の後を追い、互い同士での諍いを通し、男爵の後を追っていた日には、わたしの側《がわ》にては夥しい執筆を、お前達の側《がわ》にては夥しい読書を、要しよう。よって、互いのために手早く端折るに、以下、こうした諍いから生じた主立った出来事だけを物語るに留めよう。廉直な仏国王は両者の調停に立つよう求められると、英国王は大憲章を飽くまで遵守し、片や男爵は政府委員会、並びにオクスフォード国会――王党派、即ち国王側《がわ》はこれを侮蔑的に「気狂い国会」呼ばわりしたが――によって決定された他の全てを放棄すべきだとの見解を明らかにした。男爵はそれは公平な条件ではなく、受け入れられぬと主張した。それから彼らはロンドン市民を蹶起さす目的でセント・ポール大聖堂の大きな鐘を撞かせ、さらば市民は憂はしい鐘の音《ね》を耳に、武装し、あちこちの通りで全しく一軍隊を成すまでに膨れ上がった。残念ながら、ただし、彼らは自分達が敵対している王党派に襲いかかる代わり、惨めなユダヤ人に襲いかかり、少なくとも五百名に上るユダヤ人を殺害した。ロンドン市民はこれらユダヤ人の中には国王の側《がわ》についている者もあり、彼らは市民を壊滅さすためにさる、ギリシャ火《び》*と呼ばれる、水では消火出来ず、むしろより激しく燃え盛るだけの恐るべき混合物を屋敷に隠し持っていると申し立てた。彼らが事実屋敷に置いていたのは金にすぎず、これを彼らの残忍な敵は欲し、これを彼らの残忍な敵は泥棒や殺人鬼よろしく、奪った。

レスター伯爵はこれらロンドン市民や他の軍勢の指揮を執り、国王を彼が軍隊と共に野営している、サセックス州の首都ルイスまで追った。ここで国王軍に戦いを挑む前に、伯爵は兵士を鼓舞するに、ヘンリー三世は幾多の誓いを破り、挙句神の敵となった、故に自分達は同じキリスト教徒ではなく、さながらトルコ人相手に結集しているかのように、胸に白い十字架を着けようではないかと告げた。白い十字架を胸に、よって、彼らは戦の火蓋を切った。彼らは恐らく戦に敗れていたろう——国王はイングランド中の外国人を狩り集め、スコットランドからはジョン・カミン、ジョン・ベイリアル、ロバート・ブルースが全軍を率いて加勢していたから——ところが焦燥に駆られたエドワード皇太子がロンドン市民に意趣を晴らさんものと勇み足を踏んだ勢い、父王の軍隊を大混乱に巻き込んだ。皇太子は生け捕りにされ、国王も生け捕りにされ、ローマ人の王たる国王の弟も生け捕りにされ、五千名に上るイギリス兵が鮮血に染まった芝草の上で討ち死にした。

この戦勝を理由に、教皇はレスター伯爵を破門に処した。が伯爵も国民も一切取り合わなかった。国民は伯爵を敬愛し、支持し、彼は事実上、国王となった。表向きはヘンリー三世に恭く傅き、どこへ行こうと哀れ、古ぼけたヨレヨレの絵札よろしく連れ回ったにもかかわらず、全統治権を掌握していただけに。彼は（一二六五年）国民が事実、選挙に関わった初の国会を召集し、日に日に、いよよ国民の支持を得、国民は伯爵の為す万事において彼に与した。

他の男爵の多くは、わけても、この時までには父親に劣らず傲慢になっていたグロスター伯爵は、この権力絶大で人望の篤い、やはり誇り高い伯爵を嫉《そね》み、彼を陥れる画策を練り始めた。ルイスの戦い以来、エドワード皇太子は人質として監禁され、それ以外は皇太子らしく扱われてはいたものの、監視役のレスター伯爵によって任命された従者抜きでは外出を許されていなかった。共謀関係にある領主達は密かに、王子に脱走の手助けをし、いずれは首領に擁立しようと伝える手立てを考案した。皇太子がこの一計に一も二もなく同意したのは言うまでもない。

　という訳で、予め示し合わせてあった日に、皇太子は（その折ヘリフォード（英西部同州首都）にいたので）ディナーの後《のち》お付の者達に言った。「せっかくの日和だ。馬で少し遠乗りに出かけたいものだ」彼らも、日の燦々と降り注ぐ中、のんびり馬を駆ればさぞや心地好かろうと思い、皆で陽気な小部隊を組んで町から駆け出した。一行が素晴らしい芝地の平原にやって来ると、皇太子は彼らの馬を一頭ずつ比べにかかり、どの馬が一番速いか賭けをしようと言い出した。お付の者は何ら他意を勘繰るまでもなく、馬がクタクタになるまで駆け競べをした。皇太子自身は競争に加わらず、ただ鞍から皆を眺め、金を賭けるにすぎなかった。かくて、一行は愉快な午後を過ごした。さて、いよいよ日が沈みかけ、皆してゆっくり――皇太子の馬は潑溂とし、外《ほか》の馬は一頭残らずぐったりくたびれ果てて――丘を登っていると、葦毛の馬に跨った見知らぬ騎手が丘の天辺に現われ、帽子を振った。「あの男は何をしている?」とお付の者は口々に言い合った。皇太子は返答代わりに、いきなり馬に拍車をかけ、全速力で駆け出し、男の所まで登り詰めるや、そこで初めて木の下で待ち受けているのが見て取れた小さな騎手の一団の直中に駆け込んだ。して彼らがグルリを取り囲むや、濛々たる土煙を立てて駆け去った。片やがらんどうの道ではただ裏をかかれたお付の者がぽかんと互いに顔を見合わせ、馬はゲンナリ耳を垂れたなり、ゼエゼエ喘いでいるきりだった。

　皇太子はラドローでグロスター伯爵と落ち合った。レスター伯爵は軍隊の一部と間抜けの老いぼれ国王と共にヘリフォードにいた。レスター伯爵の息子の一人、シモン・ド・モンフォールは軍隊の他の分隊と共にサセックス州にいた。これら二部隊を連合させぬのが、皇太子の第一の目的だった。よってシモン・ド・モンフォールを夜中に急襲し、打ち破り、軍旗と宝を奪い、彼を一族の所有する、ウォリックシャー州のケニルワース城に閉じ込めた。

　父親のレスター伯爵は片や、何が起こったか一切与り知らぬまま、自分の分隊と国王共々、息子と落ち合うべくヘリフォードを出立した。彼は八月のとある晴れた朝《あした》、今に清しいエイヴォン川によって灌漑されているイーヴシャム（ウスターシャー州南東部都市）までやって来た。いささか気を揉まぬでもなく、ケニルワースの方角を見はるかせば、彼自身の軍旗がこちらへやって来るのが見え、彼の面《おもて》は悦びで晴れやかに輝いた。がほどなく、旗は分捕られ、敵の手中にあると見て取るや、面《おもて》は暗澹と曇った。して思わずつぶやいた。「万事休す。神よ、我らが霊魂を憐れみ給え、というのも我らが肉体は早エドワード皇太子の掌中にあるからには！」

彼は、にもかかわらず、真の勲爵士らしく戦い、手綱を取っている馬が殺されると、徒《かち》で戦った。それは、血で血を洗う戦いで、至る所、死屍が累々と重なっていた。鎧兜に身を固めた老国王は、大きな戦馬に高々と跨ったなり――馬は国王のことなど一切お構いなしにて、国王の望まざるありとあらゆる手合いの場所へ連れ回したが――誰も彼もの行く手に立ちはだかり、あわや息子の兵士の一人に頭をぶちのめされそうになった。が且々「余はウィンチェスターのハリーだ！」と甲高い声を上げ、声を聞きつけた皇太子が父王の頭絡をつかみ、危険から救い出した。レスター伯爵は依然、雄々しく戦った。が終に頼みの息子ヘンリーが死に、最も近しい友人達の死体までも行く手を塞ぎ、かくて、依然、剣《つるぎ》を手に戦いながらも倒れた。彼らは伯爵の死体を滅多斬りにし、不倶戴天の敵の妻たるやんごとない――が定めて鼻持ちならぬ――貴婦人の下《もと》へ貢物として贈った。とは言え、彼らは律儀な人々の心の中の彼の思い出までは滅多斬りに出来なかった。幾年も後《のち》、人々は彼をそれまで以上に敬愛し、聖者と見なし、常に彼のことは「廉潔の士サー・シモン」として口の端にかけた。

たとい伯爵自身は死のうと、彼がそのために戦った大義は依然、生き存え、屈強で、正しく勝利の刻《とき》においてさえ国王相手に一歩も譲らなかった。ヘンリーは如何ほど忌み嫌おうと大憲章を尊重し、偉大なるレスター伯爵の法律によく似た法律を定め、終に国民に対し――然ても長らく自分に楯突いて来たロンドン市民に対してすら――中庸で寛容に振舞わざるを得ぬと観念した。以上全てが実行に移されるまでにはなお幾多の叛旗が翻されたが、謀叛はこうした手立てによって鎮圧され、エドワード皇太子は平和を取り戻すため万事において最善を尽くした。とある、サー・アダム・ド・ゴードンという騎士が最後まで不服に思い、武装して立ち向かったが、皇太子は森の中の一騎討ちで敗り、あっぱれ至極にも助命し、敵の息の根を止める代わり、馴染みとなった。サー・アダムは恩に篤く、以降、寛大な勝者にひたすら誠を尽くした。

王国の難儀にかくて片がつくと、エドワード皇太子と従弟ヘンリーは十字軍に参戦し、幾多のイギリス領主や騎士と共に聖地へ赴いた。四年後、ローマ人の王が亡くなり、翌（一二七二）年、兄たる腑抜けの英国王が亡くなった。享年六十八歳、治世五十六年目のことであった。生前、王とは名ばかりであったに劣らず死してなお名ばかりの王であった。終始、ほんの蒼ざめた亡霊よろしき王にすぎなかった。

第十六章　長脛王《ながすね》エドワード一世治下のイングランド

今や西暦一二七二年にして、王位継承者であるエドワード皇太子は遙か聖地に赴いていたため、父王の崩御を全く知らなかった。男爵達は、しかしながら、皇室葬儀の直後に、彼を国王と宣し、国民も諸手を挙げて賛同した。何故ならこの時までにはほとんどの者が王位継承争いの恐怖が如何様なものか嫌というほど思い知らされていたからだ。という訳で、エドワード一世は――その大御脚のか細さ故に、いささか愚弄気味に長脛王《ながすね》と呼ばれる――英国民によって平穏の内に承認された。

王の大御脚は如何ほど長く、細かろうと、ともかく強かたる要があった。というのも兵士の小部隊が気を失ったり、死んだり、脱走した挙句、恰も溶け去るやに思われたアジアの焼けつくような砂漠における幾多の苦難を通じ、御尊体にしつかと踏んばらさねばならなかったから。が勇猛果敢な皇太子は物ともせずに言った。「たとい馬丁以外付き従う者がいなくなろうと、私は進み続けよう！」

かくも意気軒昂たる皇太子はトルコ人に多大の難儀をもたらした。わけてもナザレ*を急襲し、あろうことか彼の地《かのち》にて、語るも恥ずべきことに、無辜の民を大量殺戮した。それからアッカまで行き、君主《サルタン》から十年間の休戦協定を取りつけた。ただしアッカではとある、ヤッファの首長《エミア》と呼ばれるサラセン貴族の裏切りによってあわや命を落としそうにはなった。というのもこの首長《エミア》はキリスト教に改宗しようと思っているので、くだんの宗教について全てを会得したいとの口実の下《もと》、腹心の使者を頻繁にエドワードの所へ――袖に短刀を忍ばせたなり――送り込んでいたからだ。とうとう、聖霊降臨節週のとある金曜日、茹だるように暑い日のこと、見渡す限りの砂漠は灼熱の太陽の下《もと》、これ一つの火を入れすぎた巨大なビスケットさながら焼け焦げ、エドワードが暑気払いに、ほんのゆるやかな長衣一枚で寝椅子に横たわっていると、この遣いの者がそっと、チョコレート色の面《つら》と、爛々たる褐色の目と、真っ白な歯のなり、手紙を手に入って来るや、飼い馴らされた虎よろしく跪いた。が、エドワードが手紙を受け取ろうと手を伸ばしたその刹那、虎は心臓目がけて飛びかかった。遣いの者は素早かったが、エドワードも素早かった。彼は謀叛人のチョコレート色の喉元にむんずとつかみかかりざま、床に投げ倒し、相手が抜いていた正しくその短刀で刺し殺した。短刀はその前にエドワードの腕に突き刺さっていた。傷そのものは軽傷だったが、致命傷になっていたやもしれぬ。というのも刃には毒が塗ってあったからだ。しかしながら、当時は稀にしか見つからなかったろうほど腕の立つ外科医と、効能の高い薬草と、わけても律儀な妻エレノアのお蔭で――彼女は献身的に夫を看病し、一説によれば（してわたし個人としてはおよそ信じるに吝かどころではないが）彼女自身の真っ紅な唇で傷口から毒を吸ったと伝えられる――エドワードはほどなく健やかに回復した。

父王が是非とも帰国するようとの言伝を送っていたので、彼は今や帰途に着いた。してイタリアまで来た所で国王崩御の報せをもたらす使者達に出会った。祖国では万事恙無く過ぎていると耳にすると、しかしながら、急いで版図に戻ろうとはせず、教皇の下《もと》を訪れ、イタリア各地を威儀を正して練り歩き、聖地からの偉大な十字軍戦士として大喝采と共に迎えられ、緋色のマントと活きのいい駿馬の貢ぎ物を受け取り、大いなる凱旋を飾った。拍手喝采を送っている人々はよもや彼が十字軍遠征に乗り出す最後の英国君主になろうとは、と言おうか二十年と経たぬ内に、キリスト教徒が然に夥しき血を犠牲にして聖地にて成し遂げていた征服は悉くトルコ人によって奪い返されようとは、夢にも思っていなかった。が然なる事態と相成る運命《さだめ》ではあった。

フランスの平原にシャロンという名の古都があった。して今なおある。国王がイングランドへの帰途、この地へ差しかかると、シャロン伯爵と呼ばれる狡猾なフランス領主が何卒、騎士と共にお越し願い、自分と自分の騎士相手に公平な馬上武術試合を行ない、剣と槍で愉快な一日を過ごして頂くようと丁重な果たし状を送りつけて来た。王は内々、シャロン伯爵というのは信用の置けぬ人物で、ただの見世物にして上機嫌の遊山試合の代わり、心密かに真剣勝負を目論んでいようと、さらば英国軍はより優れた軍勢によって敗北すること間違いなしと忠言された。

国王は、しかしながら、いささかも臆することなく、一千人の部下と共に約束の日に約束の場所へ向かった。伯爵が二千人の兵を率いてやって来るなり本腰で襲いかかるや、英国軍はそれは雄々しく突撃をかけたものだから、伯爵の兵と伯爵の馬はほどなく戦場中に薙ぎ倒され始めた。伯爵自身は国王の首につかみかかったが、国王はくだんの世辞へ熨斗を付けて返すに彼を鞍から突き落とし、愛馬から飛び降りるや伯爵の上に仁王立ちになり、鉄床《かなとこ》に玄翁を揮う鍛冶屋よろしく、伯爵の鉄鎧へ向けて滅多無性に打ちかかった。伯爵が敗北を認め、剣《つるぎ》を差し出すに及んでなお、国王は剣《つるぎ》を受け取るを潔しとせず、一兵卒に明け渡させた。この戦においてそれは仮借なき闘志が燃やされたものだから、戦は後にシャロンの小戦と名づけられた。

英国民はかくて数々の勲が立てられたとあらば、彼らの国王を誇りに思うにおよそ吝かどころではなく、よって、国王が一二七四年（齢三十六にして）ドーヴァーに上陸し、その足でウェストミンスターへと向かい、そこにて律儀な妃と共に壮麗に戴冠の儀を執り行なわれた際には、華々しき祝祭が催された。戴冠の宴のために、山海の珍味の就中、四百頭の牡牛と、四百頭の羊と、四百五十匹の豚と、十八頭の猪と、三百枚の脇腹肉ベーコンと、二万羽の鶏が供された。通りの泉や溝には水の代わり、赤・白ワインが流され（『ハンフリー親方の時計』第一章注(二四)参照）、金持ちの市民は壮観の艶やかさになお華を添えるべく窓からこよなく明るい色取り取りの絹や布を提げ、貧しい有象無象に奪い合いをさせてやろうと両手一杯の金銀貨を放り投げた。詰まる所、古《いにしへ》のロンドン・シティーのせせこましい、迫り出した通りから通りが長き幾々日も目の当たりにしたためしのないほどの呑み食いや、楽の音《ね》と悪ふざけや、鐘撞きと帽子の放り上げや、喚き散らしと合唱と浮かれ騒ぎが繰り広げられた。人々は皆陽気だった――哀れ、ユダヤ人はさておき。というのも連中は敢えて外の様子を窺おうともせぬまま、ワナワナ、屋敷の中で身震いしながら、遅かれ早かれ、このドンチャン騒ぎの付けを払わされるのは自分達だろうと観念し始めていたからだ。

このユダヤ人という悲しい主題を当座、打ちやるべく、ここにて遺憾ながら一言付け加えておけば、この治世に彼らはまたとないほど仮借なく金を搾り取られた。彼らは国王の硬貨の縁を削り落とした廉で――などということはありとあらゆる手合いの人間がやっていたが――幾々人となく処刑された。重税を課され、屈辱的な記章を着けさせられた。戴冠式から十三年後のある日、彼らは妻子と共に逮捕され、穢らわしい牢獄にぶち込まれた――国王に一万二千ポンドの保釈金を支払うまで。終に、且々外国へ逃れる費用を賄ってくれようなけなしの金を除き、身上という身上は国王によって没収された。かくも無慈悲な扱いを受け、かくも幾多の辛酸を嘗めさせられたイングランドに、ともかく金を稼げるかもしれぬというので彼らの一族が戻って来るのは、幾年も経ってからのことである。

仮にエドワード一世がユダヤ人に対すに劣らずキリスト教徒に対しても邪な王であったならば、彼は蓋し、邪だったろう。が彼は概ね、聡明で偉大な君主で、その下《もと》に祖国は大いに改善された。大憲章をおよそ敬愛するどころではなかったが――それを言うなら、幾星霜、ほとんど如何なる国王も――高潔な資質を具えていた。帰国する際に抱いていた最初の大胆な目的は、イングランドとスコットランドとウェールズを単一の元首の下《もと》に統合することであった。というのも後者二国にはそれぞれ独自の小国王が君臨し、国王を巡って人々は絶えず喧嘩をしたり、殴り合ったり、途轍もない――国王の身には到底余るほどの――悶着を起こしていたからだ。その御代に、エドワード一世は、のみならず、フランスとも交戦していた。こうした諍いをより明確にするために以下、各国の歴史を別箇に分け――まずはウェールズを、次いでフランスを、最後にスコットランドを――取り上げるとしよう。

ウェールズの王子ルーエリンは間抜けの老先王の治世には男爵の側《がわ》についていたが、その後国王への忠誠を誓った。エドワードが即位すると、ルーエリンは新王にも忠誠を誓うよう要求された。が断った。英国王は戴冠式の後《のち》、領土に落ち着くと、さらに三度《みたび》にわたりルーエリンに臣従の礼を致しに来るよう申し伝えた。がなお三度《みたび》にわたりルーエリンは突っぱねた。彼は先王の御代に言及されし一族の出である若き令嬢エレノア・ド・モンフォールと祝言を挙げる予定だったが、たまたま、この若き令嬢は末の弟エメリックと共にフランスから海を渡って来る途中、英国船に拿捕され、英国王によって拘留するよう命ぜられた。その途端、諍いは絶頂に達した。英国王は艦隊を率いてウェールズ海岸へ上陸し、ルーエリンを強攻に包囲したため、彼はスノードンの佗しい山岳地帯に難を逃れる外なく、そこにては糧食が一切届かず、かくてほどなく飢えの余り謝罪し、講和条約を結び、軍事費用を支払わざるを得なくなった。英国王は、しかしながら、講和条約の内最も過酷な条件は何項か容赦し、結婚にも同意した。よって今やウェールズを手懐け果したものと思い込んだ。

ところがウェールズ人は、生まれながらにして心優しく、物静かで、ほがらかな人々で、山の中の田舎家に快く他処者を迎え、彼らの前にありあわせの馳走を何なり、気前好く並べ、竪琴を爪弾いたり、地元の俗謡を歌って聞かせたりするのが好きだが、一旦血気に逸ると、大いなる気概を示す連中だった。英国人は、この一件の後《のち》、ウェールズで横柄に振舞い、支配者風《かぜ》を吹かし始め、ウェールズ人の矜持がこれには耐えられなかった。のみならず、彼らはかの不運な古《いにしへ》のマーリンの言葉を鵜呑みにし――というのも彼の不運な古《いにしへ》の預言のいくつかを何者かが必ずや、お蔭で禍の種を蒔けそうだと見るや、思い起こす運命《さだめ》にあるかのようだったから――ちょうどこの折、とある、竪琴を手にし、長く白い口髭を蓄えた盲目の御老体が――奇特な人物ではあったものの、年齢不詳にしてやたら冗長になっていた――突然、マーリンは晴れて英国硬貨が丸くなった暁にはウェールズ王子がロンドンで戴冠されようと預言していたと触れ回り始めた。さて、エドワード国王は最近、半ペンスやファージングの代わりに英国ペニーが半分、或いは四半分に割られるのを禁じ、事実、丸い硬貨を導入していた。よって、ウェールズ人はこれぞマーリンが預言していた刻《とき》だと言い合い、故に蹶起した。

エドワード一世はルーエリンの弟デイヴィッド王子を買収するに、寵愛の品を山と贈っていた。が、恐らくは良心の呵責に苛まれたのであろう、王子が真っ先に叛旗を翻した。とある嵐の晩、彼は英国貴族が占有を任されているハワーデン城を急襲し、駐屯部隊を皆殺しにし、くだんの貴族を捕虜にしてスノードンまで連れ去った。するとその途端、ウェールズ人は一斉に蹶起した。エドワード一世は軍隊を率い、ウスター(英西部旧州首都)からメナイ海峡*まで進軍し、海峡を――今日《こんにち》、美しい管状の鉄橋を、然に相異なる日々、鉄道汽車の走っている間近で――四十名の兵士が横列を成して進軍出来るボートの橋伝《づて》、渡った。英国王はアングルシー島を制圧し、敵軍を視察すべく兵士を前方へ送った。が、突如ウェールズ軍が出現したため英国軍は恐慌状態に陥り、橋まで後退した。その間《ま》に潮が満ち、ボートはバラバラに乱れていた。ウェールズ兵に追われ、イギリス兵は海中へと追い詰められ、そこにて、幾千となく、重い鉄の甲冑《かっちゅう》に身を固めたまま、水底《みなそこ》へ沈んだ。この勝利の後《のち》、ルーエリンはウェールズの苛酷な冬の気候に助けられ、またもや戦に勝った。ところがエドワード一世は英国軍の一部隊に南ウェールズを抜けて進軍し、ルーエリンを挟み撃ちするよう命じ、ルーエリンはこの新たな敵を迎え撃つべく雄々しく踵を返すと、不意討ちを受け、殺害された――実に卑劣に。というのも丸腰で、全く無防備だったからだ。彼の首は刎ねられ、ロンドンへ送り届けられ、ロンドン塔に晒された。かの預言を蔑《なみ》すべく、凄まじき硬貨に見立てようというので周囲に――ある者に言わせれば蔦の、ある者に言わせれば柳の、また別の者に言わせれば銀の、花輪をあしらって。

デイヴィッドは、しかしながら、さらに六か月間、英国王によって激しく追跡され、自らの同国人によって狩り立てられながらも持ち堪えた。同国人の一人が終に妻子共々彼を裏切った。彼は絞首刑の後《のち》、引き廻しの上、八つ裂きに処すよう宣告され、かの時より、これがイングランドにおける謀叛人の懲罰として定着した――その対象が死してなお悍しくも極悪にして残虐であるが故に、全く弁解の余地なき懲罰――唯一、その真の（して何一つ抹消し得えまい）堕落は、ともかくかようの言語道断の暴虐行為を許す国家にしか帰せられぬだけに、固より戯けた懲罰――として。

ウェールズは今や征服された。王妃がカナーヴァン城*で王子を出産すると、国王は王子をウェールズ人に彼らの同国人として披露し、プリンス・オブ・ウェールズ――爾来、英国王位の法定相続人によって担われる称号たる――と名付け、くだんの幼気な王子はほどなく、兄の死によって事実、法廷相続人になった。国王はウェールズ人にとってなおありがたき方策を講ずに、彼らの法律を改善し、交易を奨励した。依然、主としてウェールズの土地と城を与えられた英国領主の強欲と倨傲によって惹き起こされる騒動は絶えなかったが、それらもほどなく鎮圧され、ウェールズが二度と叛旗を翻すことはなかった。今に、人々が吟唱楽人や竪琴弾きの歌によって謀叛に狩り立てられぬよう、エドワード一世は彼らを皆殺しにしたとの口碑が伝わっている。中には確かに英国王に刃向かう他の連中の仲間に加わる楽人もいたやもしれぬが、この大量殺戮は、恐らく、竪琴弾き自身の空想ではなかろうか。というのも彼らは何年も後《のち》になってくだんの悲劇に纏わる歌を作り、ウェールズの炉端で歌い継ぐ内、それがいつしか皆の信じる所になったと思われるからだ。

エドワード一世の治世の外国との戦いは以下の如く始まった。二艘の船の乗組員が――一艘はノルマンの、もう一艘はイギリスの――たまたま同じ場所へ、樽に真水を詰めるべくボートで向かった。固より血の気の多い荒くれ者だけに、喧嘩が始まり、それから殴り合いになり――イギリス人は素手で、ノルマン人はナイフで――ほどなくノルマン人が一人殺された。ノルマン船の乗組員は、自分達が戦ったくだんのイギリス人に仕返しをする代わり（恐らく、手強すぎると観念したのであろう）、腸を煮えくり返して再び自分達の船に戻ると、最初に出会したイギリス船を襲撃し、たまたま乗船していた罪の無い商人をつかまえ、足許で犬に吠え立てさせたなり、自分達自身の船の索具で無慙に縛り首にした。これに激怒したイギリス船の乗組員は歯止めが利かなくなり、よってイギリス船員とノルマン船員がいつ、どこで鉢合わせになろうと、互いに死にもの狂いで牙を剝き合った。アイルランド船員とオランダ船員はイギリス船員の肩を持ち、フランス船員とジェノヴァ船員はノルマン船員の味方についた。かくて大海原を渡る船乗りの大半は、彼らなり、怒濤逆巻く折の大海原そのものにも劣らず荒れ狂った。

エドワード一世の誉れは国外でも夙に名高かったから、彼はフランスと他の外国との間の争いを調停する役に選ばれ、三年ほど大陸で暮らしていた。当初、彼もフィリップ仏国王も（映えあるルイはしばらく前に亡くなっていたから）こうした諍いには介入しなかった。がとうとう八十艘の英国艦隊が錨泊中の一艘の船の周りで戦われる仮借なき総力戦において、二百艘のノルマン艦隊と交戦し、完膚なきまで敵軍をぶちのめすに及び、事態は看過するには余りに抜き差しならなくなった。エドワード一世はギエンヌ（仏南西部旧県）の公爵とし、パリで仏国王の御前へ伺候し、自らの船乗りたる家臣によって加えられた危害の責めを負うよう要請された。当初、彼は代理にロンドン主教を、それからフランス王妃の母親と連れ添っている弟のエドモンドを、送った。エドモンドは生憎、造作ないお人好しで、チャーミングな縁者、仏宮廷婦人に易々言いくるめられたのではあるまいか。いずれにせよ、彼は兄の公爵位を四十日間――ほんの形式上、彼の面目を立てるべく、と仏国王は言った――明け渡すよう仕向けられ、晴れて四十日経った暁に、仏国王にはそれを再び明け渡す気などさらにないと知るや仰天し、たといそのため死期が早まったとしても――ということにほどなくなった訳だが――一向驚くには値すまい。

エドワード一世は武勇と精力で勝ち取れるものなら、外国の公爵位を再び勝ち取る国王ではあった。彼は大部隊を徴募し、ギエンヌ公としての忠誠を放棄し、フランスに戦いを挑むべく海を渡った。如何なる重大な戦争も始められぬ内に、しかしながら、二年間の停戦条約が結ばれ、その間《ま》に教皇が調停役を務めた。エドワード一世は、今では夫思いの良妻エレノアを喪くし、独り身だったが、仏国王の妹マーガレットを娶り、プリンス・オブ・ウェールズは仏国王の娘イザベラと婚礼の契りを結んだ。

悪い事から、時には善い事も起こる。上述の無辜の商人の絞首と、それが火種の流血と闘争から、英国民が今に享受している最も偉大な権限の一つが確立されることとなる。戦争の準備には非常に金がかかり、エドワード一世は大いに金が不足している所へもって、金を調達する上で極めて恣意的だった。よって男爵の中には国王に強硬に異を唱える者が出て来た。中でも二人の豪族、ヘリフォード伯爵ハンフリー・ブーンと、ノーフォーク伯爵ロジャー・ビゴッドは英国王に屈強に抵抗し、国王には自分達にギエンヌの国王軍の指揮を執るよう命ず権利はないとまで主張し、断固そこへ行くことを拒絶した。「神かけて、伯爵」と国王はヘリフォード伯爵に、怒り心頭に発して、言った。「貴殿は海を渡るか縛り首にされるかの二つに一つ！」「神かけて、陛下」と伯爵は返した。「わたくしは海を渡る気も、ましてや縛り首にされる気もありません！」してノーフォーク伯爵共々、幾多の領主に付き添われて、頑強に宮廷を後にした。国王は金を調達しようと八方手を尽くした。彼は教皇が何と反対しようと、聖職者に税を課し、彼らが納めるのを拒むと、否応なく屈服さすに、申し渡した。結構。ならば聖職者に政府に庇護を求める権利はなく、如何なる者もいざとならば聖職者の身ぐるみ剝いでも構わぬ――とは、実に数知れぬ連中がその気満々だったろうし、事実、臆面もなくやってのけた如く。して聖職者自身も長らくかかずらっていたのでは負け戦たること間違いなしと観念した如く。国王は商人が所有している羊毛と皮革を全て、代金はいつかその内支払おうとの約言の下《もと》、没収し、羊毛の輸出に税を課し、それがまた貿易商の間でそれは評判が悪いものだから「極悪税」とまで称された。が、如何ほど小細工を利かそうと埒は明かなかった。上述の有力伯爵両名に先導された男爵は、国会の承認なくして課せられる税は不法だと申し立て、国会は国王が改めて二大憲章を確証し、文書の形で、イングランドにおいては向後、全国民層を代表する国会の権限を措いて、国民から税を徴収する如何なる権限も存さぬ旨厳粛に宣すまで、税金を課すことを拒んだ。国王は国会におけるこの偉大な特権を認めることにて自らの権力を減ずのは不如意千万ではあったものの、致し方なく、とうとう要求を呑んだ。我々はいずれ別の国王の話に移ろうが、彼はもしやこのエドワード一世の手本に倣っていたなら、首を刎ねられずに済んでいたやもしれぬ。

国民はエドワード一世の良識と叡智から、国会における他の恩恵にも浴すこととなった。幾多の法律が著しく改善され、旅人のより大いなる安全と、泥棒や殺人犯逮捕のための条項が規定され、司祭は過剰な土地を所有し、かくて過剰な権力を掌握することを阻止され、初めて治安判事が（当初はくだんの呼称の下《もと》にではなかったものの）国の各地で任命された。

では、いよいよ、エドワード一世の治世の延々として大いなる禍の種、スコットランドを取り上げるとしよう。

エドワード一世戴冠からおよそ十三年後、スコットランド王アレキサンダー三世が落馬により死亡した。彼はエドワード一世の妹マーガレットと連れ添っていた。夫妻の子供は全員死んでいたので、スコットランド王位継承権はわずか八歳の若き王女――今は亡き国王の娘と結婚していたノルウェー王エリックの娘――にあった。エドワード一世はノルウェーの乙女を――とこの王女は呼ばれていた訳だが――長男と婚約させようとした。が不幸にも、王女はイングランドへやって来る途中、病気になり、オークニー諸島の一島に上陸し、そこで亡くなった。その途端、スコットランドでは大きな騒動が持ち上がり、空位の王座を喧しく申し立てる十三もの候補者が俄に名乗りを上げ、国中を大混乱に巻き込んだ。

エドワード一世は聡明で公平なことで名高かったから、悶着の解決を彼に委ねようということになったらしい。彼は重責を引き受け、イングランドとスコットランドの国境地方へ、軍隊と共に向かった。そこにて、スコットランドの郷紳にトゥイード川の英国側のノーラム城で会談するよう要請し、よってくだんの城へと彼らはやって来た。ところが、一件において如何なる措置も講じぬ内に、彼はくだんのスコットランド郷紳に一人残らず、彼らの至高の元首として自分に臣従の礼を致すよう要求した。して彼らがためらうと、言った。「その王冠を頂いている聖なるエドワードの御名にかけて、余《よ》は余《よ》の権利を申し立て、さなくば権利を守る上で息絶えん！」これには心の準備の出来ていなかったスコットランド郷紳は大いに狼狽し、思案するのに三週間の猶予を乞うた。

三週間後、川のスコットランド側の緑の平原で、再び会議が開かれた。スコットランド王位継承権を申し立てる全候補者の内、皇室との近親の権限で真の権利を有すのはわずか二人しかいなかった。即ち、ジョン・ベイリアルとロバート・ブルースの。継承権はただし、明らかにジョン・ベイリアルにあった。この格別な会合にジョン・ベイリアルは出席せず、ロバート・ブルースは出席していた。ロバート・ブルースは英国王を至高の元首として認めるか否か正式に問われると、きっぱり、腹蔵なく「然り」と答えた。翌日、ジョン・ベイリアルは姿を見せ、やはり「然り」と答えた。この点が解決すると、彼らの称号を調査する手筈が整えられた。

調査は実に長時間を要し――一年以上かかった。調査の進行中、エドワード一世はその機に乗じ、スコットランドを隈なく旅し、ありとあらゆる位階のスコットランド人に彼の家臣たることを認めよと、認めねば投獄すると申し渡した。調査を行なう委員会が設置され、一件を巡ってベリックで国会が開催され、二人の候補者は延々と審問され、侃々諤々口角沫を飛ばされた。とうとう、ベリック城の大広間で、英国王はジョン・ベイリアルに与す判決を下し、ジョン・ベイリアルは英国王の寵愛と許可により王冠を受け取ることに同意すると、スクーン*において、当地の修道院でスコットランド国王の戴冠の際に幾星霜用いられて来た古い石造りの椅子に座し、冠を授けられた。それから、エドワード一世は先王の崩御以来用いられているスコットランドの国璽を四つに叩き割り、英国宝庫に収納させた。して今やスコットランドを（俗に言う）「捻じ伏せ」果したものと高を括った。

スコットランドは、しかしながら、依然、それ自身の強固な意志を有していた。エドワード一世はスコットランド国王に自分の家臣たることを忘れさせてはならぬと意を決していたから、スコットランド法廷の判決を不服とする上訴が審理される際には再三再四にわたり、スコットランド国王を英国国会の前にて自らとスコットランド判事の申し開きをすべく訪うよう呼び立てた。とうとう、ジョン・ベイリアルは、彼自身の気概はさして持ち併せていなかったものの、これを国家的侮辱と受け留めたスコットランド国民の軒昂たる意気によって生半ならず士気を鼓舞され、それ以上英国を訪うのを拒絶した。するとその途端、英国王はさらに（当時進行中であった）外国での戦争に荷担し、今後の善行の担保とし、スコットランドのわけても堅牢な三城――ジェドバラ城、ロクスバラ城、ベリック城――を明け渡すよう要求した。これは一切顧みられず、どころか、スコットランド国民は国王を高《ハ》地地方《イランド》の山の中に匿い、飽くまで抵抗する構えを見せた。よってエドワードは三万名の歩兵と四千名の騎兵より成る軍勢を率いてベリックまで進軍し、城を急襲し、全駐屯兵、のみならず全町民を――男も女も子供も――殺戮した。サリー伯爵、ウォレン卿がそれから、ダンバー（スコットランド南東部都市）城へと進軍し、城の前で戦が繰り広げられ、スコットランド全軍は完敗し、大量の死者を出した。完璧な勝利を収めると、サリー伯爵はスコットランドの管理を託され、くだんの王国の主要な役職は英国人に委ねられた。より有力なスコットランド貴族は強制的にイングランドへ移住させられ、スコットランドの王冠と王笏は持ち去られ、前述の古い石造りの椅子でさえ運び去られ、ウェストミンスター大寺院に据えられた――今日なお目にしよう如く。ベイリアルは住居としてロンドン塔を賃貸され、周囲二〇マイル以内に限り散歩を許された。三年後、ノルマンディーに渡ることを許可され、そこにて地所を手に入れし、六年間の余生を送った。憤ったスコットランドで長らく暮らしていたより、恐らく、遥かに幸せに。

さて、スコットランド西部にさるスコットランド騎士の次男である、ウィリアム・ウォリスという、ささやかな財産を有す郷紳がいた。ウォリスは屈強な大男で、非常に雄々しく、恐いもの知らずだった。していざ、並み居る同国人に檄を飛ばすとなると、血気盛んな文言で彼らの意気を素晴らしく高められた。彼はスコットランドを心から愛し、イングランドを心底憎んでいた。今やスコットランドにおいて重責を担っている英国人は極めて高飛車に振舞っていたため、誇り高きスコットランド人にとっては、かつて同様の状況の下《もと》、ウェールズ人にとって疎ましかったに劣らず、疎ましかった。してスコットランド広しといえども、ウィリアム・ウォリスほど憤懣遣る方ない敵意を抱いている者もなかった。ある日のこと、公職に就いている英国人が、相手が何者かほとんど知らぬまま、彼を侮辱した。ウォリスは一撃の下《もと》に英国人を殺し、岩や丘の直中に難を逃れ、そこにてやはりエドワード一世に対して兵を挙げている同国人、サー・ウィリアム・ダグラスと合流するや、自らの独立のために苦闘している国民にとって未だかつてこの世に存したためしのないほど剛胆にして決然たる擁護者となった。

スコットランドの管理を任されていたサリー伯爵はウォリスを前に敗走し、かくて勢いづいたスコットランド人は至る所で叛旗を翻し、仮借なくイギリス兵に襲いかかった。サリー伯爵は国王の命《めい》の下《もと》、国境地方州の全勢力を結集し、英国の二部隊がスコットランドへ雪崩れ込んだ。わずか一人の将軍しか、これら敵軍を目の当たりに、ウォリスに与す者はなかった。ウォリスは四万名の兵を率い、スターリングから二マイルと離れていない、フォース河畔のとある場所で侵略者を待ち受けた。川には唯一、キルディーンという名の粗末な木製の橋が架かっていた――わずか二人の男しか且々肩を並べて渡れぬほど狭い。目をじっとこの橋に凝らしたなり、ウォリスは部隊の大半を高台に配備し、坦々と待ち受けた。英国軍が川の向かいの堤に姿を見せると、伝令が講和条件を呈示すべく遣わされた。ウォリスはスコットランドの自由の名の下《もと》、果たし状と共に使者達を送り返した。イギリス兵を率いるサリー伯爵の将校の中には、彼らの目をやはり橋に凝らしたなり、飽くまで慎重に構え、早急な手に出ぬよう忠言する者もいた。伯爵は、しかしながら、他の将校に、わけてもエドワード一世の財宝物係である無謀な男クレシンガムに、即刻戦を焚きつけられ、進軍の命《めい》を下した。一千名のイギリス兵が二人ずつ横並びに橋を渡った。スコットランド兵は石像さながら微動だにしなかった。二千、三千、四千、五千名のイギリス兵が橋を渡った。この間《ま》も終始、羽根一本、スコットランド兵の戦闘帽では揺るがなかった。が今や、戦闘帽は一斉に羽搏いた。「橋の袂まで、一部隊、前へ！」とウォリスは叫んだ。「イギリス兵をこれ以上、渡らせるな！残りは、私と共に橋を渡って来た五千兵に襲いかかり、ズタズタの八つ裂きの目に会わせてやれ」事実、ということに、手も足も出せぬ残りのイギリス兵全員の目の前で、相成った。クレシンガム自身は戦死し、スコットランド兵は彼の生皮で自分達の馬のための鞭を作った。

　エドワード一世はこの折も、以降続いたスコットランド軍側の勝利の間《ま》も、国外にいた。かくて凱旋に意を強くしたウォリスは再びスコットランド全土を奪還し、英国国境をも略奪し始めていた。が冬の二、三か月後、英国王は帰国し、常にも増して血気盛んに戦闘を開始した。とある晩、地べたで諸共横たわっている折、馬に蹴られ、王は肋骨を二本折った。王が亡くなったとの叫び声が上がるや、彼は激痛を物ともせず、ヒラリと鞍に跨り、露営中を駆け回った。して夜が明けると、「進軍！」の命《めい》を（依然、もちろん、打ち身の激痛に耐えながら）下し、フォールカーク（グラスゴー東北東の町）近くまで軍隊を統率し、そこにてはスコットランド軍が沼沢地の背後の石ころだらけの地に整列している様が見受けられた。ここにて彼はウォリスを敗り、一万五千名に上る相手方の兵士を殺した。敗残部隊と共にウォリスはスターリングへと撤退したが、追撃を受け、イングランド兵に一切手を貸さぬよう、町に火を放ち、落ち延びた。パース（中央部旧同州首都）の住民もその後、同じ謂れにて自分達の屋敷に火を放ち、英国王は糧食に窮すと、撤退を余儀なくされた。

　ベイリアルとスコットランド王位を争ったロバート・ブルースの孫である、もう一人のロバート・ブルースが今や（くだんの老ブルースは亡くなっていたから）英国王に対し蹶起し、同様にベイリアルの甥のジョン・カミンも兵を挙げていた。これら二人の若者は、スコットランド王位を巡るライバルだけに、エドワードに刃向かう点においては合意しようと、他の如何なる点においても合意には達せなかった。恐らくはこれを知り、また、たとい運好く偉大なる英国王の上手に出られようと、如何なる騒乱が出来するに違いないことか見越していたからでもあろう、スコットランドの主立った人々は教皇に介入を求めた。教皇は、転んでも徒では起きなかったから、極めて坦々とスコットランドは己《おの》が属国なりと申し立てた。がこれはいささか度を越していたので、国会は当たり障りなく、その旨教皇に伝えた。

　一三〇三年の春、英国王は反乱を鎮圧するため、サー・ジョン・セグレーヴをスコットランド総督に任命し、二万名の兵と共に送り出した。サー・ジョンは然るべく慎重には身を処さず、エディンバラ近郊のロスリンに、軍隊を三部隊に分けて野営した。スコットランド軍は優位を見て取り、各部隊を別箇に急襲し、打ち敗り、捕虜を皆殺しにした。すると英国王自ら、大軍隊が徴募されるや否や、今一度スコットランドへ進軍し、北方全域を突き破るに、何が行く手に立ちはだかろうとこれを荒廃させ、ダンファームリン（東部ファイフ州都市）で冬の陣を張った。スコットランドの大義は今はそれは絶望的となったため、カミンと他の貴族は降伏し、恩赦を受けた。ウォリス独り、抵抗した。彼は何ら助命の明白な誓約の下《もと》ではないにせよ、降伏するよう要請されたが、怒《いか》った英国王に飽くまで抗い続け、高地地方の峡谷の切り立った岩山に身を潜め、そこにては鷲が巣を作り、山の奔流がゴーゴーと下り、真っ白な雪が深々と積もり、身を切るような風が幾々晩とない真っ暗な夜通し、肩掛け《プラード》に包《くる》まって横たわる彼の剥き出しの頭の周りをビュービュー吹き荒んだ。何一つ、彼の意気を挫くものも、彼の勇気を萎えさすものも、祖国の受けた虐待を忘れたり許したりさせるものもなかった。たとい長らく持ち堪えていたスターリング城が、当時使用されているありとあらゆる種類の兵器で包囲されようと、たとい大聖堂の屋根の鉛がくだんの兵器を作るべく引き剝がされようと、然に征服のホゾを固めているからには、英国王が、老齢にもかかわらず、若者さながら攻城の指揮を採ろうと、たとい勇敢な駐屯部隊が（その折、驚くべきかな、数名の女性を含むわずか二百名足らずの人員にすぎぬと判明したが）飢えに苦しみ、疲れ切り、両膝を突いたなり、して自らの苦悩を弥増しに増すありとあらゆる形《なり》なる屈辱に耐えながら白旗を掲げさせられようと、その期に及んでなお、たといスコットランドに最早一筋の光明もなくなろうと、ウィリアム・ウォリスは恰も権力絶大にして仮借なきエドワード一世英国王が足許に緯切れて横たわっているのを目の当たりにでもしたかのように誇らかにして決然としていた。

果たして何者が結局、ウィリアム・ウォリスを裏切ったのか、は今に審らかでない。何者かによって裏切られた――恐らくは従者によって――のは可惜、真実ではあるが。彼はサー・ジョン・メンティース護送の下《もと》、ダンバートン（西部旧同州首都）城へと、そこからロンドンへと、連れて行かれ、そこにては勇猛果敢にして意志強固の誉れ高き英雄を一目見んものと黒山のような人集りが出来た。彼はウェストミンスター会館にて、月桂冠を被ったなり審理され――一説にはそこにて王冠を被らねば、と言おうか被ろうと自ら口にしたと報ぜられていたから――盗人にして、殺人犯にして、謀叛人として、有罪の判決を受けた。自分は事実、彼ら呼ぶ所の盗人である（とウォリスは判事に言った）。何故なら国王の兵士から強奪していたから。自分は事実、彼ら呼ぶ所の殺人犯である。何故なら然る尊大な英国人を危めていたから。自分は、ただし、彼ら呼ぶ所の謀叛人ではない。何故ならついぞ英国王に忠誠を誓ったためしがなく、常に忠誠を誓うを潔しとしなかったから。彼は馬の尻尾に括られてウェスト・スミスフィールドまで引き廻され、そこにて聳やかな絞首刑台に吊るされ、息絶える前に腸を掻っ裂かれ、打ち首の上、四つ裂きにされた。首はロンドン橋の支柱の上に据えられ、右腕はニューカッスルに、左腕はベリックに、両脚はパースとアバディーンに、送られた。が、たといエドワード一世は我が身を一寸一寸切り刻ませ、一寸一寸をその数だけの町へ送りつけさせようと、その切り刻まれた我が身をウォリスの令名の半ばも広く遍く馳せさせられはしなかったろう。ウォリスはこの世に英語の歌や物語の存す限り、歌や物語の中において思い起こされ、スコットランドはその湖と山の続く限り、彼を尊び続けよう。

この不倶戴天の仇敵から解放されると、英国王はスコットランドのためにより公平な行政計画を立て、スコットランド郷紳とイングランド郷紳との間で名誉職を分かち、過去の罪過を許し、かくて老齢にあって終に本務を全うしたものと思った。

が早計に過ぎた。カミンとブルースが共謀し、ダムフリース（スコットランド南部旧同州首都）のフランシスコ修道士教会で落ち合う約束をした。一説によると、カミンはブルースを裏切り、英国王に彼の謀叛を密告していた。ブルースはとある夜、夕食の席に着いていると、友人グロスター伯爵から十二ペンスと拍車を受け取ることにて身の危険と敗走の要を警告された。約束を果たすべく、忿怒に駆られながらも（跡をつけられぬよう馬の蹄鉄を裏返しにしたなり）吹雪を突いて馬を駆っていると、カミンの使者である、人相の悪い下男に出会い、この男を殺してみれば、懐の中にカミンの背信を証す手紙が入っていた。事の真相はいざ知らず、二人はとまれ、固より頭に血の上ったライバル同士とあって、悶着を起こしたに違いなく、火種が何であったにせよ、事実、落ち合った教会の中で口論になり、ブルースは剣を抜くとカミンを刺し、カミンは石畳の上に倒れた。ブルースが血の気を失い、取り乱した様子で表へ出て来ると、彼を待っていた友人達は一体何事かとたずねた。「どうやらカミンを殺したらしい」と彼は言った。「はっきりしないのか?」と友人の内一人がたずねた。「ならば確かめて来よう!」して堂内へ入り、カミンがまだ生きていると見て取るや、何度も何度も剣で刺した。英国王がこの新たな残虐行為を容赦するはずはないと分かっていたので、一行はそれからブルースをスコットランド王と宣し、スクーンで——椅子のないまま——戴冠させ、今一度、叛旗を翻した。

この報せを受けると、英国王は未だかつて露にしたためしのないほど激しい忿怒に駆られた。彼はプリンス・オブ・ウェールズと二百七十名の青年貴族をナイト爵に叙し——テンプル・ガーデンズの木は彼らの天幕を張る隙を作るために伐り倒され、彼らは慣例に則り、一晩中、ある者はテンプル教会で、ある者はウェストミンスター大修道院で、自分達の甲冑を見張り——それから催された公式の宴の席で、天帝と、お抱え吟遊楽人達がテーブルの上に乗せていた黄金の網細工に被われた二羽の白鳥にかけて、カミンの仇を討ち、背信のブルースを罰しようと誓った。して一座皆の前で息子である王子に、万が一誓いを全うせぬ内に自分が死んだら、誓いが成就されるまでは埋葬せぬようと申し渡した。翌朝、王子と他の青年勲爵士は英国軍と合流すべく国境地方へと駆け出し、国王は、今や体調を崩し、衰弱していたため、馬の担い駕籠で後を追った。

ブルースは、とある戦に敗れ、幾多の危険と悲惨を掻い潜った後《のち》、アイルランドへ逃げ延び、そこにて冬中、身を潜めていた。その冬を、エドワード一世はブルースの親戚縁者や支持者を追い詰め、処刑することにて過ごし、老いも若きも容赦せず、いささかの憐憫も慈悲も示さなかった。翌春、ブルースは再び姿を見せ、一戦ならず勝利を収めた。こうした戦において、いずれの側も残虐なこと極まりなかった。例えば——ブルースの二人の兄弟が瀕死の重傷を負って捕らえられると、国王の命《めい》により、即刻処刑された。ブルースの友人、サー・ジョン・ダグラスは彼自身のダグラス城を英国領主の手から奪い返すと、殺戮された駐屯兵の死体を城内の全動産で燃え盛らせた巨大な焚火で炙り上げ、その凄まじき調理法を彼の部下はダグラス貯蔵食《ラーダ》と呼んだ。ブルースは、しかしながら、依然、凱歌を挙げ続け、ペンブローク伯爵とグロスター伯爵をエア（スコットランド南西部旧同州首都）城に追い込み、城を包囲した。

英国王は冬の間中、病床に臥していたが、病床から軍隊へ指示を出し、今やカーライル（英北西部カンブリア州首都）まで進軍し、そこにてそれまで旅をしていた担い駕籠を天への貢物として大聖堂に奉らせ、今一度、してこれが最後、鞍に跨った。今や齢《よはい》六十九にして、治世三十五年目であった。彼は容態が悪化していたため、四日間でわずか六マイルしか進めなかったが、依然、如何ほど遅々としていようと進み続け、面《おもて》を常に国境地帯の方へ向けていた。が終に、バラ・アポン・サンズ村で床に臥し、そこにて周囲の者にくれぐれも王子に父王の誓いを思い起こし、断じてスコットランドを完全に制圧するまでは手を緩めるなと念を押すよう言い残すと、息を引き取った。

第十七章　エドワード二世治下のイングランド

エドワード二世、即ち初代プリンス・オブ・ウェールズは父王が崩御した際二十三歳だった。彼の寵臣に、名をピアズ・ギャヴィストンというガスコーニュ（仏南西部州）出身の若者がいたが、先王の覚えそれは目出度からざるものだから、彼は若者をイングランドから追放し、息子には病床の傍らで、二度と友人を連れ戻さぬ旨誓いを立てさせた。が王子は即位するや否や、誓いを破り――とは他の幾多の王子や国王の御多分に洩れず（彼らは余りに安易に誓いを立てていたから）――即刻、寵臣を呼びにやった。

さて、くだんのギャヴィストンはなかなかの男前だったが、向こう見ずで、横柄で、ふてぶてしい奴だった。して誇り高きイギリス領主に忌み嫌われていた。のは、単に新王を手玉に取り、宮廷を猥りがわしい場所に成り下がらせているのみならず、馬上武術試合で誰より見事に手綱を捌き、固よりテングなだけに、いつも彼らをダシにやたら趣味の悪い軽口を叩いていたからだ。例えば、ある者のことは老いぼれ雄豚と、またある者のことは舞台役者と、また別の者のことはユダヤ人と、はたまた別の者のことはアルデンヌ（仏北東部県）の森の黒犬と呼ばわって。これは能う限りお粗末な機智ではあったが、くだんの領主は腸を煮えくり返らせ、気難しいウォリック伯爵など――かの黒犬殿だったから――いずれピアズ・ギャヴィストンは黒犬の牙の痛さを思い知らされる時が来ようと啖呵を切った。

くだんの時は、しかしながら、未だ来《きた》らず、当分来そうにもなかった。国王はギャヴィストンをコーンウォール伯爵に任じ、厖大な資産を与えた。のみならず、絶世の美女と謳われた、フィリップ・ル・ベルの娘フランス王女イザベラと結婚するためにフランスへ赴いた際には、ギャヴィストンを英国摂政に任じた。ブローニュの聖母マリア教会での豪華絢爛たる結婚の儀に片がつくと――式には四名の国王と三名の女王が列席していた（とならば絵札が勢揃いしたようなもの。というのもならず者《ジャック》には事欠かなかったろうから）――国王は美しい花嫁のことなどほとんど、と言おうか一切気にも留めず、一刻も早くギャヴィストンの下《もと》へ戻ろうと躍起になった。

国王は祖国に上陸するや否や、形振り構わず、大群衆の面前で寵臣の腕の中へ飛び込み、彼を抱き締め、キスをし、我が兄弟と呼んだ。ほどなく執り行なわれた戴冠式において、ギャヴィストンはそこなるキラびやかな列席者の中でも一際明るい、豪勢な装いで現われ、晴れがましくも王冠を携える役を担った。お蔭で誇り高き領主はいよよ業を煮やし、国民もまた、この寵臣を軽蔑し、いくら彼が国王に不平を洩らし、命令に従おうとしない連中を罰して欲しいと訴えようと、彼を断じてコーンウォール伯爵と呼ぼうとせず、敢くまでピアズ・ギャヴィストンと呼び捨てにした。

男爵達がそれは単刀直入、この寵臣に堪忍ならぬと具申したものだから、さしもの王もギャヴィストンを国外へ追放せざるを得なくなった。寵臣自身は二度と祖国へは戻らぬ誓いを（またぞろ誓いを！）立てさせられ、男爵達もこれでてっきり勘気を蒙って放逐されたものと思い込んだ――彼がアイルランド総督に任ぜられたと耳にするまでは。寵臣にぞっこんの国王はこれでもまだ飽き足らず、一年後にはギャヴィストンをまたもや祖国へ呼び戻し、常軌を逸した血迷いで宮廷と国民を辟易さすのみならず、美しい妃の心証まで害し、妃はその後二度と王には好意を示さなかった。

王は今や昔ながらの皇室の疫病神――手許不如意――に祟られ、男爵達は新たに嵩にかかるや、王には断固金を調達させまいとした。王はヨークで国会を召集したが、男爵達は寵臣が側《そば》にいる限りは召集に応ずのを拒んだ。王はウェストミンスターで再度国会を召集し、ギャヴィストンを追放した。すると男爵達は完全武装して現われ、国家、並びに皇室における悪弊を是正するための、彼ら自身より成る委員会を設置した。こうした条件の下《もと》、金を某か手にした途端、王はギャヴィストンと共に国境地方へ出かけ、その金で、ノラクラ時を過ごしては浮かれ騒ぎ、片やブルースは英国人をスコットランドから締め出す準備を万端整えていた。というのも、先王は哀れ、この意志薄弱な世継に（一説によれば）自分の骨は断じて埋葬せず、スコットランドが完全に制圧されるまでは銅釜できれいに煮沸した後《のち》、英国軍の陣頭に運ばさせようとの誓いすら立てさせていたにもかかわらず、エドワード二世が父王と似ても似つかぬお蔭で、ブルースは日に日に権力と勢力を蓄えていたからだ。

貴族委員会は、数か月の熟慮の末、王に今後は国会を単に王が選んだ時だけ召集する代わり、年に一度、必要とあらば二度さえ召集するよう要請した。さらにギャヴィストンを、この度は万が一帰国すれば死刑に処すとの条件の下《もと》、再び国外へ追放するようとも。国王が如何ほど涙をこぼそうとて詮なかった。彼は結局、寵臣をフランドルへ追いやらねばならなかった。追いやった途端、しかしながら、ほんの戯けのお粗末な猿智恵で、国会を解散させ、貴族に立ち向かうべく軍隊を狩り集めようとの目論見の下《もと》、北イングランドへと出立した。してまたもやギャヴィストンを祖国へ呼び戻すと、男爵から剝奪されていた財宝という財宝を、称号という称号を、授けた。

　領主達はこうとなっては寵臣を死刑に処す外《ほか》手はないと見て取った。して国外追放の条件に則り、合法的に、処刑出来ていたろう。が、遺憾千万ながら、実にさもしきやり口で処刑することとなった。国王の従弟であるランカスター伯爵に率いられ、彼らはまずもってニューカッスルで王とギャヴィストンを急襲した。が彼らには海路で逃れる暇《いとま》があり、国王は浅ましくも、最愛のギャヴィストンが傍らにいるとあって、愛らしい妃を置き去りにして何ら憚らなかった。比較的安全になると、二人は一旦離れ離れになり、国王は部隊を徴募すべくヨークへ向かい、寵臣はその隙に、海に臨むスカーバラ（ノース・ヨークシャー東部港市）城に立て籠もった。とならば、男爵達の思う壺。彼らには城が長くは持ち堪えられまいと予め分かっていた。城は襲撃され、ギャヴィストンは降伏し、ペンブローク伯爵に——ユダヤ人呼ばわりしたくだんの領主に——身柄を明け渡した。彼には如何なる危害を加えさせも、暴力を揮わせもせぬと伯爵が忠義と騎士としての約言にかけて誓いを立てた上。

　さて、ギャヴィストンに関しては、ウォリンフォード城に連れて行き、そこにて名誉拘禁に処そうとの合意が成立した。彼らはバンベリー（オクスフォードシャー州北部都市）近郊のデディントンまで旅をし、そこにて彼《か》の地の城で休息のため一泊した。果たしてペンブローク伯爵は如何なる事態と相成ろうか承知の上、捕虜をそこへ置き去りにしたものか、それとも事実、如何なる危害も加えられまいと思い込み、ただ（本人の弁によれば）近隣にいる妻の伯爵夫人を訪うべく置き去りにしたものか、は不問に付そう。いずれにせよ、彼は徳義を重んず郷紳とし、飽くまで捕虜の身を守らねばならなかった。にもかかわらず、守らなかった。朝方、寵臣は未だ床に就いていると、着替えをし、中庭まで下りて来るよう命ぜられた。彼は何ら勘繰るまでもなく、命ぜられるがままに下りて行った。が中庭中に見知らぬ武装兵が集まっているのを目の当たりに、胆をつぶし、血の気を失った。「わたしのことは知っていよう?」とやはり頭の天辺から爪先まで武装した指揮官が言った。「我こそはアルデンヌの森の黒犬だ!」

　蓋し、ピアズ・ギャヴィストンが黒犬の牙の痛さを思い知らされる時が来た。彼らは寵臣を驟馬に乗せ、軍楽を奏しながら公式鹵簿を茶化し、粛々と黒犬の犬小屋まで——ウォリック城まで——引き立て、そこにては、幾人かの高位貴顕より成る緊急会議が開かれ、彼を如何に処すべきか検討された。命だけは許してやれという者もあったが、とある大きな声が——恐らくは、黒犬の吠え声が——城の大広間に轟き渡った。こうした文言を発しながら。「せっかくキツネを掌中に収めたというのに、今逃がしてみろ、また狩らねばならなくなるぞ」

　彼らはギャヴィストンに死刑を宣告した。彼はランカスター伯爵の——老いぼれ雄豚の——足許に身を投げ出したが、老いぼれ雄豚は黒犬に劣らず血も涙もなかった。彼はウォリックからコヴェントリー（ウェスト・ミドランズ州都市）へ通ず心地好い街道へと連れて行かれ——そこにては、その後長らく経ってからウィリアム・シェイクスピアがその傍で生まれ、今に永久《とは》の眠りに就いている美しいエイヴォン川が麗しい五月祭の晴れやかな光景の直中でキラめいていたが——惨めな首を刎ねられ、地べたを鮮血で染めた。

　国王はこの背信の凶悪な犯行の報せを受けると、悲嘆と忿怒に駆られた勢い、男爵相手に仮借なき戦いを布告し、両軍は半年間にわたり刃を交えた。が、その期に及び、ブルースに対して連合軍を結成せざるを得なくなった。というのもブルースは彼らが分裂している隙に、今やスコットランドで大きな勢力を揮っていたからだ。

　ブルースが折しもスターリング城を包囲し、総督は所定の日より前に救出されなければ城を明け渡すよう誓いを立てさせられたとの報せが入った。その途端、王は貴族と彼らの闘士にベリック（国境間近の北海に臨む港市）で自分と落ち合うよう命じた。ところが、貴族は国王のことなどほとんど意に介さず、召集を甚だしく蔑ろにし、グズグズと手間取ったため、降伏に定められた前日になって初めて国王はスターリングに到着し、その時ですら、期待していたよりわずかの軍勢しか集まっていなかった。とは言え、国王には総勢十万の兵があり、ブルースにはわずか四万の兵しかなかった。が、ブルースの軍隊はバノック（中部セントラル州南東部村）の小川《バーン》、と言おうか渓流《ブルック》とスターリング城の壁との間の平原に整然たる三列縦隊を組み、屈強に配備されていた。

　英国王が到着した正しくその夕刻、ブルースは雄々しき勲を立て、かくて部下を鼓舞した。彼はとあるヘンリー・ド・ブーンという英国勲爵士によって、わずか手には軽い戦斧を握り、頭には金の冠を被っただけで、小さな馬に跨り、軍隊の前をあちこち走り回っている様が見受けられた。この英国勲爵士は、頑丈な戦馬に跨り、鋼の鎧兜に身を固め、強かな武器を携え、ほんの（と彼には思われた訳だが）全体重をかけて相手に襲いかかりさえすればブルースを落馬させられるものと高を括り、巨大な軍馬に拍車をかけると、彼にひた迫り、重い槍で突きかかった。ブルースは突きを躱《かわ》し、戦斧のものの一振りで相手の頭蓋骨を叩き割った。

　スコットランド兵は翌日、戦が熾烈を極めた際、この武勇を忘れてはいなかった。ブルースの勇敢な甥ランドルフは、自ら指揮する小部隊と共に、片や全員が磨き上げた甲冑の日光に燦然と輝くそれは数知れぬイギリス兵の直中へと突撃をかけたものだから、彼らはさながら大海原に飛び込んだが最後、瞬く間に怒濤に呑まれ、姿を消しでもしたかのようだった。が、勇猛果敢に戦い、敵を完膚なきまでぶちのめし、かくて英国軍は気圧された。それからブルース自身が、残る全軍を率いて敵軍に襲いかかった。英国軍がかくて窮地に追い込まれ、泡を食っている片や、丘の上に彼らとしてはてっきり新たなスコットランド勢だと思い込んだものが——ただし実はブルースがその時その場に姿を見せるよう指示してあった、総勢一万五千の非戦闘従軍者にすぎなかったが——立ち現われた。イギリス騎兵を指揮するグロスター伯爵は武運を転ずべく、最後の突撃をかけた。がブルースは地べたに（『ジャックと豆の木』のジャックよろしく）落とし穴を掘り、芝生と杭で覆っていた。これら落とし穴の中へと、馬の体重の下《もと》に頽《くずお》れながら、騎兵は戦馬諸共、幾百となく転がり込んだ。イギリス兵は完全に潰走させられ、彼らの財貨、糧食、武器はスコットランド兵によって悉く略奪され、それは数知れぬ荷馬車や戦車その他が強奪されたものだから、連中、一列に並べていたなら一八〇マイルは下らぬ伸びていたろうとまで伝えられている。スコットランドの形勢は当座、一変し、未だかつてスコットランドの地にてこのバノックバーンの大いなる戦いほど名立たる戦いが勝ち取られたためしはなかった。

　イングランドではその後、疫病と飢饉が続き、相変わらず無能な王と侮蔑的な領主との諍いは絶えなかった。アイルランドの粗暴な首領の中にはブルースにくだんの国の統治を申し出る者もあった。彼は弟のエドワードを彼らの下《もと》へ送り、エドワードはアイルランドの王位に即いた。ブルースは後にアイルランドの戦争において弟に加勢すべく自ら出陣したが、弟は結局、戦いに敗れ、戦死した。ロバート・ブルースはスコットランドに戻ると、祖国でますます力を蓄えて行った。

　英国王の破滅はとある寵臣に端を発していた如く、然に、とある寵臣で片がつくやに思われた。ジェイムズ二世はともかく自らを頼みとするには余りに憐れな奴だったので、新たに、旧家の出の郷紳の息子ヒュー・ル・ディスペンサーという男を寵臣に抱えた。ヒューは男前で勇敢だったが、誰一人これっぽっち気にかける者のない脆弱な王のお気に入りとならば、それは収まるに実に剣呑な立場ではあった。貴族は国王の覚え目出度いからというのでヒューに対して同盟を結び、彼と彼の父親双方の破滅を虎視眈々と狙っていた。さて、国王は彼を故グロスター伯爵の娘と連れ添わせ、彼と父親二人にウェールズの厖大な属領を与えていた。これら属領を広げようと画策する上で、父子は然る、ジョン・ド・モーブレイという名の短気なウェールズ郷紳を初め幾人かの短気なウェールズ郷紳の心証を著しく害し、かくて彼らは武力に訴え、父子の城を占拠し、財産を強奪した。ランカスター伯爵はそもそも（彼自身の貧しき縁者たる）くだんの寵臣を宮廷に出入りさせていたが、縁者の受けている寵愛と手にしている栄誉によって自らの威厳が傷つけられているような気がした。よって、自分に与す男爵共々ウェールズ人と手を組み、ロンドン目指し進軍し、英国王に寵臣と父親を国外へ追放するよう要求する上訴を送った。当初、国王は如何でか、血気に逸るムラッ気を起こし、彼らに大胆な答えを返した。が彼らがホウボーンとクラークンウェル周辺に宿営し、武装の上ウェストミンスターの国会まで進軍すると、さすが譲歩し、彼らの要求に応じた。

　王が凱歌を挙げる番は、王自ら当てにしていたより早く訪れた。思いがけない状況が重なり。美しい妃はたまたま旅をしていたが、ある晩、王家の城の一つに差し掛かり、そこにて夜が明けるまで宿を取り、然るべく接待されるよう要求した。この城の城主は、くだんの立腹した領主の一人だったが、生憎留守で、代わりに妻が王妃の入城を拒否した。かくて両者の側《がわ》の兵卒の間で乱闘が起こり、皇室の従者の内幾人かが殺された。国民は、国王のことなど歯牙にもかけていなかったが、自分達の美しい妃が妃自身の版図でかくも不躾な扱いを受けるとは怒り心頭に発し、王は、この民意に乗じて城を包囲し、攻め落とし、それからディスペンサー父子を祖国へ呼び戻した。するとその途端、同盟を結んだ領主とウェールズ人はブルースの側《がわ》についた。国王は同盟軍とバラブリッジ（ノース・ヨークシャー州小村）で会戦し、勝利を収め、幾多の名士を捕虜にし、中には、今や老人たるランカスター伯爵も含まれ、伯爵の処刑を王は即断した。伯爵はポンティフラクト（ウェスト・ヨークシャー州東部都市）の彼自身の城へ連れて行かれ、そこにてそのため任命された不公平な法官によって有罪を宣告された。彼は自らの弁明に口を利くことすら許されなかった。かくて中傷を浴びせられ、飛礫を打たれ、鞍も頭絡も付けていない、痩せこけた小型馬《ポニー》に乗せられ、引き立てられ、首を刎ねられた。二十八名の騎士が絞首刑に処され、引き廻しの上四つ裂きにされた。国王はこの残忍極まりない処刑に手早くケリをつけ、ブルースと新たな、して長きにわたる停戦協定を結ぶと、ディスペンサー父子を以前にも増して取り立て、父親をウィンチェスター伯爵に任じた。

とある人質が、しかもバラブリッジで捕らえられた重要な人質が、しかしながら、脱獄し、国王の形勢は一転、不利になった。これは、常々国王に敵対しているロジャー・モーティマーという男で、彼は死刑の判決を下され、ロンドン塔に厳重に監禁されていた。が看守達に眠り薬を混入したワインを大量に振舞い、彼らが正体不明に陥るや、土牢から這い出し、厨に忍び込み、煙突を登り、建物の屋根から縄梯子で降り、歩哨の脇を抜け、川に辿り着くと小舟に乗り込み、召使い達と馬の待ち受ける所まで漕ぎつけた。して終にフランスまで逃げ延び、そこにては美しい妃の兄シャルル・ル・ベルが王として君臨していた。シャルルは自分の戴冠式の際に臣従の礼を致しにやって来なかったのに言寄せて、英国王に喧嘩を売ろうとした。美しい妃が諍いを調停すべく海を渡ろうということになり、妃は事実、海を渡り、祖国の王の下《もと》に一筆認《したた》め、もしや国王の体調が思わしくなく、自らフランスへ来られないようなら、息子である、わずか十二歳の幼い王子に海を渡らせては如何かと、王子ならば父王の代わりに兄に臣従の礼を致せようし、自分もすぐ様王子と共に帰国出来ようからと伝えた。国王は王子をフランスへ送った。ところが王子も妃もフランス宮廷に留まり、ロジャー・モーティマーは妃の愛人になった。

英国王が何度も何度も妃に帰国するよう手紙を書き送った際、妃は国王には愛想も小想も尽き果てたのでこれきり一緒には住めないとは（これぞ真実だったが）返さず、ただ自分はディスペンサー父子が恐ろしいとだけ認《したた》めた。詰まる所、妃の意図は寵臣親子の権力を覆し、国王の力を、とは名ばかりであるにせよ、殺ぎ、イングランドを侵略することにあった。二千兵のフランス軍を獲得し、当時フランスに亡命していたイギリス人皆に加勢され、妃は一年と経たぬ内にサフォック州オーウェルに上陸し、そこにて直ちに国王の弟であるケント伯とノーフォーク伯を初め、有力な貴族や、最後には妃に翻意さすよう最初に派遣された、にもかかわらず全軍と共に妃側に寝返りを打った英国将軍の加勢を受けた。ロンドン市民はこうした報せを受けると、国王のために指一本動かそうとするどころか、ロンドン塔を開け放ち、囚人を一人残らず釈放し、帽子を放り上げては美しき女王に万歳を三唱した。

国王は寵臣父子と共にブリストルへ逃れ、そこにて老ディスペンサーに街と城の管理を委ね、自分は息子と共にウェールズへ向かった。ブリストルの住民は固より国王に反対で、壁の内側の至る所に敵がいてなお街を治めるのは不可能だったから、ディスペンサーは早くも三日目に町を明け渡し、背信的にも所謂「国王の御意」に左右された廉で——果たして「御意」なるものを国王が有していたか否かは疑わしい限りだが——即刻審理にかけられた。彼は齢九十を越える神さびた老人だったが、老齢には何ら敬意を払われも慈悲を垂れられもしなかった。かくて絞首刑に処せられ、未だ生きている内に腸を掻っ裂かれ、八つ裂きにされ、犬にくれられた。息子もほどなく捕まり、ヘリフォードにて同じ判事の前で連綿たる愚にもつかぬ罪状の下《もと》審理され、有罪を宣告され、挙句、頭にイバラの花鬘を巻いたなり高さ五〇フィートの絞首台にて処刑された。哀れ、老いた父親と彼とはただ、ほんの単なる人間としては一顧だにしていなかったろう国王に取り入ったという罪以上に悪しき罪は犯していなかった。それは、なるほど、悪しき罪であり、なお悪しき罪に至ろう。が、イングランドではこれまで幾多の領主や郷紳が——して、記憶違いでなければ、幾人《いくたり》かの貴婦人ですら——同じ罪を犯しておきながら、犬にくれられもしなかったのではあるまいか。

惨めな国王はこの間《ま》もずっと、特にどこへ辿り着くでもなく、あちこち逃げ惑っていた。がとうとう身柄を明け渡し、ケニルワース（英中部ウォリックシャー州都市）城へ連れて行かれた。王が無事そこに監禁されると、妃はロンドンへ行き、国会と会見した。すると妃の友人の中でも最も術数に長けたヘリフォード主教がたずねた。さて、これからどう致しましょう？　現国王は所詮、魯鈍で、怠惰で、脆弱な王にすぎませぬ。いっそ王位を剝奪し、代わりに皇太子を即位なされては？　果たして王妃は、この期に及び、真実国王に憐れを催したか否かはいざ知らず、ともかく涙をポロポロこぼし始めた。よって主教は言った。はむ、上院・下院議員諸兄、概して、ケニルワースへ使者を立て、国王陛下は退位する気があるか否か（陛下に神の御加護のありますよう、して王位を廃すなどもっての外）確かめるというのは？

上院・下院議員諸兄はこれぞ得策と思し召し、かくて代表団がケニルワースへ派遣され、そこにて国王はみすぼらしい黒のガウンに身を包んだなり、城の大広間に姿を見せ、代表団の中にとある主教の姿を認めるや、哀れ、脳ミソの足らぬヤツよ、やにわに平伏し、実に不様な姿を晒した。何者かが抱え起こすと、下院議長サー・ウィリアム・トラッセルが、陛下を生きた空もなく怯え竦ますに、彼は最早国王ではなく、誰もが陛下への忠順を放棄している旨、途轍もない演説をぶった。次いで皇室家令サー・トーマス・ブラウントが、ほとんど国王に止めを刺すに、前へ進み出るなり、白い王笏をへし折った——とは唯一、国王崩御の際にしか執り行なわれぬ儀式である訳だが。こうした有無を言わせぬ物腰で、果たして退位する気があるか否か問われると、国王は退位するに如くはあるまいと答えた。かくて、王は退位し、彼らは翌日、王子の即位を宣言した。

叶うことなら国王の歴史をかく、審らかにすることにて閉じられるものなら——即ち、王はその後幾年もケニルワース城と城の庭園の中で罪無き人生を送り——寵臣を召し抱え、馳走を存分食べ——ならば、何一つ不自由なく暮らしたと。ところが辱めを受けること甚だしかった。彼は侮辱され、冷遇され、髭を剃るのに濠の汚水をあてがわれると、きれいな温水が欲しいと涙ながらに訴え、総じてたいそう惨めであった。この城からあの城へ、あの城からまた別の城へと、この城か、あの城か、また別の城の城主が手篤すぎるからというので、移され、とうとうセヴァン川（ウェールズ中部に発しブリストル湾に注ぐ）に間近いバークリー城までやって来た。してそこにて（バークリー卿が折しも病気で留守だったため）トーマス・ゴーネイとウィリアム・オーグルという二人の凶悪ならず者の掌中に落ちた。

とある晩——とは一三二七年九月二十一日の晩のこと——凄まじき叫び声がぶ厚い城壁と黒々とした夜闇を突いて轟くのが近隣の町の胆をつぶした住民の耳に留まった。住民はかくて由々しく眠りを破られると、口々に囁き合った。「天よ、国王に慈悲を垂れ給え。というのもあの絶叫は憂はしい牢に閉じ込められた国王に何か善からぬ狼藉が働かれた兆しに違いなかりましょうから！」翌朝、王は死体で見つかった——打ち身を負いも、剣で突き刺されも、体に何ら痕跡を留めもせぬまま。ただ顔を凄まじく歪めたなり。してその後、くだんの二人の悪漢、ゴーネイとオーグルは王の五臓六腑を赤熱の鉄鏝で焼き上げたそうだとの風聞が流れた。

もしもグロスターの近くまでやって来て、四本のキラびやかな小尖塔《ピナクル》の聳やぐ美しい大聖堂が外気に燦然とそそり立っているのを目にしたなら、お前達も惨めなエドワード二世がくだんの古都の古めかしい大修道院に齢《よはい》四十三にして、悉く無能な王たる十九年半の治世の後《のち》、埋葬されたということを思い起こすやもしれぬ。

第十八章　エドワード三世治下のイングランド

ロジャー・モーティマー――前章でフランスへ逃亡した女王の愛人――はおよそ世の寵臣の命運から得ていた教訓を糧にするどころではなかった。女王の権勢を笠に着てディスペンサー父子の領土を手に入れると、極端に傲慢で野心的になり、英国の真の統治者の座に即こうとした。齢《よはい》十四にして粛々と、通常のありとあらゆる典礼に則り戴冠された若き国王は、これには耐えられぬと意を決し、ほどなくモーティマーを破滅へと追い込んだ。

国民自身、モーティマーを好もしく思っていなかった――第一に、彼が皇室のお気に入りだから。第二に、今や出来したスコットランドとの講和を結ぶのに尽力したと思われ、かくて若き国王のわずか七歳にすぎぬ妹ジョアンがロバート・ブルースの跡取り息子、わずか五歳のデイヴィッドと結婚の契りを交わしたから。貴族は彼の倨傲と、財産と、権力故にモーティマーを憎んだ。彼らはモーティマーに対し武器を取りすらしたが、降伏せざるを得なかった。叛旗を翻し、にもかかわらず後ほどモーティマーと女王の側《がわ》に寝返りを打った貴族の一人、ケント伯爵は以下なる酷たらしいやり口で見せしめにされた。

彼はおよそ賢明な老伯爵どころではなかったのであろう、寵臣と女王の回し者によって故エドワード二世は実は死んでいないと説きつけられ、かくて彼の王座への正当な要求権に与す手紙をうっかり書かされた。これは大逆罪と見なされ、審理され、有罪の判決を下され、死刑を宣告された。彼らは哀れな老伯爵をウィンチェスターの郊外へ連れ出し、そこにておよそ三、四時間の長きにわたり、首を刎ねる人間が見つかるまで待たせた。とうとう、とある囚人が、もしも政府が代わりに恩赦を授けてくれるなら、首を刎ねても構わぬと名乗りを上げ、彼らは囚人に恩赦を与え、一撃の下《もと》、男はケント伯の最期の未決状態に止めを刺した。

女王はフランス滞在中に、フィリッパという名の愛らしく、気立ての優しい令嬢を見初め、令嬢ならば息子にとって素晴らしい妻になろうと考えた。若き国王は即位するとほどなくこの令嬢を娶り、第一子エドワード――プリンス・オブ・ウェールズ――は、追って審らかにする通り、エドワード黒太子の名立たる称号の下《もと》、令名を世に馳すこととなる。

若き国王はそろそろモーティマーを失墜さす潮時と心得、如何なる手を打つべきかモンタキュート卿に相談を持ちかけた。国会がノッティンガムで開催されることになっていたので、くだんの領主は寵臣に必ずや宿泊するはずのノッティンガム城で夜討ちを掛けてはと提案した。さて、これは、他の幾多の事柄と同様、言うは易く、行なうは難かった。というのも、背信への先手を打つべく、堅牢な城門には毎晩、錠が下ろされ、大きな鍵は階上の女王の下《もと》へ運ばれ、女王は鍵を彼女自身の枕の下に仕舞って就寝していたからだ。ところが城には城守が常在し、城守はモンタキュート卿の友人だったから、如何に自分はその上に蔓延った雑草やイバラで人目につかないようになっている、秘密の地下道を知っているか、如何にくだんの通路を通れば、陰謀人は夜の黙《しじま》に侵入し、真っ直ぐモーティマーの部屋に行けるやもしれぬか、垂れ込んだ。よって、とある暗夜の丑三つ時、彼らはこの陰鬱な場所を抜け、途中ネズミの胆を潰したり、フクロウやコウモリをびっくりさせたりしながら無事、城の本丸の地下へ辿り着き、そこにて国王は彼らを迎え、真っ暗闇の階段を抜き足差し足、案内した。彼らはほどなくモーティマーが幾人かの友人と打ち合わせをしている声を耳にし、いきなりドヤドヤ駆け込むと、彼を人質に捕らえた。女王は寝室から絶叫した。

「おお、可愛いエドワード、愛しいエドワード、どうかわたしの大切なモーティマーを容赦してやって！」彼らは、しかしながら、人質を連れ去り、次の国会にて、彼を若き国王と皇太后との間の諍いを惹き起こし、ケント伯爵、のみならず先王までも死に至らしめたと咎めた。というのも、今ではもうお前達も知っての通り、当時は誰かを厄介払いするためならば、如何なる罪を帰せようとさして気に留めなかったからだ。モーティマーはこれら全ての罪を犯したものと宣告され、タイバーン*で処刑されることになった。国王は母親を軟禁し、彼女は終生獄中で過ごし、今や彼はいよいよ本腰を入れて世を治めにかかった。

彼が最初に取りかかったのはスコットランド征服だった。スコットランドに土地を有す英国領主は先の講和条約の下《もと》、自分達の権利が尊重されていないと見て取るや、独自に戦を起こし、将軍にジョン・ベイリアルの息子エドワードを選んだ。エドワードはそれは果敢に戦ったものだから、二か月と経たぬ内にスコットランド王国全土を勝ち取った。彼はかくて凱歌を挙げるると、国王と国会の援軍を受け、国王自身と共に、ベリック（南東部旧州）のスコットランド軍を包囲した。さらばスコットランド全軍が同国人の援護に駆けつけ、血で血を洗う戦いが続き、かくて三万人に上る兵士が命を落としたと伝えられる。ベイリアルがそこで英国王に臣従の礼を致しつつ、スコットランド国王に任ぜられた。が詰まる所、如何ほど成功を収めようと、ほとんど詮なかった。というのもスコットランド兵はほどなく彼に対して叛旗を翻し、デイヴィッド・ブルースが十年と経たぬ内に戻り、王国を支配したからだ。

フランスはスコットランドより遙かに豊かな国で、英国王は遙かにフランス征服に乗り気だった。という訳で、スコットランドはさておき、自分は母親の権限で、フランス王位に即く権利があると申し立てた。実は、継承権は全くなかったにもかかわらず。が、そんなことは、当時はほとんど問題ではなかった。彼は幾多の小さな王子や君主を味方に引き入れ、フランドルの人々の——王なるものにほとんど崇敬の念を抱かず、その首領たる人物がしがない醸造業者にすぎぬ、忙しない、働き者の共同体の——同盟まで請うた。かようの手立てで募った類の兵士を率い、エドワード三世はフランスに攻め入った。がほとんど功は奏さず、ただ戦争を仕掛けたために大枚三〇万ポンドの借財を作るが落ちだった。翌年はまだしも、スリュ港での大海戦を制し、凱歌を挙げた。この戦勝も、しかしながら、非常に短命だった。というのもフランドル地方人はサントメールの包囲に胆を潰し、武器も軍用行李《こうり》も全て置き去りにしたまま逃げ出したからだ。フィリップ仏国王が軍隊を率いて進軍すると、エドワード三世は早々に決着をつけようと焦っていたため、紛争を解決するのに仏国王との一騎打ち、もしくは双方百名の騎士による戦いを申し出た。仏国王は、忝いが、目下すこぶる体調が良いので御免蒙ると返し、よって小競り合いと折衝の末、短期講和が結ばれた。

約定はほどなくエドワード三世が仏貴族モンフォール伯爵ジョンの大義に与することにて破られた。モンフォール伯爵は仏国王に対し自らの権利を申し立て、仮に英国の援助によって手に入れられるものなら、仏王位のためにイングランドに臣従の礼を致そうと申し出た。このフランス領主自身はほどなく仏国王の息子によって打ち破られ、パリの砦に閉じ込められた。が夫人が——今に男性の勇気と獅子の心を具えていたと称えられる、美しく勇敢な女性だが——折しも滞在していたブルターニュの人々を集め、幼気な息子を見せながら、どうか自分と若き領主を見捨てぬようと幾度となく切々と訴えた。彼らはかくて痛ましく訴えられると、血潮を滾らせ、堅牢なエンヌボン城なる彼女の下《もと》へ馳せ参じた。ここにて彼女は城外からはシャルル・ド・ブロワ率いるフランス軍に包囲されるのみならず、城内にては陰鬱な老主教によって危険に晒された。というのも老主教は絶えず人々に万が一このまま忠誠を尽くせば如何なる恐怖に——まずもって飢餓の、次いで炎《ほのお》と剣《つるぎ》の——耐えねばならぬか日々諄々と説いて聞かせたからだ。が、この気高い伯爵夫人はその意気のいささかも挫けるどころか、自らの手本で兵士を鼓舞するに、駐屯地から駐屯地へと大将軍さながら巡回し、鎧兜に身を固めて馬の背に跨り、脇道伝《づて》に城から繰り出すと、フランス軍野営地を襲い、天幕に火を放ち、全軍を大混乱に陥れすらした。然なる勲を立てると、彼女はまたもや無事エンヌボン城へ戻り、城を固めた兵士に大歓声と共に迎えられた。というのも彼らは夫人が行方知れずになったものと諦めていたからだ。彼らは今や、しかしながら、糧食が底を突きかけ、血気だけでは生き存えられず、そこへもって老主教は絶えず「だから言ったろう、どういう羽目になるか!」と喚き立てたため、意気地を失い、降伏を口にし始めた。雄々しき伯爵夫人は上階の部屋へ引き籠もると、悲嘆に暮れつつも、イングランドから援軍が来ぬかと、海を見はるかしていた。すると、正しくこの危急存亡の秋、遥か彼方に英国艦隊が見え、事実、包囲を解かれ、救出されるとは! 英国指揮官、サー・ウォルター・マニングは伯爵夫人の武勇にそれは賛嘆したものだから、英国騎士を率いて城内に入り、そこにて宴を張り果すと、食後の腹ごなしにフランス軍を襲撃し、意気揚々と凱歌を挙げた。それから彼と騎士は喜び勇んで城へ戻り、さらば高い塔から彼らの武勇を見守っていた伯爵夫人は心から礼を述べ、一人一人にキスを賜った。

この気高い伯爵夫人はその後も援軍を求めるためにイングランドへ渡る途中、ガーンジー島沖でフランス軍と海戦し、武勲を挙げた。夫人の類稀な気概はまた別の夫人の——仏国王が実に無慙なやり口で殺害していた、然るフランス領主の妻の——意気をも高め、彼女は伯爵夫人に優るとも劣らぬ勲を立てた。プリンス・オブ・ウェールズ、エドワードが、しかしながら、この英仏戦争の大いなる明星となる時は、見る間に迫っていた。

時は一三四六年七月、国王は総勢約三万兵の軍隊を率い、プリンス・オブ・ウェールズと主立った数名の貴族共々、サザンプトンからフランスへ向け、出帆した。彼はノルマンディーのラオーグ岬に上陸し、行く先々で定石通り、焼き討ちや破壊を繰り返しながらセーヌ川の左岸を上《のぼ》り、パリに間近い小さな町にまでも火を放っていた。ところが、セーヌ川の右岸から仏国王と仏軍に監視されていたため、終に一三四六年八月二十六日、気がついてみればクレシーという名のフランスの小村の背後の高台で仏国王軍と真っ向から相対していた。して、仏国王は大軍を――数にして英国軍の八倍以上の――率いていたにもかかわらず、そこにて仏国王を敗るか自ら敗れるかの二つに一つと意を決した。

若き王子が、オクスフォード伯とウォリック伯と共に、英国軍の第一師団を、他の二人の有力な伯爵が第二師団を、国王が第三師団を、統率した。夜明けと共に、王は聖餐を受け、祈禱を聞き、そこで、白杖を手に騎乗すると、中隊から中隊へ、横列から横列へ、将校、兵士双方に声をかけながら励まして回った。それから全軍は朝食を取るべく、各々それまで立っていた地べたに腰を下ろし、武器の準備を万端整え、静かに座っていた。

いよいよ仏国王が大軍諸共やって来た。空には叢雲が垂れ籠め、太陽は食され、雷雨を伴う激しい嵐が吹き荒れ、胆を潰した小鳥は兵士の頭上で鋭い鳴き声を上げながら飛び交った。仏軍のさる大尉はおよそ上機嫌ならざる仏国王に戦闘開始を明朝まで延ばすよう忠言した。国王は忠言を聞き入れ、進軍休止の命を下した。ところが、後方の兵士はこれが理解出来なかったものか、それとも他の兵士と共に最前線へ出たかったものか、ズンズン押し寄せて来た。街道は長距離にわたり、この巨大な軍隊と、彼らなり無骨な武器を振り回しながら喚き立てている、あちこちの村人で溢れ返った。然なる状況の下《もと》、仏軍は大混乱の中を進軍し、仏領主という仏領主は自分自身の部下相手に好き勝手な真似をし、他の仏領主という仏領主の部下の胆を煎り上げた。

さて、仏国王はジェノヴァ出身の弩《おおゆみ》兵の大部隊に全幅の信頼を寄せていたため、最早、待ったをかけられないと見て取るや、戦闘を開始するよう最前線に命じた。彼らは一度、二度、三度、英国射手隊を竦み上がらすべく、雄叫びを上げた。が、たとい英国兵は彼らが三千度《たび》雄叫びを上げるのを耳にしようと、身動ぎ一つしなかったろう。とうとう弩《おおゆみ》兵は気持ち前方へ進み出ると、一斉に太矢を射放ち始めた。が、その途端、英国兵が矢を一斉に雨霰と射放ったため、ジェノヴァ射手はアタフタ逃げ出した――というのも彼らの弩《おおゆみ》は担ぐに重いのみならず、把手で巻き上げねばならず、よって再び番《つが》えるのに手間取ったからだ。英国射手は一方、矢が飛ぶにほとんど劣らず速やかに矢を射放つことが出来た。

仏国王はジェノヴァ射手が踵を回らすのを目の当たりに、部下に向かって、軍務を全うするどころか禍の種を蒔くしか能のないくだんのならず者共の息の根を止めてしまえと喚き立て、かくて混乱は弥増しに膨れ上がった。片や英国射手隊は相変わらず次から次へと矢を放ち、夥しき仏兵と騎士を撃ち倒し、連中を、英国軍の抜け目ないコーンウォール兵とウエールズ兵は地べたを這いつつ、大ナイフであの世へ葬り去った。

王子と彼の部隊は折しも大きな窮地に立たされていた。よって、ウォリック伯は風車から戦況を眺めている英国王に援軍を頼むよう使いを立てた。

「王子は戦死したのか？」と王はたずねた。

「いえ、神の思し召しあって、陛下」と使者は返した。

「傷を負っているのか？」と王はたずねた。

「いえ、陛下」

「落馬したのか？」と王はたずねた。

「いえ、陛下。ただ、大変な窮地に立たされておいでです」

「ならば」と王は返した。「汝《な》を遣わした者達の所へ戻り、余は援軍を送るつもりはないと伝えろ。何となならば王子には是が非とも今日という日に自ら勇ましき騎士たることを証し、大勝利の栄誉を、神の思し召しあらば、我が物としてもらいたいものでだ！」

との雄々しき言葉は、王子と王子の部隊にもたらされると、彼らの意気を著しく高め、かくて彼らは未だかつてなかったほど果敢に戦った。仏国王は部下と共に幾度となく猛然と突撃をかけた。が詮なかった。夜の帳が降りる頃、王の駆っている馬がイギリス兵の矢に撃たれて死に、早朝には周囲をぎっしり取り囲んでいた騎士や貴族も今やすっかり疎らになった。とうとう、わずかに生き残った数名の部下が王を力尽くで――さなくば断じて自分では撤退しようとしなかったから――戦場から引き立て、遙かアミアン（仏北部ソム県首都）まで落ち延びた。片や戦勝の英国軍は篝火を焚いて、戦場で浮かれ騒ぎ、国王は雄々しき王子に会うべく馬を駆り、彼をひしと両腕に抱き締めるや、キスをしながらよくぞあっぱれ至極に戦ったと、それでこそ凱旋と王位に値しようと褒め称えた。未だ夜が明けぬ内、エドワード英国王は如何ほど大勝したかほとんど気づいていなかったが、翌日、フランス軍側《がわ》にては王子十一名、騎士千二百名、兵卒三万名が戦死したことが明らかとなった。戦死者の中には盲目の老人、ボヘミア王も含まれ、王は息子が戦で重傷を負ったと、して如何なる軍隊も黒太子には太刀打ち出来まいと告げられると、二人の騎士を呼び寄せ、脇を固めさせた上、騎乗し、三馬の頭絡をしっかり結わえつけ、イギリス軍へと突撃をかけ、ほどなく討ち死にした。王は兜飾りに、ダチョウの羽根を三本あしらい、英語で「我仕えん」を意味する「イッヒ・ディーエン」という銘を記していた。兜飾りと銘はくだんの名立たる日の記念に、プリンス・オブ・ウェールズの掌中に収められ、爾来プリンス・オブ・ウェールズによって纏われている。

この大いなる戦いの五日後、国王はカレーを包囲し、この――長らく記憶に留められることになる――包囲は、ほぼ一年間続いた。住民を兵糧攻めに会わすべく、エドワード三世は英国軍宿営のためにそれは幾多の木造営舎を建てたものだから、今に英国軍兵舎は突如第一のカレーの周囲に出現した第二のそれのように映ったと伝えられる。攻囲の当初、町の総督は老若男女を問わぬ、千七百名に上る、彼曰くの穀潰しを追放した。エドワード三世は彼らに包囲前線を通過させ、食料すら与え、金銭を恵んで立ち去らせた。が、攻囲の後ほどには然まで慈悲深くはなく――その後放逐されたもう五百名は飢餓と悲惨のために死んだ。駐屯部隊はとうとう、それは窮地に立たされたものだから、フィリップ国王に手紙を出し、自分達は馬を一頭残らず、犬を一匹残らず、手当たり次第のクマネズミとハツカネズミを食べ尽くしたが、もしも救いの手が差し延べられねば、英国軍に降伏するか、互いの肉を食わねばなるまいと伝えた。フィリップ王は一度、救援物資を送ろうと試みたが、厳重に包囲されているため、首尾好く行かず、已むなく撤退せざるを得なかった。事ここに至りて、彼らは英国軍旗を掲げ、エドワード三世に降伏した。「将軍に伝えよ」と国王は町から出て来た約しい伝令達に言った。「英国王はここへ、首に縄を巻いた、裸足でシャツ姿の六名の最も傑出した町民を遣わし、くだんの六名には城と町の鍵を持って来さすよう要求しているとな」

カレー総督が市場に集まった人々にその旨伝えると、皆は大いなる悲嘆に暮れ、さめざめと涙をこぼした。その直中にて、とあるユスタース・ド・サン・ピエールという名の奇特な町民が立ち上がって言った。もしも要求されている六人が犠牲にならなければ、町民全員が犠牲になるだろう。よって自分は最初に名乗りを上げたい。この輝かしき鑑に意を強くし、他の五名の奇特な町民が次々立ち上がり、皆を救うべく犠牲になろうと申し出た。総督は満足に歩けないほど深傷を負っていたので、哀れ、食われずに済んでいる老馬に跨り、これら善良な町民を城門まで連れて行き、片や残された人々は皆、彼らの身の上を思い、泣きの涙に掻き暮れた。

エドワード三世は熱り立って彼らを迎え、即刻六名全員の首を刎ねるよう命じた。ところが、心優しき女王が跪き、王に彼らの身柄を自分に明け渡すよう請うた。国王は答えた。「お前がどこか他処にいたならば。だが妃の言葉には逆らえぬ」という訳で、女王は彼らに然るべく衣服をあてがい、馳走を仕度させ、ふんだんな贈り物と共に町へ帰らせた――野営地の者皆の大喜びしたことに。さぞやカレーの人々は妃がほどなく出産した王女を心優しき母親のためにこそ、愛した

のではあるまいか。

今やかの恐るべき伝染病、ペストが中国の深奥よりヨーロッパへと瞬く間に伝わり、夥しき数の惨めな——わけても貧しい——人々が死んだために、イングランドの住民の約半数が命を落としたと伝えられている。家畜も大量に死に、生き残った百姓がそれは数少ないものだから、畑を耕す者がほとんどいなくなった。

八年間に及ぶ諍いや争いの後《のち》、プリンス・オブ・ウェールズはまたもや六万の兵を率いてフランスへ侵攻した。彼は行く先々で焼き討ちと略奪を重ねながら南フランスを侵略し、片や父王は依然、スコットランド相手に戦を続けていたから、スコットランドにて同様のことをしていた。がくだんの国から撤退する際にスコットランド兵に少なからず手を焼かされた。というのも彼らは英国王の残虐非道に熨斗をつけて報復したからだ。

仏国王フィリップは今や亡くなり、息子のジョンが跡を継いでいた。黒太子は——色白の肌を際立たすべく身に纏った甲冑の色から然に呼ばれていたから——フランスで焼き討ちと破壊を続け、よってジョンとは不倶戴天の敵同士となり、自らは野戦においてそれは残虐な手を下し、フランス農民はそれは悲惨な目に会ったものだから、果たして仏国王はどこで、何をしているのか、無償であれ、金目当てであれ、恐喝によってであれ、垂れ込もうとする者は誰一人いなかった。

かくて、いきなりポアティエ(仏西部ビエンヌ県首都)近郊で仏国王軍と遭遇してみれば、近隣地方は隈無くフランスの大軍が占拠していた。「神よ、我らを救い給え!」と黒太子は言った。「敵くまで戦い抜かねばなるまい」

という訳で、九月十八日日曜日の朝、黒太子は——軍隊は今や総勢一万兵に減っていたが——騎兵隊だけでも六万兵を有す仏国王に戦を挑む覚悟を決めた。かくて開戦の準備を整えていると、仏軍野営地からとある枢機卿が馬で乗りつけた。枢機卿はジョンにこれ以上キリスト教徒の血を流さぬよう、自分に条件を呈示する役を務めさせて欲しいと願い出ていた。「我が誉れと」と黒太子はこの気高き司祭に言った。「我が軍の誉れをさておけば、如何なる理に適った条件をも受け入れよう」かくてこれまで略奪した全ての町と、城と、捕虜を明け渡し、向後七年間はフランス国内で戦争を起こさぬ誓いを立てようと申し出た。ところがジョンが主立った騎士百名と共に黒太子自ら降伏する以外、一切の条件を呑もうとしなかったため、講和は破棄され、黒太子は坦々と独りごちた——「神よ、正しき者を守り給え。明日、戦を始めよう」

よって月曜日の朝、夜明けと共に両軍は戦闘の準備を整えた。英軍は左右を生垣に囲まれ、一本の隘路によってしか近づけぬ堅牢な陣地に兵を配備し、仏軍はこの隘路伝《づて》英軍を攻撃した。が生垣の背後から射放たれる英軍の矢によって大量の負傷者と死者を出し、撤退を余儀なくされた。それから六百名の英国射手隊は大きく迂回し、仏軍の後方部隊を急襲すると、雨霰と矢を浴びせた。仏騎士は大混乱に陥り、軍旗を見離し、四方八方へと逃げ去った。サー・ジョン・シャンドスは黒太子に言った。「今こそ進軍を、あっぱれ至極な王子、ならば勝利は王子のものでしょう。仏国王は勇猛果敢な人物だけに、断じて背中は見せず、生け捕りにされるはずです」すると黒太子は返した。「天帝と聖ジョージの御名にかけて、英国軍旗よ、前へ！」してズンズン、英国軍は進軍し、とうとう仏国王にひた迫ってみれば、彼は戦斧で猛然と戦い、貴族皆に見捨てられてなお、わずか齢十六の末息子フィリップに最後まで律儀に付き従われていた。父子は見事に戦ったが、仏国王は既に顔に二箇所、傷を負い、とうとう打ち倒されるや、とある放逐された仏騎士に身柄を明け渡し、その証に、右手の手袋を渡した。

黒太子は勇敢なだけでなく、寛大で、人質となった仏国王を天幕の中で夕餉に招き、食卓では自ら傅き、後に豪勢な凱旋行列にてロンドンへ乗り入れた際には仏国王を見事なクリーム色の馬に乗せ、自分はその脇で小さなポニーの手綱を取った。以上全ては実に手篤い振舞いには違いないが、同時に、いささか芝居がかり、必要以上にもてはやされて来たような気がしないでもない。わけても、仏国王への最大の心遣いは国王を全く人目に晒さぬことだったろうと思われるだけに。とは言え、こうした丁重な行為に関しては、いずれ戦争の恐怖と征服者の激情を和らげるに大いなる功を奏す結果になったということは付け加えておかねばなるまい。まだまだ、一介の兵卒がかようの礼儀正しい処遇の恩恵に浴し始めるのは遠い先のことだ。が彼らもとうとう恩恵に浴すことになる。よって或いは、ワーテルローの戦いか、何かそんな大戦で容赦を乞う哀れ、一兵士は間接的にせよ、黒太子エドワードのお蔭で命拾いをしているのやもしれぬ。

当時、ロンドンのストランド街にサヴォイという名の宮殿があり、この宮殿が人質の仏国王と王子の住まいとしてあてがわれた。スコットランド国王も、今やエドワード三世の人質となって十一年が過ぎようとしていた。よって英国王の成功は、この時点では、ほぼ完璧だった。スコットランドとの一件は、人質がスコットランド王、サー・デイヴィッドという称号の下《もと》に釈放され、巨額の身の代金を払う約束を交わすことにて片がついた。フランスは国情が国情だけに、英国はくだんの国に対してはより苛酷な条件を呈示しようとした。というのもそこにては国民が貴族の筆舌に尽くし難い残虐非道に対して蹶起し、貴族も返礼に、国民に対して蹶起し、至る所でまたとないほど凄まじい狼藉が働かれ、百姓一揆が——フランスの田舎の人々の間で一般的な洗礼名ジャックに由来するジャッカリーの暴動が——恐怖と憎悪を喚び起こし、そのほとぼりが未だほとんど冷めていなかったからだ。終に「大和平」と呼ばれる講和条約が調印され、その下《もと》にエドワード英国王は占領地の大半を明け渡し、ジョン仏国王は六年以内に金貨三百万クラウンの賠償金を支払うことに同意した。彼はこうした条件に屈したからというので自国の貴族や廷臣に執拗に悩まされた挙句——彼ら自身それ以上の条件に手を貸すこと能はなかったにもかかわらず——自ら進んで元のサヴォイ宮殿牢に戻り、そこにて息を引き取った。

当時ペドロ残虐王と呼ばれるカスティリャ君主*がいた。君主はその名の通り、他の残虐行為の就中数知れぬ殺人を犯していた。この愛嬌好しの暴君は幾多の犯罪のせいで王位を剝奪され、ボルドー地方へ落ち延びていた。そこにはたまたま黒太子が——愛らしい未亡人たる従妹ジョアンと今や連れ添った——滞在していたこともあり、彼に助けを求めた。黒太子は、かほどに誉れ高き太子がかほどの破落戸に馴染んで然るべきだったろうより遙かにすんなりペドロに馴染み、相手の実しやかな約言に快く耳を傾け、手を貸すことに同意すると、「傭兵団」と名乗る、仏の国民にとっては既に疫病同然となっていた、彼と父王の厄介千万な除隊兵の一団に、このペドロに加勢するよう、極秘の指令を送った。黒太子自身は、援軍の指揮を執るべくスペインへ向かい、ほどなくペドロを再度即位させた——が玉座に即いたと見るが早いか、彼は、無論、さすが根っからの悪党だけに、何ら臆することなく約言を反故にし、黒太子に立てた誓いを悉く破棄した。

さて、この殺人鬼よろしき国王を援助するよう兵を狩り出すのに多額の費用を捻出していた黒太子は、辟易してボルドーに戻ってみれば、健康を著しく損ねているのみならず、大きな借財を抱えていたため、債権者に返済すべくフランス臣民に税を課し始めた。仏臣民はシャルル仏国王に訴え、またもや戦争が勃発し、黒太子が大きな恩恵を与えて来たフランスの町リモージュは仏国王側《がわ》に寝返りを打った。さらばすかさず黒太子はリモージュがその首都たるオートヴィエンヌ県を荒廃さすに、昔ながらの凄惨なやり口で焼き討ちと略奪を重ねては人々を殺し、くだんの忌まわしき町で捕らえた人質や、男や、女子供への一切の容赦を拒んだ——彼自身担い駕籠で運ばれねばならぬほど重病で、天帝の慈悲を必要としていたにもかかわらず。彼は存命中に祖国へ戻り、国民と国会から暖かく迎えられ、一三七六年六月八日、三位一体主日*に享年四十六歳で亡くなった。

　国中の人々が未だかつてなかったほど名にし負う、人望篤き王子の一人として彼の死を悼み、黒太子は皆の大いなる悲嘆の内にカンタベリー大聖堂に埋葬された。懺悔王エドワードの間近に、彼の碑は昔ながらの真っ黒な甲冑に身を固めて仰向けに横たわる石像と共に、今日なお目にすることが出来よう。その上の梁から吊る下がった古めかしい鎖帷子《くさりかたびら》と、兜《かぶと》と、籠手《こて》を、大方の人々はその昔黒太子が纏っていたものと信じるにおよそ吝かどころではない。

　エドワード三世は名立たる皇太子の死後さして長らくは生き存えなかった。彼は年老い、とあるアリス・ペレズという名の美しい貴婦人にまんまと誑かされ、血道を上げた老いぼれ国王は彼女に何一つ拒めず、実に不様な老醜を晒すこととなった。彼女は王の愛に——と言おうか、恐らくは遙かに大切だったろう——他のキラびやかな贈り物の就中、王から賜った、故王妃の宝石に、ほとんど値しなかった。アリスは王の亡くなった当日の朝、彼の指から正しく指輪までも抜き取り、遺体を後は勝手に恩知らずな召使い達によって略奪されるがまま置き去りにした。唯一、律儀な司祭だけが王に忠誠を尽くし、最後まで付き添った。

　上述の数々の凱旋で名立たるのみならず、エドワード三世の御代はより優れた点において——建築の発展とウィンザー城の建設によって——歴史に名を刻んでいる。なお誉れ高くも、本来は貧しい教区牧師にすぎなかったウィックリフによって翻された叛旗によっても。というのも彼は教皇と、教皇がその首領たる英国国教界全体の野望と堕落を果敢に暴露し、大いなる成功を収めたからだ。

　かのフランドル地方人の中にはまたこの御代、イングランドに渡り、ノーフォークに居住したがる者もあり、そこにて彼らは英国人が未だかつて手にしたためしのないほど素晴らしい毛織物を作った。ガーター勲章も（なるほど、それなり結構な代物ながら、国家にとっては優れた衣服ほど肝要ではなかろうが）この治世に制定された。国王はとある舞踏会で貴婦人の靴下留め《ガーター》をつまみ上げ、「オニ・ソワ・キ・マル・イ・パンス」——英語で「思い邪なる者に災いあれ」——と言ったと伝えられる。廷臣達とは間々国王が言ったり為したりすることを喜んで真似たがるものであり、故にほんの些細な出来事からガーター勲章が生まれ、大いなる誉れとなった。とは、口碑によらば。

第十九章　リチャード二世治下のイングランド

黒太子の息子、わずか十一歳のリチャードがリチャード二世なる称号の下《もと》、王位を継承した。イギリス国民は皆、雄々しき父親故に新王を褒め称えた。こと宮廷に出入りする領主や貴婦人に関せば、彼らは新王を――宮廷に出入りする領主や貴婦人が今に概ねこの世にまたとないほど美しく、賢く、気高いと褒めそやすが常の君主の中ですら――こよなく美しく、賢く、気高い君主なりと明言した。かくも卑しい物腰で哀れ、少年に媚び諂うのは、少年に如何なる取り柄があるにせよ、それを育むことにはなるまい。かくて少年はおよそ目出度い、と言おうか幸せな結末を迎える運命《さだめ》にはなかった。

若き王の叔父に当たるランカスター公爵――一般には、市井の人々がそう発音するゲント*で生まれたために、ゴーントのジョンと呼ばれる――は自ら王位に即く野望を抱いていたはずだが、彼自身は人気に欠ける一方、黒太子の思い出は依然根強い人気を誇っていたから、甥に王位を譲らざるを得なかった。

フランスとの戦いには依然決着がついていなかったので、イギリス政府は戦争から生じるやもしれぬ出費を賄うための金を必要とした。よって、先王の治世に既に課されていた人頭税と呼ばれる税金が国民から取り立てられるよう命ぜられた。これは十四歳以上の男女を問わぬ全国民に課される年三グロート（即ち四ペンス銀貨三枚）の税金で、司祭にはそれ以上課され、乞食だけが免除された。

今更繰り返すまでもなかろうが、イングランドの平民は長らく苛酷な迫害に苦しんでいた。彼らは依然、自分達の住んでいる土地の領主の単なる奴隷にすぎず、ほとんどの場合、粗暴にして不当に扱われていた。が、この時までにはかほどに大きな苦しみには耐えられぬと真剣に考え始め、恐らくは、前章で述べたくだんのフランスの農民一揆にも意を強くしていたに違いない。

エセックス州の住民は人頭税に対して蹶起し、政府の役人にひどい仕打ちを受けたため、内幾人かを殺した。ちょうど同じ頃、とある収税吏はケント州ダートフォードで屋敷から屋敷へと巡回する内、名をワットと言う、瓦職人《タイラー》を生業とする男の田舎家までやって来ると、娘からも税金を取り立てようとした。母親は、家にいたから、娘はまだ十四歳になっていないと申し立てた。するとその途端、収税吏は（イングランド各地で既に他の収税吏がやっていた如く）、獰猛に振舞い、ワット・タイラーの娘を猥りに辱しめた。娘は金切り声を上げ、母親も金切り声を上げた。瓦職人《タイラー》のワットは、ほど遠からぬ所で働いていたから、すぐ様我が家へ駆け戻ると、かようの挑発を受けた如何なる正直者の父親であれやっていたろうことをした――即ち、収税吏を一撃の下《もと》に殴り殺した。

たちまちその町の住民は一斉に蜂起し、ワット・タイラーを主導者に選び、ジャック・ストローという名の牧師の下《もと》に武器を取っていたエセックス州の人々と合流した。して、また別の、名をジョン・ボールという牧師を牢から救い出すと、行く先々で数を増やしながら、貧乏人の一緒くたの大軍団たりて、ブラックヒース（ロンドン南東郊外）まで進軍した。一説には、彼らは全所有権を撤廃し、人は皆平等だと主張しようとしたと言われている。が、果たしてそうだろうか。というのも彼らは路上の旅人に待ったをかけては、リチャード二世と王の臣民に忠誠を尽くすよう誓いを立てさせたからだ。彼らはまた、単に身分が高いからというだけで、自分達に危害を加えたことのない人々までも傷つけようとはしなかった。というのも国王の母親は、大事を取ってロンドン塔に身を潜めている幼い息子に会いに行く途中、ブラックヒースの彼らの野営地を通らなくてはならなかったが、ものの二、三人の、やたら喧しくも皇室贔屓の薄汚れた面《つら》と蓬々の顎鬚の男共にキスを賜るだけで、かすり傷一つ負わぬまま立ち去ることが出来たからだ。翌日、大軍はロンドン橋まで進軍した。

ロンドン橋の中央には跳ね橋があり、これをロンドン市長ウィリアム・ウォルワースは叛徒が市内へ入るのを阻止すべく吊り上げさせた。が彼らはほどなく市民を脅し、またもや橋を下げさせ、大きな雄叫びを上げながら通りから通りへと散らばった。彼らはあちこちの牢獄を破壊し、ランベス宮殿（カンタベリー大主教住居）の書類を焼き、ストランド街のランカスター伯爵の宮殿サヴォイを――イングランド中で最も美しく、壮麗と言われる――打ち壊し、テンプル法学院の書籍や文書に火をつけ、大暴動を起こした。こうした狼藉は酔っ払った勢い、働かれた。というのもぎっしり詰まった地下倉庫を有す市民は、それ以外の財産を守るためなら喜んで酒蔵を開け放ったからだ。が酔っ払った暴徒ですら何一つ盗みを働かぬことにかけては実に周到だった。彼らはとある男がサヴォイ宮殿で銀盃を盗み、胸許に突っ込むのを目の当たりに、それは熱り立ったものだから、男を銀盃ごと、川に突き落とした。

若き国王は叛徒がこうした過激な挙に出ぬ内に交渉を持つ

べく連れ出されていたが、彼もお付の者も叛徒の叫び声にそれは恐れをなしたものだから一目散にロンドン塔へ逃げ戻った。かくて叛徒はいよよ意を強くし、滅多無性に暴れ回り、即座にリチャード国王と臣民への忠誠を誓わぬ者の首を刎ね、ともかく自分達の敵と思しき、手当たり次第の評判の悪い人物を殺して行った。といったやり口で、実に猛々しい一日を送り、そこで初めて国王がマイル・エンド（ロンドン市境界線から一マイル東の地区）で叛徒と面会し、彼らの要求を聞き届けようとの声明が成された。

　暴徒は総勢六万の大群を成してマイル・エンドへと向かい、国王はそこにて彼らと会い、国王に彼らは穏やかに四つの条件を呈示した。一つ、自分達も子供もその子孫も、二度と奴隷にはさせられぬこと。二つ、地代は奉仕の形で支払われる代わり、金銭の形で所定の額に定められること。三つ、自分達も全ての市場や公共の場において他の自由人同様、売買する自由を与えられること。四つ、これまで犯した罪を恩赦されること。以上四つの条件に、天帝も御存じの通り、何ら理不尽な所はない。若き国王も然に思し召している風を実しやかに装い、三十名の書記に夜を徹して憲章を清書するよう命じた。

　さて、ワット・タイラー自身はこれ以上のものを望んでいた。即ち、林野法の完全な撤廃を。彼は他の叛徒共々マイル・エンドへは向かわず、くだんの会合が開かれている片や、ロンドン塔に押し入り、前日、その首を人々が声高に求めていた主教と宝物係を惨殺した。彼と部下は英国皇太子妃《プリンセス・オブ・ウェールズ》が就寝しているにもかかわらず、中に敵が誰も身を潜めていないか確かめるべく、寝台に剣を突き刺しすらした。

　かくて、ワットと部下は依然武装したまま、市内を馬で駆け回った。翌朝、国王はわずか六十名ほどの郷紳のお供を引き連れ――中にはロンドン市長ウォルワースもいたが――スミスフィールドへ乗り入れ、少し離れた所にワットと部下がいるのを目にした。ワットは仲間に言う。「陛下がお見えだ。陛下の所まで行き、我々の要求を申し上げよう」

　真っ直ぐワットは国王の所まで乗りつけ、口を利き始めた。「陛下」と彼は言う。「あそこにいるわたしの部下が皆、お見えでしょうか?」

「ああ」と国王は答える。「何故だ?」

「何故なら」とワットは言う。「あの者共は一人残らずわたしの言いなりで、わたしの命《めい》には何なりと従うと誓いを立てているもので」

　中には後に、ワットはこう言いながら王の頭絡に手をかけたと言う者もあれば、また彼自身の短刀を弄ぶ様が見受けられたと言う者もあった。が私見では、ワットはただありのまま怒《いか》った無骨者らしく国王に話しかけ、それ以上は何もしていないのではあるまいか。いずれにせよ、如何なる襲撃も予期せず、如何なる抵抗の覚悟も出来ていなかった。がいきなりロンドン市長ウォルワースが、さして雄々しからざることに、短剣を抜き、喉に突きかかった。ワットは落馬し、国王のお供の一人がすかさず止めを刺した。お追従者や提灯持ちは大喜びし、歓声を上げ、その声は時に、今日《こんにち》に至るまで谺を見出そう。がワットは多くを耐え忍び、にもかかわらず甚だしい侮辱を受けた働き者にすぎず、恐らくその折彼の敗北に快哉を叫んだ、或いは爾来叫んで来た太鼓持ちの誰より気高い性《さが》と雄々しき気概を具えていたに違いない。

　ワットが倒れるのを目の当たりに、仲間はすかさず仇を討つべく弓を引いた。仮にその剣呑な折しも、若き王が心の平静を失っていたなら、彼と、おまけにロンドン市長までも、可惜とっととタイラーの後を追っていたやもしれぬ。が、国王は群衆の所まで駆け寄ると、タイラーは謀叛人で、自分が彼らの主導者になろうと声高に宣った。彼らはそれは不意を衝かれたものだから、大きな喚声を上げ、少年王の後に付き従い、やがて王はイズリントンにて大部隊と合流した。

　この一揆の結末には当時お定まりの落ちがついた。国王は身の危険が去ったと見て取るが早いか、前言を全て翻し、為したことを全て撤回した。暴徒の内約千五百人が（大半はエセックス州で）極めて苛酷な審理を受け、極めて残忍に処刑された。内幾多の者は晒し柱で縊られ、そこに田舎の人々への見せしめとし、晒し続けられ、連中の惨めな馴染みが埋葬してやろうと遺骸の内数体を引きずり下ろしたため、国王は他の遺骸を鎖で括り上げるよう命じた――これが枷をかけたまま縛り首にする酷たらしい慣習の発端である。この一件における国王の虚偽はそれは惨めなザマを晒したものだから、恐らくは史上、ワット・タイラーの方が英国王より遥かにまっとうであっぱれな男として記憶に留められているのではあるまいか。

　リチャードは今や十六歳になり、素晴らしい王女、ボヘミアのアンと結婚し、妃は「気高きアン王妃」と称された。王女はもっと優れた夫と連れ添っていても好かったろうに。というのも国王は媚び諂われる内、二心のある、放蕩癖の、ふしだらな、性根の腐った若者に成り下がっていたからだ。

　当時、教皇が二人いて（まるで一人ではまだ足らぬとでもいうかのように！）互いに啀み合っているせいで、ヨーロッパ中が大混乱に巻き込まれていた。スコットランドも相変わらず禍の種を蒔き、国内では夥しき嫉妬と不信が、画策と逆計が、蠢いていた。というのも国王は親族の、がわけても叔父のランカスター公爵の野望を恐れ、公爵は国王に敵対する党派を組み、国王は公爵に敵対する党派を組んでいたからだ。こうした国内の騒乱は公爵がくだんの王国の王位を申し立てるべくカスティリヤへ向かったからとて、およそ鎮まるどころではなかった。というのも、さらばリチャードのもう一人の叔父に当たる、グロスター公爵が彼に刃向かい、国会に働きかけて王のお気に入りの国務大臣を解任するよう申し立てたからだ。国王は返答に、かようの男達のためとあらば厨房の最も卑しい下男一人解雇する気のなき旨宣った。ところが、一旦国会が決議すると国王が何と言おうとほとんど問題ではなくなり始めていた。よってリチャードはとうとう屈服し、一年間、十四名の貴族より成る委員会の下《もと》、別の王国政府を組閣することに同意せざるを得なくなった。叔父のグロスター公爵がこの委員会の長《おさ》を務め、実の所、全委員を任名した。

以上全てに片がつくと、国王は機があると見て取るや否や、ついぞ本気でそうするつもりはなく、全て非合法だと申し立て、判事達に内々にその主旨の声明文に署名させた。間もなく秘密は漏洩し、グロスター公爵の耳に入った。グロスター公爵は四万人の兵を率い、自らの権限を強硬に押し通すべくロンドンに入って来た国王を迎え撃った。国王は彼に対しては為す術もなく、寵臣や大臣は弾劾され、仮借なく処刑された。彼らの中には国民が全く相異なる感情を抱いている二人の男がいた。一人は首席判事ロバート・トレシリアンで、彼は暴徒を審理すべく所謂「血の巡回裁判」を行なったため人々から憎まれていた。もう一人は誉れ高き騎士サー・サイモン・バーリーで、彼は黒太子の腹心の友にして、国王の総督兼後見人だった。この郷紳のために、心優しき王妃はグロスターに跪いてまで命乞いをした。がグロスターは（故有ってか有らずか）彼を恐れ、憎んでいたので、もしや夫の王冠が大切ならばこれ以上命乞いをせぬに如くはなかろうと返した。以上全てはある者に言わせば素晴らしき――ある者に、より宜なるかな、言わせば情容赦なき――国会の下《もと》為された。

ところがグロスターの権力はいつまでも続く運命《さだめ》にはなかった。彼が実権を握っていたのはわずかもう一年のことで、その年、チェヴィー・チェイスの古謡に歌われているオタバーン（英北東部ノーサンバーランド州中部村）の名立たる戦の火蓋が切られた。くだんの一年が過ぎようかという頃、国王は大審議会の最中《さなか》にいきなりグロスターの方へ向き直ると、たずねた。「叔父上、わたしは何歳ですか？」「陛下は」と公爵は返した。「二十二歳であられます」「もうそんなになるとは？」と国王は言った。「ならば自分のことは自分で致せよう！　皆の者、これまでよく尽くしてくれたが、もうお前達に用はない」王は追い撃ちをかけるに、新たな大法官と新たな財宝物係を任命し、国民に自分は再び組閣したと声明した。してその後八年間、何ら反対を受けぬまま統治権を握り、その間《かん》終始、いつの日か叔父のグロスター公爵に意趣を晴らす腹案を練っていた。

とうとう気高き王妃が亡くなると、国王は再婚を望んでいたので、諮問会にフランスのシャルル六世の娘、イザベラと結婚する旨提案した。イザベラのことをフランスの廷臣は（イングランドの廷臣がリチャードに関し言っていた通り）類稀な機智に恵まれた絶世の美女なりと褒めそやしていた――齢七歳にすぎなくはあったものの。諮問会はこの婚礼を巡り、賛否両論に分かれたが、ともかく祝言が挙げられた。お蔭でイングランドとフランスの間に四半世紀、平和が保たれたが、英国民の偏見とはおよそ相容れなかった。グロスター公爵はこの機に乗じて国民の人望を得ようとしていただけに、婚姻を公然と非難し、これがとうとう引き鉄となって、国王はかくも長らく胸中暖めていた意趣返しを敢行する肚を固めた。

王は陽気な一行と共にエセックス州のグロスター公爵の館、プルシー城へ行った。そこにて公爵は何ら疑念を抱くまでもなく、高貴な客人《まろうど》を出迎えるべく、中庭に出て来た。国王が公爵夫人と気さくに言葉を交わしている間《ま》に、公爵は音も無く捕らえられ、連れ去られ、カレーまで船に乗せられ、そこなる城に監禁された。公爵の友人、アランデル伯爵とウォリック伯爵は同様の卑劣なやり口で捕らえられ、彼らの城に閉じ込められた。二、三日後、ノッティンガムにて、二人は大逆罪で告発された。アランデル伯は死刑を宣告され、斬首に処せられ、ウォリック伯は国外に追放された。それから、使者によってカレーの総督へ宛て、審理のためグロスター公爵を祖国へ送り返すようとの令状が届けられた。三日後、総督はグロスター公爵は獄死したため希望には副いかねる旨返答を寄越した。公爵には謀叛人の宣告が下され、財産は国王に没収され、公爵が民事訴訟判事の一人に獄中で行なった告白は、真偽はいざ知らず、公爵に不利な証拠として提出され、そこで一件には片がついた。如何様に不幸な公爵が獄死したのか、知りたがる者はほとんどなかった。果たして本当に自然死を遂げたのか、或いは自殺したのか、或いは国王の命令で首を絞められるか、二つのベッドの間に挟んで窒息死させられたのか（とはホールという名の、獄吏長の下男が後ほど証言した如く)、は今に審らかでない。彼が甥の命令でともかく、殺害されたことに疑いの余地はなかろう。こうした手続きにおいて最も積極的な貴族の中には国王が昔ながらの一族の争いを調停すべくヘリフォード公爵に任じていた従弟のヘンリー・ボリングブルクを初め、他の、一族の陰謀時代には正しく彼らが今や公爵において弾劾している類の行為を自ら為していた連中も含まれていた。彼らはせいぜい堕落しきった一味にしか見えぬ。がかようの男共はかようの時代、宮中には掃いて捨てるほどいた。

　国民はこれら一連の出来事にブツブツと託ち言を並べ、依然フランス王女との婚礼に関しては大きな不満を抱いていた。貴族は如何ほど王が法を顧みず、如何ほど狡猾か見て取ると、いささか我が身を案じ始めた。王は相変わらず金に飽かせて贅沢三昧に暮らし、供奉は、最も卑しい従僕に至るまで、この上もなく高価な仕着せに身を包み、日々、一説によれば、一万に上る人々が王の食卓で浮かれ騒いでいたという。王自身は、一万兵の射手隊に囲まれ、下院が終生認めていた羊毛税で私腹を肥やしていただけに、絶対的な権力を揮えなくなる危険は迫りそうもなく、王たる者の能う限り獰猛で横暴だった。

　王には依然昔ながらの仇敵が残っていた――ヘリフォード公爵とノーフォーク公爵という。これら二人を、他の仇敵同様容赦しなかったから、王はヘリフォード公を籠絡し、挙句、枢密院の前で、ノーフォーク公は最近、ブレントフォード(ロンドン南西部ハウンズロー地区)近郊で馬を駆っている際、自分と大逆的な言葉を交わし、就中、国王の誓いは信じられないと――恐らくは誰しもと同様――言ったと申し立てさせた。この背信故にヘリフォード公爵は恩赦を賜り、ノーフォーク公爵は出廷の上、弁明するよう召喚された。彼が訴因を否定し、告訴人は誣告者にして裏切り者だと主張したため、彼らは二人共、当時の慣例に則り、拘禁され、真実はコヴェントリーにて決闘裁判によって決定されるよう命ぜられた。この決闘裁判というのは誰であれ果たし合いに勝った者が正当と見なされるというもので、この戯言《たわごと》によれば要するに、如何なる強かな男も非は認められなかった。大いなるお祭り騒ぎが持ち上がり、大群衆が晴着姿で賑々しく集い、二人の闘士は槍を手に、今にも互いに突撃をかけかけた。するといきなり、公平を確かめるべく大天幕に座っていた国王が、手にしていた職杖を投げ入れ、果たし合いに待ったをかけた。ヘリフォード公には十年の、ノーフォーク公には終身の、流刑。と王は宣った。ヘリフォード公はフランスへ去り、それ以上遠くへは行かなかった。ノーフォーク公は聖地まで巡礼し、その後ヴエニスにて傷心の余り亡くなった。

この後《ご》、王の傍若無人の横暴にはいよよ拍車がかかった。ヘリフォード公爵の父親に当たるランカスター公爵は息子の追放後ほどなく亡くなり、王は、くだんの息子に、万が一追放中に父親の財産が譲り渡されることになった場合は遺産を譲り受ける許可を粛然と与えていたにもかかわらず、即座にランカスター公爵の遺産を全て、盗人よろしく、没収した。判事は国王に恐れをなしていたため、自らの品格を貶めることに、この窃盗を正当にして合法と宣言した。王の強欲は留まる所を知らなかった。彼はただ違法行為に対す罰金として金を調達するためだけに、些細な口実の下《もと》、一時《いちどき》に十七州から法益を剝奪した。詰まる所、能う限り数知れぬ不正を犯し、臣下の不満をそれはほとんど顧みなかったものだから――お追従者の寵臣ですら、何やら不満の声らしきものが上がっていると具申し始めていたにもかかわらず――よりによってかようの折しも、祖国を離れ、アイルランドに対す遠征を開始した。

王が摂政ヨーク公爵に留守を任せてアイルランドへ発つが早いか、従弟ヘンリー・オブ・ヘリフォードが非道に剝奪されていた権利を申し立てるべく、フランスから海を渡って来た。彼はほどなく権力絶大の二人の伯爵――ノーサンバーランド伯とウェストモアランド伯の加勢を受けた。伯父の摂政は国王の大義に与す者が少なく、軍隊がヘンリーに対して武器を取るに二の足を踏んでいると見て取るや、皇室軍を率いてブリストルまで撤退した。ヘンリーは軍隊の指揮を執り、（自ら上陸していた）ヨークシャーからロンドンへと進軍し、摂政の後を追った。彼らは連合軍を結成し――如何でそういうことになったか、は今に審らかでないが――ブリストル城へ向かった。というのもそちらへと、三人の貴族が若き王妃を連れ去っていたからだ。城が降伏すると、彼らはほどなくだんの三名の貴族を処刑した。摂政はそれからブリストル城に留まり、ヘンリーはさらにチェスター（英西部チェシャー州首都）へと進軍した。

この間《かん》終始、荒天のため、国王の下《もと》には如何なる事態が出来したか報せが届かなかった。とうとうアイルランドにいる彼の下《もと》へ報せが届くと、王はソールズベリー伯爵を遣わし、伯爵はコンウェイに上陸すると、ウェールズ人を狩り集め、二週間、王の上陸を待った。その期に及び、ウェールズ兵は、恐らく当初から王にさして好意を抱いていなかったのであろう、士気がすっかり萎えて帰国した。国王は、終に事実、コンウェイに上陸した際には、かなりの大軍を率いていたものの、部下は王のことなど一切お構いなしで、すぐ様脱営した。依然ウェールズ兵はコンウェイに駐屯しているものと思い込み、王は司祭に身を窶すと、二人の弟ともう二、三人、弟達の部下共々彼《か》の地へと向かった。が、ウェールズ兵の影も形もなく――ただソールズベリー伯爵と百名の兵士がいるきりだった。かくて進退谷まると、王の二人の弟、エクセター伯とサリー伯は相手の腹づもりを確かめるべくヘンリーの下《もと》へ伺候しようと申し出た。サリー伯は、飽くまでリチャードに律儀だったから、投獄され、片や不実なエクセター伯は楯から英王室の旗印たる雄鹿を外し、代わりにヘンリーの旗印であるバラを着けた。とならば、国王には、これ以上使者を遣わすまでもなく、ヘンリーが如何なる腹づもりを抱いているか、は歴然としていた。

　失墜した王は、かくて見捨てられるや――四方八方から包囲され、飢えに苦しみ――ここかしこ馬を駆り、糧食を手に入れようとこの城からあの城へと駆けずり回った。が詮なかった。かくて惨澹たる有り様でコンウェイへ戻り、そこにてノーサンバーランド伯爵に身柄を明け渡した。伯爵は表向き条件を呈示すべくヘンリーから遣わされていたが、実は王を生け捕りにすることになっていたため、部下がさしてほど遠からぬ所に身を潜めていた。この伯爵によって王はフリント（ウェールズ北東部旧州）城へと連れて行かれ、そこにて従弟のヘンリーは国王を出迎えると、依然、君主を崇敬してでもいるかのように片膝を突いた。

「ランカスターの凜々しき従弟よ」と王は宣った。「善くぞ参った」（なるほど、善くぞ。がもしや枷をかけられてか、首を刎ねられて参っていれば、なお善かったろうに。）

「陛下」とヘンリーは答えた。「いささか時間より早目に参りましたが、差し支えなければ、その理由《わけ》を申し上げたく存じます。陛下の臣民はこの二十二年というもの陛下によって苛酷に統治されて来たと苦情を訴えています。さて、もしも神の思し召しあらば、今後は臣民をよりまっとうに統治すべくお力添えさせて頂けましょうか」

「凜々しき従弟よ」と腑抜けの国王は返した。「汝の好きにするが好い。余に異存はない」

　その途端、トランペットが高らかに鳴り響き、王は痩せ馬に乗せられると、生け捕りの身たりてチェスターへ運ばれ、そこにて国会を召集する声明を発表させられた。チェスターから王はさらにロンドンへと連れて行かれた。リッチフィールド（英中部スタフォードシャー南東部都市）にて彼は窓から飛び降り、庭へ逃げ込もうとした。が全ては水の泡で、挙句、ロンドン塔に閉じ込められた。そこにて誰一人として王に憐れを催す者はなく、そこにて全国民は、王に対してほとほと堪忍袋の緒を切らしていたから、情容赦なく王を非難した。塔に未だ閉じ込められぬ内、口碑に曰く、正しく愛犬ですら王の脇を離れ、ヘンリーの手を嘗めに行った。

　国会の召集される前日、代表団がこの惨めな国王の下《もと》へ派遣され、王自らコンウェイ城にて王位を譲る旨ノーサンバーランド伯に約束したはずだと告げた。王はいつでも喜んで王位を明け渡そうと答え、王権を放棄し、臣民を自分への忠誠から解除する宣言書に署名した。して意気地らしい意気地も残っていなかったため、王家の指輪を手づから意気揚々たる従弟ヘンリーに与え、たとい後継者を任命する権限を与えられていたとて、くだんのヘンリーをこそ指名していたろうと告げた。翌日、ウェストミンスター会館で国会が開かれ、ヘンリーは金襴で被われた空席の玉座の脇に座った。国王に署名されたばかりの宣言書が大歓声の直中にて群衆に読み上げられ、歓声は通りから通りへと都大路に谺した。どよめきがまだしも収まると、王は正式に廃され、それからヘンリーが腰を上げ、額と胸の上で十字を切りながら、イングランド王国を正当な権利として申し立て、カンタベリー大主教とヨーク大主教が玉座に着かせた。

　群衆はまたもや大歓声を上げ、どよめきは通りから通りへと都大路に谺した。誰一人として、今や、リチャード二世がこの世にまたとないほど美しく、賢く、気高い君主だったためしがあるなど覚えている者はなく、彼は、今や（私見では）、ロンドン塔で生き存えることにて、ワット・タイラーがスミスフィールドで国王軍の馬の蹄に踏み躙られて縡切れることにて晒したより遙かに不様な姿を晒すこととなった。

　人頭税はワットと共に死んだ。皇族付の鍛冶師といえどもワットに纏わる人々の思い出を絞首刑に処す如何なる鎖も鍛えること能はず、故に人頭税はついぞ取り立てられなかった。

第二十章　ヘンリー四世、又の名をボリングブルク治下のイングランド

　先王の御代、教皇とその全信奉者の倨傲と狡猾を糾弾するウィックリフの説教はイングランド中に大きな波紋を投げかけていた（第十八章三〇九頁参照）。果たして新王は司祭に取り入ろうとしたものか、或いは実に信心深そうな風を装うことにて天帝自身をも欺き、自分は王位簒奪者ではないと信じ込ませようとしたものか、いずれともつかぬ。いずれの仮定もそれなり信憑性はあろう。が確かに、彼は世を治める手初めに、俗にロラード*、即ち異端者と呼ばれるウィックリフの信奉者をこれ見よがしなまでに排斥した——父親のジョン・オブ・ゴーントは、彼自身まず間違いなく与していたに劣らずくだんの主義に与していたにもかかわらず。劣らず確かなことに、彼は初めてイングランドにその異端故にくだんの人々を火炙りの刑に処すという、外国からもたらされた極悪非道の忌まわしき慣例を確立した。即ち、所謂「異端審問《ホーリ・インクウィジション》」——人間を我らが救世主の信奉者というよりむしろ悪魔に貶め、人類を未だかつて辱しめたためしのないほど不浄《アンホーリ》にして恥ずべき法廷——の悪習の一つを。

　真の王位継承権は、今更言うまでもなく、この国王にはなかった。若きマーチ伯爵、エドワード・モーティマーが——わずか八、九歳にして、ヘンリーの父親の兄、クラレンス公爵の血を引く——継承順位から言えば真の世継ぎであった。ところが、新王は自分の息子をプリンス・オブ・ウェールズと宣言させ、若きマーチ伯と幼い弟の身柄を拘束すると、ウィンザー城に（軟禁ながら）幽閉した。彼はそれから国会に廃されし王を如何様に処すべきか決定するよう命じた。というのも先王は相応におとなしく身を処し、ただ従弟ヘンリーが自分にとって「善き元首」であってくれればとしか言わなかったからだ。国会は、ならば先王をどこか人々の足繁く通えず、馴染みも面会を許されぬ秘密の場所に監禁してはどうかと返した。ヘンリーは故に先王に当該刑を申し渡し、今や国民にはリチャード二世がさして長らくは生き存えられまいこと明々白々となり始めた。

　国会は統制が取れていない分、喧しく、議員は彼らの内誰が忠誠を尽くし、誰が尽くさなかったか、誰が首尾一貫し、誰が一貫していなかったかを巡り、それは激しく互いに口角沫を飛ばしたものだから、一時《いちどき》に四十に上る籠手《こて》がその数だ

けの果たし合いへの挑戦の印に床に投げつけられたと言われている。種を明かせば、彼らは誰しもいずれ劣らず二枚舌にしてさもしく、ある時は先王に与し、ある時は新王に与し、めったなことでは何人《なんぴと》にであれさして長らく誠を尽くしたためしがなかった。かくてほどなく、またもや画策を練り始めた。国王をオクスフォードにおける馬上武術試合に招待し、それから不意を衝いて殺害しようという一計が案じられた。この凶悪な陰謀は、ウェストミンスター大修道院長の屋敷における極秘の集会において合意が成されたにもかかわらず、ラトランド(英中東部旧州)伯爵——陰謀人の一人——によって裏切られた。王は馬上武術試合に行きも、ウィンザーに留まりもせず(というのもウィンザーへと、陰謀人達はスッパ抜かれたと見て取るやすぐ様、国王を引っ捕らえんものと向かったからだが)、ロンドンへ撤退し、彼らを全員謀叛人として糾弾し、大軍を率いて襲撃した。彼らはリチャードを国王として宣しつつ、イングランド西部へと撤退したが、国民が彼らに対して蹶起し、全員殺害された。彼らの大逆は廃されし君主の死期を早めた。果たして彼は刺客によって暗殺されたものか、それとも餓死したものか、それとも(くだんの陰謀に荷担していた)兄弟達が殺されたとの報せを受けて自ら絶食したものか、は今に審らかでない。ともかく先王は死亡し、遺骸はセント・ポール大聖堂にて、顔の下半分のみ被いを剝いだまま公開された。彼が現王の命令によって殺害されたことに疑いの余地はなかろう。

惨めなリチャードのフランス生まれの妻は今なおわずか十歳にすぎず、父親のシャルル仏国王は娘が如何なる不運に見舞われ、イングランドにおいて如何なる孤独な立場に置かれているか耳にすると、錯乱に陥った。とはこの五、六年の内に一再ならず陥って来た如く。フランスのブルゴーニュ公爵とブルボン公爵は、さして一件には頓着せぬまま、ただ何かイングランドから手に入れられるやもしれぬとの腹づもりの下《もと》、哀れ、王妃の名分に与した。ボルドーの人々は単にそこで生まれたとの謂れをもってリチャードの思い出にある種迷信的な愛着を抱いていたから、神かけて、彼は彼の王国中で最も優れた人物であったと——勇み足の感無きにしも有らず——誓い、英国人に対して偉大なことをやってのけようと約束した。にもかかわらず、自分達も、フランス国民も、祖国の貴族によって零落させられ、片やイングランドの掟は両国の内遙かに優れていると惟みるに及び、彼らの士気はまたもや萎え、二人の公爵は、権力絶大だったにもかかわらず、平民の助けなしでは何一つ手が打てなかった。という訳で、英仏両国間で、哀れ、小さな王妃を全ての宝石と、金貨にして二十万フランの財産と共にパリへ送り返す件に関し、折衝が始まった。英国王は幼い妃を、して宝石すら、祖国へ返すに異存があるどころではなかったが、金は手離せぬと主張した。よって、とうとう彼女は一文の資産も携えぬまま無事、パリに連れ戻され、さらば（仏国王の従弟に当たる）ブルゴーニュ公が（仏国王の弟に当たる）オルレアン公と一件全般に関して諍いを始め、これら両公爵のお蔭でフランスは未だかつてないほど悲惨な目に会った。

スコットランド征服の構想は依然、国内に根強く残っていたので、国王はタイン川まで進軍し、スコットランド国王の臣従を要求した。これが拒否されると、エディンバラまで進軍したが、ほとんど為す術《すべ》もなかった。というのも、英国軍は糧食に欠け、片やスコットランド人は戦を挑むことなく周到に攻撃を阻止したため、英国王は撤退せざるを得なかったからだ。この出撃において、英国王が如何なる村を焼き討ちしも、如何なる人々を殺害しもせず、わけても自軍が慈悲深く、穏当な手に出るよう心を砕いたということは、彼に不滅の栄誉をもたらそう。それは、くだんの仮借なき時代にあって大いなる鑑であった。

イングランドとスコットランドの国境地方の人々の間の戦争は十二か月間続き、それからヘンリーが王位に即くのに尽力していた貴族、ノーサンバーランド伯爵が――恐らくはヘンリーが伯爵のために為せる何一つとして彼の法外な期待を満たしそうになかったため――国王に対して叛旗を翻し始めた。とある、オーウェン・グレンダウアーという名のウェールズ生まれの郷紳がいた。彼は四法学院の一つに所属し、その後、先王に仕えていたが、ウェールズ地方の資産をさる近隣に住まう、現英国王と縁戚関係にある有力な領主によって剝奪されていた。賠償を請求し、にもかかわらず得られなかったため、彼は武器を取り、無法者の宣告を受け、よって自らウェールズの君主と名乗った。彼は妖術遣いの風を装い、ウェールズの人々が愚かしくもその言葉を鵜呑みにするのみならず、ヘンリーですら鵜呑みにした。というのも、三度にわたってウェールズへ遠征を行ない、三度とも荒涼たる原野や、悪天候や、グレンダウアーの術数によって撤退を余儀なくされ、彼はてっきりくだんのウェールズ人の妖術に敗れたものと思い込んだからだ。しかしながら、グレイ卿とサー・エドモンド・モーティマーを人質に捕り、グレイ卿の縁者には彼の身受けを許したものの、かようの恩寵をサー・エドモンド・モーティマーには賜らなかった。さて、ノーサンバーランド伯爵の息子、ヘンリー・パーシー、又の名を無鉄砲者《ホットスパー》はモーティマーの妹と連れ添っていたため、これに立腹し、故に父と他の数名と共にオーウェン・グレンガウアーに加勢し、ヘンリーに対して叛旗を翻したと言われている。これが共謀の真の理由か否かは定かでないが、恐らく、口実に使われたに違いない。反乱軍はともかく結成され、ヨーク大主教スクループや、勇猛果敢で権力絶大のスコットランド貴族ダグラス伯爵も加勢しているとあって、実に手強かった。英国王も時をかわさず戦闘準備を整え、両軍はシュルーズベリーで会戦した。

　両軍ともそれぞれ約一万四千名の兵を擁していた。ノーサンバーランド老伯爵は体調を崩していたため、反乱軍の指揮は息子が執った。英国王は敵の目を欺くべく簡素な鎧兜に身を固め、四名の貴族が同上の謂れから、英国王の紋章を着けた。反乱軍が猛然と攻撃を仕掛けて来たため、これら郷紳は四人共死に、皇室旗は引き倒され、若きプリンス・オブ・ウェールズは顔に重傷を負った。が皇太子はこの世にまたとないほど雄々しく果敢な戦士の一人で、それは見事に戦い、国王軍は彼の剛胆な手本にそれは意を強くしたものだから、すかさず反撃に転じ、敵軍をズタズタに壊滅させた。無鉄砲者《ホットスパー》は脳髄を射抜かれて討ち死にし、潰走は然に完璧だったため、全反乱軍はこの一撃の下《もと》、白旗を揚げた。ノーサンバーランド伯爵は息子の死を報ぜられるとほどなく降伏し、数々の罪科にもかかわらず特赦を受けた。

　未だ謀叛の名残は燻り、オーウェン・グレンダウアーはウェールズに撤退し、無知な人々の間ではリチャード二世は依然存命らしいとの途轍もない風聞が流れた。如何で彼らがかように馬鹿げた噂を信じられたものか、は想像し難い。が確かに事実、故英国王によく似た宮廷道化を国王自身と思い込んだ。かくて生前祖国に散々禍の種を蒔いた挙句、故英国王は死してなお祖国を煩わす運命《さだめ》にあったと思しい。が、なお輪をかけて悪いことに、若きマーチ伯爵と弟がウィンザー城から拉致された。再び連れ戻され、連れ去ったのは然るスペンサー伯爵夫人という女性だったと判明するに及び、夫人は一件には例の、先の陰謀に荷担し、今やヨーク公爵に任ぜられている彼女自身の弟ラトランド伯が関わっていると訴えた。そのため公爵は死罪は免れたものの、財産を没収された。それからまたもや、ノーサンバーランド老伯爵と、数名の他の領主と、以前叛徒の仲間に加わっていたくだんのヨーク大主教、スクループとの間で陰謀が企てられた。これら陰謀人は国王の様々な罪状を訴える書状を教会の扉に貼って回らせた。が国王は彼らに立ち向かうに抜かってだけはいなかったので、叛徒は皆捕らえられ、大主教は処刑された。イングランドにおいて偉大な聖職者が法律によって殺害されるのはこれが初めてだったが、王は断じて翻意するを潔しとせず、処刑は敢行された。

この治世の次いで最も特筆に値する出来事は、ヘンリーによってスコットランド王位継承者――齢九歳の少年ジェイムズ――が身柄を拘束されたことだ。王子は父親のスコットランド国王ロバートにより、伯父の掌中に落ちぬよう船に乗せられていた。がフランスへ渡る途中、偶然イギリスの巡洋艦によって捕らえられた。王子は十九年間、イングランドで幽閉されていたが、獄中で勉学に勤み、名高い詩人になった。

時折ウェールズ軍やフランス軍と諍いを起こすのをさておけば、ヘンリー王の治世は以降、かなり平穏だった。が王はおよそ幸福どころではなく、恐らく、王位を簒奪した上、惨めな従兄を死に至らしめた身に覚えのなきにしもあらず、良心に責め苛まれていたに違いない。プリンス・オブ・ウェールズは雄々しく寛大だったが、一説には、荒くれ者で放蕩癖があり、放埒な仲間の一人を飽くまで公明正大に処罰しようとしたからというので、王座裁判所首席判事ガスコインに対し剣《つるぎ》を抜いたと伝えられる。するとその途端、首席判事は彼を即刻投獄するよう命じ、プリンス・オブ・ウェールズは潔く屈服し、国王は「然に公平な判事と、然に快く法に従う息子を持つ君主の幸せなるかな」と叫んだという。が以上全ては甚だ疑わしい。のみならず、王子はある晩父王の寝ている隙に寝室から王冠を盗み出し、試しに被ってみたとの（シェイクスピアが見事に脚色している）逸話もまた。

国王はますます健康を損ね、顔面の夥しい発疹と悪性の癲癇の発作に苦しみ、意気は日に日に衰えて行った。終に、ウェストミンスター大修道院のセント・エドワード聖堂の前で祈りを捧げている際に激しい発作に見舞われ、大修道院長の寝室に運び込まれたが、そこにてほどなく息を引き取った。国王はエルサレムで身罷るだろうと預言されていた。エルサレムは今にウェストミンスターでなければ、ついぞウェストミンスターであったためしもない。が大修道院長の部屋はいつからともなくエルサレム寝室と呼ばれていたので、人々は、ならば同じことだろうと言い合い、預言は全うされたものと得心した。

国王は一四一三年三月二十日、齢四十七にして治世十四年目に崩御し、亡骸はカンタベリー大聖堂に埋葬された。二度結婚し、最初の妻との間に四人の息子と二人の娘を儲けた。即位する前に背信を犯し、玉座を不当に簒奪し、わけてもかの、司祭呼ばわる異端者なるものを火炙りの刑に処す極悪非道の法を布いたことに鑑みれば、世の国王としては、まずまず立派な王であった。

第二十一章　ヘンリー五世治下のイングランド

第一部

プリンス・オブ・ウェールズは寛大で正直な男らしく世を治め始めた。彼は幼いマーチ伯爵を釈放し、パーシー一族に父王に対す謀叛によって剝奪されていた財産と名誉を回復し、魯鈍で不幸なリチャードを歴代の国王の直中にあっぱれ至極に埋葬するよう命じ、放蕩者の遊び仲間を皆、以降、誠実で、律儀で、まっとうたる意を決すならば生活に不自由はさせぬとの保証の下《もと》、放逐した。

今に人間を灰にする方が彼らの信念を灰にするより遙かに容易い。してロラードのそれらは日に日に広まっていた。ロラードは司祭によって――恐らくは大半が根も葉もなく――新王に対して謀叛を企てているかのように伝えられ、ヘンリーはこうした言説に焚きつけられ、友人であるコバム卿サー・ジョン・オールドカッスルを改宗させようと空しく説得を試みた挙句、くだんの言説の贄に供した。彼は異端者の首領として有罪の判決を下され、火刑の宣告を受けた。がロンドン塔から（国王自身によって五十日間延期された）処刑の前日、脱獄し、ロラードを所定の日、ロンドン近郊で自分と落ち合うよう狩り集めた。と司祭達は少なくとも、国王に垂れ込んだ。果たして彼らの手先によってでっち上げられた以上の陰謀が事実、企てられていたものか否か、は甚だ疑わしい。指定された当日、セント・ジャイルズの牧場《まきば》にサー・ジョン・オールドカッスル率いる二万五千兵の代わり、王の見出したのはわずか八十名の兵士にすぎず、サー・ジョンの姿はどこにも見当たらなかった。別の場所には間抜けなビール醸造業者が一人、馳せ参じ、明くる日サー・ジョンによってナイト爵に叙して頂き、かくてこれら飾り物を身に着ける権利を得ようと早、馬には金の馬飾りを、胸には金を着せた対《つい》の拍車を突っ込んでいた。がサー・ジョンの影も形もないばかりか、如何ほど国王がくだんの情報に多額の褒美を呈示しようと、彼に纏わるネタをバラそうとする者は誰一人いなかった。これら不幸なロラードの内三十名は直ちに縛り首の上、引き廻しの刑に処せられ、それから絞首刑台ごと火炙りにされた。ロンドン市内、或いは近郊の牢獄は残りのロラードで溢れ返った。くだんの不幸な男の中にはあれやこれや陰謀計画をバラす者もあったが、かようの告白など拷問と火刑の恐怖の下易々《もと》得られた。サー・ジョン・オールドカッスルの悲しい物語を直ちに締め括るべく、後はただ、彼はウェールズに逃れ、そこに四年間は無事留まっていたと言えば事足りよう。パウイス卿に発見されると――くだんの古兵《ふるつはもの》の武勇たるや一方ならぬものだから――果たして生け捕りにされていたか否かは甚だ疑わしい。もしや惨めな老婆が背から近づき、床几で両脚をへし折ってでもいなければ。彼は馬の担い駕籠でロンドンへ運ばれ、絞首刑台に鉄鎖で括られ、かくて火刑に処せられた。

フランスの情勢を能う限り手短にかいつまめば、オルレアン公爵と、俗に「恐いもの知らずのジョン」と呼ばれるブルゴーニュ公爵は先王の御代の諍いに目出度く決着をつけ、一見、致って長閑な心持ちにあるやに思われた。ところが和解の直後のとある日曜日、パリの目抜き通りでオルレアン公がブルゴーニュ公によって嗾けられた――とは公爵自身の周到な告白によれば――二十人の刺客一味によって暗殺された。リチャード二世の未亡人は祖国でオルレアン公の長男と再婚していた。哀れ、気の狂れた国王は彼女に救いの手一つ差し延べられず、ブルゴーニュ公が事実上、仏君主の座に収まった。イザベラが亡くなると、夫は（父の死後はオルレアン公たる）アルマニャック伯爵の娘と連れ添い、伯爵は若き娘婿より遥かに有能だったから、爾来、彼の名に因んでアルマニャックスと呼ばれる一派の指揮を執った。かくてフランスは今や以下の如き凄まじき泥沼に嵌まり込んだ。即ち、国王の息子ルイ王太子の一派と、王太子の虐られし妻の父親たるブルゴーニュ公爵の一派と、アルマニャックスの一派が皆、互いに啀み合い、諸共戦い、しかもいずれ劣らずこの世にまたとないほど堕落した貴族揃いとあって、皆して不幸なフランスをズタズタに引き裂いているという。

故英国王はこうした党派争いをイングランドから見守り、フランスの如何なる敵も祖国の貴族階級ほどは祖国を傷つけられまいと（フランス国民同様）見て取っていた。現英国王は今やフランスの王位継承権を申し立てた。くだんの要求が、当然のことながら拒否されると、英国王は要求を広大なフランス領土と、フランス王女キャサリンとの、金貨にして二百万クラウンの持参金付での結婚へと引き下げた。さらば、王女抜きでの、より少ない領土とクラウン金貨を呈示されたが、使節団を呼び戻し、戦闘の準備を整えた。それから彼は王女との、百万クラウンの持参金付での結婚を申し出た。仏宮廷はたとい王女との結婚を認めるとしても、持参金はさらに二十万クラウン減らさざるを得ぬと返した。英国王はくだんの条件は呑めぬと（生まれてこの方一度として王女を目にしたためしがないにもかかわらず）答え、サザンプトンに軍隊を召集した。折しも、祖国では短期間ながら、彼を廃し、マーチ伯を国王に擁立する陰謀が企まれていた。が謀叛人は皆、直ちに有罪の判決を受け、処刑され、国王はフランスへと出帆した。

悪しき前例が如何に長らく倣われるものか、は目にするだに悍しい。が善き前例は決して無駄にはされないと知れば心強い。国王はアルフルールから三マイル離れたセーヌ河口に上陸するや否やまずもって、父王の右に倣うに、無辜の住民の生命や財産を、違犯すれば死罪に処すとの条件の下《もと》、尊重せよとの厳粛な命《めい》を下した。仏史家は皆一様に、英国王の不滅の誉れたることに、英国兵が如何ほど糧食不足から激しい餓《かつ》えに苛まれようと、くだんの命《めい》は厳格に遵守されたと書き記している。

総勢三万兵の軍を率い、彼は五週間にわたり、アルフルールの町を海と陸から包囲し、五週間後、町は降伏し、住民は各自わずか五ペンスと衣類の一部を携えて立ち去ることを許可された。彼らの財産の残りは全て英国軍の間で分けられた。が英国軍は数々の成功にもかかわらず、病気と飢餓に激しく苛まれていたため、数は既に半減していた。がそれでもなお、国王はより大きな打撃を加えるまでは撤退しない意を決していた。故に、顧問全員の忠言にもかかわらず、小部隊と共にカレーへ向けて進軍した。ソム川まで来ると、砦が堅牢に固められているため、川を渡ることが出来なかった。して英国軍が渡河点を求めて川の左岸を上《のぼ》っている片や、仏軍は、既に橋を全て壊していたから、敵軍の動行を注視しながら右岸を上《のぼ》り、いずれ川を渡ろうとしたら攻撃を加える手ぐすね引いて待っていた。とうとう英国軍は渡河点を見つけ、無事川を渡り果した。仏軍はルーエンで軍事会議を開き、英国軍に戦を挑む決定を下し、ヘンリー二世の下《もと》へいずれの道から進軍するつもりか確かめるべく伝令を送った。「真っ直ぐカレーへ向かえる道から！」と英国王は答え、伝令達を百クラウンの贈り物ごと送り返した。

英国軍は進み続け、やがて仏軍が目に入ると、国王は戦列を成すよう命を下した。仏軍が接近せぬので、英国軍は日が沈むまで戦闘隊形を組んでいたものの、一先ず解散し、隣村で十分な休息と食事を取った。仏軍は今や全員、英国軍が必ずや通るはずの別の村に身を潜めていた。彼らは英国軍の方から戦を仕掛けさせようと意を決していた。英国軍は、たとい国王にその気があったとて、撤退の手立てを絶たれ、かくて両軍は互いにほど遠からぬ所で夜を明かした。

これら両軍を十全と理解するために銘記しておかねばならぬのは、仏大軍はその主立だった人員の中にかの、その放埒故にフランスが砂漠と化していた邪悪な貴族階層のほぼ全員が含まれ、彼らと来てはそれは倨傲と平民に対す侮蔑で痴れ返っているものだから、厖大な数の――英国軍の一人に対し少なくとも六人に上る――兵士の中にほとんど一人の（とはたとい事実、いたとしても）射手もいなかった。というのもこれら傲慢な愚か者は弓は勲爵士の手には相応しからぬ兵器だと、してフランスは郷紳によってしか守られてはならぬと言い張っていたからだ。くだんの郷紳が祖国を如何なる競技者とするか、はほどなく明らかとなろう。

さて、英国軍側には小部隊の中におよそ郷紳でないながら、にもかかわらず、腕の立つ屈強な射手たるかなりの割合の兵士が紛れていた。夜が明けると、彼らの直中を――仏軍が勝利を確信して浮かれ騒いでいる片や、ほとんど眠られぬ夜を過ごした挙句――英国王は葦毛の馬で巡回した。頭上には輝かしい鋼の兜の上から、宝石の鏤められた金の王冠を被り、甲冑の上からはイングランドの紋章とフランスの紋章を共に刺繍であしらって。射手は輝かしい兜と、黄金の王冠と、キラびやかな宝石を目の当たりに、それら全てに賛嘆の声を上げた。が彼らが最も賛嘆したのは、王が王自身としては、そこで征服するか討ち死にするかの二つに一つ、祖国には断じてこの余のために身の代金を払わせはせぬと告げた際の陽気な面《おもて》と、明るく碧《あお》い目であった。たまたまとある勇敢な騎士が叶うことなら目下祖国でのんき気に過ごしている幾多の勇ましい郷紳や律儀な兵士がここにいて、加勢してくれるものならばと言った。すると国王は騎士に、自分としてはもう一人たり増えて欲しいとは思わぬと返した。「仲間が少なければ少ないほど」と王は言った。「我々の勝ち取る栄誉は大きいというもの！」部下は皆、今や意気軒昂とあって、パンとワインで腹拵えをすると、祈禱を聞き、坦々とフランス軍を待ち受けた。国王がフランス軍を待ち受けたのは、彼らは（英国の小部隊がわずか三列しか組んでいないのに対し）実に足場の悪い泥濘《ぬかるみ》に三十列で整列しているだけに、ともかく動けば混乱が生ずに違いないと踏んだからだ。

仏軍が微動だにせぬので、英国王は二分隊を送り出した――一分隊は仏軍の左手の森の中に身を潜め、他方の分隊は戦の火蓋が切られるや仏軍の背後の家々に火を放つべく。と思いきや、祖国フランスを卑しい小百姓の力を何ら借りることなく守る所存の傲り昴ったフランス郷紳の内三人が馬で飛び出し、英国軍に降伏せよと告げた。英国王は自ら彼らに命が惜しければ全速力で撤退せよと警告し、英国軍旗に進軍を命じた。その途端、射手隊を率いる偉大な英国将軍サー・トーマス・アーピナムが職杖を空中に嬉々として、放り上げ、全英国兵は地べたに跪くや、さながら国土を掌中に収めたとでも言わぬばかりに大地に嚙みつき、大きな雄叫びもろとも立ち上がりざま、仏軍に襲いかかった。

　射手は一人残らず先端に鉄を着せた大杭を装備し、まずはこの大杭を地べたに突き立て、それから、仏騎兵が迫って来るや、矢を放ち、後退するよう命ぜられていた。傲慢なフランス郷紳は、英軍射手隊を打ち破り、騎士然たる槍で完全に潰滅さす気でかかっていたから、ズンズン押し迫って来た。が猛然たる矢の一斉射撃を受けたため算を乱し、踵を返し、人馬諸共、互いに転《まろ》び合い、大混乱に陥った。体勢を立て直し、射手隊に突撃をかけた者は泥濘《ぬか》った沼地に打たれた大杭に絡まり、アタフタうろたえ、かくて英国軍の射手隊は——鎧兜を一切身に着けず、より自由に動けるよう革の上着すらかなぐり捨てていたから——連中をズタズタに切り裂いた。大杭の内側にまで入り込めた仏騎兵はわずか三人しかいなかったが、彼らとてすぐ様止めを刺された。この間《かん》終始、仏の密集部隊は、鎧兜に身を固めているとあって、泥沼の中へ膝までのめずり込み、片や身軽な英国射手隊は半裸同然だったから、さながら大理石の床の上で戦ってでもいるかのように潑溂として敏捷だった。

　ところが今や、第一師団の救援に駆けつけた仏第二師団が堅牢な算を成して押し寄せて来た。国王率いる英国軍は彼らを襲撃し、戦闘の就中熾烈な戦いが繰り広げられた。国王の弟、クラレンス公爵が打ち倒され、幾多の仏兵が公爵を取り囲んだ。がヘンリー五世は倒れた弟の上に仁王立ちになると、敵兵を一人残らず撃退するまで獅子さながら戦った。

　ほどなく、十八名の仏騎士団がさる、英国王を殺すか生け捕りにせんと誓っていた仏領主の旗を掲げながら迫り来るや、内一人が戦斧もて英国王にそれは強かな一撃を加えたものだから、王はヨロけざま両膝を突いた。が律儀な部下達はすかさず周りをひたと取り囲み、くだんの十八名の騎士を皆殺しの目に会わせ、かくてくだんの仏領主は金輪際約言を全うする運命《さだめ》にはなかった。

　フランスのアランソン（仏北西部オルヌ県首都）公爵は、これを目にすると、死にもの狂いで突撃をかけ、滅多無性に辺りを伐り払いつつ、英国皇室旗へとひた迫った。して旗の側《そば》に立っているヨーク公爵を打ち倒し、国王が助太刀に駆け寄ると、国王の被っている王冠の一部すら殺ぎ落とした。が二度とこの世で槍を揮うことはなかった。というのも正しく自ら名乗りを上げ、英国王に身柄を明け渡そうとしている折しも、して英国王が片手を差し延べ、無事、あっぱれ至極に降伏を受け入れようとしている間《ま》にも、無数の槍に突きかかられ、どうど、縡切れたからだ。

この貴族の戦死で戦いには決着がついた。仏軍の第三師団は未だ一撃も加えず、それ自体、全英軍の二倍以上の兵力を有していたにもかかわらず、算を乱し、潰走した。戦闘のこの期に及び、未だ一人の人質も捕っていなかった英国軍は、厖大な数の仏兵を生け捕りにし始め、依然懸命に敵兵を捕らえるか、降伏しようとしない者を殺害していた。すると仏軍の後方で大きな物音が聞こえ、彼らの軍旗がハタめかなくなるのが見えたせいで、ヘンリー五世は大増援隊が到着したものと思い込み、人質を全員殺害するよう命じた。物音は、しかしながら、ただ略奪を目論む小百姓の一団によって惹き起こされたにすぎぬと判明するや否や、恐るべき大虐殺には待ったがかかった。

それからヘンリー五世は仏軍の伝令を呼び寄せ、勝利はいずれのものかと問うた。

伝令は答えた。「英国王のものであります」

「我々がこの荒廃と殺戮をもたらしたのではない」と王は言った。「これはただフランスの罪科に下った天罰にすぎぬ。向こうのあの城は何と言う？」

伝令は答えた。「国王陛下、あれはアジャンクール城であります」

すると王は言った。「ならば以降、この戦いはアジャンクールの戦いという名で後世に知らしめよう」

我らが祖国の歴史家はそれをアジャンコートと綴って来たが、英国年代記にてはくだんの名の下《もと》永久《とは》に燦然と輝こう。

仏軍側の戦死者は厖大な数に上り、三名の公爵が戦死し、さらにもう二名が人質に捕られ、七名の伯爵が戦死し、さらにもう三名が人質に捕られ、一万名もの騎士と郷紳が討ち死にした。英国軍の死者は千六百名に上り、中にはヨーク公爵とサフォック伯爵も含まれていた。

戦争とは蓋し、悍しきかな。身の毛もよだつことに、英国兵は翌日、戦場で依然断末魔の苦しみに喘いでいる、致命傷を負った捕虜の息の根を止めねばならず、仏軍側の戦死者は同じ祖国の男女を問わぬ百姓に身ぐるみ剝がれた挙句、大きな穴に埋められ、英軍側の戦死者は大きな納屋に累々と積まれ、死体は納屋毎全て焼き尽くされた。戦争の真の荒廃と邪悪が存すのはかようの事実や、審らかにするには悍しすぎるなお幾多の事実においてである。戦争は悍しい以外の何物でもない。が、その暗澹たる側面はほとんど顧みられることなく、ほどなく忘れ去られ、戦争において友人や縁者を喪った者をさておけば、英国民に何ら禍の影を投ずることはなかった。彼らは帰国した国王を大歓声をもって迎え、肩車に乗せて岸辺まで連れて来ようと海中に飛び込み、凱旋の途上にある村という村では、王を出迎えるべく黒山のような人だかりが繰り出し、窓から豪勢な絨毯や綴織を下げ、通りに花を撒き、泉にワインを迸らせた——恰もアジンコートの戦場に血潮の迸った如く。

第二部

かの、祖国を破滅へと導き、日々、年々、仏国民の胸中、いよよ激しい憎悪と忌避を込めて見られていた傲慢で邪悪な仏貴族は、アジンコートの敗北によってすら何一つ教訓を得なかった。共通の敵に対し一致団結するどころか、彼らは互い同士の間で以前にも増して——などということがあり得るとすれば——凶暴で、残忍で、不実になって行った。アルマニャック伯爵は仏国王にバイエルン（西独南部旧王国）の女王イザベラから財宝を略奪し、人質に捕るよう説得した。女王は、それまでブルゴーニュ公爵の不倶戴天の敵だったものを、意趣を晴らすべく、公爵に結託を申し出た。公爵は女王をトルワ（仏北東部オーブ県首都）まで連れ去り、そこにて女王は自らフランス摂政を名乗り、公爵を副官に任命した。アルマニャック派は当時パリを占拠していたが、とある晩、市門の一つが内々裡に公爵の手下一味に開放され、彼らはパリに侵入すると、手当たり次第のアルマニャックスを投獄し、数日後、六万人の獰猛な暴徒の助けを借り、牢獄に押し入ると、彼らを皆殺しにした。前仏王太子は今や亡くなり、国王の三男がその称号を担っていた。彼を、この血腥い光景が絶頂に達している折しも、とある仏騎士が急遽、揺すり起こし、シーツに包《くる》んだまま、ポアティエ（仏西部旧ポワトゥー県首都）まで連れ去った。よって、執念深いイザベラとブルゴーニュ公爵が仇敵を大量殺戮した後《のち》パリへと凱旋入京を果たした際、ポワティエでは王太子が真の摂政と宣せられていた。

ヘンリー五世はアジンコートの戦勝以来、手を拱いているどころか、フランス軍のアルフルール奪還の雄々しき試みを撃退し、徐々にノルマンディーの大半を征服し、この危急存亡の秋、重要なルーアンの町を半年間の攻囲の後《のち》、攻め落とした。この大いなる敗北によって仏軍は危機感を募らせ、かくてブルゴーニュ公爵は仏国王と英国王との間で和平交渉会議がセーヌ河畔の平原で開催されるよう提案した。所定の日、ヘンリー五世はそこへ二人の弟、クラレンスとグロスターと千名の兵士共々姿を見せ、不幸な仏国王はその日、常にも増して常軌を逸していたため出席すること能はず、代わりに王妃が王女キャサリンを連れて出席した。キャサリンは実に愛らしい王女で、今や初めて彼女を目にしたヘンリー五世に鮮烈な印象を与えた。これが、和平交渉会議から出来した最も肝要な出来事であろうか。

恰も当時の仏貴族は何事においても名誉にかけた約言を守るは土台叶はぬ相談ででもあるかのように、ヘンリー五世はブルゴーニュ公爵が正しくその折、王太子と極秘に会談しているのを突き止め、それ故、交渉を破棄した。

ブルゴーニュ公爵と王太子は、さすが、互いに相手を高貴な生まれの破落戸の一味に囲まれた高貴な生まれの破落戸として不信の目で見ていただけに、かくて交渉が破棄されると如何なる手に出たものか途方に暮れた。が、とうとうヨンヌ川に架かるとある橋の上で落ち合おうと、その際二枚の強固な門を、間に隙間を残して築き、その隙間へとブルゴーニュ公はわずか十名の部下と共に一方の門より入り、王太子はくだんの隙間へと、やはりわずか十人の部下と共に他方の門より入ろうということになった。

そこまでは、王太子は約言を守ったが、その先までは。ブルゴーニュ公が彼に話しかける上で王太子の前で片膝を突くと、王太子の高貴な生まれの破落戸の内一人が小さな斧でくだんの公爵に斬りかかり、他の破落戸共がすかさず止めを刺した。

如何に王太子がこの卑劣な暗殺は自分の同意の上、為されたのではないと申し立てようとて詮なかった。それは、フランスにとってすら余りに邪で、国中に恐怖を喚び起こした。公爵の跡継ぎは急遽ヘンリー五世と協定を結ぼうとし、仏王妃は夫も、ともかく、それに同意しようと約束した。ヘンリーは王女キャサリンを妃として迎え、仏国王の存命中は仏摂政となり、崩御と共に仏王位を継承するとの条件の下《もと》、講和を結んだ。してほどなく美しい王女と祝言を挙げ、妃をイングランドへ誇らかに連れ帰り、そこにて王妃は大いなる名誉と栄誉の内に戴冠された。

この講和は「恒久平和」と呼ばれた。それが如何ほど長らく続いたか、はほどなく明らかになろうが。かくて仏国民は大いに胸を撫で下ろした――たといそれは貧しく、惨めなものだから、皇室婚礼の祝賀の最中《さなか》、数知れぬ人々がパリの街路の肥やし山の上で餓死しかけていたにせよ。フランスの数箇所で、王太子側の抵抗が見られはしたものの、ヘンリー五世は全て鎮圧した。

して今や、フランスにおける大いなる版図が確保され、美しい妃は傍らで彼を励まし、なお幸いなるかな、息子が生まれ、ヘンリー五世の前途は正しく洋々としているやに思われた。が、凱旋を謳歌し、権力の絶頂にある折しも、死に神が彼を襲い、万事は休した。ヴァンセンヌで病に倒れ、死期を悟ると、彼は実に平静で坦々とし、寝台の周囲で嘆き悲しむ者達に穏やかに話しかけた。妻子を、と彼は言った、弟のベッドフォード公爵や他の律儀な貴族の優しい庇護の下《もと》に委ねよう。して周囲の者に忠言を遺した――イングランドはブルゴーニュ新公爵と友好を結び、彼を仏摂政に任ずこと。アジンコートの戦いで捕虜にした王子達を釈放せぬこと。フランスとの間に如何なる諍いが出来しようと、イングランドは断じてノルマンディーを占領せずして講和を結ばぬこと。それから、彼は頭《こうべ》を横たえ、お付の司祭達に贖罪詩篇を詠唱するよう請うた。くだんの厳かな調べの流れる直中を、一四二二年八月三十一日、享年わずか三十四歳、治世十年目にしてヘンリー五世は身罷った。

憂はしくも徐ろに、彼らは香油を詰めた遺骸をパリまで正式鹵簿で運び、そこより、妃のいるルーアンへと運んだ。妃には死後数日経つまで、崩御の悲報はもたらされていなかった。そこより、深紅と黄金の寝台に寝かせられ、頭《こうべ》には黄金の王冠を被り、微動だにせぬ両手には黄金の玉と王笏を横たえた亡骸を、彼らは大いなる供奉を従えてカレーまで運び、道は黒一色に染まるかのようだった。スコットランド国王が喪主を務め、全皇室が付き従い、騎士は黒い鎧兜と黒い羽根飾りを纏い、無数の兵士が昼を欺くが如く煌々と松明をかざし、寡婦たる王妃が殿を務めた。カレーにては葬送の一行をドーヴァーまで連れ帰る艦隊が待ち受け、かくてロンドン橋を経由し――そこにては亡骸の行き過ぎる片や、弔いの祈禱が詠唱されたが――王の亡骸はウェストミンスター大寺院まで運ばれ、そこにて粛然と埋葬された。

第二十二章　ジャンヌ・ダルクの物語とヘンリー六世治下のイングランド

第一部

故英国王の、当時、わずか九か月の幼気な息子ヘンリー六世が成年に達するまではグロスター公爵が摂政に任ぜられるよう、というのが先王の遺志だった。英国国会は、しかしながら、ベッドフォード公爵を議長に、摂政審議会を任命し、彼が不在の折のみ、グロスター公爵に議長代理を務めさす方針を固めた。この点において国会には先見の明があったと思われる。というのもグロスターはほどなく野心的で不穏な手に出るに、自らの個人的野望を成就さす上で、ブルゴーニュ公爵の心証を由々しく害し、軋轢を調停するのに少なからず困難を来したからだ。

ブルゴーニュ公爵が仏摂政の座を拒んだため、哀れ、仏国王はベッドフォード公爵を摂政に任じた。が国王が二か月と経たぬ内に亡くなると、王太子が即座に仏王位の継承権を申し立て、事実、シャルル七世の称号の下《もと》、戴冠された。ベッドフォード公爵は彼に対抗すべく、ブルゴーニュ公とブルターニュ公と友好同盟を結び、彼らに妹二人を娶らせた。フランスとの戦争が直ちに再開され、「恒久平和」には尚早な幕が下りた。

最初の会戦において、この同盟の援軍を受けた英国軍は速やかに勝利を収めた。スコットランドが、しかしながら、早仏軍に五千名の兵を派遣し、さらに援軍を送るか、もしくはイングランドがフランスとの戦争にかかずらっている隙に北イングランドを襲撃しそうだった。よって、然に長らく幽閉されているスコットランド国王、ジェイムズを十九年に及ぶ賄付き宿泊代として四万ポンド支払い、家臣には仏国旗の下《もと》従軍することを禁じる誓いを立てさせた上、釈放するのが得策ではなかろうかということになった。目出度くも、温厚な捕虜はとうとうくだんの条件の下《もと》自由の身となり、長らく恋愛関係にあった高貴なイギリス婦人と結ばれ、素晴らしい国王になった。或いは、もしや同様に十九年間牢に投ぜられていたなら、遙かに立派に更生し、この世を遙かに幸せにしていたろう幾人《いくたり》かの国王にこの御伽英国史の中で既に出会い、これからもなお出会うやもしれぬ。

第二の会戦において英国軍はヴェルノイユでかなりの勝利

を収め、その戦いの他の特筆すべき点と言えば、軍用行李馬を互いに鬣《たてがみ》と尻尾で括り合わせ、行李と一緒くたに寄せ集め、かくてある種生身の要塞を築くという——部隊にとっては重宝やもしれぬが、馬にとってはおよそ心地好からざる——奇策に出たということくらいのものであろうか。その後三年間というもの、両軍共に戦争資金に事欠き——戦争とは今に金のかかる気散じだけに——事実上、休戦状態が続いた。ところがその期に及び、パリで軍事会議が開かれ、王太子の大義にとって非常に肝要な地であるオルレアンの町を包囲することが決定された。一万兵に上英国軍が名立たる将軍ソールズベリー伯爵統率の下《もと》、この軍務に派遣された。伯爵が不運にも攻囲の早い段階で戦死すると、サフォック伯爵が後任に就き、彼の下《もと》（サー・ジョン・フォールスタッフの援軍を受け——彼は駐屯部隊のために塩漬ニシンと他の糧食を積んだ四百台の荷馬車を引き連れ、途中、行く手を阻もうとするフランス軍を打ち破り、かくて後に冗談めかして「ニシンの戦い」と称される激烈な小競り合いを意気揚々と掻い潜ったが）、オルレアンの町をそれは徹頭徹尾、囲い込んだものだから、包囲された人々は町を同国人であるブルゴーニュ公に明け渡そうと申し出た。英国将軍は、しかしながら、我が英国兵がここまでの所、血と武勇によって勝ち取ったからには、我が英国兵が占拠せねばならぬと返した。とならば町にも、王太子にも、一縷の望みもないかのようだった。王太子は狼狽した勢い、いっそスコットランドかスペインへ落ち延びようかとすら考えた——が突如、小百姓の娘が立ち上がり、形勢を一変させた。

この小百姓の娘の物語を以下、審らかにするとしよう。

第二部　ジャンヌ・ダルクの物語

ロレーヌ地方の険しい丘陵に囲まれた僻陬の村にジャック・ダルクという百姓が住んでいた。男にはジャンヌ・ダルクという名の娘があり、娘は当時、二十歳だった。娘は小さな時から孤独な少女で、しょっちゅう、誰一人姿も見えなければ、誰一人声も聞こえない所で日がな一日、羊や牛の世話をしたり、しょっちゅう、何時間もぶっ通しで、陰気臭いがらんどうの小さな村の礼拝堂に跪いては、挙句そこに朧な人影が立っているのが見えたり、人影が自分に話しかけるのが聞こえすらしたような気がするまで、祭壇や、その前でゆらゆらと揺れる仄かなランプを見上げて過ごしたりしていたものだ。フランスのくだんの地方の人々はたいそう無知で迷信深く、どんな夢を見たかとか、雲や霧が垂れ籠めている折に

寂しい山腹の直中にどんな物影が紛れていたかとか、互いに語り合うべき不気味な物語には事欠かなかった。という訳で、村人はジャンには奇妙な光景が見えるのだと難なく信じ、天使や精霊が彼女に話しかけているのだと口々に囁き合った。

とうとうジャンは父親にある日のこと、大きなこの世ならざる光に不意を討たれ、それから厳かな声が聞こえ、自分は大天使ミカエルの声で、お前はこれから王太子を助けに行くことになっているのだと告げられたと打ち明けた。その後ほどなく（とジャンは言った）、聖キャサリンと聖マーガレットが目映いばかりの王冠を被って立ち現われ、飽くまで決然として高潔であるよう励ました。こうした幻影は時折戻って来たが、声は実に度々戻って来ては必ずや告げた。「ジャン、汝は天により王太子を助けに行くよう定められている！」彼女には礼拝堂の鐘が鳴っている間《ま》はほとんどいつも声のお告げが聞こえた。

当今では、ジャンがはこうした幻を見たり声を聞いたりしたものと思い込んだことに疑いの余地はない。かようの妄想は決して稀ではない病気だということは周知の事実だ。恐らく、小さな礼拝堂には（頭上に輝かしい宝冠を被っていたろう）大天使ミカエルと、聖キャサリンと、聖マーガレットの像があり、そのせいでジャンにくだんの三聖人が思い浮かんだとは想像に難くない。ジャンはいつからとはなく、塞ぎがちな空想癖のある少女で、なるほどたいそう感心な娘ではあったものの、多分、少々見栄っ張りで、皆の注目を集めたかったのではあるまいか。

父親は隣近所の連中よりいささか賢かったと見え、ジャンに言った。「いいか、ジャン、そいつはお前の思い込みだ。お前は、面倒を見てくれる優しい亭主と、かかずらってやらなきゃならん仕事さえあればたくさんだ！」がジャンは父親に自分は断じて誰とも連れ添わぬと誓ったと、天帝の命ぜられるがまま、王太子を助けに行かなければならないと答えるきりだった。

たまたま、ジャンの父親の説得にとって不幸なことに、がわけても哀れな少女にとっても極めて不幸なことに、ジャンの妄想がかようの段階にある間《ま》に、王太子の敵兵が村に侵入し、礼拝堂を焼き払い、村人を追い立てた。数々の残虐行為が犯されるのを目の当たりに、ジャンは心を痛め、なお狂おしい妄想に駆られ始めた。彼女は声と幻が今ではひっきりなし側《そば》にいると、お前こそは昔ながらの預言によれば、フランスを救うことになっている娘だと告げると、王太子を助けに行き、彼がランス（仏北東部都市）で戴冠されるまで側《そば》に留まらねばならぬと、とあるボードリクールという名の領主の所まではるばる旅をしなければならぬ、何故ならその方《かた》ならば王太子の御前まで自分を連れて行って下されるし、下さろうからと言った。

父親が依然として「いいか、ジャン、そいつはお前の思い込みだ」と言うものだから、彼女はこの領主を訪ね当てるべく、貧しい村の車大工にして荷馬車造りである叔父に付き添われて旅立った――というのも叔父は姪の幻が真実だと信じていたからだ。二人はトボトボ、トボトボ、ブルゴーニュ公爵の手下や、ありとあらゆる手合いの盗人や追い剝ぎで溢れ返った荒れ野を歩き続け、とうとうこの領主のいる所までやって来た。

召使いが領主に、ジャンヌ・ダルクという娘が老いぼれた村の車大工にして荷馬車造りだけに付き添われ、面会を求めております、というのも王太子を助け、祖国を救うようお告げを受けたからというので、と取り次ぐと、ボードリクールはいきなりゲラゲラ腹を抱え、娘を追い払うよう命じた。ところが、ほどなく、娘が町にいつまでもグズグズと留まり、あちこちの教会で祈りを捧げ、幻を目にし、さりとて誰にも危害を加える訳ではないとの噂を度々耳にすると、娘を呼びにやらせ、あれこれ問い質した。娘が聖水で清められてなお、清められる前に言っていたのと同じことを言うので、ボードリクールは強ち口から出まかせでもないやもしれぬと思い始めた。いずれにせよ、娘を王太子の住むシノン（トゥールから南西四、五〇キロ）の町へ遣るだけのことはあろうと考え、よって馬一頭と剣を一本買い与え、道案内に二人のお供を付けた。お告げはジャンに男装するよう命じていたので、今や彼女は男に身を窶し、剣を腰に差し、踵に拍車を結わえ、鞍に跨ると、二人のお供と共に駆け出した。こと叔父の車大工に関せば、彼は啞然として――宜なるかな――姪を視界から消えるまで見送り、そこでまたもや我が家へ――畢竟、どこより居好地の好い場所たる――戻った。

ジャンと二人のお供はズンズン、ズンズン馬を駆り、とうとうシノンに辿り着き、そこにて彼女は、いささか胡散臭い目で見られはしたものの、王太子の御前へと通された。彼をすかさず全廷臣の中から選り出すと、彼女は王太子の敵を制圧し、晴れてランスにおける戴冠へと導くよう天に命じられてやって来たのだと告げた。彼女はのみならず、王太子自身にしか知られていない彼の幾多の秘密を明かし（と言おうか王太子は後ほど、兵士により大きな感銘を与えるべく、然なる風を装い）、さらに、フィボワの聖キャサリン礼拝堂に柄《え》に古めかしい五つの十字架のあしらわれた古い古い剣《つるぎ》があり、それを聖キャサリンは自分に身に帯びるよう命ぜられたとも言った。

さて、誰一人としてこの古い古い剣《つるぎ》のことを知る者はなかったが、いざ――すぐ様取りかかられた如く――大聖堂を調べてみると、蓋し、かようの剣《つるぎ》が見つかった！　王太子はそこで、幾多の司祭と主教を集め、果たして娘は善魔と悪魔のいずれから力を授かっていると思うか意見を述べよと命じた。よって彼らはいつ果てるともなく延々と口角沫を飛ばし、中には途中ぐっすり眠りこけ、大鼾をかく識者まで現われた。とうとう、とある嗄れ声の御老体がジャンに「汝の『声』は如何なる言葉で口を利く？」とたずね、ジャンが「あなた様より心地好い言葉で」と答えると、彼らは皆、彼女の言っていることは全て正しいと、ジャンヌ・ダルクは天から啓示を受けているに違いないと言った。この瞠目的な状況を耳にすると王太子の兵士は改めて意を強くし、片や英国兵の士気は萎えた。というのも彼らはてっきりジャンを魔女なものと思い込んだからだ。

という訳でジャンはまたもや鞍に跨り、またもや駆りに駆り、やがてオルレアンへと辿り着いた。が、今や如何なる小百姓の娘も未だかつて手綱を取ったためしのない如く手綱を取っていた。というのも目映いばかりにキラびやかな鎧兜に身を包み、真っ白な戦馬に跨り、大聖堂で見つかった、古い古い、ながら新たに磨き上げられた剣《つるぎ》を帯に差し、前方に掲げられた純白の旗には神の肖像と「イエス」と「マリア」なる文言が記されていたからだ。この目も綾な出立ちにて、オルレアンの餓《かつ》えた住民のためのありとあらゆる手合いの糧食を護送する大部隊の先頭に立ち、彼女はくだんの包囲された町の前に姿を見せた。

壁の上の人々は彼女の姿を目にするや叫んだ。「乙女がやって来た！　預言の乙女が我々を救いにやって来た！」この喚声を耳にし、乙女が同志の先頭に立って戦っているのを目にすると、仏兵はそれは大胆になり、英国兵はそれは怖じ気づいたものだから、英軍の保塁はほどなく崩れ、護送隊は糧食ごと町の中へ突入し、オルレアンは救われた。

ジャンは以降「オルレアンの乙女」と呼ばれたが、数日間壁の内側に留まり、サフォック卿と英国軍宛天意に則り、町の前から撤退するよう命ず手紙を壁越しに投じさせた。英国将軍が頑としてジャンがいささかなり天意を知っているなど信じようとしなかったため（かと言って彼の部下に関し、事態は一向好くなるでなかった。というのも彼らは愚かしくも、万が一彼女は天の啓示を受けていないのならば魔女に違いなく、魔女相手に戦っても無駄だと主張したから）、彼女はまたもや純白の戦馬に跨り、純白の戦旗に進軍するよう命じた。

　包囲軍は橋と、橋の上の堅牢な塔を占拠していた。して、ここにてオルレアンの乙女は彼らを襲撃した。戦いは十四時間に及んだ。彼女は手づから攻城梯子を掛け、塔の壁に攀じ登った。が首に英国兵の矢を受け、塹壕の中へ落ちた。彼女は救い出され、矢が抜かれたが、治療の間中、他の如何なる少女でもやっていたろう如く苦痛の余り泣き叫んだ。が、ほどなくお告げが下り、安らぐよう慰めてくれていると言った。しばらくすると、彼女は起き上がり、またもや戦いの陣頭に立った。彼女が倒れるのを目にし、てっきり死んだものと思い込んでいた英国兵はこれを目の当たりに、生きた空もなく怖気を奮い上げ、中には白馬に跨った（恐らくはジャン自身たる）大天使ミカエルが仏軍のために戦っているのが見えたと喚き立てる者までいた。彼らは橋を失い、塔を失い、翌日、一連の保塁に火を放ち、撤退した。

　だがサフォック卿自身はわずか数マイルしか離れていないジャルゴーの町までしか撤退していなかったので、オルレアンの乙女はそこにて卿を包囲し、卿は人質に捕られた。純白の軍旗が壁を攀じ登っている際、彼女は頭に石をぶつけられ、またもや塹壕の中へ転げ落ちた。が、ただそこに横たわったなり、いよよ声高に叫ぶきりだった。「進め、進め、祖国の兵士よ！　何一つ恐れずとも。神が彼らをこの手に委ね賜ふたからには！」乙女のこの新たな凱歌の後《のち》、それまでは王太子に持ち堪えていた他の一つならざる砦や保塁も何ら抵抗を試みることなく白旗を掲げ、パテー（オルレアンから北西二〇Kの町）にて彼女は残りの英国軍を打ち破り、千二百名に上るイギリス兵が死して横たわる戦場に純白の凱旋旗を突き立てた。

　彼女は王太子に（必ずや、戦の繰り広げられている折には危険の及ばぬ所にいたから）自分の使命の第一の目的が果たされた今やランスへ行き、そこにて戴冠式を執り行なうことにて全使命を完遂させて欲しいと願い出た。王太子はさして乗り気ではなかった。というのもランスは遥か彼方の上、英国軍とブルゴーニュ公爵は依然、行く先々の地方で勢力を揮っていたからだ。彼らは、しかしながら、一万兵と共に出立し、またもやオルレアンの乙女は目映いばかりの甲冑に身を包み、純白の軍馬の手綱を取りつつ、ズンズン、ズンズン進軍した。易々降伏する町へやって来ると必ずや、兵士は彼女の霊感を信じたが、少しでも手を焼かす町に差し掛かると、彼女はペテン師ではないかと陰口を叩き始めた。トルワ（仏北東部都市）の場合が特にそうだった。くだんの町も、しかしながら、結局はリチャード某という、地元の托鉢僧の説得を介し、降伏した。托鉢僧リチャードは予てよりオルレアンの乙女に疑念を抱いていた。が終に彼女にふんだんに聖水を降りかけ、彼女が町へ入って来た門の敷居にもふんだんに聖水を降りかけ、彼女にも門にも何ら変化が来していないと見て取るや、世のしかつべらしい御老体の顰に倣い、何ら心配には及ばぬと言い、ジャンの大いなる支持者になった。

かくて、とうとう、ズンズン、ズンズン進軍して行った甲斐あって、オルレアンの乙女と王太子と、時には鵜呑みにし、時には眉にツバしてかかる一万名の兵士はランスに辿り着いた。してランスの大聖堂にて、王太子は事実、大群衆の見守る中、シャルル七世として戴冠された。さらば、くだんの凱旋の折しも、国王の傍らに純白の軍旗と共に立っていた乙女は、王の足許の石畳に跪き、涙ながらに、自分が神の啓示を受けた使命は全うされたと、犒いに後はただ、遙か彼方の我が家と、頑に娘の言うことを信じようとしない父と、最初の無骨な護衛たる村の車大工にして荷馬車造りの下《もと》へ帰る許しを賜りたいと訴えた。が国王は「否！」と返し、彼女と一家を国王なるものの能う限り高位に就け、彼女に伯爵の収入を分与した。

ああ、オルレアンの乙女にとって如何ほど幸せだったろう、もしやその日、再び粗衣を纏い、小さな礼拝堂と険しい丘の待つ故郷へ戻り、こうしたこと全てを忘れ、気のいい男の妻となり、幼気な我が子らの声以上に奇しき声を聞かずに済んでいたなら！

が然なる運命《さだめ》にはなく、彼女は国王を助け（托鉢僧リチャードと共に数知れぬ力添えをしたから）、粗野な兵士の生活を改善しようと努め、自らは紛うことなく信心深い、献身的で、控え目な生活を送り続けた。がそれでいて、幾度となく国王に我が家へ帰らせて欲しいと訴え、一度など、もう二度と着ない覚悟を決めてキラびやかな甲冑を脱ぎ、とある堂内に掛けすらした。が王は必ずや――自分に重宝な限りは――またもや翻意させ、かくて彼女はズンズン、ズンズン、ズンズン、破滅へとひた向かった。

ベッドフォード公が――非常に腕の立つ男だったから――祖国のために精力的に立ち回り、再びフランスへと侵攻し、ブルゴーニュ公爵に飽くまで自分への忠誠を誓わせることにてシャルル七世を大いに煩悶させ始めると、王は時折オルレアンの乙女に一件に関し「声」は何と言っているかとたずねた。が、「声」は（途方に暮れた時代の凡庸な声同様）支離滅裂にして混乱し始めていた。よって今やこう言ったかと思えば、次にはああ言い、乙女は日に日に信用を失って行った。シャルル七世は当時王に刃向っていたパリへと進軍し、サン・トノレの郊外を襲撃した。この戦いにおいて、またもや塹壕に突き落とされると、ジャンは全軍によって見捨てられ、救いの手一つ差し延べられぬまま、累々たる死骸に紛れて横たわっていた。が何とか自力で這い出した。それから、彼女の信者の中にはライバルの「乙女」――ラ・ロシェル（仏西部港市）のキャサリン――の側《がわ》へ寝返りを打つ者もあれば（キャサリンは自分は埋《うず》もれた財宝の在処を告げるよう――ついぞ告げたためしはなかったが――霊感を授かっていると触れ回った）、ジャンがうっかり古い古い剣《つるぎ》を折ってしまうと、彼女の力は剣《つるぎ》と共に失せたと言う者もあった。終に、ブルゴーニュ公によって占拠されていたコンピエーニュ（仏北部都市）の攻囲において、彼女は勇猛果敢に全力を尽くし、最後まで背を向けず戦い抜いたにもかかわらず、退却する際に卑劣にも独りきり置き去りにされ、とある射手に馬から引きずり下ろされた。

　おお、この哀れ、一人の田舎娘が捕らえられたというだけで、何たる喚声が沸き起こり、何たる感謝の祈りが捧げられたことか！　おお、彼女が何たるやり口で妖術や異端を初め、好き放題、あれやこれやの廉で、フランスの異端審問所長に、この大立て者に、あの大立て者に審理されるよう、惟みるだにうんざりするほど申し立てられたことか！　彼女はとうとうボーヴェ（パリ北方都市）の主教によって一万フランで購われ、狭い牢に閉じ込められた――最早オルレアンの乙女ではなく、再びただのジャンヌ・ダルクたりて。

　仮に以下、彼らが如何様に彼女を牢から出しては尋問し、反対尋問し、再尋問し、苛《いじ》め抜いてはあることないこと、何もかも白状させにかかったことか、如何様にありとあらゆる手合いの学者や医者が彼女相手にくだくだしい御託を並べたことか審らかにしようと思えば、いくら紙幅があっても足りまい。都合十六度《たび》、彼女は牢から出されてはまた閉じ込められ、苛《いじ》めては、罠に嵌められては、問い詰められた挙句、一件に心底倦み果てた。この手の延々たる審理の最後の折、彼女はルーアンの埋葬所に引き立てられ、そこには早、絞首刑台と、火刑柱と薪束と、執行吏と、修道士の立つ説教壇と、恐るべき説法の仕度が憂はしくも万端整えられていた。この期に及んでなお、哀れ、ジャンはかくも己《おの》が目論見のために彼女を利用し、かくも非情に見捨てた、卑しいウジ虫が如き王を崇め奉り、如何ほど罵詈雑言を浴びせられようと、雄々しく声を大にして王を擁護した――とは今に胸を衝かれずばおかぬことに。

　然に若き者にあって生に執着するのはいたく当然のこと。助命されるべく、彼女は自らのために用意された、幻影も

「声」も全て「悪魔」から授かったとの声明文に署名した――と言おうか、無筆だったため、十文字で署名した。過去を撤回し、今後は二度と男装しないと誓いを立てるや、彼女は「悲嘆のパンと屈辱の水（『申命記』一六：三　『詩篇』一二七：二）」を糧に、終身禁錮刑を申し渡された。

　ところが、悲嘆のパンと屈辱の水を糧に、幻影と「声」はほどなく息を吹き返した。のも宜なるかな。というのもその手の疾患は往々にして粗食と、孤独と、精神的不安によって著しく悪化するものだから。ジャンは自らまたもや霊感を受けていると白状させられるのみならず、牢に――恐らくは罠に嵌めようというので――置き去りにされた男の衣服を着ている所を取り抑えられた。くだんの衣服を彼女は恐らく、過去の栄光の思い出に、或いは恐らく、影も形もなき「声」のお告げを受けて、寂しさの余り、身に着けたのではあろうが。かくて妖術や異端を初め、好き放題、あれやこれやの罪を再び犯した廉で、彼女は火炙りの刑を申し渡された。してルーアンの市場にて、修道士がかようの見世物のために考え出した悍しき衣に身を包み、司祭や主教が回廊に座って見守る片や――内幾人《いくたり》かは恥ずべき光景を見るに忍びず、せめてその場を後にするだけのキリスト教的慈悲は持ち併せていたが――不幸な少女は、金切り声を上げ――最期は両手にキリスト磔刑像を握り締めたまま炎と煙に巻かれる様が見受けられ、最期はキリストの名を呼び求めるのを耳にされながら、灰燼《かいじん》に帰した。彼らは彼女の屍灰《しかい》をセーヌ川に投じたが、屍《し》灰《かい》は必ずや最後の審判の日に彼女の殺害者に反証を唱えるべく蘇ろう。

　彼女が囚われの身となったその刹那から、仏国王も、仏宮廷中唯一人の男も、ジャンを救うために指一本動かそうとはしなかった。たとい彼らは固より彼女の言葉を本当には信じていなかったのやもしれぬとか、彼らは自らの戦術と武勇で彼女の勝利を勝ち取ったのやもしれぬと言おうと、何ら申し開きにはなるまい。彼らは彼女の言葉を信じている風を装うほどに、彼女をして自らの霊感を信じさすよう仕向け、彼女は飽くまで彼らに忠誠を尽くし、飽くまで雄々しく、飽くまで気高く、我が身を擲《なげう》った。が何ら驚くには値すまい、たとい彼らが――万事において己自身に、互いに、祖国に、天に、地に、不実であるとすらば――とある寄る辺無き百姓娘に対し忘恩と背信の怪物に転じたとて。

　絵のように美しい古都ルーアンにて――遙か高みの大聖堂の塔には雑草や芝草が生い茂り、古《いにしへ》のノルマン街道には、いつぞやはその上で恐ろしくギラついていた修道士達の松明がとうの昔に冷え切ってなお、ありがたき陽光が燦々と降り注いでいるが——彼女の最期の苦悶の舞台にして、目下の名を与えることとなった広場に、ジャンヌ・ダルクの像が立っている。当今の像の中には——恐らく、世界の首都ロンドンにおいてすら——然まで一途ならぬ、然までひたむきならぬ、然まで全世界の注目を申し立てる筋合いのなき、遙かに言語道断の如何様師の誉れを称える像も立っているのではなかろうか。

第三部

悪行は、人類にとって幸いなるかな、めったなことでは栄えぬ。英国の大義はジャンヌ・ダルクの惨死から何ら恩恵を蒙らなかった。戦争はズルズルと長引き、ベッドフォード公爵は死に、ブルゴーニュ公爵との同盟は破棄され、タルボット卿がフランスにおける英国側の大将軍となった。が、世の戦争の結果は今に二つ。「飢饉」と——人々は長閑に土地を耕す暇《いとま》がないから——窮乏と、悲惨と、苦難のもたらす「疫病」の。これら二様の恐怖が両国を見舞い、惨めな二年もの長きにわたって続いた。それから、戦争はまたもや始まり、次第に英国政府によってそれは拙劣に取り仕切られたものだから、オルレアンの乙女の処刑から二十年と経たぬ内に、広大なフランス全占領地の内イングランドの掌中に残ったのはわずかカレーの町だけとなった。

月日が流れる内、こうした勝利や敗北が繰り返されている片や、祖国では幾多の奇しき事件が持ち上がった。幼気な王は成長するにつれ、偉大な父親とは似ても似つかぬ、憐れな小物《こもの》と判明した。どこと言って瑕疵がある訳ではなかったが——流血が大嫌いで、それはまんざらでもなかろうから——脆弱で、魯鈍な、寄る辺無い若者で、ほんの宮廷に出入りする偉大な領主たる羽子板《はごいた》にとっての衝羽根《つくばね》にすぎなかった。

これら羽子板《はごいた》の内、王の親族に当たるボーフォート枢機卿とグロスター公爵が当初、最も大きな権力を握っていた。グロスター公爵には妻がいたが、彼女は愚にもつかぬながら、国王を死に至らしめ、継承権第二位にある夫を即位さすべく妖術を用いていると訴えられた。曰く、マージャリーという名の（魔女と噂される）風変わりな老婆の助けを借り、国王そっくりの小さな蠟人形を作り、人形をゆっくり溶け去るよう、緩やかな炉の前に据えたと。かようの場合、人形が似せて作られた人物は必ずや死ぬものと思われていた。果たして公爵夫人は他の人々同様無知で、事実、かようの腹づもりの下《もと》かようの人形を作ったか否か、はいざ知らず、お前達もわたしも重々知っての通り、たとい愚かしくも一千体の人形を作り、そっくり溶かしていたとて、国王であれ他の何人《なんぴと》であれ、カスリ傷一つ負わなかったろう。公爵夫人は、しかしながら、そのため審理され、魔女のマージャリーも、二人に手を貸したとされる、公爵の礼拝堂付牧師《チャプレン》の一人も審理された。牧師とマージャリーは二人共処刑され、公爵夫人は灯した蠟燭をかざして徒《かち》で市内を三度引き廻された後《のち》、終身禁錮された。公爵自身は一件を至って坦々と受け留め、むしろ夫人を厄介払い出来てせいせいしてでもいるかのように落ち着き払ってはいた。

　ところが、公爵も長らく悶着を傍観している運命《さだめ》にはなかった。衝羽根《つくばね》王が齢二十三を迎えると、羽子板《はごいた》共は王を結婚させようと躍起になった。グロスター公爵が白羽の矢を立てたのはアルマニャック伯爵の娘だったが、枢機卿とサフォック伯爵はシチリア王の娘マーガレットを推した。というのもマーガレットは野心的で意志強固な娘で、思いのまま国王を操ろうと踏んだからだ。この王女に取り入らねばと、婚姻を申し出るべくシチリアへ渡ったサフォック伯爵は、持参金なしで彼女を王妃として迎え、イングランドが当時フランスにおいて獲得していた最も重要な占領地を二つ明け渡すことにさえ同意した。という訳で、結婚の準備は王女に極めて有利な条件で整えられ、サフォック卿は王女をイングランドへ連れ帰り、ウェストミンスターで式が挙げられた。一体如何なる口実の下《もと》、この王妃と一派が二年と経たぬ内にグロスター公爵を大逆罪の廉で弾劾したものか、は一件が余りに込み入っているため、俄には判じ難い。彼らは、とまれ、国王の命が危ないと申し立て、公爵を逮捕した。二週間後、公爵はベッドで死んでいる所を（と彼らの言うには）発見され、遺骸は人々の目に晒され、サフォック卿は公爵の資産の大半を手に入れた。そろそろお前達も国事犯というものが何と奇妙なまでに急死しがちか分かって来たろう。

　ボーフォート枢機卿はたとい、ともかく一件に関わっていたとしても、何の恩恵にも与らなかった。というのも六週間と経たぬ内に死んだからだ。晴れて教皇に任ぜられるまで生き存えられぬとは——齢八十にして！——何と酷くも奇しきことかと惟みつつ。

　ちょうどこの時期、イングランドはフランスにおける大占領地を悉く失っていた。国民は主に、今や公爵の座に収まっているサフォック伯爵にその責めがあると決めつけた。というのも彼は王室の成婚に関しくだんの安易な条件を呑むのみならず、フランスによって、と彼らは信じた訳だが、買収されてすらいたからだ。よって公爵は幾多の罪状で、がわけても仏国王に荷担し、彼自身の息子を英国王に仕立てようと画策した廉で、謀叛人として糾弾された。下院と国民が彼に対し凶暴だったため、国王は五年間国外へ追放し、国会を停会にすることにて公爵の命を救うべく介入するよう（友人達によって）説きつけられた。公爵はセント・ジャイルズ・フィールドで待ち伏せしている、総勢二千名に及ぶロンドン暴徒から命からがら逃げ延びたが、サフォック州の自分自身の領地まで辿り着くと、イプスウィッチから船で落ち延びた。英仏海峡を渡っている途中、そこに上陸して好いか否か問うべくカレーへ遣いをやった。が彼らは公爵と部下を港に碇泊させ、とこうする内、「ロンドン塔のニコライ号」という名の、乗員百五十名のイギリス船が彼の小さな船に横付けになり、自分達の船に乗り移るよう命じた。「ようこそ、謀叛人、とは聞く所によれば」というのが船長の陰険にしてさして丁重ならざる挨拶だった。彼は囚人として四十八時間、船上で拘留され、それから小さなボートがイギリス船へと近づいて来た。このボートが近づくにつれ、中には断頭台と、錆だらけの剣と、黒覆面の執行吏が乗っているのが見て取れた。公爵はボートへ乗り移らされ、そこにて首を、錆だらけの剣を六《む》度《たび》振り下ろすことにて刎ねられた。それから、小さなボートはドーヴァーの岸まで漕ぎ去り、そこにて遺骸は打ち捨てられ、公爵夫人が身元を確認するまで放置された。果たして高位の何者によって、この暗殺が行なわれたか、は今もって定かでない。誰一人、罪に問われる者はなかったが。

ケント州で今や、とあるアイルランド人が蹶起し、モーティマーと名乗ったが、本名はジャック・ケイドと言った。ジャックは、遙かに劣る、異なった類の男ではあるが、ワット・タイラーを真似、ケント州の人々に然に幾多の羽子板《はごいた》と然に哀れな衝羽根《つくばね》の直中にて、祖国の悪しき政府によってもたらされている数々の虐待について訴えかけ、二万に上るケント州の人々が蜂起した。彼らの集会の場はブラックヒースで、ここにてジャック先導の下《もと》、彼らは二様の嘆願書――「ケント下院の苦情」と、「ケント大集会の首領の請願書」――を提起し、それからセヴノークスに撤退した。国王軍がここまで追って来ると、彼らは敵軍を打ち破り、将軍を殺した。それから、ジャックは戦死した将軍の鎧兜に身を固め、部下を率いてロンドンまで進軍した。

ジャックはサザックから橋を渡って市内へ入り、部下に断じて略奪せぬようと厳重な命を下しつつ、凱旋を飾った。市内にて市民の静かに見守る片や、武力を誇示し果すと、整然とサザックに戻り、夜を明かした。翌日、ジャックはその間《ま》に人望の薄い貴族、セイ卿を捕らえてから、再び市内に戻った。して市長と判事達に言う。「是非とも市庁にて裁判を開き、この貴族を審理して頂きますよう」急遽、法廷が開かれ、卿は有罪の判決を受け、ジャックと仲間はコーンヒルで首を刎ねた。彼らは卿の娘婿の首も刎ね、それからまたもや整然とサザックへ引き返した。

ところが、市民はたとい人望の薄い領主が斬首されるのには耐えられようと、自分達の屋敷が荒らされるのには耐えられなかった。してたまたまジャックは、夕飯の後《のち》――恐らくは少々酒を飲み過ぎていたのであろう――宿泊している屋敷を略奪し始め、その途端、部下も無論、頭《かしら》の右に倣い始めた。それ故、ロンドン市民はスケイルズ卿に訴え、卿はロンドン塔に一千名の兵士を配備し、ロンドン橋を防御し、ジャックと一味を締め出した。かくて地の利が得られると、数名の権威の間でジャックの軍隊を昔ながらのやり口で、とは即ち、政府に成り代わり、金輪際守る気のない数知れぬ約束を持ちかけることにて分裂させようということになった。さらば事実、彼らは分裂し、部下の中には呈示された条件を呑むべきだと主張する者もあれば、どうせ罠にすぎぬから呑んではならぬと言う者もあれば、直ちに我が家へ戻る者もあれば、その場に留まる者もあった。が誰しも互いに勘繰っては喧嘩をし始めた。

ジャックは飽くまで戦い抜くべきか、それとも恩赦を受け入れるべきかいずれともつかず、よって実の所、双方の手に出たが、とうとう部下から得られるものは何一つない代わり、中には自分の身柄を明け渡し、逮捕に懸けられている一千マルク＊の褒美を手に入れようとする者もいるに違いないと見て取った。よって部下と共にサザックからブラックヒースへと、ブラックヒースからロチェスターへと向かう道すがら喧嘩に明け暮れた挙句、駿馬に跨り、サセックス州へと蓦地に駆け去った。ところがアレキサンダー・アイデンという名の男が、もっと足の速い馬に跨るや、蓦地に後を追い、ジャックに追いつきざま、一騎討ちを挑み、終に止めを刺した。ジャックの首は自ら旗を掲げていたブラックヒースの方を向いたなり、ロンドン橋に高々と据えられ、アレキサンダー・アイデンは見事、一千マルクの褒美を手に入れた。

今に、中にはこのジャックと一味の蜂起を背後で操っていたのは、ヨーク公ではないかと言う者もいる。というのもヨーク公は女王の権勢によって国外のさる高位から斥けられ、アイルランドを治めるよう厄介払いされていただけに、政府を混乱に陥れようと画策していたからだ。彼はヘンリー四世が排斥していたマーチ伯爵の一族の血を引くからには、ランカスターのヘンリーより即位する正当な権利があると（未だ公然とではないにせよ）申し立てた。この申し立てに関しては——女系の血縁を通してのものだけに、通常の家系に準じていなかったから——ヘンリー四世は国民と国会の自由な選択にして、彼の一族は今や六十年の長きにわたり異議をさしはさまれぬまま世を治めていたとだけ言えば事足りよう。ヘンリー五世の記憶がそれは名高く、英国民が先王の誉れを心から慕っていたため、ヨーク公の申し立ては恐らく（然に絶望的であるからには）ついぞ思い寄られてはいなかったろう、もしや現国王がこの時までには全くの能無しと判明し、祖国の政治も堕落を極めているとの不幸な状況が重なってでもいなければ。これら二様の状況が相俟って、ヨーク公はさなくば手にし得なかったろう権勢を揮うこととなった。

　果たして公爵がジャック・ケイドのことを某か聞き及んでいたか否かはいざ知らず、彼はジャックの首がロンドン橋の上に晒されている間《ま》にアイルランドから祖国へ戻って来た——内々に女王が仇敵、サマセット公爵を擁立している旨忠言を受けたため。彼は四千名の兵を率いてウェストミンスターへ行き、国王の前で跪くと、憂うべき国情を審らかにし、一件を検討すべく国会を召集するよう訴えた。これを国王は承諾した。国会が召集されると、ヨーク公はサマセット公を糾弾し、サマセット公はヨーク公を糾弾し、国会の内外において、両派の党員は相手方に憎悪を燃やし、暴力を揮った。とうとうヨーク公は領臣の大軍を率い、武装の上、政府の改革を要求した。がロンドンから締め出されると、ダートフォード（ケント州北西部都市）に野営を張り、国王軍はブラックヒースに野営を張った。いずれの側が勝利を収めるか次第で、ヨーク公が捕虜になることもあれば、サマセット公が捕虜になることもあった。諍いは当座、ヨーク公が改めて忠誠の誓いを立て、彼自身の城の一つにおとなしく戻ることにて収まった。

　半年後、女王は息子を出産したが、誰一人国王の息子だと信じる者はなく、国民に実に冷ややかに迎えられた。ヨーク公がこの期に及び、大衆の不満に乗ずることなく、真に公益のために行動したことは、彼が祖国を新たな揉め事に巻き込むを潔しとせぬ、穏健な男だったことを示して余りあろう。彼は閣僚となり、国王が今や公の場に連れ回し、国民に然るべく恥ずかしくない姿を見せられぬほど痴れ返っていたため、国王が持ち直すか、王子が成年に達すまで護国卿を務めることになった。同時にサマセット公はロンドン塔に幽閉された。という訳で、今やサマセット公は落ち目となり、ヨーク公が伸して来た。その年の暮れまでには、しかしながら、国王は記憶と、分別も幾許か取り戻し、さらば女王は——国王と共に回復した——自らの実権を揮い、護国卿を更迭する一方、寵臣を釈放させた。という訳で、今やヨーク公は落ち目となり、サマセット公が伸して来た。

これら公爵同士の浮沈が原因でイングランドはヨーク派とランカスター派の二派に分裂し、かの赤バラ・白バラ戦争として長く記憶に留められることになる——ランカスター家は赤バラを、ヨーク家は白バラを、徽章としたことに因む——恐るべき内乱が勃発した。

ヨーク公は白バラ党の他の有力な貴族の加勢を受け、小部隊を率いて、やはり小部隊を率いる国王とセント・オールバンズ（英南東部ハートフオドシャー州都市）で会戦し、サマセット公の身柄を明け渡すよう要求した。哀れ国王は、ならば死んだ方が増しだと答えさせられると、即座に襲撃された。サマセット公は戦死し、国王自身は首を負傷し、貧しい皮鞣し屋の家に避難した。その途端、ヨーク公は国王の下《もと》へ行き、恭しく大修道院へ案内し、王をかようの事態に巻き込んだことでは大いなる遺憾の意を表明した。今や国王を掌中に収めると、彼は国会を召集させ、今一度護国卿の座に就いた——が、わずか数か月間。というのも国王がまたもや少々持ち直すと、女王と女王の一派が国王を掌中に収め、ヨーク公を今一度更迭したからだ。よって、今やヨーク公は再び落ち目となった。

権力者の心ある人々の中には、こうした絶え間ない浮沈の危険を察知し、その期に及んでなお赤バラ・白バラ戦争を阻止しようとする者もいた。彼らはロンドンにて、両党派間の大協議会を開催した。白バラ派はブラックフライアーズに、赤バラ派はホワイトフライアーズに集まり、高徳の司祭が数名、両者の間を取り持ち、夕刻、国王と判事に議事手続きを報告した。かくて、以降は一切諍いを起こさぬ旨の平和な合意が成立し、皇族はセント・ポール大聖堂まで粛々と練り歩き、わけても女王は国民に如何ほど当事者皆が快く和解したかひけらかすべく、宿敵ヨーク公と腕に腕を組んで歩いた。

この平和状態が続いたのもわずか半年。ウォリック伯爵（ヨーク公の有力な友人の一人）と、国王の数名の廷臣との間の口論が引き鉄となってくだんの——白バラ党の——伯爵が襲撃され、突如、根深い怨恨が全て噴出した。よって、未だかつてなかったほどの激しい浮沈が繰り広げられた。

ほどなく、こうした浮沈よりなお激しい浮沈が繰り広げられることとなる。幾多の戦いの後《のち》、ヨーク公はアイルランドへ、息子のマーチ伯はカレーへ、友人のソールズベリー伯とウォリック伯共々落ち延び、国会が彼ら全員を謀叛人と宣すべく開かれた。にもかかわらず、ウォリック伯はほどなく舞い戻り、ケント州に上陸し、カンタベリー大主教を初め、有力な貴族や郷紳の加勢を受けると、ノーサンプトンで国王軍と会戦し、目ざましい勝利を収め、天幕にいた王その人までも人質に取った。ウォリック伯は叶うことなら、恐らく、女王と王子までも人質に捕っていたろうが、二人はまずはウェールズへ、それからスコットランドへと逃げ延びた。

　国王は凱旋軍によって真っ直ぐロンドンへと引き立てられ、新たに国会を開催するよう命ぜられ、そこにて直ちにヨーク公とくだんの他の貴族は謀叛人ではなく、律儀な家臣である旨宣せられた。さらば、ヨーク公は五百名の騎士を率いてアイルランドから戻り、ロンドンからウェストミンスターまで馬を駆り、上院へと入って行った。そこにて、彼は空席の玉座に掛けられた黄金の布に、今にも腰を下ろしかねぬ勢いで――事実、腰を下ろしはしなかったが――手をかけた。カンタベリー大主教が間近の宮殿にいる国王に謁見賜りたいか否か問うと、彼は答えた。「この国で、大主教、わたしに謁見賜ってはならぬ者を、一人として存じません」臨席している上院議員の内誰一人として一言も発さなかった。よって公爵は入って来たままに出て行き、王宮に英国王たりて居を構え、六日後、上院に対し王位継承の公式文書を提起した。上院議員はこの重大案件に関し、国王の下《もと》へ伺候し、散々議論の戦わされた挙句――とは言え、判事や他の法務官は敢えていずれの側に与す意見も明らかにしようとはしなかったが――折衷案が呈示された。即ち、現国王は終生王位を保ち、死後、ヨーク公とその子孫がこれを継承す可しとの。

　ところが、決然たる女王は飽くまで息子の継承権を主張する意を決していたから、一切肯《がえん》じようとはしなかった。女王はスコットランドからイングランド北部まで戻り、そこにては数名の有力な領主が彼女の大義に与して武器を取った。ヨーク公はヨーク公で一四六〇年、女王に戦を挑むべく、クリスマスの日の直前におよそ五千名の兵を率いて出陣した。公爵はウェイクフィールド（ウェスト・ヨークシャー州南東部首都）に間近いサンダル城に宿営していたため、赤バラ軍は公爵にウェイクフィールド平原まで出陣し、その時その場で戦うよう挑んだ。将軍達は公爵に雄々しき息子、マーチ伯が援軍と共に駆けつけるまで待つよう申し入れたが、彼は挑戦を受けて立つ意を決していた。して事実、受けて立った――悪しき星の巡り合わせか。彼は四方八方から攻め入られ、ウェイクフィールド平原にては二千名に上る部下が討ち死にし、彼自身も人質に捕られた。彼らは公爵を似非の威儀を正しつつ蟻塚の上に下ろし、頭の周りに芝草を巻きつけ、跪いたなり御機嫌伺いをする風を装いながら言った。「おお、王国なき国王よ、臣民なき君主よ、陛下にあられては末長く御健勝であられんことを！」して輪をかけて残虐非道にも、首を刎ね、棹に串刺しにして女王へ捧げ、さらば女王は生首を目にした途端（お前達も覚えていようが、然に粛々として和気藹々とセント・ポール大聖堂へ共に練り歩いたにもかかわらず！）声を立てて笑い、頭に紙の王冠を被せて、ヨークの壁に飾らせた。ソールズベリー伯も首を刎ねられ、ヨーク公の二男である凛々しい少年は、個人教師と共にウェイクフィールド橋を必死で逃げ去っている最中《さなか》、とある、名をクリフォード卿と言い、父親をセント・オールバンズの戦いで白バラ軍に殺された凶暴な領主に刃《やいば》で胸を突かれた。この戦いにおいては幾多の人命が犠牲になり、容赦は一切与えられず、女王は狂おしきまでに意趣を晴らした。人間というものは理不尽にも同国人相手に戦うとなると必ずや、他の如何なる敵を相手にするより理不尽なまでに残虐で、忿怒に燃える様が見受けられる。

ところが、クリフォード卿が刺し殺したのはヨーク公の次男であり、長男ではなかった。長男のマーチ伯エドワードはグロスターにいた。して、父と弟と律儀な友人達の仇討ちを誓うと、女王に向かって進軍を開始した。が、まずもって方向を転じ、行く手に立ちはだかるウェールズ人とアイルランド人の大軍と戦わねばならなかった。これら敵軍を、彼はヘリフォードに間近いモーティマーズ・クロスの大戦で打ち破り、そこにて、ウェイクフィールドにおける白バラ軍の斬首の仇を討つべく、戦で捕虜になった幾多の赤バラ軍の兵士の首を刎ねた。次に敵の首を刎ねるのは女王の番だった。ロンドンへ向けて進軍し果し、たまたまセント・オールバンズとバーネット（ロンドン北部自治区）の中程で、女王に立ち向かうべくそこにて兵を結集し、国王を人質に捕っていたいずれも白バラ党のウォリック伯とノーフォーク公と鉢合わせになると、女王は敵軍に壊滅的な打撃を与え、王と共に王の天幕にいた、して王自ら庇護の約束をしていた二人の名立たる捕虜の首を刎ねた。女王の勝利は、しかしながら、束の間だった。彼女には財産がなく、兵士は略奪で生き延びる外なかった。かくて彼らは国民に、がわけても富裕なロンドン市民に、忌み嫌われた。ロンドン市民はマーチ伯エドワードがウォリック伯の援軍を受け、ロンドンへ進軍していると耳にするや否や、女王に供給物資を送るのを拒み、歓喜に沸き返った。

女王と部下は急遽撤退し、エドワードとウォリックは四方八方から大喝采を受けつつ、進軍した。若きエドワードの武勇と、美貌と、廉直を全市民は口を極めて褒めそやした。彼は征服王さながら入京し、熱狂的な歓迎を受けた。二、三日後ファルコンブリッジ卿とエクセター主教はクラークンウェルのセント・ジョンズ・フィールドに市民を集め、ランカスターのヘンリーを国王にしたいか否かたずねた。さらば、彼らは一斉に声を上げげた。「いや、いや、いや！」して「エドワード国王！　エドワード国王！」それから、くだんの貴族二人は問うた。若きエドワードを愛し、彼に仕えるか？　さらば、彼らは一斉に「はい、はい、はい！」と叫び、帽子を放り上げ、両手を打ち合わせ、腹の底から万歳を三唱した。

　故に、女王に荷担し、くだんの名立たる二人の捕虜を庇護しなかった廉で、ランカスターのヘンリーは王位を剥奪され、ヨークのエドワードが国王と宣せられた。彼はウェストミンスターにて拍手喝采をもって迎える国民に対し大演説をぶち、その黄金の覆いにいつぞやは父親が――イングランドにて然に幾歳《いくとせ》にもわたり、然に幾多《いくた》の命の糸を断ち切って来た血腥い鉞より遥かにまっとうな運命に値していたろうものを――手をかけたかの玉座に英国君主たりて、腰を下ろした。

第二十三章　エドワード四世治下のイングランド

エドワード四世はかくてイングランドの玉座に穏やかならざる腰を下ろした際、未だ成年にすら達していなかった。赤バラ党たる、ランカスター軍が折しもヨーク近郊で大挙蜂起していたため、彼らに即刻戦いを挑まねばならなかった。が、屈強なウォリック伯が若き国王に代わって指揮を執り、若き国王自身はその後にひたと続き、英国民は皇室旗の周囲に結集し――白バラ軍と赤バラ軍は雪の降り頻る荒らかな三月のとある日、タウトン（リーズとヨーク中程の小村）で会戦し、そこにては血で血を洗う戦が繰り広げられ、戦死者は総計、四万人にも上った――一人残らず、英国の地にて互いに殺し合う英国人たる。若き国王は勝利を収めると、ヨークの城壁から父親と弟の首を下ろし、代わりに、参戦した敵軍の最も名立たる貴族の内数名の首を据えた。それからロンドンへ戻り、豪華絢爛と戴冠された。

　国会が新たに召集された。百五十名にも上るランカスター党の主立った貴族や郷紳が謀叛人の宣告を受け、王は――眉目秀麗にして、立居振舞いの凛々しいにもかかわらず、仮借なかったから――手段を選ばず赤バラを根こそぎ抜き去るべく全力を尽くす意を決していた。

　マーガレット女王は、しかしながら、依然として幼い息子のために抵抗を続けていた。彼女はスコットランドとノルマンディーから援軍を受け、一つならざる英国の城を攻め落とした。がウォリック伯はほどなく奪い返し、女王は時化のために船に積んでいた財産を全て失い、息子と共に大きな不運に見舞われた。冬の時節のある折、二人は馬で森を駆け抜けていると、盗賊の一味に襲われ、身ぐるみ剝がれた。一味から命からがら逃れ、二人きり、徒《かち》で森のわけても木々の生い茂る暗がりを縫っていると、いきなり別の追い剝ぎに出会した。そこで女王は、飽くまで気丈だったから、小さな王子の手を取ると、真っ直ぐくだんの盗人《ぬすびと》に近寄りながら、言った。「我が友よ、これはお前の正規の王の幼い息子です。王子をお前の手に委ねましょう」追い剝ぎはびっくりしたが、少年を抱きかかえ、王子と妃を律儀に友人の下《もと》へ連れ帰った。結局、女王の兵は敗れ、潰走し、彼女はまたもや国外へ逃れると、当座、鳴りを潜めた。

　さて、この間《かん》終始、廃されしヘンリー六世はとあるウェー

ルズの騎士によって匿われ、騎士は先王を自分の城に閉じ込めていた。が翌年、ランカスター党は息を吹き返すと、大挙、兵を募り、陣頭に据えるべく、王を幽閉所より狩り出した。彼らは一旦は新王への忠誠を誓っていた有力な貴族数名の援軍を受けた。というのも連中はいつもの伝で、それで何か旨い汁が吸えるというなら誓いを破るにおよそ吝かどころではなかったからだ。赤バラ・白バラ戦争の歴史の最悪の様相の一つは、貴族は本来ならば国民に徳義の手本を示して然るべきはずが、いとも易々と、ほんのわずかに心証を害したり、貪欲な野望において肩透かしを食うと、味方を見捨て、相手方に与したという点であろうか。はむ！　ウォリック伯の弟はすぐ様ランカスター党を打ち破り、寝返りを打った貴族は、捕らえられるや否や、一刻の猶予もなく打ち首に処された。先王は九死に一生を得たが、召使いの内三人は捕らえられ、内一人は真珠の鏤められ、二つの金の王冠の縫い取りのある君主帽を携えていた。くだんの帽子を本来ならば頂いているはずの頭《こうべ》は、しかしながら、無事ランカシャーへ逃れ、そこにて一年以上もの間《かん》（人々は内々にたいそう律儀だったから）すこぶる安穏に休らっていた。が、とうとう老修道士が居所を垂れ込み、ヘンリーはワディントン・ホールと呼ばれる館で正餐の席に着いていている際に捕らえられた。してすぐ様ロンドンへ送られ、イズリントンでウォリック伯に出迎えられると、伯爵の命《めい》で馬に乗せられ、両脚を腹の下で括られたなり、三度《みたび》晒し台の周りを練り歩かされた。それから、ロンドン塔へと連れて行かれ、そこにて少なからず懇ろな扱いを受けた。

　白バラ党が然に意気揚々と羽振りを利かせているせいで、若き国王は遊山三昧に耽り、浮かれた日々を送っていた。が、新王自身ほどなく思い知らされる通り、棘はバラの臥床の下から芽生えつつあった。というのも、たいそう眉目麗しく魅力的な若き未亡人、エリザベス・ウッドヴィルと極秘に結婚し、結局秘密を公表し、彼女を王妃として宣することにしたため、常々、その権勢と影響力故に、またエドワードを王位に即けるにそれは多大の貢献をしていたことから、国王《キング・》擁立者《メーカー》の名で知られるウォリック伯の不興を買ったからだ。不興の火に油を注ぐかのようにネヴィル家（ウォリック伯の一族）はウッドヴィル家が取り立てられるのに嫉妬を燃やした。というのも、若き王妃は親族の身を立てさすのに汲々となる余り、父親を伯爵に叙すと共に政府の高官に任じ、五人の妹を次々最高位の青年貴族の下《もと》へ嫁がせ、果《は》てはわずか二十歳《たち》の若者にすぎぬ末の弟を齢《よはい》八十の大金持ちの老公爵夫人と連れ添わすことにて身上を築いてやったからだ。ウォリック伯は、誇り高い気っ風の男にしては、以上全てを実に鷹揚に受け留めた。がやがて国王の妹マーガレットを誰の下《もと》へ嫁がすかという問題が生じて来た。ウォリック伯は「仏国王の息子の内一人に」と言い、そのためわざわざ友好的な条件を呈示し、ありとあらゆる手合いの友好的な折り合いをつけるべく、仏国王の下《もと》へ司候する許可を得た。ところが伯爵がこの任務を果たしている隙に、ウッドヴィル家は王の妹をブルゴーニュ公爵の下《もと》へ嫁がせてしまうとは！　その途端、伯爵は大いなる侮蔑と忿怒の内に帰国し、不如意千万とばかり、彼自身のミドラム（ノースヨークシャー州）城に引き籠もった。

　和睦が、さして真摯なものではなかったにせよ、ウォリック伯と国王との間で、一時的に成立し、やがて伯爵が娘を国王の意に反し、クラレンス公爵の下《もと》へ嫁がすまでは続いた。カレーで祝言が挙げられている片や、ネヴィル家の勢力が最も強いイングランド北部で人々が一気に叛旗を翻した。彼らの苦情は、祖国はウッドヴィル一族によって迫害と略奪を受けているため、彼らを権力の座から引きずり下ろせというものであった。彼らには大群衆が加勢し、その上、公然とウォリック伯に支持されていると申し立てたため、国王はどうすべきか途方に暮れた。とうとう、救援を求めるべく一筆認めると、伯爵は新たな娘婿と共にイングランドへ戻り、まずもって国王をヨーク大司教の監視の下《もと》ミドラム城に幽閉することにて一件を調停しにかかった。という訳で、イングランドは一時《いちどき》に二人の国王が君臨するという奇妙な立場に置かれるのみならず、国王は二人共同時に囚われの身となっていた。

　その期に及んでなお、しかしながら、国王擁立者《キング・メーカー》は国王にそれは律儀なものだから、赤バラ党員の新たな蜂起を排斥し、首謀を人質に捕り、国王の下《もと》へ引き立て、さらば国王は直ちに処刑するよう命じた。伯爵はほどなく国王をロンドンへ戻らせ、そこにて両者間、のみならずネヴィル家とウッドヴィル家との間で幾多の赦しと友情の誓約が交わされ、国王の長女はネヴィル家の跡継ぎの下《もと》へ嫁ぐ契りが結ばれ、その他、当該英国史の紙幅には到底余ろうほどの友好的な誓いが立てられ、友好的な約言が交わされた。

　誓いや契りはおよそ三か月続いたろうか。その期に及び、ヨーク大主教が国王と、ウォリック伯と、クラレンス公をハートフォドシャーの館ムーアに招き、宴を催した。国王が食事の前に手を洗っていると、何者かが耳許で、百名の部隊が館の外で待ち伏せしていると囁いた。真偽の程はいざ知らず、国王は恐れをなし、馬に跨ると、夜闇を突いて、ウィンザー城へと駆け戻った。またもや、国王と国王擁立者《キング・メーカー》との間で和睦が一時的に成立したが、実に短期間にして、かつ最後のそれであった。リンカンシャー州で新たに暴動が起こると、国王は鎮圧のため、進軍した。して鎮圧し果すと、ウォリック伯とクラレンス公は密かに暴動に荷担し、翌日には公然と加勢する準備を万端整えていたからには、歴たる謀叛人なりと宣言した。かくて剣呑極まりなき状況に追い込まれると、二人は共々船に乗り、フランス宮廷へと落ち延びた。

事ここに至りて、ウォリック伯と、その画策の下《もと》に彼の父親の首が刎ねられ、爾来根深い怨恨を抱いている宿敵、マーガレット皇太后との間で会談が持たれた。が今や、公爵が恩知らずで裏切り者のヨークのエドワードとは手を切ったと、今後は彼女の夫にせよ息子にせよ、ともかくランカスター家の人間を復位さすことに全力を挙げようと言うと、皇太后はさながら旧知の親友の如くひしと公爵を抱き締めた。のみならず、息子と、彼の次女レディ・アンを連れ添わせた。この結婚は、新たな馴染み同士には如何ほど願はしかろうと、クラレンス公爵にとっては全くもって願い下げだった。というのも彼には今や義父たる国王擁立者《キング・メーカー》が自分を王にはすまいこと明々白々となったからだ。という訳で、固よりほとんど真価も分別も持ち併さぬ、ほんの魯鈍な青二才の叛徒にすぎぬだけに、そのためわざわざ遣わされた狡猾な宮廷婦人に易々誑かされ、今一度謀叛人に転じ、好機の訪れ次第、兄エドワードの側《がわ》に与そうと約束した。

ウォリック伯はこの件については一切与り知らず、ほどなくマーガレット皇太后との約言を果たすべく、イングランドへ侵攻し、プリマスに上陸し、そこにて直ちにヘンリー六世を国王として宣し、彼の軍旗の下《もと》に参戦するよう齢《よはい》十六から六十までの全英国人を召集した。それから、進軍するにつれて兵士を増強しつつ北方へ向かい、祖国の彼《か》の地にいるエドワード四世のそれは間近までひた迫ったものだから、エドワードはノーフォーク岸まで驀地に駆け続け、そこから取り敢えず、碇泊中の船でオランダまで落ち延びねばならなかった。その途端、勝ち誇った国王擁立者《キング・メーカー》と不実な娘婿、クラレンス公とはロンドンへ向かい、先王をロンドン塔から連れ出し、頭上に王冠を被ったなり、セント・ポール大聖堂まで大行列を組んで練り歩かせた。さりとてクラレンス公爵の腹の虫が収まる訳ではなかった。というのも以前にも増して王位が遠退いているのは歴然としていたからだ。が不満は胸の内に仕舞い、曖気《おくび》にも出さなかった。ネヴィル家は皆名誉と栄光の座に復位し、ウッドヴィル家やその他の者は官位を剝いで斥けられた。国王擁立者《キング・メーカー》は国王ほど流血を好まなかったので、「屠殺人」の異名を持つほど人々に残虐だったウスター伯爵のそれを除いては血を一滴たり流させなかった。伯爵を、皆は木に隠れている所を取り抑え、審理の上、処刑した。他の如何なる死も国王擁立者《キング・メーカー》の凱旋を穢《けが》すことはなかった。

　この凱旋に異議を唱えるべく、エドワード四世は翌年再び舞い戻り、レイヴンスプールに上陸すると、ヨークまで乗り込み、部下全員に「ヘンリー六世万歳！」と叫ばせ、祭壇にて臆面もなく、自分は敢えて王位を申し立てにやって来たのではないと誓いを立てた。とならば、いよいよクラレンス公爵に好機が到来し、公爵は部下に皆、白バラの徽章を着け、兄の継承権を申し立てるよう命じた。モンタギュー侯爵もまた、ウォリック伯の弟ながら、エドワード四世を向こうに回して戦うを潔しとしなかったから、国王は首尾好くロンドンまで進軍し、そこにてヨーク大主教は入京を許可し、そこにて市民は王を迎えるに大歓声を上げた。のは四つの謂れにて。一つ、市内には数知れぬ国王の信奉者が依然、身を潜め、いつ叛旗を翻さないとも限らなかったから。二つ、国王は彼らに巨額の負債があり、国王が目出度く王位を奪還しなければ、金はまず返って来る望みがなかったから。三つ、王位を継ぐ若き皇太子がいたから。四つ、国王は陽気で男前で、市内の御婦人方の間でよりまっとうな男には到底敵わぬほど受けが好かったから。くだんの奇特な支持者達と共にわずか二日過ごしただけで、国王はウォリック伯に戦いを挑むべく、バーネット・コモンへと進軍した。して今や、これが最後、果たして国王《キング》と国王擁立者《キング・メーカー》のいずれが勝鬨を上げるか決着がつく時が来た。

　未だ戦争の火蓋が切られぬ間《ま》に、弱腰のクラレンス公爵は後悔し始め、義父に国王との調停を申し出る極秘の言伝を何度か送った。ところが、ウォリック伯は言伝を傲然と拒絶し、クラレンスは誓いを破った裏切り者だと、自分は戦力でもって諍いに決着をつけると返した。戦いは午前四時に始まり、十時まで続き、その間《かん》ほとんど濃霧の中で繰り広げられた――馬鹿々々しくも妖術師によって立ち籠めさせられたと思しき。不倶戴天の敵同士とあって、戦死者は厖大な数に上った。国王擁立者《キング・メーカー》が敗れ、国王《キング》が勝利を収めた。ウォリック伯も弟も殺害され、遺骸は国民への見せしめに、数日間、セント・ポール大聖堂に晒された。

　マーガレットの意気はこの大打撃によってすら挫けなかった。五日と経たぬ内に再び兵を挙げ、バース（英南西部エイヴォン州南東部温泉地）に軍旗を掲げると、そこより、ウェールズ地方に軍隊を有すペンブルック（ウェールズ南西部旧州首都）卿と連合軍を結成すべく進軍した。ところが、国王はテュークスベリー（英西部グロスターシャー州都市）の郊外で皇太后に追いつくと、勇猛果敢な兵士たる、弟のグロスター公爵に彼女の部隊を襲撃するよう命じ、かくて皇太后は完敗を喫し、未だ弱冠十八歳の息子と共に人質に捕られた。哀れ、この若者に対す国王の振舞いはさすが残忍な気っ風に相応しいものではあった。王は王子を自分の天幕へ引き立てるよう命じた。「して何故《なにゆえ》」と王はたずねた。「おぬしイングランドへやって参った?」「わたしは祖国イングランドへ」と捕虜は、気概のある男ならば一介の人質にあって称えていたやもしれぬ気概をもって答えた。「父の王国を取り戻すためにやって参りました。というのも王国は正統な権利として父に譲られ、父からわたしに、正統な権利として譲られているからです」王は鉄の籠手を脱ぐと、それで王子の顔面を張り飛ばし、さらばその場に居合わせたクラレンス公爵と他の数名の領主がやんごとない剣《つるぎ》を抜き、王子を刺し殺した。

彼の母親は息子の死後も五年間、人質として生き存え、仏国王による身受けの後《のち》なお六年間、生き存えた。この暗殺から三週間と経たぬ内に、ヘンリー六世はかの、ロンドン塔にては然に日常茶飯の好都合な急死を遂げた。よりありていに言えば、国王の命《めい》により暗殺された。

かくてランカスター党を完膚無きまで打ち敗ったからには、取り立てて血沸き肉躍るようなネタも有さず、そこへもって恐らくは脂肪を某かなりお払い箱にしたかったのであろう(というのも今やおそよ男前ならざるほど肥満していたから)、国王はフランスに戦を仕掛けてみるのも悪くはなかろうと心得た。この目的のためには国会が——なるほど概ね戦争を起こすに吝かではなかったものの——王に渡せる以上の金が必要だったため、彼は金を調達する新たな方法を考案するに、ロンドンの主立った市民を呼びにやり、しかつべらしげな表情を浮かべ、手許不如意故、某か融通してもらえるようならありがたい限りだと告げた。万が一首を横に振れば命の保証はなかったから、彼らは唯々諾々と応じ、かくて無理強いされた資金は「上納金」と——定めて国王と廷臣の大いにほくそ笑んだことに——快い喜捨よろしく、呼ばれた。国会からの補助金やら、「上納金」やらで、国王は軍隊を募り、カレーへ渡った。誰一人、しかしながら、戦争を望む者はなかったので、仏国王は講和を申し出、さらば申し出は受け入れられ、七年もの長きにわたり、講和条約が締結された。この期に及んでの仏国王と英国王の間の手続きは実に気さくで、実に壮麗で、実に胡散臭げだった。締め括りに両国王はソム川に一時的に架けられた橋の上で落ち合い、そこにてライオンの檻そっくりの堅牢な木製の格子の二つの穴越しに抱擁し合い、幾度となくお辞儀をしては互いに実しやかな演説をぶった。

今や、クラレンス公爵が背信故に罰せられる時が来た。運命の女神は彼を懲罰すべく手ぐすね引いて待っていた。公爵は恐らく、国王に信用されていない上——一体、彼を知るどこのどいつが信用したろう！——確かに、グロスター公爵である弟リチャードからも強硬な反発を受けていた。というのもリチャードは、強欲で野心的だったから、例の、暗殺された青年王子とカレーで結ばれていた、ウォリック伯爵の寡婦たる娘を娶ろうとしていたからだ。一族の全財産を独り占めしようとしたクラレンスは、この未亡人を隠匿したが、リチャードはロンドン市内で召使いに身を窶している彼女を見つけ出し、連れ添った。国王によって任命された裁定人がそこで、兄弟同士の間で財産を分割した。これが引き鉄となって二人はいよよ悪意と不信を抱き合うようになった。クラレンスは妻が死ぬと、国王の意に染まぬ再婚をしようとしたため、彼の破滅にはその点においても拍車がかかった。当初、宮廷はクラレンスの家臣や従者に鉾先を向け、魔法や妖術やその手の戯事の廉で糾弾した。これら雑魚《ざこ》相手に成功を収めると、宮廷は公爵その人にまで手を伸ばし、かくて公爵は兄たる国王から直々、同じ手合いの様々な廉で弾該された。彼は有罪を申し渡され、公開処刑の宣告を受けた。が結局、公開処刑には至らず、ロンドン塔で如何でか、とは言え確かに、国王か弟グロスターか、それとも二人共の手先により、獄死した。一説には、彼は処刑の方法を選ぶよう命ぜられると、マルムジー・ワイン＊の槽《おけ》で溺れ死にたいと答えたと伝えられる。願はくは風説の真実たらんことを。というのもこれぞかように惨めな奴に実に付き付きしい死に様だったろうから。

国王はその後五年ほど生き存えた。享年四十二歳にして治世二十三年目に亡くなった。極めて優れた能力と長所を具えていたが、利己的で、無頓着で、肉欲的で、残忍だった。派手派手しい立居振舞い故に国民のお気に入りだった。して国民はその愛着の一途さにおいて国王にとっては善き鑑だった。臨終に際し「上納金」その他の搾取を悔い改め、そのせいで禍を蒙って来た人々に賠償が為されるよう命じた。のみならず、寝台の周囲にウッドヴィル家の富裕な面々と、その名誉の昔日のものたる誇り高き領主を集め、皇太子が穏便に王位を継承し、英国が安寧たるべく、和解させようとした。

第二十四章　エドワード五世治下のイングランド

先王に因んでエドワードと名付けられた長男、プリンス・オブ・ウェールズは、先王が亡くなった際にはわずか十三歳だった。彼は叔父のリバース伯爵と共にラドロウ城にいた。王子の弟である、わずか齢《よはい》十一歳のヨーク公爵は母親と共にロンドンにいた。当時イングランド中で最も大胆不敵にして狡猾で、最も恐れられていた貴族は彼らの叔父、グロスター公爵で、誰しも哀れ、二人の少年はかようの叔父を味方に、或いは敵に、したらば如何様の運命を辿ろうかと訝しんだ。

二人の母親たる女王はこの点を大いに憂慮していたため、是非ともリバース卿の下《もと》へ若き国王を無事ロンドンまで護送すべく軍隊を募る指示を送るよう申し入れた。ところが、ウッドヴィル家と敵対関係にある宮廷派の一員ヘイスティングズ（イースト・サセックス州港市）卿は彼らにくだんの権力を委ねる考えが気に入らず、女王の申し入れに異を唱え、わずか二千兵の騎馬隊の護衛で折り合いをつけさせた。グロスター公爵は当初、嫌疑を正当化するような手には一切出なかった。彼は（軍隊の指揮を執っている）スコットランドからヨークへ戻り、そこにて誰よりも先に甥に臣従の誓いを立て、それから皇太后に哀悼の手紙を書き、ロンドンにおける戴冠式に臨むべく出立した。

さて、若き国王も、リバース卿とグレイ卿と共にロンドンへ向かいながら、ストーニー・ストラトフォード（ロンドンとバーミンガム中程の小村）に辿り着き、片や叔父は約一〇マイル離れたノーサンプトンまでやって来た。上述の二人の領主はグロスター公爵がさまで近くにいると聞くと、若き国王に自分達が引き返し、国王の御名の下《もと》公爵に表敬してはどうかと提案した。少年王が是非ともと応じたので、二人はすぐ様馬を飛ばし、グロスター公爵にたいそう気さくに迎えられ、そのまま逗留し、食事を共にするよう誘われた。日が暮れてから、皆で陽気に過ごしていると、バッキンガム公爵が三百兵の騎馬隊を率いて訪れた。よって翌朝、領主二名と公爵二名と三百兵の騎馬隊は諸共、国王と合流すべく出立した。一行がストーニー・ストラトフォードに差し掛かるや否や、グロスター公爵は馬の手綱を引き、いきなり二人の領主に食ってかかりざま、二人を自分と可愛い甥の仲を疎遠にさせた廉で糾弾し、三百名の騎馬隊に逮捕させ、連れ戻させた。それから彼とバッキンガム公爵は真っ直ぐ（今や掌中に収めたも同然の）国王の下《もと》へ馳せ参じ、御前にて仰々しく跪き、大いなる愛と恭順を捧げ、それからお付の者を追い払うと、王を彼らだけで、ノーサンプトンまで連れ戻した。

二、三日後、彼らは王をロンドンへ連れて行き、ロンドン主教宮殿へ泊まらせた。が王はそこに長らくはいなかった。というのもバッキンガム公爵が笑みを浮かべながら、何と自分は若き国王の安否を気づかっていることか、何と少年王は戴冠式まで、他のどこにいるよりロンドン塔にいる方が安全だろうことかさも実しやかに説いて聞かせたからだ。という訳で、ロンドン塔へと国王はたいそう丁重に連れて行かれ、グロスター公爵は護国卿に任ぜられた。

如何にグロスターはここまでは穏やかな面持ちで振舞おうと――固より賢しらな男で、弁が立ち、一方の肩が他方より若干吊り上がってはいたものの、醜男ではなかろうと――如何に国王の傍らで脱帽したまま手綱を取り、見るからに愛おしげに入京しようと――皇太后は如何せん、いよよ不安に駆られ、少年王がロンドン塔に連れ行かれるに及んでは、それは疑心暗鬼を生じたものだから、五人の娘と共にウェストミンスターに難を逃れた。

皇太后がかようの手に出るのも宜なるかな、グロスター公爵はウッドヴィル家に敵対している領主が、にもかかわらず若き国王に律儀だと見て取るや、すかさず手づから鉄槌を下す意を決した。故に、くだんの領主がロンドン塔で協議を開いている片や、彼と彼の主義に与す連中はビショップスゲイト通りの彼自身の邸宅クロスビー宮殿で別箇の協議を開いた。とうとうホゾを固め果すや、彼はある日、不意にロンドン塔における協議会に姿を見せ、さもおどけた、陽気な風情で立ち回った。わけてもエリー（ケンブリッジ州エリー島都市）主教相手に軽口を叩き、ホゥボーン・ヒルの庭に生えているイチゴを褒めそやし、いくつかディナーの席で賞味させて頂けるよう摘んで来てはもらえぬかと持ちかけた。主教は、お褒めに与って光栄と、早速、従者の一人にイチゴを取りにやらせた。公爵は依然、おどけた、陽気な風情で表へ出て行った。協議会の面々は口々に言った。何と愛嬌好しの公爵だことか！　ところが、しばらくすると公爵は打って変わった表情で――およそ浮かれ返っているどころか――苦虫を嚙みつぶし、眉を顰めて――戻って来るなり言った。

「果たしてわたしの破滅を企んで来た者は如何なる罰に相当する――この、国王の生まれながらにして、と同様、合法的な護国卿であるわたしの？」

この奇妙な問いに、ヘイスティングズ卿は、その者共は何者であれ、死罪に相当しましょうと答えた。

「ならば」と公爵は言った。「わたしの言わんとしているのは、兄の妻たるあの女妖術師と」――とは皇太后の謂《いい》にして――「もう一方の女妖術師ジェイン・ショーのことだ。二人は、妖術により我が肉体を萎《な》えさせ、片腕を、これから御覧に入れる通り、萎《しな》びさせた」

公爵はそこで袖をたくし上げ、皆に腕を見せた。腕は、なるほど、萎《しな》びてはいたが、周知の如く、生まれつきだった。ジェイン・ショーは、いつぞやは先王の愛人だったように、その折はヘイスティングズ卿の愛人だったから、くだんの領主は自分自身が槍玉に上げられているものと察した。そこで、いささか戸惑わぬでもなく言った。「確かに、公爵、仮に二人はさようの真似をしたとすれば、罰さねばなりますまい」

「仮に?」とグロスター公爵はたずねた。「わたしに向かって『仮に』とは何事だ? よいか、あの者共は事実かようの真似をした。よっておぬしにこそ目に物見せてくれる、この謀叛人め!」

と言ったと思いきや、テーブルに拳を強かに打ち下ろした。のを合図に、外にいた手下の幾人かがすかさず声を上げた。「大逆罪!」してどっと、数知れぬ武装兵が雪崩れ込み、部屋は瞬く間に立錐の余地もなくなった。

「まずもって」とグロスター公爵はヘイスティングズ卿に言った。「おぬしを逮捕する、この謀叛人! して直ちに」と公爵は彼を捕らえた武装兵達に向かって言い添えた。「司祭を呼んでやれ。というのも聖パウロの御名にかけて、奴の首が刎ねられるのを目にするまで、食事には一切手をつけぬもので!」

ヘイスティングズ卿はすかさずロンドン塔の礼拝堂の脇の緑地へと引き立てられ、そこにてたまたま地べたに転がっていた丸太の上で首を刎ねられた。それから、公爵は旺盛な食欲で馳走を平らげ、食後、主立った市民に伺候するよう命ずと、ヘイスティングズ卿とその他の者は万が一神佑によって腹づもりを見破ってでもいなければ、自分自身と、この、脇に立っているバッキンガム公爵を暗殺する計画だったと告げた。して是非ともロンドン市民に自分の言ったことの真実を伝えて欲しいと告げ、同上の主旨の(予め準備し、きれいに清書された)宣言文を発布した。

ロンドン塔にてグロスター公爵がかようの手続きを踏んだと正しく同じ日、公爵の部下の内でも最も豪胆にして恐いもの知らずのサー・リチャード・ラトクリフはポンティクラフト(ウェスト・ヨークシャー州東部都市)へ向かい、リバース卿と、グレイ卿と、他の二名の郷紳を捕らえ、公爵暗殺を画策した廉で、審理もせぬまま、絞首台の上にて公開処刑した。三日後、公爵は機を逸さぬよう、幾多の主教や、領主や、兵士をお供に自らの艀でウェトミンスターまで川を下《くだ》り、女王に次男、ヨーク公を自分の安全な庇護に委ねるよう申し立てた。女王は、応じざるを得なかったから、泣きの涙で次男を明け渡し、グロスター公リチャードは彼を兄と共にロンドン塔に幽閉した。それから、ジェイン・ショーを捕らえ、先王の愛人だったからというので、財産を没収し、引き廻しの刑に処すに、ロンドンの就中込み入った界隈の通りから通りを、あられもない姿で、火の灯ったロウソクを手に、裸足で歩かせた。

　今や自らの栄達のための準備万端整うと、公爵はとある托鉢僧にセント・ポール大聖堂の正面に立っている十字架の前で法を説くよう命じ、托鉢僧は先王の放蕩癖や、ジェイン・ショーの先の恥辱についてクダクダしく述べ、王子二人は先王の子供ではないと暗に仄めかした。「がその一方、皆の衆」と、ショウという名の托鉢僧は畳みかけた。「我が護国卿閣下は、やんごとなきグロスター公爵は、かの温厚な王子は、高貴な美徳全ての極致は、正しく父君の生き写しにして再来であられます」さて、公爵と托鉢僧との間では一計が案じられ、この折しも公爵が群衆の直中から姿を見せ、さらば人々は「リチャード国王万歳！」と叫ぼうという手筈になっていた。ところが、托鉢僧がくだんの文言を早々に口にしすぎたものか、或いは公爵の到着が遅れたものか、公爵と文言とは足並み揃えてはお越しにならず、群衆はただゲラゲラ腹を抱え、托鉢僧はスゴスゴ、赤面して立ち去る外なかった。

　バッキンガム公爵はかようの要件にかけては托鉢僧より一枚上手だった。よって翌日市庁へ出かけ、市民に護国卿に成り代わって一席ぶち、そこにてわざわざそのため陣取るよう雇われていた数名の薄汚い男がすかさず「リチャード国王万歳！」と叫ぶや、連中に深々と頭を下げ、心から礼を述べた。して翌日、一件に片をつけるに、市長と数名の領主、並びに市民と共にリチャードが折しも滞在しているベイアード城まで川を下《くだ》り、建白書を読み上げ、祖国イングランドの王冠を受け入れるよう粛々と請うた。リチャードは、とある窓から彼らを見下ろし、さも気づかわしげにして驚いた風を装い、自分としてはかほどに意に染まぬこともまたなかろうと、甥達を心より愛しているからには到底思いも寄らぬと返した。これに対し、バッキンガム公爵はさも昂った風情で、イングランドの自由の民は断じて公爵の甥の治世には服従すまいと、万が一正統な王位継承者であるリチャードが王冠を拒めば、ああ、さらば、それを被る誰か外の者を探さねばなるまいと返した。グロスター公爵は、そこまで言われるならば、最早我が事は顧みず、王位を受け入れねばなるまいと答えた。

その途端、群衆は万歳を三唱し、散り散りに散り、グロスター公爵とバッキンガム公爵は今しも物の見事に演じ果したばかりの、してその台詞を予め一から十まで共に練っていた芝居をダシに花を咲かせながら、すこぶる愉快な夕べを過ごした。

第二十五章　リチャード三世治下のイングランド

リチャード三世は翌朝早々に起き出し、ウェストミンスター会館へと向かった。会館には大理石の椅子が据えられ、彼はそこに二人の名立たる貴族を両脇に従えて腰を下ろし、国民に自分はまずもってくだんの場所にて新たな治世を始めると、何故なら君主の第一の務めは万人に平等に法を布き、正義を守ることだからと告げた。それから馬に乗ると、シティーへ引き返し、そこにてはさながら真実、王位継承権を有し、真実、公正廉直な男ででもあるかのように聖職者や庶民に迎えられた。さぞや聖職者や庶民は我ながら何と腑抜けのならず者であることよと、内心忸怩たるものがあったのではなかろうか。

新王と妃はほどなく、国民の快哉を叫んだ如く、これ見よがしなまでに仰々しくも騒々しく戴冠され、それから王は版図を巡る公式鹵簿へと繰り出した。彼はヨークにても、人々が然るべく仰々しい虚飾と騒音の御相伴に与かれるよう、二度目の戴冠式を行ない、行く先々で歓呼をもって迎えられた——「リチャード三世万歳！」と叫ぶことにおいて喉を振り絞るようソデの下を使われた、屈強な肺腑の持ち主たる、その数あまたに上る人々からの。手管はまんまと思う壺に嵌まり、くだんの轍みは爾来、他の版図を巡る他の公式鹵簿においても、他の王位簒奪者によっても倣われているという。

この旅行中、リチャード三世はウォリックに一週間ほど滞在し、ウォリックから未だかつて犯されたためしのないほど邪悪な暗殺の一つ——ロンドン塔に幽閉された二人の甥たる若き王子の暗殺——の指示を送った。

サー・ロバート・ブラックンベリーが当時、ロンドン塔の獄吏長を務めていた。彼の下《もと》へ、リチャード三世はジョン・グリーンという名の使者の手づから、若き王子二人を何らかの手段で殺害するよう命ずる手紙を送った。がサー・ロバートは——恐らく自分にも子供があり、我が子を愛していたからであろう——ジョン・グリーンを然に恐ろしい手は下せぬ旨認めた手紙と共に送り返し、ジョン・グリーンは道々土煙を立てながら拍車を掛けては鞭を揮った。国王は、しばし眉を顰めて思案に暮れていたと思うと、主馬頭《しゅめのかみ》たるサー・ジェイムズ・ティレルを呼びつけ、望み次第いつ何時であれ、二十四時間ロンドン塔の指揮を執り、くだんの間《かん》ロンドン塔の鍵を全て保管する権限を与えた。ティレルは何が求められているか百も承知だったから、二人ほど筋金入りの破落戸はいないかと周囲を見渡し、馬丁の一人ジョン・ダイトンと、ズブの刺客たるマイルズ・フォレストに白羽の矢を立てた。これら二名の助っ人と話をつけると、八月のとある日、ロンドン塔へ向かい、国王からの権威書を見せ、鍵を全て掌中に収め、二十四時間、塔の指揮を執った。して黒々とした夜の帳が下りると、抜き足差し足、さすが心疚しきならず者ならでは、黒々とした石の螺旋階段を昇り、黒々とした石の廊下を抜け、やがて、幼気な二人の王子が祈りを捧げ終え、ぐっすり、互いにひしと抱き締め合いながら眠っている部屋の戸口までやって来た。して戸口で目を光らせ、聞き耳を立てている片や、くだんの悪霊ジョン・ダイトンとマイルズ・フォレストを送り込み、二人は王子二人の息の根を寝台と枕で止め、死体を担ぎ下ろすと、階段の袂の大きな石の山の下に埋《うつ》めた。夜明けと共に、ティレルはロンドン塔の管理を明け渡し、鍵を戻し、そそくさと、一度として後ろを振り返ろうともせず立ち去った。してサー・ロバート・ブラックンベリーは恐る恐る、して憂はしく、王子達の部屋へ行ってみれば、二人の姿は永遠に失せていた。

お前達も早、この英国史を通し、如何に逆賊というものは断じて律儀な真似をしないか心得ていようから、たといバッキンガム公爵がほどなくリチャード三世に対して叛旗を翻し、彼を王座から斥け、王冠をその正統な所有者の頭上に頂かす大いなる陰謀に荷担したと聞いても驚くまい。リチャードは王子暗殺を隠匿していたが、間諜を通し、この陰謀が着々と進行していると、幾多の領主や郷紳は密かにロンドン塔の若き二人の王子の健康を祝して乾杯していると耳にするや、二人の死亡を公表した。陰謀家達はしばし、裏をかかれはしたものの、ほどなく、王位継承者として極悪非道のリチャードに対し、かの、オーウェン・チューダと結婚したヘンリー五世の寡婦キャサリンの孫に当たるリッチモンド伯爵ヘンリーを擁立することにした。してヘンリーはランカスター家の出であることから、彼を今やヨーク家の女性後継者である、先王の長女エリザベス王女と結婚させ、かくて犬猿の仲の両家を妻《めあわ》すことにて血で血を洗う赤バラ・白バラ戦争に終止符を打とうということになった。以上全てが取り決められると、ヘンリーがブルターニュからやって来る、と同時にイングランド各地で対リチャードの叛旗が翻される刻《とき》が定められた。故に十月のとある日、大反乱が勃発した——が不首尾に終わった。リチャードは準備万端整えていた。のみならずヘンリーは時化のために海上で押し戻され、イングランドにおける彼の信奉者は離散し、バッキンガム公爵は逮捕され、直ちにソールズベリーの市場《いちば》で首を刎ねられた。

かくて成功を収めると、これぞ国会を召集し、金を調達する潮時と、リチャードは心得た。よって、国会が召集され、国会はリチャードの望み得る限り媚び諂い、彼を正統のイングランド国王と、当時わずか十一歳の一人息子エドワードを継承権第一位の世継ぎと宣した。

リチャードは国会が何と言おうと、エリザベス王女をこそ国民はヨーク家の跡継ぎとして記憶に留めているものと重々承知していた。ばかりか、陰謀人達によって彼女をリッチモンドのヘンリーの下《もと》へ嫁がせようとの画策が練られている旨、正確な情報を手に入れると、彼らを出し抜くに、王女を長男と連れ添わせば自分の実権は遙かに強まり、逆に彼らは骨抜きになろうと見て取った。よって然なる腹づもりの下《もと》、先王の寡婦と娘が依然、住まっているウェストミンスターの至聖所へ足を運び、宮廷へ来るよう、そこならば（と彼は手当たり次第の天地神明にかけて誓いを立て）無事、恭しく傅かれようからと請うた。二人は、よって、やって来た。が宮中で暮らし始めて一か月経ったか経たぬか、長男が急死し――或いは毒殺され――リチャードの野望は瓦解した。

かくて切羽詰まると、リチャードは片時も手を拱いてはいなかったから、惟みた。「何か別の手を打たねば」よって自らエリザベス王女と――姪であるにもかかわらず――結婚するホゾを固めた。ただし一計には唯一障害があった。即ち、妻のアン王妃が存命だという。が、（二人の甥に纏わる記憶のないでなし）如何にくだんの邪魔者を厄介払いすれば好いか心得ていたから、エリザベス王女に求婚し、女王はまず間違いなく二月には亡くなろうと請け合った。王女はさして慎重な若き御婦人ではなかったと見え、弟達の暗殺者を侮蔑と憎悪をもって拒絶する代わり、公然と、彼を心底愛していると告げ、二月になっても女王が亡くならぬと、往生際が悪い云々と苛立たしげに不平を洩らした。リチャード三世は、しかしながら、然に的を外していた訳でもない証拠、女王は三月に亡くなり――彼も抜かってだけはいなかったから――さらばこの強かな御両人は祝言を挙げようとした。が不首尾に終わった。というのもかようの近親結婚はイングランドではそれは不評なため、国王の主立った首席顧問官ラトクリフとケイツビーが断じてそれを提案するを潔しとせず、国王はかようの結婚など考えたこともないと公の席で宣言さえせざるを得なかった。

リチャード三世はこの時までにはありとあらゆる階層の臣民から忌み嫌われていた。貴族は日毎、ヘンリーの側《がわ》へと寝返りを打ち、彼は自分の犯した数々の罪が弾劾されてはと、敢えて再び国会を召集しようとはしなかった。が資金不足のため、市民から「上納金」を募らねばならず、そのせいで彼ら皆の反感を買うこととなった。のみならず、良心の呵責に苛まれる余り、恐ろしい悪夢にうなされては深夜にいきなり、恐怖と悔悛に駆られて気も狂れんばかりに起き出しているらしいとも噂された。この間《ま》も終始、手を拱いてだけはいなかったから、リッチモンドのヘンリーと部下が大挙、フランス艦隊諸共、攻め寄せていると耳にすると、敵軍に対す強硬な宣戦布告を発表し、イノシシさながら――自らの楯に象られた獣たる――獰猛にして凶暴に戦闘を開始した。

リッチモンドのヘンリーはミルフォード・ヘイヴン（ウェールズ南西部ダヴィド州湾）から六千名の兵と共に上陸し、折しも二層倍の兵を擁してレスター（英中部レスター州首都）に露営しているリチャード三世に対し、北ウェールズから攻撃を仕掛けた。ボズワース・フィールド（レスター西方古戦場）にて両軍は会戦し、リチャードはヘンリーの列兵を見はるかし、そこに自分を見捨てた英国貴族が犇き合っているのを目の当たりに、権力絶大のスタンリー卿と息子まで（自ら懸命に引き留めようとしたにもかかわらず）彼らに紛れているせいで、さすがに血の気を失った。が、彼は邪悪であるに劣らず豪胆だったから、戦の最も熾烈を極めている辺りへ突撃をかけた。ここかしこ馬を駆り、四方八方へ滅多無性に斬りかかっていると、ノーサンバーランド伯爵が――数少ない有力な味方の一人たる――立ち往生し、主要部隊が二の足を踏んでいる所に突き当たった。と同時に、破れかぶれで辺りを見渡せば、リッチモンドのヘンリーが騎士の小部隊の直中にいるのも見て取れた。猛然とヘンリー目がけ拍車をかけ、「大逆罪！」と声を上げながら、彼は旗手を殺し、別の郷紳を荒らかに落馬させ、ヘンリー自身の息の根を止めるべく、渾身の力を振り絞って斬りかかった。がサー・ウィリアム・スタンリーがすんでに鉾先を受け流し、リチャードは再び腕を掲げる間もなくどっと無数の敵兵に押し寄せられ、落馬するや、止めを刺された。スタンリー卿は見る影もなく踏み躙られた、血みどろの王冠を摘み上げると、リッチモンドの頭上に載せ、さらば「ヘンリー王万歳！」との大歓声が上がった。

その夜、一頭の馬がレスターのグレイ・フライアーズ教会へと引き立てられ、馬の背《せな》にはそこにて埋葬されるべく担ぎ込まれた裸の死体が、何か一文の値もない頭陀よろしく括られていた。骸《むくろ》は享年三十二歳にして、二年の治世の後《のち》、ボズワース・フィールドの戦いで惨殺された王位簒奪者にして暗殺者、プランタジネット家の最後の末裔、リチャード三世のそれであった。

Edwy and Elgiva
Eleanor and Fair Rosamond

第二十六章　ヘンリー七世治下のイングランド

　ヘンリー七世は、貴族や国民がこれで漸うリチャード三世から解放されたと喜んだのも束の間、存外イケ好かぬ男であった。彼は実に冷たく、狡賢く、抜け目なく、金のためなら手段を選ばなかった。相応の能力に恵まれてはいたが、取り柄と言ってもせいぜい、それで何ら旨い汁が吸えぬというなら血腥い手には出ぬということくらいのものであった。

　新王は自分の大義に与していた貴族にエリザベス王女を妻として迎えようと約束していた。よって、何はさておき王女をリチャード三世が住まわせていたヨークシャーのシェリフ・ハットン城から呼び寄せ、再びロンドンにて母親の庇護に委ねさすよう命じた。故クラレンス公爵の息子にして跡継ぎ、若きウォリック伯爵エドワード・プランタジネットは、王女と共にこの同じヨークシャーの古城に幽閉されていた。今や齢十五のこの少年を、新王は安全のためロンドン塔に匿った。それから大仰な公式鹵簿にて入京し、華美な行列で人々の目を楽しませた。専らその手の派手派手しい山車行列を利用し、彼はしばしば人々の歓心を買おうとした訳だが。国を挙げて娯楽や饗宴に明け暮れていたのも束の間、粟粒熱《ぞくりゅうねつ》と呼ばれる恐ろしい熱病が蔓延し、大量の死者を出した。今に、ロンドン市長と市参事会員が最も打撃を受けたと伝えられる。のは、果たして彼ら自身、常日頃から大食の習いにあったからか、それとも市内に（爾来汲々として来た如く）汚濁と厄介の種を温存することに汲々としていたからか、はいざ知らず。

　国王の戴冠式は庶民の熱病感染のために延期され、彼はその後《ご》さして気が進まぬかのように結婚まで引き延ばし、その期に及んでなお、女王の戴冠式を長らく先延ばしにしたため、ヨーク家の心証を著しく害した。しかしながら、結局はこうした事態を立て直すに、数名の者を絞首刑に処し、また別の幾人《いくたり》かの莫大な財産を没収し、先王の家臣に、当初彼からは得られなかったほど気受けのする恩赦を認め、先の治世において登用されていたさして実直ならざる人々を宮中に登用した。

　この治世は史上名立たる二件の実に興味深い詐称に専ら見るべきものがあるだけに、以下くだんの二話を主として取り上げることにしよう。

オクスフォードに名をシモンズという司祭がいた。司祭にはパン屋の息子、ランバート・シムネルという名の実に眉目麗しい弟子がいた。一つには彼自身の野望を遂げんがため、また一つには国王に対して結成されている秘密の派閥の画策を遂行すべく、この司祭は弟子たる美少年こそ外ならぬ若きウォリック伯爵だと申し立てた――ウォリック伯爵は（誰しも知っての通り）ロンドン塔に無事監禁されているにもかかわらず。司祭と少年ははるばるアイルランドまで行き、ダブリンにては彼らの大義名分の下《もと》、ありとあらゆる階層の人々が参集した。ダブリン市民はどうやらそこそこ大らかではあったものの、めっぽう理に疎かったと思しい。アイルランド総督である、キルデア（東南部同州都市）伯爵は自分は少年が司祭の言う通りの人物であると信じると申し立て、少年は、司祭から十分仕込まれていたのであろう、幼少時代に纏わるそれは実しやかな出来事を語り、皇室のそれは幾多の様子を審らかにしてみせたものだから、彼らはひっきりなしに喚声を上げては万歳を三唱しては、少年の健康を祝して杯を干しては、ともかく少年の身の上を信じる旨表《ひょう》すありとあらゆる手合いの騒々しくも酒に餓《かつ》えた示威運動を展開した。この少年信奉の気運はアイルランドのみに留まらず、リンカン伯爵は――今は亡き王位簒奪者が自らの後継者として名指していた――はるばる若僭王《せんおう》の下《もと》まで足を運び、ブルゴーニュ公爵未亡人――現英国王と一族皆を毛嫌いしている、エドワード四世の妹――と極秘の書簡を交わした後《のち》、彼女が徴募した二千名のドイツ兵と共にダブリンへ渡った。この前途洋々たる折しも、少年はそこにて、聖母マリア像の頭から引き剥がした冠もて戴冠され、それから、当時のアイルランドの風習に従い、分別よりは遙かに腕力を持ち併せた大男の族長の肩車で我が家へと連れ帰られた。シモンズ神父は、定めて、戴冠式では忙しなく立ち回ったに違いない。

十日後、ドイツ兵とアイルランド兵と司祭と少年とリンカン伯爵は全員、イングランドを侵略すべくランカシャーに上陸した。国王は彼らの動向に関しては十分な情報を得ていたから、ノッティンガムに軍旗を掲げ、そこなる国王の下《もと》へと、毎日幾多の兵が結集した。片やリンカン伯爵の下《もと》にはほとんど兵が集まらなかった。この僅かな兵力で、伯爵はニューアーク（ノッティンガムシャー東部都市）の町へ向かおうとしたが、国王軍は伯爵とくだんの町の間に割って入り、伯爵はストーク（英中部スタフォードシャーの村）で戦を挑まざるを得なくなった。戦はほどなく僭王《せんおう》軍の完敗でケリがつき、彼らの内半数は戦死し、伯爵自身もその一人であった。司祭とパン屋の息子は共に人質に捕られた。司祭は瞞着を白状した後《のち》投獄され、その後《ご》獄中で――恐らくは――急死を遂げた。少年は国王の厨へ連れて行かれ、焼き串回し人として召し抱えられた。後《のち》に国王の鷹匠の一人に昇格し、かくてこの奇妙な詐欺には幕が下りた。

恐らく、皇太后が――いつも腰の座らぬ忙しない女性だったから――パン屋の息子を仕込むに一役買っていたのではあるまいか。いずれにせよ、国王は皇太后に対して激怒し、財産を没収した上、バーモンジーの尼僧院に幽閉した。

この物語にあっけないケリがついたお蔭で当然の如く、アイルランドの人々は守勢に回ったかと思いきや、彼らは第一のペテン師を受け入れたにつゆ劣らず第二のペテン師を受け入れるにおよそ吝かどころではなく、例の同じ厄介者のブルゴーニュ公爵夫人がほどなく火に油を注いで下さった。いきなり、コーク（アイルランド南西部同地方首都）にポルトガルから一艘の船で、人並み優れた才能と、実に秀麗な容貌と、とびきり人好きのする物腰に恵まれた一人の若者が到着し、自分はエドワード四世の次男、ヨーク公リチャードだと名乗りを上げた。「おうっ」とくだんの担がれ易きアイルランド人の中にすら眉にツバしてかかる者もいた。「だが、あの幼い王子はロンドン塔で叔父の手にかかって暗殺されたはずだが！」――「ということになってはいますし」と人の気を逸らさぬ若者は言った。「兄は事実あの陰鬱な牢獄で暗殺されました。が、わたしは逃れ――如何様にか、は目下の所、問題ではありません――七年もの長きにわたり、世界中を流離《さすら》っていました」この説明は、幾多のアイルランド人にとってはストンと腑に落ちたので、彼らはまたもや喚声を上げては、万歳を三唱しては、青年の健康を祝して杯を干しては、騒々しくも酒に餓《かつ》えた示威運動を一から十まで復習《さら》いにかかった。してダブリンの大男の族長はもう一度戴冠式は持ち上がらぬか、もう一人肩車に乗せて我が家へ連れ帰る若き国王は御座らぬかと辺りをキョロキョロ見回し始めた。

さて、当時ヘンリー七世はフランスと険悪な関係にあったので、シャルル八世仏国王は表向きくだんの凜々しい青年を信じている風を装えば、敵王を少なからず手こずらせられようと見て取った。という訳で、青年を仏宮廷まで招き、彼に護衛隊を任じ、全ての点において事実、ヨーク公爵ででもあるかのように手篤く持て成した。講和が、しかしながら、二国王の間でほどなく締結されると、自称公爵は放逐され、庇護を求めてブルゴーニュ公爵夫人の下《もと》へと流離《さすら》った。公爵夫人は青年の申し立ての真偽に探りを入れる風を装った後《のち》、青年こそは今は亡き愛しい弟の生き写しだと宣言し、宮中にて三十名の斧槍兵の護衛隊をつけ、仰々しきその名も「イングランドの白バラ」と呼んだ。

イングランドの白バラ党の主立った貴族は白バラ王子の申し立てが正当か否か確かめるべく、サー・ロバート・クリフォードという名の特使を送り、英国王もまた白バラ王子の来歴を調査すべく家臣を派遣した。白バラ党は青年は事実、ヨーク公爵だと主張し、国王は青年はトゥルネー（ベルギー西部工業都市）の商人の息子パーキン・ウォーベックで、フランドル地方で商いをしている英国商人からイングランドや、その言語と風習の知識を習得したに違いないと主張した。さらに皇室の間諜によれば、青年は亡命したイギリス貴族の妻、レディ・ブロムプトンに仕えていたことがあり、ブルゴーニュ公爵夫人はわざわざこの詐称のために青年に訓練や教育を施させたということだった。英国王はそこでブルゴーニュ君主であるフィリップ大公にこの新たな若僭王《せんおう》を追放するか明け渡すよう要求した。ところが、大公が彼女自身の版図において公爵夫人に歯止めをかける訳には行かぬと答えたので、英国王は意趣返しに、アントワープから織物市場《しじょう》を撤退させ、二国間の通商を悉く禁止した。

ヘンリー七世はのみならず、手練手管や賄賂を用い、サー・ロバート・クリフォードに雇用主を裏切らせ、彼が数名の名立たる英国貴族を内々にパーキン・ウォーベックに荷担した廉で弾劾すると、筆頭の三名を直ちに処刑させた。果たして英国王がその他大勢は貧しいが故に恩赦したのか否かはいざ知らず、こちらはまず間違いなく、くだんのクリフォードがその後ほどなく別箇に摘発したとある著名な貴族には、彼が金持ちだからというので、恩赦を賜るのを拒んだ。これは外ならぬ、ボズワース・フィールドの戦いで国王自身の命を救った、サー・ウィリアム・スタンリーその人だった。果たして彼の大逆罪が仮に青年が真実、ヨーク公爵だと判明すれば、自分は彼に対し兵を起こすつもりはないと言ったという以上に大それたものだったか否か、は甚だ疑わしい。如何なる罪を犯したにせよ、彼はあっぱれ至極な奴らしく、素直に認め、そのせいで首を刎ねられ、貪欲な国王は彼の全財産を手に入れた。

パーキン・ウォーベックはその後三年間ほど鳴りを潜めていたが、フランドルの人々が彼のせいでアントワープ市場《しじょう》が封鎖されることにて通商が大きな傷手を蒙っているのに激しい苦情を訴え始め、いつ彼の命を奪うか、身柄を明け渡さぬとも限らなくなったため、何か手を打たねばならぬと心得た。よって破れかぶれの突撃をかけるに、わずか二、三百名の兵を率いてディール海岸（ドーヴァー北八マイルの港）に上陸した。がほどなくスゴスゴ、元来た場所へ退散した。というのも地元の人々が彼の部下に対し蹶起し、幾多の兵を殺害するのみならず、百五十人を人質に捕り、人質は皆一列《ひとつらな》りの畜牛よろしく、互いにロープで括られたなり、ロンドンまで追い立てられたからだ。して一人残らずくだんの岸辺の何処かで縊られた——万が一この上パーキン・ウォーベックと共に襲来するようなら、上陸するとうの先から、見せしめに絞死体が目に入るよう。

それから抜け目ない国王はフランドルの人々と通商条約を結ぶことにてパーキン・ウォーベックを彼《か》の地より追い立て、さらにはアイルランド人を悉く味方につけることにて彼からくだんの隠処までも奪い去った。彼はスコットランドへと流離《さすら》い、くだんの宮廷にて来歴を審らかにした。スコットランドのジェイムズ四世はおよそヘンリー七世の馴染みどころではなく、それも故無しとしなかったので（ヘンリー七世は一再ならず彼を裏切るようスコットランド領主を贈賄したが、一度として画策に成功していなかったから）、ウォーベックのために大歓迎会を催し、彼を我が従弟と呼び、スチュアート王家と縁故のある、美しくチャーミングな女性、レディ・キャサリン・ゴードンを娶らせた。

かくて若僭王《せんおう》が再び首尾好く蘇ったのに恐れをなし、ヘンリー七世は相変わらず裏工作を講じ、買収や贈賄を企み、本来ならば一件をイングランド中に公表して然るべきだったろうに、自分の所業もパーキン・ウォーベックの来歴も内々裡に伏せ続けた。が如何ほどスコットランド宮廷のスコットランド領主に袖の下を使おうと、似非王子を明け渡さすには至らなかった。ジェイムズ四世は幾多の点においてさして拘泥する人間ではなかったが、断じて彼を裏切ろうとせず、絶えず忙しないブルゴーニュ公爵夫人は彼に武器や、熟練兵や、資金まで調達し、かくてウォーベックはほどなく各国から集まった人員千五百名に上る小部隊を擁するまでになった。これら兵士を率い、スコットランド国王その人の援軍を受け、彼は国境を越えてイングランドへと侵攻し、人々に所信を表明する上で、国王を「ヘンリー・チューダ」と呼び、彼を捕らえるか拘束した者には多額の報奨を出すと誓い、自分のことは律儀な臣下の臣従の礼を受けるべくやって来たリチャード四世なりと触れ回った。彼の律儀な臣下は、しかしながら、彼には一向食指を動かさず、律儀な軍隊を忌み嫌った。というのも兵士は様々な国の出だっただけに、互い同士の間でも喧嘩が絶えず、なお輪をかけて悪いことに——などということがあり得るとすれば——その辺りの住民から略奪を始めたからだ。その途端「白バラ」は英国民を悲惨に陥れてまで自己の権利を獲得するくらいなら、いっそ失いたいものだと言った。スコットランド国王は彼の臆病風をせせら笑ったが、彼らは一戦も交えることなくまたもや全軍諸共撤退した。

　この侵略計画の最悪の結果は、お蔭でコーンウォールの人々の間で一揆が起こったことだ。というのも彼らは予想される戦争の費用を賄うべく過剰に税を課されていると感じたからだ。弁護士フラモックと、鍛冶屋のジョウゼフに焚きつけられ、オードリ卿やその他数名の郷士《ごうし》の加勢も受け、彼らは遠路デトフォード橋まで進軍し、そこにて英国王軍と戦った。彼らは――コーンウォール人は実に雄々しく戦ったものの――敗北し、卿は打ち首に処され、弁護士と鍛冶屋は絞首刑の上、引き廻しと四つ裂きにされた。外《ほか》の者は皆恩赦された。国王は、人間誰しも自分同様欲の皮が張っているものと信じ、万事は金で解決されると思っていたから、彼らに自分達を捕らえた兵士から自由を金で購うことを許した。

　パーキン・ウォーベックはここかしこ流離《さすら》い、断じてどこにも安らいを見出せぬよう運命づけられていたものか――とは、時が経つにつれて彼自身半ば信じ込むに至ったと思しき詐称に据えられて然るべき炙たる悲しき運命《さだめ》ではあるが――両国王の間で講和が結ばれたせいでスコットランドの隠処まで失い、今一度、眼前に頭《こうべ》を横たえる国一つなき身の上と相成っていた。がジェイムズは（かつて彼の大義に与す兵士に金を与えるべく金銀食器のみならず、常に身につけていた大きな金の鎖すら溶かした時同様、必ずや、してくだんの大義の失われ、絶望的となった今なお、彼に対してはあっぱれ至極で律儀だったから）、ウォーベックが無事、スコットランド領土から立ち去るまで、講和条約を締結しなかった。ウォーベックと美しい妻は――彼女は如何なる逆境の下《もと》であれ夫に付き従い、夫と哀れな命運を共にすべく地位も祖国も捨てていたから――何一つ不自由なく、安全に航海するに必要な全ての仕度を整えた上、乗船させられ、アイルランドへと旅立った。

　ところが、アイルランドの人々はしばらく前から似非のウォリック伯爵やヨーク公爵には辟易していたため、「白バラ」に一切手を貸そうとしなかった。という訳で、「白バラ」は――文字通り周囲を棘に囲まれ――窮余の一策、美しい妻とコーンウォールへ向かい、果たしてつい最近然に雄々しく蹶起し、デトフォード橋で然に勇敢に戦ったばかりのコーンウォール人が如何なる働きを見せてくれるものか確かめようと意を決した。

　コーンウォールのフィットサンド湾へと、よって、パーキン・ウォーベックと妻はやって来た。して愛らしい令室を聖ミカエル山城（第九章二〇〇頁参照）に安全のため閉じ込め、それからデヴォンシャーへと三千名のコーンウォール兵を率いて進軍した。兵員はエクセター（デヴォン州首都）に着くまでには六千名に膨れ上がっていたが、そこにて人々は屈強に抗い、彼はかくてトーントン（サマセット州首都）へと向かい、やがて国王軍の見える所まで来た。屈強なコーンウォール兵は数の上では劣勢で、武器も粗末ではあったが、それは大胆不敵なものだから、撤退するなど思いも寄らず、明朝の戦闘を雄々しく待ち受けた。彼らにとって実に不運なことに、然に幾多の魅力的な資質に恵まれ、外《ほか》に何ら彼らを惹き寄すもののない時でさえ然に幾多の人々を味方につけて来た男は、彼ら自身ほど胆が座っていなかった。故に夜分、両軍が互いに真っ向から対峙している片や、駿馬に跨ると、とっとと敗走した。夜が明け、哀れ、担がれ易いコーンウォール兵は首領の影も形もないと気づくや、国王軍に白旗を掲げた。中には絞首刑に処せられる者もあったが、大半は恩赦され、惨憺と帰国した。

　英国王はウォーベックが避難したとほどなく発覚したニュー・フォレスト（英南部ハンプシャー州森林）の聖域ビューリまで彼を追い詰める前に、まずもって彼の妻を捕らえるべく騎馬隊を聖ミカエル山へ派遣した。彼女はほどなく捕らえられ、国王の前へ人質として引き立てられた。が余りに美しく、心優しく、その言を心底信じている男に献身的であるため、国王は如何せん身につまされ、手篤く処遇し、宮中の女王その人の側《そば》に侍らせた。してパーキン・ウォーベックが身罷って幾年も経ち、彼の奇妙な物語が童話じみてからもなお、彼女こそは皆から「白バラ」と、その美貌を称えて呼ばれた。

　ビューリの聖域は間もなく国王の兵によって包囲され、国王はいつもながらの陰険で狡猾な手口を用い、パーキン・ウォーベックの下《もと》へ似非擁護者を送り込み、彼におとなしく出て来て身柄を明け渡すよう説得させた。彼は説得されるがまま、ほどなく身柄を明け渡し、国王は然に噂だけは散々聞かされて来た男を――衝立の蔭から――しげしげ眺めると、彼を駿馬に乗せ、自分の少し後ろから、護衛はつけても枷は一切かけぬまま、付いて来さすよう命じた。という訳で彼らは国王のお気に入りの虚勢を張り――大仰な行列を組み――入京した。人々の中にはロンドン塔へとゆっくり通りから通りを縫う若僭王《せんおう》に野次を飛ばす者もいたが、大方は物静かで、興味津々彼を眺めていた。ロンドン塔から彼はウェストミンスター宮殿へと連れて行かれ、そこにて厳重な監視は受けながらも、通常の殿方らしく起居した。時折詐欺に関して尋問されたが、国王はその期に及んでなお、為《す》ること為《な》すこと極秘だったから、一件にそれ自体到底値したとは思えぬほどの勿体をつけた。

　とうとうパーキン・ウォーベックは逃げ出し、サリー州リツチモンドの別の聖域へと逃れた。ここから彼はまたもや身柄を明け渡すよう説得され、ロンドンまで引き立てられると、丸一日、ウェストミンスター会館の外で晒し台に立たされたなり、表向き自らの十全たる告白と称され、国王の間諜が元来暴露していたままの来歴に纏わる文書を読み上げた。それからまたもやロンドン塔に、今やそこに十四年間、ヨークシャーから追い立てられてからというもの監禁されているウォリック伯爵と共に幽閉された。伯爵は、とは言え、国王がパン屋の息子のペテンの証を立てるべく人々にひけらかす時だけは宮中に呼び立てられてはいた。ヘンリー七世の狡猾な気っ風を考慮に入れれば、これら二名が残虐な目論見のために一緒にされたとは十分想定される。ほどなく、二人と看守達との間で獄吏長を暗殺し、鍵を手に入れ、パーキン・ウォーベックをリチャード四世として擁立しようとする陰謀が企てられていることが発覚した。何かそうした陰謀が事実企てられていたとはありそうなことだし、彼らが使嗾されていたのも劣らずありそうなことだ。ばかりか不幸なウォリック伯爵が――プランタジネット家の最後の末裔たる――余りに世間に疎く、余りに無知で単純なため、一件に、何であれ、さして通じていなかったとは紛うことなき事実であり、伯爵を厄介払いするのが国王の打算だったのもまた劣らず事実である。伯爵はタワー・ヒルで首を刎ねられ、パーキン・ウォーベックはタイバーンで絞首刑に処せられた。

以上が自称ヨーク公爵の最期であり、彼の曖昧模糊たる来歴は国王の隠蔽と工作によっていよよ曖昧模糊となった――のみならず、今後も曖昧模糊たるままだろう。仮にウォーベックが生まれながらの気高い資質をより正直な用に充てていたなら、当時ですら、幸せで尊い人生を送れていたやもしれぬ。が彼はタイバーンの絞首台の露と消え、彼を然まで心から愛していたスコットランド生まれの妻は独り、女王の宮廷の懇ろな庇護に委ねられることとなった。やがて彼女は世の幾多の人々が「時の翁」の慈悲深き助太刀の下《もと》、忘れるように、かつての愛も苦しみも忘れ、ウェールズ生まれの郷紳と再婚した。最初の夫より正直で幸福だった二度目の夫、サー・マシュー・クラドックはこうしている今もスワンシー（南東部海港《ウェールズ》）の古教会の墓地で妻の傍らに眠っている。

この治世におけるフランスとイングランドの反目はブルゴーニュ公爵夫人の絶え間ない画策と、ブルターニュの財政を巡る論争から生じていた。英国王は表向き、極めて愛国的で、義憤に燃え、好戦的な風を装っていたが、実際には決して戦を起こさず、必ずや金を儲けようと腹案を練っていた。さる折、フランスとの戦争を口実に国民に重税を課したため、サー・ジョン・エグレモントとジョン・ア・シャンブルという名の平民率いる剣呑極まりなき暴動が起こった。が暴動はサリー伯爵の指揮する皇室軍によって鎮圧された。勲爵士のジョンは、英国王相手に悶着を起こす如何なる者であれ受け入れるにおよそ吝かどころではないブルゴーニュ公爵夫人の下《もと》へと逃れ、平民のジョンはヨークで幾多の部下の直中にて、がより重罪の謀叛人たる謂れをもって、遙かに聳やかな絞首台で縛り首に処せられた。高々と縊られようと縊られまいと、しかしながら、縊られる当人にとっては大同小異であろうが。

結婚後一年と経たぬ内に女王は息子を出産し、王子は伝奇と物語の古《いにしへ》のブリテン王子に因んでアーサー王子と名づけられた。王子は、こうした諸々の事件のほとぼりが冷めるか冷めぬか、当時十五歳だったから、スペイン君主の娘と前途洋々として大祝賀の内に祝言を挙げた。ところが、数か月後に病に倒れ、亡くなった。英国王は悲しみから立ち直るや否や、二十万クラウンに上るスペイン王女の財産が一族から失われるのは誠に遺憾と考え、それ故、若き未亡人を当時十二歳の次男ヘンリーが晴れて十五歳になった暁には連れ添わすよう手筈を整えた。この結婚には聖職者の側《がわ》で異議が唱えられたが、不可謬の教皇が言いくるめられ、教皇は正しいに違いなかったから、それにて一件は当座、落着した。国王の長女には持参金があてがわれ、彼女がスコットランド国王の下《もと》へ嫁ぐことにて長きにわたる騒乱の歴史にも終止符が打たれたやに思われた。

して今や王妃が亡くなった。国王はくだんの悲しみからも立ち直ると、心は今一度、慰めを求めて最愛の金へと汲々と向かい、巨万の富を有すナポリ太后と連れ添うのも悪くはなかろうと思い当たった。が、くだんの御婦人を手に入れるのはお易い御用たろうと、金を手に入れるのは然までお易い御用ならずと判明するや、すぐ様妙案にサジを投げた。王は太后にはさほど御執心でなかっただけに、ほどなくサヴォワ（仏南東部元公国）太后と、その後ほどなく、精神錯乱の甚だしきカスティリャ国王の未亡人と、連れ添おうとした。が代わりに金銭上の契約を結び、いずれとも連れ添わなかった。

ブルゴーニュ公爵夫人はこれまで庇護の下《もと》に置いて来た不平分子の就中、現サフォック伯爵エドモンド・ド・ラ・ポール（かの、ストークで殺害されたリンカン伯爵の弟）を匿っていた。英国王は伯爵をアーサー王子の祝言に戻るよう説きつけた。が伯爵が間もなくまたもや立ち去ったため、陰謀を勘繰り、彼の下《もと》へ二心ある友人達を数名送り、くだんのならず者共から連中のスッパ抜いた、或いはでっち上げた、秘密を買い取るというお気に入りの手段に訴えた。その結果、逮捕や処刑が幾許か出来したが、結局、国王は命までは奪わぬとの約束の下《もと》エドモンド・ド・ラ・ポールの身柄を拘束し、ロンドン塔に幽閉した。

　これが王の最後の敵だった。仮に遙かに長らく生き存えていたなら、常に国民を晒していた暴虐な苛税と、ありとあらゆる資金調達における二人の主たるお気に入りエドモンド・ダドリーとリチャード・エンプソンの横暴な振舞いによって、なお幾多の敵を人々の間に作っていたろう。が死に神が――金で買収することも欺くことも能はぬ、如何なる富にも背信にも動じぬ敵が――事ここに至りて立ち現われ、王の御代に幕を下ろした。王は一五〇九年四月二十二日、享年五十三歳にして治世二十四年目に痛風で亡くなった。して自ら建立し、今に彼の名を有すウェストミンスター大寺院の美しい礼拝堂に埋葬された。

　正しくこの御代においてのことである、偉大なクリストファー・コロンブスが、スペインのために、当時「新世界」と呼ばれた大陸を発見したのは。かくて大いなる驚嘆や、関心や、富の希望がイングランド中で掻き立てられ、国王やロンドンとブリストルの商人は「新世界」におけるさらなる発見のために英国探検隊の装備を整え、ブリストルのセバスチャン・キャボット*――そこなるベネチア生まれの航海者の息子――の手に隊を委ねた。彼は航海において大成功を収め、自らと祖国双方のために大いなる令名を博した。

第二十七章　ヘンリー八世、又の名を突っけんどんなハル王、ぶっきらぼうなハリー王治下のイングランド

第一部

わたし達はとうとうヘンリー八世の治世までやって来た。王のことは「突っけんどんなハル王」だとか「ぶっきらぼうなハリー王」だとか、その他洒落た名で呼ぶのが余りに流行になってはいるが、わたしとしては敢えて歯に衣着せず、彼こそはこの世にまたとないほど忌まわしき悪漢の一人だったと呼ばせて頂こう。王の臨終に辿り着かぬとうの先に、果たしてくだんの悪名に値するかどうか見極めはつこうが。

王は即位した当時、十八歳になったばかりだった。当時は凜々しかったと言われているが、果たして如何なものか。後年は（名にし負うハンス・ホルバイン*によって描かれた肖像からも周知の如く）大柄な、いかつい、派手派手しい、大顔《おおがお》の、小目《こめ》の、二重顎の、ブタそっくりの奴で、よもやかほどに性ワルの気っ風がともかく人好きのする風貌の下《もと》に覆い隠され得ようとは俄には信じ難い。

彼は懸命に国民の歓心を買おうと努め、国民は国民で、先王をいつからとはなく嫌っていたので、喜んで新王こそは人気を博して然るべき人物だろうと思い込もうとした。王は殊の外これ見よがしな外連や見得に目がなく、国民もまた然り。よって彼がキャサリン王女と結婚し、共々戴冠された時、国民は浮かれ騒いだ。して国王が馬上武術試合に出場し、必ずや勝利を収めると――というのも廷臣は一件に細心の注意を払ったから――王は素晴らしい男だと誰もが口々に褒めそやした。エンプソンと、ダドリーと、彼らの支持者は、事実咎のある犯罪ではなく、ついぞ犯したためしのなき色取り取りの罪科で糾弾され、晒し台にかけられ、顔を尻尾の方へ向けて馬に乗せられ、散々小突き回された挙句、打ち首にされた――国民の大いに快哉を叫び、王の懐の大いに温《ぬく》くなったことに。

教皇は、世間に悶着の種を蒔くにそれは疲れ知らずなものだから、ヨーロッパ大陸におけるとある戦争に首を突っ込んでいた――とは、イタリアの喧嘩好きの小さな州を治めていた王子達が様々な折々他の皇室と姻戚関係になり、かくて彼らがくだんのちゃちな政府の縄張り争いを始めたのが火種

の。英国王は、教皇のことが実に気に入っているとはったと気づくや、仏国王の下《もと》へ伝令を遣わし、彼こそは全キリスト教徒の「父」であるによって、くだんの聖《ひじり》に戦を仕掛けぬようと告げた。仏国王は固より当該続柄など歯牙にもかけていない上、フランスの然る領土に対すヘンリー八世の申し立てを断じて認めようとしなかったから、両国の間で宣戦が布告された。かくて戦に加わった全ての君主の手練手管や陰謀を審らかにすることにてこの物語を徒に込み入らすまでもなく、ただこう言えば事足りよう、イギリスはスペインとヘマな同盟を結び、くだんの国にまんまと嵌められたと。というのもスペインは機を見てフランスと独自に折り合いをつけ、イギリスを泥沼に陥れたからだ。サリー伯爵の息子、勇猛果敢な将軍たるサー・エドワード・ハワードはこの一件においてフランス相手に立てた武勲で名を上げた。が生憎、賢明である以上に勇猛だった証拠、わずか数艘の櫓櫂《ろかい》船と共にブレスト港（仏北西部海港）へ侵攻するや、幾門もの大砲を装備した強力なフランス戦艦を（もう一人の大胆不敵な英国将軍サー・トーマス・ニヴェットの敗北と戦死の仇を討つべく）襲撃しようと試みた。して挙句、わずか十名そこそこの乗員共々、内一艘の甲板に（船が彼自身の櫓櫂《ろかい》船から速やかに離れた結果）取り残され、海中に投げ出されて溺死した。ただしその前に、将軍の徽章である黄金の鎖と黄金の呼子を胸許から取り外し、敵兵によって手柄にされぬよう、海中に放り捨てておいてから。この敗北の後《のち》――サー・エドワード・ハワードは武勇と令名を具えた男だけに、傷手は大きかったが――英国王は今度は自らフランスに侵攻してはどうかと思い当たった。まずはかの、先王がロンドン塔に幽閉したままにしている危険人物サフォック伯爵を処刑し、留守中、王国の世話をキャサリン王妃に委ねておいてから。彼はカレーへ渡り、そこにてドイツ皇帝マクシミリアン一世の加勢を受け、皇帝は英国王の一兵士の風を装い、見栄っ張りの虚仮成し屋の己惚れをそこそこくすぐる、その手の戯言でもって服務の俸給まで頂戴した。国王は模擬戦ならばそこそこ首尾好くやってのけていたやもしれぬが、実戦についてはただ、不面目極まりなくも風が吹けば吹き倒される、ケバケバしい絹の天幕を張り、極彩色の旗と金色の緞帳《どんちょう》をこれ見よがしにひけらかすくらいの能しか持ち併せていなかった。運命の女神は、しかしながら、分不相応なほど英国王の肩を持ち賜ふた。というのも、散々無駄な時間を費やして天幕を張らせ、旗を翻させ、黄金の緞帳《どんちょう》を引かせ、その他似たり寄ったりのはったりを利かせた挙句、ギネゲイト（仏北部リール西方都市）で仏軍に戦を仕掛けてみれば、仏兵がそれは摩訶不思議にも慌てふためき、それは瞬く間に敗走したものだから、戦は後に英国人の間では「拍車の戦い」と呼ばれているほどだからだ。この機に乗ず代わり、英国王は実戦はもううんざりと思ったものか、またもや祖国へ引き返した。

スコットランド国王は婚姻によりヘンリーとは近縁に当たったが、この戦争では彼に敵対していた。サリー伯爵は英国将軍とし、敵国王が版図から越境し、トゥイード川を渡った所で対戦すべく進軍した。スコットランド国王がティル川も渡り終え、フロドン・ヒル（英北東部ノーサンバーランド州丘）と呼ばれる、チェヴィオット丘陵最後の丘に野営するに及び、両軍は互いに相対した。フロドン・ヒルの下方の平原沿いに、英国軍は戦闘開始時刻になると進軍し、五団の大部隊を組んだスコットランド軍は、さらば物音一つ立てぬまま整然と下《くだ》って来た。かくてスコットランド軍は、今度は彼らが、長い一列縦隊を組んでやって来る英国軍を迎え撃つべく進軍し、ホーム卿率いる槍兵《そうへい》団で突撃をかけた。当初、スコットランド軍が優勢だったが、英国軍がそれは雄々しく態勢を立て直し、それは勇猛果敢に戦ったものだから、スコットランド国王はすんでに英国皇室旗に辿り着きかけた所で殺され、スコットランド全軍は潰走した。一万人に上るスコットランド兵がその日、フロドン・フィールドにて戦死し、中には幾多の貴族や郷士も含まれていた。その後も長らく、スコットランドの小百姓は自分達の国王はこの戦いで実は死ななかったものと思い込んでいた。というのも如何なる英国人も彼が親不孝な不肖の息子だった懺悔の印に腰に巻いていた鉄製の帯を見つけていなかったからだ。が、帯がどうなったにせよ、英国兵は王の剣と短刀や、指輪や、満身創痍の亡骸は手に入れていた。骸《むくろ》が国王のそれたることに疑いの余地のない証拠、スコットランド国王をよく知っている英国郷紳達が立ち会いの下《もと》身元を確認した。

ヘンリー八世がフランスにて戦争を再開する準備を整えている一方、仏国王は講和を目論んでいた。彼の妻が折しも危篤状態だったので、彼は五十を越えていたにもかかわらず、わずか十六歳であるばかりか、既にサフォック公爵との婚約が成立している、ヘンリー八世の妹メアリー王女との結婚を申し入れた。こうした案件において若き王女方の気持ちの趣きはさして考慮に入れられなかったので、契りは交わされ、哀れ、少女はフランスまで護送され、そこにて直ちに祖国のお付の者の内唯一人の娘と共に、仏国王の花嫁として置き去りにされた。お付の者とは名をアン・ブリンという愛らしい娘で、彼女はフロドン・フィールドの勝利の後《のち》ノーフォーク公爵に任ぜられたサリー伯爵の姪に当たる。アン・ブリンというのは、ほどなく分かる通り、記憶に留められて然るべき名だ。
して今や、若妻をたいそう鼻にかけている仏国王は幾年もに及ぶ幸福の準備万端整え、片や王妃は恐らく、幾年もに及ぶ悲惨を覚悟していたろう時に、国王が三か月と経たぬ内に亡くなり、王妃は若き身空で寡婦となった。新たなフランス君主、フランソワ一世は彼女が再婚相手として外ならぬ英国人と連れ添うのが如何ほど自分自身の利害に肝要か見て取ると、彼女の初恋の相手サフォック公爵に、ヘンリー八世が妹を祖国へ連れ帰るべくフランスへ送り出した機に乗じ、メアリーと連れ添うよう忠言した。王女自身、公爵が大好きだったから、今すぐ結婚するか、さもなければ自分を永遠に失うかの二つに一つと迫り、かくて二人は祝言を挙げ、ヘンリー八世は後ほど二人を許した。国王に執り成す上で、サフォック公爵はヘンリー八世の最も有力な寵臣にして顧問、トーマス・ウルジーに相談を持ちかけてはいた——この名はその浮沈故、史上極めて有名だが。

　ウルジーはサフォック州イプスウィッチの人品卑しからざる肉屋の息子で、それは立派な教育を受けて育ったものだから、ドーセット侯爵一家の個人教師《チューター》になり、侯爵はその後彼を先王の礼拝堂付牧師《チャプレン》の一人に任命させた。ヘンリー八世の即位と共に、彼は昇進し、大いなる寵愛を受け、今やヨーク大主教にして、教皇のみならず、枢機卿にも任じていた。よってイングランドで羽振りを利かせたいか、国王に取り入りたい者は誰であれ——外国君主にせよ英国貴族にせよ——偉大なるウルジー枢機卿を味方につけねばならなかった。

　彼は踊りも達者なら軽口も叩け、陽気に歌っては酒を干す愉快な男で、そうした嗜みはヘンリー八世が有しているような御大層な、と言うよりむしろちっぽけな心には実にしっくり来た。彼は派手派手しい虚飾やキラびやかな光輝に全くもって目がなく、王も目がなかった。彼は当時の英国国教会の学識の大半を身につけ、くだんの体系的知識は要するに、ほとんど如何なる悪事にも実しやかな口実と弁明を見繕い、黒を白、もしくは何であれ他の色だと論ずことに尽きた。この手の学識もまた王のおメガネにぴったり適った。といった幾多の謂れをもって、枢機卿は王の覚え実に目出度く、遙かに有能な資質を具えていただけに、王を如何に手懐ければ好いか、さながら賢しらな飼育係が狼か虎か、ともかくいつ何時自分に襲いかかったが最後ズタズタに引き裂いてくれるやもしれぬ残忍で気紛れな猛獣を操る要領を心得ている如く、心得ていた。未だかつて枢機卿の保っていたほどの威厳が英国中目にされたためしはなかった。巨万の富を有し、一説には、国王の財産にも匹敵しようと言われていた。あちこちの宮殿は国王のそれにも劣らず壮麗で、供奉は八百名に上った。頭の天辺から爪先まで目映いばかりの緋色に身を包んで謁見会を催し、正しく靴までも黄金色《こんじきいろ》にして、宝石が鏤められていた。お付の者は純血種の馬に跨り、片や枢機卿自身は、豪華絢爛たる鹵簿の直中にあって見事に謙遜を銜い、ゆるゆると、真っ紅なヴェルヴェットの鞍と頭絡と金の鐙の騾馬の手綱を取った。

この威風堂々たる司祭の仲裁を介し、フランスにて――がイングランドの属領にて――仏国王と英国王との間で大いなる会見が持たれる手筈が整えられた。くだんの折には途轍もない親交と祝賀の見世物が繰り広げられる予定にして、伝令がヨーロッパ中の主だった都へと、真鍮製のトランペットもて、某日、各々十八名のお供を従えた仏国王と英国王が（武装した）相棒にして兄弟たりて、我こそはと馳せ参ず全ての騎士に対し馬上武術試合を催す旨、触れ回った。

ドイツの新皇帝シャルルは（前皇帝は亡くなっていたから）、これら両君主が余りに懇ろに友好関係を結ぶのを阻止せねばと、ヘンリー八世が会談の場に赴けぬ内にイングランドへ渡り、国王に好印象を与えるのみならず、ウルジーに自分の縁故で次の空位が生じたならば教皇に任ぜようと確約することにて彼の歓心まで買った。皇帝がイングランドを発ったその日、国王と全皇室はカレーへ渡り、そこから一般には「金糸織戦場」と呼ばれる、アドレとギッサの間の会談場所へと向かった。ここにて、正しく金に糸目をつけず、見世物が飾り立てられ、幾多の騎士や郷紳はそれは目も綾な衣装に身を包んでいたものだから、双肩に全財産を担っているとまで表《ひょう》された。

擬いの城郭や、仮初の礼拝堂や、ワインを湛えた泉や、客全員に水さながら無料で振舞われるワインで一杯の大酒蔵や、金モールや、金箔や、金を着せたライオンや、その手の代物が果てしなく溢れ返り、その真っ直中にて、巨万の富を有す枢機卿は並居る貴族や郷紳の一際、燦然として光彩陸離と輝いた。講和条約が二国王の間で恰も本気で守る気がありでもするかのように粛々と結ばれ果すと、一覧が――実に縦九〇〇フィート、横三二〇フィートに垂んとす――馬上武術試合のために広げられ、仏王妃と英王妃は錚々たる顔触れの領主や貴婦人と共に観戦した。それから十日間、両国君主は毎日五人の敵と戦い、雅やかな敵を必ずや打ち破った。とは言え一説によると、英国王はとある日、奮闘の最中《さなか》、仏国王によって投げ倒され、武装した兄弟相手に王たるの癇癪玉を破裂させ、すんでに喧嘩を売りそうになったとのことである。それからこの「金糸織戦場」には大いなる逸話が纏わり、曰く、英国兵は心底、仏兵に不審の念を抱き、仏兵は心底、英国兵に不審の念を抱き、挙句、フランソワはとある朝のこと、独りきりヘンリーの天幕まで馬を駆り、ヘンリーがベッドから起き出さぬ内に中へ入って行くと、おぬし余の人質だと軽口を叩き、さらばヘンリーはベッドから跳ね起き、フランソワをひしと抱き締め、フランソワはヘンリーが着替えをするのに手を貸し、彼のためにリンネルを暖め、ヘンリーはフランソワに目も綾な宝石の鏤められた首章《カラー》を贈り、フランソワはヘンリーに、お返しに、高価なブレスレットを贈った、とのことである。以上、のみならず輪をかけて幾多の逸話が当時(ばかりか実の所、爾来)然に書かれ、歌われ、語られているものだから、世の中の連中は一件がらみでは、宜なるかな、ほとほとうんざり来てはいる。

もちろん、これら華美な所業からもたらされた恩恵はただイングランドとフランスとの戦争の速やかな再開にすぎず、二人の王家の武装した相棒にして兄弟は互いを心底懸命に傷つけ合うにおよそ吝かどころではなかった。ところが戦争が再び勃発する前に、バッキンガム公爵が非道にも、解雇された召使いの証言に基づき、タワー・ヒルで処刑された——実の所、ただ愚にもつかぬことに、とある、預言者の風を装い、公爵の息子はいずれ天佑により、祖国で功成り名を遂げようとか何とか戯言をほざいたホプキンズという名の托鉢僧の言葉を鵜呑みにしたという外《ほか》、さしたる罪状もなきまま。どうやら不幸な公爵は「金糸織戦場」なる一件の厖大な出費と馬鹿馬鹿しさについて忌憚なき私見を審らかにすることにて偉大なる枢機卿の不興を買っていたと思しい。いずれにせよ、公爵は、前述の通り、さしたる罪状もなきまま首を刎ねられ、処刑を目の当たりにした人々は義憤に燃え、これぞ「肉屋の息子」の所業なりと喚き立てた。

新たな戦争は、サリー伯爵が再びフランスを侵攻し、くだんの国に何らかの損害を与えはしたものの、ほどなく終わった。またもや両王国間で講和条約が結ばれ、蓋を開けてみれば、ドイツ皇帝は表向き装っていたほどイングランドに対して友好的でないと判明した。ばかりか、国王の強い要請にもかかわらず、ウルジーを教皇にしようとの約言も守らなかった。二人の教皇が相次いで亡くなったが、外国の司祭は枢機卿より一枚上手で、彼をその座に収まらせようとはしなかった。という訳で枢機卿と国王は共にドイツ皇帝は忠誠を尽くすに値せぬ男だと見極め、国王の娘であるプリンセス・オブ・ウェールズ、メアリーとくだんの君主との婚約を破棄した。して果たして王女をフランソワ自身か、それとも長男と連れ添わすは得策か否か惟み始めた。

さて、ドイツのウィッテンベルクに、今なお宗教改革という名で知られ、人々を司祭への隷属から解放した、イギリスにおける大いなる変革の偉大なる主導者が出現した。これはマーテン・ルターという名の博識者で、彼は彼自身、司祭にして修道士ですらあったので、司祭のことは熟知していた。ウィックリフの教えや著述に触れた幾多の人々はこの主題に関し、思いを巡らせ始めていた。してルターはある日のこと、世には事実、新約聖書と呼ばれる本があり、これには司祭の伏せている真実が含まれていることもあってか、彼らは人々の目に触れることを禁じていると知って驚き、よって教皇以下、聖職者全員を激しく弾該し始めた。たまたま、彼が国民を覚醒する遠大な計画の緒に就いたばかりの頃、テッツエルという名の、悪名高き托鉢僧たる厚顔無恥の男が彼の近所に移り住み、ローマの聖ペテロ教会の大聖堂の改装資金を募るために免罪符と呼ばれるものを手広く売り始めた。教皇の免罪符を買った者は誰であれ、自分の犯した罪に対す天帝の懲罰を免れられることになっていた。ルターは人々にこれら免罪符は神の前では一文の値もない紙切れにすぎず、テッツエルと彼の師達は免罪符を売る上ではペテン師一味に外ならぬと説いた。

国王と枢機卿はこの大それた真似に激怒し、王は（智恵者サー・トーマス・モアの助けを借り——その労に報い、王は後ほど首を刎ねたが）一件に関す書まで物し、かくて大いに溜飲を下げた教皇は国王に「信仰の擁護者」なる称号を授けた。国王と枢機卿はのみならず、背けば破門に処すとの条件の下《もと》、国民にルターの書物を読むことを禁ず過激な警言を発布した。が国民は、にもかかわらず、ルターの書物を読み、その中にどんなことが書いてあるか、噂は津々浦々、広まった。

この大改革がかくて進行している片や、国王はそろそろ馬脚を現わし、凶悪この上もない本性をさらけ出し始めた。王の妹と共にフランスへ渡っていたアン・ブリンはこの時までにはたいそう美しい女性に成長し、キャサリン王妃の侍女の一人として仕えていた。さて、キャサリン王妃は最早若くも麗しくもなく、恐らくさして上機嫌でもなかったろう。というのも常日頃から塞ぎがちだった所へもって、四人の子供を幼くして亡くしたせいで一層塞ぎがちになっていたからだ。という訳で、国王は器量好しのアン・ブリンに現を抜かし、胸中、独りごちた。「どうやってそろそろうんざり来ている厄介者の正妻に片をつけ、アンと連れ添えば好いか？」

お前達も忘れてはいまいが、キャサリン王妃はヘンリーの兄の妻だった。国王は何と、一件に篤と思いを巡らせた挙句、お気に入りの司祭を周囲に呼び寄すと言った。おお！　今にも気が狂れそうだ。居ても立ってもいられぬ。と申すのもそもそも女王と連れ添うのは非合法だったはずだから。これら司祭の内誰一人として敢えて王がその点についぞ思いを致さなかったとは奇しき星の巡り合わせもあったものでは、蓋し、身も細るほど煩悶に駆られなかったこの長き年月、すこぶる御機嫌麗しゅうあられたようだが、などとは曖気《おくび》にも出そうとはせず、ただ口々に言い合った。ああ！　如何にも仰せの通り、これは軽々ならざる案件かと。して恐らく善処する最善の方法は陛下が離縁なさることでは！　さらば王の答えて曰く。如何にも、それがなるほど、最善の方策に違いない。という訳で彼らは皆して本腰を入れにかかった。

もしもくだんの離婚を成立させようという目論見においてて持ち上がった陰謀や画策を物語るとすれば、お前達も定めて英国史というのはこの世にまたとないほど退屈な本だと思おう。だから、ただこう言うだけに留めよう——散々はぐらかしたり折り合いをつけたりした挙句、教皇は一件を全てイングランドで審理するようとの委任状をウルジー枢機卿と（そのためわざわざイタリアから派遣した）カッペッジョ枢機卿宛発布した。一説によると——強ち的外れでもなく——ウルジーは彼の尊大で豪勢な暮らし振りについて叱責されたことがあるからというので女王を忌み嫌っていたらしい。が枢機卿は当初、国王がアン・ブリンと結婚したがっているとは知らず、いざ真相を知ると、王の前で跪いてまで翻意させようとした。

二人の枢機卿は現在その名の橋の架かっている所に間近い、ドミニコ修道士《ブラックフライアーズ》の修道院で法廷を開いた。国王と王妃は、なるべく近い所にいた方が好かろうというので、隣接する、今では劣悪な懲治監しか残っていないブライドウェルの仮宮殿に宿泊した。開廷と共に国王と王妃が召喚されると、くだんの、哀れ、蔑されし御婦人は敢くまで威厳を保ち、毅然とした態度で、とは言え必ずや称えられて然るべき女性らしい情愛を込めて、王の足許に跪き、自分は右も左も分からぬまま王の領土へやって来たと、二十年の長きにわたり王に対しては善き、律儀な妻だったと、それだけ長の年月の経った後で自分が果たして王の妻と見なされるべきか、或いは離縁されるべきか審理する権限をくだんの二人の枢機卿に認めることは叶わぬと告げ、告げたと思うと腰を上げ、退廷し、二度と戻って来ようとはしなかった。

国王はさも感極まった風を装い、宣った、おお、議員諸兄、王妃は何と心優しき女性であることよ、死ぬまで妃と共に暮らせるものなら何と慶ばしかろう、がこうも身も細るほど気も狂れんばかりとは！　という訳で、審理は続き、二か月間ひたすら口角沫を飛ばされるばかりであった。それからカッペッジョ枢機卿が、教皇に成り代わって、延期ほど望むものはなかったので、二か月間の休廷を宣し、二か月経たぬ内に今度は教皇自身が、国王と王妃にそこにて審理されるべくローマへ来るよう要請することにて無期限に休廷した。ところが国王にとっては幸い、数名の家臣が夕食の折にたまたまトーマス・クランマーというケンブリッヂの博学者と出会い、博士は一件をここかしこ、至る所の博学者や主教に問い合わせ、国王の結婚は非合法だとの彼らの見解を集約することにて教皇を急かすよう提案していたとの噂を耳にした。今やアン・ブリンとの結婚を焦っていた国王はこれは名案と膝を打ち、早速クランマーを呼びにやり、アン・ブリンの父親であるロシュフォール卿にはかく告げた。「この博学者を卿の田舎の邸宅《カントリーハウス》へ招き、そこにて書斎として立派な一室をあてがい、余が卿の令嬢と連れ添っても構わぬことを証す本を際限なく読み耽らせて頂きたい」ロシュフォール卿は、二の足を踏むどころか、博学者を下にも置かず持て成し、博学者は自説を証明すべく本腰を入れにかかった。この間《かん》終始、国王とアン・ブリンは互いにほとんど毎日のように書簡を交わし、一刻も早く一件に片がつくようと祈り合い、アン・ブリンは（恐らく）、後にその身に降り懸かることになる命運に値するだけの本性を露にしていたのではあるまいか。

ウルジー枢機卿にとってクランマーにみすみすかようの力添えをさせたのは生憎だったし、なお輪をかけて生憎だったのは、いつぞや国王にアン・ブリンとの結婚を思い留まらせようとしたことだった。ヘンリーのような主人に対す、彼のような家臣は恐らく、いずれにせよ失墜してはいたろうが、前王妃の側《がわ》からは忌み嫌われるわ、未来の王妃の側《がわ》からも忌み嫌われるわで、彼は突如、甚だしく失墜した。ある日、今や自ら司る大法官庁裁判所へ出向くと、ノーフォーク公爵とサフォーク公爵に俥れ、くだんの職を辞し、おとなしくサリー州イーシャに構えている屋敷に隠居するようとの命《めい》を携えている旨告げられた。枢機卿が断ると、二人は速やかに国王の下《もと》へ駆け戻り、翌日、国王からの手紙を携えて引き返し、それを読み上げると、枢機卿は命《めい》に従わざるを得なかった。ヨーク・プレイスの宮殿（現ホワイトホール）*の財宝全ての目録が作成され、彼は憂はしくも艀で、プトニィまで川を上《のぼ》った。その倨傲にもかかわらず、彼は卑屈な男であった。というのもくだんの場所からイーシャへと驟馬に乗って向かう途中、懇ろな言伝と指輪を持って来た国王の礼拝堂《チャプレン》付牧師の一人に追いつかれると、騾馬から下り、帽子を脱ぎ、泥の中で跪いたからだ。彼の、哀れ、道化は、彼が我が世の春を謳歌している際には必ずや気散じに宮殿に侍らせていたものを、主人より遙かにあっぱれ至極な手に出た。というのも、枢機卿が国王陛下に贈り物として捧げるに、くだんのとびきり芸達者な道化を措いて何一つ持ち併さぬと言うと、律儀な道化を主人の傍らから引き離そうと思えば、六人からの屈強な従者《ヨーマン》が力づくでかからねばならなかったからだ。

かつては尊大たりし枢機卿はほどなくなお寵を失うと、下劣な君主にこの上もなく惨めな手紙を認《したた》めた。君主はその時の気分次第で彼を今日貶めたかと思えば、明日、励まし、とうとうウルジーはヨークの司教区で暮らすよう命ぜられた。彼は自分はそれには貧しすぎると返した。が果たしてどうしてそんなことを申し立てられたものか、は今に定かでない。というのも百六十名の召使いと、家具や食料やワインを積んだ七十二台の荷馬車を引き連れて引っ越したからだ。彼は一年の大半をくだんの地方で暮らし、辛酸を嘗めたお蔭でいたく性根を改め、見違えるほど温厚で人当たりが好くなったため、皆に好かれた。して実の所、その驕り昂った日々においてさえ、学識と教育においては立派な功績を残していた。が、とうとう大逆罪で捕らえられ、ゆっくりロンドンへ向かう道中、レスターまでやって来た。日が暮れてからレスター大寺院に辿り着き、たいそう具合が悪かったので、修道士達が出迎えに火の灯った松明をかざしながら門の所まで出て来ると、ここに骨を埋《うず》めるためにはるばるやって来たのだと告げた。して事実、骨を埋《うず》めることとなった。というのもベッドまで連れて行かれると、二度とは起き上がらなかったからだ。臨終の言葉は「もしも王に仕えるに劣らず勤勉に神に仕えていたなら、彼の方《かた》は白髪の私を明け渡されはしなかったろう。が、これが神への奉仕でなく君主への本務のみに腐心した私の労苦と勤勉の正当な報いだ」というものであった。彼の訃報は即刻、折しも外ならぬくだんのウルジーが献上していたハンプトンコートの壮麗な王宮の庭園にてアーチェリーに興じている王の下《もと》へもたらされた。然に律儀ながら然に零落した家臣の訃報に際し、王が露にした哀悼の意はせいぜい枢機卿がどこかに隠していると噂される千五百ポンドを掌中に収めようと格別躍起になることくらいのものであった。

博学者や主教やその他の人々の離婚に纏わる見解は、終に集約されてみれば、概ね国王に与すものだっただけに、これで教皇にも諒承して頂けようとの嘆願書共々彼の下《もと》へ送りつけられた。不運な教皇は、固より臆病な男とあって、もしや要請に従わねばイングランドにおける権限を無効にされるのではあるまいかと気を揉むやら、キャサリン王妃の甥に当たるドイツ皇帝の不興を買うのではなかろうかと怯えるやらで、半ば気も狂れそうになった。かようの心持ちにあって、教皇は依然はぐらかし続け、何一つ手を打とうとしなかった。この期に及び、トーマス・クロムウェルが——ウルジーの律儀な家臣で、零落れてなお、主人に律儀だったから——国王に、ならばいっそ一件を自ら手がけ、全教会の長《おさ》の座に就いてはどうかと忠言した。この挙に、国王は様々な手練手管を用いて、出始めたが、聖職者に対す埋め合わせとし、彼らにはルターの意見に与した廉で、気の向くまま幾多の人間を火刑に処す許可を与えた。ここで断っておかねばならぬが、例の、王が本を物す上で手を貸していた智恵者サー・トーマス・モアは、ウルジーの後継として大法官に任ぜられていた。が彼は如何ほど悪弊に陥っていようと、英国国教会を心底愛していたので、この期に及び、任を辞した。

今やキャサリン王妃を厄介払いし、これ以上騒動を巻き起こすまでもなくアン・ブリンと結婚する意を揺るぎなく固めると、国王はクランマーをカンタベリー大主教に任じ、キャサリン王妃には宮廷を去るよう命じた。王妃は御意に従ったが、何処へ行こうと自分は依然イングランドの女王であり、死ぬまで女王であり続けるだろうと答えた。国王はそこで内々にアン・ブリンと式を挙げ、カンタベリー新大主教は半年と経たぬ内に、国王のキャサリン王妃との結婚を無効と宣し、アン・ブリンを女王の位に即かせた。

彼女は、然なる凶事から如何なる慶事も出来するはずはなく、最初の妻に然まで不実にして然まで残酷だったほてっ腹の人非人ならば第二の妻になお輪をかけて不実にしてなお残酷たり得ようと思い寄っていても好かったろうに。彼女は夫は彼女と恋愛関係にある時ですら、卑しくも独り善がりな臆病者たることに、彼女の屋敷で危険な病気が発生し、彼女自身いつ何時、家人の幾人《いくたり》かが事実感染して亡くなった如く、病気のために死なぬとも限らないと見て取るや、彼女の側《そば》から、胆を消したヤクザ犬よろしくスゴスゴ逃げ出していたと思い寄っていても好かったろうに。がアン・ブリンは然に思い知った時には後の祭り。しかも高価な代償を払って思い知らされた。彼女のより悪しき男との悪しき結婚はその当然の終焉を迎えた。がその当然の終焉は、可惜ほどなく判明する通り、彼女の自然の終焉とはならなかった。

第二十八章　ヘンリー八世治下のイングランド

第二部

教皇は王の成婚の噂を耳にすると、怒り心頭に発した。英国の修道士や托鉢僧の多くも司祭階層が危機に瀕していると見て取るや、教皇の右に倣い、中には教会内で面と向かって国王を激しく糾弾し、国王自身が「静粛に！」と声を上げるまで止めようとしない者もいた。国王は、かと言ってさして悪びれる風もなく、ただ坦々と受け留め、妃が女児を出産すると殊の外喜び、エリザベスという洗礼名を授け、王女は姉メアリーが既に宣せられていた如く、プリンセス・オブ・ウエールズと宣せられた。

この治世の最も言語道断の様相の一つたることに、ヘンリー八世は新教派と旧教派との間で絶えず揺らぎ続け、故に、自ら教皇と諍いを起こせば起こすほど、ますます幾多の彼自身の家臣を教皇の意に従わぬからというので火炙りの刑に処した。かくてジョン・フリスという名の不幸な学生と、哀れ、彼をたいそう可愛がり、よって自分はジョン・フリスの信じることなら何でも信じると言って憚らなかった、アンドルー・ヒューイトという名の無学な仕立て屋は、スミスフィールドにて——国王が如何ほど一点の非の打ち所もなきキリスト教徒か証して余りあることに——火刑に処せられた。

その後ほどなく、しかしながら、サー・トーマス・モアとロチェスター主教ジョン・フィッシャーが遙かに残虐な贄と化した。後者は実に善良で篤実な老人で、罪を犯したと言ってもただ「ケントの乙女」と呼ばれるエリザベス・バートン——かの、自分は神の啓示を受けたと申し立て、実は悪しき戯言以外何一つ口にしていないにもかかわらず、ありとあらゆる手合いの神託を告げているとうそぶく馬鹿げた女共の端くれたる——の言うことを鵜呑みにしたくらいのものであった。この廉で——ということに表向きはなっていたが、実は国王が教会の至高の長《おさ》たることを認めようとしないために——彼は検挙され、投獄された。がその期に及んでなお、自然死を遂げていたやもしれぬ（「ケントの乙女」と彼女の主立った信徒は手早く葬り去られていたから）、もしや教皇が国王への腹いせに、彼を枢機卿に任じる意を固めてでもいなければ。その途端、国王は教皇はたといフィッシャーに赤い帽子を送ろうと――というのが枢機卿任命のやり方だったから――彼は御逸品を被る頭をこれきり持ち併すまいといった主旨の獰猛な軽口を叩き、フィッシャーは不合理にして不当極まりなくも審理され、死刑を宣告された。彼は気高く廉直な老人らしく死に、後世に令名を残した。国王は、恐らくサー・トーマス・モアはこの見せしめに恐れをなすだろうと思ったに違いない。ところが、彼は易々怖気を奮うような男でないばかりか、教皇の尊厳を心底信じてもいたので、国王は教会の正当な長《おさ》ではないと意を決し、断固、長《おさ》だと口にしようとしなかった。この廉で、彼もまた丸一年の幽閉の後《のち》に審理され、有罪の判決を受けた。彼は死刑を宣告され、死刑執行吏の鉞の刃を向けられたまま法廷を後にする段には――とは当時国事犯がくだんの絶望的な苦境に立たされると必ずやなされていた如く――万事を穏やかに受け留め、息子に祝福を垂れた。というのも息子はウェストミンスター会館にて人込みを前へ前へと押しやられると、父の祝福を受けるべく跪いたから。が牢へ戻る途中、タワー・ワーフ*に辿り着き、気立ての優しい、お気に入りの娘マーガレット・ローパーが何度も何度も護衛の間を掻き分けては父親にキスをし、首にすがりつこうとすると、さすがに意気地が失せた。がほどなく持ち直すと、二度と陽気さと勇気以外、如何なる感情も露にしようとはしなかった。これが最後、断頭台の階段を昇る際、彼は階段が弱り、一歩踏む毎に軋むのに気づくと、ロンドン塔の上官代理に冗談めかして言った。「どうか、副官、上まで無事、昇れるか見届けてくれ給え、降りるのは、自分で何とかやりくり出来ようから」のみならず、死刑執行吏には断頭台に頭を載せ果した後で言った。「口髭は勘弁してやってくれないか。あいつは、少なくとも、これきり大逆罪を犯したためしがないもので」そこで初めて彼の首は一撃の下《もと》刎ねられた。くだんの二人の処刑はヘンリー八世に実に付き付きしかった。サー・トーマス・モアは版図広しといえども誰より徳高き男の一人であり、主教は最も古くからの最も律儀な友人の一人であった。がくだんの卑劣漢の友人たることは奴の妻たることに劣らず剣呑極まりなかった。

　これら二件の処刑の報せがローマへ届くと、教皇は天地創造以来、教皇なるものの怒髪天を衝くが如く憤ったためしのないほど処刑者に対して憤り、彼の家臣に武器を取り、国王を退位さすよう命ず大勅書を起草した。国王は万難を排し、くだんの文書を版図から締め出し、意趣返しに、厖大な数に上るイングランドの修道院や大聖堂を禁圧しにかかった。

　この撲滅は（王が大いに重用していた）クロムウェルが指揮を執る委員会によって始められ、完了するまで数年を要した。確かに、これら宗教施設の多くは名目における以外何においても宗教的ではなく、怠惰で、無精で、世俗的な修道士で溢れ返っていた。確かに、彼らはありとあらゆる手口で人々の信心に付け込み、彫像を針金で動かさせておきながら、天帝によって奇跡的に動いた風を装い、大酒樽一杯の歯を用意し、歯は一本残らずとある聖《ひじり》が生やしていたものだと――聖殿《ひじり》、かくも仰山な臼歯の分け前があったとは蓋し、めっぽう尋常ならざる御仁だったに違いないが――触れ回り、石炭の欠片をひけらかしては、これぞ聖ローレンスを揚げたそれなりと、足指の爪は他の名立たる聖者の身上なりと、ペンナイフや、ブーツや、腰帯はまた別の著名な聖者のそれなりと、申し立て、これら全てのガラクタはかくて遺品と称され、無知な人々によって崇め奉られていた。が、その一方で、国王の役人や家来が邪悪な修道士と共に善良な修道士を罰し、大きな不正を働き、幾多の美しい聖物や幾多の高価な蔵書を毀《こぼ》ち、数知れぬ絵画や、ステンドグラスの窓や、精巧な甃や、彫刻を破壊し、宮廷中がこの大いなる略奪品を互いの間で如何様に分けるか餓《かつ》えたように汲々として貪婪だったのもまた確かである。国王はこの禁圧をひたすら完遂する上で正しく常軌を逸していたと思しい。というのもトーマス・ア・ベケットを、死んで幾々年も経つというに、国賊と宣し、遺骸を墓から掘り起こさせたからだ。ベケットは、仮に修道士達が真実を語っていたとすれば、彼らの実しやかに称していた通りこの世ならざる存在だったに違いない。というのも両肩の上に髑髏《されこうべ》を一つ載せたなり発見されたが、彼らはまた別の髑髏《されこうべ》を死後以来彼の真正にして紛うことなき頭《こうべ》としてひけらかしていたからだ。かくて彼らには厖大な額の金も手に入ることとなった。ベケットの聖堂に飾られた黄金や宝石を収めるには大櫃二つを要し、八人がかりで担ぎ去るにもヨロヨロ、ヨロけるほどであった。修道院が如何ほど金持ちだったか、は次なる事実から容易に察せられよう――即ち、それらが全て禁圧されると、年収十三万ポンドが――当時としては莫大な額の――国庫へ収められたとの。

こんな事件があちこちで持ち上がれば、国民の間では当然、不満が募ろう。修道士は心優しき領主にして、旅人皆の気前の好い持て成し手であり、常日頃から大量の小麦や、果物や、肉その他を分け与えていた。当時、道は極めて少なく、極めて悪い所へもって、荷車や荷馬車も劣悪な手合いだったから、品物を金に換えるのは容易でなく、彼らは大量に所有している良質の品物を分け与えるか、そのまま放置して腐らせるかの二つに一つだった。という訳で、人々の多くはノラクラと手に入れる方がそのため汗水垂らしてアクセクするよりありがたき代物を懐しみ、片や住処を追われ、路頭に迷った修道士は彼らの不満を焚きつけ、その結果、リンカンシャーとヨークシャーでは大暴動が起こった。暴動は恐るべき処刑に次ぐ処刑によって鎮圧され、修道士もその犠牲となり、国王は例の御当人の肥え太ったやり口でブーブー、ブツブツ、ブタ王様よろしく、託っては唸り続けた。

　修道院や教会の当該物語を一気に話したのは、物語をより明瞭にすると同時に、国王の私事に立ち返るためだった。

　不幸なキャサリン王妃はこの時までには早、亡くなり、国王はこの時までには早、最初の妃にうんざり来ていたと同様、第二の妃にもうんざり来ていた。ちょうどアンに、彼女がキャサリンに仕えていた折に恋をしたように、彼は今やアンに仕えている別の女官に恋をした。ほら、御覧、どんなに悪事は罰され、どんなに苦々しく、自責の念に駆られながら、女王が今や彼女自身の即位に思いを馳せたに違いないことか！　新たな懸想の相手はレディ・ジェイン・シーマで、王は彼女に想いを懸けるや否や、アン・ブリンの首を刎ねようと心に決めた。という訳で、アンに幾多の罪を着せるに、ついぞ犯したためしのない恐るべき罪状を並べ立て、共犯者として彼女自身の兄や、お抱え郷紳の名まで挙げた——その内、ノリスという男と楽師のマーク・スミートンが最も名高かろうか。領主や顧問はイングランド中で最も卑しい小作人に劣らず王を恐れ、王に媚び諂っていたから、彼らはアン・ブリンに有罪の判決を下し、彼女と共に糾弾された他の不幸な人物にも有罪の判決を下した。くだんの郷紳達は男らしく死んだ。がスミートンだけは、王に使嗾されて、告白とは名ばかりの嘘をつき、てっきり恩赦されるものと思っていたが、天罰が下ったか、処刑は免れなかった。後はただ女王に片をつけるのみとなった。女王はロンドン塔で女間諜に取り囲まれ、非道な糾弾や悪辣な誹謗に苦しめられる一方、公正な裁きは全く受けていなかった。が苦境にあって意気はむしろ昂り、王に宛てて「ロンドン塔の佗しき独房より」（今なお現存する）痛ましき手紙を綴り、空しく懐柔しようとした挙句、自若として処刑台に向かった。彼女はお付の者にたいそうほがらかに告げた——何でも執行吏は腕の立つ方らしいし、わたしの首は細いから（と言いながら声を立てて笑い、両手でギュッと首を締めてみせ）あっという間のことでしょうよ。して事実あっという間に、哀れ、ロンドン塔内の緑地にてケリはつき、遺骸は古櫃に放り込まれるや、礼拝堂の地下に葬り去られた。

　口碑に曰く、王は宮廷に鎮座坐したなり、この新たな処刑を告げることになっている砲声に今か今かと聞き耳を立て、晴れてズドンと風に乗って砲声が轟くや、上機嫌で腰を上げ、狩りに出かけるべく猟犬の仕度を整えるよう命を下した。なるほど、それくらいのことは平気でやりかねなかった。がいずれにせよ、正に翌日、ジェイン・シーマと祝言を挙げたのは確かである。

たとい彼女は且々息子を出産し、息子はジェイムズという洗礼名を授けられたが、出産後彼女自身はほどなく熱病で亡くなったと書き記そうと、さして慶ばしいことでもあるまい。というのも如何なる無実の血にその手がまみれているか百も承知の上、かようの破落戸と連れ添う如何なる女であれ、もしや遙かに長らく生き存えていたなら、ジェイン・シーマの首に必ずや落ちていたろう鉞に値したはずだと思わざるを得ぬからだ。

クランマーは教会の財産の内某かを宗教と教育のために貯えようとしたが、高位貴顕は汲々と財産を掌中に収めようとしたから、かようの目的のために割愛できるそれはごく僅かでしかなかった。マイルズ・カヴァデイルですら――彼は旧教が断じて認めようとしなかった聖書英訳を完成さすことで人々に計れ知れぬ貢献をしたが――名門一族が教会の土地や資産を強奪する限りは困窮を極めていた。国民は国王がこうした資金を手に入れたら、自分達に税を課す要はなくなるだろうと告げられていた。がその直後にまたもや税を取り立てられた。彼らにとっては、実の所、然に幾多の貴族が当該財宝に然に汲々と餓《かつ》えていたのは幸いだった。というのも万が一教会財産が独り国王の懐に収まっていたなら、暴政は幾百年となく延々と続いていたやもしれぬから。国王に敵対し、教会の側《がわ》に与していた最も精力的な文士の一人に、名をレジノルド・ポールという、王家の血を引く、ある種遠縁の従弟がいた。ポールは（その間《ま》も終始国王から年金を受給していたにもかかわらず）極めて過激な物腰で国王を批判し、ペン一本で夜となく昼となく、教会のために戦った。彼は王の手の届かぬ所に――イタリアに――いたので、王は一件について論じ合うべく祖国へ戻るよう丁重に請うた。が彼は帰国するような愚かな真似はせず、賢明にも目下の場所に留まっていた。よって王の怒りは彼の兄であるエクセター侯爵、モンタギュー卿と他の幾人かの郷紳の身に降り懸かり、彼らはポールと連絡を取り、彼を幇助した廉で――とは恐らく事実、していたろうが――大逆罪の判決を受け、全員処刑された。教皇はレジノルド・ポールを枢機卿に任じた。が、彼自身の意とは大いに齟齬を来し、一説によると彼は胸中、イングランドの空位の玉座に即こうとの野望を抱き、メアリー王女との結婚まで目論んでいたと伝えられる。しかしながら、高僧に任じられたため、全ては水泡と帰した。彼の母親、老齢のソールズベリー伯爵夫人が――彼女自身にとっては不幸にも暴君の手の届く所にいたため――彼の怒りを買った最後の縁者だった。伯爵夫人は断頭台に白髪まじりの頭を載せるよう命ぜられると、執行吏に答えた。「いえ！　わたくしの頭《こうべ》はついぞ大逆罪を犯したためしはありません。もしもこの頭《こうべ》が欲しければ、御自分でお捕まえなさい」よって、夫人は処刑台の上をグルグル駆けずり回り、片や執行吏は夫人に斬りかかり、白髪まじりの頭は血まみれになった。彼らが彼女を断頭台に押さえつけてなお、彼女は最後まで、自らの残虐な殺害に与してなるものかと、首を左右に振り続けた。以上全てに、人々は他の万事に耐えて来たように、耐えた。

　実の所、彼らは遙かにそれ以上のことに耐えた。というのもスミスフィールドの緩やかな炎は絶えず燃え続け、人々は常に火炙りの刑に処せられていたからだ――依然、国王の如何ほど信心深きキリスト教徒か証して余りあることに。彼は教皇にも、今や発布され、イングランドにもたらされていた大勅書にも公然と抗ったが、ただ教皇の宗教的見解に与しなかったというだけで数知れぬ人々を火刑に処した。中でもラムバートという惨めな男は国王の御前にて同上の廉で審理され、六人の主教が次から次へと罪状を並べ立てた。男はすっかり疲れ果てると（のも当然ではなかろうか、六人の主教を相手にしたとあらば）、国王の慈悲にすがりついた。が国王は異端者には一欠片の慈悲も持ち併さぬとどなりつけ、かくて、男も炎の贄と化した。

　以上全てに、以上全てよりなお多くに、人々は耐えた。ブリテン魂はこの時期、王国から消え失せていたと思しい。国賊として処刑された正にその人々が、「ぶっきらぼうな」国王の正に妻や友人が、断頭台にて彼のことを立派な君主にして心優しき国王と称えた――さながら同じ状況に置かれた農奴が東洋の皇帝《サルタン》や高官《パシャ》の下《もと》、或いは連中が息絶えるまでグラグラに煮え滾った湯と、ガチガチに凍てついた冷水を代わる代わる浴びせかける、ロシアの古《いにしへ》の凶暴な暴君の下《もと》、称えて来た如く。国会も同断。国王にお望み次第のものを与え、他の逆しまな便宜の就中、王に王が謀叛人と称す気になるやもしれぬ何者であれ御意のまま死刑に処す新たな権限を与えた。が彼らの可決した最悪の法案は当時、一般的に「六縄の鞭」と呼ばれていた六箇条法令で、この法令によると教皇の見解に反す犯罪は仮借なく罰せられ、厳格な宗教の正しく最悪の戒律が強制された。クランマーは、能うことなら、法令を緩和していたろう。が、ローマカトリック派の弾圧を受けていたため、そんな権限はなかった。条項の一つに、司祭は結婚してはならぬと定められ、彼自身結婚していたので、クランマーは妻子をドイツへ遣り、我が身の危険に怯え始めた——目下国王の友人であるのみならず、長らく友人であっただけに、なおのこと。この「六縄の鞭」は国王自身の眼前で制定された。彼が如何にそれらに反対しても一文の得にもならぬと見て取るや教皇の教義の最悪の箇条を残虐非道にも支持したことか、は特筆に値しよう。

　この人好きのする独裁者は今やまた別の妻を娶るのも悪くはなかろうと思い当たった。よって仏国王に仏宮廷の貴婦人の幾人《いくたり》かを、君主たるの白羽の矢を立てられるよう、目の前で披露するよう要請した。が仏国王は祖国の貴婦人を市《いち》の日の馬よろしくひけらかされるべく小走り《トロット》にて連れ出すのは如何せん気が進まぬと答えた。国王はミラノの公爵未亡人に求愛した。さらば公爵未亡人は、もしや首が二つあればかようの縁組みも考えぬではないが、生憎、一つしか持ち併さぬので、割愛する訳には行かぬと返した。とうとうクロムウェルがドイツにクレーベ（西独ライン - ウェストフェイリア州都市）のアンと呼ばれるプロテスタントの王女がいると——その主導者が旧教教会の悪弊や瞞着に抗議《プロテスト》したがために新教を信奉する人々はプロテスタントと呼ばれたから——して王女は眉目麗しく、王のおメガネに見事に適おうと報告した。王は、自分は肉付きの好い妻を娶らねばならぬので、相手は大柄な女性かと問うた。「おお、如何にも」とクロムウェルは答えた。「あちらはたいそう大柄な女性で、さぞやお気に召そうかと」これを聞くが早いか、王はかの名にし負う宮廷画家ハンス・ホルバインを王女の肖像を描いて来るよう送り出した。ハンスは王女をそれは眉目麗しく描いたものだから、王は得心し、祝言の手筈が整えられた。ところが、何者かがハンスに袖の下を使って絵に細工を施させたものか、それともハンス自身が、他の一、二の画家の顰みに倣い、通常の仕事の手口で王女に阿ったものか、はいざ知らず、こちらは確かに、アンが海を渡り、国王はロチェスターまで出迎えに行き、まずは相手に見られぬまま彼女を目にした途端、あれでは「フランドル産の雌馬」ではないか、誰が連れ添うものかと毒づいた。今や事態がここまで来ているからには連れ添わざるを得なかったが、王は仕度してあった贈り物を一切賜ろうとはせず、御当人のことは歯牙にもかけなかった。して一件での失態にかけてはクロムウェルを断じて許さず、彼はその時を境に失墜し始めた。

　クロムウェルの失墜には、旧教を信奉する彼の反対派がとある宮中大正餐会で王の行く手にノーフォーク公爵の姪、キャサリン・ハワードを投ずることにて拍車がかかった。キャサリンは小柄で、格別美人ではなかったが、魅力的な物腰の娘だった。立ち所に彼女に恋をすると、王はほどなくクレーベのアンを既に誰か外の男と契りを交わしていたとの言い抜けの下《もと》――ならば一国の王たる男の沽券にいたく関わろうから――散々口さがない風説のネタにした挙句、離縁し、キャサリンと連れ添った。どうやら、一年三百六十五日の内、よりによって正婚の日に、王は律儀なクロムウェルを処刑台へと送り、首を刎ねさせたと思しい。のみならず、その折を祝すにプロテスタントの囚人を数名、教皇の教義を否定した廉で、ローマカトリック教徒の囚人を数名、彼自身の主権を否定した廉で、同時に火刑に処し、同じ簀《す》の子橇《こぞり》で火刑柱へと引き立てさせた。が依然として人々は耐え忍び、イングランド中で誰一人として抗議の手を挙げる者はなかった。

ところが、因果応報の為せる業か、キャサリン・ハワードは婚前に、王が第二の妻アン・ブリンに濡れ衣を着せていたような罪を事実、犯していたことが発覚したため、またもや恐るべき鉞が王を鰥夫にし、この王妃はくだんの御代にあっては然に幾多の者がそれ以前に身罷っていた如く身罷った。かようの状況の下《もと》なる付き付きしい営為とし、ヘンリー八世はそこで「如何なるキリスト教徒にも肝要な教義」と題す宗教書執筆の指揮を執ることに励み始めた。およそこの時期、恐らく、彼は少々精神錯乱を来していたに違いない。というのも柄にもなく、とある人物に律儀な真似をしたからだ。とある人物とはクランマーで、彼をノーフォーク公爵を初め他の反対派は懸命に破滅に陥れようとしたものの、王は飽くまで誠を尽くすに、ある晩、指輪を渡し、万が一、明くる日、大逆罪の廉で告発されたら、審議会に見せるよう言い渡した。クランマーは、敵のいたく狼狽したことに、仰せに従った。王は恐らく、今しばらくクランマーが必要やもしれぬと考えたに違いない。

彼はなおもう一度結婚した。然り。奇しきことに、イングランドにもまだもう一人、彼の妻になっても構わぬという女性を見つけ、その女性は名をキャサリン・パーという、ラティマー卿の未亡人であった。彼女は宗教改革派で、事ある毎に様々な教義上の問題を論じ合うことにて少なからず王を苦しめたと思えば、せめてもの慰めというものだ。お蔭ですんでに処刑されそうにはなったが。この手のやり取りが交わされたさる折、王は実に凶悪な気分に駆られた勢い、事実、教皇の見解に与している主教の一人、ガーディナーに王妃に対す起訴状を作成するよう命じ、かくて王妃は先の妃皆の縡切れたと同じ処刑台へ否応なく向かう所ではあったろう。もしや友人の一人が宮廷内にたまたま落ちていた指図の文書を捨い、恰も好し、その旨伝えてでもいなければ。王妃は恐怖の余り健康を損ねたが、王がさらに彼女を罠に嵌めて口を割らせにかかると、自分はただかようの問題については王の気を紛らせ、同時に類稀な叡智から蘊蓄を傾けて頂くために口を利いていたにすぎないと言い繕うことにて、それは物の見事に懐柔したものだから、王は妃に口づけを賜ると、さすが我が最愛の妻よと呼んだ。ばかりか、大法官が翌日、妃をロンドン塔に幽閉すべく訪れると、とっとと追い返し、人非人だの、ならず者だの、愚か者だのと口汚い罵詈雑言を浴びせた。然にすんでの所でキャサリン・パーは断頭台の露と消えそうになり、然にすんでの所で九死に一生を得た！

　この治世にはスコットランドとの戦争もあれば、スコットランドに与したからというのでフランスとの短い不様な戦争もあったが、祖国における出来事が余りに陰惨で、余りに払拭し難い汚点をイングランドに残すことになったため、国外でどんな諍いが出来したか、これ以上審らかにする要はなかろう。

　もう二、三残忍な出来事を付け加えれば、この治世は幕を閉じる。リンカンシャー州にアン・アスキューという女がいたが、女はプロテスタントの見解を信奉していたため、過激なカトリック教徒である夫に屋敷から追い出された。女は上京すると、六箇条に違反すると見なされ、ロンドン塔へ引き立てられ、拷問に掛けられた――恐らくは、苦痛の余り、鼻持ちならぬ人間を数名――根も葉もなければなお幸い――告発するやもしれぬからというので。女は拷問にかけられたが、叫び声一つ上げず、とうとうロンドン塔の代官は部下にそれ以上女を苦しめるのを止めさせた。すると今度はそこに居合わす二人の司祭が事実、法衣をかなぐり捨て、手づから拷問台の車輪を回し始め、無慙に引き裂いては、捻《ねじ》っては、砕きにかかった。挙句、女は後ほど椅子ごと火刑場まで運ばれねばならなかった。女は他の三名――郷紳と、司祭と、仕立て屋――と共に火刑に処せられ、かくて世は事も無く続いた。

　果たして国王はノーフォーク公爵と息子のサリー伯爵の権力に恐れをなし始めたものか、それとも父子は何か国王の心証を害したものか、いずれにせよ、国王は彼らを既にあの世の皆同様、排斥する意を固めた。息子が最初に――もちろん何の根拠もなく――審理にかけられ、雄々しく身の証を立てたものの、もちろん有罪の判決を下され、もちろん処刑された。それから父親が捕らえられ、やはりあの世へ葬り去られた。

　ところが国王自身も、より大いなる「王」の手づからあの世へ葬り去られる運命《さだめ》となり、終にこの世は厄介者をお払い箱にした。彼は今や、片脚に大きな穴の空いた、ブクブク太りの悍しき見物《みもの》と化し、五感にとってそれは忌まわしいものだから、側《そば》へ寄るのも憚られるほどだった。今はの際にあると分かると、クランマーはクロイドン（ロンドン南部自治区）の宮殿から呼び寄せられ、大至急駆けつけたものの、王は既に虫の息だった。幸い、ほどなく身罷ったが、享年五十六歳にして治世三十八年目だった。

ヘンリー八世は幾人かのプロテスタント年代記作家によっては宗教改革が彼の御代に成し遂げられたとの理由をもって好意的に描かれているが、その大いなる功績は王ではなく、他の人々にある。改革はこの怪物の数々の犯罪によって一向価値を下げもせねば、それらを弁護したからと言って一向価値を上げもせぬ。身も蓋もない話、彼は極めて鼻持ちならぬ破落戸にして、人間性にとっての屈辱にして、英国史にポタリと落ちた一滴の血と獣脂の染みに外ならぬ。

第二十九章　エドワード六世治下のイングランド

ヘンリー八世は遺書を作成し、十六名より成る諮問会を息子が成年に達さぬ内は（未だ十歳にすぎなかったから）彼に成り代わって王国を統治するよう、また別の十二名より成る諮問会を彼らに助力するよう選任していた。第一の諮問会で最も有力なのは、若き国王の叔父に当たるハートフォード伯爵で、伯爵は時をかわさず甥をエンフィールド（ロンドン北部自治区）へ、そこからロンドン塔へと、公式鹵簿にて連れて行った。当時、若き国王にあって父親の死を悼むとは、何と目ざましき美徳の証かと称えられたが、それくらいの美徳ならば平民ですら持ち併せていようから、これ以上触れぬに如くはあるまい。

先王の遺書には遺言執行人に自分の遺した約言は何であれ悉く全うするよう要求する奇妙な条《くだり》があった。宮中には果たしてくだんの約言とは何だろうかと訝しむ者もあったが、ハートフォード伯爵や他の利害関係のある貴族は約束とは自分達を昇進させ、金持ちにするそれに違いないと申し立てた。という訳で、ハートフォード伯爵は己自身をサマセット公爵に任ずと共に、弟のエドワード・シーマを男爵に昇格させ、外《ほか》にも似たり寄ったりの、いずれも当事者皆にすこぶる好都合であるのみならず、先王の思い出にとっても、なるほど、すこぶる律儀な昇進が出来した。のみならず、なお律儀たらんと、彼らは教会の領土で私腹を肥やし、贅沢三昧に明け暮れた。新たなサマセット公爵は自らを王国の護国卿と宣じさせ、事実上、国王の座に収まった。

若きエドワード六世はプロテスタントの教義の下《もと》に養育されていたので、誰しもそれが守られようことは分かっていた。が、主として任を託されているクランマーは、教義を堅実にして穏便にしか推進しなかった。幾多の迷信や馬鹿げた風習は廃止されたが、罪のない風習は依然として干渉されなかった。

護国卿、サマセット公爵はスコットランドの若き女王が他の強国と同盟を結ぶのを阻止すべく、若き英国王をくだんの王女と婚約させようとした。がスコットランドの大きな党派がこの計画に好意的でなかったため、スコットランドを侵攻した。辺境人《ボーダマン》――即ちイングランドとスコットランドとの国境に住むスコットランド人――が英国人を大いに煩わせているからとの口実の下《もと》。だがこの問題には両面があり、国境地方の英国人もスコットランド人を煩わせ、幾星霜、辺境での争いは絶えず、それが昔語りや古謡の主題にもなった。護国卿は、しかしながら、スコットランドを侵攻し、スコットランドの摂政アランは英国軍の二倍の人員を擁す軍勢を率いて迎え撃つべく進軍した。両軍はエディンバラから二、三マイルと離れていない、エスク川の堤で会戦し、そこにてわずかな小競り合いの後《のち》、護国卿がいとも穏当な交渉を持ちかけるに、もしやスコットランド軍がほんの祖国の王女を如何なる他国の王子とも連れ添わさせぬと約束しさえすれば撤退しても構わぬと申し出たため、摂政はてっきり英国軍は弱腰になっているものと思い込んだ。ところがこの点において恐るべき過ちを犯した証拠、陸上の英国兵と海上の英国兵がそれは猛然とスコットランド軍に襲いかかったものだから、彼らは算を乱し、潰走し、一万人以上のスコットランド兵が戦死した。それは、凄まじき戦であった。というのも脱走兵は情容赦なく殺戮されたからだ。エディンバラへ達す四マイルの地べたには死者や、腕や、脚や、頭が散乱した。中には川に逃げ込んで溺れ死んだ者もあれば、鎧兜をかなぐり捨て、ほとんど裸のまま、逃走中を殺された者もあった。がこのピンキーの戦いにおいて英国兵はわずか二、三百名の死者しか出さなかった。彼らはスコットランド兵より遙かに堅牢な武具に身を固め、敵兵の出立ちと祖国の貧しさに驚きを禁じ得なかった。

サマセット公爵が戻ると、国会が召集され、六縄の鞭は廃止され、他の改善策も一、二講じられた。とは言え、ありとあらゆる宗教的問題において、政府が信じるべきであり、信じねばならぬと宣言している事柄を信じている風を装おうとせぬ人々を火刑に処す掟だけは生憎、温存された。のみならず（物乞いを撤廃しようとの心づもりの下《もと》）三日間続けて無為に、だらしなく過ごす如何なる者も焼き鏝で烙印を捺し、鉄の足枷をつけ、奴隷にさせられる可しとの愚かしい法律まで定められた。がこの残忍極まりなくも不合理な掟はほどなく撤廃され、他の幾多の愚にもつかぬ法律と同じ命運を辿った。

護国卿は今やそれは尊大になっていたものだから、国会においては全貴族の前で、玉座の右手に座った。他の幾多の貴族は、機会あらば、劣らず尊大に振舞うことしか頭の中になかったので、当然の如く、彼に敵愾心を燃やした。して一説には、彼がスコットランドから急遽戻って来たのも、弟のシーマ卿が危険な存在になりつつあるとの報せを受けたからだと言われている。この領主は今やイングランド海軍大臣で、非常に美男だったから、宮廷の貴婦人の大のお気に入りで、若きエリザベス王女の寵愛すら受け、王女は当今の若き王女が何人《なんびと》とも付き合わぬほど懇ろに彼と戯れた。彼は先王の寡婦、キャサリン・パーと連れ添っていたが、キャサリンも今では亡くなり、より大きな権力を掌握すべく、彼は若き国王に内々裡に金を渡していた。ばかりか兄の反対派の幾人《いくたり》かと共謀し、少年王を連れ去る計画すら立てていたと思しい。いずれにせよ、これら、のみならず他の罪状で、ロンドン塔に幽閉され、糾弾を受け、有罪の判決を下された。外ならぬ兄の名が——語るに悲しく、人道に悖れど——死刑執行令状の筆頭に記されていた。彼はタワー・ヒルで処刑され、大逆罪を否定しつつ死んだ。現世における最後の手続きの一つは二通の手紙を——一通はエリザベス王女へ、もう一通はメアリ王女へ宛てて——書くことであり、手紙をお付きの召使いが預かり、片方の靴の中に隠した。二通の手紙は恐らく、兄に意趣を晴らし、処刑の仇を討つよう請うものだったに違いない。内容が実の所、如何なるものだったにせよ、彼が一時期、エリザベス王女に大きな影響力を持っていたのは確かである。

この間《ま》も絶えず新教は広まり続け、人々がいつしか崇め奉るに至っていた彫像は教会から撤去され、彼らは望まなければ司祭に罪を告解する要はないと告げられ、誰もが理解できる平易な祈禱書が母国語で作成され、その他幾多の改善策が講じられた——依然として穏便に。というのもクランマーは実に穏便な男で、新教の聖職者に旧教を口汚く罵らぬよう——とは再三再四にわたって為され、しかもおよそ世の鑑とはならなかった如く——申し渡しすらしたからだ。が人々はこの時期、困窮を極めていた。教会の領地を手に入れた強欲な貴族は極めて悪辣な領主で、当時穀物の栽培より有益であった羊の飼育のために広大な土地を囲い込み、そのため人々は一層苦境に陥った。彼らは、それ故、依然として周囲で持ち上がっていることがほとんど呑み込めず、依然として我が家を追われた——その幾多の者が羽振りの好い当時は良き友であった——修道士の言うことを鵜呑みにしたから、自分達の不幸は全て新教のせいだと思い込み、故に国の各地で暴動を起こした。

最も激しい反乱が起きたのはデヴォンシャーとノーフォークだった。デヴォンシャーにおいて反乱は殊の外熾烈を極め、数日の内に一万もの人々が蹶起し、エクセターを攻囲した。がラッセル卿が、くだんの町を守っている市民の救援に駆けつけ、暴徒を撃退し、とある村の村長を絞首刑に処すのみならず、別の村の助任司祭を彼自身の教会の尖塔から縛り首にした。絞首刑や斬殺の結果、デヴォンシャーだけでも四千人の暴徒が命を落としたと伝えられる。ノーフォークにおいて（一揆は新教に対して、というよりむしろ空地の囲い込みに対して起こったが）、人々の人望を集めている主導者はロバート・ケットという名の、ウィモンダムの革鞣し屋だった。暴徒はまずもって革鞣し屋に対し暴動を起こすよう、とあるジョン・フラワデューという名の、彼に恨みを持つ郷紳によって焚きつけられた。が革鞣し屋は郷紳より一枚上手たる証拠、ほどなく人々を味方につけ、ノリッジの近郊で一軍隊分もの仲間と共に野営を張った。彼の地《か》にはマウシヨルド・ヒルと呼ばれる場所にオークの大木がそそり立ち、ケットはこの大木を「宗教改革の木」と名付けた。してその緑々《あおあお》と生い茂る大枝の下《もと》、彼と部下は真夏の日和に腰を下ろしては法廷を開き、国事について討論した。彼らはそここ公平ですらあるに、退屈至極な辻の弁士にはこの「宗教改革の木」に登り、彼らに向かってその過誤を延々と説くがままにさせた。彼ら自身は下の木蔭で（時にはブツブツ不平を洩らさぬでもなく）耳を傾けて寝そべってはいたが。とうとう、日の燦々と降り注ぐ七月のとある日、伝令が木の下に姿を見せ、すぐ様解散し、我が家へ戻らねばケットと部下を謀叛人として宣告する旨告げた。仰せに従えば恩赦を受けようが。ケットと部下は、しかしながら、伝令の言葉を物ともせず、これまで以上に勢力を強めた。よってウォリック伯爵は終に大軍を率いて彼らの後を追い、壊滅させた。中には少数ながら、謀叛人として縛り首にされ、引き廻しの上四つ裂きにされる者もあった。彼らの四肢は人々への見せしめとし、あちこちの田舎へ送られた。内九名は「宗教改革のオーク」の九本の緑々《あおあお》とした大枝に吊るされ、くだんの木はかくて当座、言はば、立ち枯れた。

護国卿は、傲慢な男ではあったが、庶民の真の困窮に憐れを催し、心から救いの手を差し延べたいと願った。が余りに不遜で余りに高位に就いているため、彼らの人望ですら堅実に保つこと能はず、片や貴族の多くは、彼らもまた不遜ながら、彼ほどは高位に就いていないからというので、絶えず彼を嫉《そね》み、恨んだ。彼は当時、ストランドに大宮殿を建設中で、そのための石を手に入れるべく、火薬で教会の尖塔を爆破させ、主教の館を引き倒し、かくていよよ皆の反感を買った。終に、仇敵ウォリック伯爵——名をダドリーと言う、例の、ヘンリー七世の治世にエンプソン相手にかくも卑劣な真似をしたダドリーの息子——が枢密院の他の七名の委員と共に護国卿に対して叛旗を翻し、別箇の枢密院を結成すると、わずか数日で勢力を強め、彼を二十九箇条の罪状の下《もと》ロンドン塔へ送り込んだ。枢密院によって全職務と領地の没収を宣告された後《のち》、彼は実に慎ましやかに降伏すると、釈放の上、恩赦された。して然なる失墜を蒙ってなお再び枢密院へ復帰すらし、娘のレディ・アン・シーマをウォリックの長男の下《もと》へ嫁がせた。がかようの懐柔策が長らく続くはずもなく、わずか一年も持ち堪えられなかった。ウォリックは自らノーサンバーランド公爵の座に就き、仲間の内より重要な者を昇進させ果すと、この歴史に止めを刺すに、サマセット公爵と友人グレイ卿と他の数名を、国王を捕らえ、廃位させようと企んだ廉で国賊として逮捕させた。彼らは、のみならず、新たなノーサンバーランド公爵を友人ノーサンプトン卿とペンブローク卿と共に捕らえ、いざとならば殺害し、市民に叛旗を翻させようと企んだ廉でも糾弾された。以上全てを、失墜した護国卿は断固否定した。ただし、上述の三人の貴族の暗殺は、ついぞ画策したためしはないものの、口にした覚えはあると告白した。彼は大逆罪は免れ、他の訴因で有罪と判決された。よって人々は――卿が寵を失い、危機に瀕している今や、彼がずっと自分達の味方であったことを忘れてはいなかったから――彼が審理の場から鉞の刃を背けられて出て来るのを目にするや、てっきり無罪放免になったものと思い込み、大歓声を上げた。

ところがサマセット公爵は翌朝八時、タワー・ヒルで打ち首に処すよう命ぜられ、市民には十時を過ぎるまで外出を禁じる声明が公布された。彼らは、しかしながら、夜が明けるや否や通りに繰り出し、処刑の場へと詰め寄せ、悲しい面《おもて》と悲しい心《こころ》で、かつて権力絶大たりし護国卿が恐るべき断頭台に頭《こうべ》を載せるべく処刑台を登るのを見守った。彼が依然として市民に雄々しく臨終の言葉を告げ、わけてもその期に及び、祖国の宗教を改革する上で支援してくれていたと思えば如何ほど慰められることか切々と訴えている最中《さなか》、枢密院のとある委員が馬で駆けつける様が認められた。市民はまたもやてっきり男が死刑執行延期令状をもたらすことにて公爵は恩赦されたものと思い込み、またもや大歓声を上げた。が公爵は自ら彼らに勘違いを諭し、頭《こうべ》を横たえ、一撃の下《もと》首を刎ねられた。

見物人の多くはどっと、我勝ちに駆け寄り、思慕の証に、公爵の血にハンカチを浸した。公爵は、事実、幾多の功徳を施し、内一つは早亡くなってから発覚した。ダラム（英北東部同州首都）の主教は、実に篤実な男だったが、新教に対す暴動を提案する背信的な手紙に返事を書いていた廉で枢密院宛、密告されていた。当の返事が見つからなかったため、有罪判決は下されなかったが、手紙は今や公爵その人によって、くだんの善人へ敬意を表し、内密の書類と共に隠蔽されているのが発覚した。主教は失職し、財産を没収された。

叔父が死刑宣告を受けて投獄されている片や、若き国王は芝居や、踊りや、模擬試合で大いに現を抜かしていたと聞けばさしていい気はすまい。がその点に疑いの余地はない。というのも国王自身、日誌をつけているからだ。片や、この治世には唯一人のローマカトリック教徒もくだんの宗教を信仰しているからというので火炙りに処せられなかったと聞けば、せめてもの慰めというもの。二人の惨めな犠牲者は異端故に死刑に処せられはしたが。一人は、ジャン・ボシャーという名の女で、女は何やら自説を開陳したが、女自身ですら訳の分からぬ戯言でしか説明出来なかった。もう一人は、フォン・パリスという名のオランダ人で、彼はロンドンで外科医として開業していた。エドワードはあっぱれ至極にも、女の処刑令状に署名するに大いに二の足を踏み、署名の前に涙ながらに、署名を急かすクランマーに（クランマーとて実の所、女自身、然まで頑迷でなければ当初は容赦してやっていたろうものを）、罪は自分にではなく、恐るべき行為を然まで執拗に迫る男にこそあろうと訴えた。果たしてクランマー自身がこれを定めて悲嘆と悔悛に駆られて思い起こしていただろう時が訪れるか否か、は可惜ほどなく分かろうが。

クランマーとリドリー（当初はロチェスター主教、後にロンドン主教）がこの治世中、最も権勢を誇った聖職者である。他は依然として旧教に固執しているからというので投獄され、財産を没収された。中でも著名なのは、ウィンチェスター主教ガーディナー、ウスター主教ヒース、チチェスター主教デイ、リドリーの前任ロンドン主教ボナーといった面々だ。メアリー王女もまた——王女は母親の陰鬱な気性を受け継ぎ、新教を母親の受けた虐待と嘗めた辛酸に関わるとして忌み嫌い——とは言え、新教についてはそれ以外何一つ知らず、ただそれが真正に物された本を一冊たり読もうとしなかっただけのことではあるが——旧教を飽くまで信奉し、王国中で唯一、旧教のミサ典礼が執り行なわれることを許された人物だった。若き国王もまた、もしやクランマーとリドリーの強力な説得がなければ、王女を慮ってすら、くだんの例外を認めてはいなかったろう。王は常々ミサなるものに恐れをなし、最初は麻疹《はしか》で、それから天然痘で、たいそう体調を崩してからというもの、病気がちになると胸中、万が一自分が死に、王位第二継承者であるメアリーが跡を継げば、ローマカトリック教が再び勢力を増すに違いないと大いに危ぶんだ。

この不安を、ノーサンバーランド公爵は焚きつけるにおよそ否かどころではなかった。というのも、もしやメアリー王女が即位すれば、新教徒に与して来た自分が寵を失うのは火を見るより明らかだったからだ。さて、サフォック公爵夫人はヘンリー七世の血を引き、仮に彼女が娘のレディ・ジェイン・グレイに善かれと、なけなしの権利を譲るとすれば、それは公爵の権勢を高めるための継承権だったろう。というのも彼の息子の一人、ギルフォード・ダドリー卿は正しくこの折、彼女と結婚したばかりだったからだ。という訳で、彼は王の不安に付け込み、メアリー王女とエリザベス王女を二人とも排斥し、自らの後継者を任命する権限を申し立てるよう働きかけた。よって若き国王はレディ・ジェイン・グレイを王位継承者に任命し、皇室弁護士には法律に準じて遺書を作成さすよう命じる、手づから六度も署名した文書を彼らに委ねた。弁護士は当初、王の要請に大いに異を唱え、その旨国王に告げた。がノーサンバーランド公爵が、一件に関しては今にも殴りかからんばかりに激昂し、上着をかなぐり捨てるや、文句があったらどいつであれかかって来いと啖呵を切ったものだから、致し方なく屈服した。クランマーも当初は躊躇し、自分は既に王位継承権はメアリー王女に帰す旨誓いを立てたと訴えた。が固より意志薄弱な男で、後ほど審議会の他の議員共々文書に署名した。

一件には恰も好し、あっさり片がついた。というのもエドワードは今や見る間に衰弱し、何とか回復さす手立てはないものかと、彼らは王の病気を治してみせられると申し立てる（のは口先ばかりの）女医に王を委ねたからだ。病状はかくして悪化の一途を辿った。一五五三年七月六日、王は今はの際に神に新教を守り給えと祈りを捧げつつ、実に安らかにして敬虔に息を引き取った。

　エドワード六世は享年十六歳、治世七年目にして身罷った。果たしてかほどに若年の王の個性が然に幾多の邪悪で、野心的で、喧嘩好きな貴族に囲まれて後年、如何様に成長していたやもしれぬか、俄には判じ難い。が、たいそう立派な資質に恵まれた、誰からも愛される少年で、下卑た所や、残忍な所や、野蛮な所は全くなかった――とはかくの如き父親の息子にあっては実に驚嘆すべきことではあるまいか。

第三十章　メアリー女王治下のイングランド

ノーサンバーランド公爵は二人の王女を掌中に収めるべく、若き国王の崩御を内密に伏せようと躍起になった。が、メアリー王女は病気の弟を見舞おうとロンドンへ向かう途中、訃報を受けるが早いか、馬の首を回らせ、ノーフォークへ駆け去った。アランデル伯爵が王女の味方で、彼女に事の次第を報せたのは外ならぬ彼であった。

秘密は長らく伏せておく訳には行かなかったので、ノーサンバーランド公爵と枢密院はロンドン市長と市参事会員数名を呼びに遣り、さも勿体らしく訃報を明かした。それから、王の崩御を国民に告げると、レディ・ジェイン・グレイに彼女が女王となる旨伝えに繰り出した。

彼女はわずか十六歳の愛らしい娘で、人当たりが好く、学識があり、聡明だった。彼女の下《もと》へ馳せ参じた領主達が、眼前で跪き、如何なる報せをもたらしたか告げると、彼女はそれはびっくりしたものだから、気を失った。して意識を取り戻すと、若き国王の死を悼み、自分は王国を統治するに相応しくないのは心得ているが、仮に女王にならねばならぬのなら、神がお導き賜おうと答えた。彼女は当時ブレントフォードに間近いシオン・ハウスに住んでいたが、領主達は戴冠式が執り行なわれるまで（慣例に則り）ロンドン塔に移り住むよう、テムズ川伝《づて》粛々と連れて行った。ところが国民は女王の座に即く権利を有すのはメアリーだと考えている上、ノーサンバーランド公爵を毛嫌いしていたので、レディ・ジェインにはおよそ好意的どころではなかった。そこへもってなお憤懣遣る方なくも、公爵はゲイブリエル・ポットという名の、葡萄酒卸し商の召使いを群衆の直中にて不平を洩らした廉で逮捕し、両耳を晒し柱に釘づけにした上、断ち切らせた。貴族の中にも数名、メアリー支持を宣言する有力者がいた。彼らは彼女の大義を申し立てるべく軍を起こし、ノリッヂにて女王として宣言させ、ノーフォーク公の牙城たるフラムリンガム城にて彼女の下《もと》に参集した。というのも彼女は依然身の危険に晒されていたため、いざとならば国外へ脱出出来るよう、海辺の城に留まるに如くはなかったからだ。

枢密院はレディ・ジェインの父に当たるサフォック公爵をこの軍勢に対す軍隊の将軍として派遣する所ではあったろう。がレディ・ジェインが父親には側《そば》にいてもらいたいと訴え、その上、彼はほんの意気地のない男として知られていたので、彼らはノーサンバーランド公爵に公爵自ら指揮を執らねばなるまいと伝えた。彼は固より枢密院に大きな不信を抱いていたから、さして乗り気でなかった。が致し方なく、暗澹たる心持ちで出立し、軍勢の先頭に立ってショーディッチ（ロンドン東部旧自治区）を抜けながら、脇で手綱を取っているとある領主に、市民は我々を見ようと大挙集まってはいるが、恐ろしく静かではないかと耳打ちした。

彼の感じていた身の危険は決して杞憂ではなかった。ケンブリッジで枢密院からのさらなる援軍を待っている間《ま》にも、枢密院はふと、レディ・ジェインの大義に背を向け、メアリー王女のそれに与す方が得策ではなかろうかと思い当たった。これは主として前述のアランデル伯爵が市長と市参事会員との二度目の会談においてくだんの智恵者方に自分自身としては、新教がさして大きな危機に瀕しているとは思わぬと――さらば。ペンブローク卿は別の手合いの説得とし、剣を振り回すことにて現場幇助したが――説きつけたからだ。ロンドン市長と市参事会員は、かくて蒙を啓かれると、確かにメアリー王女が女王になるべきだと申し立てた。という訳で、彼女はセント・ポール大聖堂脇の十字架にて女王として宣せられ、幾樽分ものワインが人々に振舞われ、彼らは正体もなく酩酊し、メラメラと燃え盛る篝火の周りで踊り明かした――哀れな奴らよ、ほどなく如何なる他の篝火がメアリー女王の名の下《もと》にメラメラ燃え盛ることになろうか夢にも思わず。

わずか十日間の女王の座の夢の後《のち》、レディ・ジェイン・グレイはただ自分は両親の仰せに従い、受け入れたにすぎないと言いながら、喜び勇んで王位を明け渡し、テムズ川伝《づて》心地好い我が家と、大好きな書物へと戻って行った。メアリーはその折、ロンドンへ向かい、エセックスのウォンステッド（北東部レッドブリッジ郊外）で異母妹エリザベス王女と合流した。彼らはロンドン塔目指しロンドンの都大路を練り歩き、そこにて新女王は折しも幽閉されている名立たる囚人に面会すると、口づけを賜り、全員釈放した。自由の身となった中にはかの、先の治世において旧教を信奉した廉で投獄されていた、ウィンチェスター主教ガーディナーも含まれていた。彼を、女王はほどなく大法官に任じた。

ノーサンバーランド公爵は既に投獄されていた。して息子や他の五名と共にすぐ様枢密院の前へ引き立てられた。公爵は身の証を立てる上で、宜なるかな、くだんの枢密院に問い質した。果たして国璽の下《もと》に発布された命令に従うのは大逆罪か否か、仮にそうだとすれば、果たして、同様に命令に従っていた彼らが自分の判事たり得るのか否か。が彼らはくだんの点はほとんど意に介さず、端《はな》から彼を厄介払いする気でかかっていただけに、ほどなく死刑を宣告した。彼は他者の死を拠に権力の座に登り詰め、自ら失墜するや（さもありなん）、実に惨めなザマを晒した。かくてガーディナーにたといネズミの窖にせよ、生き存えさせて欲しいと拝み入り、タワー・ヒルにて打ち首に処せられるべく断頭台を登る段には、いじましくも群衆に訴えかけるに、自分は他者に焚きつけられたにすぎず、どうか自ら信じていると公言していた旧教にこそ戻るようと説きつけた。どうやら、この期に及んでなお、この告白に報いて恩赦が得られるものと期待していたと思しい。が期待していようといまいと、首は刎ねられた。

メアリーは今や女王の座に即いた。彼女は齢《よはい》三十七で、背は低く、痩せぎすで、顔には皺が寄り、実に不健康だった。がキラびやかな虚飾や明るい色彩が無類に好きで、故に宮中の貴婦人は皆艶やかに着飾った。のみならず、戯けた古い仕来りにも目がなく、戴冠式ではこの上もなく神さびたやり口で香油を塗られ、この上もなく神さびたやり口で祝福を垂れられ、ありとあらゆる手合いのことをこの上もなく神さびたやり口で執り行なわれた。お蔭で何か御利益に与れたのならば好いが。

彼女はほどなくあからさまに新教を封じ込め、旧教を取り立て始めた。とは言え、国民は一頃より智恵がついていただけに、未だ剣呑な仕事ではあった。彼らは公的説教において新教を批判した皇室の礼拝堂付牧師《チャプレン》の一人に石の飛礫《つぶて》すら——中には短刀も紛れていたが——打った。が女王と司祭は飽くまで我が道を行った。先の治世に有力な主教だったリドリーは逮捕され、ロンドン塔へ送り込まれた。やはり先の治世の名立たる聖職者の一人ラティマーもロンドン塔へ送り込まれ、クランマーもすぐ様その後を追った。ラティマーは老齢だった。よって護衛にスミスフィールドを引き立てられている間《ま》にも辺りを見回しながら言った。「ここは長らく私を求めて呻き声を上げて来た場所だ」というのも彼は如何なる類の篝火がほどなく焚かれることになるか百も承知だったから。百も承知なのは彼独りではない。牢獄は見る間に主立ったプロテスタントで溢れ返り、彼らはそこにて闇と、飢えと、穢《けが》れと、友人からの隔離の内に朽ちるがまま放置された。逃げる暇《いとま》のあった幾多の者は王国から脱出し、如何ほど血の巡りの悪い連中であれ、今や、如何なる事態が訪れようか見て取り始めた。

雲行きは見る間に怪しくなった。国会が、不公平の誹りを免れるものかは、召集され、彼らは以前クランマーによって女王の母親とヘンリー八世との間に宣せられていた離婚を無効にし、エドワード六世の治世に制定されていた宗教の一件に関わる法律を全廃した。して法を侵害する手続きを踏む上で、まずもって昔ながらのミサをラテン語で自分達の眼前にて唱えさせ、跪こうとせぬ主教を放逐した。のみならずレディ・ジェイン・グレイには王位簒奪の廉で、彼女の夫には夫であるとの理由をもって、クランマーには前述のミサを信奉しようとせぬからというので、大逆罪の判決を下した。それから女王に能う限り速やかに夫君を選び賜ふよう請うた。

さて、誰が女王の夫君に最も相応しいかを巡り、喧々囂々口角沫を飛ばされ、幾多の相反する党派が生まれた。ポール枢機卿こそ適格なりと推す者もいた――が女王は、彼は余りに老齢にして学究的すぎるとの謂れをもって、適格ならずとの見解を明らかにした。また中には、女王自らデヴォンシャー伯爵に任じていた若く慇懃なコートネイこそ適格なりと申し立てる者もあり、女王自身しばらくは然に思し召していた。が気が変わった。とうとう、スペイン王子フィリップこそは正しく適格に違いないということになった。が、これまた正しく、国民のおメガネにはさっぱり適わなかった。というのも彼らはかようの成婚には徹頭徹尾、異を唱え、口々にくだんのスペイン人は外国兵の手を借り、天主教の最悪の弊害のみならず、恐るべき異端審問そのものまでも英国に確立するのではあるまいかと囁き合ったからだ。

こうした不平不満が引き鉄となり、若きコートネイをエリザベス王女と結婚させ、彼らを擁立し、女王に対し全国各地で人民の反乱を起こさせようとの陰謀が企まれた。これはガーディナーによって事前に察知されたが、かの、昔ながらに勇猛果敢な州、ケントにて、人々は昔ながらに勇猛果敢なやり口で蜂起し、豪胆をもって聞こえるサー・トーマス・ワイアットが首領となった。彼はメイドストンで叛旗を翻し、ロチェスターまで進軍し、そこなる古城に陣を張り、女王の近衛連隊、並びに五百名のロンドン兵の部隊を率いてやって来たノーフォーク公爵に立ち向かう準備を整えた。ロンドン兵は、しかしながら、全員メアリーではなくエリザベスに与していた。よって城壁の下《もと》、ワイアット支持を宣言し、公爵は退却し、ワイアットは一万五千名の兵を率いてデトフォードへと進軍した。

ところが一万五千名の兵は、今度は彼らこそ散り散りに離散し、サザックに着いた時にはわずか二千名に減っていた。ロンドン市民が武装し、ロンドン塔の大砲が彼がそこにて川を渡るのを阻止すべく待ち受けているのを目にしようとて臆することなく、ワイアットはくだんの地にあるとは先刻承知の橋を渡り、かくてシティーの古門の一つであるラドゲイトまで迂回する腹づもりの下《もと》、二千名の兵をキングストン・アポン・テムズ（南西自治区《ロンドン》）まで率いた。橋は既に壊されていたが、彼は橋を修復し、フリート・ストリート伝《づて》ラドゲイト・ヒルまで雄々しく突き進んだ。門が閉て《た》切られていると見るや、またもや剣を手に、テンプル・バーまで引き返した。ここにて力尽きると、身柄を明け渡し、かくて百名に上る兵士が命を落としたのみならず、三、四百名が人質に捕られた。ワイアットは束の間意気地が失せ（恐らく、拷問にもかけられたのであろう）、後程、何か実に些細な度合いの共謀者としてエリザベス王女を告訴させられた。がほどなく意気地を取り戻すと、それ以上誣告によって生き存えるを潔しとしなかった。彼はいつもながらの残忍なやり口で四つ裂きにされ、四方へ散蒔かれ、部下の内五十名から百名の者が絞首刑に処せられた。残りは首に絞首索を巻いたなり、恩赦を請うよう引き立てられ、仰々しくも「メアリー女王万歳！」と一斉に歓呼させられた。

この叛乱の危機に瀕しても、女王は自ら勇気と気概の女性たることを証してみせた。彼女はどこか安全な場所へ退却するどころか、王笏を手に、市庁へ行くと、市長と市民に向かって雄々しき檄を飛ばした。がワイアット敗北の翌日、自らの残虐な治世においてすら最も残虐な行為を犯すに、レディ・ジェイン・グレイの処刑令状に署名した。

彼らはレディ・ジェイン・グレイに旧教を受け入れるよう説得しようとしたが、彼女は頑に拒み続けた。処刑の朝、彼女は窓辺から夫の頭部のない、血まみれの遺骸が命を落としたタワー・ヒルの断頭台から荷車で連れ戻されるのを目にした。が、自制心を失い、潔く死ねなくてはならぬと、処刑前に夫に会うのを拒絶していた如く、然に、この期に及んでなお、後世に語り継がれるべきひたむきさと落ち着きを身をもって証した。彼女は確乎たる足取りと穏やかな表情で処刑台へと向かい、周りの人々に物静かな声で告げた。傍観者は数少なかった。というのも夫がつい今しがた処刑された如く、タワー・ヒルで人々の眼前にて斬首されるには余りに若く、余りに無垢で美しいため、処刑の場はロンドン塔そのものの中だったからだ。彼女は自分は本来ならばメアリー女王の権利であるものを身に負う上で不法な事を為したと、が何ら悪意はなく、慎ましき一キリスト教徒として死ぬつもりだと言った。それから執行吏に、速やかに葬り去るよう請いながら、たずねた。「身を横たえない内に首は刎ねられませんわね？」執行吏が「はい、奥方」と答えると、実に冷静に目に布をあてがわれるがままになった。目隠しされ、若き頭《こうべ》を横

たえるべき断頭台が見えなくなると、しかしながら、両手で手探りする様が見受けられ、戸惑いがちにつぶやくのが聞こえた。「おお、どうしましょう！　台はどこ？」そこで彼らは正しい場所まで手を引いて行き、執行吏は首を刎ねた。今ではもうお前達も、イングランドでは幾々年もの間《あいだ》執行吏が如何に恐るべき役を司り、如何に彼の鉞が忌まわしき断頭台の上にて国中で最も雄々しく、賢く、気高い者の内幾人《いくたり》かの首を刎ねて来たことか知っていよう。がくだんの鉞がかほどに酷く、かほどに邪な一撃を下《くだ》したためしはない。

レディ・ジェインの父親もほどなく娘の後を追った。がほとんど憐れを催されなかった。メアリー女王の次の目的はエリザベスを捕まえることで、この所業はひたすら懸命に遂行された。五百名に上る兵士が、生死にかかわらず、彼女を引き立てよとの命の下《もと》、エリザベスが折しも引き籠もっている、バーカムステッド近郊のアシュリッジ（英南東部ハートフォドシャー西部古都）の屋敷へ遣わされた。彼らは夜十時にそこへ到着し、さらば彼女は病の床に臥せていた。が首領達は寝室にまで押し入り、そこより翌朝早々彼女は引き立てられ、ロンドンまで連れ行かれるべく担い駕籠に乗せられた。彼女はたいそう具合が悪く、衰弱していたため、旅に五日を要したが、断固、自分の姿を人目に触れさせせようと意を決していたので、敢えて担い駕籠のカーテンを引き開けさせ、かくて血の気を失い、弱り果て、通りから通りを縫った。義姉に一筆認め、自分は如何なる罪を犯した覚えもないと断言し、何故《なにゆえ》人質に捕られねばならぬのかと問うた。が返事は一切受け取らぬまま、ロンドン塔へと送り込まれた。彼らは彼女を逆賊門から連れて入り、彼女は抗ったが、無駄だった。雨が降っていたため、護送役の貴族の内一人が自分のマントを掛けてやろうとしたが、彼女は傲然としてさも見下げ果てたかのように払い除け、塔内へ入るや、中庭の石の上に腰を下ろした。皆は雨を凌ぐに中へ入るよう説きつけたが、まだしもそこに座っている方が増しだと答えた。とうとう牢へ向かい、そこにて囚われの身となったが、後ほど移されることになるウッドストックにおけるほど厳重には監禁されなかった。というのもウッドストックにてはとある日のこと、緑の牧場《まきば》を漫ろ歩きながら日溜まりの中で歌を口遊んでいるのが聞こえた乳搾り娘のことを嫉んだと伝えられているからだ。ガーディナーは、凶暴で陰鬱な司祭の中でもかほどに邪な男もまたいなかったろうが、エリザベスを葬り去る陰険な腹づもりを広言して憚らず、常々もしや異端者の希望たるその根の生き存える限り、如何ほど異端の木の葉を揺すり落とし、大枝を伐り払おうと詮なかろうと言っていた。彼は、しかしながら、くだんの慈悲深き画策において失敗し、エリザベスは結局、釈放され、ハットフィールド・ハウス（英南東部州ハートフォドシャー）が、とあるサー・トーマス・ポープという男の庇護の下《もと》、住居としてあてがわれた。

どうやらスペイン王子フィリップがこの、エリザベスの命運の変化の主たる原因だったと思しい。彼は温厚どころか、誇り高く、高圧的で、陰気臭い人物だった。が彼と、彼と共に海を渡って来たスペイン貴族が王女に危害を加えるという考えに異を唱えたのは確かである。或いはただの打算にすぎなかったのかもしれぬが、男らしく、徳義を重んじたからだと思いたい。女王は夫君の到着を今か今かと待ち佗び、終に夫君は女王の大喜びしたことに、やって来た。が王子自身はついぞ彼女にはお構いなしだった。二人はウィンチェスターでガーディナーによって結ばれ、その後も国民の間ではお祭り騒ぎが続いたが、このスペイン王子との結婚への予てからの不信の念は拭い去れず、国会ですら同様の感情を抱いていた。くだんの国会議員はおよそ正直者揃いどころではなく、まず間違いなくスペインの金で買収されていたはずだが、女王がエリザベス王女を排斥し、自らの後継者を任命することを可能にするような法案は一切可決しようとしなかった。

ガーディナーは王女を断頭台に登らせようとのより腹黒い目論見におけると同様、この目論見においても失敗したが、相変わらず旧教復活にかけてはいささかも手綱を緩めなかった。プロテスタントの一人もいない新たな国会が編成された。教会の資産を手に入れた貴族は皆、それを維持すべしとの聖なる宣言を携えたポール枢機卿を教皇の使者としてイングランドに迎える準備が着々と整えられた――とは貴族の利己的名分を教皇の側《がわ》に与さすべく講じられた策ではあったが。それから女王の計画の掉尾《ちょうび》を飾る一大壮観が繰り広げられるに、ポール枢機卿が豪華絢爛にして威風堂々と到着し、いとも盛大に迎えられた。国会は共に国教における変化を憂う陳情書を提起し、是が非ともイングランドを天主教教会に再び受け入れ給えと請うた。女王が玉座に着き、国王がその片側に、枢機卿が反対側に、座り、国会列席の下《もと》、ガーディナーは陳情書を読み上げた。枢機卿はさらば一大演説をぶち、忝くも全ては水に流され、イングランド王国は再び厳粛にローマカトリック教国たろうと宣った。

今や恐るべき篝火を焚く用意が万端整った。女王は枢密院宛、文書で、臣民の誰一人として枢密院の幾人かの立ち会いの下《もと》でなければ火刑に処すこと罷りならず、わけても火刑においては必ずや正統の説教が唱えられるようと命じていた。よって枢密院は次は如何なる次第と相成ろうか重々心得ていた。という訳で、枢機卿が火刑の前口上とし、全主教への祝福を垂れた後《のち》、大法官ガーディナーはロンドン橋のサザック側《がわ》のセント・メアリー・オヴェリーにて異端者審問のための高等法院を開いた。ここにて、元プロテスタント司祭の二人――グロスター主教フーパーと、セント・ポール大聖堂参事会員ロジャーズ――が審理のため召喚された。フーパーがまずもって、司祭でありながら妻帯し、なおかつミサを信じていない廉で審理された。彼はいずれの罪状も認め、ミサは邪悪な瞞着に外ならぬと断言した。次いでロジャーズが審理され、彼もまた同様のことを言った。翌朝、二人は処刑のため引き立てられ、さらばロジャーズは哀れ、妻はドイツ生まれで、この地では他処者だけに、せめて処刑の前に自分と口を利かせてやって欲しいと訴えた。これに対し、非情なガーディナーは彼女は彼の妻ではないと返した。「いえ、あれはわたしの妻です、主教」とロジャーズは言った。「この十八年間連れ添って参った」彼の要望は依然として拒絶され、彼らは二人共ニューゲイト監獄へ送られ、街頭の呼び売り商人は市民が二人の姿を見ぬよう明かりを消すよう命ぜられた。が人々は我が家の戸口に、ロウソクを手にして立ち、通りすがる二人のために祈りを捧げた。その後間もなくロジャーズはスミスフィールドで火刑に処せられるべく牢から引き立てられ、道々、群衆の中に哀れ、妻と十人の（末の子はほんの赤子にすぎぬ）我が子の姿を認めた。かくて彼は火刑に処せられた。

翌日、フーパーはグロスターで火炙りにされる予定だったので、終《つい》の旅路に着くべく連れ出され、人々に見分けがつかぬよう顔の上に頭巾を被せられた。が人々は、にもかかわらず、彼自身の地元では事実、見分けがつき、彼がグロスターに近づくにつれて沿道に並び、祈りを捧げては悲嘆に暮れた。護衛は咎人を宿所に連れて行き、そこにて彼は一晩熟睡した。翌朝九時、フーパーは杖を突きながら引き立てられた。というのも牢で風邪を引き、衰弱していたからだ。鉄の火刑柱と、彼が括りつけられることになっている鉄の鎖は大聖堂の前の清しい空地の大きなニレの木の側《そば》に据えられ、そこにて長閑な日曜など、彼はグロスター主教たりし頃、いつも法を説いては祈りを捧げたものである。この大木に、折しも二月とあって、葉はすっかり落ちていたから、人々は我勝ちに登り、グロスター学寮の司祭達はとある窓辺から得々と見守り、恐るべき光景を見物出来る場所という場所には黒山のような人だかりが出来た。老主教が火刑柱の足許の小さな演壇に跪き、声高に祈りを捧げると、最寄りの人々はそれは一心に耳を傾けている様が見受けられたものだから、もっと後ろへ下がるよう命ぜられた。というのもローマカトリック教会にとってくだんのプロテスタントの文言が耳にされるのはそぐわなかったからだ。祈禱が締め括られると、彼は火刑柱へと登り、シャツ一枚にされ、火炙りに処されるべく鎖で繋がれた。護衛の一人は然に憐れを催したものだから、苦悶を短くしようと、火薬袋をいくつか括りつけてやった。それから彼らは薪と藁と葦を山積みにし、一気にメラメラと燃え上がらせた。が、不幸にも、薪は生木で湿り、風も吹きつけ、炎を燃え上がる側《そば》から吹き消した。かくて延々四十五分もの長きにわたり、奇特な老主教は炎の燃え盛ったり鎮まったりするがまま、炙られ、燻され、焦がされ、その間《ま》も終始、人々は彼が炎に巻かれながらも唇を動かしながら祈りを唱え、もう一方の腕が焼け落ちてなお片腕で胸を打つ様を目の当たりにした。

　クランマーと、リドリーと、ラティマーはミサについて司祭や博士より成る委員会と討議すべくオクスフォードへと連れて行かれた。彼らは甚だしい侮辱を受け、史実によれば、オクスフォードの学者はシッシと舌打ちしては唸っては呻き声を上げ、ともかくおよそ学者らしからぬ物腰で身を処したという。囚人は再び牢へ連れ戻され、その後《ご》聖母マリア教会にて審理された。彼らは三人共有罪の判決を下され、十月十六日、リドリーとラティマーは恐るべき篝火をまた一つ燃え盛らすべく、引き立てられた。

　これら二人の気高きプロテスタント信者の苦悶の場はベイリアル学寮に間近いシティーの水路の中だった。恐るべき場所へ来るや、二人は火刑柱に口づけをし、それから互いに抱き締め合った。それから、とある博学者がそこに設えられた説教壇に登り、原典から法を説いた。「たとい我が身を炎に捧げ、何ら慈悲を得まいと、我に益する所なし」人を火炙りに処す慈悲を思う時、この博学者が如何ほど厚顔無恥な表情を浮かべていたろうか、は察して余りあろう。リドリーは説教が締め括られると、応唱しようとしたが、許されなかった。ラティマーは服を脱がされると、他の衣の下に新しい経帷子を纏っているのが発覚し、いざその出立ちにて見物人皆の前に立ってみれば、特筆に値しもすれば永らく記憶に留められもすることに、わずか数分前までは弱々しく身を屈めていたものを、今や我ながら正当にして偉大な名分のために命を落とすと心得ていればこそ、すっくと凛々しく立った。リドリーの義弟は、火薬の袋を携えてその場に臨んでいたから、二人が鎖で繋がれると、火薬袋を体に巻きつけてやった。それから、薪山を燃え上がらすべく火が投ぜられた。「元気を出せ、リドリー主教」とラティマーはくだんの恐るべき刹那、声をかけた。「男らしく死のうでは！　我々は今日この日、祖国イングランドに神の恩寵により、未来永劫、潰えることなき蠟燭に火を灯すことになろう」それから彼はさながら炎の中で洗ってでもいるかのように両手を動かし、その手で老いた顔を撫でている様が見受けられ、「天に坐す我らが父よ、我が魂を受け入れ給え！」と叫ぶのが聞こえた。彼はすぐ様息絶えたが、炎はリドリーの両脚を焼いた後《のち》、衰え、そこにて彼は鉄柱に括りつけられたまま生き存え、叫び声を上げた。「おお！　何故《なぜ》焼け死ねぬ！　おお！　後生だから、火の手よ巻け！」が依然、義弟がなお薪を積んでなお、朦々たる煙越しに依然、憂はしくも「おお！　何故《なぜ》焼け死ねぬ、何故《なぜ》焼け死ねぬ！」と叫んでいるのが聞こえた。とうとう火薬に火がつき、彼の悲惨にも終止符が打たれた。

この恐るべき光景の繰り広げられた五日後、ガーディナーは自ら犯すに然ても手を貸した残虐に対す、神の御前なる途轍もなき審判へと身罷った。

クランマーは依然、獄中で生き存えていた。彼は二月に再び、さらなる尋問と審理を受けるべく、ロンドン主教ボナーによって引き立てられた。ボナーはガーディナーの生前にすら、彼が仕事に倦むとガーディナーの跡を継いでいた、いずれ劣らぬ冷血漢だった。クランマーは今や司祭としては罷免され、死を待つばかりであった。が仮に女王がこの世で何者かを忌み嫌っているとすれば、この男をこそ忌み嫌っていた。よってクランマーは徹頭徹尾、身を貶め、辱めを受けるが運命《さだめ》であった。女王と夫がこうした画策を個人的に使嗾したことに疑いの余地はない。というのも枢密院に一筆認め、恐るべき篝火を燃やす上で注意おさおさ怠るなと申し渡したからだ。クランマーは意志の弱い男として知られていただけに、狡猾な人間で周囲を固め、旧教に対す自説を覆すよう仕向ける一計が案ぜられた。首席司祭と修道士が彼を訪れ、共に九柱戯に興じ、様々な心遣いを示し、諄々と説いて聞かせ、獄中での慰み物を買う金を与え、恐らくは六通もに及ぶ撤回書に署名させたものと思われる。が結局、火刑場へ引き立てられると、気高くも己《おの》が善性に飽くまで忠誠を尽くし、映えある最期を遂げた。

祈禱と説教の後《のち》、獄中でクランマーに働きかけていた狡猾な司祭の一人である、当日の訓戒師コール博士は彼に大衆の前で信仰告白をするよう促した。コールがこの手に出たのは、てっきりクランマーは敢えてローマカトリック教徒と名乗ろうと思い込んでいたからだ。「わたしはこれから、自ら進んで」とクランマーは言った。「信仰を告白致します」

それから、彼は彼ら皆の前で腰を上げ、長衣の袖から手書きの祈禱を取り出し、朗々と読み上げた。読み上げ果すと、跪き、主《しゅ》の祈りを捧げ、人々は一斉に唱和した。それからまたもや腰を上げ、自分は聖書を信じていると、つい最近書き記したものにおいて、真実ならざることを書き記し、くだんの文書にこの右手が署名したからには、火炙りにされる際にはまずもって右手から焼く所存だと言った。こと教皇に関せば、自分は天帝の敵とし、彼を拒絶し、弾該する。と言った途端、敬虔なコール博士は大声でくだんの異端者の口を塞ぎ、連れ去るよう護衛に命じた。

かくて護衛は彼を連れ去り、火刑柱に鎖で繋ぎ、そこにて彼はいつでも炎に巻かれるよう、すかさず衣服をかなぐり捨てた。して群衆の前に禿頭を晒し、白い口髭をなびかせながら立ち尽くした。彼は万事休した今や、意志強固にも、再び信仰撤回を覆し、実に感銘深くも坦然としていたため、処刑指揮官の一人である然る領主は部下に「速やかにせよ！」と命じた。火がつけられると、クランマーは飽くまで先の文言に忠実に、右手を突き出し、「この手こそは罪を犯した！」と叫びながら、メラメラと燃え上がって焼け落ちるまで、炎に突っ込んでいた。彼の心臓は燃え殻の直中にて丸ごと発見され、彼はとうとう英国史に忘れがたき令名を遺した。ポール枢機卿はその日を祝すに最初のミサを唱え、翌日、クランマーの後継としてカンタベリー大主教に任ぜられた。

女王の夫は、今や大半を海の向こうの彼自身の版図で過ごし、より近しい廷臣相手に、女王をダシに下卑た軽口を叩いていたが、フランスと戦を起こしていたため、イングランドの援軍を求めにやって来た。イングランドはたかが彼如きのためにフランスとの戦いに巻き込まれるに大いに吝かではあったが、たまたま、正しくこの時期、仏国王はイギリス海岸襲来に加勢していた。よって、フィリップの大いに得心したことに、宣戦が布告され、女王は掌中のありとあらゆる不当な手段を講じて軍事資金を調達した。何ら有益な報いは得られなかったが。というのもフランスのギーズ公爵がカレーを奇襲し、英国軍は完敗を喫したからだ。フランスにおいて英国軍の蒙った損害は国家の威信を大いに貶め、女王はその屈辱から二度と立ち直れなかった。

当時イングランドでは悪性の熱病が蔓延し、目出度くも女王は感染し、臨終の刻《とき》を迎えた。「わたしが死んで、遺骸が切開されたら」と女王は周囲の者に言った。「心臓にカレーの文字が記されているでしょう」もしや曲がりなりにもその上に何か記されているとすれば、彼らは次なる文言を目にしたのではあるまいか――ジェイン・グレイ、フーパー、ロジヤーズ、リドリー、ラティマー、クランマー、して我が邪悪な治世の四年間に火炙りに処せられた、女六十人、幼子四十人を含む、三百名の者。が彼らの死は天国に記されているだけで十分だ。

　女王は一五五八年十一月十七日、五年半足らずの治世の後《のち》、享年四十四歳で身罷った。ポール枢機卿も翌日、同じ熱病で亡くなった。

　血のメアリーとして、この女性は名を馳せ、血のメアリーとして、未来永劫、宜なるかな、恐怖と嫌悪の念を込めて記憶に留められよう。彼女が余りに忌み嫌われているため、史家の中には後年、女王の肩を持ち、メアリーは概ね、人好きのするほがらかな女王であったと証そうとする者まで現われている！「木はその実によりて知らる（『マタイ』一二：三三）」と我らが救世主は宣ふ。火刑柱と篝火がこの御代の「生り物」にして、この女王を他の何によっても判ずこと能うまい。

第三十一章　エリザベス女王治下のイングランド

第一部

枢密院の貴族がハットフィールドまで赴き、エリザベス王女をイングランドの新女王として迎えた際、国中が喜びに沸き返った。メアリーの御代の極悪非道に倦み果てていただけに、国民は希望と歓喜を胸に、新君主に期待をかけた。祖国はまるで悪夢から覚めたかのようで、天は、老若男女を炙り殺して来た炎の煙で然に長らく雲隠れしていたものを、今一度燦然と輝くやに思われた。

エリザベス女王は戴冠式に臨むべく、ロンドン塔からウェストミンスターへと、都大路を馬車で縫った際、齢《よはい》二十五であった。面立ちは極めて特徴的だが、概して堂々とし、威厳に満ちていた。髪は赤く、鼻は女性にしてはいささか長く、尖っていた。廷臣が触れ回ったほど美人ではないにせよ、まずまずの器量で、なるほど、険悪で陰鬱なメアリーの後に来ただけに、それだけ麗しくは映った。教育は十分受けていたが、ペンを執ると回りくどく、口汚く罵って憚らず、がさつな物言いをした。聡明だが、狡猾で、二枚舌を弄し、父親譲りの癇癪持ちだった。こんなことを今ここで述べているのは、女王は今日に至るまでとある派によっては余りに絶賛され、また別の派によっては余りに酷評されているため、まずもって事実どんな女性だったか呑み込んでおかねば、彼女の治世の大半を理解するのはほとんど不可能だからだ。

彼女は世を治め始めるに極めて有利なことに、サー・ウィリアム・セシルという、後ほどバーリ卿に任ずることになる、非常に聡明で慎重な国務大臣が仕えていた。総じて、人々は通りを行列が練り歩くと、常より浮かれ騒ぐもっともな謂れがあり、幸せに浸るのもまたもっともだった。ありとあらゆる類の見世物や彫像が据えられ、ゴグとマゴグ（『ハンフリー親方の時計』第一章注(二二)参照）がテンプル門の天辺に高々と掲げられ、市自治体は（こちらの方がもっと当を得ていようが）若き女王に金貨にして一千マルク贈呈した——余りの重さに、女王は両手で馬車の中へ運び込まねばならぬほどだったが。戴冠式は大成功の内に執り行なわれ、翌日、廷臣の一人は新女王に陳情書を提起し、かようの祝祭の折には囚人を数名釈放するのが習い故、何卒四名の福音伝道者、マタイとマルクとルカとヨハネ、並びに使徒聖パウロを釈放して頂けぬか、何とならば五人はしばらく前から馴染みのない外つ国の言語に閉じ込められ、よって人々は教えを乞えずにいるのでと訴えた。

これに対し、女王はまずもって彼ら自身に果たして釈放されたいか否か尋ねる方が好かろうと返し、回答を導き出す手立てとし、一大公開討論会が——ウェストミンスター大寺院にて二宗派の闘士の間で催される種宗教的馬上武術試合が——ある種宗教的馬上武術試合されることになった。常識にとってほどなく明々白々となったことに、人々がともかく自ら繰り返したり読んだりすることの恩恵に浴すにはそれについて某か理解しておくことが肝要だろう。よって平易な母国語による祈禱書が制定され、その他法律や条例が定められ、かくて宗教改革なる偉大な仕事は完遂された。ローマカトリック教の主教や擁護者は、総じて、苛酷な扱いは受けず、女王の国務大臣は慎重であると同時に慈悲深くもあった。

この治世の大いなる悩みの種にして、この治世に出来した類の騒乱と流血の大半の元凶は、スコットランドの女王メアリー・スチュアートだった。以下、能う限り手短に、メアリーとは一体何者で、如何様な人物で、如何にしてエリザベスの女王たるの枕の直中なる棘となるに至ったか、審らかにするとしよう。

彼女はスコットランドの摂政女王メアリー・オブ・ギーズの娘で、ほんの幼い時分にフランス国王の息子にして世継ぎ、王太子《ドーファン》の下《もと》に嫁いだ。教皇は、彼の忝き許可なくしては何人《なんぴと》たり英国の王冠を正統には戴けぬと申し立てていたから、くだんの忝き許可を求めていなかったエリザベスとは真っ向から敵対していた。して仮に英国国会が王位継承を変更していなければスコットランドの女王メアリーこそは生得権として英国王位を継承していたろうだけに、教皇自身と、彼の信奉者である不平分子の大部分はメアリーが合法の英国女王であり、エリザベスは不法な女王なりと申し立てた。メアリーは然にフランスと密接な関係にあり、フランスは固より英国を嫉《そね》んでいたから、一件はメアリーがくだんの強国と何ら姻戚関係を結んでいない場合より遙かに大きな危険を孕んでいた。して若き夫が父親の崩御と共に仏国王フランソワ二世の座に収まるに及び、事態は実に由々しき様相を呈した。というのも、若き女王夫妻は自らをイングランドの国王と女王と称し、教皇も手練手管を弄し、二人の肩を持つ気でかかったからだ。

さて、新教はジョン・ノックスという名の厳格で有力な伝道師や他の同様の人々の指導の下《もと》、スコットランドで目ざましい進展を遂げていた。スコットランドは未だ半ば未開の国で、夥しい殺害や暴動が絶えず起こり、新教徒は然るべくくだんの悪弊を改革する代わり、昔ながらの荒くれたスコットランド人気質《かたぎ》で本腰を入れるに、教会や礼拝堂を荒らし、絵画や祭壇を引き倒し、灰衣のフランシスコ修道士だろうと、黒衣のドミニコ修道士だろうと、白衣のカルメル修道士だろうと、ありとあらゆる手合いの色彩の法衣の修道士を四方八方へ小突き回した。このスコットランド新教徒の頑迷にして粗暴な気質が引き鉄となり（スコットランド人はこと宗教的案件にかけては現在に至るまで生半ならず陰険で不機嫌な国民だから）、ローマカトリック教の仏宮廷の血は滾り、フランスは国を挙げてありとあらゆる手合いの色彩の修道士を再び確乎と踏んばらせ、まずもってくだんの国を、次いで英国を征服し、かくて新教徒を木端微塵に粉砕せんとの腹づもりの下《もと》、スコットランドへ軍隊を派遣した。片や既に「主《しゅ》の全会衆」と称す大同盟を結成していたスコットランド新教徒はエリザベスに内々に、新教は万が一自分達にあって敗北を喫すならば、必ずやイングランドにおいても敗北を喫しようと訴えた。という訳で、エリザベスは何事も意のままに処す国王と女王の権限には重きを置いていたものの、彼らの君主に対して武装している新教徒を支持すべくスコットランドへ援軍を送った。こうした手続きが全て踏まれた挙句、エディンバラで講和条約が結ばれ、その下《もと》に仏軍は王国から撤退することに同意した。別箇の条約により、メアリーと若き夫は自称イングランドの国王と女王なる肩書きを明け渡す旨約束した。この約定を、二人はついぞ全うしなかったが。

たまたま、事ここに至りてほどなく、若き仏国王が急死し、メアリーは若き身空で寡婦となった。彼女は、さらば、スコットランド臣民に祖国へ戻り、国を治めるよう請われ、今や彼《か》の地にては幸せでなかったから、間もなく、要請に応じた。

スコットランドの女王メアリーが彼女自身の荒っぽい、喧嘩好きな祖国へ向け、カレーを発ったのはエリザベスが王位に就いて三年後のことだった。港から出ようとすると、とある船が視界から消えた。よって彼女は声を上げた。「おお！　天に坐す神よ！　かようの航海にとって、これはまた何たる兆しであることか！」彼女はたいそうフランスが好きだったから、甲板に腰を下ろし、後ろを振り返っては、辺りが暗くなるまでさめざめと涙をこぼした。床に就く際には、もしもフランスの岸辺がまだ見えるようなら、これが最後、名残を惜しめるよう、夜明けと共に起こして欲しいと告げた。幸い、晴れた朝だったので、願いは聞き届けられ、彼女は今や後にしつつある彼《か》の国のためにまたもや涙をこぼし、幾々度となく声を上げた。「さらば、フランス！　さらば、フランス！　汝に二度と会うことはなかりましょう！」以上全ては、その後長らく、齢《よはい》十九の若く麗しき王女にあっては痛ましいと同時に感銘深い逸話として記憶に留められた。が実の所、これは、他の苦難と相俟って、いつしか彼女に相応以上の憐憫を纏わすことになったのではあるまいか。

彼女はいざスコットランドへ戻り、エディンバラのホリルード宮殿に落ち着くと、自分が仏宮廷での経験とはおよそ懸け離れた無骨な他処者や粗野で不快な仕来りに取り囲まれているのに気がついた。正しく女王贔屓の臣民ですら、長き航海で疲れ切っている際に耳障りな調べの小夜曲《セレナーデ》で――恐らくは凄まじきバグパイプの合奏で――頭を疼かせ、彼女と供奉を骨と皮に痩せさらばえた小さないじけたスコットランド産の馬に乗せて宮殿へと連れて行った。固より女王贔屓ならざる人々の中には新教教会の有力な主導者も含まれ、彼らは如何ほど他愛なかろうと、彼女の気散じを手厳しく批判し、音楽や踊りを悪魔の所業として弾該した。ジョン・ノックス自身、度々激しく、食ってかからんばかりに法を説き、お蔭で彼女は一層不幸な日々を送ることとなった。こうした諸々の理由が重なって、メアリーは昔ながらのローマカトリック教への信仰を深め、彼女自身とイングランド双方にとって蓋し、極めて無謀にして剣呑極まりなくも、ローマカトリック教会の指導者に、万が一自分が英国王位を継承すれば、必ずやくだんの宗教を復活させようと厳粛な誓いを立てるに至った。彼女の不幸な歴史を繙く際、このことは絶えず思い起こさねばなるまいし、彼女は終生ローマカトリック派によって絶えず何らかの形でエリザベス女王に対抗させられていたということも忘れてはなるまい。

一方エリザベスがメアリーを心好く思っていなかったこともまた確かである。エリザベスは非常に虚栄心が強く、嫉妬深く、人々が結婚するのを殊の外嫌っていた。彼女は打ち首にされたレディ・ジェインの妹、レディ・キャサリン・グレイを、ただ内密に結婚していたからというので、屈辱的なまでに苛酷に処遇し、挙句彼女は亡くなり、夫の財産も没収された。という訳で、メアリーの再婚が噂され始めると、エリザベスは恐らく、今まで以上に彼女を毛嫌いしたに違いない。かと言ってエリザベスに彼女自身の求婚者がいなかった訳ではない。というのも求婚者はスペイン、オーストリア、スウェーデン、イングランドから続々現われたからだ。当時、彼女の英国での恋人であり、大いに寵愛してもいたのはレスター伯爵、ロバート・ダドリー卿で、彼は彼自身、とある英国郷紳の娘エイミー・ロブサートと密かに結婚していたが、まず間違いなく、彼女をバークシャー州の彼自身の田舎の邸宅、カムナー・ホールで暗殺させたと思われる――女王と自由に結婚できるよう。この逸話を基に、偉大な作家サー・ウォルター・スコットは彼の最も優れた伝奇小説《ロマンス》の一つを物している。だが仮にエリザベスが自らの虚栄と悦楽のために美男の寵臣を唆す術《すべ》を心得ていたとすれば、彼女は自らの矜恃のために彼に歯止めをかける術《すべ》も心得ていた。よって寵臣の愛も、他の求婚も全て、水泡に帰した。女王は常々、お定まりの能弁な演説において、自分は終生誰とも連れ添わず、処女女王として生涯を全うしようと宣言していた。演説そのものは、なるほど実にあっぱれで殊勝なそれには違いないが、爾来、余りに褒めそやし、吹聴されて来たものだから、わたし自身としては辟易気味だ。

　様々な王子がメアリーとの結婚を申し込んだが、英宮廷は彼ら皆に嫉妬を覚える謂れがあり、政略上、彼女を正しくかの、エリザベスの夫の座を狙っていたレスター伯爵と連れ添わそうとすらした。とうとう、レノックス伯爵の息子であり、彼自身スコットランド王家の血を引く、ダーンリー卿がエリザベスの同意の下《もと》、ホリルードにて己《おの》が命運を試しに向かった。彼はのっぽのマヌケで、踊ってギターを爪弾くのは得手だったが、外《ほか》に何一つ達者だったとは与り知らぬ――ただへべれけに酔っ払い、鯨飲馬食し、数知れぬ卑しく見栄っ張りのやり口で醜態を晒すのをさておけば。しかしながら、この男は目的を完遂する上で、敢えて彼女に多大な影響力を持つ秘書の一人、デイヴィッド・リッチオと結託してまでメアリーの心を射留め、ほどなく女王と結婚した。かようの男と連れ添ったからとて、およそ彼女の株は上がるどころではなかろうが、なお株を下げるようなことがほどなく出来する。

　メアリーの弟に当たるマレー伯爵はスコットランドにおけるプロテスタント派の首領で、この結婚に、一つには宗教上の理由から、もう一つには恐らく、実に愚劣な花婿への個人的嫌悪故に、異を唱えていた。メアリーが側近のより有力な領主を懐柔することにて終に結婚が成立すると、彼女はマレーを骨折りの返礼に国外へ追放した。して彼と他の貴族が新教支持のために武装して蹶起すると、彼女自ら、結婚式から一月と経たぬ内に、鎧兜に身を固め、鞍に充填した拳銃を装備した上、兵を起こした。スコットランドを追われると、彼らはエリザベス女王の下《もと》へ伺候し、女王は表向き、彼らを謀叛人と称しながらも、持ち前の狡猾な性《さが》に則り、内々には手を貸した。

　メアリーは結婚後間もなく夫を疎み始め、夫は夫で、例の、女王の歓心を買う上で共謀していたデイヴィッド・リッチオを疎み始めた。というのも今やこの男こそ女王の愛人に違いないと踏んでいたからだ。彼はリッチオを心底、忌み嫌い、とうとうルースヴァン卿と他の三名の領主と手を組み、邪魔者を暗殺する盟約を交わした。この邪悪な合意に、彼らは一五六六年三月一日極秘の内に達し、九日の土曜の晩、陰謀人一味はダーンリー案内の下《もと》、暗く急な秘密の階段伝《づて》、メアリーが妹レディ・アーガイルとこの呪われし男と共に夕餉の席に着いているとは先刻承知の続きの間《ま》へと押し入った。部屋に突入するや、ダーンリーは女王の腰に腕を回し、げっそりやつれ果てたルースヴァン卿が――この暗殺を敢行すべく病床から起き出していたから――二人の男にもたれかかりながら入って来た。リッチオはすかさず身の危険を察し、女王の背後へ回った。「その男を部屋からお出し下さい」とルースヴァンは言った。「いえ、断じて」と女王は答えた。「あなたの顔を見ればこの者がどれほど身の危険に晒されているか分かります。ここから一歩も外へは出させません」その途端、彼らはリッチオに襲いかかり、揉み合い、テーブルを引っくり返し、彼を引きずり出し、五十六度《たび》剣を突き立てた。女王は愛人が死んだと報されると、言った。「最早、涙は流しません。後は仇を討つだけです！」

一両日中に、彼女は夫を味方に引き入れ、のっぽの阿呆に共謀者一味の下《もと》を去り、自分と共にダンバー（スコットランド南東部ロージャン州都市）へ向かうよう言いくるめた。そこにて彼は不遜にして不実にも、自分は先達ての血腥い所業のことは一切与り知らぬとの声明を発布し、そこにて二人はボスウェル伯爵と他の貴族数名の援軍を受け、彼らと共に八千名の兵を起こし、エディンバラに戻ると、暗殺者一味をイングランドへと放逐した。メアリーはほどなく男児を出産した――依然、仇討ちを念頭に。

彼女がこの所の卑劣と背信の後《のち》、夫を以前にも増して蔑んだろうことは想像に難くない。今や彼女が代わりにボスウェルを愛し、彼と共にダーンリーを排斥する画策を練り始めたことにも疑いの余地はない。ボスウェルは彼女に対し絶大の力を有していたため、リッチオの暗殺者一味すら恩赦するよう差し向けた。幼き王子の洗礼式の手筈は全て彼に委ねられ、彼は列席者の内最も肝要な人物の一人であった。王子はジェイムズと名付けられ、エリザベスが、その折出席してはいなかったが、教母となった。一週間後、メアリーの下《もと》を去り、グラスゴーの父親の屋敷に行っていたダーンリーが天然痘で床に臥すと、彼女は診察のため自分の主治医を遣わした。が恐らく、それは単に人の目を欺く見せかけにすぎず、彼女はボスウェルが一月と経たぬ内に先般のリッチオ暗殺者の一人にダーンリーを暗殺するよう、「何故なら夫を厄介払いするのが女王の御意だから」と告げた際、如何なる事態と相成ろうかは重々心得ていたはずだ。いずれにせよ、正しくその同じ日に、フランスの大使に宛て、夫への苦情を訴える手紙を認《したた》め、それでいてすぐ様、たいそう夫を気づかい、心から愛している風を装ってグラスゴーへと向かった。仮に王女が夫を掌中に収めたいと願っていたとすれば、思う壺に嵌まった。というのも夫を自分と共にエディンバラへ戻り、宮殿ではなく、カーク・オブ・フィールドと呼ばれる、町の郊外の人里離れた屋敷に泊まるよう説きつけたからだ。ここに彼はおよそ一週間滞在した。とある日曜の晩、彼女は十時まで夫と共に過ごし、それから夫の下《もと》を去り、お気に入りの召使いの一人の結婚披露宴に列席するため、ホリルードへ向かった。午前二時、町は大爆発で震撼し、カーク・オブ・フィールドは木端微塵に吹き飛んだ。

ダーンリーの遺体は翌日、少し離れた木の下で発見された。果たして如何様に遺体がそこまで、火薬による損傷を全く受けぬまま運ばれ、如何様にこの暗殺がかくも不様にして奇妙に遂行されるに至ったか、は未だに謎である。メアリーも偽瞞的なら、エリザベスも偽瞞的なだけに、二人の共に関わった歴史は今日に至るまで曖昧模糊たる謎に包まれている。だが、メアリーは紛れもなく夫の暗殺に荷担し、これが彼女の誓っていた仇討ちに違いなかろう。いずれにせよ、臣民は皆、そう思った。エディンバラの通りから通りでは夜の黙《しじま》に女殺人鬼の処罰を求める声が上がった。公の場にはボスウェルを殺人犯として、女王を共犯者として、弾劾する立て札が掲げられ、彼がその後《ご》(既婚であるにもかかわらず)、予め彼女を力づくで人質に捕る風を装っておいてから女王と結婚すると、人々の忿怒は絶頂に達した。女達はわけても女王に対して気も狂れんばかりに腸を煮えくり返らせ、街路で女王の後を追いながら野次や罵声を浴びせかけたという。

かようの罪深き結婚が長続きするはずはなく、この夫妻はわずか一月共に暮らしただけで、若き王子の身を守るべく彼らに対して同盟を結んだスコットランド貴族の一派が成功を収めることで、永遠に離別した。というのも王子を、ボスウェルは捕らえようと空しく画策し、定めて殺害していたろうから――その手に王子を委ねられているマール伯爵が飽くまであっぱれ至極に己《おの》が預かりものに誠を尽くしてでもいなければ。この義憤に燃えた部隊を前に、ボスウェルは国外へ逃亡し、九年後、発狂した挙句、獄死した。メアリーは領主の同盟によって、事ある毎に彼らを欺いて来た廉でロクリーヴアン城へと人質の身たりて送り込まれたが、城は湖の中央に立っていたため、舟によってしか近づくことができなかった。ここにて、然るリンジー卿という男が――男は人非人同然だったため、貴族達ももしや使者としてほかの郷紳を選んでいたなら、まだしも増しだったろうに――女王に退位の署名をさせ、マレーをスコットランド摂政に任ずよう命じさせた。ここにてまた、マレーは女王が慎ましくも悲嘆に暮れているのを目の当たりにした。

女王はロクリーヴァン城に――湖のさざ波がひたひたと打ち寄せ、水面《みなも》の影が部屋の壁でゆらゆらと揺れる懶い牢ではあったものの――おとなしく留まっているに如くはなかったろう。がかようの生活には耐えられず、一再ならず脱獄を試みた。一回目は、彼女自身の洗濯女に身を窶し、すんでに首尾好く行きそうになったが、船頭の一人が彼女のヴェールを上げようとするのに待ったをかけるべく片手を上げ、その手の何と白いことか目にした船頭らに正体を見破られ、再び漕ぎ戻された。その後ほどなく、彼女の魅力的な物腰に惹かれたダグラスという名の城の小僧が、彼女のためならばと、家族が夕餉の席に着いている隙に正門の鍵を盗み、そっと女王と共に這い出し、外から門に錠を下ろし、舟で湖の向こう岸まで渡し、途中、鍵を水底《みなそこ》に沈めた。向こう岸ではまた別の、ダグラスという名の男と外《ほか》に数名の領主が待ち受け、メアリーはかくて護衛と共に、ハミルトン（南東都市《グラスゴー》）まで馬で駆け去り、そこにて三千名の兵を起こした。してここにて、自ら署名した退位は不法にして、摂政に正規の女王に屈服するよう求める声明を発布した。固より堅実な兵士であり、軍を一切率いぬながらも何ら臆することなく、マレーは表向き女王と講和を結ぶ風を装う間《ま》にも兵力、女王軍のおよそ半ばの軍隊を結集し、いざ、彼女に戦いを挑んだ。ものの四半時間で、彼は女王の希望を悉く打ち砕いた。彼女はまたもや延々六〇マイルに及ぶスコットランドの荒野を馬の背に跨り、ダンドレナン大修道院に難を逃れ、そこからさらにエリザベスの領土へと落ち延びた。

スコットランドの女王メアリーは一五六八年、イングランドへとやって来た――彼女自身の破滅と、かの王国の難儀と、幾多の人々の悲惨と死を招くことに。如何に十九年後、彼女がイングランドと現世を去るに至るか、以下、審らかにするとしよう。

第二部

スコットランドの女王メアリーは着の身着の儘、一文無し同然でイングランドに到着すると、エリザベスに一筆認め、自分は無垢な蔑されし皇室の一員であるからには、是が非とも己《おの》が祖国の臣民が再び自分を連れ戻し、命《めい》に忠順に従うよう取り計らって欲しいと訴えた。が、彼女の気質は早、イングランドでは表向き標榜しているそれとは似ても似つかぬものと知れ渡っていたので、もって返すに、ならばまずは身の証を立てねばなるまいと告げられた。当該条件に不安を覚え、メアリーとしてはイングランドに留まるよりむしろスペインかフランスに亡命するか、いっそ祖国に戻る所ではあったろう。が、いずれの手に出られても、イングランドは再び難儀に巻き込まれること必定だったので、当地に引き留めようということになった。メアリーはまずもってカーライル（英北部カンブリア州首都）に落ち着き、その後、必要に応じて、城から城へと追い立てられた。が二度とイングランドを去ることはなかった。

自らの身の証を立てる必要を免れようと散々骨を折った挙句、メアリーはイングランドにおける最も信頼の置ける友人ヘリス卿の忠言に従い、仮に彼女を告訴するスコットランド貴族が、エリザベスがそのため任命するやもしれぬような英国貴族の前で訴因を主張すべく伺候する気があれば、くだんの訴因に答弁しようと同意した。よってかようの集会が会議という名の下《もと》、まずはヨークで、次いでハンプトン・コートで、開かれた。その御前にてダーンリーの父親、レノックス卿は息子を暗殺した廉で公然とメアリーを非難し、たといメアリーの擁護者が今日《こんにち》、彼女のために何を言おうと書こうと、確かに、彼女の弟マレーが彼女とボスウェルとの間で交わされたと自ら申し立てる罪深き手紙や押韻詩の納められた小箱を不利な証拠として呈示すると、彼女は尋問の場から退出した。故に、どうやら彼女はその折、真実を判断する最上の機会に恵まれた者によっては有罪と見なされ、その後彼女に与して生まれた感情は実に大らかなそれではあっても、さして道理に適った感情ではなかった。

しかしながら、徳義を重んじながらもいささか意志薄弱な貴族ノーフォーク公爵は、一つにはメアリーが魅惑的なため、一つには彼自身野心的なため、また一つにはエリザベスを陥れようとする狡猾な陰謀家に焚きつけられ、何としてもスコットランドの女王と結婚したいとの野望を抱き始めた――さすがに、小箱の中の手紙にはいささか恐れをなしはしたものの。この野望は密かに、エリザベスの宮廷貴族の内数名によって、のみならず、お気に入りのレスター伯爵によってすら（彼の好敵手たる他の寵臣によって反対されているとの理由をもって）支持されていたので、メアリーは同意を表明し、フランス国王とスペイン国王も右に倣ったと思われる。画策は、ただし、さほど内々に練られた訳ではなく、エリザベスの耳にほどなく届き、女王は公爵に「如何なる類の枕に頭《こうべ》を横たえることになろうかくれぐれも御留意あれかし」との警告を発した。公爵はその折は慎ましやかな返答をしたが、やがて不機嫌になり、危険人物と目されたため、ロンドン塔へ送り込まれた。

かくて、イングランドへやって来たその刹那から、メアリーを巡って陰謀と悲惨が蠢き始めた。

次いで北方でカトリック教徒の暴動が起こり、幾多の処刑と流血をもって初めて鎮圧された。その後、教皇とヨーロッパのカトリック教徒の君主数名によってエリザベスを廃位させ、メアリーを即位さすと共に、旧教を復活させようとの大規模な陰謀が企てられた。メアリーもこの陰謀については関知し、同意していたことに疑いの余地はなく、教皇は彼自身、一件にそれは意欲的だったため、大勅書を発布し、その中で誰憚ることなくエリザベスをイングランドの「自称女王」と呼び、彼女のみならず、彼女に従い続けよう家臣全員を破門に処した。この惨めな文書の写しはロンドンにまで紛れ込み、とある朝、ロンドン主教の屋敷の門に公然と貼られているのが発覚した。大きな叫喚追跡の声が発せられている間《ま》にも、別の写しがリンカンズ・イン（四法学院の一つ）の法学生の部屋で発見され、法学生は拷問にかけられると、テムズ川対岸のサザック付近に住む裕福な殿方、ジョン・フェルトンから受け取ったと白状した。このジョン・フェルトンという男は、やはり拷問にかけられると、主教宅の門にビラを貼ったのは自分だと白状した。この廉で、男は四日と経たぬ内にセント・ポール大聖堂の教会墓地へと引き立てられ、そこにて縛り首の上、四つ裂きにされた。こと教皇の大勅書に関せば、人々は宗教改革により教皇を厄介払いしていたから、たとい教皇が彼らを厄介払いしようと、無論、さして気にも留めなかった。写しはほんの薄汚れた紙切れにすぎず、街頭の俗謡ほどにもモノを言わなかった。

フェルトンが審理にかけられた正しくその日、哀れ、ノーフォーク公爵は釈放された。もしやそれきりロンドン塔から遠ざかり、彼をそこへ送り込むに至った術数にも二度と近づいていなければ、彼にとっては如何ほど好かったろうか。がくだんの陰鬱な場所に閉じ込められている間《ま》にも、彼はメアリーと書簡を交わし、出獄するや否や、またもや画策を練り始めた。がエリザベスに彼とメアリーとの結婚を承諾させ、カトリック教徒に不利な掟を撤回さすべくイングランドで暴動を起こす目論見の下《もと》、教皇と連絡を取り合っているのが発覚し、ロンドン塔に再投獄され、審理にかけられた。かくて審理に当たった上院議員に満場一致で有罪の判決を下され、斬首に処せられることとなった。

かくも時間が隔たり、相異なる記述が残っているとあって、果たしてエリザベスは本当に慈悲深い女性だったのか、或いはそう見せかけたかっただけなのか、或いは国内で人気のある名士の血を徒に流すのが憚られたのか、はいずれともつきかねる。二度にわたって彼女はこの公爵の処刑を命じては取り下げ、結局、処刑は判決から五か月後に執り行なわれた。処刑台はタワー・ヒルに築かれ、そこにて彼は雄々しく死んだ。彼は死ぬのは全く恐くないと言いながら、目隠しを拒み、下された判決の正当性を認め、その死を人々に心から悼まれた。

メアリーは最も肝要な時に自らの罪を否定することから後込みしたにもかかわらず、罪を認めるような行為を犯すことも周到に避けた。彼女の釈放のためにエリザベスによって持ちかけられるような手合いの提案は全て、何らかの形でのくだんの自認を要求し、故に水泡と帰した。のみならず、二人共狡猾で背信的で、いずれ劣らず相手をこれきり信用していなかったから、二人がともかく合意に達することはまず望めなかった。という訳で、国会は教皇の働いた狼藉に立腹していただけに、イングランドにおけるカトリック教の普及を阻止する新たにして厳格な法律を定め、何人《なんぴと》にあっても女王と彼女の後継者がイングランドの合法的君主でないと口にすれば大逆罪と見なされる由宣した。国会は、もしやエリザベスの中庸がなければ、なお過激な手に出てはいたろう。

宗教改革以来、イングランドには信心深い人々の――と言おうか自ら信心深いと標榜する人々の――大きな三宗派が生まれていた。即ち、新教徒と、旧教徒と、もう一派、教会での礼拝における万事を極めて純粋《ピュア》で簡素にしたいと訴えるとの理由をもって清教徒《ピューリタン》と呼ばれる人々の。これら最後の信徒は概ね、付き合いにくい人々で、悍しい風情で身繕いを整え、鼻にかけた物言いをし、ありとあらゆる罪のない娯楽に異を唱えることこそ殊勝と考えていた。が彼らは同時に有力でもあり、非常に熱心で、一人残らずスコットランドの女王を目の敵にしていた。イングランドにおける新教徒の感情はフランスとオランダにおいて新教徒の蒙っている途轍もない残虐行為によってさらに掻き立てられた。両国では幾万もの人々が想像し得るありとあらゆる残忍な手立てで処刑され、終に一五七二年の秋、未だかつて犯されたためしのないほど暴虐な行為がパリにて出来した。

それは史上、聖バルトロマイの祭日前夜に起きたため、聖バルトロマイ祭日の大虐殺と呼ばれる。その日はたまたま八月二十三日土曜日に当たった。その日、プロテスタント（彼《か》の地にてはユグノー派と呼ばれる新教徒）の偉大な指導者全員が、彼らの首領、ナバール（仏南西部からスペイン北部に及ぶ古王国）の若き国王とシャルル九世――当時仏王位に即いていた惨めな若き国王――の妹との結婚式に敬意を表す――と彼らには告げられていた――名目の下《もと》一堂に会した。くだんの魯鈍な仏国王は母親と、周囲の他の過激なカトリック教徒により、ユグノー派は彼の命を狙っていると思い込まされ、かくて大いなる鐘が撞かれると同時に彼らを大武装軍によって襲撃し、手当たり次第に虐殺す可しとの極秘の命令を下すよう説きつけられた。所定の刻限が間近に迫ると、この惨めな愚か者は極悪非道の所業が始められる所を目の当たりにするよう、頭の天辺から爪先までワナワナ身を震わせながら、母親によってバルコニーへと連れ出された。鐘が撞かれると同時に、殺戮者はどっと繰り出した。くだんの夜通し、してその後二日間、彼らは屋敷に押し入り、屋敷に火をつけ、新教徒という新教徒を、男も女も子供も、銃で撃ち、剣で突き、遺体を街路へ放り込んだ。通りすがりに街路で撃たれる者もあり、彼らの血は溝を滔々と流れた。パリだけでも一万人以上の、フランス全土ではその四、五倍のプロテスタントが虐殺された。これら悪魔的な殺害への感謝を天に捧げるべく、教皇と供奉は事実、ローマで公的に練り歩き、恰もこれではまだ恥の晒しようが足らぬとでもいうかのように、大虐殺を記念して勲章まで鋳造させた。が、大量殺戮は如何ほどこれら権威にとっては心地好かろうと、操り人形国王にはくだんの心安らかな功は奏さなかった。彼は、宜なるかな、以来、片時も心の安らぎを覚えず、絶えず血まみれで傷だらけのユグノー教徒が目の前で息絶えて行くのが見えると喚き立て、一年と経たぬ内にそれは凄まじく金切り声を上げては叫んでは喚き散らしながら死んで行ったものだから、よしんばそれまでこの世に生を受けた教皇が束になってかかっていたとて、罪の意識に苛まれた陛下に微塵の慰めももたらし得なかったろう。

　大虐殺の恐るべき報せはイングランドに達すや、人々に蓋し、由々しき動揺を与えた。たとい彼らがおよそこの時期、カトリック教徒に対していささか狂暴になり始めたとしても、この恐るべき謂れが、血のメアリーの時代の然てもほどなく出来したとあらば、斟酌されて然るべきだろう。宮廷は国民ほど正直でなかった――が、それを言うなら今もって、間々。よって貴族も貴婦人も一人残らず全黒色の正式喪服に身を包んでフランス大使を迎え、厳粛な沈黙を守った。にもかかわらず、大使が仏国王の弟、弱冠十七歳のアランソン

（仏北西部オルヌ県首都）公爵に成り代わって、聖バルトロマイ祭日前夜のわずか二日前にエリザベスに対して行なっていた結婚の申し込みは依然着々と進行し、片や、いつもながらの賢しらなやり口で、女王は密かにユグノー教徒に金と武器を与えていた。

上述の如く、個人的には辟易気味のくだんの、終生処女女王で貫き通す云々の実しやかな演説を悉くぶって来た女王にしては、エリザベスは再三再四にわたり結婚「しそうに」なった。常に誰か、代わる代わる色好い素振りを見せては、毒づいては、小突き回す——というのも処女女王は実に気紛れに拳を上げたから——英国寵臣を抱えているのみならず、この仏公爵とは数年間、即かず離れず付き合っていた。公爵がとうとうイングランドへ渡って来ると、結婚約定書が事実起草され、六週間後に挙式が執り行なわれる旨決定された。女王は当時、結婚にそれは御執心なものだから、スタッブズという名の貧しい清教徒と、ペイジという名の貧しい本屋を成婚に異を唱える小冊子を物し、刊行したからというので告訴した。彼らの右手はくだんの罪状故に斬り落とされ、哀れ、スタッブズは——かようの状況の下《もと》、わたし自身には到底敵わぬほど律義だったと見え——すぐ様左手で脱帽するや、声を上げた。「女王陛下、万歳！」スタッブズは酷い仕打ちを受けた。というのも結局、女王は自ら指輪を外し、もって公爵との契りを交わしたにもかかわらず、祝言は挙げられなかったからだ。公爵は求婚が都合、およそ十年の長きにわたり続いた挙句、元の木阿弥で、英国を立ち去り、二、三年後、息を引き取った際には、エリザベスは、やはり公爵のことが心底好きだったのであろう、その死をいたく悼んだ。かと言って女王に面目が施される訳ではない。というのも公爵は所詮、悪しき一族の全くもって悪しき端くれにすぎなかったからだ。

カトリック教徒に話を戻せば、イングランドでは二様の聖職者階層が頭角を現わし、実に忙しなく立ち回りもすれば、大いに恐れられもした。即ち、（ありとあらゆる化けの皮を破って至る所に身を潜めている）イエズス会士と、渡英宣教師*という。人々が前者に恐れをなしたのは、彼らが自分達の承認する目的をもって犯されるならば殺人も合法的だという教えを説くことで知られていたからであり、後者に恐れをなしたのは、彼らが旧教の教えを垂れ、本来ならば消え失せているはずの時に依然イングランドにてグズグズとためらっている所謂「メアリー女王の司祭」の後継者たるべく海を渡って来たからだった。彼らに関してはこの上もなく厳格な法が定められ、情容赦なく執行された。彼らを自分の家に匿った者はしばしば人道的な行為故に厳罰に処せられ、拷問台は――かの人間の四肢をバラバラに引き裂く残虐な責め道具は――絶えず作動し続けた。これら不幸な人々の告白したことは、と言おうかくだんの苦悶の下《もと》何者によってであれ告白されたことは、必ずや大いなる疑念をもって受け取られねばならぬ。というのも人々はかようの恐るべき苦しみを逃れるためならば事実、またとないほど馬鹿げた、あり得べからざる犯罪に間々証を立てて来たからだ。が、イエズス会士の間にせよ、フランス、スコットランド、スペインと手を組んでにせよ、エリザベス女王を暗殺し、メアリーを即位させ、旧教を復活させるための幾多の陰謀が企まれていたのは史実である。

たとい英国民が余りに易々陰謀を鵜呑みにしたとしても、上述の通り、故無しとせぬ。聖バルトロマイ祭の大虐殺が依然記憶に新しい内に、オランダの偉大な新教徒の英雄、オランジュ公が暗殺者によって撃たれ、犯人は暗殺のためにわざわざイエズス会士の修道院に監禁され、訓練を受けたと告白した。オランダの人々はこの驚愕と悲嘆の内に、エリザベスを自分達の君主にしたいと申し出たが、彼女はその栄誉を断り、代わりに彼らの下《もと》へレスター伯爵率いる小部隊を派遣した。伯爵は宮廷一の寵臣ではあったものの、さして腕の立つ将軍ではなかった。彼はオランダで勲功らしき勲功も立てなかったので、そこにおける会戦は恐らく忘れ去られていたろう。もしや会戦の結果、当時のみならず如何なる時代を通じても最高の文筆家にして、最高の騎士にして、最高の郷紳の一人が命を落としてでもいなければ。その人物はサー・フィリップ・シドニー*で、彼は折しも手綱を取っている愛馬を撃ち殺された後《のち》、別の馬に乗り替えようとした際、腿にマスケット銃の弾を受けた。して傷を負ったまま遠路、駆け戻らねばならず、疲労と出血のため失神寸前となった所で、ひたすら求めていた水が手渡された。がその期に及んでなお、それは心優しく思いやり深かったため、哀れ、重傷を負って地べたに横たわる一兵卒が羨ましそうな眼差しで水を見ているのを目にすると「汝の必然は吾のそれより大き」と言いながら水を与えた。この、気高い心根の感動的な行為は恐らく史上、如何なる出来事にも劣らず名高く――その鉞と、断頭台と、数知れぬ殺人を有す血塗られたロンドン塔につゆ劣ることなく広く遍く知れ渡っている。然に、真の慈愛の行ないとはありがたく、然に、人々は其を記憶に留めたがるものだから。

祖国では日々、陰謀の噂がいよよ広まり始めた。恐らく、国民は彼らが今や取り憑かれるに至った、カトリック教徒の暴動や、焼き討ちや、毒殺等々を巡る恐怖のような絶え間ないそれの下《もと》に暮らしたためしはなかったのではあるまいか。がそれでいて、我々は必ずや、彼らがその種の由々しき現実の間近に暮らしていたということを、彼らのような経験をすれば如何なる極悪も容易に信じられようということを、想起せねばなるまい。政府も同じ恐怖に駆られる余り、真実を突き止める最善の手段を講じようとはしなかった——というのも、容疑者を拷問にかけるのみならず、間諜を雇い、彼らはそれで旨い汁が吸えるというなら嘘をついて憚らぬから。のみならず、不平分子に虚偽の手紙を送り、似非の陰謀に荷担するよう働きかけることにて——さらば彼らはまんまと担がれたから——敢えて暴露した陰謀の中には政府自ら捏造したものすらあった。

だが、真実の一大陰謀が終に発覚し、かくてスコットランドの女王メアリーの生涯には止めが刺されることとなった。名をバラードという渡英宣教師と、サヴィジというスペイン兵が、数名の仏司祭に焚きつけられ、然るアントニー・バギントンという、しばらく前からメアリー女王の密偵を務めている、ダービシャー州の資産家の郷紳に女王暗殺の計画を垂れ込んだ。バビントンはすると暗殺計画を他の数名の馴染みのカトリック教徒の郷紳にバラし、彼らは本腰を入れて荷担した。一味は馬鹿馬鹿しいほど自惚れの強い、言語道断なまでに自分達の計画で鼻高々になった、見栄っ張りの、思慮の足らぬ若者揃いだった。というのもバビントンが中心人物としてポーズを決めた、六人の選りすぐりの連中が今にもエリザベスを殺害しかけている子供だましの絵画まで描かせているからだ。片割れは司祭たる、一味の内二名は、しかしながら、エリザベスの最も聡明な国務大臣、サー・フランシス・ウォルシナムに最初から計画の一部始終を垂れ込んでいた。一味は最後の最後まで完璧に裏をかかれていた。というのもその期に及んでなお、バビントンはサヴィジに、余りにみすぼらしい形《なり》をしているからというので、女王暗殺のための新しい服を調達するよう、指から指輪を外し、財布からは金を取り出して渡したからだ。ウォルシナムは既に一味に不利な証拠を全て握り、その上メアリーの二通の手紙も入手していたので、連中を逮捕する意を固めた。何やらおかしいと勘づき、彼らは一人また一人と、密かにシティーから逃れ、セント・ジョンズ・ウッド（ロンドン北西郊外）やその他の当時は事実、隠処だった場所に身を潜めた。が全員逮捕され、全員処刑された。一味が逮捕されると、とある郷紳が宮廷からメアリーにその事実と、彼女もその発覚した陰謀に連座している旨告げるべく遣わされた。彼女の肩を持つ者は爾来、彼女は極めて厳重かつ苛酷に監禁されていたと不平を洩らしているが、信憑性には欠ける。というのも正しく当日の朝、狩りに出かけようとしていたからだ。

エリザベス女王はかなり以前から、裏面工作の然るべく確かな情報を手にしている、フランスのある人間から、メアリーを野放しにしておくことは「女王を貪り食う狼」を飼っているようなものだと警告されていた。ロンドン主教はより最近、女王のお気に入りの国務大臣に文書で「直ちにスコットランド女王の首を刎ねるよう」忠言していた。今や問題は、彼女に如何様な片をつけるべきか？　レスター伯爵はオランダから短信を認《したた》め、密かに毒殺す可しと伝えていた。くだんの寵臣貴族はどうやら、常日頃からくだんの手合いの処方に慣れ親んでいたと思しい。彼の陰険な忠言は、しかしながら、無視され、メアリーはノーサンプトンシャー州のフォザリンゲイ城にて、両宗派より成る四十名の法廷の前で審理にかけられた。併せて、ウェストミンスターの星法院にて、審理は都合、二週間続いた。彼女は実に巧みに釈明したが、ただバビントンやその他の者によって為された告白を否定することしか――自らの秘書によって呈示された彼女自身の手紙を捏造と呼ぶことしか――要するに、全てを否定することしか、叶はなかった。よって有罪の判決を下され、死罪に処せられる旨宣告された。国会は召集され、判決を承認し、女王に処罰を執行するよう請うた。女王は国会に彼女自身の命を危険に晒さずしてメアリーの命を救う如何なる手立ても講じられぬか否か検討するよう返答した。国会は否、と返し、市民は屋敷に煌々と明かりを灯し、篝火を赤々と燃え盛らせ、もってスコットランドの女王の処刑によってくだんの陰謀や難儀全てに終止符が打たれるであろうことに快哉を叫んだ。

メアリーは今や万事休したと観念すると、イングランドの女王に宛て、三つの願いを請う手紙を認《したた》めた。一つ、亡骸はフランスに埋めるよう。二つ、処刑は極秘ではなく、召使いの外《ほか》数名の立ち会いの下《もと》執り行なわれるよう。三つ、死後、召使いには嫌がらせを受けることなく、自分の譲る遺産を携えて帰省さすよう。それは感動的な手紙で、エリザベスは目を通す間《ま》にも涙したが、返事は書かなかった。その後、フランスから、またスコットランドから、メアリーの助命を執り成す特使が派遣された。すると国民はいよよ、いよよ、メアリーの処刑を求めて声高に騒ぎ始めた。

エリザベスの本当の感情や意図は如何様なものだったのか、は今となっては謎に包まれている。がメアリーの死より唯一、なお望んでいるものがあるとすれば、それはその咎を免れることだったのではあるまいか。一五八七年二月一日、バーリ卿が執行令状を作成すると、女王は秘書のデイヴィソンに署名のため持参するよう遣いを立て、事実署名した。翌日、デイヴィソンが令状は封印された旨告げると、女王は腹立たしげに、何故《なにゆえ》然まで急がねばならぬと問うた。翌々日、女王は一件をダシに軽口を叩き、少々毒づいた。再び翌々日、女王は処刑が未だ執行されていないことに不服を持っているかのようだったが、依然、側近に腹蔵なく胸の内を明かそうとはしなかった。かくて七日目、ケント伯爵とシュルーズベリ伯爵は、ノーサンプトンシャー州長官と共に、令状を携えてフォザリンゲイ城へ赴き、スコットランドの女王に死の覚悟をするよう告げた。

凶報をもたらすくだんの使者が立ち去ると、メアリーは約しい夕飯を認《したた》め、召使いの健康を祝して乾杯し、遺書を読み直し、数時間眠り、それから起床すると、夜明けまで祈りを捧げて過ごした。朝になると最上の晴れ着を纏い、八時に州長官が礼拝堂まで迎えに来ると、そこに集うて彼女と共に祈りを捧げていた召使いに訣れを告げ、片手に聖書を、もう一方の手にキリスト磔刑像を携え、階段を下りた。玄関広間にては下女二人と下男四人しか立ち会いを許されていなかった。広間には床からわずか二フィートしかない低い処刑台が築かれ、黒布で覆われていた。してロンドン塔の死刑執行吏と補佐が、黒いヴェルヴェットに身を包み、立っていた。広間には人々が大勢詰めかけていた。処刑文が読み上げられている片や、彼女は床に腰掛け、締め括られると、以前同様、またもや罪を否認した。ケント伯爵とピーターバラ主教が、プロテスタントの熱意余って、有らずもがなの法を説くと、彼女は自分はカトリック教徒たりて死ぬからには、その件に関しては一切構わぬようと答えた。頭と首が執行吏によって露にされると、彼女は自分はかようの手によって、或いはかほどの人々の眼前で、衣服を剝がれる習いにはないと告げた。終に、下女の一人が顔の上に布を留めると、彼女は断頭台の上に首を載せ、一再ならずラテン語で「汝の御手へと、おお、主《しゅ》よ、吾は魂を委ぬ！」と唱えた。鉞を二度振り下ろした末、彼女の首は刎ねられた、と言う者もあれば、三度の末、と言う者もあった。いずれにせよ、血まみれの首がかざされた際、長らく被っていた鬘の下の地毛は齢《よはい》七十の老婆のそれさながら白くなっている様が見受けられた——当時四十六歳にすぎなかったにもかかわらず。彼女の美はかくて悉く消え失せた。

が彼女は小さな愛犬にとっては未だ少なからず美しかった。というのも犬は飼い主が断頭台を登る際、怯えて、ドレスの下に潜り込み、彼女の現し世の悲しみが全て潰えてなお、頭部の失せた骸《むくろ》の傍に伏せていたからだ。

第三部

スコットランドの女王が斬首に処せられた由、正式に告げられると、エリザベスはこの上もない悲嘆と忿怒を露にし、激怒の余り寵臣を放逐し、デイヴィソンをロンドン塔へ投獄し、くだんの牢から彼は結局厖大な額の科料を払って初めて釈放された。が挙句、全財産を失った。エリザベスはかくて忿怒を誇示する上で殊更仰々しく己が役所《やくどころ》を演じてみせるのみならず、卑劣千万にも、律儀な従者の一人をただ彼女の命《めい》に従うという外何ら罪を犯していないにもかかわらず窮乏へと追い込んだ。

メアリーの息子、スコットランド国王ジェイムズはその折は同様に激怒している風を装った。が彼は所詮、年五千ポンドに上る英国の年金受給者にすぎぬ上、母親のことはほとんど知らず、恐らく母親を父の暗殺者と見なしていたから、ほどなく事態を静かに受け留めた。

スペイン国王フェリペは、しかしながら、カトリック教を復活させ、プロテスタントの英国を罰すべく、未だかつて成されたためしのないほど大がかりなことをやってのけようと威嚇した。エリザベスは、彼とパルマ（伊北部公国）王子がこの目的のために大規模な準備を整えていると聞くと、先手を打つべく、ドレイク提督（地球を周航し、既にスペインから厖大な略奪品をもたらしている名にし負う航海士）をカディス港（スペイン南西部大西洋岸湾）へ派遣し、そこにて彼は糧食を満載した百艘もの船を焼き討った。かくて大きな傷手を蒙ると、スペイン軍は一年間、侵略を見合わせなければならなかったが、にもかかわらず、百三十艘の艦隊と、一万九千名の兵士と、八千名の海員と、二千名の奴隷と、二千から三千門の大砲を擁すとあって、侮り難いことに変わりはなかった。イングランドは時をかわさずこの大軍に立ち向かう準備を整え始めた。下は十六から上は六十に至る全ての男子が訓練され、教練を受けた。英国海軍の（当初はわずか三十四艘にすぎなかった）艦隊は公的な義捐金と貴族によって艤装された私船によって大幅に増強され、ロンドン・シティーは調達するよう要請された二倍の数の船舶と人員を、自発的に、補充し、仮に未だかつて英国人魂がイングランドにおいて鼓舞されたためしがあったとすれば、それはスペイン人に対抗すべく、国を挙げて鼓舞された。女王の顧問の中には国内の主立ったカトリック教徒を逮捕し、死刑に処すよう訴える者もあったが、女王は——あっぱれ至極にも、親たる者が我が子において信じまい邪悪を断じて臣民において信じるつもりはないと口癖のように言っていたから――忠言を拒絶し、ただ最も容疑の強い者の内数名をリンカンシャー州の沼沢地帯に監禁するに留めた。カトリック信者の大半はこの信頼に悖らなかった。というのも彼らは極めて忠実に、気高く、雄々しく、振舞ったからだ。

かくて、イングランド全土がこれ一人の怒《いか》った屈強な男然と血潮を滾らせ、テムズ川の両岸を保塁で固め、兵士は武装し、海員は乗船し――英国は傲ったスペインのその名も「無敵艦隊」の襲来を待ち受けた。女王は自ら鎧兜に身を固めて白馬に跨り、エセックス伯爵とレスター伯爵に勒索《ろくさく》を取らすと、グレイヴゼンドの対岸のティルベリ要塞で英国軍に雄々しき檄を飛ばし、さらば兵士は世にまたとないほど熱狂的な歓呼をもって応じた。それからスペイン無敵艦隊がイギリス海峡へと、幅七マイルに垂んとす巨大な半月の隊形を組んで攻め入った。が英国軍はすかさず襲いかかり、さらば半月からわずかなり落伍したスペイン軍艦に禍あれかし！　というのも英国軍は即座に彼らを捕らえたからだ。してほどなく歴然となったことに、大艦隊はおよそ「無敵」どころではなく、大胆不敵なドレイク提督はその真っ直中へと八艘の燃え盛る焼き打ち船を送り込んだ。度胆を抜かれたスペイン兵は海へ逃れようと躍起になり、かくて散り散りに散り、英国軍は一気呵成に敵船を追跡した。折しも嵐が吹き荒れ、かくてスペイン兵は岩礁や砂洲に乗り上げ、無敵艦隊にしてはあっけない幕切れたるに、三十艘の大軍艦と一万人の水兵は水底《みなそこ》へと沈み、残りは無慙な敗北を喫し、這う這うの態で祖国へ逃げ戻った。が、イギリス海峡から引き返すのを恐れ、艦隊はスコットランドとアイルランドを大きく迂回し、内数艘が時化のためアイルランド岸に打ち揚げられると、アイルランド人は、ある種未開人だったから、難破船を略奪し、乗組員を惨殺した。かくてこの、イングランドを侵略し、征服しようとの大いなる目論見は失敗に終わり、恐らく、向後長らく、他の如何なる無敵艦隊が同上の腹づもりの下《もと》イングランドに侵攻しようと、スペインの無敵艦隊と同じ轍を踏むのが関の山だろう。

スペイン国王はかくて英国人の武勇を嫌というほど思い知らされはしたものの、性懲りのない証拠、依然、昔ながらの腹案が捨て切れず、愚かしくも娘を英国の王位に即かせようとすら画策した。がプリマス港から出帆したエセックス伯爵、サー・ウォルター・ローリと、サー・トーマス・ハワード、その他数名の名立たる指揮官は今一度カディスへ入港すると、そこに碇泊していた軍艦を完全に打ち破り、町を占拠した。女王の特命に則り、彼らは実に慈悲深く振舞い、スペイン人の蒙った主たる損失は賠償として払わねばならぬ巨額の金銭にすぎなかった。これはこの治世に遂げられた海上の幾多の雄々しき勲功の一つであろう。サー・ウォルター・ローリ自身はさる侍女と連れ添い、処女女王の勘気を蒙った挙句、黄金を求めて早、南アメリカへ旅立ってはいた。

レスター伯爵は今や亡くなり、サー・トーマス・ウォルシナムも、してほどなくバーリ卿も、幽明境を異にした。宮廷一の寵臣はエセックス伯爵で、勇み肌の美男だけに、女王のみならず国民の間でもお気に入りで、幾多の素晴らしい資質を具えていた。宮中では果たしてスペインと講和条約を結ぶべきか否か盛んに議論されていたが、彼は戦争を強く主張した。のみならずアイルランドを統治する副官を任命する上で飽くまで我を通そうと躍起になった。ある日のこと、この問題が依然討議されている最中《さなか》、彼は立ち所に機嫌を損ね、女王に背を向けた。くだんの無礼へのお手柔らかな灸を据えるに、女王は寵臣の横っ面を強に張り飛ばし、地獄へ落ちよと罵った。彼は、代わりに、我が家へ戻り、それきり半年間というもの宮廷に再び姿を見せなかった。その期に及び、女王とは和解に達したが、縒りは（一説によると）完全には戻らなかった。

この時を境に、エセックス伯爵の命運と女王のそれとは綯い交ぜになるかのようだった。アイルランド人は相変わらず互い同士、絶えず喧嘩をしては諍いを起こしていた。彼は総督としてアイルランドへ赴いた――彼を目の敵にする（サー・ウォルター・ローリを初め）貴族の大いに快哉を叫んだことに――かほどに危険なライバルを遠ざけられたというので。そこでおよそ首尾好く行くどころではない上、仇敵がくだんの状況に乗じて、女王の勘気を蒙らすであろうと見て取るや、彼は再び、女王の意に反しながらも、帰国した。女王は自分の前に寵臣が姿を現わすと不意を衝かれた勢い、接吻さすよう手を差し延べ、彼は――この時までにはさして愛らしい手ではなくなっていたものの――歓喜した。が同じ日の内に女王は彼に外出を禁じ、二、三日後には収監させた。同じ手合いの気紛れを起こし――して今や彼女は冠にせよ頭にせよ未だかつて戴《いただ》いたためしのないほど気紛れな老女だったから――彼が心労の余り体調を崩すと、自分の食卓から澄ましスープを届けさせ、安否を気づかって涙をこぼした。

彼は書物に慰めと気散じを見出せる男で、しばらくは――恐らく、人生の最も不幸せな時期でだけはなかったろうが――事実、慰めを見出した。が、生憎、たまたま甘口ワインの専売権を持っていた。つまり、彼の許可を買わずして何者も甘ロワインを売ることが出来なかった。この権利の期限が――ほんのわずかだったから――切れると、彼は更新を願い出た。女王は拒絶するに、いささか棘々しい物言いで――彼女は事実棘々しい物言いをしたから――無法な獣は約しい餌《え》に甘んじよと宣った。その途端、憤った伯爵は、既に幾多の役職を剥奪されていたから、完全な破産に追い込まれるやもしれぬと察し、女王に真っ向から刃向かい、女王を姿形ばかりか心根においてもネジけた見栄っ張りの老婆呼ばわりした。こうした無礼千万なコキ下ろしを宮中の貴婦人はすぐ様小耳に挟むと、女王に告げ口し、かくて女王は、当然の如く、御機嫌麗しゅうなるどころではなかった。同じ宮中の貴婦人は、自分達自身は生まれながらに美しい黒々とした髪をしていたにもかかわらず、女王に似せるべく、赤毛の鬘を被っていた。という訳で、如何ほど位は高かろうと、さして気位の高い女性達ではなかった。

　エセックス伯爵と、いつもサザンプトン卿の屋敷で顔を合わせていた彼の数名の友人の最悪の目論見は、女王の身柄を拘束し、力尽くで国務大臣を解雇し、寵臣を入れ替えさすことだった。一六〇一年二月七日土曜、枢密院はこれを気取り、伯爵に出廷を命じた。彼は仮病を装い、拒絶した。それから、彼の友人の間では、翌日は日曜で、市民の多くは概ねセント・ポール大聖堂脇の十字架に集まろうから、彼が乾坤一擲、皆で蹶起し、王室まで自分に付き従うよう檄を飛ばすのが好かろうということになった。

　という訳で日曜の朝、彼と支持者の小さな一味は彼の屋敷――川に階段で通ず、ストランド沿いのエセックス・ハウス――から、まずは彼を取り調べに来た枢密院の内数名を人質に捕っておいてから、繰り出し、伯爵を先頭に「女王を捕らえろ！　女王を捕らえろ！　私の命を狙う陰謀が企まれている！」と叫びながらシティーへ雪崩れ込んだ。誰一人、しかしながら、気に留める者はなく、一味がセント・ポール大聖堂まで来てみれば、そこには市民の影も形もなかった。その間《かん》エセックス・ハウスの人質は伯爵自身の仲間の一人によって釈放され、伯爵は直ちにシティーそのものにおいて謀叛人として宣せられ、通りという通りは荷馬車で防柵を築かれ、兵士によって防備された。伯爵は命からがら水路で屋敷に戻り、ほどなく包囲された軍隊や大砲に対し屋敷を守ろうと抗った挙句、その夜、身柄を明け渡した。十九日、彼は審理にかけられ、有罪の判決を下され、二十五日、タワー・ヒルで処刑された。享年三十四歳にして、雄々しくも悔い改めて死んだ。継父も同じ運命を辿った。仇敵サー・ウォルター・ローリは終始、処刑台の側《そば》に立っていた――我々が彼の人生を締め括る前に立つ所を目の当たりにしようほど側《そば》ではなかったが。

この場合も、ノーフォーク卿やスコットランドの女王メアリーの場合におけると同様、エリザベスは処刑を命じておきながら撤回し、またもや命じた。恐らく、その優れた資質の絶頂における自らの若く雄々しき寵臣の死はその後も脳裏を去ることはなかったろうが、彼女はもう一年、同じ己惚れの強い、片意地で気紛れな女性たりて、持ち堪えた。それから然る公式の折、廷臣の前で踊り――齢《よはい》七十にして巨大な襞襟と、胴衣と、鬘の出立ちにてステップを踏むとあらば、さぞや滑稽な様を晒したに違いない。して、なお一年間、持ち堪えたが、最早ステップは踏まず、気難しい、哀れな、老いぼれたりて。とうとう、一六〇三年三月十日、悪性の風邪を患った所へもって、親友のノッティンガム伯爵夫人の死に衝撃を受け、昏睡状態に陥り、縡切れたものと思われた。意識を、しかしながら取り戻すと、頑として床に就こうとしなかった。というのも、一旦床に就いたが最後、二度と再び起き上がれまいと言い張ったからだ。かくて十日間というもの、食事を一切取らぬまま、床の上のクッションに横たわっていたが、終に海軍大臣が半ば説きつけ、半ば力尽くで、ベッドに移らせた。皆が誰を世継ぎにすべきかと問うと、彼女は己《おの》が座は王の座たりしからには、後継者として「如何なるならず者の息子でもなく、王の息子しか認めぬ」と答えた。その途端、居合わす領主は互いに顔を見合わせ、憚りながらそれは一体どなたのことかと尋ねた。すると女王は「我らがスコットランドの従弟を措いて、外に誰がいるというのです!」と返した。三月二十三日のことだった。彼らは女王に同じその日、口が利けなくなってからもなお、今一度、考えは依然変わらぬか否か問うた。女王はベッドの中で四苦八苦身を起こし、唯一、能う返答とし、両手を頭上で王冠の形に組み合わせた。翌朝三時、彼女は治世四十五年目にして、実に安らかに息を引き取った。

エリザベス女王の治世は栄光に満ちたそれで、当代活躍した著名な人々によって永遠にその名を留めている。その時代に輩出した偉大な航海家や、政治家や、学者のみならず、ベイコン、スペンサー、シェイクスピアの名は必ずや文明世界によって誇りと崇敬の念と共に想起され、必ずや（恐らくはさしたる謂れもなきまま）その光輝の幾許かをエリザベス自身の名に添えている。それは発見や、商業や、英国の進取の気象や気概全般にとって偉大な治世であり、新教、並びにイングランドに自由をもたらした宗教改革にとって偉大な治世であった。女王はたいそう人気があり、その供奉行列にせよ、版図を巡る旅にせよ、行く先々で大歓迎を受けた。実の所、彼女は一般に触れ回られている半ばも善良ではなく、半ばも邪悪ではなかったのではあるまいか。素晴らしい資質に恵まれてはいたが、粗野で、気紛れで、二枚舌で、とうに過度に自惚の強い老女たりてからもなお、過度に自惚れの強い若い娘の全ての瑕疵を負うていた。総じて、父親譲りの所が余りに多いため、私自身としてはあまり好きにはなれない。

生活様式全般において、くだんの四十五年間の内に幾多の改良や贅沢が導入されたが、依然闘鶏や、牛攻めや、熊苛めは国民的な娯楽であり、馬車はそれはめったなことでは目にされず、いざ目にされるとなるとそれは不様で嵩張った代物なだけに、女王自身ですら、幾多の公式鹵簿の折々、大法官の背後の添え鞍に跨っていたほどである。

第三十二章　ジェイムズ一世治下のイングランド

第一部

「我らがスコットランドの従弟」は心根も押し出しも醜く、ぎごちなく、ズルズルと煮え切らぬ男だった。舌は口の割に大きく、脚は胴の割に弱々しく、どんよりとしたギョロ目は白痴のそれよろしく大きく剝いてはグルリと回った。狡猾で、貪欲で、金遣いが荒く、物臭で、へべれけで、阿漕で、不潔で、臆病で、何かと言えば悪態を吐き、この世にまたとないほど己惚れの強い男だった。肢体は——生まれながらにして、俗に言う佝僂《せむし》で——頭の天辺から爪先まで萌黄色の、首でグサリと（四六時中戦々兢々怯えていた如く）突かれた時の用心に、ぶ厚い詰め物の入った衣服に身を包み、腰には剣の代わりに守猟用の角笛を提げ、羽根付きの帽子をたまたまひょいと被ったその時次第で、片目の上に迫り出さすか阿弥陀にずらしてみれば、実に馬鹿げたザマを晒した。いつも寵臣の首にぐったりもたれかかり、顔にタラタラ涎を垂らし、頻にキスをしては抓っていた。して、一番のお気に入りの寵臣はいつも君主への書簡に署名するに陛下の「狗《いぬ》にして奴《やっこ》」と綴り、陛下のことは「雄豚閣下」と宛てていた。陛下は未だかつてお目にかかったためしのないほど手綱を取るのが下手だったが、自分では誰より達者なものと脂下がっていた。未だかつて耳にしたためしのないほど（訛りの強いスコットランド方言で）不躾な口を利いたが、ありとあらゆる手合いの議論において論駁の余地ないものと高を括っていた。未だかつて繙かれたためしのないほど退屈千万な論考を——わけても自ら心底敬虔に信じている妖術に関す書籍を——物したが、てっきり我こそは大文筆家なものと思い込んでいた。王たるものは好き勝手に法律を制定しては廃止する権利を有し、この世の何人《なんぴと》にも一切責めを負う必要はないと思い、書き、宣って憚らなかった。これぞ、宮中の最も偉大な人物達ですら口を極めて褒めそやしては媚び諂った人物の種も仕掛けもない実像である。とあらば、果たして未だかつて人間性に纏わる年代記においてかほどに浅ましきものがあったか否か、は甚だ疑わしい。

彼はいとも容易く英国の王座に即いた。継承を巡る論議が如何なる悲惨を生むものか、それは長らく、それは身に染みて感じられていたものだから、彼はエリザベスの死後数時間と経たぬ内に王として宣せられ、世を安泰に治めようとか、逼迫した苦情の要因を軽減しようとか誓いを立てるよう求められさえせぬまま国民に受け入れられた。エディンバラからロンドンへ来るのに一か月を要し、新たな権力を行使するに、道中、巾着切りを審理せずして絞首刑に処し、手当たり次第の人間を勲爵士に叙した。かくてロンドンの王宮に辿り着かぬとうの先から二百名の勲爵士を、王宮に三か月と住まわぬ内に七百名の勲爵士を誕生させた。のみならず上院に新たな六十二名の皇族をぶち込み——挙句、宜なるかな、上院議員には大量のスコットランド人がバラ蒔かれることと相成った。

雄豚陛下の首相セシルは（というのも陛下のことは寵臣が付けた渾名で呼ばせて頂くに如くはなかろうから）、サー・ウォルター・ローリと、サー・ウォルターの馴染みの政治家、コバム卿に目の敵にされていた。よって雄豚陛下を見舞った最初の難儀は、王を捕らえ、閣僚を変えるまで監禁するという昔ながらの目論見の下《もと》、これら二名によって発案され、他の数名によって荷担された陰謀だった。陰謀にはカトリック司祭のみならず、清教徒貴族も加わっていた。というのも、カトリック教徒と清教徒は互いに激しく対立してはいたものの、この時期、雄豚陛下に対抗することでは一致団結していたからだ。何故ならいずれも雄豚陛下がそれぞれに友好的な風を装っておきながら双方を陥れる一計を案じていることくらい百も承知にして、その一計とは唯一、新教の高邁にして便利な形式を打ち立て、それを人々は好むと好まざるとに拘わらず、信奉せねばならぬというものだったからだ。この陰謀にはまた別の陰謀が絡まり、これはいずれレディ・アラベラ・スチュアートを即位さすことに何らかの関わりがあったのやもしれぬし、なかったのやもしれぬ。アラベラ自身は、生憎、雄豚陛下の父の弟の娘ではあったものの、計画には何ら関わっていなかった。サー・ウォルター・ローリは外ならぬコバム卿の告白に基づき——この男は昨日こう言ったかと思えば、今日はああ言う、実に信用の置けぬ惨めな奴だったから——告発された。サー・ウォルター・ローリの審理は朝八時から真夜中近くまで続き、彼は類稀な雄弁と天分と気概をもってありとあらゆる訴因や、法務長官コークの中傷に対し——長官は当時の慣例に則り、ローリを口汚く罵ったから——見事に身の証を立てた。かくて、被告を忌み嫌いつつそこへ足を運んだ者も、被告に賛嘆の念を抱きつつ立ち去り、未だかつてかほどに素晴らしくかほどに感銘深い答弁は耳にしたためしがないと口々に言い合った。彼は、にもかかわらず、有罪の判決を下され、死刑の宣告を受けた。処刑は延期され、ロンドン塔に投獄された。さまで幸運でなかった二人のカトリック司祭はいつもながら無慙に処刑され、コバム卿と他の二名は処刑台の上にて恩赦された。雄豚陛下は正しく断頭台にてこれら三名を恩赦することにて人々の度胆を抜くとは我ながら何と素晴らしく賢しらなことよと惟みた。が、例の調子でマゴマゴ、マゴつき、ヘマをやらかした挙句、すんでに自ら弄した策に溺れかけた。というのも、恩赦状を携えて馬で駆けつけた使者はそれは到着が遅れたものだから、群衆の外側へ押しやられ、一体如何様な用でやって来たものか大声で喚き立てねばならなかったからだ。惨めなコバムはその日容赦されたからとて、さしたる御利益には与れなかった。彼は十三年間、囚人にして物乞いとして、皆に見下げ果てられ、赤貧洗うが如く生き存え、それから以前の召使いの一人の古い離れ家で息を引き取った。

この陰謀に片がつき、サー・ウォルター・ローリが無事ロンドン塔に監禁され果すと、雄豚陛下は清教徒に嘆願書を提出されるに及び、彼らと大討論を繰り広げ、存分——のべつ幕なしまくし立て、他の何人《なんぴと》の言うことも聞こうとせぬとあって、さしてあっぱれならざる——「我」を通し、居合わす主教に賛嘆の目を瞠らせた。かくて世には唯一無二の宗教形態しか存してはならず、人は誰しも一様の物の考え方をす可しということが得々と定められた。が以上は二世紀半前に取り決められたにもかかわらず、して取り決めは幾多の罰金と投獄によってダメを押されたにもかかわらず、未だ十全とは首尾好く行っていないようである。

雄豚陛下は王としての自らの力量を途轍もなく買い被っていただけに、国会のことは図々しくも国王を制禦したがる権威としてとことん見下していた。よって、玉座に即いて一年後、初めて国会を召集した際、国会に嵩にかかるに、自分は彼らを「絶対君主として」指揮する旨告げた。国会は勅《みことのり》を過激な言葉と受け留め、自分達の権威を擁護する必要を見て取った。雄豚陛下には子供が三人いた——ヘンリー王子と、チャールズ王子と、エリザベス王女の。仮に父親の頑迷から、国会に関しいささかなり叡智を授かっていたなら、これら三人の内一人にとってはまだしも好かったろうし、その人物が誰かは可惜ほどなく明らかとなろう。

さて、国民は依然、昔ながらのカトリック教に対す怯えを抱いていたので、この国会はカトリック教を弾圧する厳格な法律を復活させ、なお強化した。これに、旧家の煽動的カトリック教徒の郷紳ロバート・ケイツビーは激しく憤り、よって未だかつて人間の脳裏を過ったためしのないほど自棄的にして恐るべき画策の一つ――火薬陰謀事件――を企てた。

　彼の目的は王と、上院・下院議員が次の国会開催に集うた際に彼らを一人残らず大量の火薬で爆破さすことにあった。彼が最初にこの恐るべき陰謀を打ち明けたのはウスターシャー州の郷紳トーマス・ウィンターで、彼はそれまで国外で軍務に服し、密かにカトリック教徒の陰謀にも関わったことがあった。ウィンターは未だ踏んぎりがつかず、果たしてスペイン国王が雄豚陛下に執り成すことにてカトリック教徒が救済される望みはあるのか否か当地のスペイン大使に尋ねるべくオランダへ渡った際、オステンデ（北西部港市《ベルギー》）で、共に国外で服務していた時に知り合った、名をグイード――或いはガイ――フォークスと言うのっぽの、浅黒い、向う見ずな男に出会った。陰謀に荷担する肚を固めると、彼はこの男こそ如何なる捨て鉢な犯罪にも誂え向きの男と白羽の矢を立て、この陰謀を持ちかけ、共々イングランドへ戻った。ここにて、彼らは共謀者をもう二人――ノーサンバーランド伯爵の縁者トーマス・パーシーと、彼の義弟ジョン・ライトを――仲間に引き入れた。くだんの男達は全員、現在ではロンドンの厳重に封鎖された界隈ながら、当時はクレメンツ・インに間近い空地の一軒家で落ち合った。皆で極秘の厳粛な誓いを立て果すと、ケイツビーは仲間に腹案を打ち明けた。それから屋根裏部屋に昇り、イエズス会士ジェラード神父から聖餐《サクラメント》を受けた。神父は今に、火薬陰謀事件のことを実際には知らなかったと伝えられているが、私見では恐らく、何か自棄的な陰謀が企まれているらしいと勘づいてはいたに違いない。

　パーシーは儀仗《ぎじょう》の衛士＊で、当時ホワイトホールで執り行なわれていた謁見式がらみで果たすべき臨時の任務があったため、ウェストミンスターに住むことに何ら怪しい所はなかった。という訳で、具に辺りを見回し、裏が国会議事堂に面す貸家を見つけると、壁の下を穿つ目的の下《もと》、フェリスという名の人物から借り受けた。この屋敷を手に入れると、一味はテムズ川のラムベス側にまた別の屋敷を借り、そこを薪と、火薬と、他の可燃物の倉庫として使った。これらは夜分少しずつ、ウェストミンスターの屋敷まで運ばれることになり(事実、後ほど運ばれ)、ラムベスの隠匿物資を見張る誰か信用の置ける人物が必要だというので、もう一人、名をロバート・ケイという、実に懐の寂しいカトリック教徒の郷紳をグルに引き入れた。

　以上全ての手筈が整えられて数か月経った、とある薄暗く肌寒い十二月の夜のこと、一味はその間《かん》人目を避けるべく、散り散りに散っていたが、ウェストミンスターの屋敷に集まり、坑道を掘り始めた。彼らは出入りするのを避けるために大量の食料を買い込み、ひたぶる掘りに掘り続けた。が壁は途轍もなくぶ厚く、仕事は苛酷を極めたので、ジョン・ライトの弟クリストファー・ライトを新たな助太刀として一味に加えた。するとクリストファー・ライトはさすが新参者だけあって、本腰でかかり、彼らは昼夜を舎かず掘りに掘り続け、フォークスが終始歩哨に立った。して万が一誰かの意気地がともかく失せかけようものなら、フォークスは言った。「同志方、ここにはあり余るほどの火薬と散弾があるでは。万が一発覚しても生け捕りにされる心配だけはなかろうかと」この同じフォークスは、歩哨の立場から、いつもあちこち歩き回っていただけに、ほどなく国王が当初定められていた二月七日から、十月三日までまたもや国会を停会にしたとの情報を仕入れた。一味はこれを耳にすると、クリスマス休暇後まで一旦別れ、その間《かん》互いに連絡は取らず、断じて一切手紙も交換すまいと話し合った。という訳で、ウェストミンスターの屋敷は再び閉《た》て切られ、恐らく隣人はくだんの、然に鬱々とそこに住まい、然にめったなことでは外出せぬ、見るからに胡散臭い男達はどこか他処で愉快なクリスマスを過ごすべく立ち去ったものと思い込んだに違いない。

一六〇五年二月初頭、ケイツビーはまたもやこのウェストミンスターの屋敷で陰謀の仲間と落ち合った。彼は今ではもう三人グルを引き入れていた。ジョン・グラント（ストラトフォド・アポン・エイヴォン近くの、周囲を厳めしい壁に囲まれ、深い濠の巡らされた侘しい屋敷に住まう、塞ぎ性のウオリックシャー州の郷紳）と、ロバート・ウィンター（トーマスの長兄）と、トーマス・ベイツ（ケイツビーの思うに、どうやら主人の企んでいることを嗅ぎつけていると思しき、彼自身の下男）の。これら三人はいずれもエリザベスの時代に多かれ少なかれ信仰故に禍を蒙っていた。して今や、彼らは皆再び掘り始め、昼夜を舎かず掘りに掘り続けた。

彼らはかほどに由々しき秘密を胸に、かほどに大がかりな殺戮を眼前に据えたなり、自分達だけでそこの地下で穴を穿つのは何とも気の滅入る仕事だと思い知らされた。かくて狂おしい空想に悩まされた。時に、国会議事堂の地下深くで、大きな鐘が撞かれるのが聞こえたような気がした。時に、何者かがヒソヒソ、火薬陰謀計画をダシに耳打ちし合っているのが聞こえたような気がした。さる折など、朝方、坑道で汗だくで掘っていると、頭上で事実ガラガラと、物の崩れ落ちる音がした。誰しもひたと手を止め、一体何事かと、傍の者の顔を呆然と覗き込んだ。すると、表の様子を見に出ていたかの大胆不敵なウロつき屋、フォークスが入って来るなり、今のはただ、国会議事堂の地下倉庫を借りていた石炭商が在庫の石炭をどこか他処へ移しているにすぎぬと告げた。これを耳にするや、一味は、掘っても掘っても未だ途轍もなくぶ厚い壁を貫通するに至っていなかったから、計画を変更し、上院の真下のくだんの地下倉庫を借り、三十六バレルの火薬をそこに仕舞い、粗朶《そだ》と石炭で覆った。それから彼らは全員再び九月まで解散し、そこで新たな一味が加わった――グロスターシャー州のサー・エドワード・ベイナムと、ラトランドシャー州のサー・エヴァラード・ディグビーと、サフォック州のアムブローズ・ルックウッドと、ノーサンプトンシャー州のフランシス・トレシャムの。彼らのほとんどは資産家で、陰謀にある者は金で、ある者は一味が晴れて国会が木端微塵に吹き飛ばされた暁には、国中を駆け回ってカトリック教徒に蹶起を促すための馬で、荷担することになっていた。

国会がまたもや十月三日から十一月五日まで停会となり、一味は自分達の陰謀が発覚したのではあるまいかと危ぶんだため、トーマス・ウィンターが停会の日に上院まで出向き、形勢を探って来ようと言った。それは名案。知らぬが仏の理事連中は三十六バレルの火薬の真上で、行きつ戻りつしては四方山話に花を咲かせていた。彼は戻って来ると、仲間にその旨伝え、彼らは着々と準備を進めた。彼らは船を一艘雇い、テムズ川に繋いだ――フォークスが火薬を爆破さす導火線に火縄で火をつけたらすぐ様フランドルへ高飛び出来るよう。秘密に通じていない幾多のカトリック教徒の郷紳が、くだんの運命の日、狩猟の一行の言い抜けの下《もと》、いつでも共に行動を起こせるよう、ダンチャーチでサー・エヴァラード・ディグビーと落ち合うよう招かれた。して今や用意万端整った。

しかしながら、今や、終始この邪悪な陰謀の根柢に潜んでいた大いなる邪悪と危険が顕現し始めた。十一月五日が近づくにつれ、一味の大半はその日、国会議事堂にいるであろう馴染みや身内のことを思い起こし、当然の如く不憫に思い、彼らに議事堂に近寄らぬよう警告したい願望に駆られ始めた。たといケイツビーがかようの大義名分のためとあらば我が子を吹き飛ばしても構わぬと啖呵を切ろうと、さしたる慰めにはならなかった。トレシャムの義兄、マウントイーグル卿は必ずや議事堂にいるはずで、トレシャムは仲間に何か友人達の命を救う手立てを考案するよう説きつけることが叶わぬと観念するや、この貴族に「神と人間が当代の邪悪を罰すべく手を組んでいる故」国会の開会には近寄らぬよう促す謎の手紙を認《したた》め、黄昏時に間借り先に置いて来た。手紙には「国会は大きな打撃を受けようが、下手人は突き止められまい」との文言が綴られ、さらに「手紙を灰にするや否や、危機は去ろう」と言い添えられていた。

国務大臣と廷臣は雄豚陛下が天帝からの直々のお告げによって、この手紙の真意を汲み取った風を装った。実の所、彼らは彼ら自身、ほどなくその真意を（大半の者が易々見破ろう如く）見破り、一味を正しく国会開会の前日まで野放しにしておこうということになった。一味は一味なり恐れをなしていたことに疑いの余地はない。というのもトレシャム自身、仲間皆の前で、自分達は一人残らず早、あの世の人間だと言い、彼ですら脱走こそしなかったものの、恐らくマウントイーグル卿以外の者にも警告を発していたに違いないからだ。彼らは皆、しかしながら、ホゾが堅く、わけてもフォークスは梃でも動かなかったから、毎日、毎晩、いつものように地下倉庫で見張りに立つべく足を運んだ。四日の午後二時頃、そこにいると、式部長官とマウントイーグル卿がいきなり扉を開け放ち、覗き込んだ。「誰だね、君は？」と二人はたずねた。「ああ、わたしは」とフォークスは答えた。「パーシー殿の召使いで、ここで主人の燃料の蓄えを見張っています」「君の主人はずい分燃料を蓄め込んでいるようではないかね」と二人は返し、戸を閉《た》て、立ち去った。フォークスはその途端、万事異常なしと伝えるべく仲間の所へ駆け出し、またもや取って返すと、真っ暗闇の地下倉庫に閉じ籠もった。してそこにて鐘が十二時を打ち、十一月五日を請じ入れるのを耳にした。およそ二時間後、ゆっくり扉を開け、いつもながらのウロつきがちな物腰で、辺りの様子を窺おうと這い出した。が、いきなりサー・トーマス・ネヴェット率いる兵士の部隊に取り抑えられ、縛り上げられた。彼は時計と、火口《ほくち》と、腐木と、火縄を隠し持ち、扉の蔭にはロウソクの灯った龕灯提灯が吊る下がっていた。拍車付の乗馬靴を履き――恐らくは船まで馬を飛ばすべく――兵士が然に不意討ちを食らわせたのは幸いだった。万が一火縄に火をつける隙を与えていたなら、必ずや火縄を火薬の中へ放り込み、彼らを巻き添えに自爆していたろうから。

彼らは何はさておき、フォークスを国王の寝室へと引き立て、そこにて国王は（犯人を雁字搦めに括り上げ、大きく距離を置かせたなり）たずねた。何故《なにゆえ》よくも幾多の無実の人々の命を奪おうとした？「何故なら」とガイ・フォークスは答えた。「重病には荒療治が必要だからです」小さな、テリアそっくりの顔をしたスコットランド生まれの寵臣が（さしたる智恵も回らぬまま）何故《なぜ》そんなにまでたくさんの火薬を集めたのかと問うと、フォークスはスコットランド人をスコットランドまで吹き飛ばす所存で、それには大量の火薬が必要だろうからと答えた。翌日、ロンドン塔へ連れて行かれたが、何一つ口を割ろうとはしなかった。凄まじい拷問にかけられてなお、政府が既に知っていないことは何一つバラさなかった。とは言え、さぞや恐るべき状態にあったには違いない——今なお保存されている、残虐な拷問にかけられる前の普段の自筆と似ても似つかぬ署名が、由々しく証している如く。ベイツは、実に異なる気っ風の男だったから、ほどなく陰謀にはイエズス会士が数名関わっている旨バラし、恐らくは拷問の下《もと》、劣らず易々あることないことバラしていたろう。トレシャムは、やはり逮捕され、ロンドン塔へ投獄されると、白状しては前言を翻し、既に重く患っていた持病のため死亡した。ロックウッドは持ち馬の替えをはるばるダンチャーチまで用意していたが、陰謀の噂がロンドン中に広まった正午まで、高飛びすべく拍車を掛けてはいなかった。道中、彼は両ライトと、ケイツビーと、パーシーに追いつき、彼らは五人で諸共ノーサンプトンシャーまで馬を飛ばしに飛ばした。そこから狩猟の一行の集うダンチャーチまで。ところが陰謀が仕組まれ、それが発覚したと知るや、一行は夜の内に姿を消し、待ち受けているのはサー・エヴァラード・ディグビー一人きりだった。そこで六人はまたもや、ウォリックシャーとウスターシャーを抜け、スタフォードシャーとの境の、ホルビーチと呼ばれる屋敷まで駆け続けた。彼らは道中カトリック教徒を蹶起させようとしたが、荒々しく追い払われるが落ちだった。この間《ま》も終始、ウスターシャー州長官と、見る間に膨れ上がる一方の騎手の一団によって激しく追跡されながら。とうとう、ホルビーチに立て籠もる肚を括り、屋敷に閉じ籠もると、湿った火薬を乾かすために炉の前に置いた。が、いきなり爆発し、ケイツビーは瀕死の火傷を負い、他の数名も重傷を負った。が依然として、討ち死にする外ないと観念していたので、彼らはそこで死ぬ覚悟を決め、手には剣しか携えぬまま、州長官と部下によって撃ち殺されるべく窓辺に姿を見せた。ケイツビーはトーマス・ウィンターに、トーマスが右腕を撃たれ、ダラリと脇に力なく下げるに及び、言った。「側《そば》にいてくれ、トム、一緒に死のう！」——して一挺の銃から発射された二発の弾丸で胴をぶち抜かれて討ち死にした。ジョン・ライトと、クリストファー・ライトと、パーシーも射殺され、ロックウッドとディグビーは逮捕され、前者は腕を折り、体に銃弾も受けていた。

一月十五日になって漸う、ガイ・フォークスと他の生き残った陰謀人の審理が行なわれた。彼らは一人残らず有罪の判決を受け、絞首刑に処せられ、引き廻しの上、四つ裂きにされた。ある者は、ラドゲイト・ヒルの天辺のセント・ポール大聖堂の教会墓地にて。またある者は、国会議事堂の前にて。恐るべき画策が垂れ込まれていたと伝えられるヘンリー・ガーネットという名のイエズス会司祭が逮捕され、審理にかけられ、召使いの内二名も、主《あるじ》と共に捕らえられた貧しい司祭同様、仮借ない拷問にかけられた。彼自身は拷問にはかけられなかったが、ロンドン塔にて脅し屋や裏切り者に取り囲まれ、かくて不当な手立てで罪状を告白させられた。審理の場で、彼は犯行を阻止するために能う限りの手を尽くしたが、告解において打ち明けられた内容を公にする訳には行かなかったと述べた——とは言え、陰謀については他の方法で耳に入れていたのではあるまいか。彼は男らしい答弁の後《のち》、有罪の判決を下され、死刑に処せられ、カトリック教会は彼を聖者に列した。陰謀とは全く関係のない金持ちの有力者も一人ならず星法院によって罰金を課され、投獄された。カトリック教徒は概ね、極悪非道の陰謀の噂を耳にするだに怖気を奮って後込みしていたにもかかわらず、理不尽極まりなくも以前にも増して苛酷な法の下《もと》に置かれ、かくて火薬陰謀事件には幕が降りた。

第二部

雄豚陛下は恐らく、何らためろうことなく、その手で下院を木端微塵に吹き飛ばす所ではあったろう。というのも治世を通じ、下院に対す怯えと嫉妬は留まる所を知らなかったからだ。金に窮すと、下院の承諾なくしては一文も手に入らなかったから、融通をつけるよう命じねばならず、片や下院が初めて国民にとって大きな苦情の種である、生活必需品の独占の某かを撤廃し、他の公的悪弊も是正するよう求めると、激怒した勢い、またもや議会をお払い箱にした。さる折、陛下は下院にイングランドとスコットランドの連合に同意するよう要求し、一件がらみで諍いを起こした。かと思えば、下院は陛下に高等宗教裁判所と呼ばれる言語道断の教会悪弊を廃止するよう求めると、陛下は一件がらみで諍いを起こした。かと思えば、下院は陛下に陛下を礼賛するに語るに耐えぬほど拙劣な演説をぶつ大主教や主教に過剰に目をかける代わり、大主教や主教通りではなく、彼ら自身のやり方で法を説くからというので迫害されている貧しい清教徒の聖職者にもわずかなり配慮するよう請い、さらば両者は一件がらみで諍いを起こした。詰まる所、下院を忌み嫌いながらも、忌み嫌っていない風を装うやら、今や自分に背く下院議員の内数名をニューゲイト監獄かロンドン塔に投獄するかと思えば、今や外《ほか》の議員には彼らに一切関わりのない公事に関し図々しくも演説をぶってはならぬと申し渡すやら、甘言を弄しては、虚仮威しにかかっては、喧嘩を売っては、戦々兢々怖気を奮うやらで、下院は雄豚陛下の人生の正しく祟りであった。下院は、しかしながら、断固、己《おの》が権利を申し立て、国会が法を布くべきであって国王が彼自身の単独の宣言によって（事実、懸命にやろうとしていた如く）布くべきではないと主張し、挙句、雄豚陛下はそれはしょっちゅう金に困ったものだから、ありとあらゆる類の称号や公務を商品さながら売り払い、誰であれ一千ポンド叩《はた》けば手に入れられる准男爵と呼ばれる新たな爵位まででっち上げた。

　こうした国会相手の悶着と、狩猟と、飲酒と、睡眠で――というのも陛下は大の物臭だったから――雄豚陛下はそこそこ手一杯で、それ以外は大方、寵臣を抱き締めては、ベタベタ、キスを浴びせて過ごした。寵臣の内でも大のお気に入りはサー・フィリップ・ハーバートで、この男は犬と、馬と、狩りを措いて何一つ知識を持ち併せなかったが、王はほどなくモンゴメリー（ウェールズ中部旧州）伯爵に任じた。お次の、して遙かに名高いお気に入りは、国境地方出身のロバート・ＣＡＲＲ或いはＫＥＲで（というのもいずれの綴りが正しいか定かでないから）、王はほどなくロチェスター子爵に、後ほどサマセット伯爵に、任じた。雄豚陛下がこの美男の若者に如何ほど血道を上げたか、はイングランドの真に偉大な人物達が如何様ほど陛下の前に平身低頭平伏したか惟みるよりなお悍しい。寵臣の親友にさるサー・トーマス・オーヴァベリーという男がいた。男は彼の代わりに恋文を書き、然まで無知蒙昧とあらば到底こなせまい幾多の高位の本務において手を貸した。ところがこの同じサー・トーマスはそこそこの雄々しさは持ち併せていたので、友人にわざわざそのため夫と離婚しようとしているエセックスの美しい伯爵夫人との邪悪な結婚を思い留まらせようとした。するとくだんの伯爵夫人は怒り心頭に発した勢い、サー・トーマスをロンドン塔に幽閉し、そこにて毒殺した。それから寵臣とこの邪な女は国王の可愛がっている主教によって公然と、さながら新夫はこの世にまたとないほど善良な男にして新婦はこの世にまたとないほど善良な女ででもあるかのように、仰々しくも大祝賀の内に結ばれた。

　ところが、存外長らく――七年かそこら――燦然と輝いていたと思うと、別の美男の青年が突如出現し、サマセット伯爵を食すに至った。これはレスターシャー州の郷紳の末息子、ジョージ・ヴィリアズという男で、彼はパリのありとあらゆる流行を身に纏って参内しては、未だかつてお目にかかったためしのないほど腕の立つペテン師顔負けに見事なダンスを披露した。青年はほどなくダンスのステップを踏むほどに雄豚陛下の覚え目出度くなり、青年にダンスのステップを踏まれるほどに他の寵臣は陛下の覚え目出度くなくなった。さらば、突如サマセット伯爵と伯爵夫人は上述の大いなる昇格や大祝賀全てに値しなかったものと判明し、夫妻は別箇にサー・トーマス・オーヴァベリー暗殺その他の罪状で審理にかけられた。が、国王はかつての寵臣が自分について知っている恥ずべきことを公表するのをそれは恐れたため――寵臣は暗澹とその旨仄めかしていたから――彼は万が一スッパ抜けるネタをバラそうものなら頭の上から被せ、口を覆えるよう、それぞれマントを手にした二人の男を左右に立たせたなり、審理された。という訳で、審理は故意に実に片手落ちの茶番に仕立て上げられ、伯爵の罰は隠遁における年酬四千ポンドに決定され、片や伯爵夫人は恩赦され、やはり隠遁生活に入ることを許された。彼らはこの時までには互いに憎み合い、その後数年間というもの、互いに口汚く罵っては苦しめ合うためにだけ生き存えた。

こうした出来事が進行中にして、雄豚陛下が如何なる豚小屋にてもめったにお目にかかれぬような不様な姿を日々、年々、晒している片や、イングランドでは三人の傑出した人物が死んだ。一人目はソールズベリー伯爵、ロバート・セシル国務大臣で、彼は齢六十を過ぎていたが、生まれつき不具だったため常に健康が優れなかった。彼は臨終に際し、生きる望みはないと言い遺したが、如何なる大臣も彼ほどくだんの屈辱的な時代の卑劣と邪悪を味わえば、かようの望みを抱く要はなかろう。二人目はレディ・アラベラ・スチュアートで、彼女は密かにヘンリー七世の末裔に当たるビーチャム卿の息子ウィリアム・シーマと結婚することにて雄豚陛下を夥しく竦み上がらせ、故に、雄豚陛下の惟みるに、いつの日か王位に対して申し立てるやもしれぬ要求を一層強硬に訴える恐れがあった。彼女は（ロンドン塔に投獄された）夫と別居させられ、ダラム（英北東部州）に幽閉されるべく船に乗せられた。グレイヴゼンドからフランスへフランス船で逃れようと男装して脱出したが、生憎、やはり脱獄していた夫とはぐれ、ほどなく逮捕された。彼女は惨めなロンドン塔で発狂し、四年後、息を引き取った。三人の内最後にして最も由々しきことに、王位継承者ヘンリー皇太子が弱冠十九歳にして亡くなった。彼は前途洋々たる若き皇太子で、誰からも愛された。物静かな行儀の好い若者で、わけても二点、美談が残っている。一つ、父親は彼を嫉んでいた。二つ、くだんの長き歳月、ロンドン塔で衰弱の一途を辿っていたサー・ウォルター・ローリに親身に接し、しばしば父親以外の何人《なんぴと》もかようの小鳥をかようの籠には閉じ込められまいと言っていた。

妹エリザベス王女と外つ国の王子との（挙句不幸なそれと判明する）結婚の準備が着々と整えられている折、彼はホワイトホールの王宮で未来の義弟を出迎えるべく、重い病で臥していたリッチモンドからやって来た。そこにて、身を切るように冷たい日和だったにもかかわらず、シャツ一枚でテニスの大勝負を演じ、急に容態が悪化し、二週間と経たぬ内に発疹チフスで亡くなった。この若き皇太子のために、サー・ウォルター・ローリはロンドン塔の獄中にて『世界史』の端緒を執筆した——とは、如何に雄豚陛下が如何ほど長らく偉人の身体を閉じ込めようと、その精神までは閉じ込めること能はなかったか証して余りあろう。

かくてサー・ウォルター・ローリに言及したからには——彼は幾多の欠点にもかかわらず、困難と苦境におけるほど幾多の美質を発揮したためしはなかったが——直ちに彼の悲しい物語を締め括るに如くはなかろう。ロンドン塔における十二年の長きにわたる幽閉の後《のち》、彼はくだんの昔ながらの航海に再び戻り、金《きん》を求めて南アメリカに渡りたいと申し出た。雄豚陛下はその領土をサー・ウォルターが通るに違いなきスペイン人と友好的な関係を結びたいやら（彼は予てよりヘンリー皇太子をスペイン王女と連れ添わす腹案を練っていたから）、是が非とも金《きん》を手に入れたくてたまらぬやらで、どうしたものか算段がつきかねた。が、とうとう、帰国の担保を取りつけておいてから、サー・ウォルターを釈放し、サー・ウォルターは自費で遠征の装備を整え、一六一七年三月二十八日、不吉にも「運命の女神号」と名づけた、内一艘の指揮を採って出帆した。遠征は失敗に終わり、平民は当てにしていた金《きん》を見つけられぬとあって、暴動を起こした。サー・ウォルターと、かつての彼らに対す成功故に彼を嫌っているスペイン人との間には諍いが起こり、彼はセント・トーマスという名の小さな村を占拠し、焼き払った。そのためスペイン大使によって雄豚陛下に対し海賊として弾劾された。挙句、希望も財産も潰え、仲間の友人達には見捨てられ、一行に加わっていた勇敢な息子は殺され、意気阻喪して帰国すると——ならず者にして海軍中将たる、近しい縁者、サー・ルイス・スタックリーの背信によって——逮捕され、今一度、幾々年もの古巣牢《ふるすろう》に幽閉された。

雄豚陛下は金《きん》を一切手に入れられなかったことに大いに落胆したから、サー・ウォルター・ローリはかようの国王の下《もと》、判事や法務官や教会・国家の他の全ての権威が弄するが常であった能う限りの不正と、幾多の虚言やはぐらかしを弄して審理された。彼自身の側《がわ》以外の全ての側《がわ》において散々言い逃れを弄された挙句、今や十五年前に遡る、前回の判決の下《もと》、死刑に処せられる旨宣告された。よって一六一八年十月二十八日、今生最期の宵を過ごすべくウェストミンスターの門楼に監禁され、そこにて、より善き時代に生きて然るべきだったろう気高く律儀な令夫人に暇を乞うた。翌朝八時、陽気な朝食と、一服の紫煙と、一杯の美味なワインの後《のち》、ウェストミンスターのオールド・パレス・ヤードへと引き立てられ、そこにては早、処刑台が築かれ、それは幾多の高位の人々が一目彼が死ぬ所を見ようと詰めかけていたものだから、人込みの中を掻い潜らせようと思えば並大抵のことではなかった。彼は極めて気高く振舞ったが、もしも何か気がかりなことがあるとすれば、それはその頭が転がり落ちるのを目の当たりにしたかのエセックス伯爵で、彼は天地神明にかけて、伯爵を断頭台へ送ることには一切関与していなかったと、伯爵が死んだ際にはその死を悼んで涙をこぼしたほどだと誓った。身を切るように冷たい朝だったので、州長官はたずねた。しばし炉に当たり、体を暖められては？　がサー・ウォルターは、せっかくだが、いや、すぐ様やって欲しいと答えた。というのも熱病と瘧《おこり》を患っているため、もしや生き存えればもう四半時間ほどで震えの発作に見舞われ、さらば自分を目の敵にする連中はてっきり怯えの余り震えているものと思おうから。と言ったと思うと、跪き、実に美しい、キリスト教徒らしい祈りを捧げた。頭を断頭台に載せる前に、鉞の刃に触れ、笑みを浮かべて言った。これは鋒鋭い薬だが、どんな質の悪い病気をも治してくれよう。打ち首にされるべく屈み込み、相手がためらっていると見て取るや、執行吏に言った。「何を恐れることがある？　一思いにやれ！」よって、鉞は振り下ろされ、享年六十六歳にして断頭された。

新たな寵臣は見る間に伸し上がった。彼は子爵に、バッキンガム公爵に、侯爵に、主馬頭《しゅめのかみ》に、海軍大臣に、任ぜられた──してスペイン無敵艦隊を駆逐した勇猛果敢な英国海軍の総指令官は彼に席を譲るべく、解任された。彼は王国全土を好き放題手玉に取り、母親はさながら店を切り盛りする要領で、国家の収益という収益を、栄誉という栄誉を売り払った。彼は上は帽子紐とイヤリングから下は靴に至るまで、ダイヤモンドや他の宝石で燦然とキラめき渡った。がそれでいて、無知蒙昧の尊大な威張り返ったならず者と阿呆の合の子にすぎず、取り柄と言えばただ美貌とダンスの足捌きしか持ち併さなかった。実は彼こそが自らを陛下の狗《いぬ》にして奴《やっこ》と呼び、陛下を雄豚呼ばわりした殿方である。雄豚陛下は彼のことをスティーニーと呼んだ。のは恐らく、それがスティーヴンの渾名であり、聖ステファノは通常肖像において美男の聖として描かれていたからであろう。

雄豚陛下は時に、祖国におけるカトリック教への全般的嫌悪と、国外においてはカトリック教に甘言を用い、媚び諂いたき願望の間でどっちつかずの態度を取ることにて自ら途方に暮れた。というのも後者は唯一、息子の嫁に金持ちの王女を迎え、かくてその持参金の一部を自らの脂ぎった懐に捻じ込む手立てだったからだ。チャールズ皇太子は――と言おうか、雄豚陛下呼ばわる所のチャールズ坊やは――今やプリンス・オブ・ウェールズだったから、スペイン王女との結婚という昔ながらの目論見が彼のために息を吹き返していた。して王女は教皇からの許諾なくしてプロテスタントとは結婚できなかったので、雄豚陛下は内々にして卑劣にも直々、不可謬殿宛、許可を求める手紙を書いた。このスペイン王女との結婚のための交渉は想像を絶すほど大冊の厖大な紙幅を要そう。が詰まる所、スペイン宮廷によって長らく引き延ばされた挙句、チャールズ坊やとスティーニーはスペイン王女に会うべくトーマス・スミス氏とジョン・スミス氏に変装して海を渡り、チャールズ坊やは王女にクビったけの風を装い、王女の姿を一目拝まして頂くべく壁から飛び降りたり、散々あれやこれやのやり口でど阿呆者の役を演じ、王女はプリンセス・オブ・ウェールズと呼ばれ、スペイン宮廷は挙って、てっきりチャールズ坊やは事実きっぱり公言していた如く、恋患いで今にも死にそうなものと思い込み、チャールズ坊やとスティーニーはイングランドへ戻り、祖国にとっての大いなる祝福さながら、大歓呼をもって迎えられ、チャールズ坊やは、ただし、実はパリで出会った仏国王の妹ヘンリエッタ・マライアに一目惚れしたにすぎず、彼は終始スペイン人を誑かし果していたとは何とも痛快にして王子らしき所業と思し召し、ばかりかスペイン人というのは自分のことを鵜呑みにするとはとんだ間抜け揃いだと、無事帰国するや否やクックと、忍び笑いを洩らしながら公言して憚らなかった。

世の不正直者の御多分に洩れず、皇太子と寵臣は自分達がまんまと一杯食わせた連中をこそ不正直者呼ばわりした。このスペイン王女との結婚の一件において如何にスペイン人が背信を犯したか二人があることないことでっち上げたため、イングランドは国を挙げてスペインに戦を挑もうと躍起になった。如何ほどしかつべらしいスペイン人とて雄豚陛下が戦闘ポーズを取るとはと、惟みるだに腹を抱えたものの、国会は戦闘開始のための資金を与え、スペインとの講和は終わりを告げた旨、公然と宣せられた。ロンドン在住のスペイン大使は――恐らく失墜した寵臣、サマセット伯爵の援助の下《もと》――雄豚陛下と直接口を利くこと能はぬと見ると、こっそり紙切れを手に滑り込ませ、王は自らの屋敷に閉じ込められた囚人《めしうど》にして、バッキンガムと彼の子分に完全に牛耳られていると告げた。この手紙を読んだ途端、雄豚陛下はいきなりメソメソ、ベソをかき始め、チャールズ坊やをスティーニーから引き離し、ありとあらゆる手合いの戯言をペチャクチャ並べ立てながらウィンザーに引き籠もった。が挙句、ひしと己《おの》が狗《いぬ》にして奴《やっこ》を抱き締めると、自分はとことん得心していると宣った。

彼は皇太子と寵臣にこととスペイン王女との婚姻に関しては教皇と何であれ折り合いをつけるほとんど無限の権限を与えていた。して今や仏王女との成婚を念頭に、英国の全ローマカトリック教徒は自由に信仰に励み、それに反す如何なる誓いも立てる要はない旨の盟約に署名した。これ、のみならず遙かに擁護し難き他の譲歩への返礼とし、ヘンリエッタ・マライアは英国王子の妃となり、彼の下《もと》へ八〇万クラウンの持参金ごと嫁ぐことと相成った。

雄豚陛下の目は金を汲々と待ち受ける余り、血走っていた。がいきなり鯨飲馬食の人生の終焉が訪れ、二週間病の床に臥した挙句、一六二五年三月二十七日日曜、崩御した。治世二十二年にして享年五十九歳であった。わたし個人としては、史上、この国王に惜しみなく振舞われた媚び諂いと、かようの虚言の臆面もなき習いが彼の宮中にもたらした悪徳と堕落ほど忌まわしきものを知らぬ。果たして、完全には自らを貶めていない、徳義を重んず唯一人の男とて、ジェイムズ一世の側近として仕えられたものか否か、は甚だ疑わしい。かの有能にして聡明な哲学者ベーコン卿はこの御代の王国首席判事として、不正直と堕落の公的見世物と化し、雄豚陛下への卑屈な阿りと、彼の狗《いぬ》にして奴《やっこ》への屈辱的隷属においていよよ自らを貶めた。が玉座に据えられた雄豚陛下が如き奴は「疫病」に外ならず、誰しもその感染を免れぬ。

第三十三章　チャールズ一世治下のイングランド

第一部

チャールズ坊やは齢二十五にしてチャールズ一世となった。父親とは相異なり、私人としては概ね温厚で、立居振舞いも落ち着き、威厳があった。が父親同様、王権に関し途轍もなく大仰な概念を抱き、言い抜けを弄し、いささかも信用が置けなかった。もしも彼の約言に信用が置けていたなら、彼の生涯は異なる終焉を迎えていたやもしれぬ。

彼が最初に心を砕いたのはかの尊大な成り上がり者、バッキンガムをパリから王妃とすべくヘンリエッタ・マライアを連れて来るよう海を渡らすことだった。その機に乗じ、バッキンガムは――相変わらず臆面もなく――オーストリアの若き王女に求愛し、その目論見の裏をかこうとしたからというので仏の国務大臣カーディナル・リシェリエに激怒した。英国民は新たな女王を気に入るにおよそ吝かどころではなく、妃が自分達の直中に他処者としてやって来るや、暖かく迎えようとした。が、妃は新教を毛嫌いし、数知れぬ不快な司祭を引き連れて海を渡り、司祭と来ては妃に実に馬鹿げた真似をさすのみならず、幾多の鼻持ちならぬやり口でこれ見よがしなまでに仰々しく立ち回った。故に、国民はほどなく妃が嫌いになり、妃もほどなく国民が嫌いになり、王妃はこの治世を通じ（御当人にぞっこんの）国王をして家臣と対立さすにそれはあれこれやってのけたものだから、いっそこの方《かた》産声を上げていなければ、王にとっては如何ほど増しだったか知れぬ。

さて、ここで一言断っておけば、チャールズ一世は――何人《なんぴと》によっても責めを負わされる筋合いのなき絶大の権力を有す王たらんと自ら意を決しているのみならず、女王によっても唆けられているとあって――周到に国会を捻じ伏せ、目一杯高飛車に振舞いにかかった。ばかりか、この誤った（それ自体、如何なる国王をも破滅に導いていたろう）考えを遂行する上ですら、断じて真っ直ぐな針路を取ろうとせず、必ずや拗けたそいつを取った。

国王はスペインとの戦争に執着していた。とは言え、下院も国民も今やスペイン王女との婚姻の経緯についてはもう少々惟み始めているとあって、くだんの戦争が如何ほど正当か眉にツバしてかかっていた。国王は、しかしながら、やみくもに戦争に突入し、軍事費を賄うべく不法な手段で金を調達し、正しく治世一年目にしてカディス港で悲惨な敗北を喫した。カディス遠征は略奪を目的として行なわれていたが、不首尾に終わったため、国会から補助金を受ける要が出て来た。して国会が唯々諾々とも行かず開催されると、国王は「早急に金を調達するよう。さなくば身のためになるまい」と告げた。くだんの傲慢な申し渡しになお唯々諾々たる気分になろうはずもなく、彼らは国王のお気に入り、バッキンガム公爵を幾多の大いなる公的苦情と権利侵害の元凶として（およそお門違いどころではなく）弾該した。国王は寵臣を救うべく、必要な金を手に入れぬまま国会を解散させ、上院議員が一考の上、今少しの延期を認めるよう申し入れると、「いや、一分たり」と返した。して就中、以下なる手立てで独自に金を調達しにかかった。

国王は国会によっては認可されていない上、他の如何なる権威によっても法的には徴収され得ぬトンポンド税*と呼ばれる関税を課し、港町に向後三か月間、武装艦隊の全経費を賄い、支払うよう命じ、人々には返済の極めて覚束無い巨額の金を一致団結し、自分に貸すよう要求した。万が一貧乏人が拒めば、兵士か水兵として徴発され、万が一郷士が拒めば、投獄された。五名の郷紳が――名をサー・トーマス・ダーネル、ジョン・コーベット、ウォルター・アール、ジョン・ヒーヴェニンガム、エヴェラード・ハムデンという――拒絶したため、国王の顧問院令状により逮捕され、投獄を望む国王の御意が明言されている以外何ら謂れもなきまま監禁された。そこで、果たしてこれは大憲章の侵害にして、国王による英国民の至高の権利の蹂躙ではないか否かの問題が厳粛に審理されることになった。国王の弁護士達は否、何とならば英国民の権利の蹂躙は不正であり、国王が如何なる不正も犯せようはずがないからと主張した。日和見主義の判事はこの邪悪な戯言に与した判決を下し、かくて国王と国民は致命的に決裂した。

にもかかわらず、またもや国会を召集しなければならなくなった。国民は、自分達の自由が如何なる危機に瀕しているか知らぬでなし、国王と真っ向から敵対していることで最も名高い人々を議員に選出した。が、それでもなお国王は万事思い通りに事を運ぶ気でかかっているだけに前後の見境がなくなり、いざ国会が開催されると、さも見下げ果てた態度で開会を宣すに、きっぱり、自分はただ金が欲しいために彼らを召集したにすぎぬと言ってのけた。国会は国王に逆ネジを食わす所存だと心得ているほどには強かにして決然としていたから、彼が何と宣おうとほとんど意に介さず、史上最も偉大な文書の一つを——所謂「権利請願」を——提起し、イングランドの自由の民は最早、国王に金を貸すよう要求されてはならず、最早、それを拒んだからというので徴発されたり投獄されてはならぬと、のみならずイングランドの自由の民は、彼らの権利と自由と祖国の法に反すからには、最早、国王の格別な命令、或いは令状によって捕らえられるべきではないと申し立てた。当初国王はもって返すに、この請願をそっくりはぐらかそうとした。が下院が、さらばバッキンガム糾弾を続行する意を露にしたため、恐れをなし、自分に要求されている全てに同意する旨返答した。が、その後、幾々度となく上記の点に関し、約言と徳義から逸脱するのみならず、正しくこの折ですら、第二のそれではなく、第一の返答を——ただ国民に国会は自分の上手に出ている訳ではないと思わすよう——公表するという卑劣な瞞着の手に出た。

　かの厄介者のバッキンガムは自らの傷ついた虚栄心を満足さすため、この時までには祖国をスペインのみならず、フランスとの戦争にまで巻き込んでいた。かように惨めな名分と、かように惨めな輩のために、戦争とは間々始められるものだから！　が彼はこの世にてはほとんどそれ以上、禍の種を蒔く運命《さだめ》にはなかった。ある朝、屋敷から出て馬車へ向かう途中、クルリと向き直りざま、一緒にいたフライアー大佐という人物に話しかけようとした。がその途端、ナイフで力まかせに突きかかられ、暗殺者はナイフを胸に突き立てたまま立ち去った。以上は玄関広間で出来したが、公爵はその直前に二階で幾人かのフランス郷紳と口論したばかりだったので、彼らは召使い達によってすぐ様怪しまれ、すんでに襲われ、殺される所を且々逃げ果した。騒ぎの最中《さなか》、真犯人は台所に逃げ込み、易々立ち去れていたろうものを、剣を抜き、喚き立てた。「オレがやった！」男の名はジョン・フェルトン。プロテスタントの退役軍人だった。自白によれば、公爵に個人的恨みはないが、祖国にとっての呪いとして闇に葬ったとのことだった。見事に止めを刺した証拠、バッキンガムはただ「ならず者め！」と叫ぶ暇《いとま》しかなく、それからナイフを引き抜くと、テーブルに倒れ込み、縡切れた。

　審議会はこの暗殺を巡り、ジョン・フェルトンを殊更大仰に取り調べた。とは言え、事件は実に単純明快なそれではあったろう。彼は、当人に言わせば、殺害を目論み、七〇マイルの道程をはるばるやって来ると、既に自白していた理由により、実行に移した。もしや彼らが男の目の前にいるやんごとなきドーセット侯爵が忝くも脅して下さっていた如く、男を拷問にかけようものなら、男はくだんの侯爵に彼をこそ共犯者として告発してやると警告した！　国王は、にもかかわらず、男を拷問にかけよと不快なまでにせっついた。が判事達は今や拷問は祖国の法に触れると心得ていたので――もう少し早くその点に気づいていなかったのが残念でならぬが――ジョン・フェルトンはただ単に犯した暗殺によって処刑された。暗殺であることに疑いの余地はなく、弁解の余地すらなかった――なるほど、イングランドから祖国が未だかつて生んだためしのないほど放埒で、浅ましい、卑劣な宮廷寵臣の一人を厄介払いしたとは言え。

全く異なる手合いの男が今や、出現した。ヨークシャーの郷紳、サー・トーマス・ウェントワースという。彼は長らく国会議員を務め、恣意的にして傲慢な主義主張に与していたが、バッキンガムに心証を害すや、国民の味方についた。国王はかようの男を大いに必要としていたため――というのも固より国王の大義に好意的であるばかりか、有能な人材だったから――彼をまずもって男爵に、次いで子爵に任じ、要職に就かせ、完璧に手懐けた。

国会は、しかしながら、依然存在し、容易に手懐けられてはくださらなかった。一六二九年一月二十日、権利請願において活躍した大立て者、サー・ジョン・エリオットは国王の主立った手先に対す他の強硬な決議を提起し、議長に議案を票決に付すよう要求した。これに対し議長は「国王により他の命《めい》を受けている」と答え、席を離れるべく起立した――とは即ち、下院の規則に従えば、最早何ら手続きを踏むことなく停会を余儀なくしていたろうことに。するとホリス氏とヴァレンタイン氏の二人の議員が議長を押さえつけた。議員同士の間で大騒動が持ち上がり、あちこちで幾多の剣《つるぎ》が抜かれ、ギラついている片や、国王は、事の次第を一部始終報されていたから、護衛隊長に下院まで行き、扉を突き破るよう命じた。議案は、しかしながら、この時までには票決に付され、下院は散会していた。サー・ジョン・エリオットと議長を押さえつけたくだんの議員二名は直ちに審議会の前へ召喚された。彼らは国会内で発言した何事についても国会外で責めを負わぬのは自分達の特権だと申し立てると、ロンドン塔へ投獄された。国王はそれから自ら赴き、国会を解散させ、解散宣言の中にてくだんの議員達のことを「クサリヘビ」呼ばわりした――からと言って何ら、わたしの耳にする限り、王に幸いした風にはなかった。

彼らは自ら為した事に遺憾の意を表すことにて自由を得ようとはしなかったので、国王は、常日頃から至って仮借なかったから、断じて彼らの罪を看過しようとはしなかった。彼らが王座裁判所にて審理にかけられるよう要求すると、王はくだんの目的のために発布される令状が法的に彼らの下《もと》へ届かぬよう、彼らを牢から牢へと盥回しにするという姑息な手段にすら訴えた。とうとう彼らは審理にかけられ、重い罰金を課せられ、国王の御心に適うだけ幽閉されることになった。サー・ジョン・エリオットが著しく体調を崩したため、転地療養を希望し、かくて釈放の嘆願書を提出すると、国王は嘆願の内容が然るべく謙虚でないとの（雄豚陛下その人にこそ付き付きしかろう）返答を送った。彼が再度、息子に託し、嘆願書を提出し、もしや療養のために釈放して頂けるなら、健康を回復し次第、牢に戻ると哀願しようと、王は依然、無視し続けた。彼がロンドン塔にて死去し、子供達が父親の亡骸を先祖の亡骸と共に埋葬すべくコーンウォールへ連れて行きたいと願い出ると、国王は「サー・ジョン・エリオットの骸《むくろ》は死亡したかの教区の教会に埋《うづ》める可し」と返した。以上全ては、蓋し、実に卑小な王にこそ似つかわしくはあるまいか。

して今や、十二年の長きにわたり、自らはひたすら尊大に振舞う片や、国民をとことん捻じ伏す意を貫き通し、王は一切国会を召集せず、国会抜きで世を治めた。たとい一万二千巻の書が（事実、幾多の書が物されている如く）彼を称えて物されようと、それでもなお十二年間、チャールズ一世がイングランドにては不法にして独裁的に君臨し、随意に臣民の財産を没収し、敢えて自分に楯突く者を皆、放逸な意のままに罰したことに変わりはない。幾人《いくたり》かの間では、この王の生涯は可惜短きにすぎたと思うのが流儀のようだが、わたし個人としては陛下は無駄に長らく生き存えたような気がしてならぬ。

カンタベリー大主教ウィリアム・ロードは国民の自由を封じ込める宗教的部門における国王の右腕だった。ロードは豊かな学識と乏しい良識を具えた――というのも両者は間々甚だ相異なる量にて綯い交ぜになるものだから――誠実な男で、プロテスタントでありながら、少なからずカトリック教徒のそれに近い見解を抱いていたため、教皇はもしや当人にくだんの恩寵を受け入れる気さえあれば、枢機卿にしたがっていた。彼は誓いや、法衣や、火の灯ったロウソクや、彫像等々を宗教的儀式において極めて肝要と見なし、大量のお辞儀とロウソクの芯切りを導入した。のみならず大主教と主教をある種超自然的な人物と見なし、見解を異にする何人《なんぴと》にであれ根深い恨みを抱いた。それ故、レイトンという名のスコットランドの司祭が世の主教を見掛け倒しにして人々のでっち上げ呼ばわりした廉で、晒し台にかけられ、鞭打たれ、頬に烙印を捺され、片耳を殺ぎ落とされ、一方の鼻孔を搔っ裂かれると、天に感謝を捧げ、敬虔な愉悦に浸ること頻りであった。彼はとある日曜の朝、同様の見解を有す法廷弁護士ウイリアム・プリンの起訴を発案し、プリンは一千ポンドの罰金を課されるのみならず、晒し台にかけられ、二度にわたって——一度に一方ずつ——耳を殺ぎ落とされ、終身禁錮刑に処せられた。ロードはバストウィックという内科医の処罰にも快哉を叫んだ。というのも医師はやはり一千ポンドの罰金を課せられ、後に両耳を殺ぎ落とされ、終身禁錮刑に処せられたからだ。以上はほんのお手柔らかな説得の手立てにすぎぬと言う者もいよう。これらは、むしろ、人々への見せしめとして意図されていたのではあるまいか。

国民を封じ込める金銭的部門においても国王は、幾人《いくたり》かの宣おう如く、劣らずお手柔らかにして、私見によらば、劣らず見せしめめいていた。彼はくだんのトンポンド税を取り立て、意のままに増税した。して幾々年もの間占《かん》売の一件に関しては大きな苦情が訴えられていたにもかかわらず、金銭を支払いさえすれば商人の組合に独占権を認めた。彼は法を真っ向から侵害するに、雄豚陛下によって発せられていた声明に従わぬ人々に罰金を課した。忌まわしき林野法を復活させ、個人の財産を森林権として横領した。就中、所謂「船舶税」——即ち艦隊維持のための国防税——を海港のみならずイングランドの全州から取り立てる意を決した——いつぞや、古《いにしへ》の日々には全州に課されていたと突き止めたせいで。この船舶税に対す苦情はいささか激しすぎる嫌いがあったため、ロンドン市民ジョン・チェインバーズは自分の収税分の支払いを拒絶した。そのため市長閣下はジョン・チェインバーズを投獄させ、そのためジョン・チェインバーズはロンドン市長閣下相手に訴訟を起こした。セイ卿もまた、真の貴族らしく振舞うに、断乎払わぬと宣言した。が、船舶税の最も屈強にして有力な反対者はバッキンガムシャー州の郷紳、ジョン・ハムデンで、彼はかようの代物のありし際には下院にて「クサリヘビ」と共に議員を務め、サー・ジョン・エリオットの親友だった。この訴訟は財務裁判所にて十二名の判事の前にて審理され、国王の弁護士はまたもや船舶税が誤っているはずはないと、何とならば国王なるもの如何ほど懸命に努めようと——して彼は事実この十二年間というものひたぶる懸命に努めて来た訳だが——過ちを犯せるはずがないからと言った。判事の内七名は正しく仰せの通りにして、ハムデン氏は税金を収めねばならぬと言い、判事の内五名は嘘八百もいい所にして、ハムデン氏は税金を収める要はないと言った。という訳で、国王はハムデンをイングランド中で最も人気のある男にすることにて凱歌を挙げた（と本人は惟みた）。イングランドでは今や事態は然に深刻化していたものだから、幾多の正直者の英国人は最早祖国に耐えきれず、アメリカのマサチューセッツ湾に植民地を築くべく海を渡った。一説によると、ハムデン自身と身内のオリヴァー・クロムウェルもかようの移民の一団と共に出立し、事実乗船までしていた。がいきなり、船長達にかようの乗客を国王の許可なくして渡航さすことを禁ず宣言文によって待ったをかけられた。が、おお！　王にとってはもしや連中を旅立たせていたなら、如何ほど好かったろうか！

これがイングランドの現状だった。仮にロードは、野放しにされたばかりの狂人だったとて、スコットランドにおいて蒔いたほど禍の種を蒔けはしなかったろう。自らの主教に纏わる概念と自らの宗教的形式と典礼をスコットランド人に押しつけようと（折しも御自ら版図の彼《か》の地にいた国王の後押しを受けて）躍起になる余り、彼は彼《か》の国を正しく逆上させた。彼らは彼ら自身の宗教形式を維持すべく、「盟約」と呼ばれる厳粛な同盟を結成し、国を挙げて武装し、太鼓を合図に仲間を皆、日に二度、祈禱と説教に召集し、敵をありとあらゆる名立たる悪霊に準える賛美歌を歌い、連中を剣《つるぎ》で打ち倒そうと厳粛な誓いを立てた。当初、国王は武力を、それから講和を、それからスコットランド国会を、試した。国会は一切返答賜らなかったが。それから前サー・トーマス・ウェントワース、ストラフォード伯爵を試した。というのも伯爵はウェントワース卿として、アイルランドを統治していたからだ。彼もまたそこにて実に高飛車な権勢を揮っていた。とは言えくだんの国に恩恵と繁栄をもたらすことに。

ストラフォードとロードは武力でスコットランド人を征服することに与した。相談を受けた他の貴族はこの期に及んでは国会を召集すべきでないかと具申し、国王も不承不承、同意した。かくて、一六四〇年四月十三日、かの、当時としては珍奇な見物《みもの》国会が、ウェストミンスターにて目の当たりにされた。この国会は、非常に短期間しか続かなかったため、短期議会と呼ばれている。議員が皆、果たして誰が敢えて口を利くか訝しみつつ互いに様子を窺っていると、ピム議員が起立し、この十二年間に国王が不法に犯した罪状を全て並べ立て、イングランドが如何なる窮状に追い込まれているか明らかにした。この大いなる範が垂れられると、他の議員も勇を揮い、真実をたいそう忍耐強く、控え目ながら腹蔵なく述べた。国王は、いささか胆を冷やし、もしや一定の条件で一定の金額を認める気があれば向後船舶税は一切取り立てまいと告げるべく使者を立てた。彼らは一件を二日間にわたって審議し、そこで約束、もしくは調査なくして王の要求する全ては与えようとしなかったため、国王は国会を解散させた。

だが彼らは国王は今や国会を持たねばならぬと重々心得ていたし、国王も、遅きに失したとは言え、やはり同じことに気づき始めた。故に、九月二十四日、折しもスコットランド人に対して召集した軍隊と共にヨークにいながらにして、彼自身の部下にはその他の国民同様不興と不服を抱かれたまま、国王はそこにて落ち合うよう呼び寄せていた貴族より成る大審議会に十一月三日に開催すべく再び国会を召集する旨告げた。「盟約」の兵士は今やイングランドを侵攻し、石炭生産地である北方諸州を占拠していた。石炭がなくては為す術がなく、国王軍は陰鬱な敵愾心に然まで激しく燃えている「盟約派」を向こうに回しては歯が立たなかったので、戦闘は休止され、スコットランドとの講和が検討された。一方、北方諸州は「盟約派」に石炭には手を出さず、おとなしくしておくよう金を支払った。

これで一応短期議会には片がついた。次いで如何に忘れ難き事柄が長期議会によって為されたか、見ることにしよう。

第二部

一六四一年十一月三日、長期議会が召集された。一週間後のその日、ストラフォード伯爵はヨークから到着したが、国会を組織する気概に満ちた、意志強固な議員はおよそ自分に対し好意的どころではなかろうと気取っていた。というのも彼は国民の大義を見捨てるのみならず、事ある毎に彼らの自由に抗っていたからだ。国王は、慰めに、国会には「君の髪の毛一本たり傷つけさせぬ」と言った。が正しく翌日、ピム議員は下院にて、粛然と、ストラフォード伯爵を国賊として糾弾し、彼は即刻監禁され、傲然たる高位より失墜した。

三月二十二日になって漸う彼はウェストミンスター会館で審理にかけられ、そこにてたいそう体調が悪く、大きな苦痛に見舞われていたにもかかわらず、それは巧みにして威厳をもって釈明したものだから、果たして勝ちをさらっていなかったか否かは疑わしい。が審理の十三日目、ピムは下院にて若きサー・ハリー・ヴェイン（さる審議会に伯爵と共に出席していたヴェイン書記官）の所持する深紅のヴェルヴェットの飾りだんすの中で見つけたくだんの会議のメモの写しを取り出し、その中にてストラフォードは国王にきっぱり、国王は政府の全ての規則と義務を免れ、国民に対しては何なりと好きなことをして構わぬと告げ、さらに「アイルランドに有す軍隊をこの王国を服従さすべく動員して一向差し支えない」とまで言い添えていた。「この王国」という文言によって彼が果たしてイングランドを意味していたのかスコットランドを意味していたのかは明らかでないが、国会はそれはイングランドの謂であり、ならば大逆罪だと主張した。同じ下院の開期中に、本来ならば大逆罪が証明されることを要求していたろう問責による審理を伴う手続きに優先させて、大逆罪が犯されたと宣す私権剝奪法案*を提起するよう可決された。

　という訳で議案が直ちに提起され、大多数をもって下院を通過し、上院へ上程された。果たして上院が可決し、国王も承認するか否か依然未決の内に、ピムは下院に対し国王と女王が共に軍の将校と画策し、国会を制御すべく兵を徴募するのみならず、二百名の兵をロンドン塔へ送り込み、伯爵の脱獄を完遂させようとしていた旨暴露した。軍隊との画策は同名の領主の息子、ジョージ・ゴーリンという男によって摘発されたが、この男は陰謀の発案者の一人でありながら寝返りを打った悪漢だった。国王は事実、二百名の兵士のロンドン塔への侵入を許可する令状を発布していたから、彼らは定めて押し入ってもいたろう――もしやバルフォーという名の屈強なスコットランド生まれの獄吏長が侵入を拒んででもいなければ。こうした事柄が発覚すると、数知れぬ人々が国会議事堂の外で暴動を起こし、自分達に敵対する国王の主たる手先の一人としてストラフォード伯爵を処刑するよう大声で喚き立て始めた。先の法案は国民がかくて騒然となっている間《ま》に上院を通過し、もう一項、目下開催されている国会は彼ら自身の同意なくして解散も停会もされるべきでないと宣す法案と共に国王宛、承認のため提起された。国王は――さしたる愛着を抱いていなかったものの、律儀な召使いを救うに吝かではなかったから――如何にすべきか迷った。がいずれの法案も承認した。胸中、ストラフォード伯爵を弾劾する法案は不法にして不正だと信じつつも。伯爵は国王に宛て、自分は彼のためなら喜んで死のうと一筆認めていた。が彼は君主がよもや自分の言葉を然に易々字義通りに受け留めようとは思ってもみなかった。それが証拠、自分の凶運を聞かされると、胸に手をかけながら声を上げた。「君主を信頼すること勿れ！」

　国王は唯一日も、と言おうか唯一枚の紙切れにおいてすら、率直にして正直ではいられなかったから、上院議員に手紙を書き、若きプリンス・オブ・ウェールズに託して送り、彼らに下院を説きつけ「例の不幸な男が厳重な監禁の下《もと》余生を送るべく」取り計らうよう請うた。正しくその同じ手紙の追伸の中で、国王は「仮に死なねばならぬなら、土曜まで死刑を延期するのが情けというものだろう」と書き添えた。たとい伯爵の命運に何か疑念があったとしても、この脆弱と卑劣が一件にケリをつけていたろう。正しくその翌日、即ち五月十二日、彼はタワー・ヒルにて打ち首に処せられるべく引き立てられた。

然に人々の耳を殺ぎ落とし、鼻を掻っ裂くのに目がなかったロード大主教もまた今やロンドン塔に幽閉されていた。伯爵が処刑台へ向かう途中、彼の窓辺を過ると、大主教は祝福を垂れるべく、伯爵の達ての願いで、そこにいた。二人は共に国王の大義に与す親友であり、その権勢の日々、伯爵は大主教にハムデン氏を船舶税の支払いを拒んだ廉で白日の下《もと》鞭打ち刑に処せば如何ほど痛快だろうかと書き送っていた。しかしながら、くだんの傲慢な所業は今や休し、伯爵は雄々しく、粛然と刑場へ向かった。獄吏長は彼に、人々に八つ裂きにされぬよう、タワー・ゲイトで馬車に乗るよう勧めた。が彼は鉞で首を刎ねられようと、人々の手にかけられようと、一つ事だと返した。よって、確乎たる足取りにして毅然たる面持ちで歩き、時折、通りすがりに人々に脱帽した。人々は死んだように静まり返っていた。彼は処刑台で予め用意してあったメモを読みながら訣れを告げ（紙切れは首が刎ねられた後《のち》そこに落ちているのが見つかったから）、齢四十九にして、鉞の一撃の下《もと》、息絶えた。

この大胆にして果敢な処刑のみならず、国会は全て元を正せば（これとて同断だが）国王が然に甚だしく、然に長らく、権力を濫用して来たことに端を発す、他の名立たる措置も講じた。「軽犯罪者」という名が、国民から不法な手段で船舶税であれ他の如何なる税金であれ徴収することに関与した全ての州長官並びに他の役人に適応され、ハムデン判決は覆され、ハムデンに有罪を申し渡した判事は国会が課すやもしれぬような結果を引き受けるべく多額の担保を支払うよう要求され、内一人は高等法院での審理中に逮捕され、投獄された。ロードは弾劾され、耳を殺ぎ落とされ、鼻を掻っ裂かれた不幸な犠牲者は意気揚々と釈放され、国会は三年毎に召集されねばならず、もしや国王と国王の役人が国会を召集しなければ、国民が自発的に結集し、自らの権利と権限によって国会を召集す可しとの法案が可決された。これら慶事を祝し、至る所、明かりが煌々と灯されては喝采が上げられ、国は興奮の坩堝と化した。国会がこの熱狂に乗じ、国民をありとあらゆる手立てで鼓舞したことに疑いの余地はない。が我々は国王が果たして真実如何なる悪事であれ犯せるものか否か然に懸命に試したくだんの長き十二年間を断じて忘れてはなるまい。

この間《ま》も終始、主教が国会議員を務める権利に対す激しい宗教的異議が唱えられ、くだんの権利に対し、スコットランド人はわけても不服を申し立てていた。英国民はこの点に関しては賛否に分かれ、一つにはこのため、もう一つには国会がほとんど全ての税金を撤廃してくれようとの愚かしい期待を抱いていたせいで、内少なからざる者が時に国王側へ傾いた。

私個人としては、もしや人生のこの折であれ、他の如何なる折であれ、国王はともかく正気の男に信頼されていたなら、自らの身を守り、王位に即き続けていたろうと思わずにはいられぬ。が英国軍が解隊されるや否やまたもや、性懲りもなく、将校と画策し、一部の将校によって起草された、国会の主導者に異を唱える嘆願書に是認の署名をすることにて、くだんの事実を揺るぎないものにした。スコットランド軍が解隊されると、彼はまたもや画策すべく、エディンバラまで四日で——とは当時としては実に速やかに——行き、ばかりかそれは内々裡に策を弄したものだから、目的が総じて何だったのか、は今に審らかでない。中には、国王は貢ぎ物や贈り物で幾多のスコットランドの領主や有力者を事実、懐柔した如く、スコットランド議会をも懐柔しようとしたと想定する者もいれば、また英国議会の主導者が自分達に力を貸すようスコットランド人を招くという大逆を犯した証を手に入れようとしたと考える者もいる。如何なる目論見の下《もと》にスコットランドへ行ったにせよ、無駄足に終わった。当時陰謀の廉で投獄されていた暴漢、モントローズ伯爵に唆され、スコットランド貴族を三人、誘拐しようとしたが、逃げられた。国王を監視すべく後を追っていた祖国の国会の然る委員会がこの所謂「偶発事件」の報告を国会へ文書で伝えると、国会は一件を巡り、新たに騒ぎ立て、自分達自身の身の安全を大いに懸念し、と言おうか大いに懸念している風を装い、陸軍総指令官エセックス伯爵に護衛隊を派遣するよう書簡で願い出た。

国王がその上、アイルランドにおいてまで画策を練っていたか否か確証は得られていないが、恐らく女王共々、練っていたに違いなく、彼らの間で起こっている暴動に与することにてアイルランド人を懐柔しようとの突拍子もない願望を抱いていたと思われる。いずれにせよ、彼らは事実、極めて残忍にして獰猛な叛乱を起こし、司祭に焚きつけられた結果、老若男女を問わぬ幾多の英国人に対し、もしや目撃者によって宣誓の上、物語られてでもいなければ到底信じられないような残虐行為を犯した。果たしてこの暴動において十万、或いは二十万のプロテスタントが殺害されたか否か、は定かでない。が、これが未だかつて如何なる蛮族の間にても知られたためしのないほど仮借なく無慙な暴動だったのは確かだ。

　国王は失った権威を必死で取り戻すべく、スコットランドから帰国した。彼はてっきり贈り物や貢ぎ物が功を奏し、スコットランドは自分に刃向かうまいと思い込み、そこへもってロンドン市長が大正餐会を催して出迎えたため、再びイングランドで人気を回復したものと高を括った。一国民に膨れ上がるには、しかしながら、数知れぬ市長が必要だろう。よって国王はほどなく勘違いに気づかされることになる。

　とは言え、さまでほどなく、ではなく。というのもその前にまず国会にて、国王がこれまで犯して来た全ての不法行為を並べ立てながらも、その罪を彼の悪しき顧問に丁重に帰す、「大諫議書」と呼ばれる、ピムとハムデンその他によって提起された名立たる文書への激しい反発が起こったからだ。一旦、議案が通過し、国王に提出されてなお、国王は依然、自分にはバルフォーをロンドン塔での指揮から解任し、代わりに評判の如何わしい男を就任させせられるほどの権力があると思い込んでいた。代わりの男に対し、下院が即刻異を唱えたため、解雇せざるを得なくなりはしたが。この時期、予てからの主教に対す抗議の声が以前にも増して大きくなり、老ヨーク大主教は下院に向かう途中――実に愚かしくも、「主教なんかくたばっちまえ！」と金切り声を上げた幼い少年を叱り飛ばした返礼に、暴徒に襲われ、袋叩きの目に会ったせいで――すんでに息の根を止められそうになった。よって、彼はロンドン市内の全主教を召集し、自分達は最早命の危険を冒さずして国会における務めを果たすこと能はぬからには、欠席の際に為された万事の合法性に対し異議を申し立てる旨の宣言書に署名するよう提案した。これを彼らは国王に下院へ届けるよう求め、国王は求めに応じた。すると下院は主教を一人残らず糾弾し、ロンドン塔へ投獄した。

　この事態に一向臆するどころか、国会内にこうした強硬策に異を唱える温健派がいることに意を強くし、国王は一六四二年一月三日、前代未聞の暴挙に出た。

　これぞ独断専行か、国王は人気のある主導者であるだけに自分にとって最も忌まわしい国会議員数名を――キムボルトン卿と、サー・アーサー・ヘイゼルリッグと、デンジル・ホリスと、ジョン・ピム（皆はいつも彼のことを然に権力絶大にして風格があるからというのでピム王と呼んでいた）と、ジョン・ハムデンと、ウィリアム・ストロードを――大逆罪で告訴すべく、法務長官を上院へ遣わした。くだんの議員の屋敷に、国王は部下を押し入らせ、書類を封印させた。同時に、下院議員である五名の身柄を即刻引き渡すよう下院へ使者を立てた。これに対し、下院は何か法的訴因があり次第、彼らには出頭さす旨返し、直ちに停会した。

翌日、下院はロンドン市長に自分達の特権が国王によって侵害され、何者にとっても、何事にとっても、何ら安全が保証されていぬ旨訴えるべく市内へ使いを遣った。それから、五名の議員が無事、その場を離れ果すや、国王自ら、大半が武装した、二、三百名の郷紳と兵士より成る全護衛共々やって来た。彼らを玄関広間に残すと、甥を傍らに、議事堂へ乗り込み、脱帽し、議長席まで歩み寄った。議長が席を立つと、議長席の正面に立ち、しばし、辺りをしかと見回しながら、くだんの五議員を連れにやって来たと言った。誰一人口を利く者はなく、さらばジョン・ピムを名指しで呼んだ。誰一人口を利く者はなく、さらばデンジル・ホリスを名指しで呼んだ。誰一人口を利く者はなく、さらば下院議長にくだんの五議員はどこにいるとたずねた。議長は片膝を突いて返答しながら、自分はくだんの院の僕《しもべ》であり、院の命ずること以外は一切、見る目も、利く口も持ち併さぬとあっぱれ至極に返した。その途端、国王は――その時を境に打ち拉がれ――ならば自分で探し出そうと、何とならば彼らは大逆罪を犯しているからと答え、帽子を手に、議員の間から聞こえよがしな不平の洩らされぬでもなく、その場を後にした。

以上全てが知れ渡るや、戸外で如何なる騒ぎが出来したか、は筆舌に尽くし難い。五議員は既にシティーのコールマン・ストリート（市庁とイングランド銀行間の通り）のとある屋敷に難を逃れ、そこにて一晩中警護され、実の所、全市が軍勢よろしく武装して警備に当たっていた。朝十時、国王は早、自ら為した事に恐れをなし、わずか五、六名の貴族と共に市庁を訪れると、自分が大逆罪で告発した者を匿わぬよう市民に訴えた。して翌日、五議員逮捕のための声明を発表したが、国会はほとんど意に介さず、かくて五日後、彼らをウェストミンスターまで威儀を正して連れて行く大がかりな手筈を整えた。国王は今や身の安全のために、ではないにせよ、自らの不遜故に、それは大きな不安に駆られたものだから、ホワイトホールの宮殿を去り、妃と子供達共々、ハンプトン・コートへ避難した。

それは五月十一日のことで、五議員は威儀を正し、意気揚々とウェストミンスターへ連れて行かれた。彼らは水路にて運ばれたが、川は水上に浮かぶ舟のために見えず、五議員は如何なる犠牲を払おうと彼らの命を守る準備万端整えた兵士や大砲を満載した艀に取り囲まれていた。ストランド伝《づて》、指揮官スキポン率いるロンドン民兵精鋭軍がいつでも小艦隊を援護出来るよう練り歩き、ばかりか、群衆までも通りから通りを埋め尽くし、のべつ幕なし主教とローマ教皇礼賛者をダシに喚き立てては、ホワイトホールを行き過ぎながら、さも見下げ果てたように声を上げた。「国王はどうした?」下院の外ではこの大騒動が持ち上がり、院内は死んだように静まり返っている片や、ピム議員が起立し、皆に自分達がシティーにて如何ほど手篤く迎えられたか告げた。さらばすかさず下院は州長官達を呼び入れ、礼を述べ、指揮官スキポン率いる民兵精鋭軍に毎日下院を護衛するよう要請した。それから、バッキンガムシャー州から騎兵四千名もまた護衛としての奉仕を申し出ると共に、自分達の州代表議員にして多大の敬意と情愛を受けているハムデン議員に対して加えられて来た危害を不服とする陳情書を提起した。

国王がハンプトン・コートへ旅立つ際、側近の郷紳や兵士は市内からキングストン・アポン・テムズまで付き従っていた。翌日、ディグビー卿はハンプトン・コートの国王の下《もと》から六頭立て馬車にて彼らの所まで来ると、国王は彼らの警護を受け入れよう旨伝えた。これは、と国会は言った、王国に対して戦いを挑むに等しい。かくてディグビー卿は国外へと難を逃れた。国会はそこで直ちに英国軍を掌中に収めにかかった。というのも国王が既に英国軍を率いて国会に立ち向かおうと懸命に画策し、そこにある武器・火薬の貴重な弾薬庫を確保すべく、ニューカッスル伯爵をハル(英北東部ハンバーサイド州首都)へ密かに派遣しているのを重々承知していたからだ。当時、どの州もそれ自体の民兵精鋭軍もしくは在郷軍のために武器・火薬の弾薬庫を有していた。よって、国会はくだんの民兵精鋭軍を指揮する州統監を任命し、のみならず、王国中の要塞、城、兵舎を彼ら、国会、の信用の置ける手合いの総督の手に委ねさす(その時までは国王に属していた)権利を申し立てる法案を提起した。ばかりか主教から投票権を剝奪する法律も可決した。国王はくだんの法案には同意したが、口では国会によって提案されるやもしれぬような人物を任命するに異存はないと言いながらも、州統監を任命する権利までは放棄しようとしなかった。ペンブローク伯爵がその問題に関してはしばらく譲歩する気はないかたずねると、彼は「神かけて、一時間たり!」と答え、一件を巡り、国王と国会は戦争を始めた。

彼の幼い娘はオランジュ公と婚約していた。許婿の国へ娘を連れて行く口実の下《もと》、妃は既にそこにて国王側の軍隊を徴募する資金を調達するため皇室の宝石を抵当に入れるべく無事、オランダへ渡っていた。海軍大臣が病気のため、下院は一年間、代役を務めるようウォリック伯爵を指名した。国王は別の郷紳を指名したが、下院は一歩も譲らず、ウォリック伯爵が国王の同意なしに海軍大臣になった。国会はハルにくだんの軍需品をロンドンへ移すよう命を送り、国王は自らそれを独占すべくハルへ向かった。市民は彼を市内に入れようとせず、総督は彼を城へ入れようとしなかった。国会は上・下両院が可決し、にもかかわらず国王の同意しようとしないものは何であれ「法令」と呼ばれ、国王が事実同意したに劣らず法律と見なされる可しとの決定を下した。国王はこれを不服とし、かようの「法令」には従う可からずとの警告を発した。国王は貴族院の大半と、下院の多数の議員に付き添われ、ヨークに居を定めた。大法官が王の下《もと》へ国璽を携えて行くと、国会は新たな国璽を造った。妃は武器と弾薬を満載した船を一艘送って寄越し、国王は高利で金を借りるための証書を発布した。国会は二十の歩兵連隊と七十五の騎兵中隊を徴募し、国民は我勝ちに金銭、金銀食器、宝石、小間物を――既婚女性は結婚指輪すら――義捐に送った。国内の各出身地で歩兵連隊もしくは騎馬中隊を募れる国会議員は皆、自らの趣味に応じ、独自の色彩の軍服をあてがった。衆に擢んでるに、オリバー・クロムウェルは恐らく、未だかつて目にされたためしのないほど優れた兵士たる――徹頭徹尾本腰にして、徹頭徹尾武装した――騎馬中隊を徴募した。

その手続きの某かにおいて、この名立たる国会は以前の法律や習慣の境界を越え、国民の暴動的な集会に屈したり与したりし、人望の篤い主導者と見解を異にする者を投獄する上では横暴に振舞った。がまたもや、我々は国王が我が物顔に身を処した十二年間が先行していたことを、この世の何一つとしてその治世を万が一くだんの十二年の月日がついぞ流れていなかったならば、或いはなっていたやもしれぬ、なり得ていたろう、なっていたろう、なっていたはずの治世にはし得なかったということを、忘れてはなるまい。

第三部

ここでチャールズ一世と長期議会との間のほぼ四年にわたる大内乱の詳細を物語るつもりはない。というのも余す所なく審らかにしようと思えば万巻を要しようから。英国人が今一度、英国の地で英国人相手に戦わねばならぬとは実に嘆かわしいことだ。がせめてもの慰めたるに、いずれの側《がわ》にても大いなる慈愛と、忍耐と、徳義が発揮された。くだんの優れた資質において議会軍の兵士は国王軍の兵士より（内多くは大義をさして意に介さぬまま単に報酬目当てに戦っていたから）遙かに傑出していた。が貴族や郷士の内、国王に与す者は、それは雄々しく、それは国王に忠誠を尽くしたものだから、彼らの行為は我々の最高の称賛を博さずにおかぬ。中には幾多のカトリック教徒も紛れていたが、彼らは王妃が極めて熱心なカトリック教徒だからというので、国王側についていたにすぎぬ。

　国王は、仮に彼自身劣らず寛大な精神の持ち主ならば、彼らに自分の軍隊の指揮を執らすことにて、こうした勇猛果敢な精神の幾許かになり武勲を立てさせてやっていたやもしれぬ。その代わり、しかしながら、飽くまで昔ながらの王権絶対主義に則り、軍隊を王家の血を引き、国外から援軍に駆けつけた二人の甥、ルーパト王子とモーリス王子に託した。彼にとっては二人がむしろ手を拱いていればまだしも好かったやもしれぬ。というのもルーパト王子は根っから血の気の多い、せっかちな若造で、いつ何時であれ、盲滅法、戦の真っ直中に突入し、四方八方、打ちかかることしか頭の中になかったからだ。

　議会軍の総司令将官は、徳義を重んず郷紳にして優れた兵士たるエセックス伯爵だった。戦争が勃発する少し前に、ウエストミンスターで、数名の差出がましい法学生と騒々しい兵士と、店主と徒弟と、街頭の一般市民との間で暴動が持ち上がっていた。当時、王党派は群衆を、徒弟は皆丸刈りだからというので円頂党員《ラウンドヘッド》と呼び、群衆はお返しに、王党派を連中、軍人風《かぜ》を吹かすしか能のない虚仮威し屋との謂にて、英騎士党員《キャヴァリエ》と呼んでいた。これら双方の名は今では清教徒革命における両派を表すのに用いられ始めた。王党派はまた議会派を謀叛人《レベル》、破落戸《ローグ》とも呼び、議会派は彼らを不平居士《マリグナント》と呼び、自分達のことは信心者《ゴドリー》、正直者《オネスト》等々として口にした。

　戦争はポーツマスで始まり、そこにてかの二重の裏切り者ゴーリングは再び国王側につき、議会軍に包囲された。これを期に国王はエセックス伯爵と彼に仕える将校を国賊と宣し、律儀な家臣に八月二十五日、ノッティンガムにて武装の上、結集するよう呼びかけた。ところが彼の律儀な家臣とやらはごく少数しか馳せ参じず、そこへもって、その日は風の吹き荒ぶ陰鬱な日和で、皇室旗は吹き倒され、一事が万事、実に憂はしかった。その後《ご》、主立った交戦はバンベリー近郊のレッド・ホース谷、ブレントフォード、デヴィズ（ブリストル南東三〇K）、チャルグローヴ・フィールド（ここにてハムデン議員は部下の先頭に立って戦っている最中《さなか》重傷を負い、一週間以内に亡くなった）、ニューベリー（この戦いにおいて王党派の最も気高い貴族の一人、フォークランド卿が戦死した）、レスター、ネイズビー、ウィンチェスター、ヨーク近郊のマーストン荒野、ニューカッスル、その他イングランドとスコットランドの各地で繰り広げられた。これらの戦いには様々な勝利が伴った。国王軍が凱歌を挙げることもあれば、議会軍が凱歌を挙げることもあった。がほとんど全ての繁華な大都市は国王に敵対し、いざロンドンの要塞を固めねばならぬとなると、下は下働きの男や女から、上は貴族や貴婦人に至るまで全階層の人々が共に渾身の力を振り絞ってロンドンを死守した。議会軍で最も傑出した指導者はハムデン、サー・トーマス・フェアファックス、して就中オリバー・クロムウェルと娘婿アイアトンだった。

この戦争の間中、国民は——彼らにとって戦争は非常に金がかかる上、厄介至極なばかりか、ほとんど全ての家族がある者は王党派に、ある者は議会派についているとあって、仲違いしているだけに一層悲痛だったから——幾度も幾度も平和を待ち望んだ。それは、それぞれの大義に与す最も優れた人達においても同様だった。故に、国会と国王双方からの委員の間で講和条約がヨークで、（国王が独自の小国会を開いている）オクスフォードで、アクスブリッジで、検討された。が何一つ実を結ばなかった。これら全ての交渉において、自己の全ての難儀において、国王はせいぜいまっとうに振舞った。彼は雄々しく、冷静沈着で、賢明だった。が相変わらずの瑕疵は必ずや見え隠れし、片時たり信用が置けなかった。国王の最も熱狂的な崇拝者の一人である歴史家、クラレンドン卿は国王は不幸にも妃に彼女の同意なくしては断じて講和を結ばぬと約束していたに違いなく、これがしばしば彼の釈明の根拠として考慮されねばならぬと想定している。王はいずれにせよ、ものの一晩たり約言を守ったためしがなかった。某かの金と引き替えに、血腥いアイルランドの叛徒との停戦に署名し、国会相手に自分に力を貸すよう、アイルランド軍勢を呼び寄せた。ネイズビーの戦いにおいて、飾りだんすが押収され、中から妃との書簡が見つかり、その中ではっきり自分は表向き国会を承認し、交渉を持つ風を装うことにおいて、国会に——彼は今やかつての「クサリヘビ」よりまだ増しかと、「雑種犬」国会と呼ばわっていたが——一杯食わせたと明言していた。のみならず、書面からは長らくロレーヌ男爵と一万兵の外国軍を派遣するよう密かに交渉を持っていたことも明らかとなった。これに失敗すると、彼は極めて献身的な友人、グラモーガン（ウェールズ南部旧州）伯爵をアイルランドへ派遣し、一万兵のアイルランド軍を派遣さすべくカトリック教徒の権威と極秘の講和を締結させ、その見返りとし、カトリック教に大いなる恩寵を施すことになっていた。してこの協定書が当時は日常茶飯の小競り合いで命を落とした然る戦闘的なアイルランド大主教の馬車の中から発見されると、彼は卑劣にも、大逆罪で告発された腹心の友、伯爵との関係を否定し、彼を見捨てた。ばかりか——輪をかけて卑劣極まりなくも——かくて我が身の安全を守るべく、自らの王たるの筆跡で友人に渡した極秘の指示に空白を残していた。

終に、一六四六年四月二十七日、国王はオクスフォード市にて四方八方からひた迫りつつある議会軍に厳重に包囲されているのに気づき、よってともかく逃れ得るとすれば、今しかなかろうと観念した。という訳で、その夜、髪と髭の形を変え、召使いに身を窶し、背にマントをはおって馬に跨り、道を熟知しているくだんの地方の牧師案内の下《もと》、律儀な部下の一人の添え鞍にて町を後にした。ハロウ（ロンドン北西部自治区）までロンドン目指し駆け続けたが、そこで計画を変更し、どうやら、スコットランド軍野営地へ向かう意を決したと思われる。スコットランド軍は議会軍を援護すべく呼び寄せられ、折しもイングランドでは大軍を成していた。国王は為《す》ること為《な》すことそれは自棄的なまでに策を弄そうとするものだから、果たしてこの手によって厳密に何を意図していたものか、は今に疑わしい。がともかく、この手に出ると、スコットランド総司令将官レーベン（スコットランド東部州）伯爵に身柄を明け渡し、さらば将官は国王を名誉囚人として手篤く扱った。片や英国議会、片やスコットランド当局との間で、国王を如何に処すべきかについて討議が重ねられ、交渉は翌二月まで続いた。それから、国王は二十年の長きにわたり、国会に対しくだんの在郷軍の点での譲歩を拒み、スコットランドに対してはその厳粛同盟*の認可を拒んでいたため、スコットランドはその軍隊と援助と、さらに国王に対し、多額の金を手に入れた。国王は彼を迎えるよう任じられた国会の委員数名によって、ノーサンプトンシャー州アルソープ近郊の、ホームビ・ハウスと呼ばれる彼自身の館の一つへと連れて行かれた。

清教徒革命が依然続いている間《ま》に、ジョン・ピムが亡くなり、ウェストミンスター大寺院に大いなる礼を尽くして埋葬された——彼が真に価するほどの礼は尽くせなかったやもしれぬが。というのも英国人の自由はピムとハムデンに負う所、計り知れぬからだ。革命が終結してほどなく、エセックス伯爵はウィンザー御料林における雄鹿狩りでの過度の熱中による病気のため、亡くなった。彼もまた粛然と、ウェストミンスター大寺院に埋葬された。願はくは、かのロード大主教が革命の未だ決着のつかぬ内に断頭台の露と消えたと付け加えずに済むものならば。彼の審理はほぼ丸一年にわたり、その期に及んでなお、果たして彼に対す問責が大逆罪に相当するか否か疑わしかったので、最悪の王達の昔ながらの悍しき方策に訴えられ、私権剥奪令状が提出された。彼は著しい偏見に囚われた、悪意ある人物で、前述の如く、事ある毎に敵の耳を殺ぎ落とし、鼻を搔っ搔き、甚大な禍の種を蒔いた。が、雄々しき老人らしく、坦々として死んで行った。

第四部

国会は一旦国王を掌中に収めると、議会軍に片をつけようと躍起になった。というのもそこにてはオリバー・クロムウェルが勇気と優れた能力を兼ね具えているのみならず、当時兵士の間で頓に人気の高まっていたスコットランド流清教主義を信奉している旨標榜しているため、絶大な権力を握り始めていたからだ。兵士は教皇自身に対すに劣らず主教にも刃向かい、かくて正しく兵卒や、鼓手や、喇叭手《らっぱしゅ》ですらいきなり長々しい法を説き始めるというそれは厄介千万な癖があるものだから、わたし個人としては、くだんの軍隊に入隊するのだけは願い下げだったろう。

という訳で、国会は軍隊が外《ほか》に何もすることのなくなった今や、いつ何時自分達を戒め、戦を仕掛けて来ぬとも限らぬと危ぶみ、故に軍隊の大部分を解隊し、残りの部隊を叛徒鎮圧のためアイルランドへ派遣し、祖国にはわずか小部隊のみ留めることを提案した。が、軍隊は独自の条件に則ってでなければ断じて解散しようとせず、国会が強制的に解隊する意図を露にすると、思いもかけぬやり口で独自の行動を起こした。ジョイスという名の然る騎兵旗手がとある晩、四百名の騎兵を従えてホームビ・ハウスに到着すると、片手に帽子を、もう一方の手に拳銃を携えて国王の部屋に罷り入り、自分は陛下をお連れするためにやって来たと告げた。国王は連れ去られるにおよそ吝かどころではなかったので、ただ翌朝、公に出立するよう申し立てられねばなるまいとだけ念を押すに留めた。翌朝、よって、館の上り段の天辺に姿を見せると、彼の部下と国会によってそこに配備された護衛の前で、騎兵旗手ジョイスにたずねた。「おぬし、余を連れ去る如何なる権限を有している?」これに対し騎兵旗手ジョイスは答えた。「軍隊の権限を」「何か委任状を持っているか?」と王はたずねた。ジョイスは四百名の騎兵を指差しながら答えた。「あれが自分の委任状であります」「はむ」と国王はまんざらでもなさそうに微笑みながら言った。「かようの委任状はこれまで読んだためしがないが、なかなか美しい、読み易い文字で書かれているではないか。これは長らく目にした覚えがないほど凛々しく礼儀正しい殿方の集まりのように見受けられる」彼はどこで暮らしたいかと問われると、ニューマーケットと答え、よって、ニューマーケットへと、彼と騎兵旗手ジョイスと四百名の騎手は馬を駆り、王は先と同様にこやかな物腰で、自分は騎兵旗手ジョイスにであれ、そこにいる何者にであれ、劣らず遠方まで一気に駆けてみせられようと宣った。

国王は恐らく心底、軍隊は自分の味方なものと思い込んでいたに違いない。彼は然に、くだんの将軍と、オリバー・クロムウェルと、アイアトンが国会の監禁の下《もと》へ戻るよう説得しに行った際にも、フェアファックスに告げた。彼は今のまま留まる方を望み、今のまま留まる意を決した。して軍隊は国会を脅かし、自分達の要求を呑ますべくロンドンへといよいよ、いよいよひた迫った際、国王を引き連れて行った。イングランドが武器を手にした兵士の大部隊の意のままに操られていたとは嘆かわしい限りだが、国王は確かにこの人生の危急存亡の秋、自分を制御しようとするより合法的権威よりむしろ、彼らの方に与していた。一言、しかしながら、付け加えておかねばなるまいが、彼らは今の所、国会がそれまで処遇していたより恭しく、丁重に彼を処遇した。彼らは王にお抱えの召使いに傅かれ、あちこちの屋敷で豪勢な接待を受け、二日間——レディング近郊のキャヴァシャム・ハウスで——子供達に会うことすら許した。片や国会は苛酷にも、馬で遠乗りに出たり、九柱戯に興じるくらいしか許していなかった。

なるほど、仮に国王に信用が置けていたなら、彼はこの期に及んでなお、命を救われていたやもしれぬ。オリバー・クロムウェルですら国王に権限が委ねられぬ限り、誰一人安らかに財産を享受することは叶うまいと公言していた。彼は国王に親身でない訳ではなく、子供達を迎えた際にはその場に立ち会い、再会の光景の痛ましさに少なからず胸を衝かれた。して国王に度々面会し、彼が今や引っ越しているハンプトン・コートの宮殿の長い回廊や心地好い庭園でしばしば共に散策し、語らった——以上全てにおいて軍隊に及ぼす彼自身の影響力の幾許か危険に晒すのを覚悟の上。が、国王は密かにスコットランド人から救いの手が差し延べられることを期待し、彼らと行動を共にするよう焚きつけられた途端、新たな友人、軍隊に冷ややかな態度を取り、自分抜きでは手も足も出まいと将校に向かって言い始めた。のみならず、もしや二人が自分が王位に戻るのに手を貸す気があるなら、クロムウェルとアイアトンに彼らを貴族に叙そうと約束しておきながら、その裏で、妃には二人を絞首刑に処すつもりだと綴っていた。彼ら自身、後ほど共に語った所によると、二人はかようの手紙が然る夕刻、ドーヴァーへ送られるべく、ホウボーンの「青イノシシ亭」へ届けられよう鞍の中に縫い込まれている旨密告を受け、よって兵卒に変装してそこへ行き、旅籠の中庭に腰を下ろして酒を飲んでいた。すると鞍を提げた男がやって来たので、ナイフで掻っ裂いてみれば、問題の手紙が出て来た。その逸話を疑う根拠はほとんどなかろう。が、こちらは確かに、オリバー・クロムウェルは王の最も律儀な家臣の一人に、王は信用が置けぬと、もしも何か善からぬことが身に降り懸かろうと、自分は責任を負いかねると告げた。がそれでいて、その後《ご》ですら、彼は軍隊の一部に関し、彼を捕らえようという陰謀が企まれていると報せることにて、王と交わしていた約言を果たした。恐らく、実の所、王には国外へ脱出し、かくてこれ以上難儀や危険に巻き込まれることなく厄介払いされて欲しいと切に願っていたに違いない。オリバーは彼自身、軍隊に手を焼いていたこともまた事実である。というのも部隊の中には彼のみならず、この時期彼と行動を共にしていた者に極めて反抗的なものがあるため、ある兵士を他の者への見せしめとし、連隊の先頭で射殺させねばならぬと見て取るほどだったからだ。

国王はオリバーから警告を受けると、ハンプトン・コートから逃れ、しばし迷い、ためらいはしたものの、ワイト島のキャリスブルック城へ移った。当初、そこではかなり自由だったが、そこにおいてすら、表向き国会と講和を進める風を装いながらも、実はスコットランドの長官相手に自分の味方につくべく英国へ軍隊を派遣するよう交渉を進めていた。国会とのこの講和を（スコットランドと折り合いをつけた後《のち》）破棄し、囚人として扱われてなお、処遇の変更は遅きに失す所だった。というのも正しくその晩、妃から遣わされ、島の沖に碇泊している船まで脱獄しようと画策していたからだ。

国王はスコットランドからの援軍においては期待を裏切られる運命《さだめ》にあった。彼がスコットランドの長官達と結んでいた約定はスコットランドの聖職者の意に染むほどくだんの国の宗教に有利でなかったため、聖職者は約定に反対する法を説いた。その結果、スコットランドで徴募され、派遣された軍隊は用を成さぬほど小さく、イングランドにおける王党派の叛旗やアイルランドからの優れた兵士の援護を受けはしたものの、所詮クロムウェルやフェアファックスのような指揮官率いる議会軍には手も足も出なかった。国王の長男、プリンス・オブ・ウェールズは父親を助けるべくオランダから十九艘の船を率いて駆けつけたが（英国艦隊の一部は彼の側《がわ》についていたから）、遠征は何の功も奏さず、已むなく帰国せざるを得なかった。この第二次清教徒革命の最も特筆すべき出来事は議会軍将軍による二人の王党派将軍、サー・チャールズ・ルーカスとサー・ジョージ・ライルの残酷な処刑であった。二人は三か月近くも、飢饉と悲惨のありとあらゆる不利の下《もと》雄々しくコルチェスター（エセックス州都市）を守っていたからだ。サー・チャールズ・ルーカスが射殺されると、サー・ジョージ・ライルは遺体に口づけをしながら、次は自分を射殺しようとしている兵士達に向かって言った。「もっと近寄れ。抜かるでない」「無論、サー・ジョージ」と兵士の内一人が答えた。「抜かってはおりません」「ほう?」と彼は笑みを浮かべて返した。「だが、これまで幾度となくもっと君達の側《そば》にいたが、君達はわたしを射損なっていたではないか」

国会は、軍隊によって由々しき威嚇を受けた後《のち》――彼らは自分達の気に入らぬ七議員の身柄を引き渡すよう要求していたから――これ以上国王とは関わりを持つまいと決議した。この（半年と続かなかった）第二次清教徒革命の終結と共に、しかしながら、彼らは国王と交渉を持つ委員を任命した。国王は当時、ワイト島のニューポートの個人の屋敷で暮らすことを許されるほどには再び自由の身となっていたから、彼を目にする者皆によって賛嘆されるほどの弁えをもって交渉の自らの役をこなし、結局、要求される全てを譲り――（これまでは頑強に拒んでいた）主教の一時的廃止と、彼らの教会の土地の皇室への譲渡に屈しすらした。がそれでいて、相変わらずの致命的悪徳に祟られているとあって、複数の親友が委員と共に、以上の点を全て唯一、我が身を軍隊から守る手立てとして譲るよう要請している片や、ワイト島から脱出する画策を練り、口ではかようの真似はしていないと断言しつつも、アイルランドの友人やカトリック教徒と連絡を取り、手づから、何を明け渡そうと、自分には逃亡の暇《いとま》を稼ぐ意図しかないと書き送っていた。

事ここに至りて、軍隊は国会に挑みかかる意を決し、ロンドンまで進軍した。国会は、今や彼らに恐れをなすどころか、ホリスの勇猛果敢な指揮の下《もと》、国王の譲歩は王国の平和を確立する十分な根拠であると決議した。その途端、リッチ大佐とプライド大佐は騎兵中隊と歩兵中隊を率いて下院へ向かい、プライド大佐は指揮の下《もと》にある軍隊にとって忌まわしい議員の一覧を手にロビーに立ちはだかり、彼らを通り過ぎる端から指差させ、全員拘留した。この手続きは後に人々により冗談めかして、「プライドの粛清《パージ》」と呼ばれた。クロムウェルは当時、部隊を率いて北イングランドに遠征していたが、帰郷すると、講じられた措置に賛意を表明した。

ある議員を監禁するやら、またある議員には登庁を禁じるやらで、軍隊は今や下院を五十名前後に減じていた。これらはほどなく、国王にあって議会と国民に対し戦争を起こすとは大逆罪に相当すると決議し、国王を国賊として審理するよう上院へ法令を上程した。上院は当時数にして十六名しかいなかったが、一人残らずこれを却下した。その途端、下院は下院こそ祖国の至高の統治機関であり、国王を審理にかける旨の独自の法令を定めた。

国王は拘束のためハースト城と呼ばれる館へ移された。これは引き潮の際に二マイルに及ぶ荒れた道伝《づて》ハンプシャー（英南部海岸州）の岸に通ず、海中の岩の上に建てられた孤独な館だった。そこより、彼はウィンザーへ移るよう命じられ、そこにては極めてぞんざいな扱いを受け、食卓では兵士以外傅く者のない生活を送った。その後《ご》、ロンドンのセント・ジェイムズ宮殿へ引き立てられ、審理が翌日行なわれる旨告げられた。

一六四九年一月二十日土曜日、この忘れ難き審理が始まった。下院は法廷の要員を百三十五名と定め、これらは下院それ自体と、軍隊の将校と、弁護士や市民の中から選ばれた。上級法廷弁護士ジョン・ブラッドショーが裁判長に任命され、場所はウェストミンスター会館だった。上手《かみて》の端の深紅のヴェルヴェットの椅子に議長が（保身のため薄い鉄板で裏打ちされた）帽子を被ったまま着席した。法廷のその他の者も着帽のまま、脇の長椅子に腰を下ろした。国王の席は議長席同様、ヴェルヴェットが張られ、議長席の正面に据えられた。彼はセント・ジェイムズ宮殿からホワイトホールへ引き立てられ、ホワイトホールからは水路で審理の場へ来ていた。

彼は入廷すると廷内を、大勢の傍聴人を、篤と見渡し、それから腰を下ろした。がほどなく、またもや腰を上げ、廷内を見渡した。「チャールズ・スチュアートに対す大逆罪」の起訴状が読み上げられると、一再ならず微笑み、法廷の権限を否定するに、上院抜きの国会は存在し得ず、ここには唯一人の上院議員も見当たらぬと言った。のみならず、国王も列席していなければならぬが、国王の正規の場所に国王の姿は見当たらぬとも。ブラッドショーは法廷は十分その権限を具え、その権限とは神の権限にして王国のそれであると答え、それから法廷を明くる月曜まで停会にした。その日に審理は再開され、週末まで続けられた。土曜になり、国王が館内の席へ向かうと、兵士を初め数名が国王に対す「審判！」を、して「処刑」を叫んだ。その日にまた、ブラッドショーはそれまで着ていた黒い法衣の代わりに赤い法衣を——怒《いか》った皇帝《サルタン》よろしく——纏っていた。国王はその日、死刑の宣告を受けた。彼が退廷しかけていると、ある孤独な兵士が「神の御加護のありますよう、陛下！」と言った。これに対し、上官が兵士を張り飛ばした。国王はたかがそれしきの過失でと言った。審理の然る折、彼の突いている杖の銀の頭部が落ち

た。その出来事に、国王はさながら自らの断頭の不吉な予示と受け留めてでもいるかのように動揺した。して、万事休した今や、そこまでは素直に認めた。

ホワイトホールに連れ戻されると、彼は下院に使者を立て、処刑が間近に迫っているからには愛しい子供達に会わせて欲しいと伝えた。願いは聞き届けられ、月曜日に、彼はセント・ジェイムズ宮殿に連れ戻され、その折祖国にいた二人の子供が――十三歳のエリザベス王女と、九歳のグロスター男爵が――ブレントフォード近郊のシオン・ハウスから、父王に暇を乞うべく連れて来られた。悲しくも感銘深き眺めではあった。王は哀れ、くだんの子供達にキスをしては抱き締め、王女に二つのダイヤの印形のささやかなプレゼントを渡し、母親に（その後ほどなく結婚することになる愛人がいたからには、ほとんどそれに値せぬ）優しい言伝を託し、二人に自分は「祖国の法と自由のために」死ぬのだと告げた。よもや、とわたし個人は言わざるを得ぬが、恐らく王自身は本気でそう思っていたに違いない。

その日、オランダから不幸な国王のために――お前達もわたしもせめて国会が容赦していたならばと願わずにはいられぬが――執り成すべく大使がやって来た。が何ら返答を受け取らなかった。スコットランドの長官達も仲裁に入り、プリンス・オブ・ウェールズは一筆認め、次期王位継承者とし、国会からの如何なる条件をも呑もうと申し出た。妃も同様に書状で訴えた。にもかかわらず、死刑執行令状がその日の内に署名された。口碑に曰く、オリバー・クロムウェルは自署すべくペンを手にテーブルへ向かうと、傍らに立っていた委員の一人の顔をペンでなぞり、インクを塗りつけた。くだんの委員は未だ名を記していなかったので（口碑のさらに曰く）、署名すべく近づくと、同じやり口でクロムウェルの顔にインクを塗りつけた。

国王は今上最期の宵だと分かっていながらも、何ら取り乱すことなく熟睡し、一月三十日の未明に起床し、丹念に身繕いを整えた。寒さのために震えぬようシャツを二枚重ね、髪に丹念に櫛を入れた。令状は軍隊の三将校、ハッカー大佐と、ハンクス大佐と、フェイア大佐に宛てられていた。十時に、内、筆頭の大佐が戸口まで来ると、ホワイトホールへ行く刻限だと告げた。国王はいつも早足だったから、普段通りセカセカ、セント・ジェイムズ・パークを抜けながら、護衛兵にお馴染みの命令調で告げた。「早足、行進！」ホワイトホールへ到着すると、寝室へ連れて行かれ、そこにては朝食が仕度されていた。既に聖餐を認《したた》めていたので、それ以上は何も口にしようとしなかった。が教会の鐘が正午を打とうかという頃（処刑台の準備が整っていないせいで待たされたから）、付き添いの心優しきジャクソン主教の忠言に従い、パンを少しと赤葡萄酒を一杯飲んだ。かくて軽食を取ってほどなく、ハッカー大佐が令状を手に寝室までやって来ると、チャールズ・スチュアートを召喚した。

それから、たいそう異なる日々にはしばしば明るく、華やぎ、浮かれ、人々で賑わっていたホワイトホール宮殿の長い回廊を、失墜した国王は縫い、やがてバンケティング・ハウスの中央の窓まで来ると、そこから黒い垂れ布のかかった断頭台へと姿を見せた。覆面を被った黒づくめの二人の執行吏を見やり、騎馬中隊や歩兵隊を見やり、さらば全員が黙々と彼の方を見上げた。それから遙か視界を埋め尽くし、一人残らずこちらを向いている黒山のような人だかりを見やり、懐かしのセント・ジェイムズ宮殿を眺め、断頭台に目をやった。何がなし、それが余りに低いのを目にしていささか取り乱してでもいるかのようにたずねた。「もっと高い場所はないのか？」それから処刑台上にいる者達に言った。「戦争を始めたのは国会であって、自分ではないが、自分達の間には悪しき手下が仲介を取っていたからには、彼らですら無実なのかもしれぬ。とある一点においては、処刑されるのも無理からぬ。然る他の者を不当にも死刑に処させたとあらば」と

はストラフォード伯爵の謂ではあったが。

彼は死ぬのを恐れてはいなかったが、楽に死にたいと願った。口を利いている間《ま》に何者かが鉞に触れると、声を上げた。「鉞に気をつけろ！　鉞に気をつけろ！」ばかりかハッカー大佐に言った。「連中に徒に苦しめるなと言ってくれ」して執行吏に言った。「ごく短い祈りを捧げ、それから面手を突き出そう」――鉞を打ち下ろせとの合図に。

彼は主教が携えていた白い絹の帽子の中に髪を束ね上げながら言った。「余には善き名分と、ありがたき神が味方についている」主教は彼にこの懶き現し世には後一つしか旅程はなく、それは荒らかで苦難に満ちた旅程ではあるが、短いそれにして、彼を遙か――大地から天へと――連れて行ってくれようと言った。主教に最後に、マントと胸の飾り物の聖ジョージ像を渡しながら、口にしたのは「形見に！」の一言だった。それから跪き、断頭台に頭を載せ、両手を広げ、即座に首を刎ねられた。群衆から一斉に呻き声が上がった。さらば、それまで彫像さながら不動のまま馬に跨ったり、整列したりしていた兵士はいきなり、全員動き出し、通りから人々を立ち退かせた。

かくて、ストラフォードが彼の人生において断頭台の露と消えたと同じ齢四十九にして、チャールズ一世もまた同じ運

命を辿った。その死を悼まぬ訳ではないが、彼が「国民の殉教者」たりて死んだという点は王に同意しかねる。というのも国民こそ遙か以前に、国王と、彼の国王の権利についての概念の殉教者だったからだ。実の所、彼はこと殉教者に関する限り、およそ目利きどころではなかったと思われる。というのもかの忌まわしきバッキンガム男爵を「君主の殉教者」と呼んでいたからだ。

第三十四章　オリバー・クロムウェル治下のイングランド

第一部

チャールズ一世の処刑された忘れ難き日の日没前に、下院は早、プリンス・オブ・ウェールズを——と言おうか他の何者であれ——英国王と宣す者は大逆罪に相当する旨規定する法案を可決した。また、その後ほどなく、上院は無益にして危険なため廃止すべきだとも宣し、故先王の彫像を市内の王立取引所や他の公の場から撤去するよう命じた。脱獄していた数名の名立たる王党員を逮捕し、ハミルトン公爵と、ホランド卿と、ケイペル卿をパレス・ヤードで斬首に処し果すと(三人共、極めて雄々しく死んで行ったが)、下院はそれから国策会議を国の統治機関として任命した。委員は四十一名で、内五名は貴族だった。議長にはブラッドショーが任命された。下院はまた国王の処刑に異を唱えていた議員を再選し、議員はほぼ百五十名に達した。

が依然、相手にせねばならぬ四万兵を越える軍隊があり、彼らを統御するのは至難の業だった。国王処刑以前、軍隊は将校の内数名を、自分達と国会との間で異議申し立てをすべく、任命していた。が今や一介の兵卒がくだんの役を我が身に引き受け始めた。アイルランドへの命《めい》の下《もと》にある連隊が暴動を起こし、ロンドン市内のとある騎兵中隊は自分達自身の旗を奪い、指令に従うことを拒んだ。そのため、首謀者が射殺された。が事態は一向好転するどころか、僚友と市民は彼のために公の葬儀を行ない、墓まで喇叭を吹き鳴らしながら亡骸に付き添い、鬱々たる野辺の送りの参列者は血に浸したローズマリの花束を手にしていた。オリバーのみが、こうした困難に対処できる人物であり、彼はほどなく彼らにいきなり待ったをかけるに、深夜、暴徒が身を潜めている、ソールズベリー近郊のバーフォードという町に突入し、内四百名を逮捕し、軍法会議の判決に則り多数を銃殺した。兵士はほどなく、全ての人々同様、オリバーは軽々に侮れる男ではないと見て取り、暴動はかくて終わりを告げた。

スコットランド国会は未だオリバーのことを知らなかった。よって、国王処刑の報せを受けるや、プリンス・オブ・ウェールズを「厳粛同盟」遵守の条件の下《もと》、チャールズ二世に宣した。チャールズは当時国外にいた。してモントローズもまた。というのも彼の援助に王子は多大の期待をかけていたため、ちょうど父親ならばやっていたやもしれぬようにスコットランド長官と即かず離れず交渉を持たせていたからだ。こうした期待はほどなく潰えた。というのもモントローズはドイツで数百名の亡命者を募り、彼らと共にスコットランドに上陸してみれば、国民は自分に加勢する代わり、彼の接近と同時に祖国を見捨てたからだ。彼はほどなく人質に捕られ、エディンバラへ連れて行かれた。そこにて能う限り屈辱的な処遇を受け、牢獄へ自分の将校を二人ずつ前に立たせたなり、荷馬車で運ばれた。して国会により、三〇フィートの高さの絞首刑台で縛り首に処した後《のち》、昔ながらの残忍なやり口に則り、頭部はエディンバラのとある犬釘に串刺しにし、手足は他の場所に散蒔くよう宣告を受けた。彼は自分は終始王室の命《めい》の下《もと》に行動して来たにすぎぬと、せめて如何に忠誠を尽くしていたかそれだけ広く遍く知れ渡るよう、キリスト教国中に散蒔くほどの手足があればと言った。処刑台には明るい、キラびやかな出立ちで向かい、齢三十八にして雄々しい最期を遂げた。彼が綽切れるか綽切れぬか、チャールズは彼の思い出を捨て、自分のために蹶起するよう命《めい》を下した覚えはないと主張した。おお、とならば、くだんのチャールズにも一族の禍の血は脈々と流れているというのか！

オリバーは国会によりアイルランドにて軍を統率するよう任命され、そこにて血腥い叛逆に恐るべき制裁を加えるに、大虐殺をも辞さず、わけてもドローエダ（アイルランド北東部海港）の包囲において容赦は一切なされず、少なくとも一千人の住民が大教会に監禁され、通常オリバーの「鉄騎隊」の名で知られる部下によって皆殺しにされた。中には修道士や牧師も含まれ、オリバーは祖国への急送公文書にて、彼らもまた他の者同様「頭を叩き割られた」旨猛々しく書き送った。

ところがチャールズがスコットランドへ寝返りを打っていたため——そこにて「厳粛同盟」の連中は彼に途轍もなく退屈な生活を強い、お蔭で彼は長々しい説教と陰鬱な日曜日にほとほとうんざり来ていたが——国会はくだんの王子を擁立しようとした廉で今度はスコットランド人の頭を叩き割るべく、侮り難きオリバーを祖国へ呼び戻した。オリバーは娘婿アイアトンを代わりに将軍としてアイルランドに残し（彼はそこにてその後亡くなったが）、アイアトンは岳父の鑑にそれは誠心誠意倣ったものだから、アイルランドを見事、降伏させ、国会の意のままにさせた。結局、国会はアイルランド鎮圧のための法案を可決し、概ね庶民は全員恩赦したが、この特赦から富裕階層の内、叛乱もしくは新教徒殺害に関わっていたような、或いは武器を捨てることを拒んだような人々は除外した。数知れぬアイルランド人が国外のカトリック教国の下《もと》で仕えるべく祖国を追われ、膨大な土地が過去の犯罪故に没収された旨宣告され、戦争当初国会に金を貸していた人々に譲渡された。以上は抜本的な措置だが、もしもオリバー・クロムウェルがアイルランドに留まり、思う存分我を通していたなら、なお強硬な手に出てはいたろう。

しかしながら、上述の通り、国会はオリバーをスコットランド遠征のために呼び戻し、よって祖国へとオリバーは戻り、イギリス共和国陸海軍総司令官に任ぜられ、三日後にはスコットランド兵と戦うべく、一万六千兵を率いて戦地へ向かった。さて、スコットランド兵は当時――今もって概ね変わりなかろうが――実に慎重だったから、自分達の備えている部隊は「鉄騎兵」のように戦うのに習れていないため、野戦では打ち負かされようと考えた。故に、彼らは言った。「もしも我々がここのエディンバラの塹壕でひっそりと暮らし、もしも農民が皆田舎を捨て、町へ移り住めば、鉄騎兵といえども鉄の如く非情な飢餓に排撃され、撤退せざるを得ないだろう」これは、確かに、最も賢明な作戦だった。ところがスコットランドの聖職者が何としても自分達の一切与り知らぬことに割って入ろうとし、ひっきりなしに兵士に向かって表へ出て戦えと促す長々しい法を説きにかかったせいで、兵士は何が何でも表へ出て戦わねばならぬものと思い込んだ。よって、悪しき星の巡り合わせか、安全な地歩から出て来た。その途端、オリバーは彼らに襲いかかり、三千人を殺害し、一万人を人質に捕った。

スコットランド国会を満足させ、彼らの寵愛を維持すべく、チャールズは彼らが目の前に置いた、両親の思い出を蔑し、自らを「厳粛同盟」を命に劣らず尊ぶ極めて信心深い王子と表明する宣言文に署名していた。この点において何ら真意のない証拠、彼はその後ほどなく、四六時中短剣や段平を振り回して喜んでいる退屈な高地地方の友人達と合流すべく馬で蓦地に逃げ出した。追いつかれ、戻るよう説きつけられたが、この逃亡――所謂「椿事《スタート》」――も全くの無駄骨に終わった訳ではない。というのも連中はそれからというもの、以前ほど長々しい法を説くのを差し控えたからだ。

一六五一年一月一日、スコットランド国民はスクーンにてチャールズに戴冠し、彼は即刻二万兵の軍隊の総指揮を執り、スターリングへと行進した。彼の希望は恐らく、侮り難きオリバーが瘧《おこり》のために病の床に臥しているせいで、膨んだに違いない。がオリバーはすかさず病床より這い出すと、それは渾身の力を振り絞って事に当たったものだから、王党軍の背後に回り、スコットランドとの連絡を全て遮断した。さらばそのままイングランドへ進軍する外なかった。かくて王党軍はウスターまで進軍し、そこにて市長と郷士の数名は直ちにチャールズ二世を宣言した。国王宣言は、しかしながら、彼にとってはほとんど意味を成さなかった。というのも王党派はほとんど姿を見せず、正しくその同じ日に二人の人物が彼の大義に与したからというのでタワー・ヒルにて斬首に処せられたからだ。オリバーもまた駆け足行進でウスターまで進軍し、彼と「鉄騎兵」はそこなる大合戦でそれは死力を尽くしたものだから、スコットランド兵を完膚なきまで打ちのめし、王党軍を壊滅させた。とは言えスコットランド兵もそれは勇猛果敢に戦ったものだから、勝利には五時間の長きを要した。

このウスターの戦い後のチャールズの逃亡は遙か後《のち》になって彼に幸いした。というのもお蔭で寛大な英国民の多くは彼に伝奇的興味を催し、不相応なほど高く買うこととなったからだ。彼は夜分、わずか六十名のお供を従え、スタフォードシャーのとあるカトリック教徒の貴婦人の館へと難を逃れた。そこにて、彼の身の安全のため、六十名の従者は皆、彼の下《もと》を去った。彼は髪を短く刈り、顔と手を日焼けしているかのように褐色に塗り、田舎の人足の作業着に身を包むと、早朝、四人兄弟の樵と、もう一人、彼らの義兄弟と共に、斧を手に、繰り出した。これら気のいい奴らは、天候が非常に悪かったこともあり、彼のために木の下に寝床を設え、内一人の女房は食べ物を運び、四兄弟の老いた母親はわざわざ森の中までやって来ると、彼の前に跪き、四人の息子が王の命を救うに一役買えるとは何とありがたきことよと神に感謝の祈りを捧げた。夜分、彼はウェールズへ渡る腹づもりの下《もと》、森を抜け、セヴァン川に間近い別の屋敷へ向かったが、辺りには兵士が屯し、橋には護衛が立ち、舟は一艘残らずしっかり繋がれていた。という訳で、しばらく干し草だらけの屋根裏《ロフト》で横になった後《のち》、そこで出会ったカトリック教徒の郷紳ケアレス大佐に付き添われ、隠処を後にすると、大佐と共に翌日は一日中、美事なオークの古木の葉の生い茂る大枝の上方に身を潜めた。時は九月で、未だ葉が散り始めていないのは王にとって幸いだった。というのも彼と大佐は、この古木の上方の枝につかまったまま、下方ではあちこち騎兵が自分達を探し回っているのを目にし、森の中では兵士が荒々しく大枝を払って回っているのを耳にしたからだ。

その後《ご》、彼は足が血まめだらけになるまで歩きに歩き、とある屋敷に一日中身を潜めていたが、屋敷は彼がそこにいる間《ま》にも騎兵によって捜索された。それから、また別の心優しき馴染みの一人、ウィルモット卿と共にベントリーという名の土地へ行き、そこにてはプロテスタントの貴婦人レーン嬢がブリストル近郊に住む彼女自身の身内に会うべく護衛隊を潜り抜ける許可証を手に入れていた。召使いに身を窶し、彼はこの若き御婦人を背に、サー・ジョン・ウィンターの屋敷まで馬を駆り、片やウィルモット卿はそこへと大胆にも、一介の田舎郷紳よろしく犬を従え、馬で乗りつけた。たまたまサー・ジョン・ウィンターの執事はリッチモンド宮殿で召使いとして働いていたせいで、一目見た途端、チャールズだと分かった。が執事は律儀で、秘密を飽くまで守り通した。国外へ脱出する船は一艘たり見つからなかったので、彼はドーセットシャー州シャーボーン近くのトレントのまた別の屋敷まで――依然彼女の下男として、レーン嬢と共に――行くことになり、そこで初めてレーン嬢と、道々ずっと彼女の傍で馬を駆っていた従兄ラセルズは引き返した。恐らくレーン嬢はくだんの従兄と連れ添うことになっていたのであろう。彼女はきっと勇敢で心優しい娘だったに違いないから。もしもわたしがくだんの従兄だったなら、必ずやレーン嬢に恋をしていたろう。

チャールズはレーン嬢と別れ、道連れのなきまま無事、トレントに着くと、ライムで船が一艘借り受けられ、船長は殿方を二人フランスへ渡らせようと約束した。同じ日の夕刻、王は――今やまた別の若き御婦人を背に、召使いとして手綱を取っていたが――船長が彼を乗船させることになっている、チャーマスという土地の居酒屋へと出立した。ところが、船長の妻が、夫が難儀に巻き込まれては大変と、出帆させぬよう閉じ込めた。そこで彼らはブリッドポートへ向かい、そこの旅籠へ来てみれば、厩の中庭は兵士で一杯で、彼らはチャールズに目を光らせ、酒を飲みながら彼のことを噂していた。彼は実に冷静沈着で、如何なる他の召使いでもやっていたろうように一行の馬を曳きながら中庭を過り、「ちょっとどいて頂けませんか、皆さん、どうかここを通らせて下さい！」と言った。通りすがりに、ほろ酔い加減の馬丁に出会うと、馬丁は目をこすりながら彼に言った。「おいや、オレはいつぞやエクセターのポターだんなにお仕えしてたんだが、おめえさんにはあすこで何度か出会してるようだぜ、兄さん？」馬丁の仰せの通り。チャールズはそこに宿を取ったことがあった。彼はすかさず返した。「ああ、いつだったかだんなの所に厄介になってたが、今はゆっくりしゃべってる暇はない。帰りしなにビールでも一緒に引っかけようじゃないか」

この危険な場所から彼はトレントへ戻り、そこに数日、身を潜めていた。それからソールズベリー近郊のヒールへ逃れ、そこにてとある未亡人の屋敷に五日間身を潜めていたが、とうとうサセックス州ショーラム沖に碇泊している運炭船の船長が「殿方」をフランスへ渡らせようと請け負った。十月十五日の晩、二人の大佐と一人の商人に付き添われ、王は当時まだ小さな漁師村にすぎなかったブライトンへと、乗船前に船長に夕食を振舞うべく馬を駆った。が、幾多の人々が王のことを知っていたから、この船長ばかりか、旅籠の亭主も女将も彼に見覚えがあった。王が去る前に亭主は椅子の背に回ると、手に口づけをし、いつの日か領主に、女房は貴婦人にして頂きたいものだと言った。するとチャールズは声を立てて笑った。彼らはこの時までには馳走をたらふく食い、しこたま煙草を吹かしては酒を呑み、王はその点にかけては人後に落ちなかった。と言う訳で、船長は飽くまで彼の身を守ろうと誓い、事実守った。二人の間では、船長がディール（北方海港《ドーヴァー》）へ向かう風を装い、片やチャールズは船員に訴え、自分は債権者から逃げているクビの回らぬ殿方で、どうかフランスの岸まで連れて行くよう船長を説得するのに加勢して欲しいと言おうということになった。王が蓋し、物の見事に自らの役所をこなし、船乗りに酒代として二〇シリング渡したお蔭で、彼らは船長に是非ともかほどに奇特な殿方の願いを叶えてやってくれと頼んだ。船長は彼らの達ての願いに屈した風を装い、王は無事、ノルマンディーに渡った。

アイルランドは今や降伏し、スコットランドはオリバーによってそこに配備された幾多の要塞と兵士のお蔭で鎮圧されていたので、国会はこと外国軍との戦いに関す限り、平穏にやっていたろう——もしもオランダ人相手に難儀に巻き込まれてでもいなければ。というのもオランダ人は一六五一年春、ヴァン・トロンプ提督率いる艦隊をダウンズ（英南東部丘陵地帯）へ送り込み、（彼《か》の地にオランダ軍のわずか半数の船を率いて駐留していた）恐いもの知らずの英国提督ブレイクに旗を下げて降伏せよと挑みかかったからだ。ブレイクはその代わり、猛然と片舷一斉射撃を浴びせ、ヴァン・トロンプを撃退した。ヴァン・トロンプは秋に再び七十艘の艦隊を率いて戻って来ると、恐いもの知らずのブレイクに——依然、半数の船しか擁していなかったが——戦いを挑んだ。ブレイクは終日戦ったが、オランダ軍が余りに手強いと見て取るや、夜分、静かに撤退した。ヴァン・トロンプはその途端、何と、英仏海峡を北フォーランドからワイト島へと、英国船など海上から一掃してみせられるし、してみせようとの虚仮威しに、マストの先にオランダ製の大箒を括りつけたなり鼻高々で遊弋《ゆうよく》しにかかった！　三か月と経たぬ内に、しかしながら、ブレイクは相手のテングの鼻ばかりかオランダ箒をもへし折った。というのも彼ともう二人、恐いもの知らずの指揮官、ディーンとマンクは、三日三晩ヴァン・トロンプと戦い、彼の艦隊の内二十七艘を拿捕し、大箒を木端微塵に吹き飛ばし、一件にケリからカタからつけたからだ。

事態にまたもや収拾がつくや否や、軍隊は国会に対し、彼らは国を然るべく治めていないと苦情を訴え、暗に自分達自身の方が上手く世を治められようと仄めかし始めた。オリバーは、今や国の指揮を執ろうと、然なくば何ら指揮は執るまいと、意を決していたので、この点において彼らを支持し、ホワイトホールの宿泊先で将校と彼自身の国会議員の友人より成る会議を召集した――国会をお払い箱にする最善の方策を検討すべく。国会は今や、それが出現する以前に国王の横暴な実権の続いていたとちょうど同じ歳月、続いていた。討議の結果、オリバーはいつも通り簡素な黒の上下に、いつも通りグレーの梳毛ストッキングの出立ちにて、がいつもならざる兵士の一行を従えて、登庁した。して兵士をロビーに置き去りにすると中へ入り、腰を下ろした。ほどなく腰を上げ、国会相手に演説をぶち、主《しゅ》は彼らに見切りをつけたと告げ、足を踏みつけながら声を荒らげた。「君らは国会などではない。連中を入れろ！　連中を入れろ！」とのかけ声を合図に、扉が開け放たれ、どっと兵士が雪崩れ込んだ。「よくも姑息な真似を」と議員の一人、サー・ハリー・ヴェインが言った。「サー・ハリー・ヴェイン！」とクロムウェルは叫んだ。「おお、サー・ハリー・ヴェイン！　主《しゅ》よ吾をサー・ハリー・ヴェインより救い出《いだ》し給え（『マタイ』六：一三）！」それから彼は議員を一人ずつ指差しながら、この男は酔っ払いだ、あの男は放蕩者だ、あの男は嘘つきだ、等々言ってのけた。それから議長に席を外させ、護衛に院内から人を払うよう命じ、テーブルに下院開会の象徴たる職杖を――「道化の笏杖」を――持って来さすと、言った。「そら、これを持ち去れ！」以上全ての仰せが従われると、彼は坦々と扉に錠を下ろし、鍵をポケットに入れ、またもやホワイトホールへと歩いて引き返し、依然そこに集まっている馴染みに事の次第を話して聞かせた。

彼らはこの尋常ならざる手続きの後《のち》、新たな国策会議を組織し、彼ら独自のやり方で新たな国会を召集し、オリバー自身がある種説法で開会の辞を述べ、これぞ地上における完璧な天国の創始なりと告げた。この国会にはプレイズ・ゴッド・ベアボーンズ*という奇妙な仮名を用いる著名な皮革業者がいたため、国会は冗談めかして、ベアボーンズ国会と呼ばれた――通称小国会で知られてはいたものの。ほどなくこの国会はオリバーを筆頭に据える気がないと判明し、さらばおよそ地上における天国の創始とは程遠かったので、オリバーは全くもってこれには堪忍ならぬと宣言し、かくて他方の国会に片をつけたままにこの国会を粛清し、さらば将校審議会は彼こそは護国卿という称号の下《もと》王国の最高権威に推されねばならぬと決定した。

という訳で、一六五三年十二月十六日、オリバーの玄関先で一大行列が組まれ、彼は黒のヴェルヴェットの上下と大きなブーツの出立ちで馬車に乗り込み、判事や、ロンドン市長や、市参事会員や、その他祖国の錚々たる大立て者皆をお供に、ウェストミンスターへと向かった。そこなる大法官庁にて、公的に護国卿の職務を拝受し、それから誓いを立て、シティーの剣《つるぎ》が手渡され、印璽が手渡され、その他、今に公式の折に国王と女王に手渡されるが常のものが一切合切手渡された。オリバーはそれら全てを返還し果すと、滞りなく護国卿に任ぜられ、護国卿として片をつけられ、「鉄騎兵」の内幾人《いくたり》かは夜通し、一件がらみで長々と御託を並べた。

第二部

オリバー・クロムウェルは——人々は長らく彼のことをオールド・ノルと呼び習わしたが——護国卿の職務を拝受する上で、自らに手渡された「誓約書《インストラメント》」と呼ばれる証書に則り、四、五百名の議員より成る国会を召集するよう義務づけられた——議員選出に当たっては王党派もカトリック教徒も一切介入せぬこととし。彼はまた当国会はともかく五か月間継続するまでは自らの合意なくして解散されることなき旨盟約した。

当国会が召集されると、オリバーは実に三時間の長きにわたり議員相手に演説をぶち、祖国の栄誉と幸福のために何を為すべきか、極めて聡明に忠言を与えた。より過激な議員を封じ込めるため、彼らには「誓約書《インストラメント》」により何が為すことを禁じられているかに関す承認書に署名するよう要求した。これは要するに、国家の頂点に立つ唯一の人間から権力を奪うか、もしくは軍を統率することではあったが。それから、いざ本腰を入れよと、彼らを退出させ、彼自身、相変わらず猛然として決然と幾人《いくたり》かの——彼を悪漢にして暴君と呼ぶ上で説教の度を越した——熱狂的説法師相手に本腰を入れるに、彼らの礼拝堂を封鎖し、内数名を投獄した。

当時、国の内外を問わず、オリバー・クロムウェルほど一国を治めるに有能な男はいなかった。なるほど強硬な手段で統治し、王党派に対し（彼自身の暗殺を企てて初めてとは言え）重税を課したが、賢明に、して時代の要求に応じて、統治した。彼は国外にイングランドの令名を然に轟かせたものだから、爾来、国王や女王の下《もと》イングランドを治めて来た幾人《いくたり》かの領主や郷紳にあっては、せめてオリバー・クロムウェルなる書から一頁なり拝借していたならまだしも好かったろうものを。彼は恐いもの知らずのブレイク提督をトスカナ（伊中部大公国）の公爵に英国臣民に加えた損害と、イギリス商人に対して犯した略奪に対し六千ポンドの賠償を払わさすべく地中海へ派遣した。のみならず、彼と彼の艦隊をくだんの地にて海賊によって捕らえられた全ての英国船と英国民を明け渡たすよう、アルジェや、チュニスや、トリポリへ特派した。以上全ては華々しく成し遂げられ、かくて世界中にイングランドは断じて祖国の名を何処にても侮られたり蔑されたりさせぬひたむきな男によって統治されている旨知らしむこととなった。

　以上がオリバーの国外で挙げた凱歌の全てではない。彼はオランダ軍に対し艦隊を派遣し、両軍はそれぞれ百艘の船を擁し、イギリス海峡のノース・フォーランド（ケント州北東端）沖で会戦し、戦いは終日続いた。ディーンはこの海戦で戦死したが、同じ船の指揮を執っていたマンクは水兵が彼の死を知り、士気が鈍らぬよう、遺体の上に自分のマントを放った。彼らの士気は無論、鈍るどころではなかったが。英海軍の一斉射撃はそれはオランダ兵の度胆を抜いたものだから、彼らはとうとう船の針路を変えた。とは言え、侮り難きヴァン・トロンプは自軍旗を見捨てたからというので彼ら宛、彼自身の銃で発砲した。その後間もなく両国艦隊は再びオランダ岸沖で会戦し、そこにて勇猛果敢なヴァン・トロンプは心臓を射抜かれ、オランダ軍は降伏し、講和条約が結ばれた。

　のみならず、オリバーはスペインの傲慢にして偏屈な振舞いには堪忍ならぬと心した。というのもくだんの国は南アメリカで発掘される全ての金銀に対する権利を申し立て、彼《か》の地を訪れる全ての他国船を海賊として扱うのみならず、英国臣民を恐るべきスペインの異端審問牢に監禁したからだ。という訳でオリバーはスペイン大使に英国船はどこへなり望む所へ自由に行って然るべきであり、英国商人はくだんの同じ土牢へと、然り、たといスペイン中の司祭の意に副おうと、断じて投じられること罷りならぬと告げた。さらば、スペイン大使の返して曰く、金銀の国と、聖なる異端審問所はスペイン国王の両目にして、いずれの目も抉り出さす訳には行かぬ。結構、とオリバーは返した。ならば自分（オリバー）は即刻くだんの両目を抉り出させて頂かねばなるまい。

　という訳で、別の艦隊が二人の提督ペンとベナブルズ指揮の下《もと》、ヒスパニオラ島（西印度諸島）へと派遣され、そこにては、しかしながら、スペイン艦隊が勝利を収めた。故に、艦隊は途中、ジャマイカを攻め落とした後《のち》、再び祖国へ戻った。オリバーは、恐いもの知らずのブレイク提督ならばやってのけていたろうことをやってのけられなかったからというので立腹した勢い、指揮官を両名とも投獄するや、スペインに宣戦を布告し、フランスと講和条約を結び、その結果、国王と弟ヨーク公爵を最早匿ってはならぬ旨取り決められた。それから、恐いもの知らずのブレイク提督の下《もと》艦隊を派遣し、ポルトガル国王を——且々手を貸すほどには——正気づかせ、それからスペイン艦隊と会戦し、大戦艦を四艘撃沈し、さらに二百万ポンド相当の銀を積んだ二艘を拿捕し、くだんの目も眩まんばかりの分捕り品は荷馬車に積んでポーツマスからロンドンへと運ばれ、沿道の全ての町や村の人々は力の限り歓声を上げて迎えた。この凱旋の後《のち》、ブレイク提督はメキシコから帰航するスペイン宝物船《ほうもつせん》を遮断すべく、サンタ・クルス（米カリフォルニア西部湾岸都市）の港へと向かった。そこにて、宝物船《ほうもつせん》はその数十艘に上り、他に護衛船七艘が脇を固め、大きな櫓と七門の大砲から彼宛砲弾を雨霰と浴びせて来た。がブレイクは大砲など豆鉄砲ほどにも——赤熱の砲弾など雪玉ほどにも——意に介さなかった。彼は港に突入すると、船を一艘残らず捕らえて焼き討ち、またもや英国旗を意気揚々とマストの先に掲げて港を後にした。これがこの偉大な指揮官の最後の凱歌だった。というのも彼は力尽きるまで航海し、戦ったからだ。彼は戦勝船が人々の拍手喝采の直中をプリマスに入港しつつあるその折に息を引き取り、ウェストミンスター大寺院に厳かに埋葬された。そこに永らく眠る運命《さだめ》にはなかったが。

わけても、オリバーはワルドー派——即ちルツェルン（スイス中部州）谷間のプロテスタント——がカトリックの権威により、横柄かつ残虐なやり口で迫害され、宗教故に処刑すらされていると見て取るや、即刻、くだんの権威にこれはプロテスタントたるイングランドの断じて許せぬ事態であると告げ、自らの大いなる令名の力を介し、速やかに自説を押し通すに、彼ら自身の罪なきやり口で平穏に神を崇拝する権利を確立した。

最後に、彼の英国軍は仏軍と共にスペイン軍相手に戦う上でそれは大いなる誉れを勝ち取ったため、共にダンケルク（仏北部海港）の町を襲撃した後《のち》、仏国王は直々、町が彼らにとって武勇と力の証となるよう、ダンケルクを英国軍に明け渡した。

オリバーに対しては（第五王国結社員と名乗る）狂信的信心家や、失意の共和主義制支持者の間で陰謀が少なからず企まれていた。彼にとって挑むに手強い相手たるに、王党派がいずれの反オリバー派にも与す手ぐすね引いて待っていた。「海の向こうの国王」即ちチャールズもまた、オリバーの命を狙う何者とであれ手を組むにおよそ吝かどころではなかった。とは言え恐らく、仮にオリバーにかようの娘婿を迎える気さえあれば、喜んで彼の娘の内一人と連れ添ってはいたろう。軍隊にはまた、かつてはオリバーの強力な支持者だったものを、今や敵対しているサクスビー大佐という男もいた。大佐はオリバーの人生のこの時期を通じ、彼にとって大きな禍の種で、イングランドとスペインの不平分子と、フランスから見離されたためにスペインと手を組むに至ったチャールズとの仲を頻繁に取り持っていた。この男は最後は獄死したが、その前に王党派と共和制支持者との間で実に由々しき陰謀が企まれ、事実イングランドでは暴動が起こり、彼らはとある日曜の晩、ソールズベリー市に突入すると、そこで翌日巡回裁判を開く予定であった判事達を捕らえ、定めて絞首刑に処していたろう——もしや一味のより穏健な連中が情深くも異を唱えてでもいなければ。オリバーは極めて強硬にして狡猾だったから、ほどなくこの叛乱を他のほとんどの陰謀同様、鎮圧し、首謀者の一人——かの、チャールズの逃亡に手を貸し、今やロチェスター伯爵に任ぜられているウィルモット卿——にとって、すんでに難を逃れられたとは幸いだった。オリバーは至る所で目を光らせ、耳を欹てているかのようで、敵がほとんど思いも寄らないような情報源を確保していた。チャールズの極秘の機密に通じた「秘密結社《シールド・ノット》」と呼ばれる六人の選りすぐりの組織があった。が正しくこれら会員の首謀の一人、サー・リチャード・ウィリスこそはオリバーに自分達の間でやり交わされている全てを逐一報告し、見返りに年収二百ポンド受け取っていた。

やはり旧陸軍の一人、マイルズ・シンダーコームもまた密かに護国卿の命を狙っていた。彼とセシルという名の男とは、親衛兵の一人を買収し、オリバーが出かける時を前もって垂れ込ませた——とある窓から射殺する腹づもりの下《もと》。ところが、生まれながらにして用心深いせいか、幸運に恵まれているせいか、断じて彼を射留められなかった。この計画に失敗すると、彼らは籠一杯の可燃物を携えて、ホワイトホールの礼拝堂に忍び込んだ。可燃物は導火線により、六時間後に爆発する予定で、火災の騒音と混乱に紛れて、オリバーを暗殺しようと企んだ。ところが親衛兵自身がこの陰謀をバラし、彼らは逮捕され、マイルズは処刑の命が下される少し前に死んだ（と言おうか、獄中で自害した）。この手のもう数名の陰謀家をオリバーは打ち首に、さらにもう数名を縛り首に、また自分に向かって武器を取る連中を含むなお幾多の者を奴隷として両インド諸島への流刑に、処した。仮に彼はイングランドの掟を行使する上で厳格だったとすれば、公平でもあった。とある、ポルトガル大使の弟であるポルトガル貴族が、諍いを起こしていた別人と間違えてロンドン市民を殺した際、オリバーは被告を英国人と外国人より成る陪審員の前で審理させ、ロンドン中の全大使の懇願にもかかわらず、男を処刑させた。

　オリバー自身の友人の一人、オルデンブルク（西独ニーダーザクセン州都市）公爵はオリバーに六頭の素晴らしい馬車馬をプレゼントする上で、すんでに全陰謀家が束になってかかっても敵わぬほど王党派を喜ばす事態を招きそうになった。ある日のこと、オリバーは木蔭で秘書や、他の侍従数名と食事を取ろうと、これら六頭に曳かせた馬車でハイド・パークへ出かけた。食事の後《のち》、少々浮かれていたこともあり、彼は仲間を乗せ、家まで連れて帰ってやろうとのムラッ気を起こした。左馬騎手が仕来り通り、先頭馬の内一頭の手綱を取って。オリバーが余りに気ままに鞭を揮ったため、六頭の駿馬は驀地に駆け出し、御者は投げ出され、オリバーは馬車の轅に倒れ込み、あわや彼自身の短銃の弾で命を落としそうになった。というのも短銃は曳き具の中で服と絡まり、暴発したからだ。彼は足ごとしばらく引きずられたが、靴が脱げ、そこで馬車の大きな車体の下にて無事、地べたに倒れ込み、ほとんど擦り傷一つ負わなかった。車内の侍従は打ち身を負っただけで、全党派の不平分子は大いにホゾを噛むこととなった。

　オリバー・クロムウェルの護国卿政治の歴史の残りは彼の国会の歴史と重なる。最初の国会は全く気に入らなかったので、所定の五か月が経つのを待ち、そこで解散した。次の国会は彼の見解によりしっくり来た。よって国会から国王の称号を――もしや身の危険を冒さずして得られるものなら――得ようとした。彼はこの腹案をしばらく前から練っていたが、果たしてその称号により慣れ親しんだ英国民がそれだけ素直に国王なる称号に従おうと考えたからなのか、それとも事実、自ら国王の座に収まり、くだんの称号の継承権を一族に残したいと思ったからなのか、はいずれともつきかねる。彼は既に国内に留まらず世界中で、望み得る限り高い地位に就いていたので、単なる称号が欲しかったとは想像し難い。しかしながら「請願と忠言」と呼ばれる文書が下院により提出され、彼は高貴な称号を帯び、後継者を任命するよう要請された。もしや軍隊から猛烈な反対を受けねば、彼が国王の称号を担っていたろうことに疑いの余地はない。かくて彼は自重し、請願の他の点に同意するに留めた。くだんの折、ウエストミンスター会館ではまたもや大がかりな見世物が繰り広げられるに、下院議長は仰々しくも、彼に白貂《はくてん》の毛皮の裏打ちの緋色の長衣を纏わせ、豪華な装丁の聖書を贈呈し、黄金の笏を手に握らせた。次に国会が開かれた際、彼は請願によって権限を与えられていた通り、六十名の議員より成る上院を召集した。が、くだんの国会も意に染まず、国務に取りかかろうとしないため、ある朝、馬車に飛び乗り、六名の護衛を引き連れ、彼らを即刻クビにした。これが国会に対し長広舌を避け、もっと仕事に精を出すようとの警告になっていたならばと願わずにいられぬ。

一六五八年八月、オリバー・クロムウェルのお気に入りの娘エリザベス・クレイポールが（最近、末息子を亡くしたばかりだったが）、重い病気にかかり、彼はたいそう心を痛めた。というのもエリザベスを殊の外愛していたからだ。別の娘はファルコンバーグ卿の下《もと》に、また別の娘はウォリック伯爵の孫息子の下《もと》に嫁ぎ、息子のリチャードは上院議員に任命していた。固より良き父にして良き夫だったから、彼ら皆にたいそう優しく、子煩悩だった。が就中この娘を愛していた。彼は娘を見舞いにハンプトン・コートへ行き、彼女が息を引き取るまでほとんど病室を離れようとしなかった。信奉している宗教は憂はしい手合いだったが、気っ風は常にほがらかだった。家庭内では音楽を好み、週に一度、軍隊の内、大尉の階級以上の全ての将校のために食卓を解放し、屋敷内では常に静かで弁えのある威厳を保っていた。天分と学識を具えた者を奨励し、好んで重用した。ミルトンも親友の一人である。彼は出立ちや物腰の自分とはたいそう異なる貴族相手にも気さくに接し、何と確かな情報を手にしているか彼らに示すべく、彼らが客として集うと、時に冗談めかして、前回どこで「海の向こうの国王」の健康を祝して乾杯したか当てこすり、次は（もしや叶うものなら）もっと内密になされてはと皮肉ることもあった。が忙しない時世に生き、重大な国事の重さに耐え、しばしば身の危険に晒されていた。元来、痛風と瘧を患っていたが、その上最愛の娘の死に見舞われると、体調を崩したが最後、二度と頭《こうべ》をもたげられなかった。八月二十四日、主治医達に主《しゅ》が自分はこの度の病では断じて死なぬと、必ずや回復しようと告げ賜ふたと言った。これは単に病んだ空想にすぎなかった。というのも九月三日——奇しくもウスターの大戦の記念日にして、自ら幸運の日と呼んだその日に——享年六十歳で亡くなったからだ。数時間前から譫妄《せんもう》状態に陥り、意識不明となっていたが、前日には実に敬虔な祈りを唱えているのが聞き届けられていた。国中が彼の死を悼んだ。もしもオリバー・クロムウェルの真価と、祖国に対す真の貢献を知りたければ、彼の治下のイングランドとチャールズ二世治下のそれとを引き比べるに如くはあるまい。

　彼は息子リチャードを後継者として任命していた。ストランドのサマセット・ハウスにて――死後のかようの虚栄のいつもの伝で――理に適って、というよりむしろ目も綾に、正装安置された後《のち》、リチャードが護国卿になった。彼は温厚な田舎郷紳ではあったものの、父親の偉大な天分は一切持ち併さず、かようの党派の騒乱におけるかようの地位にはおよそそぐわなかった。わずか一年半しか続かなかったリチャードの護国卿政治は、軍隊の将校と国会との諍いの――将校同士の諍いの――余りに幾多の長々とした説教を押しつけられる代わり、余りに微々たる娯楽しか与えられぬために、変化を求めて已まぬ国民の直中にて募る一方の不満の――歴史にすぎぬ。終に、マンク将校が軍隊を掌握し、それから、オリバーの死去以来練っていたと思われる腹案に則り、国王の大義に与す宣言を行なった。彼はこれを公然と行なったのではなく、下院の席上にて、デヴォンシャー州選出議員の一人として、ブレダ（オランダ南部都市）消印の、チャールズからの手紙を携えて登庁し、予め密かに連絡を取り合っていたサー・ジョン・グリーンヴィルという議士の提案を強く支持した。計略や逆計が相次ぎ、長期議会の最後の議員が解任され、長期議会は終焉を迎え、王党派が時期尚早に叛旗を翻し、大半の人々は倦み果て、さりとて偉大なるオリバーの死んだ今や誰一人として国を統率出来る人間はいなかったので、すんなりチャールズ・スチュアートを祖国へ迎えようということになった。より聡明にして良心的な議員の中には――宜なるかな――ブレダからの手紙の中で、彼は何ら立派に統治する真の約束は語っていないと、まずもって王国の繁栄のために何を為すべきかに関し、誓いを立てさすのが最善であろうと主張する者もあった。マンクは、しかしながら、国王が戻って来れば万事丸く収まろうと、いくら早く戻って来ても来すぎることはあるまいと言った。

　という訳で、誰もが瞬く間に、再びスチュアート家の人間が治め賜うからには、祖国は繁栄し、幸福になるに違いないと見て取り、至る所、祝砲が挙げられ、篝り火が焚かれ、鐘が撞かれ、帽子が放り上げられた。人々は幾千となく、開けた通りで国王の健康を祝して乾杯し、誰もが浮かれ騒いだ。イギリス共和国の紋章は引き下げられ、代わりに皇室紋章が掲げられ、公金が支出された。国王に五万ポンド、弟のヨーク公爵に一万ポンド、弟のグロスター公爵に五千ポンド。これら仁愛深きスチュアートへの祈りがありとあらゆる教会で捧げられ、国王を祖国へ迎えるべく（突如、チャールズは偉大な人物であり、心から敬愛していると気づいた）オランダへ委員が派遣され、マンクとケント州の大公達は上陸に際し、国王の前にて跪くべくドーヴァーへと向かった。国王はマンクにキスをし、抱擁し、彼を彼自身と弟達と同じ馬車に乗せ、大歓声の直中をロンドンへと出立し、一六六〇年五月二十九日（奇しくも誕生日）にブラックヒースの軍隊を通過した。天幕の下なる素晴らしいディナーや、屋敷という屋敷から翻っている旗や綴織や、通りという通りに群がっている歓喜した人々や、並居る豪勢な出立ちの貴族や郷紳や、シティーの組合、民兵精鋭軍、鼓手、喇叭手、偉大なロンドン市長閣下、威厳溢る市参事会員に迎えられ、国王はホワイトホールへと向かった。して中へ入るや否や、王政復古を記念するに、遙か昔に来ていなかったのは自分自身の落ち度に外ならぬと、何故なら誰もが常々心から自分を待ち望んでいたと言ってくれるからと、冗談めかして宣った。

第三十五章　陽気なスチュアート、チャールズ二世治下のイングランド

第一部

チャールズ二世治下におけるほど、未だかつてイングランドに放埒な時代はなかった。浅黒い醜男面《ぶおとこづら》と大きな鼻の王の肖像を目にする度、彼がホワイトホールの王宮にて、（領主や貴婦人とは言え）王国中で正しく最悪のならず者の幾人《いくたり》かに囲まれ、酒を飲んでは、博奕を打っては、猥りがわしい会話に耽っては、ありとあらゆる手合いの放埒な羽目を外している様を思い浮かべるやもしれぬ。いつしかチャールズ二世を「陽気なスチュアート」と呼ぶのが流儀となった。では以下、この陽気な御仁が陽気な玉座に即いていた陽気な時代に陽気なイングランドでは如何なる陽気な所業が為されていたか、幾許か、かいつまんで説明しよう。

まず第一の陽気な手続きは――もちろん――彼こそは未だかつてこの行き暮れた地上においてありがたき日輪そのものさながら輝いたためしのなきほど偉大にして、賢明にして、高貴な王の一人なりと宣することであった。第二の陽気で愉快な業務の端くれは、国会が平身低頭、年間百二十万ポンド贈与し、然に雄々しく勝ち取られていた例の昔ながらの悶着の種、トンポンド税を彼に終身分与することであった。それからマンク将軍がアルバマール伯爵に任ぜられ、他の数名の王党派が同様の報償を授けられ果すと、法曹界は果たして先王を殉教者たらしむことに関与した人々（所謂、国王死刑判決《レジサイド》者）を如何に処罰すべきか本腰を入れて検討しにかかった。これらの内十人は――即ち、判事六人と、審議会委員一人と、護衛隊を指揮したハッカー大佐と、もう一人の将校と、誠心誠意、殉教王に異を唱える法を説いた説教師ヒュー・ピーターズは――陽気に処刑された。くだんの処刑はそれは途法もなく陽気なものだから、クロムウェルが廃止していた恐るべき状況は悉く、身の毛もよだつほどの残虐さをもって息を吹き返した。殉難者の心臓は生身の胴体から抉り出され、腸は当人の目の前で焼かれ、執行吏は直前の処刑者の血にまみれた悍しき手を揉みながら、次の犠牲者相手に与太を飛ばし、死者の頭部は生者と共に橇で刑場へと曳かれた。にもかかわらず、然に陽気な君主でさえ、これら今はの際の男の内唯一人の男からすら自ら為したことを悔いる言葉は口にさせ

られなかった。否。彼らの間で口にされた最も忘れ難き言葉は、たといやり直しが利くとしても、同じことをしていたろうというものだった。

　サー・ハリー・ヴェインも――ストラフォードに不利な証拠を提供した、最も屈強な共和制主義者の一人たる――審理され、有罪の判決を下され、死刑を宣告された。極めて雄弁に自らの釈明を行なった後《のち》、タワー・ヒルの処刑台へ登ると、人々に述べるつもりであった辞世の弁のメモは奪い去られ、彼の声を掻き消すべく、太鼓とトランペットを騒々しく奏すよう命ぜられた。というのも人々は国王死刑判決者《レジサイド》が臨終に坦々と語る言葉に大きな感銘を受けたため、今や、いつでも高らかに鳴り響かせられるよう太鼓とトランペットを必ずや処刑台の下に待機させておくのが習わしとなっていたからだ。ヴェインはただ一言言い遺した。「今はの際の男の言葉にも耐えられぬとは悪しき大義なり」して雄々しく死んで行った。

　これら陽気な光景の後《のち》にはなお、恐らくは遙かに陽気な光景が続いた。先王の死の一周忌に、オリバー・クロムウェルと、アイアトンと、ブラッドショーの遺骸がウェストミンスター大寺院の墓から堀り起こされ、タイバーンまで運ばれ、そこにて終日絞首刑台の上に晒され、それから打ち首に処せられた。想像してみるが好い、オリバー・クロムウェルの首が誰一人として一瞬たり生前のオリバーの顔をまともに見据えられなかったろう残虐な群衆によって凝視されるべく棹に据えられている様を！　考えてもみよ、この治世について読んだ後《のち》、イングランドは墓から掘り起こされたオリバー・クロムウェルの下《もと》如何様たりしものを、イングランドは祖国を陽気なユダよろしく、幾々度となく売った陽気なスチュアートの下《もと》如何様たりしか。

　無論、オリバーの妻と娘の亡骸も容赦されるはずはなかった――二人共素晴らしい女性だったにもかかわらず。当時の卑劣な聖職者はウェストミンスター大寺院に埋葬されていた母娘の遺骨を明け渡し――イングランドの永遠の屈辱たることに――ピムと、恐いもの知らずの雄々しき老ブレイク提督の朽ちかけの遺骸と共に竪穴の中に放り込んだ。

　聖職者がこの不埒千万な役をこなしたのは一つには、非国教徒、即ち国教反対者をこの御代に完全に封じ込め、彼らの私見が何であれ、ありとあらゆる手合いの人々に唯一の祈禱書と唯一の礼拝を強要しようと望んだからだ。これは、思うに、プロテスタント教会にとっては結構至極だった。というのも人々は宗教的事柄においては彼ら自身の見解を有す権利があるからとの理由をもって、ローマカトリック教会に取って代わっていたからだ。彼らは、しかしながら、事を高圧的に押し進め、唯一、ロード大主教の最も過激な見解すら忽《ゆるが》せにされていない祈禱書のみ承諾された。のみならず如何なる非国教徒も如何なる自治体の下《もと》なる役職に就いてはならぬ旨規定する法案が可決された。という訳で、凱歌を挙げた修道士はほどなく国王に劣らず陽気になった。軍隊はこの時までには解隊され、国王は戴冠されていたので、世は永久《とこしへ》に事も無く移ろうやに思われた。

　ここにて一言、王家について触れておかねばならぬ。彼が玉座に即いてほどなく、弟のグロスター公爵と妹のオランジュ王女が天然痘のため、相前後して亡くなった。残る妹、ヘンリエッタ王女は仏国王ルイ十四世の弟オルレアン公爵の下《もと》に嫁いでいた。ヨーク公爵である弟ジェイムズは海事大臣に任ぜられ、やがてカトリック教に改宗した。彼は如何でか国中で最も醜い女に惚れる妙な性癖を有す、陰鬱で不機嫌な胆汁質の男だった。かくて、極めて不面目な状況の下《もと》、当時国王の主たる大臣であった――およそ繊細な大臣であるどころか、至って悪辣な宮殿で悪辣な陰謀の大半を練っていた――クラレンドン卿の娘、アン・ハイドと結婚した。そろそろ今度は国王自身が妻を迎える頃合となり、さして娘婿の人格に頓着せぬ外つ国の一人ならざる立憲君主が愛娘を嫁にと申し出た。ポルトガルの国王は娘キャサリン・オブ・ブラガンサ*と五万ポンドを申し出、かてて加えて、くだんの婚姻に好意的な仏国王はもう五万ポンドの融資を申し出た。一方スペイン国王は一ダースに垂んとす王女の内誰なりとと、他の先行きの利得と併せ、申し出たが、即金に軍配が挙がり、キャサリンは威儀を正し、陽気な祝言へと海を渡って来た。

　宮廷はこれ一つの、堕落した男と恥知らずの女より成る派手派手しい大集団に外ならず、キャサリンの陽気な夫は彼女をありとあらゆるやり口で辱しめては侮り、挙句彼女は已むなくくだんの役立たずの連中を親友として受け入れ、彼らと付き合うことにて自らを貶めざるを得なくなった。パーマー夫人という、国王がカッスルメイン令夫人に任じ、後にはクリーヴランド（英北東部州）の公爵夫人にした女性は、宮廷に出入りする悪女の内最も権力のある女の一人で、ほぼ彼の全治世を通し、国王に多大な影響力を持っていた。劇場の踊り子たる、名をモル・ディヴィーズというまた別の陽気な御婦人は後に公爵夫人の向こうを張るまでになった。元はと言えばオレンジ売りで、それから女優になったネル・グウィンもまた然り。彼女には事実、それなり取り柄があり、珠に瑕と言ってもせいぜいわたしの知る限り、国王のことが心底、好きだったと思しいことくらいのものだ。セント・オールバンズ初の公爵はこのオレンジ娘の息子だ。ことほど左様に、国王がポーツマス公爵夫人に仕立て上げた陽気な侍女の息子はリッチモンド公爵になった。概して、平民であるのもまんざら捨てたものではないのやもしれぬ。

　陽気なスチュアートはこれら陽気な御婦人と、数名の劣らず陽気な（して劣らず恥知らずの）領主や郷紳に囲まれてめっぽう陽気に振舞った挙句、ほどなく一〇万ポンドを使い果たし、それから、ちっぽけな小遣い稼ぎに陽気な契約を結んだ。即ち、五百万リーブルでダンケルクを仏国王に売るという。オリバー・クロムウェルが如何なる威厳にまで外国の列強の目にイングランドを高め、如何なる物腰にて正しくこのダンケルクをイングランドのために勝ち取ったか惟みれば、たとい陽気なスチュアートがこの愚行故に父王の後を追わされていたとて、天罰が下ったとしか思えぬ。

　彼はかの父親のより気高い資質のどれ一つにおいても不肖の息子だったが、全く信用が置けぬ点にかけては父親譲りだった。ブレダから国会へ宛て、くだんの手紙を書き送った際、彼はきっぱり、敬虔な宗教的見解は全て尊ばれねばならぬと約束していた。が、実権を握るが早いか、未だかつて可決されたためしのないほど悪しき国会制定法に同意した。この法律の下《もと》、所定の日までに祈禱書に厳粛な承諾を与えぬ全ての聖職者は最早聖職者ではなき旨宣せられ、教会を没収された。その結果、およそ二千名の正直者が彼らの会衆から奪われ、赤貧洗うが如き困窮に追いやられた。これに追い撃ちをかけるかのように、またもう一つ、「秘密集会条令」と呼ばれる非道な法律が制定され、これによると祈禱書に則らぬ如何なる宗教的礼拝に列席する十六歳以上の如何なる者も最初の罪で三か月、二度目の罪で六か月の禁錮刑、三度目の罪で流刑に処せられる旨定められた。この法令によるだけでも、当時極めて凄まじき土牢に外ならなかった監獄は溢れんばかり一杯になった。

　スコットランドの盟約派*は既に劣らぬ迫害を受けていた。その主立った議員がめったなことでは素面のためしがないからというので、通常「酩酊国会」として知られる劣悪な国会は、結託して盟約派に不利な法律を制定し、万人に宗教上の問題においては一心たることを強いた。アーガイル（スコットランド西部沿岸旧州）侯爵は国王の徳義に依拠し、身柄を明け渡していたが、彼は裕福で、目の敵にする連中は彼の資産を狙っていた。彼は目下の陽気で信心深い国王のそれより今は亡き護国卿の政治に与す――のも当然ではないか――見解を表明する私信の証拠に基づき、大逆罪で審理された。して盟約派の名士二人と共に処刑され、片やかつては長老派の味方でありながら彼らを裏切ったシャープは、スコットランド人に如何に主教を愛すべきか教えを説くよう、セント・アンドルーズ大主教に任ぜられた。

　祖国では事態がかように陽気な状況にある最中《さなか》、陽気なスチュアートはオランダ人相手に戦を請け負った。専ら、砂金と奴隷双方を購う目的をもって設立された、ヨーク公爵を主導者とするアフリカの会社に介入したとの理由をもって。予備戦の後《のち》、くだんの公爵は軍艦九十八艘と焼討ち船四艘を率いてオランダ岸へ渡り、百十三艘もの軍艦を擁すオランダ艦隊と交戦した。両国間の大海戦において、オランダ軍は軍艦十八艘と、提督四名と、七千兵を失った。が対岸の英国民はその報せを受けても、およそ浮かれ騒ぐどころの騒ぎではなかった。

　というのもこれはロンドン大疫病の年と折に当たったからだ。一六六四年の冬の間に、ロンドン周辺の不健全な郊外のどこかではペストと呼ばれる病気のためにあちこちで人が死んだそうだとの噂が流れていた。報道は当時、現今のようには公表されず、こうした風聞を信じる者もあれば、信じない者もあり、風説はほどなく忘れ去られた。が一六六五年五月、病気はセント・ジャイルズでいきなり猛威を揮い、人々が次々死んでいるらしいと町中で噂され始めた。ほどなく、由々しくも確たる事実と判明したことに。ロンドン郊外へ抜ける道は疫病に祟られた都から逃れようとする人々で塞がれ、如何なる類の輸送手段にも大枚が叩かれた。病気はほどなくそれは瞬く間に広がったものだから、病人のいる家を閉《た》て切り、彼らと生者との連絡を断たねばならなくなった。こうした家は一軒残らず扉の外に赤い十字と、「神よ、我らを救い給え！」との文言が記された。通りという通りは打ち捨てられ、公道には草が生え、辺りは一面死んだように静まり返った。夜の帳が下りると、ガラガラという憂はしい音が響き、これらは顔をヴェールで覆い、口に布をあてがった男に付き添われた死体運搬車の車輪の音で、男は弔いの鐘を鳴らしながら大きく厳かな声で叫んだものだ。「骸《むくろ》を出せ！」こうした荷馬車に積まれた遺体は松明明かりの下《もと》大きな穴に埋められ、その上では如何なる弔いの祈りも捧げられず、凄まじき墓の縁に一瞬たり留まろうとする者は誰一人いなかった。皆が皆に怖気を奮い、子供は親から、親は子供から、駆け去った。病気にかかり、独りきり、何の救いの手も差し延べられぬまま死ぬ者もあれば、雇われ看護婦に刺し殺されるか首を絞められた挙句、金をそっくりクスねられ、身を横たえている正しく寝台まで掻っさらわれる者もあれば、気が狂れ、窓から飛び下り、通りを駆け抜け、苦痛と狂気の余り川に身を投げる者もあった。

以上が、当時の恐怖の全てではない。極道の放蕩者は捨て鉢になった勢い、旅籠で歌をガナり上げ、酒を呷っている間にも発作を起こし、表へ飛び出しざま絳切れた。迷信深い臆病者は何かこの世ならざる光景を——宙に浮かぶ赤熱の剣《つるぎ》や、巨大な腕と投げ槍を——見たものと思い込んだ。中には夜分、有象無象の亡霊が陰気な墓穴の周囲をグルグル、グルグル徘徊していると触れ回る者もあった。とある狂人は、裸で、頭の上に真っ紅に燃え盛る石炭で一杯の火鉢を載せたなり、通りから通りを闊歩し、我こそは邪悪なロンドンに主《しゅ》の復讐を宣言すべく遣わされた預言者なりと喚き立てた。また別の狂人は四六時中行ったり来たりしては「もう四十日、さらばロンドンは滅びよう！」と叫んだ。三人目は夜となく昼となく、陰鬱な通りの谺を喚び起こし、病人の血をひんやり凍てつかさずばおかぬことに、深く嗄れた声でひっきりなしに叫《おら》び上げた。「おお、大いなる恐るべき神よ！」

七月、八月、九月の三月《みつき》にわたり、大疫病はいよよ、いよよ猛威を揮った。通りでは、感染を防げるかと、大きな篝り火が焚かれたが、雨の祟りもあり、火を揉み消した。終に、昼夜平分時《イクイノックス》と呼ばれる、世界中で昼と夜の長さが同じ一年のかの時節に通常立つ風が吹き、惨めな町を清め始めた。死者は減り、赤い十字は徐々に失せ、町を見捨てた者は戻り、店は開き、蒼ざめ怯えた顔が通りのあちこちに見受けられ始めた。大疫病はイングランドの至る所に広まったが、家々の立て込んだ不健全なロンドンでは十万人もの死者が出た。

この間《ま》も終始、陽気なスチュアートは相変わらず陽気で、相変わらず役立たずだった。この間《ま》も終始、堕落した領主と郷紳と恥知らずの貴婦人はダンスを踊り、博奕を打ち、酒を飲み、持ち前の陽気なやり口に鑑み互いに愛し、憎み合った。この所の災禍から政府はほとんど博愛らしい博愛も学ばなかった証拠、オクスフォードで集うた際に（依然、ロンドンに近づく気にはなれなかったから）国会が最初に手をつけたのは「五マイル法令」と呼ばれる、かの、大疫病の際に不幸な人々を慰めるために雄々しく戻って来ていた貧しい司祭に殊更鉾先を向ける法律を制定することだった。この非情な法律は、彼らに如何なる学校で教えることも、如何なる市町村の五マイル以内に近づくことも禁ずことにて、彼らを必然的に飢餓と死へと追い詰めた。

艦隊は海上にいたお蔭で健全だった。仏国王は今やオランダ軍と同盟を結んでいた——彼の海軍は、イギリス軍とオランダ軍が戦っている間《ま》は専ら傍観していたにもかかわらず。オランダ軍はとある戦いで勝利を収め、イギリス軍はまた別の、より大きな戦いで勝利を収め、英国提督の一人ルパート王子*は然る時化催いの晩、いよよ目に物見せてやらんとの腹づもりの下《もと》仏提督を探し求めて英仏海峡に乗り出した。が突風は嵐へと膨れ上がり、彼をセント・ヘレンズ（英北西部マージサイド州北東部都市）へと吹き流した。一六六六年九月三日の晩のことで、くだんの風こそロンドン大火を煽った風である。

　火元はロンドン橋の袂の、現在くだんの猛火を記念してロンドン大火記念塔の立っている箇所にあったパン屋だった。火は三日三晩、広がりに広がり、燃えに燃えた。夜は昼をも欺くが如く明るく、日中、辺りには朦々たる煙が立ち籠め、日が沈めば、炎はメラメラと天空へ燃え上がり、周囲一〇マイルに及ぶ国中を煌々と照らし出した。灼熱の燃え殻は空中へと舞い上がり、遠隔の地で雨霰と落ちた。飛び散る火の粉は大火を遙か彼方へと運び去り、一度《いちどき》に二十もの新たな箇所を火の手に巻いた。教会の尖塔はガラガラと、途轍もない轟音を立てて崩れ落ち、家屋敷は幾百となく、幾千となく、灰燼に帰した。その夏は殊の外暑く、乾燥していた。通りはせせこましく、家屋敷は大半が木と漆喰で建てられていた。何一つ――最早燃えるべき家がなくならぬ限り――途轍もない大火を止める術《すべ》はなかった。大火はロンドン塔からテンプル門に至る全域が、一万三千軒の家と八十九塔の教会の燃え殻より成る砂漠と化すまで留まる所を知らなかった。

　これは当時は恐るべき災厄にして、焼け出された二十万の人々に大いなる損失と苦悩をもたらした。彼らは果てしない夜空の下《もと》なる草原か、泥と藁の俄仕立ての掘立て小屋に横たわらねばならず、片や小径や道路は家財を運び出そうとして崩れた荷馬車で通行不能となった。が大火は長い目で見れば、ロンドンにとって大いなる祝福でもあった。というのもロンドンはその廃墟から遙かに改善されて――より規則正しく、より広く、より清潔で丹念に、故に遙かに健全に建て直され――復興したからだ。ロンドンは今より遙かに健やかだったやもしれぬが、依然として――ほぼ二百年経った当今ですら――それは独り善がりで、それは依怙地で、それは無知な輩がのさばっているものだから、たとい再び大火に見舞われたとて、本腰を入れて任務を全うしにかかるか否か、は甚だ疑わしい。

　カトリック教徒は故意にロンドンを火の手に巻いたと咎められ、哀れ、とあるフランス人など数年前から気が狂れていたが、その手で最初の屋敷に火を放ったものと自責の念に駆られすらした。大火が、しかしながら、偶然だったことに疑いの余地はない。記念塔には長らく大火をカトリック教徒に帰す銘が掲げられていたが、銘は今や撤去され、所詮悪意に満ちた愚かしい誣告にすぎなかった。

第二部

陽気なスチュアートは実の所、国民が大疫病と大火の下《もと》苦しみ喘いでいる陽気な御時世に、蓋し、めっぽう陽気たるべく、飲んで、打って、寵臣の間に国会が軍事資金として票決していた金をバラ蒔いた。挙句、屈強な心根の英国水夫は飢餓のためにあちこちの通りで陽気に死んで行き、片やオランダ兵はド・ウィットとド・ライター提督指揮の下《もと》、テムズ川に攻め入り、メドウェイ川をアップナーまで遡り、警備艇を焼き討ち、脆弱な砲台を沈黙させ、実に六週間もの長きにわたりイギリス海岸に好き放題狼藉を働いた。敵船を阻止して然るべきだったろう英国船の大半は火薬も砲弾も積んでいなかった。この陽気な治世にあって、官吏は公金で国王に劣らず陽気な羽目を外し、いざ国家の防衛や準備のために使うよう金が手渡されると、この世にまたとないほど陽気にいそいそ、懐に突っ込んだ。

クラレンドン卿はこの時までには早、悪しき国王の無法な大臣に通例割り当てられる限り長き走路を走り果していた。彼は政治上の仇敵から弾該を受けながらも不首尾に終わった。王はそこで彼にイングランドを離れ、フランスに隠棲するよう命じ、彼は文書において釈明した後《のち》、仰せに従った。さりとて祖国にとってはさしたる傷手でもなく、およそ七年後、彼《か》の地で身罷った。

それから顧問団《カバル》と呼ばれる内閣が政権を握った。然に呼び習わされたのはこれがクリフォード卿と、アーリントン伯爵と、バッキンガム公爵（大悪党にして国王の最も有力な寵臣）と、アシュレー卿と、ローダーデイル公爵――C・A・B・A・L――より成っていたからだ。仏軍がフランドルに侵攻していたので、顧問団《カバル》の最初の手続きは仏軍に対抗すべくスペインと提携するため、オランダ軍と同盟を結ぶことであった。同盟が結ばれるや否や、陽気なスチュアートは、出費に関して議会に一切責めを負わずして金を手に入れるにおよそ吝かどころではなかったから、仏国王にともかく一件にかかずらったことでは詫びを入れ、密かな盟約を締結するに、即金で二百万リーブルの、さらに年三百万リーブルの儀《ぎ》仗《じょう》の衛士に身を貶めた。のみならず、正しくくだんのオランダ軍に対し戦を仕掛けるべく、正しくくだんのスペインと手を切り、好機の訪れ次第自らをカトリック教徒と宣する約定まで結んだ。この信心深い国王はつい最近、是が非ともカトリック教に宗旨替えしたいことではカトリック教徒たる弟に泣きついておきながら、今や無事宗旨替えし得る限りとっとカトリック教徒になるよう請け負うことにて、自ら治める祖国に対すこの背信的契約を陽気に結んでいた。以上全ての罪状故に、彼はたとい一つの代わり十の陽気な首を据えていたとて、首切り役人の鉞によって一つ残らず刎ねられて然るべきだったろう。

万が一こうした一部始終がスッパ抜かれていたなら、王の一つきりの陽気な首はおよそ無事どころではなかったやもしれぬ。よって一部始終は極秘に伏せられ、フランスとイングランドにより、オランダ軍に対す戦争が布告された。が、後に英国史とこの国の宗教と自由にとって極めて肝要となる、特筆すべき人物がその直中から頭角を現わし、長き幾歳《いくとせ》もの間《かん》フランスの画策を悉く打ち敗った。これはナッサウ家のウィリアム――オランジュ公――イングランドのチャールズ一世の娘を娶った同名の先代のオランジュ公の息子――であった。彼は当時成年に達したばかりの若者だったが、勇敢で、冷静で、豪胆で、聡明だった。父親が忌み嫌われていたため、死去と共に、オランダ国民はさなくば息子が継いでいたろう（七州太守《スタトホルダー》と呼ばれる）職権を撤廃し、この若き王子の教育を任されていたジョン・ド・ウィットの手に主権を委ねた。さて、王子はたいそう人気者となり、ジョン・ド・ウィットの弟コーネリアスは、よって、王子暗殺を図ったとの誣告により流刑を宣告された。ジョンは弟を亡命さすべく自分の馬車で連れ去ろうと、弟の投獄されている牢へ向かった。その折押し寄せた大群衆はその時その場で、兄弟を二人共虐殺した。かくて政府は実の所、国民のお気に入りたる王子の手に委ねられ、この時を境に、彼はその名立たるコンデ将軍とテュレンヌ陸軍元帥の下《もと》なるフランス全軍に対し、プロテスタント擁護のため果敢に職務を遂行した。優に七年の歳月を経て初めて、この戦争はナイメイゲンで結ばれた講和条約によって終わりを告げた。がこれを詳細に語ろうと思えば万巻を要すに違いない。ここではただこう言えば事足りよう。オランジュ公ウィリアムは全世界にその名を轟かせ、片や陽気なスチュアートは相変わらずの卑しさに輪をかけ、なお上を行くに、年一〇万ポンド（後には二〇万ポンド）の恩給と引き替えに、仏国王の意に染む全てを為し、仏国王の意に染まぬ何一つ為さぬ誓いを立てた。のみならず仏国王は、堕落した大使の仲介で――というのも男はイングランドにおける自らの手続きを余す所なく綴っていたが、生憎、必ずしも真憑性があるとも言えぬので――我らが英国会議員を気の向くまま買収していた。という訳で、実の所、この陽気な治世の大半は仏国王がイングランドの真の国王であった。

だが、よりまっとうな時代が訪れる運命《さだめ》にあり、それは（国王たる伯父は思いも寄らなかったにもかかわらず）正しくくだんのオランジュ公ウィリアムを介して訪れる運命《さだめ》にあった。彼はイングランドへ渡り、ヨーク公爵の長女メアリーを見初め、彼女と結婚した。追って、くだんの結婚から如何なる次第と相成り、何故《なにゆえ》それが忘れ難いか審らかにするとしよう。

この長女はプロテスタントだが、母親は終生カトリック教徒を貫き通した。彼女と、やはりプロテスタントの妹アンだけが、八人の子供の内、生き残っていた。アンは後に彼《か》の国の国王の弟、デンマーク王子ジョージと結婚した。

よもや陽気なスチュアートを甚だしくお見逸れするに、彼は（悉く我を通す時はさておき）気さくですらあったとか、意気盛んで、徳義を重んじたなどと早合点せぬよう、ここにて下院議員サー・ジョン・コヴェントリーに対して如何なる手が下されたか述べるとしよう。彼は劇場に税を課す件に係る討論において、国王の心証を害すような発言をした。国王は国外で生まれ、モンマス（ウェールズに接す英旧州）公爵に任じていた庶子と結託し、次なる陽気な意趣を晴らしにかかった。即ち、夜分、一人に対し十五人の武装兵が待ち伏せし、彼の鼻をペンナイフで掻っ裂くという。頭《かしら》が頭《かしら》なら手下も手下。国王の寵臣、バッキンガム公爵にディナーから帰宅中のオルモンド公爵を暗殺すべく刺客を雇った嫌疑がかかり、オルモンド公爵の血気盛んな息子、オサリー卿は被告の有罪をそれは確信していたものだから、宮中で、相手が国王の傍らに立っていてなお、バッキンガム公爵に向かって言った。「閣下、わたくしは父に対すこの度の襲撃を蔭で操っていたのは閣下に違いないと得心しています。が敢えてここで念を押させて頂きましょう、万が一父が非業の死を遂げるとすれば、父の血は閣下の身に降り懸かり、わたくしはどこで出会おうと閣下の心臓をピストルで射抜かせて頂きます！　たとい閣下が陛下の椅子の背後に立っていようと必ずや。して、これを外ならぬ陛下の御前にて申し上げているのは、脅しが単なる口先だけでないと心得て頂くためでもあります」とは全くもって陽気な御時世もあったものではないか。

ブラッドという名の男がいた。男は仲間二人と共に不届き千万にも、宝物《ほうもつ》の仕舞われているロンドン塔の然る場所から王冠と、金球と、王笏を盗もうとした廉で捕まった。この盗人は法螺吹きの破落戸で、逮捕されると、自分こそはオルモンド公爵の暗殺を企てた男にして、国王陛下をもバタシーで海水浴中に殺害を試みたが、余りに威風堂々たる押し出しに気圧されて思い留まったと申し立てた。国王はほんの醜男にすぎなかったから、これは一言たり鵜呑みに出来ぬ。果たしてこれで気を好くしたものか、それとも実はバッキンガムがブラッドを使って公爵暗殺を企んだと知っていたものか、は今に定かでない。がこちらは疑うべくもなく、国王はこの盗人を容赦し、ばかりか（かようの男を生んだ栄誉を担う）アイルランドに年収五百ポンドの地所を賜り、宮中にて堕落した領主や恥知らずの貴婦人に引き合わせ、さらば彼らは奴を下にも置かず手篤く持て成した——とは、もしや国王の紹介とあらば、悪魔自身をすら手篤く持て成していたろう如く。

　不面目極まりなくも恩給を受ける身でありながら、国王は依然金に事欠き、故に国会を度々召集せざるを得なかった。こうした国会において、プロテスタントの大いなる目的は再婚した——二度目の妻はモデナ（伊北部都市）公爵の妹で、わずか十五歳のカトリック教徒の若き令嬢だったが——カトリック教徒であるヨーク公爵の裏をかくことにあった。この目論見において彼らは、彼ら自身の不利になりはしたものの、プロテスタントの非国教徒の援護を受けていた。というのもカトリック教徒を排斥するためならば、彼らは自らを排斥することをも辞さなかったからだ。国王の腹づもりは、実はカトリック教徒でありながら、プロテスタントの風を装い、内心、既に英国国教会を仏国王に売り払っていると知りつつも、主教達には心底敬虔に英国国教会を信奉している旨誓いを立て、彼ら、のみならず王家に忠順な全ての者を欺き担ぐことにて専制君主の座に収まり、かくて権力の絶頂に登り詰めた所で自分が如何なるならず者か告白することにあった。一方、フランス国王は己《おの》が陽気な恩給受給者のことはとうにお見通しだったから、国王とその支持者、のみならず、国会における国王の反対派とも手を組んでいた。

　国民は万が一ヨーク公爵が玉座に即けばカトリック教が復活するのではあるまいかと怖気を奮い、そこへもって国王まで彼らの危惧に同調している小賢しい風を装っているとあって、極めて由々しき事態が発生した。然る、シティーの魯鈍な司祭、トンジ博士が、悪名高きならず者タイタス・オーツの手に落ちた。オーツは国外のイエズス会士の間で英国王暗殺と、カトリック教復活の大陰謀に纏わる噂を手に入れたと吹聴した。タイタス・オーツはこの不幸なトンジ博士によって引き立てられ、審議会の前で厳粛に尋問されると、あの手この手で前言を翻し、またとないほど馬鹿げた絵空事を並べ立て、挙句ヨーク公爵夫人の秘書コールマンが一件に関わっていると申し立てた。さて、コールマンに対すオーツの譴責は虚偽であり、お前達もわたしもよく知っている通り、真に危険なカトリック教徒の陰謀は、陽気なスチュアートその人が主謀たる、仏国王とのそれであるにもかかわらず、たまたまコールマンの書類の中から血のメアリーの日々を事実、称え、新教を侮辱する手紙が見つかった。これは、正しく彼の証言を確証しているやに思われたので、タイタスにとっては願ってもない幸運だった。が、なお大いなる幸運が彼を待っていた。彼を最初に審理した州長官サー・エドマンドベリー・ゴドフリーが突然、プリムローズ・ヒル近郊で死んでいるのが発見され、彼はカトリック教徒によって殺害されたものと誰しも信じた。私見では、彼は鬱病を患っていたため、自殺したに違いないが、大いなるプロテスタントの葬儀が執り行なわれ、タイタスは祖国の救済者と称され、年千二百ポンドの恩給を支給された。

　オーツの逆しまな画策がかくも見事に思う壺に嵌まると、また別の、ウィリアム・ベドローという名の悪漢が出現し、男はゴドフリー暗殺者の逮捕に懸けられた五百ポンドの褒美目当てに出頭するや、イエズス会士二人と他の数名を女王の命《めい》により暗殺を図った廉で告発した。オーツはこの新たな垂れ込み屋と結託し、身の程知らずにも、哀れ、女王を大逆罪で告訴した。それからこれら二名のいずれにも劣らぬほど悪辣な第三の垂れ込み屋が現われ、スタンリーという名のカトリック教徒の銀行家を国王こそはこの世にまたとないほどの破落戸で（とは当たらずとも遠からず）、この手で息の根を止めてみせると広言したからというので訴えた。この銀行家が直ちに審理の上、処刑されると、コールマンと他の二名も審理の上、処刑された。それから、プランスという名の惨めなカトリック教徒の銀細工師がベドローに告訴され、拷問にかけられた挙句、ゴドフリー暗殺に荷担したと白状し、もう三人の男も一味として告発させられた。それから五名のイエズス会士がオーツと、ベドローと、プランス三人によって糾弾され、全員有罪と判決され、同じ手合いの相矛盾する不条理な証言に則り処刑された。女王の主治医と三人の修道士が次に審理にかけられたが、オーツとベドローは当座、度を越していたため、これら四名は免訴となった。民心は、しかしながら、カトリック教徒の陰謀に生半ならず戦々兢々とし、ヨーク公爵に生半ならず反感を抱いていたため、ジェイムズは弟からの文書による命《めい》に従い、不在の間《かん》断じて王権はモンマス公爵に譲り渡されぬとの条件の下《もと》、一家と共にブリュッセルに行くことに同意した。下院はこの件に関しては国王の願ったほど得心せず、公爵から王位継承権を剝奪する法案を通過させた。その報復に、国王は国会を解散した。彼は既に今や反対派に回ったかつての寵臣バッキンガム公爵とは手を切っていた。

この陽気な治世におけるスコットランドの悲惨を余す所なく伝えようと思えば優に百頁は要そう。人々は断じて主教を認めようとせず、自分達の厳粛同盟に飽くまで従う意を決していたから、身の毛のよだつような残虐が加えられた。獰猛な竜騎兵が教会を見捨てたからというので小作人を罰すべく国中を襲歩《ギャロップ》で駆け回った。息子は父親がどこに隠れているか明かそうとしないからというので父親の戸口で縛り首に処せられ、妻は夫を密告しようとしないからというので死ぬまで拷問にかけられ、人々は畑や庭から引き立てられては、審理もせぬまま公道で射殺され、火をつけたマッチが囚人の指に括りつけられ、「靴形刑具《ブーツ》」と呼ばれる凄まじく恐ろしい拷問道具が考案され、絶えず狩り出され、犠牲者の脚は鉄の楔で砕き潰された。証人は囚人に劣らず拷問にかけられた。牢獄という牢獄は咎人で溢れ返り、絞首刑台という絞首刑台にはずっしり死体が吊る下がり、殺人と略奪が国中を荒廃させた。にもかかわらず、盟約派は断じて教会へ引き立てられようとはせず、自分達の正しいと信じるがまま神を崇め奉り続けた。彼ら自身の祖国の山から襲撃した凶暴な高地連帯兵の部隊が何ら功を奏さぬは、その名のスコットランド中で未来永劫、広く遍く呪われよう、彼らの敵軍の内最も残虐にして貪婪なクレイヴァハウスのグレアム率いる英国竜騎兵と同断であった。シャープ大主教はこうした暴行を全て現場幇助していた。がとうとう敵の手に落ちた。というのもスコットランドの人々の蒙った危害が絶頂に達している折しも、たまたま六頭立て馬車で荒野を過っている所を、別の迫害者の一人を待ち受けるジョン・バルフォアという男の率いる一味に見つかり、その途端、彼らは神が彼を自分達の手に明け渡し賜うたと叫びながら滅多斬りにしたからだ。もしやともかく男がかようの死に値するとしたら、シャープ大主教こそ値したろう。

　事件はすぐ様大きな物議を醸し、陽気なスチュアートは――国会が彼に認めたくないほど強大な軍隊を擁す口実に、スコットランド人を徒に煽動していたと思われるが――息子のモンマス公爵を連中に追いつき次第、スコットランドの叛徒、即ち所謂ホイッグを襲撃せよとの指示の下《もと》、総司令官として派遣した。エディンバラから一万兵を率いて進軍する内、彼は総勢四、五千に上る叛徒がクライド川（スコットランド南部川）の近くのボスウェル橋の袂で整列している所に突き当たった。彼らはほどなく退散し、モンマスは彼らに対し、いつぞや自らペンナイフで鼻を搔っ裂かせたかの国会議員に対して示していたより慈悲深い態度を示した。がローダデール卿は不倶戴天の敵だけに、彼らに止めを刺すべくクレイヴァハウスを派遣した。

　ヨーク公爵の人気が落ち目になればなるほど、モンマス公爵の人気は高まった。後者にあってはもしやジェイムズを玉座から排斥するための新たな法案に賛成票を投じていなければ、まだしも嗜みがあったろうに。が彼は事実、国王の大いに腹を抱えたことに、賛成票を投じた。というのも国王はいつも上院の炉端に腰を下ろし、討論に耳を傾けながら、それを称して芝居より傑作だと宣っていたからだ。下院は大多数をもって法案を可決し、法案はプロテスタント側の主導者の内最も優れた人物の一人、ラッセル卿によって上院へ上程された。が、そこにて却下された。のは主として主教がそれを闇に葬るべく国王に荷担したからだ。かくてカトリック教の陰謀への怯えはまたもや息を吹き返した。もう一件、名をデインジャーフィールドという元ニューゲイト囚人によって画策された陰謀もあった。陰謀は「粗粉桶陰謀事件《ミール・ダブ・プロット》」なる名の下《もと》今なお不相応に名が知れてはいる。この前科者はカトリック教徒の看護婦セリエ夫人という女によってニューゲイトから出獄すると、自らもカトリック教に改宗し、自分は長老派信者の間で国王暗殺の陰謀が企まれているのを知っていると申し立てた。これは、長老派信徒を忌み嫌っている——彼らもまた世辞に熨斗つけて返してはいたが——ヨーク公爵にとっては全くもって痛快だった。彼はデインジャーフィールドに二〇ギニー与え、彼を兄である国王の下《もと》へ遣わした。ところがデインジャーフィールドは問責において一頓挫来し、再びニューゲイトへ送り返されるや、公爵を気も狂れんばかりに驚愕さすに、いきなり、カトリック教徒の看護婦がくだんの虚偽の画策を吹き込んだが、実の所、自分が知っているのはカトリック教徒による国王暗殺計画であり、その証拠はセリエ夫人の屋敷の粗粉桶《ミール・タブ》に隠された書類の中から見つかろうと誓いを立てた。無論、証拠は——男自らそこに突っ込んでいたからには——桶の中にあり、かくて桶は陰謀にその名を附すこととなった。が、看護婦は審理の場で無罪を言い渡され、一件は水泡に帰した。

　顧問団《カバル》のアシュレー卿は、今やシャフツベリー卿だったが、ヨーク公爵の王位継承に強く反対していた。下院は当然の如く、英国王の仏国王との結託の嫌疑に極度に憤慨し、依然として強硬に排斥を主張し、カトリック教徒全般に激しい敵意を抱いていた。それも不当なほど。よって、遺憾ながら、齢《よはい》七十歳のカトリック教徒の貴族、神さびたスタフォード卿を国王暗殺を画策した廉で糾弾した。証人はかの極悪非道のオーツともう二人、同じ穴の貉《むじな》で、スタフォード卿は偽りであるにつゆ劣らず愚かしい証言の下《もと》有罪を宣告され、タワー・ヒルで斬首された。人々は最初に彼が処刑台に姿を見せた時には反感を露にしたが、彼が如何に自分は無実にして、如何に邪にもそこへ送られたか訴え果すと、彼らのより善き性《さが》が喚び覚まされ、一斉に叫んだ。「仰せの通りでありましょう、閣下。閣下に神の御加護のありますよう、閣下！」

下院は国王が排斥法案に同意するまで一銭たり金を渡すのを拒んだ。が彼は己《おの》が主《あるじ》たる仏国王から金を手に入れられ、事実手に入れたから、下院如き端《はな》から見くびる余裕があった。彼はオクスフォードで国会を召集し、オクスフォードへと、さながら命の危険に晒されてでもいるかのようにこれ見よがしなまでに武装し、護衛を引き連れて赴き、片や反対派の議員も国王の護衛に多数紛れている天主教信徒が恐ろしいとの言い抜けの下《もと》武装し、護衛を引き連れて赴いた。彼らは、しかしながら、排斥法案を継続審議し、それは本腰でかかったものだから、またもや可決していたろう――もしや国王が王冠と礼服を駕籠に突っ込み、御自ら諸共乗り込み、上院が開かれている議員会館まで驀地に駆けつけ、国会を解散してでもいなければ。その後、王は一目散に踵を返し、国会議員も、劣らず一目散に踵を返した。

ヨーク公爵は、当時スコットランドに住んでいたが、カトリック教徒を公的任務から排斥する法律の下《もと》、如何なる公務への権利も剝奪されていた。にもかかわらず、スコットランドにおける国王の代理として公然と雇用され、そこにて盟約派に対す恐るべき残虐行為を指揮することにて陰気臭く酷たらしい性《さが》を心行くまで満足させていた。ボスウェル橋の戦いを生き延びていた二人の司祭、カージルとカメロンはスコットランドに戻ると、惨めながらも依然として雄々しく、屈強な盟約派を新たにカメロン派なる名の下《もと》鼓舞していた。カメロンは国王は偽誓暴君なりとの声明を公然と掲示していたので、彼が戦死した後《のち》、不幸な信者には如何なる容赦も与えられなかった。殊の外「靴形刑具《ブーツ》」を好み、それらが用いられると少なからず喜んだヨーク公爵は、こうした人々の幾人《いくたり》かには、もしも処刑台で「国王万歳！」と叫べば恩赦を与えた。が、この陽気な治世にあっては、身内や、友人や、同国人がそれは残虐に拷問にかけられ、殺害されていたので、彼らはむしろ命を落とす方を選び、事実、落とした。公爵はそれから陽気な兄王からスコットランドで国会を開催する許可を得ると、国会はまずもって、極めて浅ましいペテンを弄すに、プロテスタントをローマカトリック教から守る法律を批准しておきながら、その後、何事もカトリック教徒公爵の王位継承を妨げてはならぬし、妨げるべきではなき旨宣言した。かくて二枚舌の緒に就くと、国会はこの世の誰一人理解すること能はぬながら、誰しも己《おの》が宗教こそは合法的宗教たる証として立てねばならぬ誓いを制定した。アーガイル伯爵は、くだんの誓いを立てるに、自分は新教とも忠誠とも矛盾せぬ限り教会もしくは国家における如何なる改変にも与すことを妨げられまいと釈明したため、モントローズ侯爵を陪審員長とするスコットランド陪審員の前で大逆罪の審理にかけられ、有罪の判決を下された。彼は当座、娘のレディ・ソフィア・リンジーの供奉の小姓に身を窶して逃亡することにて処刑を免れた。スコットランド枢密院の数名の委員によってこの女性をエディンバラの通りにて鞭打して回られるべしと強硬に提案された。がこれは公爵にとってすら度を越した。というのもその折（大方の折にはほとんど持ち併さぬ）雄々しさを発揮するに、英国人男性は世の貴婦人をかようの目に会わす習いにはないと宣ったからだ。くだんの陽気な御代にあって、スコットランドのお追従者の残忍な隷属に比肩するものは何一つ――イングランドの似たり寄ったりの堕落した輩の所業をさておけば――なかった。

　こうした些細な案件に片がつくと、公爵はイングランドに戻り、ほどなく枢密院の役職と総司令官なる公務に復帰した――全て、兄の恩寵の下《もと》にして、法律を公然と無視することに。たとい彼の船が家族を迎えに行くべくスコットランドへ向かう途中、砂洲で挫礁し、二百名の乗組員もろとも沈没した際、彼も溺死していたとて、祖国は何ら痛手を蒙らなかったろう。が彼は数名の友人と共にボートで逃れ、片や船員は実に雄々しくも我《われ》を滅し、公爵が無事漕ぎ去るのを目にすると、万歳を三唱した――彼ら自身は永久《とは》に水底《みなそこ》へ沈みつつも。

　陽気なスチュアートは国会に片をつけ果すや、全速力で専横を極めにかかった。アーマー（北アイルランド南東部同州首都）司教オリバー・プランケットを卑劣にも、仏軍の介入によってくだんの国に天主教を確立する画策を――正しくこの背信の国王自ら祖国で成し遂げようとしていた如く――練ったとの誣告に基づき処刑するよう命じ、シャフツベリー卿を破滅に導こうと企てたが失敗すると、彼は国中の自治体を制御しにかかった。というのも、制御しさえすれば、お好み次第の陪審員に偽誓評決を下させ、お好み次第の議員を国会に選出させられたからだ。この陽気な治世はジェフリーズという名の酔っ払いの破落戸を生むと同時に王座裁判所の首席判事にまで仕立て上げた――虚仮威しめいた濁声で相手を威圧し、恐らく未だかつて如何なる人間の胸の中に宿ったためしもないほど残忍な気っ風を具えた、紅ら顔の、でっぷり肥え太った醜男たる。この怪物は陽気なスチュアートの格別なお気に入りで、王はこの男を如何ほど高く買っているか論より証拠とばかり、指から指輪を抜いて与え、人々は以降それをジェフリーズ判事の血玉髄《ブラッドストーン》と呼び習わした。彼を国王はあちこち回っては、ロンドンを皮切りに市自治体を脅しつける、と言おうかジェフリーズ自身雅やかに称す所の「舌の裏でザラリと舐める」役に狩り出した。ばかりか彼が実に物の見事に役をこなしたものだから、市自治体はほどなく王国中で最も浅ましく、ゴマすり屋の団体に成り下がった――オクスフォード大学はさておき。というのもくだんの大学はことその点にかけては全くもって群を抜き、他の追随を許さなかったからだ。

　シャフツベリー卿と（彼は国王による陰謀未遂の後《のち》ほどなく死んだが）、ウィリアム・ラッセル卿と、モンマス公爵と、ハワード卿と、ジャージー卿と、アルジャナン・シドニーと、ジョン・ハムデン（かの偉大なハムデン（第三十三章四六五頁参照）の孫息子）と、その他数名は国会解散後は度々会議を開き、万が一国王が教皇派の陰謀を極端に遂行したら如何様な措置を講ずべきか協議を重ねた。シャフツベリー卿はこの審議会の中でも極立って過激なため、二人の過激な男を――共和主義軍の兵士だったラムジーと、弁護士のウェストを――機密に引き入れた。これら二人はラムボールドという名の、クロムウェルに仕えた老将校と知り合いで、男は麦芽酒製造業者の寡婦と連れ添い、かくてハートフォドシャー州ホズダン近郊の、ライ・ハウスと呼ばれる孤独な屋敷を手に入れていた。ラムボールドは彼らにこの持ち家がニューマーケットへの行き帰りにしょっちゅうそこを通る国王を射殺するに如何ほど格好の場所か告げた。彼らはこの考えが気に入り、一計を案じた。が仲間の内一人が密告し、彼らはシェパードという名の葡萄酒商と、ラッセル卿と、アルジャナン・シドニーと、エセックス卿と、ハワード卿と、ハムデン共々全員逮捕された。

　ラッセル卿は易々逃れられていたやもしれぬ。が何ら身に覚えがないからには逃れるを潔しとしなかった。エセックス卿も易々逃れられていたやもしれぬ。が自分が逃亡すればラッセル卿の身に災いするのを懸念し、逃れるを潔しとしなかった。が自ら、今や惨めな裏切り者に転じたハワード卿を、ラッセル卿が常々激しい嫌悪を抱いていたにもかかわらず、協議会に引き入れたことが重く心に伸しかかっていた。彼は自責の念に耐え切れず、ラッセル卿が中央刑事裁判所で審理にかけられる前に自害した。

　ラッセル卿は二人の邪な兄弟――一人は玉座に即き、もう一人は次に位する――に対し、常に雄々しくプロテスタントの大義に与して来ただけに、一縷の望みもないものと観念していた。彼には女性の鑑とも言える、気高く優しい妻がいた。妻は夫の審理の場では秘書の役を務め、獄中では夫を慰め、処刑の前夜には共に食事を認め、その愛と徳と献身故に後世に不朽の令名を留めている。無論、彼には有罪の判決が下され、自宅から程遠からぬリンカンズ・イン・フィールズで斬首に処せられることになった。死の前夜、子供達と別れてからも依然、妻は夜十時まで夫に付き添い、夫は今生の訣れが済み、幾度も妻に口づけをし果してなお、獄中にて夜更けまで妻の素晴らしさを語り続けた。折しも激しく雨が降っているのを耳にすると、穏やかに言った。「かように雨が降っては明日の大見世物は台無しだろう。所詮、雨降りの日にはお粗末な代物にすぎまいから」して真夜中に床に就き、四時まで眠り、召使いに起こされてなお、衣服が仕度されている間《ま》に再び眠りに落ちた。彼は二人の著名な司祭、ティロットソンとバーネットに付き添われ、持ち馬車で処刑台へと向かい、道々たいそう静かに賛美歌を口遊んだ。さながら普段の遠乗りに出かけてでもいるかのように坦々と落ち着き払って。一言、よもやかほどに多くの人が集まろうとはと言ったと思うと、断頭台に枕さながら頭を横たえ、二度目で首を刎ねられた。その期に及んでなお、気高い妻は夫のために忙しなかった。というのも夫から草稿を渡されていた辞世の言葉を印刷し、広範に流布させ、かくてイングランド中の正直者の血を熱く滾らせたからだ。

オクスフォード大学は、さすが面目躍如たることに、正しくその同じ日に、ラッセル卿に対す告発は真実だと信じている風を装い、文書の形で、国王を我らが鼻孔にとっての息吹（『創世記』二：七、七：二二）にして主《しゅ》に聖油を注がれし者（『サムエル第一』二六：九）と称えた。この文書を国会は後に一介の絞首刑執行人によって焼却させた――とは誠に遺憾ながら。というのも人類によって侮蔑されて然るべき卑劣の記念碑として額に収め、ガラスを嵌めた上、どこか公の場に掲げられていたならばと願わずにいられぬからだ。

次いで、アルジャナン・シドニーの審理が行なわれ、裁判長を務めたジェフリーズは忿怒の余り、巨大な緋色のヒキガエルよろしくタラタラ油汗を流してはムクムク膨れ上がった。「願はくは神が、シドニー殿」と陽気な御代の首席判事は判決を下した後《のち》宣った。「汝の内にあの世へ赴くに相応しき機嫌を醸されんことを」「裁判長」と被告は片腕を坦々と突き出しながら言った。「どうかこの脈に触れ、気分が優れぬか否かお確かめを。ありがたきことに、かほどに気分の好かったためしもありません」アルジャナン・シドニーは一六八三年十二月七日、タワー・ヒルで処刑された。彼は英雄然と死に、彼自身の言葉によれば「自ら若くして関わり、主《しゅ》が然にしばしば、然に見事に与し賜ふていたかの古き善き大義のために」死んだ。

モンマス公爵は叔父、ヨーク公爵を激しい嫉妬に駆らすに、国王さながら諸国を回り、庶民の娯楽に興じ、彼らの子供の教父となり、瘰癧《るいれき》のために手を当てたり、病気を直すべく病人の顔を撫でてすらした——とは言え、ことその一件にかけては生憎、如何なる国王にも劣らず効験あらたかではあったろうが。彼の父親は彼に自分はラッセル卿がその廉で打ち首に処せられた陰謀に荷担していた旨告白する手紙を書かせたが、根っから気の弱い男だけに、書き終えるや否や、恥ずかしくなり、再び取り戻した。このため、彼はオランダに追放されたが、ほどなく帰国し、叔父に内緒で父親と会談した。どうやら彼は再び陽気なスチュアートの覚え目出度くなり、ヨーク公が片や寵を失うやに思われた。ところが突如、死に神がホワイトホールの陽気な回廊に立ち現われ、堕落した領主と郷紳や、恥知らずの貴婦人の度胆を抜いた。

一六八五年二月二日月曜日、仏国王の陽気な恩給受給者にして僕《しもべ》は中風の発作で倒れた。水曜までに容態は絶望的となり、木曜にその旨告げられた。バースのプロテスタントの主教から聖餐を受けることに異を唱えたため、ヨーク公爵はベットの周囲から人を全て払い、兄王に小声で、カトリック教の司祭を呼びにやるべきか否か問うた。国王は、すると答えた。「後生《のち》だから、弟よ、是が非とも！」公爵はウスターの戦いの後国王の命を救っていた、ハドルストンという名の司祭を鬘と長衣で変装させた上、裏階段からこっそり忍び込ませた。して告げた。この鬘の奇特な男はその昔、兄上の肉体を救ったことがあり、今や魂を救いにやって参りました。

陽気なスチュアートはその夜は生き存え、明くる六日、金曜日の正午前に身罷った。彼が最期に口にした二つのことは慈愛溢れる手合いのそれで、その功徳は十分記憶に留めて然るべきだろう。妃が体調が思わしくないため、王の許しを乞うべく司候出来ぬ旨伝えると、王は言った。「ああ！　哀れな奴め、あの女がこのわたしに許しを乞うだと！　心から許しを乞わねばならぬのはわたしの方だ。そう、妃に伝えてやってくれ」して、ネル・グウィンに関しても言った。「哀れなネルにひもじい思いをさせぬよう」

彼は享年五十五歳、治世二十五年目にして身罷った。

第三十六章　ジェイムズ二世治下のイングランド

ジェイムズ二世は実にイケ好かない男だった。よって、最も優れた歴史家ですら兄チャールズの方を、引き比べれば、すこぶる人好きのする人物に思われるからというので、まだしも高く買って来た。短い治世の唯一の目的はイングランドにおいてカトリック教を復活させることで、これをそれは愚にもつかぬほど頑迷に遂行し続けたものだから、治世は可惜ほどなく終わりを告げた。

彼はまず手始めに、審議会に対し、飽くまで法で定められている通り、政府を教会と国家双方において維持し、必ずや教会を擁護し、支持する努力を惜しむまいと告げた。巷ではこのあっぱれな声明に対し大いなる喝采が挙げられ、断じて破られることなき国王の勅《みことのり》を巡り、説教壇その他で、担がれ易い人々によって幾多の賛辞が送られた。というのも彼らはよもやその裏で国王が早、ピーター神父と名乗る如何わしいイエズス会士が主たる委員の一人を務める、カトリック教諸事を諮る極秘の委員会を結成しているなど夢にも思っていなかったからだ。目に嬉し涙を浮かべて、王は仏国王からの己が恩給の皮切りとし、五〇万リーブル受け取った。がそれでいて、卑劣であると同時に尊大な蔑むべき気っ風の為せる業、相手の金を懐に収めておきながら、必ずやこれ見よがしなまでに仏国王とは縁もゆかりもないかのような風を装おうとした。して——兄の先王によって執筆され、金庫の中から見つかった、ローマカトリック教に与す（が、さしてくだんの宗派の役に立ちそうもない）二篇の論文を出版し、公然とミサを拝聴する挙に出ながらも——国会が実に追従的にして、多額の金を授与したため、まずもって世を治めるに当たり、思い通りのまま振舞えるものと信じ、振舞う意を決した。

彼の治世の主立った出来事に移る前に、タイタス・オーツに片をつけるとしよう。彼は戴冠式の二週間後、偽誓の廉で審理され、多額の罰金を課せられるのみならず、晒し台に二度、一度はオールドゲイトからニューゲイトまで、二日後にはニューゲイトからタイバーンまで鞭打たれるべく、立ち、生き存える限り年に五度、晒し台に立つよう宣告された。この恐るべき宣告は事実、この悪漢に対して行使された。この最初の鞭打ちの後《のち》、立つことが出来なかったため、ニューゲイトからタイバーンまで橇で曳かれ、曳かれる道々、鞭打たれた。が、さすが筋金入りの悪党だけあって、拷問の下《もと》死なず、生き存えた挙句、恩赦と報償を賜った。最早二度と言を信じてはもらえなかったが。かの一味の内、唯一もう一人の生き残り、デインジャーフィールドは然まで幸運でなかった。彼はニューゲイトからタイバーンに至るまでの鞭打ちでほとんど死にかけたが、それでもまだ懲らしめようが足らぬとでもいうかのように、グレイズ・インの荒くれ者の法廷弁護士が杖で片目を突き、それが命取りになった。その廉で、荒くれ者の法廷弁護士は、当然の如く、審理の上、処刑された。

ジェイムズが即位するや否や、アーガイルとモンマスはブリュッセルからロッテルダムへ向かい、そこで開かれているスコットランド人亡命者の集会に出席し、イングランドにおける蹶起の方策を協議した。かくてアーガイルがスコットランド上陸を、モンマスがイングランド上陸を試み、二名の英国人が彼の機密に通ずべくアーガイルと共に、二名のスコットランド人がモンマス公爵と共に、派遣されることになった。

アーガイルがまずもってこの盟約に則り行動を起こした。が部下の内二名がオークニー諸島で人質に捕られたため、政府は彼の陰謀に気づき、強硬な阻止を講じたため、わずか二、三千兵の高地人しか狩り集められなかった——如何に信頼の置ける使者を立て、血火の十字架*を氏族から氏族へ、谷間から谷間へ、当時くだんの荒らかな人々が酋長によって血潮を滾らせられねばならぬ時の常の習いで、運ばれたにもかかわらず。して小さな軍勢を率いてグラスゴーへ向かう途中、部下の数名に裏切られ、人質に捕られ、両手を背後で括り上げられたなり、エディンバラ城の元の牢獄に連れ戻された。ジェイムズはかつての言語道断なほど不当な判決に基づき、三日以内に処刑するよう命じ、ばかりかかつてのお気に入り、靴形刑具《ブーツ》で両脚を打ち砕かせたがっていたと思しい。が、靴形刑具《ブーツ》は用いられず、彼は単に斬首に処せられ、首はエディンバラ監獄の天辺に晒された。アーガイルに割り当てられていたくだんの英国人の内一人は例の古兵、ライ・ハウスの主《あるじ》ラムボールドだった。彼は重傷を負っていたため、アーガイルが実に雄々しく処刑されて一週間と経たぬ内に、獄死して国王を失望させてはならぬというので、審理の場に引き立てられた。彼もまた処刑されたが、その前に気概溢れる釈明を行ない、自分の信ず所、神はよもや大多数の人々を背に鞍を乗せ、口に轡を噛み、そのためわざわざ拍車のついた長靴を履いたほんの一握りの人間に駆られるために造り賜ふたのではあるまいと述べた――その点に関してはわたしもラムボールドと全く同感だ。
　モンマス公爵は、一つには足止めを食ったため、一つには徒に時間を費やしたため、友人より五、六週間遅れてドーセットシャー州ライムに上陸したが、ワークのグレイ卿と呼ばれる不運な貴族を副官としていた。というのもこの人物は遙かに前途洋々たる遠征ですら独立独歩で台無しにしていたろうから。公爵は直ちに市場《いちば》に軍旗を掲げ、国王を暴君にして天主教信者の王位簒奪者等々と申し立て、事実、彼の手を下した悪事のみならず――それだけでも十分悪辣ではあったろうが――例えばロンドンに放火したとか、先王を毒殺したといったような、王その人も他の何人《なんぴと》も犯したためしのない悪事によってまで糾弾した。こうした手立てにより、およそ四千名の兵を募ると、カトリック教徒と激しく敵対するプロテスタントの非国教徒の大勢いるトーントン（サマセットシャー州首都）まで進軍した。ここにて貧富を問わぬ人々が出迎えに繰り出し、御婦人方は通りを練り歩く彼に窓辺という窓辺から歓迎の手を振り、花が行く手に散蒔かれ、思いつく限りの敬意や賛辞が浴びせられた。就中、二十名に上る花も恥じらう若き御婦人が晴れ着姿も艶やかに、進み出でるや、麗しの手づから飾りをあしらった聖書を他の贈り物と共に彼に捧げた。

然なる臣従の礼に意を強くし、モンマス公爵は自らを国王と宣し、ブリッジウォーターまで進軍した。ところが、ここにてフェヴァシャム伯爵率いる政府軍がすぐ間近に駐屯し、片や自分はさして強力な味方をほとんどつけていないと見て取るや、それは意気を挫かれたものだから、果たして軍を解隊し、撤退を試みるべきか否かは時間の問題となった。事ここに至りて、かの不運なグレイ卿の提案に基づき、セッジムアという名の沼地の端で野営を張っている国王軍を夜討ちすることになった。騎兵隊はこの、およそ恐いもの知らずどころではなき領主によって指揮されていた。彼はほとんど最初の障害で――深い排水渠で――戦を放棄し、哀れ、モンマスのために結集していた農民は大鎌や、棹や、股鍬や、ともかく手近の粗末な武器で雄々しく戦ったにもかかわらず、ほどなく熟練兵に駆逐され、四方八方へと潰走した。果たしてつモンマス卿自身が潰走したか、は混乱の最中《さなか》定かでなかった。が不運なグレイ卿は翌日早々に捕まり、それから部隊のまた別の男も捕まり、男はつい四時間ほど前に公爵と別れたばかりだと白状した。辺りが隈なく探し回られた挙句、公爵は百姓に身を窶し、シダやイバラに覆われた濠に隠れている所を発見された。ポケットの中にはせめてもの腹の足しに野原で拾った豆が数粒入っていた。外《ほか》に身につけているのはわずか数枚の紙切れと小さな本で、内一冊は彼自身の物した、呪《まじな》いや、歌や、処方箋や、祈禱の寄せ集めだった。彼は見る影もなく打ち拉がれていた。国王に是が非ともお目通り願いたき旨切々と綴った手紙を送った。ロンドンまで引き立てられ、枷をかけられたまま国王の御前に通されると、膝で躙り寄り、実に不様な姿を晒すこととなった。ジェイムズは断じて何人《なんぴと》を許しも容赦もしなかったから、よもやライム宣言を発布した張本人に憐れを催すとは思われなかった。よって懇願者に死を覚悟せよと告げた。

　一六八五年七月十五日、国民のこの不幸なお気に入りはタワー・ヒルにて処刑されるべく引き立てられた。辺りには黒山のような人集りが出来、家々の屋根は全て見物人で埋め尽くされた。彼はロンドン塔にてバックルー公爵の娘である妻に会い、妻より遙かに愛していた女性――この世で最後に思い起こした人々の内一人――レディ・ハリエット・ウェントワースについて多くを語った。して断頭台に頭を載せる前に鉞の刃に触れ、執行吏に刃が然るべく尖っていないようではないか、鉞そのものも然るべく重くないようではないかと言った。執行吏が、いえ、不備はありませんと答えると、公爵は言った。「くれぐれも気をつけてくれ給え。我がラッセル卿の時のように為損じぬよう」執行吏は却ってこれで怖じ気づき、ワナワナ身震いしているせいで一度目はただ首から出血させるだけに終わった。すると、モンマス公爵は頭をもたげ、グイと、さも恨みがましげに男の顔を見据えた。それから執行吏は二度目に、それから三度目に、鉞を振り下ろし、それから鉞を投げ出し、怯え竦んだ声で、自分にはお手上げだと叫んだ。州長官達が、しかしながら、任務を果たさねば男自身如何様な目に会おうか脅すと、再び鉞を拾い、四度目に、五度目に、振り下ろした。そこで終に惨めな首は刎ねられ、モンマス公爵ジェイムズは齢《よはい》三十六にして身罷った。彼は華美で派手やかな男で、多くの人好きのする資質を具え、英国人の大らかな心にたいそう気に入られていた。

　このモンマス叛乱に次いで、政府によって犯された残虐行為は英国史の最も陰惨にして嘆かわしい一齣を織り成す。哀れな小百姓が這う這うの態で追い散らされ、彼らの主導者が捕らえられたとあらば、仮借なき国王とて得心しても好さそうなものではあった。が否。彼は彼らに対し、途轍もなき怪物の就中、ムーア人征伐に服務していたカーク大佐を仕掛け、彼の率いる――旗印にキリスト教の象徴とし、小羊を掲げているからというのでカークの小羊と呼ばれる――兵士は、指揮官相応の部下であった。これら人間の形《なり》をした悪鬼によって働かれた狼藉はここで審らかにするには悍しきにすぎよう。こう言えばたくさんだ。即ち、彼らを無慙に殺害したり、略奪したり、身上と引き替えに恩赦を購わすことにて破産に追い込むのみならず、将校達と夕食後に酒を呷り、国王の健康を祝して乾杯しながら、幾多の囚人を一座のお慰みに、窓の外で処刑させるのがカークのお気に入りの気散じの一つであり、彼らの足が断末魔の苦しみで痙攣を起こすと、いつも連中、ステップを踏むのに楽の音《ね》がお入り用だろうからと軽口を叩き、伴奏代わりに太鼓やトランペットを呼び立てたものだ。忌まわしき国王はこうした服務の労を犒《ねぎら》うに、「汝の手続きには大いに得心している」由伝えた。が王が最も御満悦だったのは今や華族に列せられているジェフリーズの手続きだった。彼は他の四名の判事と共に、ともかく謀叛に関わった廉で訴えられている人々を審理すべく西部へ向かった。王はこれを冗談めかして「ジェフリーズの野戦」と呼び、祖国のくだんの地方の人々は今日に至るまで「血の巡回裁判」として記憶に留めている。

　それはウィンチェスターで始まった。アリシア・リスル夫人という名の気の毒な老婦人が――国外で何者か王党派の暗殺者達によって殺害されていた、チャールズ一世の判事の内一人の寡婦だが――セッジムア（サマセットシャー州原野）からの二人の逃亡者を自宅に匿った廉で告発された。三度《みたび》にわたり、陪審員は有罪判決を拒んだが、とうとうジェフリーズは虚仮威しにかかった挙句、くだんの虚偽の判決を下させた。陪審員から有罪判決を強要し果すや、彼は言った。「陪審員諸兄、わたしは仮に諸兄の仲間にして、被告がわたし自身の母親だったとしても、有罪を申し渡したでしょうな」――無論、それくらいのことは平気でやってのけていたろう。彼は正しくその午後、囚人を火炙りの刑に処すよう申し渡した。大聖堂の牧師達や他の数名が囚人のために執り成し、夫人は一週間以内に斬首に処せられた。これぞあっぱれ至極な所業と、国王はジェフリーズを大法官に任じ、彼はそれからドーチェスターへ、エクセターへ、トーントンへ、ウェルズへと向かった。この人非人の途轍もない不正と残虐を縫いてなお、誰一人「審判《さばき》の庭」に着いたこの男を殴り殺す者がなかったと知れば驚きを禁じ得ぬ。如何なる男であれ女であれ、大逆罪の廉で有罪判決を下されるには、ただジェフリーズの前で仇敵に告発されさえすれば事足りた。無罪を申し立てたとある男は即刻法廷から連れ出し、絞首刑に処すよう命ぜられた。かくて囚人は皆それは恐れをなしたものだから、大半は直ちに有罪を申し立てた。ドーチェスターだけでも、わずか数日の内にジェフリーズは八十名の人々を絞首刑に処した――数知れぬ人々を鞭打ったり、流刑に処したり、投獄したり、奴隷として売り払ったりするのは言うに及ばず。彼が処刑した人間は〆て二百五十から三百に上ると伝えられる。

　こうした処刑は三十六の市町村において、罪人《ざいにん》の隣人や友人の直中にて行なわれた。彼らの遺骸は滅多斬りにされ、グラグラに沸き立つ松脂とタールの大釜に浸けられ、道端や、通りや、正しく教会の上にすら、吊るされた。頭と手足の光景と悪臭は、この世ならざる大釜のグラグラ、シュッシュッと沸き立つ泡《あぶく》は、人々の涙と怯えは、筆舌に尽くし難い。亡骸を真っ黒な壺に無理矢理浸けさせられたとある田舎者は、以降「茹《う》で屋のトム」と渾名された。死刑執行人は爾来ジャック・ケッチと呼ばれている。というのもくだんの名の男がジェフリーズの後について、日がな一日、縊っては縊ってはは巡回区を回っていたからだ。フランス革命の恐怖はこれからも散々耳にしよう。なるほどそれらは実にその数あまたに上り、凄まじい。が、かの由々しき時代にフランスの常軌を逸した人々によって為された何一つとして、イギリス国王の格別なお墨付の下《もと》、「血の巡回裁判」において英国の最高位の判事によって為された以上に残虐なものはない。

　これですらまだ序の口。ジェフリーズは他人を悲惨な目に会わすに劣らず、私腹を肥やすのに目がなく、懐を一杯にするに、恩赦を十把一絡げに売った。国王は然る折、後は勝手に恩赦の話をつけよとばかり、一千人もの囚人を一部の寵臣に下賜するよう命じた。聖書を贈呈したトーントンの若き御婦人方は宮中の女官に授けられ、くだんの愛らしき御婦人方は娘御相手に実にあざとい契約を結んだ。「血の巡回裁判」がその憂はしき絶頂を極めている折しも、国王は正しくリスル夫人が処刑されたその場で競馬に現を抜かしていた。ジェフリーズは、彼にしても最悪の所業を為し遂げ、再びロンドンへ戻ると、皇室官報で殊の外称えられた。のみならず、銘釘と忿怒の余りたいそう体調を崩していると耳にすると、悍しき陛下はかほどの男はイングランド広しといえども容易には見つかるまいとまで宣った。かてて加えて、コーニッシュという名の前ロンドン州長官はライ・ハウス陰謀事件に荷担した廉で、言語道断なほど卑劣な審理の後《のち》、自宅の間近で処刑された。証言したのはラムジーだったが、くだんの悪漢はその証言がラッセル卿審理の場で自ら立てた証とは正反対の旨明かさねばならなかった。正しくその同じ日に、エリザベス・ゴーントという名の奇特な寡婦は彼女に不利な証を立てたならず者を匿った廉で、タイバーンにて火炙りの刑に処せられた。彼女は火の手が早く回るよう、手づから薪を周囲に掻き寄せ、今はの際に気高く言った。自分は無宿者には宿を与え、流離い人を裏切ること勿れとの神の御心に従ったまでだと。

かくて散々不幸な臣下の首を縊り、首を刎ね、火で炙り、釜で茹で、八つ裂きにし、晒し台にかけ、身ぐるみ剝ぎ、流刑に処し、奴隷に売り飛ばした挙句、国王は、宜なるかな、望むことは何なり為せると思い込んだ。よって能う限りとっとと国教を変えにかかった――そのやり口たるや、以下の如し。

彼はまずもってカトリック教徒が公職に就くことを禁ず、所謂「審査律」を撤廃するに、罰金を免除する自らの権限を行使しようとした。とある事例においてこれを試み、十二人の内十一人までの判事が彼に与す判決を下したので、他の三例においても行使した。くだんの三例とはオクスフォードのユニバーシティ・カレッジの三名の高僧の事例で、彼らは天主教に宗旨替えしていたため、彼はその高位に留め、認可した。国王はさらに、自分に雄々しく反発しているロンドン主教コンプトンを排斥すべく、忌まわしき教会委員会（国教会の財産・収入の運営管理組織）を復活させた。して教皇にイングランドへ大使を派遣するよう乞い、教皇は（当時、弁えのある男が任に就いていたから）少なからず不承不承、応じた。王は事ある毎にピーター神父を公衆の面前にひけらかした。ロンドン各地に修道院を積極的に建立させた。通りや、中庭そのものですら、それぞれの位階の法衣を纏った修道士や托鉢僧で溢れんばかりになると、目にするだに喜んだ。絶えず周囲のプロテスタントをカトリック教に宗旨替えさせようとした。わけても公職に就いている国会議員を自分の目論んでいる計画に同意さすべく、自ら「密談」と称す内密の会談を催した。彼らは同意しなければ免職されるか辞任し、その後《あと》にはカトリック教徒が就任した。手練手管を弄してプロテスタントの将校を軍隊から解任し、やはりカトリック教徒を後釜に据えた。同じ手管を市自治体のみならず、（然まで首尾好くは行かなかったが）州統監に対しても弄した。以上全ての措置に黙従するよう人々を虚仮威しにかかるに、一万五千兵の軍隊をハウンズロー・ヒースに常駐させ、そこにては将軍の天幕の中で公然とミサが捧げられ、司祭が兵士の間を回っては、カトリック教に改宗するよう説きつけた。くだんの兵士に飽くまで自分の宗派に律儀たるよう忠言する文書を回覧した廉で、故ラッセル卿の教会付牧師《チャプレン》、名をジョンソンというプロテスタント司祭は事実、晒し台に三度立つ宣告を受け、事実、ニューゲイトからタイバーンまで鞭打ちに処せられた。単にプロテスタントだからというので義弟を枢密院から解任し、前述のピーター神父を枢密顧問官に任じた。彼はアイルランドを役立たずの、放埒ならず者、リチャード・タルボットというティアコネル伯爵に譲り渡し、男はそこにて主《あるじ》に成り代わって同じ手管を弄し、自分自身のためにはとある日、アイルランドを仏国王の庇護の下に委ねるという、なお腹黒き手管を弄した。こうした極端に走る上で、教皇《ポープ》から赤帽《ポーター》に至るまで、カトリック教徒の内ともかく分別と判断力を持ち併せた男は誰しも国王は自らの言も、唱道しようと努めている大義も平気で翻す、ほんの偏屈な阿呆にすぎぬと見て取っていた。が王自身は理性という理性に聞く耳持たず、その後のイングランドにとっては幸いにも、自らの盲滅法なやり口で玉座から転がり落ちた。

血迷った粗忽者が思いも寄らぬような反骨精神が、祖国では頭をもたげ始めた。彼がまずもってそれに気づいたのはケンブリッジ大学においてである。オクスフォードで、何ら抵抗も受けぬまま、カトリック教徒を学部長に任じ果すと、彼はケンブリッジで、とある修道士を文学修士にしようと試みた。がケンブリッジはこの目論見に抗い、御意を覆した。するると王はお気に入りのオクスフォードへ戻り、マグダレン・カレッジの学長が死去すると、次期学長にアンソニー・ファーマーという、唯一、王の宗教を信奉しているという外何《ほか》の取り柄もない男を選出するよう命じた。大学当局はとうとう勇を揮い、拒絶した。王は別の男を推挙したが、大学は既にヒュー氏という人物を推す意を固めていたため、依然拒絶した。血の巡りの悪い暴君はその途端、ヒュー氏のみならず他の二十五名を罰すに、彼らを免職し、如何なる教会の高位に就く能力も欠けている旨宣告させた。それから王自身としては最も高邁な措置と思い込んでいるものへと、が実の所、玉座から転がり落ちる上での最後の真っ逆様の大博奕へと、乗り出した。

王はカトリック教徒をより容易に重用すべく、如何なる宗教的就任宣誓も刑罰法規も設けるべきでないとの声明を公布していた。が、プロテスタントの非国教徒は身の安全を顧みず、雄々しくも王の声明に真っ向から抗う上で正規の教会に与していた。王とピーター神父は今やこれをとある日曜日、全ての教会で読み上げさせ、そのためわざわざ主教によって配布させる命を下す意を決した。ピーター神父は、しかしながら、目下王の勘気を蒙っているカンタベリー大主教と協議し、宣言文は読み上げられるべきではなかろうと、王にこれを思い留まるよう進言する意を固めた。大主教自身が請願書を起草し、六名の主教が提出すべく同日の夜、国王の寝室へ——王の腰を抜かさぬばかりにびっくりしたことに——罷り入った。翌日が所定の日曜日だったが、宣言文は一万人の内、わずか二百名の司祭によってしか読み上げられなかった。国王はありとあらゆる忠言を向こうに回し、王座裁判所にて主教を告訴する決断を下し、三週間以内に彼らは枢密院の前へ召喚され、ロンドン塔に拘禁された。六名の主教が水路で、くだんの陰鬱な場所へ連れて行かれると、大挙集まった人々は跪き、彼らのために涙をこぼしながら祈りを捧げた。ロンドン塔に到着すると、護衛の役人や兵士は彼らに祝福を垂れ賜うよう乞うた。そこに幽閉されている間《かん》、兵士は毎日彼らの釈放を願って大声で乾杯した。審理のため王座裁判所に引き立てられると——法務長官によれば、政府を中傷し、国事に関し自説を主張するという大逆を犯した廉で——彼らは同様の群衆に付き添われ、幾多の貴族や郷紳に取り囲まれた。陪審員が協議のため夜七時に退廷すると、(国王自身を除く) 誰しも自分達は国王お抱えの醸造業者に屈すくらいならいっそ飢え死にした方が増しと心得ていた。というのも男は陪審員の一人にして、国王に与す評決を望んでいたからだ。彼らが翌朝、醸造業者に一晩中抗った後《のち》入廷し、無罪の評決を下すと、ウェストミンスター会館に未だかつて轟いたためしのないほどのどよめきが沸き起こり、どよめきは人から人へと、テンプル門まで、してまたもやロンドン塔まで、伝えられた。どよめきは東方へ伝えられるのみならず、西方へも伝えられ、とうとうハウンズローの野営地に達すると、そこにては一万五千名の兵士が大喚声に唱和し、硲の如く繰り返した。がそれでいて、血の巡りの悪い国王は——折しもフェヴァシャム卿と共にいたが——胆を消し、あれは何かとたずね、「主教達の釈放にすぎません」と告げられると、「すぎませんだと? 連中、遙かにひどい目に会おうが」と答えた。

請願と審理の間に、女王は息子を出産していたが、ピーター神父はむしろ聖ウィニフレッド*のお蔭と惟みた。が果たして聖ウィニフレッドが国王の味方として一件に関わった否かは甚だ疑わしい。何故なら (国王の娘は二人共プロテスタントだったから) カトリック教徒の後継者なる全く新たな展望が引き鉄となり、シュルーズベリー伯爵と、ダンビー伯爵と、デヴォンシャー伯爵と、ロンドン主教ラムリー卿と、ラッセル提督と、シドニー大佐はオランジュ公をイングランドへ招く外ないと判断したからだ。さすがの明き盲王もとうとう我が身の危険を見て取り、敗走しながらも四万兵の軍隊を募るのみならず、幾多の尨大な譲歩を申し出た。がオランジュ公はジェイムズ二世如きが渡り合えるような相手ではなかった。公の軍備は途轍もなく強硬にして、公のホゾはしかと固まっていた。

オランジュ公がイングランドへ向けて出帆する準備を整え

て以降二週間というもの、西方から突風が吹き荒れたために艦隊は出陣を見合わせた。風が凪ぎ、いざ出帆してからもなお、時化のために追い散らされ、再装備すべく引き返さねばならなかった。終に、一六八八年十一月一日、世に名高き「プロテスタント東風」が立ち始め、三日、ドーヴァーの人々とカレーの人々は二箇所の間を長さ二〇マイルに垂んとする艦隊が雄々しく帆走するのを目にした。五日月曜日、艦隊はデヴォンシャー州トーベイに投錨し、公は将校や水兵の華々しき供奉を引き連れ、エクセターへと進軍した。ところがイングランドのくだんの西方の人々は「血の巡回裁判」で余りに幾多の辛酸を嘗めていたため、意気を挫かれていた。よってほとんど公に加勢する者はなく、彼はいっそ祖国へ引き返し、くだんの領主達から受けていた要請を、ともかく海を渡った申し開きとして公表しようと考え始めた。この危急存亡の秋、郷士の中に荷担する者が現われ、片や国王軍はたじろぎ始め、契約書に署名が為され、それに則り、名を列ねた者は皆、三王国の法と自由を、新教を、してオランジュ公を、守るべく互いに支え合おうと誓い合った。その時を境に、大義に歯止めは一切かからず、イングランド中の大都市は一つまた一つと、オランジュ公擁護を宣言し始め、公はオクスフォード大学が万が一金《かね》が必要とあらば金銀杯を溶かすことも辞さぬと申し出るに及び、万事安泰なものと心得た。

この時までには国王は惨めな物腰であちこち駆けずり回っては、とある場所では瘰癧の患者に触れ、また別の場所では軍隊を閲兵し、はたまた別の場所では鼻血を流した。若き王子はポーツマスへ連れて行かれ、ピーター神父は一目散にフランスへ逐電し、司祭や修道士は一人残らず我勝ちに離散した。次から次へと、国王の最も重要な将校や友人ですら彼を見捨て、オランジュ公の味方についた。夜間、娘のアンはホワイトホール宮殿から逃げ出し、ロンドン主教は、その昔兵士だったから、手には抜き身の剣を握り、鞍には短銃を差したなり、王女を背に手綱を取った。「何たることか」と哀れ、国王は叫んだ。「外ならぬ我が子らまで余を見捨てるとは!」ロンドンに残っているほどの領主と果たして国会を召集すべきか否か討議し、オランジュ公と交渉すべく内三名を指名すると、王は絶望に駆られた勢い、フランスへ高飛びする意を決した。彼は幼いプリンス・オブ・ウェールズをポーツマスから呼び寄せ、王子と王妃は侘しい雨の晩、無蓋のボートでラムベスまで川を渡り、無事、逃げ延びた。これは十二月九日のことである。

十一日午前一時、国王は、その間《かん》オランジュ公から所存を告げる手紙を受け取っていたが、ベッドから起き出すと、同室で寝ていたノーサンバーランド卿に、朝のいつもの刻限まで扉を開けてはならぬと告げ、裏手の（恐らくは鬘と長衣の司祭が兄の下《もと》へと昇って来たと同じ）階段伝《づて》降り、小舟で川を渡り、途中、イングランドの国璽を水底《みなそこ》へ沈めた。馬が仕度されていたので、サー・エドワード・ヘイルズをお供にフェヴァシャムまで飛ばし、そこにて税関小型帆船に乗り込んだ。この帆船の船長は、底荷不足のため、脚荷を積むべくシェピー島（ケント州北部メドウェイ河口島）へ漕ぎつけた。がここにて漁師と密輸業者が小舟を取り囲み、国王その人を「尖り面《づら》のイエズス会士」ではないかと勘繰った。彼らが金を奪い、それでもなお放してくれぬため、王は名乗りを上げ、オランジュ公に命を狙われていると告げた。それから小舟を寄越せと金切り声を上げ、それから馬を飛ばしている間《ま》に彼に言わせば救世主の十字架の破片たる木切れをなくしたからというので涙をこぼし始めた。彼はケント州統監の手に身柄を明け渡し、王逮捕の報せはウィンザーのオランジュ公の下《もと》へ届けられた――公は実は国王を厄介払いしたいだけで、どこへ逃れようと、姿を晦ましさえすれば構わなかったから、連中が彼を見逃さなかったのに少なからず戸惑った。が、ともかく王を近衛騎兵連隊の形で相応に威儀を正してホワイトホールまで連れ戻さす外なかった。してそこへ着くや否や、王は逆上した勢い、ミサに与り、公式正餐においてはイエズス会士に食前の祈りを捧げさせた。

人々は国王の逃亡によりこの上もなく奇妙な混乱に陥り、如何でか軍隊の内アイルランド兵がプロテスタントを殺害しにかかるのではないかと思い込むに至った。それ故あちこちで鐘を撞き、篝り火を焚き、カトリックの礼拝堂を焼き、血眼になってピーター神父とイエズス会士を探し、その間《ま》に教皇の大使は従僕に身を窶して逃げ去った。イエズス会士は一人も見つからなかったが、かつて法廷にてジェフリーズの虚仮威しに会った証人たりし男が、実に見覚えのあるへべれけの、むくんだ顔がウォッピングのとある窓越しに外を眺めているのに出会した。顔の主《ぬし》は水兵服姿だったが、それがかの忌まわしき判事の顔たることお見逸れすべくもなく、男は奴を捕まえた。人々は、不朽の栄誉たることに、奴を八つ裂きにはしなかった。少々小突き回した挙句、またとないほど浅ましき恐怖の苦悶の内に、ロンドン市長の所まで引き立て、さらば市長は囚人を、当人の金切り声を上げげつつ拝み入るがまま、ロンドン塔に無事、投獄し、そこにて悪辣判事は身罷った。

人々は相変わらず途方に暮れ続け、今やさながら国王が再び戻って来たのを喜ぶ謂れがありでもするかのように、篝り火を焚いては浮かれ騒いだ。が彼の滞在は極めて短く、英国護衛隊はホワイトホールから撤退させられ、代わりにオランダ護衛隊がホワイトホールまで進軍し、彼はかつての大臣の一人に、オランジュ公が翌日ロンドンに入京するので、ハムへ行く方が好かろうと告げられた。王はハムは冷たく湿気た土地故、むしろロチェスターへ行きたいと返した。彼は内心、我ながら何と賢しらなことよとほくそ笑んだ。というのもロチェスターからフランスへ逃げ延びる腹づもりだったからだ。オランジュ公と側近はそれくらい百も承知で、かほどに願わしいこともまたなかった。という訳で、王はグレイヴゼンドまで、領主数名に付き添われ、オランダ部隊に監視され、寛大な人々には憐れを催されつつ、皇室の艀で向かった。人々は地に墜ちた王の姿を目にするや、王自身はかようの真似をしたためしのないほど心大らかだったからだ。十二月二十三日、その期に及んでなお誰しもに厄介払いされたがっているなど思いも寄らず、王は馬鹿馬鹿しくも、ロチェスター庭園を抜けてメドウェイ川まで下《くだ》り、フランスへ渡り、妃と合流した。

　王の不在中、領主とロンドン当局との間では協議会が催された。オランジュ公は国王逃亡の翌日、やって来ると、上院議員を、してその後ほどなく、チャールズ二世の国会のいずれかで議員を務めた者全員を、召集した。くだんの権威により、玉座はジェイムズ二世の所業により空位であると、天主教の君主によって治められるのはこのプロテスタントの王国の安泰と繁栄とは相容れぬと、オランジュ公と妃が終生、して二人の内生存者が亡くなるまで、国王と王妃を務め、子供達が、もしや生まれれば、王位を継ぐ可しと取り決められた。子供が生まれなければ、アン王女と王女の子供が跡を継ぎ、王女に子供がなければ、オランジュ公の子孫が継承す可しと。

　一六八九年一月十三日、オランジュ公と妃はホワイトホールの玉座に即き、上述の条件に聖なる誓いを立てた。プロテスタントがイングランドの国教として正式に制定され、イングランドの映えある名誉革命は幕を閉じた。

第三十七章　結び

　今や我がささやかな英国史に幕を下ろす時が来た。一六八八年の名立たるイギリス革命の後《のち》に起こった出来事はかようの書にては容易に語ることも理解されることも叶うまい。

　ウィリアム三世とメアリー二世は五年間、共にイングランドを治め、良妻が亡くなると、ウィリアムがさらに七年間、独り、王位に即いていた。彼の治世中の一七〇一年九月十六日、哀れ、いつぞやはイングランドのジェイムズ二世たりしいじけた男がフランスで息を引き取った。この間《かん》男はウィリアムを暗殺させ、失われた版図を奪回しようと全力を（さしたるものではなかったが）尽くした。ジェイムズの息子は仏国王によってイングランドの正規の王と宣せられ、彼《か》の国ではシュヴァリエ・サン・ジョルジュと、英国では王の名を僭《せん》する者と、呼ばれた。イングランドの、がわけてもスコットランドの、常軌を逸した者の中には時折僭王《せんおう》の大義を支持する者もあり——まるで、まだスチュアート家の人間が足らぬとでもいうかのように——幾多の命が奪われ、幾多の悲惨が惹き起こされた。ウィリアム三世は一七〇二年三月七日日曜日、彼を乗せた馬が躓くという不慮の事故が原因で、崩御した。彼は常に勇敢で愛国的な君主で、類稀な資質に恵まれた人物だった。物腰は冷ややかで友人は少なかったが、心から妃を愛していた。亡くなった際、妃の髪を収めた指輪が黒いリボンで左腕に結ばれているのが見つかった。

　彼の跡を継いだアン王女は女王として人々から愛され、十二年間国を治めた。彼女の御代において一七〇七年五月、イングランドとスコットランドが統合され、グレイト・ブリテンの名の下《もと》併合された。以降、一七一四年から一八三〇年に至るまで、四人のジョージ王が君臨した。

　一七四五年、ジョージ二世の御代、老僭王はこれが最後、人心を惑わし、これが最後、姿を見せた。早、老人になっていたため、彼とジャコバイトは——と彼の支持者は呼ばれたから——シュヴァリエ二世として知られる息子チャールズ・エドワードを擁立した。極めて厄介者にして、ことスチュアート家の問題に関しては至って頑迷な一族、スコットランド高地人は若僭王の大義に与し、彼も高地人と手を組んだ。かくて彼を国王にすべくスコットランドで叛乱が起こり、幾多の勇敢で献身的な郷紳が命を落とした。チャールズ・エドワードにとっては首に多額の賞金を懸けられてまたもや国外へ逃亡するのは不如意千万ではあったが、スコットランド人は彼に一方ならず律儀で、彼はチャールズ二世のそれに似てなくもない、幾多の伝奇的冒険を経験した後《のち》、フランスへ逃れた。数知れぬ魅惑的な物語や甘美な歌がジャコバン党感情から生まれ、ジャコバン党時代に纏わる。さなくば恐らく、スチュアート家の人々は総じて世の鼻摘み者以外の何ものでもなかったろう。

　ジョージ三世の御代に、イングランドは相手の同意なくして執拗に課税したせいで、北アメリカを失った。かの巨大な国家は、ワシントンの下《もと》に独立し、自由を獲得すると、合衆国と――世界中で最も偉大な国家の一つと――なった。目下、筆を執っている折しも、アメリカはあっぱれ至極にも特筆すべきことに、臣民が何処へ旅しようと、イングランドが鑑として然るべきほど威厳をもって、決然と、彼らを守っている。ここだけの話、イングランドはことこの点にかけてはオリバー・クロムウェルの時代以来、地保を失った感がある。

　グレイト・ブリテンとアイルランドとの連合は――アイルランドは単独では捗々しく行っていなかったから――ジョージ三世の御代、一七九八年七月二日に成立した。

　ウィリアム四世が一八三〇年、ジョージ四世の跡を継ぎ、七年間世を治めた。彼の姪であり、ジョージ三世の四男ケント公爵の独り娘であるヴィクトリア女王は一八三七年即位した。女王は一八四〇年二月十日、ザックス・ゴータ（独中部旧公国）のアルバート殿下と結婚した。女王は実に素晴らしく、国民皆にたいそう慕われている。よって、これにて触れ役よろしく筆を擱くとしよう。

女王陛下万歳！

訳注

ハンフリー親方の時計

第一巻序

（三）これまで四十か月の間　即ち、処女作『ボズの素描集』から『ピクウィック・ペーパーズ』、『ニコラス・ニクルビー』、『オリヴァー・トゥイスト』などを通じての三年余り。

（四）哀れ、キットに同情を寄せ…やたら親身になる　キットとスウィヴェラーはいずれも『骨董屋』の登場人物。

（五）『悪口学校』における…果たし合い　R・B・シェリダン作（一七七七）五幕二場。

（〃）サー・ベンジャミン・バックバイト　『悪口学校』（前項参照）の登場人物。ただし暖炉に飾ってあったのはシェイクスピアではなく、ローマの博物学者・著述家プリニウスのブロンズ像。

（〃）「みんないつも以上に…腹を抱えたことだけは確かだ」　オリバー・ゴールドスミス『ウェイクフィールドの牧師』（一七六六）第三十二章。

第一章

（一六）ミドル・テンプル　ロンドンにある四法学院の一つ。英国の裁判官やバリスターは必ずいずれかの会員であり、また新しくバリスターを志望する者は協会の試験に合格しなければならない。

（一七）ハル　イングランド北部ハンバーサイド州首都。海港・工業都市。

（〃）テンプル門　ロンドン・シティ西端にあった正門で、国王といえども市内に入るにはロンドン市長から許可を受けなければならなかった。テンプル法学院（前々項参照）の近くにあったが、一八七八年郊外に移された。

（二一）ゴグとマゴグ　ロンドン市庁にある二体の大木像。一六六六年、大火で焼失したが、一七〇九年、再置。英伝説ではローマ皇帝ディオクレティアヌスの娘の後裔。英国に攻め入ったが、捕らえられ、ロンドンで労役に賦された。

（二四）如何なる古代の祝日にとて…ワインを迸らせたためしはない　古代、水漕は祝祭の折にはワインで満たされ、例えばヘンリー六世戴冠の際は、チープサイドの導水渠にワインが流された。

（二五）ジャーキンと六尺棒　前者は一六、七世紀に流行った、主として革製の男性用短上着。後者は昔、英国農民の用いた武器。両端に鉄の金具の着せられた、六－八フィートの木棒。

（〃）逆賊門　ロンドン塔のテムズ川沿いの水門。かつて国事犯はここから塔に送り込まれた。

（二六）チェイプ区　即ち、チープサイド行政地区。当時は裕福な商人や鍛冶屋の豪邸が立ち並んでいた。

（三一）ラド・ゲイト　セント・ポール大聖堂に通ず、ラドゲイト・ヒルの袂の門。

（三三）**ダブレット**　十五－七世紀に流行した、キルティングなどの二重仕立ての、体にぴったり合う男子用上衣。

第二章

（四八）**ナイメーヘン講和条約**　一六七八年、ルイ十四世とオランダとの間で結ばれ、これにより戦争が終結する。

（五五）**バース**　英南西部、エイヴォン州南東部の温泉地。

第三章

（六三）**様々な似て非なるピクウィック氏が出版されるに至っている状況**　ディケンズを一躍時代の寵児にした『ピクウィック・ペーパーズ』（一八三七）にはピクウィック氏の人気にあやかった様々な剽窃、海賊版が現われた。

（〃）**『ドン・キホーテ』続篇におけるセルバンテスの序**　『ドン・キホーテ（前篇）』（一六〇五）には約十年後、続篇の出版される直前に主人公の冒険の似非続篇が登場し、この剽窃作家についてセルバンテスは「男には天罰が下り、男はパンと共に罰を食らい、罰はそこに存えよう」と語った。

（六七）**そいつに、悪あがきもいい所…ムダ骨を折るどころか**　「テムズ川に火をつける」は転じて、「華々しい勲を立てて名を挙げる」の意の常套句。

（六八）**国王陛下御自身ですら…とびきり鷹揚な論考を物し**　ジェイムズ一世は妖術に関す論考『鬼神論《ディーモノロジー》』（一五九七）を著した。

（〃）**蹄鉄**　古来、「幸運の印」、「魔除け」として流布した。

（七一）**キングストン**　ロンドン南西部の自治区。テムズ河畔の住宅地。

（七七）**マンドレーク**　地中海特産ナス科の有毒植物。催眠剤に用いられる外《ほか》、恋の妙薬とも言われる。多肉根はしばしば二又に分かれ、人体を思わす所から、引き抜く時は声を出して叫ぶと伝えられた。

（七九）**パトニー**　キングストンからおよそ四マイル離れたロンドン南西郊外。

（八〇）**聖ダンスタン教会**　フリート・ストリートの聖ダンスタン・イン・ザ・ウェスト教会。

（八一）**ユニティー**　一六〇四年、ジェイムズ一世によって初めて発行された二〇シリング相当の硬貨。

（八三）**橋の上の店は一軒残らず閉《た》て切られ**　一八世紀まで旧ロンドン橋には端から端まで家屋や商店が立ち並んでいた。

（八六）**当代切っての魔女狩り屋、天の生まれのホプキンズ**　マシュー・ホプキンズは一六四四年、魔女狩り将軍に任命され、数多くの容疑者を処刑し、一六四七年、自らも妖術の嫌疑の下《もと》に処刑された。「天の生まれ」という形容辞はしばしば冷笑的に用いられた。

（八九）**クロイチゴをしこたま食い上げた…くるんでもろうたとか**

のあいつら　古くからの童歌「森の中の子供達」より。子供達は森に捨てられ、そのまま寝入ってしまうが、親切なコマドリが葉っぱで包《くる》んでくれる。

（九一）**今のその婆さんは…ではあられぬと**　トニー・ウェラーの後家さん恐怖症については『ピクウイック・ペーパーズ』第二十七章等参照。

（九二）**老いぼれ荷馬車御者《オールド・カーター》**　即ち、国民の権利保障を謳った大《マグ》憲章《ナカルタ》。

（九三）**ガス虫めがね**　一八二四年に特許を受けた酸水素ガス顕微鏡。

第四章

（九七）**ピクウィック氏が寄る辺無い御婦人と…灸を据えられた**　『ピクウィック・ペーパーズ』において、ピクウィック氏はサム・ウェラーを従者として抱える腹づもりをプロポーズと勘違いされ、間借り先の女主バーデル夫人から婚約不履行で起訴される。

（一〇〇）**例の私自身の冒険譚の…たった一度しか顔を出しませんが**　バンバーは『ピクウィック・ペーパーズ』第二十、二十一章で登場する変わり者の老いぼれ法律事務所書記。「カササギと切り株亭」において、ピクウィック氏と一行に法学院に纏わる奇妙な物語を話して聞かす。

（一〇三）**南風と曇り空**　作者不詳の古い狩猟歌。

第五章

（一〇六）**クマに身上注ぎ込んで**　当時、クマの獣脂は男性用髪油として用いられ、床屋の多くはそのためクマを飼っていた。

第六章

（一二〇）**イズリントンの天使**　「天使亭」は古くからの駅馬車旅籠。当時はロンドンの名立たる陸標だった。

（一二四）**独り身の殿方**　『骨董屋』に登場する謎の人物。最後はネルの祖父の生き別れの弟と判明する。

（一二六）**その天稟がくだんの巨大な伽藍を築き上げた人物**　セント・ポール大聖堂（一七一〇）を設計した建築家サー・クリストファー・レン。

（一三〇）**『バーナビ・ラッジ』――へと乗り出した**　この後『バーナビ・ラッジ』が一八四一年二月十三日から十一月二十七日まで週刊連載される。

（一三九）**チェスター氏と息子**　『バーナビ・ラッジ』に登場する冷酷な有閑紳士ジョン・チェスター氏は親の意に従わない息子エドワードを勘当する。

御伽英国史

第二章

（一五九）**オーファ**　マーシア王国の王（七五七—九六）。今のウェールズとの間に防壁を築いた。

第八章

（一九四）**ハンバー川からタイン川に至るまで**　前者はイングランド東部のトレント川とウーズ川の合流した部分（約六〇キロメートル）。後者はイングランド北東部ノーサンバーランド州からタイン州を貫流し、北海に注ぐ（約一〇〇キロメートル）。

（一九五）**クールトゥーズ**　Curthose の原義は「短い（“curt”）」＋「脚（“hose”）」。

（〃）**ボクレール**　Beauclerc の原義は「素晴らしい（“beau”）」＋「学者（“clerc”）」。

第九章

（二〇一）**ファイアブランド**　Firebrand の原義は「松明《たいまつ》」。

第十二章

（二三二）**ストロングボウ**　Strongbow の原義は「強い弓」。

第十四章

（二四九）**マーリン**　アーサー王伝説で、王を助ける有徳の魔法使い・預言者。

（二五三）**スティーヴン・ラングトン**　英国の神学者・歴史家・詩人（？—一二二八）。枢機卿。カンタベリー大主教。

（二五五）**キリスト昇天祭**　復活祭後四〇日目で、常に木曜日。

（二五七）**復活節**　復活祭（三月二十一日以降の満月後の第一日曜日）の前の土曜日から聖霊降臨祭（復活祭後の第七日曜日）の後の土曜日までの期間。

（〃）**ラニー・ミード**　イングランド南部サリー州、テムズ川南岸の草原。ロンドンの西方三十三キロ。ジョン王のマグナ・カルタ調印の地。

第十五章

（二六九）**ギリシャ火《び》**　東ローマ帝国の艦隊が敵艦その他の建造物焼払いに用いた燃焼物。硝石・硫黄・瀝青などの混合物。水中でも燃えたと言われる。

第十六章

（二七三）**ナザレ**　パレスチナ北東部の都市。聖書で、キリストが少年時代を過ごした土地。

（二七七）**メナイ海峡**　ウェールズ北西部とアングルシー島との間の海峡。

（二七八）**カナーヴァン城**　ウェールズ北西部同旧州首都カナーヴァンにあるノルマンの古城。プリンス・オブ・ウェールズ即位の地。

（二八二）**スクーン**　スコットランド中央部旧パース州郊外、テイ河畔の村。この村の宮殿にあり、スコットランド王即位に用いられた椅子は（本文後述の通り）一二九六年、エドワード一世によって英国に持ち帰られ、以来、英国王の即位に使用するためウェストミンスター大寺院に置かれている。

第十八章

（二九九）**タイバーン**　現在のハイド・パーク、マーブル・アーチの近くにあった死刑執行場。

（三〇八）**カスティリャ**　スペインの中央から北部に及ぶ地方。この地を中心にカスティリャ王国が栄えた。

（三〇九）**三位一体主日**　聖霊降臨祭日の次の日曜日。復活祭後の第八日曜日。

第十九章

（三一〇）**ゲント**　即ちヘント、又はガンとも。ベルギー北西部工業都市。

第二十章

（三三〇）**ロラード**　十四－五世紀に英国とスコットランドでジョン・ウィックリフの説教を信奉し、諸国を遊説した一派。街頭で詩篇や祈禱の文句を「口ごもる」（"loll"）ように唱えることから冷笑的に付けられた名。

第二十二章

（三四七）**マルク**　昔スコットランドと英国で使用された通貨単位。一三シリング四ペンスに相当する。

第二十三章

（三六〇）**マルムジー・ワイン**　マルバシア種の葡萄で造るマデイラ産の芳香のある甘口白葡萄酒。

第二十六章

（三八〇）**セバスチャン・キャボット**　一四九七年、北米大陸を発見したイタリアの航海者ジョン・キャボットの息子。英国とスペインの宮廷に仕え、一五二六―三〇年、南米東海岸を発見し、四四年、世界地図を作製した。

第二十七章

（三八一）**ハンス・ホルバイン**　ドイツ・ルネッサンスの代表的画家。英国に留まり（一五三二―四三）、ヘンリー八世の宮廷画家となった。

（三八九）**ホワイトホール**　ロンドン中央部にあった旧宮殿。元来ヨーク大司教のロンドンでの居館だったが、一五二九年ヘンリー八世が時のヨーク大司教ウルジーから没収し、以後王宮になった。

第二十八章

（三九三）タワー・ワーフ　テムズ川からロンドン塔に入城するための埠頭。

第三十一章

（四三四）渡英宣教師　十六－七世紀に仏北部都市ドゥエーで教えを受け、渡英した伝道師。

（四三五）サー・フィリップ・シドニー　著書『アルカディア』で知られる英国の詩人・作家・政治家・軍人（一五五四―八六）。

第三十二章

（四四八）儀仗《ぎじょう》の衛士　儀式の時、国王に侍する護衛。総員四十名。退役陸軍将校が任じられる。

第三十三章

（四六一）トンポンド税　トン税は十二世紀、ポンド税は十三世紀に始まり、前者は輸入葡萄酒、後者は他の全輸出入商品に課された。一三五〇年に統合され、一四一五年以降、国王に終身附与される関税収入になった。

（四六八）私権剥奪法案　大逆罪その他の重罪犯人に対し、裁判によらず刑罰を科し、その私権を剥奪する立法府の立法行為。

（四七七）厳粛同盟　一六四三年、英国議会派とスコットランドとの間に結ばれた、長老制擁護を約した盟約。

（四八五）バンケティング・ハウス　本邸から庭園を挟んで建設された、晩餐会や舞踏会等、娯楽のために用いられる別邸。

第三十四章

（四九三）プレイズ・ゴッド・ベアボーンズ　Praise God Barebones の原義は「神よありがたきかな裸骨」。

第三十五章

（五〇四）ブラガンサ　ブラガンサはポルトガル王家と傍系のブラジル王家の名。

（五〇五）盟約派　厳粛同盟（第三十三章注(四七七)参照）の盟約者。長老派信徒の多くはチャールズ二世の迫害に対し、監督制を拒否して叛逆したため追放された牧師に従って故国を去った。

（五〇八）ルパート王子　ドイツの選帝侯・ボヘミア王フリードリヒ五世の息子。チャールズ一世の甥。

第三十六章

（五三二）**血火の十字架**　昔、スコットランド高地で戦争開始を告げ、兵を募るために、部落から部落へ使者によって運ばれた十字架。一部を焼き、時には山羊の血に浸すこともあった。

（五三九）**聖ウィニフレッド**　七世紀のキリスト教徒の女性。斬首された首が落ちた場所から泉が湧き出た等、様々な逸話がある。

作品解題

田辺　洋子

『ハンフリー親方の時計』（*Master Humphrey's Clock*）

ディケンズが十八世紀創刊の『タトラー』紙と『スペクテイター』紙をモデルに、広範なジャンルの作品を掲載しようと、一八四〇年四月から四一年十二月まで計八十八号の編集を手がけた週刊誌。（同二年にわたり、チャップマン・アンド・ホール社から三巻本として刊行。）本来はハンフリー親方と友人達によって紡ぎ出される短篇、素描、伝説等の雑録の体裁を取ることになっていた。雑誌の名は親方一座の繙く草稿が皆の集う居間の古時計の分銅箱に収められている設定に由来する。

創刊号の売り上げは七万部近くに達したものの、ディケンズの真骨頂とも言える魅力的な長篇連載小説がないことに逸早く気づいた読者の落胆は大きく、第二号から売り上げは激減する。売り上げ回復を図ってピクウィック氏とウェラー父子（『ピクウィック・ペーパーズ』）を再登場させる窮余の一策も功を奏さなかった。落ちる一方の販売部数に歯止めをかけるため、ディケンズは第四号で「ハンフリー親方の個人的冒険譚」というタイトルの下《もと》に掲載した『骨董屋』を第七号で復活させる。この連載小説はほどなく読者の絶大な人気を博し、他の記事を締め出す形で各号の全紙を占めるまでになり、結局『ハンフリー親方』は事実上の週刊分冊小説と化す。幅広い読者層に愛読された『骨董屋』が四〇週に及ぶ連載を終えた時、売り上げは一〇万部以上に伸びていた。

『骨董屋』完結の後《のち》も雑録の本来の体裁は二度と復活されることなく、ハンフリー親方一座が束の間、再登場するのもただ、次の連載小説『バーナビ・ラッジ』を紹介するためにすぎなかった。この作品は一八四一年二月から十一月まで、四十二週にわたって連載され、連載終了と共に『ハンフリー親方』は一八四一年十二月号をもって廃刊となる。最終号の内容は読者や友人へ宛てたハンフリー親方の「告別の辞」と、友人の一人によって語られるささやかな後日談に留まる。

以上のように読めば『ハンフリー親方の時計』は単に二大長篇を生む設定としてしか機能していないのか、或いは自ら生んだ長篇に呑み込まれた後の残滓にすぎないのか。確かに『時計』の箇々の作品はディケンズのより高度な霊感の域に達しているとは言い難い。が例えば、ゴグとマゴグが夜を徹して互いにロンドンの口碑を披瀝し合う奇抜なガルガンチュア的発想（第一章）、チャールズ二世御代に出来する甥殺しの根柢に潜む邪悪な病的深層心理（第二章）、話し上手《ラコントゥール》の面目躍如たるサムによって審らかにされる理髪師の人台の「恋物語」の諧謔性（第五章）、二長篇間の「わたり《ブリッジ》」としてのハンフリー親方によるロンドンの招魂――大都市の「心臓」としてのセント・ポール大寺院の時計の概念――に込められた深い洞察（第六章）、はいずれも卓越したディケンズ作品の特徴を余す所なく伝えている。と同時に、或いはそれ以上に、これら雑多な作品群の総体としての「雑多性」にこそ着目すれば、初の単独執筆・編集雑誌に広範な読者の関心を惹こうとした若き作家‐編集主幹の――畢竟、瓦解こそすれ――気概と挑戦の証としての一作品の側面もまた浮かび上がるのではないだろうか。

『御伽英国史』（*A Child's History of England*）

『ハウスホールド・ワーズ』誌に一八五一年一月から五三年十二月まで連載された、紀元前から一六八八年の名誉革命に至る、子供向け愛国的英国史。（五二年から五四年にかけて、ブラッドベリー・アンド・エヴァンズ社から三巻本として刊行。）執筆の構想は一八四三年、友人達へ宛てた手紙からも明らかな通り、当時六歳の長男チャールズ教導――高教会派の保守的思想に偏ることなく、戦争と殺戮に関す心優しい考え方を育むこと――を目的として暖められていた。その後、大英博覧会開催と共に愛国的気運の絶頂に達す一八五一年、前年創刊の啓蒙的週刊誌『ハウスホールド・ワーズ』に時代の就中要求する児童向け教育的記事を連載することは時宜に適った、極めて健全でジャーナリスティックな選択だった。

専ら念頭に置かれていた幼い読者層には、ただし、『英国史』はその内容の難解さ故か、描写の苛酷な生々しさ故か、今もって、愛読されていない。確かに、読者の瞼に彷彿とするよう、世界地図の中で左手上方、大海原に孤独に浮かぶ小さなブリテン島の描写で御伽噺風に幕を開けるこの「物語」は、前半は、例えばアルフレッド大王に具現される正義、自由、真実、知識の追求という、イギリス人、延いては全ての人々にとっての理想像の呈示に見られる通り（第三章）、ヴィクトリア朝歴史観の肯定的側面が強調される。が、章を追う毎に、上層階級者の専横、暴虐、驕傲の、片や下層階級者の悲惨、不幸、窮乏の、仮借ない描写の連続へと移行する。もちろん、圧制者における悪徳の糾弾と、彼らの迫害にも飽くまで気高く抗おうとする様々な階層の善良な人々の不屈の精神の称揚こそが『英国史』執筆の真の動機の一つではあったろう。が、或いはディケンズ自身の側に当初の構想からの逸脱の意識が生まれたからなのか、それとも五三年春に月刊分冊形式で連載の始まった『荒涼館』執筆に精力や時間、情熱までも奪われたからなのか、ディケンズは同年秋、わずか数行のヴィクトリア女王への御座なりな言及と賛辞をもって、いささか唐突にこの、三年の長きにわたった『英国史』の幕を閉じる。彼自身の非論理的釈明によれば、「名立たる名誉革命以降の出来事は拙著のような書物では容易に審らかにすることも、理解されることも叶うまい」との理由をもって。

英国の詩人・批評家A・C・スウィンバーンは『英国史』を評して、その呼売り商人めいた急進主義故に「唯一、ディケンズが執筆したことの悔やまれる」書と批判する。またG・K・チェスタトンは、だからこそ「幼い読者にうってつけの歴史書」と認めながらも、これを「英雄と悪漢に截然と分かたれた黒白の歴史」と評す。では『英国史』は詰まる所、一文学作品としてはほとんど価値のない、偏見に囚われた素人歴史家の粗雑な失敗作にすぎないのだろうか。一見「白」や「黒」にしか見えないものにもその実像を証す別の色合いが内奥に潜められてはいないか。或いは「白」と「黒」の描写の差異にこそ作者の倫理観が色濃く投影され、結果的になお「白」と「黒」の差別化が鮮明になってはいないか。以下、補足的にディケンズの特徴の一つである卓抜した人物造型に着目することで作品の再評価を試みたい。固よりディケンズは『バーナビ・ラッジ』や『二都物語』といった所謂「歴史小説」を手がけてなお、歴史的事件を核とし、その事件に翻弄される人間の愛憎のドラマを主題とせざるを得ない作家である。王家の系譜よりむしろ、それぞれの支配者「独自」の治世に重きを置く章題からも明らかな通り、ディケンズの第一義の関心は為政者、或いはその個性にあり、彼自身、自分の繙く「歴史」が人物を主体として展開しようことを認識していたと思われる。

例えば百年戦争において祖国を救った「オルレアンの少女」ジャンヌダルクを描く時（第二十二章）、ディケンズは仏軍を鼓舞して英国軍に立ち向かう勇敢な「男装」の少女――ある意味での「虚像」――よりむしろ、幼い時から独り、人の声も聞こえず、人の姿も見えない山奥で羊飼いをして育ったため、逆に幻視や幻聴に悩まされ、終にはフランス王太子を救う神託を受けるに至る悲運の少女の実像を浮き彫りにする。娘を引き留めようとする父との別れ、王太子との出会い、凱旋、失墜、投獄の過程を逐一詳細に描いているのは、ディケンズが如何に彼女に感情移入しているかの現われであろう。最終的にジャンヌダルクの火刑を決定づけるのも彼女自身の妄想、或いはそれを利用し得る限り利用した為政者の卑劣、狡猾であった。助命のため自ら異端、妖術として絶つことを誓わされた「霊感」を再び口にし、獄中で――恐らくは故意に罠に嵌めるために置かれた――男の服を纏うのは、全て牢の「孤独」による病気の再発と悪化のためである。予め用意された「異端」声明に無筆であるが故に十字で署名せざるを得ないほど無垢で寄る辺無い少女の姿を浮かび上がらせた時、ディケンズは祖国にも、「天」にも、互い同士にも不実な、忘恩と背信の「怪物」としての仏王と側近の実像をも浮かび上がらすことに成功する。

スコットランドの女王メアリーの場合もまたディケンズの目的は単に彼女をエリザベスに対抗して正統の英国王位継承権を申し立てることで長年にわたりイングランド全体を騒乱に巻き込む、陰謀と悲惨の「核」としてのみ捉えることにはない（第三十一章）。ディケンズがむしろ読者に喚起したいのは、エリザベスの真の仇敵、教皇とその一派により旧教復活のために利用される「犠牲者」――自ら主動的に招いた訳ではない暴動と流血の不運な要因――としての側面である。だからこそ時代に翻弄される不幸な一人の女性の転落の軌跡が最初の夫である仏国王との若くしての死別を皮切りに、愛人刺殺を指示した夫への復讐、再婚を経て大逆罪による斬首に至るまで、様々な人間の愛憎を中心にドラマティックな筆致で克明に辿られることになる。同じ斬首にしてもディケンズが強調しているのは、敢えて「最高の晴れ着」で断頭台へ向かい、処刑人の粗暴な手によって首が露にされることを拒む彼女の女性らしさである。侍女に布を留められた上で刎ねられたメアリーの首がかざされた時、長らく被っていた鬘の下の本当の髪は七十の老婆のそれさながら真っ白だった。のみならず、今や人間の目からは悉く「美しさ」の失せた遺骸のドレスの下では小さな愛犬がうずくまっていた。これら歴史上は何ら取るに足らぬ二つのエピソードは、王位簒奪者として他者から被らされた仮面の下に隠された一女性としての苦悩、と同時に小さな生き物に対する愛情の最後まで失せぬ「美しさ」を物語るのみならず、片や女王に媚び諂うべく彼女に似せた赤毛の鬘を被った官廷婦人に取り囲まれ、自ら標榜する「処女女王」の仮面の下《もと》に画策と背信を繰り返す、断じて真意、実像を明かそうとしないエリザベスの欺瞞に満ちた人生を揶揄する。

表面的なジャンヌダルクの「白」やスコットランドの女王メアリーの「黒」の表面下に潜む人間らしさは期せずして彼女達を愚弄する敵対者の非人間性を暴露する。一方ディケンズの「文体」そのものによって悪徳を暴かれる治世者もいる。例えばエリザベスの後継者ジェイムズ一世は性的にも金銭的にも貪婪で、無責任で、頑迷な暴君だが、ディケンズは彼を読者の眼前に彷彿とさすに、開口一番、心身共に「醜く、ぎこちなく、ズルズルと煮えきらぬ男」と辛辣に評しておきながら、それではまだ足りないとでもいうかのように「狡猾で、貪欲で、贅沢で、怠惰で、酒乱で、阿漕で、不潔で、卑怯で、途轍もない悪態吐きの所へもって、この世にまたとないほど自惚れの強い男」と畳みかける（第三十二章）。前半の八形容詞の連続が仮借ない痛罵となっている一方、残る名詞句はいずれも凡庸な常套句の感が否めない。がこれは、直前の形容「舌は口に大きすぎ、脚は胴に弱々しすぎる」の大小のアンバランス——虚言を弄す大きな二枚舌を支える脆弱な二本脚——を具象的に現わしているまでのことだ。彼は所詮、憐憫や共感を容れ得ないカリカチュア——雄豚陛下——にすぎない。この愚劣な王と国会議員暗殺を図る火薬陰謀事件の主導者達はその正義感と、昼夜を舍かず議事堂地下に坑道を掘り続けるひたむきさ故に、或いはその描写の如実さ故に、まだしも英雄的に映る。

ディケンズの共感を得ている人物が『英国史』の中で自己を語る「声」を与えられている一方、単に「疫病（ジェイムズ一世）」や「英国史にポタリと落ちた血と獣脂の染み（ヘンリー八世）」にすぎない「声なき」暴君は一箇の人間として生きることすら許されていないかのようだ。声がない、即ち如実な具体的描写がないこと自体が最も辛辣な批判ともなっている。この仮説はディケンズが最後に詳細に取り上げる陽気な君主、チャールズ二世において裏づけられる（第三十五章）。彼に関してもディケンズは逸早く「この陽気な御仁が陽気なイングランドで陽気な玉座に即いていた陽気な時代に如何に陽気な事が為されたか」概観しようと、「陽気」という皮肉な形容詞を息も継がさず畳みかけることで読者の共感を徹底的に排除する。『英国史』上一方、冷血な悪辣弁護士ジェフリーズを重用し、「血の巡回裁判」において幾多の無辜の人々を処刑して憚らないディケンズがこれほど執拗に同じ形容辞を繰り返す君主は外《ほか》に例を見ない。仏国王の恩給受給者に成り下がるないこの「陽気」な君主は「たとい陽気な一つの首の代わり陽気な首を十つけていたとしても、そっくり刎ねられるだけのことはあったろう」が、最後の最後にディケンズは彼にも人間らしい「声」を与える。それは彼が臨終に際し二言――妻に対しては「心から許しを乞わねばならないのはわたしの方だ」と、また宮中で取り立ててやったオレンジ売りの娘、ネル・グウィンに関しては「哀れなネリーに決してひもじい思いをさせぬよう」と――言い遺すからだ。如何に徹頭徹尾、暴君としては受け入れられまいと、仮に彼が慈悲深い人間的な発言をするとすれば、それを本人の声で読者に聞かさずにいられない所にディケンズの「歴史」作家としての本領があるように思われる。ディケンズ自身、最終章で吐露するように、これは「子供のための英国史」であると同時に、彼が三年間にわたって登場人物と共に、或いは彼らに為り変わって、掻い潜った「わたしのささやかな物語（"my little history"）」（第三十七章）でもある。

訳者あとがき

四九頁が抜けています。入力・修正を任せてある印刷所から返って来た伝言付箋に思わず愕然とした。『御伽英国史』第十七章推敲一回目のことである。見れば、返って来た元原稿は確かに一枚欠けている。少々どこかに紛れているくらいなら、そもそもこんな指摘は受けない。わたしもここまで「堕ちた」かと失意は隠せなかった。自分が一生懸命朱を入れた「かけがえのない」原稿。それを安易になくすようでは。もちろん心当たりのある辺りは探したが、それよりたった一頁、刷って朱を入れ直せば好かろうと、自らを慰めた。が釈然としない。

思えばこの所、大切なものに限ってなくしたり、壊したりすることが頓に増えた。大好きな八角形の梅干し用のガラス瓶もその一つ。あんなに母が貧乏暮らしをしながら、どうしても欲しくなって買ったと言っていた「値の張る」逸品。うっかり手を滑らせて、ヒビを入らせてしまった。(ところでその亀裂の美しいこと。さすが「本物」は違うと、妙に感じ入ったものである。)いくら悔やんでも悔やみ切れないが、これが今のわたしの「実力」とヒビを直視しては観念することにした。

それがこの度の前代未聞の原稿紛失事件!! である。四と九がなくなったのだから何かいいことの萌しかもしれない。そう言えば大学の何とかワードも4と9に00がついていて、最初は何だか嫌だったが、こちらも4と9を00で帳消しにすることにした。それに、わたしの好きな7の二乗だし。物は考えよう、である。

ところが問題の四九頁が、同じ日の夕刻、クリップで留めた訳注の束の間からひょっこり出て来た。やれやれ。これも神サマの思し召しか。天は自ら助くる者を助く。わたしの場合は勝手に粗忽を働き、たまたま運好く軽傷で済んだだけのことではあるが。紛れていた場所からして、どうやら本文とも訳注とも「格闘」していた、わけても忙しい最中《さなか》のことだったような気がする。ともかく「なくして」だけはいなかった。神サマしか御存じない隠し場所は存外、身近な所にある。これをクスリに、これからは現在の「実力」と向き合いながらも今少し気をつけたい。かくて四と九との付き合いはまたしても新たなスタートを切った。

この度も渓水社社長木村逸司氏に快く出版をお引き受け頂いた。訳者が気持ち好く仕事を進められるのも終始、社長の暖かいお力添えあってのことである。

二〇一四年　雨の原爆忌

田辺　洋子

訳者略歴

田辺洋子（たなべ・ようこ）

1955 年　広島に生まれる
1999 年　広島大学より博士（文学）号授与
現　在　広島経済大学教授
著　書　『「大いなる遺産」研究』（広島経済大学研究双書第 12 冊，1994 年）
『ディケンズ後期四作品研究』（こびあん書房，1999 年）
訳　書　『互いの友』上・下（こびあん書房，1996 年）
『ドンビー父子』上・下（こびあん書房，2000 年）
『ニコラス・ニクルビー』上・下（こびあん書房，2001 年）
『ピクウィック・ペーパーズ』上・下（あぽろん社，2002 年）
『バーナビ・ラッジ』（あぽろん社，2003 年）
『リトル・ドリット』上・下（あぽろん社，2004 年）
『マーティン・チャズルウィット』上・下（あぽろん社，2005 年）
『デイヴィッド・コパフィールド』上・下（あぽろん社，2006 年）
『荒涼館』上・下（あぽろん社，2007 年）
『ボズの素描集』（あぽろん社，2008 年）
『骨董屋』（あぽろん社，2008 年）
『ハード・タイムズ』（あぽろん社，2009 年）
『オリヴァー・トゥイスト』（あぽろん社，2009 年）
『二都物語』（あぽろん社，2010 年）
『エドウィン・ドゥルードの謎』（溪水社，2010 年）
『大いなる遺産』（溪水社，2011 年）
『クリスマス・ストーリーズ』（溪水社，2011 年）
『クリスマス・ブックス』（溪水社，2012 年）
『逍遥の旅人』（溪水社，2013 年）
『翻刻掌篇集／ホリデー・ロマンス他』（溪水社，2014 年）
（訳書は全てディケンズの作品）

ハンフリー親方の時計／御伽英国史

二〇一五年二月一〇日　第一刷発行

著　者　チャールズ・ディケンズ
訳　者　田辺洋子
発行者　木村逸司
印刷所　平河工業社
発行所　株式会社　溪水社
〒730-0041　広島市中区小町一―四
電　話（〇八二）二四六―七九〇九
FAX（〇八二）二四六―七八七六
メール　info@keisui.co.jp

ISBN978-4-86327-277-4 C3097